EL CÓDICE VOYNICH

IVAN INCERTI MORALES

ISBN-13 (edición impresa): **978-8469743515**
Maquetación del interior y diseño de portada: **Iván Incerti**
Safecreative copyright: **1706172629467**
Depósito Legal: **MA 968-2017**

DEDICATORIA

A ti, Inmaculada, la presentación que toda novela ostenta desde sus inicios y que encandila con su lectura, enamorando a este humilde lector.

A ti, Lilian, el nudo que prosigue en la lectura y que describe su esencia, su misterio y su belleza. Esa eres tú, Lilian, el nudo que sujeta mi felicidad.

A ti, Leonardo, el desenlace final de la novela, unas letras que asombran y explican todo lo relatado anteriormente. Así eres tú, Leo, el motivo de mi asombro diario.

RECONOCIMIENTOS

Agradezco la presencia que mi familia me ha prestado durante todo este tiempo de creación. Siempre estáis ahí para disfrutar de los buenos momentos y para animarme en los malos.

Gracias también a varios foreros que me animasteis a emprender esta novela con vuestro comentarios.

Gracias a los amigos que siempre habéis confiado en que esta novela pudiera hacerse realidad.

IVAN INCERTI

CAPÍTULO 1: UNA NOCHE DE PERROS

Tánger, 1 de noviembre del año 1954

Vincent Arcadio no era muy amigo del frío, aunque lo soportaba mejor que el intenso calor del verano. El sudor y el sopor que provocaban las altas temperaturas veraniegas le provocaban urticaria por toda la piel, especialmente en los brazos, además de malhumor y cansancio. Afortunadamente, acababa de entrar el primer día del mes de noviembre con su característico clima frío, época de abrigos, sombreros y bufandas.

Las calles de la ciudad de Tánger, centro neurálgico del comercio y capital cosmopolita de toda Europa, se veían inundadas por todo tipo de carteles anunciando la obra teatral "Saladin" que iba a interpretarse en el gran Teatro Cervantes, orquestado por el reconocido Nagib Hadded. Vincent tenía pocas aficiones, siendo el teatro una de ellas. Le encantaba pasar allí las noches de lluvia, ya fuera solo o acompañado, distrayéndose y metiéndose en la obra representada como si él fuera uno de los actores. No obstante, en esta ocasión no fue tanto por diversión, sino por trabajo, pues tenía que verse con una mujer que había contratado sus servicios de investigación. Según le dijo por conversación telefónica, era una asunto de herencia mezclada con infidelidades, unos conceptos que iban siempre de la mano, desgraciadamente. Vincent, a punto de vivir la crisis de los cuarenta años de edad, ya estaba hecho en el oficio. Era un "perro viejo", como él mismo se recordaba, capaz de etiquetar a casi cualquier persona con tan solo unos minutos de conversación. Leía con esmero las facciones de los rostros, si estaba nervioso, si mentía, si se guardaba algo por temor a alguna

1

posible represalia… era la virtud que más destacaba en su personalidad.

El taxi se paró un par de calles antes de llegar a la entrada del teatro, sin posibilidad de seguir avanzando a través de la marabunta de personas que se agolpaba. El conductor abrió la ventanilla y empezó a gritar y a tocar el claxon, aunque solo obtenía a cambio risas e insultos de los transeúntes.

—¿Es que no saben que las calles son para los coches? ¡Fuera! ¡Fuera! —insistió el taxista, agitando las manos con desesperación.

—No te preocupes, déjame aquí. Ya voy andando — interrumpió Vincent, ataviándose con su sombrero y cerrándose la gabardina—. ¿Cuánto te debo?

—Son quince pesetas, señor.

—Aquí tienes. ¿Puedes estar aquí dentro de cuatro horas?

—Por supuesto, señor. Aquí estaré. ¿A la una en punto?

—Más o menos, sí. Intentaré ser puntual.

—No pasa nada, señor. Yo estaré aquí, tarde lo que usted necesite.

Vincent se mezcló con la gente, camino hacia el teatro, sin apartar la vista del cielo. Estaba encapotado y la temperatura había descendido con voracidad, síntoma inequívoco de que la lluvia acontecería en breve. Un grupo de niños árabes se agolpaba entre la muchedumbre para mendigarles alguna moneda a las parejas que iban entrando al teatro, mujeres vestidas con vestidos de gala y hombres trajeados con esmero. Había muchos franceses e italianos, aunque la inmensa mayoría eran españoles. En aquellos tiempos del Tánger internacional, más de cincuenta mil españoles encontraron refugio en la ciudad, huyendo de la España gris y dictatorial de Franco, un general que tomó el poder de la nación a punta de pistola. En 1945 el general Franco ocupó militarmente Tánger, una situación que no fue aceptada por ninguno de los países firmantes del Tratado de Algeciras, excepto la Alemania del Tercer Reich que, de hecho, envió a un cónsul allí. Con el avance de las tropas aliadas por el norte de África, el ejército de Franco se retiró de la ciudad, y Tánger se declaró como ciudad abierta, volviendo a ser un condominio. La dejaba en aguas de nadie, ni era de Marruecos ni era de España, y nadie la reclamaba de forma abierta.

La puerta del teatro era un hormiguero de gente charlando entre carcajadas mientras las parejas se presentaban en sociedad. Para Vincent todo era una mascarada hipócrita, era como si la obra teatral se estuviera haciendo en la calle en vez de en el teatro. Conocía a muchos de los allí presentes, algunos de ellos clientes y otros meros descubrimientos de alguna de sus investigaciones, y casi ninguno estaba limpio de culpa. Veía parejas que eran infieles con la pareja con la que estaban charlando y supuestos amigos abrazados entre risas que buscaban arruinar a su compañero en determinados negocios. Sir Josua Ken, un oficial inglés que trabajaba codo a codo con la embajada de Inglaterra, le saludó calurosamente al reconocerlo. Su aliento soltaba un aroma a anís concentrado tan fuerte que te hacía llorar en la cercanía.

—¡Vincent! ¡Gran Vincent! Tú no dices que venir aquí hoy, ¿por qué? ¿Tú venir solo?

—Hola Josua, no… bueno sí, vengo solo, pero espero encontrarme con alguien, una amiga.

—Ahhh… ¿amiga? Jajaja, ¿amiga buena o amiga nueva?

—No, no, es una amiga… bueno… ¿y qué hago yo dándote explicaciones a ti, si puede saberse? Jajaja.

—Jajaja. Tú haces bien, Vincent, tú salir y divertir que nunca se puede saber si haber guerra.

—Demasiada guerra ha habido ya, amigo Josua. Por cierto, veo que tu español ha mejorado mucho.

—¡Armand! ¡Armand! —gritó el oficial inglés, alejándose de Vincent y echándose a los brazos de un joven francés de gabardina ancha y sombrero negro. No había cosa que más odiara Vincent que le dejaran con la palabra en la boca, pero Josua era así, saltaba de una flor a otra sin control, sobre todo cuando había ingerido el fuerte anís que tanto le gustaba.

El interior del teatro Cervantes era una maravilla arquitectónica. Las paredes tenían cerámicas alegóricas de Don Quijote y las mil cuatrocientas butacas se presentaban con un tapizado rojo de gala impoluto. Enormes arañas de cristal iluminaban desde su cúpula toda el área, creando una atmósfera de *glamour* sin igual. Era un lugar que te engullía con su lujo, con un recital de actores y cantantes escritos a lo largo de su historia, eminencias tales a Caruso, Antonio Machín y Barbara Hutton, entre otros.

Aún faltaba para que la obra diera comienzo, pero a Vincent le gustaba ocupar su butaca lo antes posible, para no tener luego que ir molestando para pasar. Era una cualidad que arrastraba de su oficio, el intentar pasar desapercibido. Se abrió la gabardina y se encendió un Bisonte, la marca de cigarrillos que siempre llevaba encima, mientras iba recorriendo las filas de asientos con la mirada. Allí, justo al lado de su butaca, había una mujer sentada. Llevaba el pelo recogido sobresaliendo de un sombrero negro de ala ancha decorado con varias rosas negras. El carmín de color rojo vívido contrastaba con fuerza en un rostro tan blanco, casi a punto de ser enfermizo. Cuando se le acercó, los ojos de la mujer se asentaron con delicadeza sobre los de él, recorriendo centímetro a centímetro cada arruga del rostro de Vincent. Era una mirada limpia y tranquilizadora, aunque se adivinaba algo de preocupación. No era una mujer feliz del todo, eso lo tenía claro.

—¿Señorita Nicole Bachir? —preguntó Vincent, quitándose el sombrero y tomando asiento en su butaca, colindante al de la mujer.

—¿Usted es Vincent Arcadí? Os imaginaba… distinto…

—Eso es bueno, en mi oficio es preferible no ser reconocido con facilidad. Por cierto, es Arcadio, Vincent Arcadio.

—¿Arcadí…o? —dijo Nicole, haciendo gala de un acento francés muy acentuado—. Extraño apellido, ¿no es usted español?

—No, lo cierto es que no. Procedencia italiana, como mi apellido delata, y nombre con tintes franceses, merced a que a mi madre le gustaba. No obstante, llevo mucho tiempo viviendo en esta ciudad, más años de los que creo recordar, así que soy medio español también. Y por favor, no me trate de usted, si vamos a hacer negocio juntos es mejor que tengamos confianza suficiente como para hablarnos sin necesidad de esos formalismos.

—Como guste, Vincent —respondió Nicole, sacándose un pañuelo caqui y secándose los pómulos, aunque Vincent se los veía secos del todo—. Gracias por venir, ante todo. Sé que no estará muy acostumbrado a este tipo de citas informales, pero no podía ser de otra forma.

—Pues sí, resulta bastante extraño eso que mencionas. Normalmente la gente o viene a mi oficina o se reúne conmigo en una cafetería o parque, un sitio tranquilo y privado. Aquí, entre tanta gente, poca privacidad vamos a encontrar, creo yo.

4

—No es tan fácil, Vincent. Si me vieran contigo en una cafetería o en un parque, sabrían al momento que no es algo casual. Aquí, sin embargo, es algo más corriente, pues tú frecuentas este tipo de sitios de forma bastante asidua. No resulta extraño que coincida contigo aquí...

—Espera, espera... —interrumpió Vincent—. ¿Cómo sabes que frecuento este lugar? ¿Quién te ha hablado de mí? No me malinterpretes, pero no me gusta que mis clientes digan cosas sobre mí por ahí, entre otras cosas porque luego la mitad de las cosas son falacias. Igual a ti te han dicho que frecuento el teatro, pero vete tú a saber si dicen que frecuento prostíbulos o lugares de juego clandestino.

—¿Acaso no frecuentas esos lugares también? ¿No es ese tu trabajo, seguir a las parejas infieles hasta esos cuchitriles?

Estaba claro que Nicole no era una mujer al uso. Se la veía dominante en la conversación, muy segura de sí misma, como si hubiera planeado una obra de teatro fuera del escenario, con Vincent de actor de reparto.

—Está claro que no quieres contratarme por un asunto de celos y que, de alguna forma, te estás metiendo con gente poderosa. ¿Hasta qué punto es peligroso el asunto?

—¿Peligroso, Vincent? ¿Por qué piensas que es peligroso? Aún no sabes nada del asunto como para que saques ese tipo de juicio de valores. ¿No es acaso esa la filosofía que debes practicar, la de asegurarte antes de enjuiciar?

—Mira, Nicole, no sé con quién estás acostumbrada a tratar, pero no es esta la forma habitual que yo entiendo se deben hacer las cosas en mi oficio. Yo pregunto y tú respondes, así debe hacerse, al menos si quieres que saquemos algo en claro y yo me ocupe de tu caso. Solo sé de ti que eres de origen francés, que me estás dando un nombre falso y que te andan persiguiendo, suficiente como para enjuiciarte.

Nicole tersó sus labios con una leve sonrisa mientras cerraba los ojos en aprobación. Parece como si quisiera haber sido descubierta, como si esperara enfadar a Vincent para sentirse conforme.

—Igual mi acento francés es simulado, ¿lo has pensado?

—Reconocería un acento real de uno disimulado, no es tan fácil engañarme. ¿Nos dejamos de tonterías ya?

—No te estoy poniendo a prueba, Vincent, pero sí me gustaría que calmaras tu ansia por saber antes de tiempo. Lo que tengo que contarte no es un asunto trivial al que puedas estar acostumbrado en tus trabajos. Esto es algo mucho más importante. Por cierto, mi nombre sí es Nicole, no es falso.

—Todos los casos son importantes para sus aquejados —respondió Vincent, dibujando una sonrisa en los labios y poniéndose cómodo en la butaca—. La cosa va así, para que te quede claro: tú me has citado para contratarme y necesito saber qué te pasa y por qué necesitas mis servicios. Obviamente, debes contarme todo lo relativo a ti y al caso, y debes confiar en mí sin preguntas. Trabajar de otra forma es imposible.

Súbitamente, los focos que iluminaban el teatro se apagaron y el escenario se iluminó con tonalidades policromadas. Un hombre de tez oscura y ojos penetrantes se presentó vestido con un traje gris en mitad del escenario, dando varios golpecitos al micrófono que sostenía con su diestra. El público, que seguía de pie en su recital de risas y saludos, empezó a buscar sus butacas respectivas, ocupando el aforo con celeridad.

—Bienvenidos todos y todas, damas y señores, señoritas y caballeros, al gran Teatro Cervantes —comenzó a decir el presentador, con un marcado acento marroquí—. Fue en 1911 cuando don Manuel Peña y doña Esperanza Orellana aceptaron hacerse cargo de este colosal proyecto, constituir un teatro cuya cúpula fuera lo primero que se viera nada más llegar al puerto. Este edificio debía ser el punto de reunión de la cultura y el arte, un lugar donde la música y la interpretación debían fusionarse para beneficio de todos los habitantes de esta fantástica ciudad. Dos años después, en 1913, el teatro abrió sus puertas por primera vez, y desde entonces han ido viniendo reconocidas figuras de la sociedad americana y europea. Hoy, sin embargo, presentamos a un autor de nuestra cantera… ¡el maestro Nagib Hadded!

Varios aplausos y silbidos tronaron en el interior de la gran sala, mientras el vitoreado salía de entre las cortinas carmesí del escenario con los brazos en alto y la cabeza en continuo agradecimiento.

—Confiaré en ti, Vincent, pero intenta comprenderme. Mi vida está en juego y es complejo abrirme a un desconocido, como puedes serlo tú —susurró Nicole en el oído de Vincent, que se encendió un nuevo Bisonte para asimilar lo que acababa de oír. Se hablaba de amenaza de muerte, algo muy serio incluso para él. Intentó no parecer nervioso ni alterado, aunque la templanza de Nicole le parecía del todo irreal.

—Todo lo que me digas, quedará para mí —le respondió Vincent, ofreciéndole un cigarrillo a su acompañante.

—¿Sabes quién fue Wilfrid Michael Voynich? —preguntó Nicole, tomando el cigarrillo y aceptando la lumbre que el detective prendió al instante. Fue ahora cuando Vincent se paró a observarla más detenidamente, prendándose de las hermosas facciones de su rostro. Sus ojos verdes brillaban como si tuvieran una lucecita dentro de forma perenne y su pelo rizado de color rubio conformaba un cuadro delicioso con la simetría de su tez. Era una mujer muy guapa.

—¿Sigues ahí? —le instó Nicole, arqueando sus cejas y mordiéndose levemente el labio inferior.

—Sí, perdona… estaba… me vino algo a la mente, un asunto que… algo pasado. Perdona. ¿Me preguntabas por Michael Voynich, o algo así? Pues no, no creo conocerlo, aunque intuyo que debe ser alemán o polaco. ¿Es quién te está siguiendo?

—No, no, jajaja.

Su risa era embriagadora. Cualquier gesto que llevara a cabo resultaba en un proceso encandilador para quien la estuviera viendo. Llevarse el cigarrillo a la boca, reír, mostrar intriga o sorpresa, ponerse seria… todo en ella concluía en un recital hermoso de contemplar.

—Ah, pensaba que… bueno ¿y quién es?

—Wilfred Voynich murió hace ya varios años, pero dejó un legado muy importante. En el año 1912 compró varios manuscritos a un colegio de Jesuitas en Italia, dándose la casualidad que entre ellos estaba el Códice medieval que el mismísimo Rodolfo II de Bohemia atesoró como su santo grial.

Varios tambores comenzaron a retumbar con fuerza, despejando el escenario y corriendo las cortinas para presentar el primer decorado, un palmeral alrededor de un oasis. El público rompió en aplausos descontrolados, mientras aceleraban su marcha para terminar de ocupar sus asientos. La función daba comienzo.

—Pues no tenía ni idea, Nicole. ¿Se supone que ese códice era tuyo? ¿Te lo han robado?

—Olvida lo que tengas ya preconcebido, Vincent. No se trata tampoco de un robo, se trata de algo mucho más importante. Ese manuscrito es un antes y un después en el conocimiento global. Religiones, filósofos e incluso líderes políticos matarían por hacerse con él. Hitler andaba como loco buscándolo, pues sabía que si se hacía con él tendría un poder ilimitado.

—¿Hitler? ¿Adolf Hitler? Me hablas de un hombre que estaba totalmente volcado en la creencia de lo esotérico y el ocultismo. Normal que quisiera hacerse con lo que fuera eso.

—¿Y si te dijera que no solo él estuvo detrás de ese hallazgo? Mussolini también inició su búsqueda de forma activa, formando un grupo de espías especializado para esa intervención. Y te digo más: Franco también está en ello. Tengo constancia de que en Sevilla se ha conformado hace un par de meses un grupo de mercenarios contratados por su gobierno. Son muchos los interesados en esta búsqueda, Vincent, y muchas las muertes que está ocasionando el no encontrarlo.

Los actores del escenario estaban luchando con unos sables curvos, mientras dos mujeres vestidas con burkas se tiraban al suelo y gritaban. Vincent había perdido el hilo de la obra incluso antes de que diera comienzo, y a cada palabra que salía de la boca de Nicole se iba aislando más y más.

—¿De qué me estás hablando, Nicole? ¿Hablas de espionaje? No sé si eres una especie de agente secreto o algo así, pero creo que te estás equivocando de persona. Yo me ocupo de casos más livianos, ya sabes… perseguir a alguien para ver dónde se mete las noches que no vuelve a casa, averiguar dónde se ocultan unos papeles importantes para cerrar un negocio, o hacerme con unas fotografías que implican a alguien en algún asunto turbio. Tú me estás hablando de asesinatos, con gobiernos metidos en ello. Eso es demasiado grande para mis pretensiones, creo.

—Disculpe, ¿podría hablar más bajo? Estamos intentando oír la obra —dijo un hombre de talla media y bigote refinado terminado en espiral. A su lado, una mujer de mirada rancia y claros síntomas de enfado afianzaba más la palabra de su marido poniéndose el dedo índice sobre los labios.

—¡Cállese usted! —respondió Vincent de mala forma—. Métase en sus asuntos si no quiere tener problemas.

—¡Pero oiga! —replicó el hombre, levantándose del asiento y haciendo que los de atrás gritaran en descontento.

—¿Qué? ¿Quieres acaso pelea, mequetrefe? —dijo Vincent, respondiendo al reto tirándole la colilla a la camisa.

—Tranquilo cariño, anda, ven siéntate —dijo Nicole, dejando a Vincent extrañado y casi sin palabras—. No debes alterarte así, ya sabes que no es bueno para tu corazón. Y a vos, noble caballero, pedirle perdón por nuestra falta de respeto hablando tan alto. Tendremos más cuidado.

El hombre de los bigotes estrafalarios asintió con firmeza, sintiéndose victorioso de la contienda ante su esposa y ante el resto de los presentes. Vincent, sin embargo, se quedó mirando el suelo, intentando evaluar qué estaba pasando ahí. Se le estaba escapando de las manos todo esto y ese no era su estilo. Estaba mal de dinero, apenas tenía para pagar el alquiler de este mes y comprar algo de comida y no había ningún trabajo por delante, pero este caso empezaba a enturbiarse demasiado. Miró a Nicole detenidamente, comenzando desde sus zapatos de piel con tacón alto, para dar paso a un vestido liso con volantes en la zona de la falda. Su busto se presentaba esbelto y muy femenino, con unas curvas bien marcadas en su pechera. Por último, aterrizó de nuevo ante el rostro de la enigmática mujer, apreciando cómo se cerraba todo el conjunto de belleza en ese punto. Ella lo miró extrañada, exhalando la última calada de su cigarrillo y volviendo a mirar el escenario.

Saladino, un joven guerrero de modales y valor intachables, se mostraba arrodillado frente a un visir de Egipto. Varios esclavos, vestidos con ropajes amarillos y con máscaras del mismo color, conformaban un semicírculo alrededor de toda la escena. A Vincent se le antojó demasiado irreal. Sentía calor, pesadez de estómago e incluso algo de urticaria por el cuello. Estaba incómodo con la situación y él siempre solía hacer caso a sus señales. Se puso el sombrero, agarró su gabardina y dijo un parco "adiós" de forma casi inaudible, levantándose del asiento y dirigiéndose hacia la puerta. Aún podía aprovechar la noche, quizás encontrándose con algún amigo de bares o quizás con Laura, una prostituta con la que tenía especial sintonía.

Fuera del teatro llovía como si el fin del mundo hubiera acontecido. Las gotas caían en regueros continuos de agua, formando riachuelos improvisados por los arcenes y charcos por doquier. Era una noche de perros.

Había taxis cerca descargando a pasajeros de última hora, que ya llegaban tarde a la función. Por un momento, pensó en coger uno, aunque al final optó por seguir a pie. Debía pensar en ahorrar las pocas pesetas que aún le quedaban y en buscar algún trabajo. Ya había pasado antes por épocas de carencias, aunque siempre había salido a flote gracias a un trabajo de última hora. Una vez tuvo que recurrir a un prestamista de los muchos que había tratado en sus trabajos, con un interés bajo y un tiempo de devolución realmente amplio. Sin embargo, dichos prestamistas eran gente sin escrúpulos que no dudaban en cobrarse con sangre la deuda si no se cumplían los plazos. Eran soplones muy útiles para Vincent, algunos incluso amigos de copas, pero cuando el dinero entraba en juego se convertían en depredadores sin remordimientos.

Vincent transitaba la calle Magallanes, apenas cien metros de donde el teatro estaba ubicado, y ya estaba empapado de lluvia en su totalidad. Las alas del sombrero se combaron por el peso del agua retenida, formando dos cataratas que impregnaban la gabardina sin compasión. Los zapatos veían fluir el agua en su interior a cada paso que daba sobre los charcos del asfalto, muy numerosos para su desgracia.

Súbitamente, un hombre le detuvo en seco. No le vio venir, apareció de frente como si fuera un fantasma, vestido con una gabardina azul marino de porte moderna y un gorro que dejaba ver un rostro recio y castigado. Dejó ver unos ojos pequeños sobre una nariz chata y una mandíbula cuadrada, todo ello encajado en una corpulencia notable. Llevaba las manos envueltas en guantes de cuero negro, aunque una de ellas la mantenía dentro del bolsillo de la gabardina.

—Hola Vincent —dijo con voz áspera y con acento claramente árabe—. Largo me envía para recordarte que ha pasado la fecha y sigue sin recibir su dinero.

—¿Largo me envía a un matón? —proclamó Vincent, intentando mantener la templanza, aunque ya estaba pensando en salir corriendo de la escena. Ese matón no venía para hablar, eso lo tenía claro—. Dile a Largo que ese dinero lo cobré por el trabajo que me encomendó. Dediqué días y noches a lo que él me pidió, y al final se demostró que todo lo que él sospechaba era falso. Hice mi trabajo, así que no entiendo a qué viene pedirme que le devuelva mi justo pago.

—Largo te pagó para que demostraras que le estaban robando y tú no hiciste nada de eso. Te limitaste a decirle que no le robaban y punto, y eso también lo sé hacer yo. Si no cumples con el trato, debes devolver el dinero.

—¿Es que acaso tenía que inventarme algún tipo de conspiración? No le estaban robando nada, eran rumores infundados lo que él oyó…

Súbitamente, sintió la presencia de otro individuo en su retaguardia. La lluvia caía con dureza, mas aun así, se filtró el sonido de las pisadas a su vera. En efecto, un hombre de casi dos metros de estatura y barriga inflada lo miraba desde atrás con cara de pocos amigos. Era Barry "el gordo", un matón que se vendía al mejor postor para machacar huesos e incluso matar. Lo hacía más por afición que por necesidad económica, le gustaba imponer su castigo a quien fuera.

—¿Barry? ¿Esto qué es? ¿Venís a pegarme? —dijo Vincent, intentando disimular que no era consciente de la situación.

—Vincent, o sueltas lo que le debes a Largo o te lo sacamos nosotros. Tú verás. Ya sabes cómo funciona esto.

—Maldita sea, Barry. ¿De verdad eres capaz de ponerme la mano encima? Yo te ayudé cuando no eras más que un maldito gordinflón en la fábrica de caramelos. Eras una mierda del que todos se reían y ahora… ¿vienes amenazándome?

—Algunos prosperamos, Vincent. Me ayudaste, sí, pero un hombre debe afrontar sus deudas para no perder el respeto de todos —respondió Barry.

—¡No hay deuda! Os repito que cobré el trabajo que hice, solo eso. ¡Y bien que lo hice! Lo que pasa es que a Largo no le gustó el resultado y punto, pero eso no es mi culpa.

—Tampoco es culpa de Largo, Vincent —dijo Barry, sacando las manos de los bolsillos y ajustándose los guantes de piel en las manos—. ¿Vas a pagar?

—¿Crees que tengo ese dinero encima? Dile a Largo que iré a hablar con él mañana…

—¡Largo lo quiere ahora! —exclamó el otro individuo, haciendo que Vincent se diera la vuelta de un salto para no perderlo de vista. Dio tres pasos hacia atrás, cuando sintió el sólido tacto de la pared de la calle. Estaba arrinconado, aunque tampoco sentía miedo. Ya había estado en situaciones parejas anteriormente.

—Dile a Largo que esto no se hace. No se trata así a los amigos, la gente habla y no paga a dos matones para machacarte.

—Ya es tarde para las palabras, Vincent —sentenció Barry, dando un paso hacia el frente con las manos en guardia.

Vincent era un hombre de un metro ochenta de altura y complexión media. No asustaba mucho, aunque tenía una pegada realmente dura. Había sido entrenado en peleas callejeras donde todo valía: golpes bajos, improvisar armas del entorno como palos y piedras, e incluso mordiscos. Lamentaba no haber traído con él la Luger P08, su inseparable pistola de ocho milímetros, pues hubiera bastado con sacarla para amedrentar a los dos matones.

La lluvia golpeaba con dureza el suelo, creando una cortina de salpicaduras que se elevaba casi medio metro. Barry inició el combate, lanzándose con toda su corpulencia hacia Vincent para agarrarle contra la pared, a lo que éste respondió girándose hacia la derecha y dejándolo pasar arropado por sus brazos, aprovechando la fuerza de su embiste para empotrarlo contra la pared. Barry gritó de dolor y se llevó las manos a la nariz, que rápidamente empezó a teñir de sangre el suelo. Había sido un buen golpe.

El otro matón tomó a continuación la iniciativa con dos puñetazos directos hacia la cabeza de Vincent. El detective sorteó el primero sin problemas echando el cuerpo hacia atrás, aunque el segundo describió una trazada más larga y logró alcanzarle el mentón. Sintió como la mandíbula le crujió hasta el punto de casi romperse, mientras que todo su cuerpo se desequilibraba. El sombrero había volado de su pelo y ahora sentía con más fuerza el agua arañando su piel. Era como estar debajo de una catarata y además estar recibiendo tortazos, parecía más una tortura que una pelea en mitad de una calle.

Barry ya se había levantado y estaba gritando mil insultos mientras se dirigía de nuevo hacia Vincent, que tropezó en sus erráticos movimientos con un Seat 1500 aparcado cerca. Actuando con presteza, arrancó el retrovisor del coche y se lo arrojó a Barry, impactándole en las costillas y manteniéndole a raya. Sin embargo, el otro matón ya estaba de nuevo frente a él con claras intenciones de acabar el trabajo. Giró su cadera para darle un gancho al detective, del que pudo zafarse a tiempo para contraatacarle con una patada en las rodillas. Casi lo tumba al suelo, aunque las robustas piernas del matón soportaron el golpe estoicamente como dos columnas rígidas. De nuevo atacó Vincent, esta vez intentando hincar el talón en el vientre de su enemigo, que supo recibir el golpe con maestría arqueando el torso hacia atrás y agarrando la pierna de Vincent con ambas manos. Vincent se agarró a la manecilla de la puerta del coche para no ser arrastrado por su adversario, que tiraba de él con fuerza e insistencia, hasta que lo coceó con la otra pierna libre en mitad de la cara, liberándolo al instante. Esta vez sí logró que se arrodillara. Estaba mareado y con ambas manos sobre su rostro intentando aplacar el dolor de la patada.

Vincent no se lo pensó dos veces y fue directo para noquearle con un puñetazo, aunque Barry, desde el suelo, le incitó a permanecer quieto apuntándole con una pistola.

—¿Vas a pegarme un tiro, Barry? ¿A esto hemos llegado? —suspiró Vincent entre jadeos, intentando recuperar el aliento.

—Si no hay más remedio te pegaré un tiro, Vincent. Ni se te ocurra que temblaré en esa decisión.

—Valiente saco de grasa estás hecho. Algún día te matarán como el puerco que eres, gordinflón de mierda…

Al instante, un puñetazo implacable se asentó en el vientre de Vincent, dejándolo sin respiración y arqueando todo su torso hasta tirarle al suelo de rodillas. El sicario que venía con Barry lo tenía claro, iba a hacerle pagar caro la osadía de haberle puesto la mano encima.

—Ve tranquilo, Hamid, no lo queremos muerto —dijo Barry a su compañero, mientras guardaba la pistola de nuevo y se secaba la sangre que aún le corría por las mejillas.

Hamid respondió con una patada brutal en el costado de Vincent, para luego rematarle con otra a la altura del cuello. Un chorro de sangre salió expelido de la boca del maltrecho detective, dejándolo casi inconsciente en el suelo.

—¿Duele? —dijo Hamid con ironía—. ¿Vas a pagar lo que le debes a Largo o tenemos que volver a visitarte, cucaracha?

Otra nueva patada se asentó en el muslo de Vincent, para dar paso a un recital de tortas en sus mejillas. Barry "el gordo" estaba castigándole sin compasión mientras le gritaba que pagara si no quería encontrarse enterrado bajo tierra, aunque Vincent solo oía ruidos metalizados. Tenía casi todo el cuerpo anestesiado por el dolor y ya no sentía ni el tacto del agua de la lluvia. No reunía fuerzas para poder mover nada, ni siquiera el cuello, que notaba caliente por la sangre asentada en su superficie.

Había sido una noche de perros, no cabía la menor duda.

CAPÍTULO 2: OBJETIVO BERLIN

Málaga, 6 de noviembre del año 1954

—¿Berlín? Debemos estar seguros de esa fuente, Fernando. Ya viste qué les pasó a los Gutiérrez —dijo Anthony, un hombre de más de cuarenta años con porte y acento de caballero inglés.

—Estoy seguro, no lo pondría sobre la mesa si no fuera así, pero mi fuente es de fiar —respondió Alberto, el joven espía español. Quizás era el que menos confianza despertaba a sus treinta años de edad, demasiado jovencito para llevar a cabo una misión tan compleja como era esta.

—¿Gutiérrez? ¿Quiénes fueron esos? ¿Un grupo anterior? —preguntó Marcos, con su característica voz ronca que tanta justicia hacía a su colosal musculatura.

—Los Gutiérrez eran una familia contratada por el SIAEM para labores de espionaje. Llevaron a cabo varias actuaciones notables en favor de la patria, hasta el punto de que fueron recibidos por el mismísimo generalísimo para agradecerles sus servicios. Sin embargo, desaparecieron los cuatro miembros de la familia en una misión en Berlín. El padre, la esposa, el hijo y la hija, todos desaparecieron sin dejar rastro ni comunicación alguna —respondió Elisa, la única mujer que cerraba el grupo de cuatro allí presente.

—¿Y se fueron de la lengua? —preguntó Marcos.

—Eso es lo de menos ya. Si te capturan no esperes que tengan remordimientos contigo por azotarte y torturarte. Saben que eres un espía y que posiblemente habrás sacado información útil de su país para beneficio del tuyo. Querrán saber cuál es dicha información y luego te cortarán el cuello, no esperes clemencia.

—Ya, eso lo entiendo. Qué raro que toda la familia estuviera metida en el mismo proyecto ¿no?

—No te creas —tomó la palabra de nuevo Anthony—. ¿Quién mejor que tu familia para depositar tu confianza?

—Bueno, bueno, volvamos al caso, si no os importa —interrumpió Alberto, sirviéndose medio vaso de vino tinto y sentándose en el marco de la ventana para fijar su vista hacia el exterior—. Berlín es nuestro objetivo, concretamente una casa franca cercana al río Panke. Aquí está su localización.

Todos miraron al mapa que reposaba sobre la mesa, algunos con más escepticismo que otros.

—¿Y ahí está el Códice? ¿Es un particular? —preguntó Elisa, intentando evaluar el riesgo de una incursión.

—Es un particular, sí, un tal Aldous Aschemacher. Es un jubilado que perteneció al régimen de Nikita Jrushchov, aunque se salvó de la cárcel gracias a sus contactos y a la fortuna que tenía. Ahora vive tranquilo en su mansión y se dedica a coleccionar libros antiguos y esculturas, entre otras cosas. Creemos que el códice es parte de esa colección.

—Estamos hablando de la Berlín oriental, ¿verdad? —quiso saber Marcos, intentando orientarse un poco.

—Sí, la oriental —respondió Elisa, señalando el mapa—. ¿Acaso no lo distingues? Menudo agente de campo estás hecho si debes preguntar eso con un mapa en frente.

Todos se echaron a reír, con Alberto escupiendo el último sorbo de vino que aún tenía en la boca.

—Nunca he salido de España, joder —respondió Marcos, algo molesto.

—¿Seguridad privada? —intervino Anthony, intentando quitar importancia a la broma y centrándose de nuevo en la misión.

—¿Aldous? Sí, tiene mercenarios armados que vigilan su casa día y noche. Pueden ser veinte o treinta hombres bien provistos en el arte de matar—respondió Alberto.

—¿Y tenemos planos de la mansión?

—Imposible, el contacto que tenemos en la zona no puede acceder a esos registros. Lo que sí me informaron es que la vivienda ha tenido varias reformas para potenciar la seguridad. Muros más gruesos, puertas blindadas, ventanas de seguridad… lo típico que reafirma que ahí se guarda algo importante.

—Pues habrá que empezar a organizarse —concluyó Anthony de nuevo—. Alberto, comunícate con nuestros contactos allí y que nos busquen una vivienda donde poder establecernos como base de operaciones. Debe ser una lo más aislada posible del centro urbano, aunque tampoco en la periferia.

—A ver qué nos puede encontrar —dijo Alberto, dirigiéndose hacia el teléfono y sacando su agenda.

—Tú, Elisa, encárgate de hacerte con los billetes de avión. También necesitaremos dinero del lugar y visados especiales por si nos paran, ya sabes. Infórmate de todo eso.

—Sin problemas, Anthony, dalo por hecho.

—Y tú Marcos, necesito que te ocupes de recabar información de la Agencia acerca de ese tal Aldous Aschemacher. Quién es, a dónde le gusta salir, con quién come, qué artista es su favorito, con quién se acuesta, qué amistades frecuenta, cuántas veces va al baño a lo largo del día… todo, ¿entendido?

—A ver qué puedo hacer, no será fácil.

—Estoy seguro de que sabrás moverte bien y tocar los hilos adecuados.

—¿Y tú de qué te vas a ocupar? —quiso saber Elisa, abrigándose con una chaqueta de corte moderno y un sombrero rojo de ala ancha.

—De los informes recibidos de otros buscadores. No me gustaría coincidir con franceses o con ingleses en el mismo punto, en Berlín.

—No debes preocuparte, Anthony. Somos los únicos que tenemos esta información, no nos podrán pisar —advirtió Alberto, justo cuando alguien le atendía al otro lado del teléfono.

—Nunca hay que confiarse de creer ser los mejores. Hay gente muy bien preparada por ahí fuera, lo sé de buena tinta.

Elisa abandonó la habitación cerrando la puerta con suavidad. Marcos se puso más cómodo, con los pies sobre la mesa y eructando a voluntad sin la presencia de la mujer.

—Dime una cosa Anthony… —preguntó Marcos de forma inquisidora—. ¿Cómo es que pasaste de trabajar para tu país, Inglaterra, a hacerlo con nosotros? ¿Acaso Franco te paga mejor?

—¿Quién te ha dicho que he dejado de trabajar para Inglaterra, amigo Marcos? —respondió con maestría el espía nacionalizado a español.

—¿Eres un espía doble o qué?

—Si te lo dijera descubriría mi tapadera, ¿no crees? Quien soy y cuál es mi cometido lo sabe quien lo tiene que saber, mis superiores. Tú no debes saber de mí más de lo que ya sabes.

—No estoy de acuerdo. Se supone que voy a jugarme la vida en Berlín oriental, y espero seguridad y confianza en quienes son mis compañeros de viaje, o sea, tú, Alberto y Elisa. Si he de convivir con dudas acerca de que puedas ser un infiltrado, la cosa comienza mal —esputó Marcos, abriendo una cajetilla de cigarrillos marca Celtas y encendiéndose uno.

—Amigo Marcos... el saber debe ser conocido mediante el uso de tus propias habilidades inquisitivas. Preguntar lo que dudas al objeto de tu duda solo puede llevarte a más dudas.

—Déjate de palabrería sin sentido. A mí, clarito, con palabras simples.

—Que preguntarme quién soy es absurdo, Marcos. ¿Y si te digo que no soy espía doble? ¿Qué diferencia hay si te digo que sí lo soy? No puedes creerte ninguna de las dos versiones, no al menos si es a mí a quien se lo estás preguntando.

—Joder, Anthony, ¿no puedes ser un poco más simpático? Aquí trabajamos unidos, en piña, todos somos colegas y si uno cae, lo hacemos todos.

—Quizás para ti sea un juego, pero yo lo veo como un medio de vida. Muchas vidas y gobiernos dependen de nuestras investigaciones y descubrimientos, demasiado como para confiar en la palabra de alguien que tengo en frente. No te estoy pidiendo que desconfíes de mí, sino que lo descubras por ti mismo.

—Tengo un buen puesto, Anthony —interrumpió Alberto, colgando el teléfono—. Podemos tener un apartamento en un barrio residencial repleto de edificios, a unos tres kilómetros de la mansión de Aldous, o bien un adosado en un barrio algo más apartado del centro urbano.

—Quédate con el apartamento, es mejor —interpuso Anthony al instante.

—Pensaba que sería mejor el adosado... —dudó Alberto, preguntando de forma indirecta.

—¿Es que no pensáis aquí, en España? El adosado es fácil de sitiar y de espiar, un lugar en el que las entradas y salidas son seguidas sin impedimentos. No resulta un refugio óptimo para un grupo como el nuestro, que va de incógnito a un país extranjero. El apartamento, por el contrario, nos introduce en un hormiguero de viviendas donde todos son caras desconocidas. Si nos quieren vigilar lo tendrán más complicado, pues hay mucha gente entrando y saliendo con la que podemos trazar huidas. Además, siempre tendremos vecinos a los que visitar en caso de urgencia, ya me entendéis. Siempre es preferible ubicarse en un complejo de apartamentos con mucha gente antes que en un sitio aislado.

—Hablas como si supieran que vamos para allá —dijo Marcos, arrepintiéndose al instante de haberlo dicho.

—¡Ah claro!, lo olvidaba… somos los mejores espías del mundo, nadie conoce nuestros pasos ni sabe hacia dónde vamos. Somos invisibles para los agentes de fuera y ni siquiera nuestro gobierno es capaz de seguirnos —respondió con ironía Anthony, algo molesto ya de la incompetencia de su compañero.

—Vale, vale, mejor me callo. Tú eres el jefe, tú mandas —replicó una vez más Marcos.

—Exacto, yo soy el jefe. Obedeced y tendremos éxito en nuestra misión, contradecidme y os veréis reclusos en una celda del enemigo siendo torturados hasta la muerte.

No hubo más respuestas. Alberto siguió aferrado al teléfono, hablando en español, alemán y francés según se necesitara. Era un agente joven, sí, pero su dominio en varios idiomas era un valor muy preciado como para obviarlo. No solo entendía y hablaba a la perfección los tres idiomas, sino que además sabía entonar el acento adecuado para parecer un nativo de la región.

Marcos, sin embargo, era de un régimen distinto. Era el típico agente de campo que primero disparaba y luego preguntaba. Lo suyo era la acción, haciendo gala de unos nervios de acero en todo momento. Ya podía estar rodeado por varios pistoleros o en mitad de una pelea a puños ante tres individuos, que transmitía siempre sensación de victoria. Era rudo, un hombre recio que costaba tumbar a golpes.

Anthony los conocía bien, tenía todas sus fichas memorizadas en su privilegiada mente y sabía cómo debía usarlos en todo momento. Era consciente de que la fuerza de un grupo residía en la unión que dicho grupo tenía al abastecerlo cada integrante con sus cualidades únicas. Uno aportaba decisión ante la acción, otro una distracción eficaz, otro camuflaje... Él, sin embargo, era un erudito. Se enorgullecía de planear sus incursiones con tanta efectividad que nunca fue víctima de una pelea ni acusación, nunca fue capturado por el enemigo ni era objeto de sospecha. Era como un fantasma, un desconocido incluso para su propio grupo. Destacaba mucho de él su mente analítica y en cómo se adelantaba a los acontecimientos, actuando casi como un adivino.

Hace cuatro años, Anthony estaba en mitad de una misión asignada por el SIAEM, la Sección de Información del Alto Estado Mayor, para probar sus habilidades y consagrarle como miembro firme de la organización. Había rumores de paso ilegal de alcohol a través de las aduanas con Francia, y debía descubrir de dónde salía dicho alijo, la destilería o almacén que actuaba como origen. Anthony desapareció del mapa, disparando todas las alertas en el SIAEM, que incluso estableció una orden de búsqueda y captura sobre él. Al cabo de tres semanas, y como si fuera un fantasma, él mismo se personó en la Agencia. Fue directo a ver a su superior con varios guardias civiles escoltándole, y es que, Anthony no solo dio con el paradero del almacén, en la ciudad de Lille, sino que además destapó una corrupción entre su superior y los guardias franceses en ese asunto. Encontró pruebas y se hizo con dos confesiones voluntarias, algo impensable si se tenía en cuenta que eran guardias franceses los que declaraban. Con esta gesta marcó un antes y un después, proclamándose no como un agente valioso, sino como el más valioso de todos. Creía en la maquinaria y la defendería con pulcritud, y no tendría escrúpulos en inculpar o dar muerte a un amigo si iba en contra de su misión. Para él, la Agencia lo era todo, era su familia, era su vida.

—Vale Anthony... tenemos el apartamento. Es un quinto piso, dos habitaciones, un salón, cocina y un baño. Está a nombre de Wolfgang Koch, un viejo conocido por algunos de sus vecinos.

—Perfecto, Alberto —añadió Anthony—. Tú serás el hijo de Wolfgang y Elisa tu esposa. Marcos y yo seremos tus hermanos. Estamos allí, en vuestra casa, mientras encontramos trabajo y un lugar donde asentarnos, mientras que vosotros os habéis casado hace menos de seis meses y es vuestra primera vivienda. Te casaste con Elisa, una española, y te la trajiste a Alemania para vivir felices para siempre.

—Perfecto, Anthony. Ya iremos perfilando todo en el viaje ¿no? Quiero decir, los pormenores y…

—No hay nada que perfilar, Alberto. Crea tú el mundo que te describo y aplícalo con diligencia. No podemos planear tan a la larga, debemos ir montando el puzle según vayan cayendo las piezas. ¿Entiendes?

—Creo que sí. Me meteré en ese papel y congeniaré con los vecinos, no te preocupes, sabré hacerlo.

—De todas formas no pararemos mucho por ahí ¿no? —intervino Marcos de nuevo—. Estaremos allí el tiempo justo para planear el asalto a la mansión y luego nos largamos pitando.

—Sí, esa es la intención, pero nunca se sabe los inconvenientes que podemos encontrarnos. Conviene tener tantos nudos atados como nos sea posible.

Marcos respondió con un eructo soez, para acto seguido ponerse el sombrero y encenderse un nuevo Celtas. La chaqueta ya la llevaba puesta y el abrigo prefirió llevarlo sobre el brazo.

—Bueno me largo a la central. ¿Nos vemos en un par de semanas aquí? Traeré todo lo posible sobre Aldous Aschemacher.

—Yo te llamaré para el día y lugar de reunión, no te preocupes. Te llamaré al bar "Los banquitos" sobre la hora de tu copa nocturna.

—¿Qué…? ¿De qué vas, patán? ¿Qué es esto? ¿Me estás espiando acaso? —gritó Marcos, cerrando de un golpe la puerta que ya tenía dispuesta para salir y empujando hacia un lado la silla que tenía en la trayectoria hacia Anthony.

—¡Tranquilo, Marcos! —intervino Alberto, levantándose y poniéndose entre ambos—. No hagas ninguna tontería.

—¡Apártate! —insistió Marcos— ¿Quién se cree que es este bastardo de mierda para espiarme? Te crees muy listo, ¿verdad inglés de mierda?

—Mira Marcos, voy a responderte solo porque te considero útil para esta misión, porque de lo contrario no me dignaría ni a eso —replicó Anthony, haciendo gala de una tranquilidad pasmosa, controlando con maestría la situación—. Sé de tus costumbres, sí, que te gusta vestir con corbatas oscuras y camisas negras, que El Alcázar es el periódico que te gusta leer todas las mañanas mientras te pides un café corto con una tostada de miel y una copita de anís, y que guardas con recelo una medalla de San

Gabriel porque crees que te da salvaguardia. Sé también que tu postre preferido es el arroz con leche, que tienes problemas para ver bien en la distancia, posiblemente por alguna torta que te dieron, y que eres un racista sin remedio, aunque tratas de ocultarlo por presión social. Sé también que cuando cagas siempre pones papel higiénico en la taza del váter, incluso aunque sea el de tu propia casa. Sé todo eso y más aún, ¿y sabes por qué, cabeza de alcornoque? Yo te lo diré: porque necesito conocer a mis compañeros tanto como a mí mismo. Necesito saber cuáles son tus debilidades y cuáles tus fortalezas, no por interés personal, sino por el bien de la misión.

—Pues me lo preguntas, si de verdad quieres saber algo de mí —esputó Marcos, aún enfadado—. No me hace gracia que me espíes, tú, tus hombres o la madre que te parió. ¿Acaso tienes por ahí otro grupo que espía por ti? Además, ¿qué pasa si yo quiero saber también cosas sobre ti?

—Adelante, estás en tu derecho, Y no, no tengo a gente dedicada a espiaros. Simplemente he reunido información acerca de vosotros, eso es todo. Por cierto, tú eres de costumbres bastante más fáciles de seguir, algo que deberías enmendar para tu trabajo.

—Métete en tus asuntos y guárdate tus consejos ¿entendido? Más te vale que nos llevemos bien en este viaje, no busques tenerme como enemigo porque lo vas a lamentar. Quedas advertido —exclamó Marcos con rabia, recogiendo el abrigo del suelo y saliendo con un portazo del apartamento.

Anthony se limitó a mirar por la ventana mientras negaba con la cabeza.

—Igual me estoy metiendo donde no debería, Anthony, pero deberías habernos advertido de que nos habías espiado. Si buscabas confianza, has creado justo lo contrario.

—No Alberto, no caigas tú también en la trampa de la ingenuidad. Yo no os he espiado; ni necesito hacerlo ni tengo tiempo para tal labor, y ni mucho menos tengo grupos por ahí dispersos dedicados a eso. Lo único que he hecho es presentar verdades como si fueran mi verdad, mi plan. Sin embargo, es todo una invención. El problema, amigo Alberto, es que uno se pueda molestar porque yo le diga cómo es, lo que presenta al mundo.

—Pero… ¿y todo lo que adivinaste de él? ¿Acaso eso es mentira? No sé si me he perdido o…

—Todo es verdad, Alberto, una verdad que yo enmascaro con mi verdad, creando la sensación de que lo he adivinado o que tengo informes de espías a mi cargo. ¿Qué le he dicho, Alberto? Analiza lo que se dice, analiza a las personas en su todo, no solo en su color de ojos o en cómo sonríe. Contempla el todo.

—Así lo intento hacer, pero sigo perdido. Vamos a ver, sabías lo que desayunaba todos los días e incluso cómo se sentaba en la taza del váter.

Anthony dio varios pasos y se dirigió hacia la ventana, haciendo gestos a Alberto para que se acercara a él y mirara hacia la calle. Marcos acababa de salir del portal.

—Fíjate en él… ahora encenderá un Celtas nada más llegue a la acera… eso es… ahora mirará hacia ambos lados, escupirá en el suelo y tomará un camino… correcto… mira a esa mujer ¿la ves? La del vestido azul marino tan apretado. Verás cómo, contrariamente a lo que haría, a esa no le va a mirar ni el trasero ni la cara… Ahí lo tienes, ni ha querido pasar cerca de ella, ¿lo ves?

—¿Pero qué…? ¿Cómo…? —preguntó Alberto, totalmente perplejo ante la demostración.

—Estamos reunidos desde hace ya dos semanas, Alberto, los cuatro, y donde tú solo te has centrado en la misión, yo me he centrado además en aprender de todo mi entorno. He dicho que desayuna un café corto y tostada de miel porque es lo que lleva desayunando todos estos días. ¿La copichuela de anís? Se le nota en el aliento como le da sorbos a esa petaca que tiene de anís, un olor inconfundible. Lo mismo con el arroz con leche, que siempre que hemos comido ha preguntado por si tenían, y en caso afirmativo se lo pedía. ¿Qué le gusta llevar corbata y camisa oscura? Piensa en lo que llevaba puesto estas semanas, piénsalo…

—Joder… sí, va de negro siempre… —dijo Alberto, mirando el suelo con una sonrisa dibujada en su rostro, como si estuviera descubriendo un nuevo mundo.

—Que es racista lo ha dejado patente un par de veces en algunas conversaciones, siendo muy notorio cuando se refiere a mí. No le hace gracia saber que tengo orígenes ingleses, le fastidia mucho saber que alguien de fuera esté dándole órdenes. Tendría mis dudas al respecto, pero lo he comprobado en otras ocasiones mucho más obvias.

—Pues yo no me había dado cuenta, no al menos de forma tan obvia como dices, la verdad.

—Por supuesto que sí, Alberto, solo que no tienes la instrucción para ver más allá de lo que tus ojos te muestran. ¿No te preguntas por qué no agasajó o devoró con la mirada a esa señorita de ahí abajo, la del vestido azul marino?

—Pues…

—¿Te parece guapa? —siguió diciendo Anthony, casi sin darle tiempo a pensar—. ¿No te parece atractiva? Ese vestido además es muy provocativo, delinea sus curvas de forma muy atrayente. ¿No la miraríais si te cruzaras con ella por la calle?

—Sí, desde luego que sí… espera… espera, creo que ya lo tengo, creo que me he dado cuenta de lo que quieres decirme.

—Adelante, sorpréndeme.

—El vestido que esa mujer viste es de corte francés, por lo que debe ser francesa.

—¡Muy bien! —exclamó Anthony, aplaudiendo con efusividad—. Desde aquí no le verás la cara, pero desde ahí abajo serán fácilmente apreciables sus facciones extranjeras. Si fuera la primera vez que hace esto podría ser una casualidad o deberse a otro hecho, pero es la sexta vez que se lo veo hacer ante distintas mujeres. Le da asco glorificar a una mujer de fuera de España.

—Racismo puro y duro. Joder, Anthony, lo tuyo es magia.

—Es observación y análisis, amigo mío. Solo eso.

—Supongo que la figura de San Gabriel se la habrás visto un par de veces mientras intentaba esconderla a ojos ajenos ¿no?

—Correcto, hasta cuatro veces.

—¿Y por qué ocultarlo? ¿Qué sentido tiene?

—¿Has pensado esa pregunta antes de formularla? Porque estoy seguro de que sabes la respuesta, solo que no las has pensado.

Durante más de un minuto, Alberto permaneció en silencio intentando ordenar su mente, evocando imágenes de Marcos y recordando los diálogos que con él tuvo. Sin embargo, no llegaba a ninguna conclusión, no encontraba un nexo o argumento que explicara ese comportamiento.

—Está relacionado con su racismo —resolvió Anthony, como si fuera un profesor instruyendo a un alumno—. San Gabriel es de origen judío y para él sería una contradicción muy grande odiar a los judíos y adorar a uno de sus santos.

Alberto asintió con los ojos cerrados, asimilando la lección de deducción que le había impartido Anthony. Oírle hablar con tanta claridad y simpleza le resultaba sorprendente, teniendo en cuenta que estaba leyendo la vida de una persona a la que acababa de conocer hacía un par de semanas solo.

—Una pregunta más, Anthony. Supongo que su problema de visión lo habrás observado en nuestra convivencia aquí, estas semanas, pero… joder, tengo que preguntártelo ¿cómo sabes que pone papel higiénico antes de sentarse en el trono? Porque puedo creerme que hayas coincidido luego de él, a la hora de entrar en el baño, pero el papel ya no estaría ahí en la taza del váter ¿no?

—Desde luego que no, Alberto.

—¿Entonces?

—Por la cantidad de papel limpio, sin usar, que había en la papelera. Normalmente tú usas un par de papeles y luego recurres al bidé, pero en el caso de Marcos hay una base de papel no usado tirado en la papelera. Deducir para qué lo usa en ese ámbito ya es un simple formalismo.

—Que susto ver cómo tú ves —se dijo Alberto en voz alta, abriendo los ojos de par en par como si estuviera sorprendido de no haber sido consciente de una verdad tan obvia.

Sonó el teléfono. Anthony lo descolgó y se limitó a decir un escueto "buenas tardes" para luego centrarse en escuchar. A los pocos segundos, tomó su pluma estilográfica y comenzó a escribir un par de anotaciones en su inseparable libreta de mano. Tenía los labios tersos y los ojos fijos en un punto imaginario del teléfono, como si estuviera viendo a su interlocutor.

A los pocos minutos colgó el teléfono y emitió un suspiro.

—Avisa a Elisa y a Marcos como puedas, ve a buscarlos o déjales un recado donde creas que vayan a estar. Mañana a las quince horas salimos de viaje. Ha surgido un imprevisto.

—¿Mañana? ¿Cómo mañana? El apartamento no lo tendremos disponible hasta dentro de una semana por lo menos, y nos faltan los billetes de avión y…

—No vamos en avión, vamos en barco. Nuestro destino es la ciudad de Tánger, en Marruecos.

CAPÍTULO 3: CASUALIDADES IMPREVISTAS

Tánger, 10 de noviembre del año 1954

El día había amanecido con una lluvia fina y unos vientos racheados que imposibilitaban el uso del paraguas. El Sol apenas se dejaba ver entre tanta nube oscura, sumiendo entre sombras a la *ciudad de los sentidos*. La gente que circulaba por las calles iba corriendo de una acera a otra con la cabeza baja y las solapas del abrigo sujetadas con ambas manos, intentando evitar verse descubiertos por un azote de aire repentino.

Vincent acababa de llegar a su casa tras recorrer a pie los dos kilómetros que le separaban del hospital español. Estuvo nueve días ingresado por contusiones varias y una fisura en la segunda costilla de la derecha. Le dolía un poco al respirar, aunque ya se había acostumbrado a convivir con esa molestia. Le dijeron que descansara durante un mes antes de volver a sus quehaceres diarios, algo que se le antojaba imposible. Tenía muchas preocupaciones en la cabeza, muchos contactos que saludar para ver si tenían algo para él, y sobre todo, una visita que hacer para saldar cuentas. Largo había movido ficha, pero esto no quedaría así, ni mucho menos. Vincent no era persona vengativa ni alguien que tuviera el sentido del honor como pilar de su vida, pero era consciente que no podía ganarse enemigos en la calle, el lugar donde desempeñaba su trabajo. Debía hacerse respetar o todos se le echarían encima como si fuera una cucaracha, relegándole a ser un detective de segunda categoría, un desecho a evitar.

Vincent vivía en el conocido como *barrio de los españoles*, una zona amplia donde cohabitaban el hospital español, la escuela, la catedral y unas casas para los obreros, un bloque llamado edificio San Francisco. Recibió dicho nombre en conmemoración a los autores que se hicieron cargo de la construcción de todo, un grupo de franciscanos. Su apartamento estaba en la sexta planta y los vecinos eran gente tranquila, la mayoría familias de españoles que trabajaban en la obra o en el hospital. El interior era dos dormitorios, un salón, una cocina y un baño, aunque una de las habitaciones la tenía habilitada como su oficina de trabajo. Era quizás, el lugar donde más tiempo pasaba. Agotaba horas y horas sentado en su mesa de trabajo llena de papeles, con un café caliente en la mano y la radio puesta de fondo. No era ningún secreto que era una persona solitaria, poco amigo de sociabilizar con gente más allá de lo que su trabajo le obligaba. Su filosofía era desconfiar de todos, pues todos tenían algo que ocultar en detrimento del resto. Las personas vivían una época de crisis global, el dinero brillaba por su ausencia en los bolsillos de la clase trabajadora y el miedo a ser arrestado por cualquier comentario mantenía a todos encerrados en su mundo.

En el buzón había varias cartas acumuladas de varios días que ojeó mientras tomaba el ascensor hacia arriba. Una era la factura de la luz y otra la del agua, puntuales cada fin de mes. Otra era del banco, seguramente informando de que no le quedaba saldo en su cuenta corriente. No quiso ni abrirla, simplemente la dispuso al fondo del montón y pasó a la siguiente, que era un sobre nacarado con un sello de Francia. La zona del remitente estaba en blanco y el mata sellos indicaba que había salido de la capital, París.

«¿París? Estaría bien que fuera una herencia de algún familiar lejano», se dijo sarcásticamente, justo cuando el ascensor se detuvo en la sexta planta y las puertas se abrieron.

Le estaba empezando a doler un poco la cabeza de nuevo, por lo que abrió la puerta con rapidez mientras sacaba de su bolsillo un bote de pastillas que le habían dado en el hospital. Dejó las cartas sobre su escritorio y encendió la estufa, justo cuando el teléfono comenzó a sonar, como si estuviera dándole la bienvenida. Se le antojó un buen café calentito, por lo que puso agua en la cafetera, dejando que el teléfono siguiera insistiendo con su irritante timbre. Se sentó y se tragó el calmante con un vaso de agua mientras se echaba el brazo diestro sobre las costillas, lamentándose de los pinchazos que le azotaban.

«Maldito Barry... te juro que vas a lamentar lo que has hecho, sucia bola de sebo. Crees que estoy acabado pero...», pensó en silencio, cuando el teléfono volvió a sonar. Esta vez le prestó algo más de atención, aunque aún no encontraba suficientes fuerzas como para ir descolgarlo. Seguramente sería alguien reclamando alguna factura impagada o algún vecino quejándose de que no pagara la comunidad que se hacía cargo de la limpieza del portal y del ascensor.

Se dirigió hacia su despacho y subió la persiana de la ventana para dejar pasar la escasa luz que se filtraba a través de las encapotadas nubes. Se encendió un Bisonte y ajustó la radio en el dial de Radio Andorra, con la sensual voz de la periodista Victoria Zorzano transmitiendo las noticias. Tomó de nuevo las cartas y abrió la que venía de París con un abrecartas dorado decorado con un lapislázuli en su empuñadura, una de las pocas cosas que guardaba de su padre.

Estimado Vincent,

Estoy viviendo feliz en París, sin peligro a nada y feliz de la cercanía de gente. Mi esposa tiene ganas de que coincidamos para conocer más sobre mí. Es mi descubrimiento más preciado. No imaginas cuanto debes sacrificarte y confiar en ella. En mi vida, ningún individuo o contacto, francés o español, me encandiló ni logró enamorarme en tal grado. Ningún amigo, familiar, otro cónyuge o país despiertan esto, pues es puro.

Buscaran quienes fuimos, tu vida y muerte, así que coge solidariamente toda mi amistad como legado y testigo. A ti lego las magníficas sílfides, ocho estatuas doradas y sus correspondientes diez pedestales plateados. En sus frágiles manos encontrarás gratitud.

De parte de Aníbal te remito, con honesta sinceridad, el deseo y permiso para conocer de corazón a Artois, mi padrino.

Tu amigo,
Alejandro Villarejo

«¿Alejandro Villarejo? —pensó Vincent, con sorpresa—. ¿Ahora resulta que vives en París? ¿Y casado? ¡Válgame Dios!

¿Cómo rábanos ha conseguido un pazguato como tú, un simple repartidor de correspondencia publicitaria, prosperar hasta ese punto? Amor, sacrificio, familia… ¡Menuda palabrería falsa! Apostaría mi vida a que ella está bien rodeada de billetes».

El teléfono volvió a sonar por tercera vez. Fuera, la lluvia y el viento arreciaron con más dureza, haciendo temblar la cristalera de las ventanas con un zumbido constante.

«¿Me dejas unas sílfides? ¿Unas estatuas de jardín o qué? ¿Y para qué quiero yo eso, amigo Alejandro? —siguió diciéndose a sí mismo, en tono irónico—. ¿Acaso crees que quedarían bien aquí, en mi balcón? ¿Y quién es Aníbal? El único Aníbal que conozco es el conquistador cartaginés, así que…»

El teléfono seguía en su recital sonoro, martilleando una y otra vez la paciencia de Vincent, que finalmente se dignó a recorrer los escasos metros que lo separaban del aparato infernal.

—¡Ya va! ¡Ya va! Así os lleven al diablo a todos… —dijo en voz alta, como si alguien le pudiera escuchar a través del micrófono colgado. Justo cuando descolgó, se perdió la señal.

Se quedó mirando el teléfono con una mirada muy característica en él, enfocando sus enormes ojos azules hacia un punto intermedio entre su nariz y el objeto en cuestión. Era un trance que lo recorría cuando se percataba de algo que había pasado por alto en una primera vista y que volvía a su mente sembrando dudas.

«¿Por qué no has dejado remitente, Alejandro? ¿Cómo se supone que voy a responderte o a requerir tu legado si no me dejas dirección alguna? Aníbal… ¿Aníbal el conquistador? Trabajabas en la obra, pero pocas veces te vi manchado de polvo o arena… tú andabas metido en otra cosa, seguro. Pero… ¿a qué viene esta carta ahora? ¿Quieres que conozca a tu mujer y a tu padrino? ¿Para qué? Éramos vecinos, amigos de bares, solo eso».

La cafetera rompió a chillar en la cocina, sacando del trance a Vincent de inmediato. El café llegaba en el momento propicio, algo que celebró encendiéndose un nuevo Bisonte mientras alzaba el volumen de la radio. Necesitaba ducharse para quitarse el olor a hospital y descansar para calmar las punzadas que le seguían azotando en el costillar. No había hecho casi nada hoy, pero se sentía exhausto.

La mañana siguiente se despertó despejada, aunque a medida que pasaban las horas, el cielo volvía a tiznarse de nubes oscuras, dando paso a la incesante lluvia de estos meses otoñales. Vincent se levantó obligado por el dolor de vejiga que tenía, y es que había dormido más de un día. Cuando vio que el reloj marcaba las dos de la tarde se asustó, pues recordaba que era casi el mediodía de ayer cuando decidió tumbarse a descansar. Se notaba miserable, cansado y apaleado, aunque tuvo la suficiente fuerza de voluntad como para vestirse y acicalarse. Las paredes de la casa le estaban asfixiando, necesitaba respirar un poco de la calle, recorrer los angostos pasillos del zoco y hablar con alguien que no fuera él mismo. Además, tenía una vista que hacer, no quería dejarlo más. Debía ir a hablar con Largo y solucionar de una vez por todas todo el embrollo que se había formado.

Hamid el Hassani era un comerciante de especias que empezó vendiendo sus productos en el mercado, en un puesto de menos de un metro cuadrado de espacio. Era joven y tenaz, buenas virtudes ante la oportunidad que le surgió un día cuando conoció a su protector, un tal Rachid Amer, un prestamista que se dedicaba a extorsionar a familias y comerciantes de la zona a los que prestaba dinero con muy altos intereses. Hasta la policía local hacía oídos sordos cuando alguien de su banda pasaba por las calles del zoco para cobrar. Simplemente ponían la mano y recibían también ellos su parte correspondiente, dejando que actuaran a voluntad. Hamid supo ganarse la confianza de Rachid hasta tal punto que fue presentado como su lugarteniente y futuro sucesor en el negocio, algo que sucedió pocos años después. Hamid pasó a ser un prestamista de alto reconocimiento y su inmensa fortuna le permitía afrontar préstamos de cantidades muy grandes. En la calle, a Hamid el Hassani se le conocía como "el Largo", haciendo alusión a su altura y su cuerpo esquelético.

El Largo tenía muchos locales donde tenía ubicados a hijos y familiares bajo su servicio, mientras que él pasaba el día en una tienda de ultramarinos de la avenida de Fes, un lugar muy transitado y de buena presencia. En la puerta ya se adivinaba que estaba él dentro, pues tres hombres de gran envergadura y rostro impávido hacían de barrera antes de entrar. Vincent conocía a uno de ellos, un tal Donovan Cartier, de origen inglés. Hasta donde sabía, era una buena persona, casado con una marroquí y padre de un hijo varón.

La lluvia era escasa, aunque hacía mucho frío en el ambiente. Cuando se acercó a la tienda, tapado con la gabardina oscura y con el sombrero ligeramente encorvado hacia el frente, los tres vigilantes se pusieron en guardia, metiendo sus manos en los bolsillos y apuntando hacia él.

—Tranquilos, no vengo armado. Necesito hablar con Largo —dijo Vincent, sacando sus manos de los bolsillos y permitiendo que uno de los matones le palpara la ropa.

—Hola Vincent, malos tiempos ¿no? —le dijo Donovan, mientras su compañero seguía cacheándole.

—Malos tiempos, Donovan, malos tiempos… ¿Qué tal tu hijo y tu mujer?

—Muy bien, acaba de aprender a montar en bicicleta sin la ayuda de las ruedas de seguridad. Mi mujer bien también, con sus cosas, ya sabes. ¿Y tú qué? ¿Algún día te casarás?

Vincent lo miró con las cejas bajas y la nariz arrugada, negando con la cabeza la disparatada idea.

—Ya sabes que yo estoy casado con mi vida, con mi trabajo. No creo que exista una mujer capaz de entenderme y que yo la entienda.

—No digas eso, hombre. Nunca se sabe cuándo conocerás a la mujer perfecta para ti. Deberías cambiar de trabajo, Vincent, dedicarte a otras cosas más tranquilas y así asentar tu vida un poco.

—¿Es un consejo o una amenaza, Donovan?

—Un poco de cada.

El matón que lo había estado registrando asintió a sus dos compañeros, dando a entender que iba desarmado, por lo que le permitieron entrar a la tienda.

Largo estaba en la trastienda, en una habitación decorada con toda suerte de ornamentos estrambóticos, desde animales disecados hasta armas medievales, una mezcla rocambolesca para gustos muy refinados. Largo estaba al otro lado de una mesa enorme que sujetaba varios libros de gran tamaño sobre su superficie. Estaba en mitad de una charla con dos hombres que no paraban de pedirle ayuda. Eran muchos los que acudían a visitarle para pedirle dinero, pero pocos los que aceptaban las condiciones que él ponía. Sus clientes más habituales eran traficantes de drogas y tabaco, pues compraban mercancía con ese dinero para luego obtener unas ganancias lo suficientemente grandes como para devolverle el préstamo y los intereses.

En la habitación había dos hombres más cerca de la puerta, dos matones que Largo se aseguraba de tener siempre a su lado por si las cosas se complicaban.

No tardó en despachar a los dos visitantes para dar paso a Vincent. Tenía dibujada en su cara esa sonrisa falsa que tanto le caracterizaba, una mueca que no confirmaba si estaba contento de verte o preparándote algún golpe bajo.

—¡Mi buen amigo Vincent! ¡Cuánto tiempo sin verte! —exclamó Largo, recibiendo a Vincent con los brazos abiertos para fundirse en un abrazo.

—Mucho tiempo, sí —respondió Vincent, devolviéndole el abrazo y los dos besos en las mejillas, una costumbre típica entre los árabes—. Hubiera venido antes, pero estuve en el hospital, como ya sabrás.

—¡Qué gran desgracia! Sí, sí, sí… aunque se te ve bien ya. Eres un hombre fuerte, un detective duro de matar ¿eh? Jajaja. ¿Te apetece un té negro, amigo?

—Sí, me apetece, gracias.

—*Iiedad athnyn min alshay* —ordenó Largo a uno de sus súbditos mientras se sentaba frente a Vincent en una mesita baja de madera, un mueble típico de la región—. ¿Qué puedo hacer por ti, amigo Vincent? ¿Necesitas algún favor?

—Largo, lo que te cobré por el trabajo estaba justamente cobrado. No descubrí nada, y deberías pensar que eso es debido a que no había nada raro. Nadie te…

—¡Olvida eso, Vincent! Eso es pasado y ya está saldado. No hay nada que perdonar ni lamentar. Conozco un dicho que dice "no rechaces el agua turbia, pues con los años puede purificarse".

—¿Olvidar? ¿Te tengo que recordar la paliza que me dio el bastardo de Barry y su puñetero perro morito, Hamid? Me dijeron bien claro que venían de tu parte…

—Olvida eso —volvió a interrumpirle Largo, reclinándose en el sillón y encendiéndose un cigarrillo—. Esto es un negocio, Vincent, y tengo que mantener el honor impoluto. No es nada personal contra ti, ya lo sabes. De hecho me caes muy bien, eres una persona muy trabajadora y con quien uno puede emborracharse e ir de putas sin problemas. Pero me dejaste en mal lugar, Vincent, quisiste quedarte con mi dinero y eso no lo puedo permitir. Ya te digo que seis mil pesetas no es dinero, con gusto te lo prestaría sin preguntarte para qué lo necesitas o en qué lo vas a gastar, pero es cuestión de honor, de orgullo personal. Si hoy tú me robas, mañana todos lo intentarán.

—Largo, me estás empezando a enfadar ya con esa historia. Vamos a ver, dejemos las cosas claras. ¡Yo no te he robado nada! ¿Vale? Ese dinero me lo merecía y punto. Así que deja de enviarme a tus esbirros de mierda si no quieres que te los devuelva con una bala entre ceja y ceja, ¿entendido? Y tú también me caes bien, muy bien. Sabes aprovecharte del sistema que rige la sociedad hoy en día y te aplaudo por ello, pero no te permito que violes mi vida. Conmigo no sirven tus trucos baratos, ¿entendido?

—Cálmate, hombre, cálmate —replicó el Largo, tomando la tetera que acababan de traerles y sirviendo té negro en dos vasos—. Ya te he dicho que no es nada personal y créeme que me costó mucho ordenar que fueran a por ti, pero este negocio se mantiene así. De todas formas, ya no hay nada por lo que debatir. Paz, amigo, la deuda está saldada.

Ambos vasos de té chocaron en un brindis.

—¿Deuda saldada? ¿Estamos hablando de lo mismo o es que me he perdido algo? Yo no te he devuelto nada, Largo.

—Alguien pagó por ti, tanto las seis mil pesetas como los intereses acumulados por la demora. Una mujer maravillosa, sin lugar a dudas, no regateó ni intentó convencerme de nada. Se limitó a preguntarme cuánto era tu deuda y la pagó al instante y al contado.

—¿Una mujer? ¿Cómo que una mujer?

—Y por cierto, veo que tus preferencias sexuales han mejorado mucho. Ya no te rodeas de putas baratas ni viejas solitarias ¿eh? Una mujer como esa quita años tan solo con mirarla, se ve que tiene clase, sabe hablar muy bien y tiene un cuerpo que parece esculpido por mi imaginación.

—¿Te dijo su nombre? ¿Era Nicole?

—Tú eres un pirata… jajaja —respondió Largo, riéndose a carcajadas mientras se servía otro vaso de té—. ¿Es tu novia? ¿Tu pareja? ¿Una amiga muy amiga?

—Largo, esto es importante. ¿Te dijo su nombre? O descríbeme cómo era.

—Guapa, muy guapa. Piel blanca como la nieve y ojos verdes como la hierba fresca de la mañana. Un pelo amarillo como el Sol mecido por el fresco viento del deseo.

—Estás hecho todo un poeta, Largo —sentenció Vincent, ingiriendo de una sorbida todo el contenido de su vaso de té y volviendo a mirar a Largo, que le respondió con una carcajada sonora mientras se levantaba y buscaba algo en el desorden reinante de su mesa.

—Toma, me dio esto para ti. Me dijo que vendrías y que necesitarías esto.

—¿Qué es esto?—preguntó Vincent atónito, mirando una tarjeta de visita donde ponía en letras doradas "Nicole Bachir, *conseiller financier*". Más abajo, escrito con bolígrafo, ponía un número de teléfono.

—Es del hotel Minzah, en la calle de la Libertad.

—Sé dónde está el hotel Minzah. Por lo que veo, ya has llamado ¿no?

—Una mujer así no es para dejarla ir así como así, Vincent. Quería estar seguro de que solo tenía ojos para ti, jajaja.

—Tú sí que estás hecho un pirata, Largo —dijo Vincent con una sonrisa forzada entre sus labios mientras se encendía uno de sus cigarrillos.

—Se ve que la tienes embobada… ¿la drogaste o algo así?

—A ti sí que te voy a drogar, aunque perdería el tiempo, porque ya eres inmune a todas las drogas conocidas en este ancho mundo —replicó Vincent, con Largo totalmente arqueado entre risas.

—¿Ves por qué me caes tan bien, Vincent? Jajaja.

—Déjate de risas y dime qué te dijo, anda.

—No me dijo nada, créeme. Que había venido a visitarte, porque te echaba mucho de menos y que esperaba con ansias volverte a ver en estos días.

—Ya veo…

—Se te ve raro, Vincent, como apagado. ¿Qué te pasa? ¿En qué andas metido ahora? ¿Puede Largo ayudarte? Tú sabes que puedes confiar en mí.

—Ni yo sé en qué estoy metido, Largo. Gracias por el té —dijo Vincent a modo de despedida, levantándose y poniéndose de nuevo la gabardina y el sombrero—. Y por cierto, dile a Barry "el Gordo" que va a lamentar lo que hizo. Sacar un arma en mitad de una pelea a puños es de cobardes sin honor. Me pienso asegurar de que la próxima vez que vaya a comer patatas fritas necesite a alguien que le pinche el tenedor.

—Jajaja… Barry es como es, un loco hijo de perra. Ya es mayorcito para responder de sus actos, así que tú sabrás. Él solo trabaja para mí cuando lo necesito para algún trabajo esporádico, pero como él hay muchos.

—Es bueno saber que no te ofenderás cuando le parta en dos esa cara de idiota que tiene.

Vincent abandonó la tienda de Largo y se dirigió, como era costumbre en él casi a diario, a la cafetería de París. Allí almorzaba cualquier cosa y charlaba un rato con alguna cara conocida. Ya podía estar muy justo de dinero, que siempre sacaba algunas pesetas para ese capricho.

Al pasar por el mirador ubicado en el bulevar principal de la ciudad, con fantásticas vistas hacia el puerto, se detuvo en una de las cabinas telefónicas y sacó la tarjeta de Nicole. Por un lado prefería olvidarse de ella y de todos sus asuntos, pero por otro, sentía la necesidad de aclarar el pago altruista que le hizo a Largo. No quería deber nada a nadie, sabía que eso era una losa que tarde o temprano acabaría aplastándole.

Introdujo un par de monedas en la ranura y marcó el número de la tarjeta, mientras se encendía un cigarrillo y se ajustaba el sombrero en la cabeza. Faltaron seis tonos antes de que la voz de un joven marroquí le atendiera. Vincent le indicó que deseaba hablar con Nicole, un huésped de su hotel. Añadió la descripción de la mujer, pues para el dependiente no eran suficientes datos como para saber a quién se refería, a lo que finalmente la localizó entre sus registros.

La espera se hizo eterna, más de doce largos tonos antes de que la mujer de voz afrancesada descolgara en el otro lado de la línea. Por un momento, se la imaginó saliendo de la ducha y envuelta en una toalla larga.

—¿*Aló*? ¿Dígame?

—Buenas tardes, Nicole, soy Vincent Arcadio. Largo me dio tu número de teléfono…

—¡Vincent! Creía que no ibas a llamarme nunca —le interrumpió Nicole, estallando en alegría—. ¿Qué tal estás? ¿Más recuperado? En el hospital me dijeron que afortunadamente no eran heridas muy graves, pero han pasado ya muchos días.

—Estoy… estoy mejor… y… espera, ¿estuviste en el hospital español? ¿Cómo te dieron mi parte médico? No eres familiar mío ni nadie cercano.

—¿Y eso te preocupa? Simplemente conozco a gente allí, buena gente con la que comparto muchos favores. No me digas que te ha molestado que haya preguntado por ti.

—No es que me moleste, pero no me hace gracia que alguien esté acosándome así. Nos vimos para un trabajo y quedó claro que no estaba interesado en aceptarlo. No sé a qué viene que actúes así. No te conozco de nada para este tipo de favores, y no me refiero a que vengas a visitarme al hospital precisamente.

—Vamos Vincent… ¿de verdad eres tan desconfiado? ¿Es que no puede una mujer hacer algo bueno por un hombre? Yo tengo dinero y tú no, y he querido ayudarte en los problemas que te ataban con el señor Hamid el Hassani, eso es todo. ¿Por qué siempre le buscas doble sentido a todo?

El tono de Nicole volvía a adoptar ese timbre de picardía tan notorio en ella, oscilando entre la inocencia y la malicia. Vincent comenzaba a arrepentirse de haberla llamado.

—A ver Nicole, dejemos las cosas claras. A ese usurero del demonio no le debía nada. Me contrató para una investigación, pagándome por adelantado, y le hice el trabajo durante varios días y varias noches. Sin embargo, al final no se obtuvieron los resultados que él esperaba y me pidió que le devolviera el capital. Es como si pides a un costurero que te haga un vestido de dos metros de largo y luego le pides la devolución del dinero porque te va largo. Él ha hecho el trabajo que tú le encomendaste, no esperes que el resultado sea satisfactorio sin saber lo que estabas pidiendo.

—No pasa nada, Vincent. Como habrás podido intuir, tengo dinero de sobra, y no me supone ningún esfuerzo el pago que hice. De verdad, no pasa nada, lo hice voluntariamente sin esperar nada a cambio.

—Celebro que digas eso, porque no te debo nada. Quiero dejarlo claro para que no hayan luego malentendidos.

—Por mi parte no hay malentendidos, Vincent —respondió Nicole, acompañando toda la frase con una risa comedida.

El teléfono comenzó a emitir un pitido, indicando a Vincent que le restaba un minuto de conversación antes de cortar la comunicación.

—Bueno Nicole, esto se corta ya. Gracias por…

—Espera un momento Vincent, dame un segundo que llaman a la puerta. No cuelgues.

«Maldita sea —pensó el detective, introduciendo diez pesetas más en la ranura del teléfono—. A este paso me voy a dejar aquí un dineral y a mí no me sobra el dinero, precisamente».

Un minuto largo tardó Nicole en ponerse de nuevo al teléfono, poniendo a prueba el límite de cualquier persona.

—Aquí estoy, Vincent. Perdona por haberte hecho esperar, pero me traían el almuerzo y tenía que atenderle.

—No pasa nada. De todas formas ya está todo dicho, Nicole. No quiero entretenerte más. Espero que te vaya todo bien y que tengas suerte en tus proyectos.

—Espera, querría saber una cosa antes de que me cuelgues —replicó Nicole, para hastío de Vincent—. El día que nos conocimos en el teatro me dijiste que Nicole no era mi nombre real. ¿Puedo saber por qué pensaste eso?

—Sacaste un pañuelo caqui para limpiarte los mofletes, y en una de sus esquinas estaban bordadas las iniciales O.B. Podría ser de tu marido, pero al referirme a ti como señorita no me corregiste, por lo que es obvio que deben ser las iniciales de tu nombre.

—¿Y no has pensado que podría ser el nombre de mi madre, Odette Bachir?

—¿Vas con el pañuelo de tu madre?

—Todos guardamos cosas de nuestros padres, Vincent. Estoy segura de que tú también tienes cosas de ellos en tu casa, sobre tu mesa de trabajo o en tu mesilla de noche.

Por un momento, a Vincent le azotó la idea de que Nicole había estado en su casa, aunque le pareció un comportamiento tan tremendamente atrevido que lo descartó en el mismo instante.

—Pudiera ser de tu madre, vale, aunque hay algo que contradice ese hecho, o al menos así me lo pareció a mí. Espero que no te sientas ofendida, pero me dio la sensación de que querías que te descubriera, porque ni estabas sudando ni llevabas maquillaje que necesitara ser limpiado.

Nicole guardó silencio durante unos segundos antes de responderle. Se la oía respirar a través del micrófono con bastante profundidad.

—Veo que no me he equivocado al contactarte. Ya me dijeron que tus dotes de observación y deducción eran proverbiales, aunque tenía mis dudas al respecto. Sin embargo, has logrado sorprenderme y eso no lo hace mucha gente.

—¿Qué te han dicho…? Bueno déjalo, me da igual. Me despido, Nicole, o como quiera que te llames, un placer haberte conocido.

—¿Dónde estás, Vincent? ¿Has comido ya? Me gustaría almorzar contigo y…

—Olvídalo —interrumpió con brusquedad Vincent—. Tengo cosas que hacer y por las que preocuparme, porque yo sí tengo que pensar en cómo ganarme el dinero para poder seguir pagando facturas.

El teléfono advirtió de nuevo con un zumbido que o echaba más monedas o colgaba automáticamente la llamada.

—Por favor, Vincent, escúchame. Tenía que ponerte a prueba para estar segura de que podía confiar en ti. Este asunto del que quiero hablarte es más importante de lo que crees, mucho más relevante que cualquier caso que resolvieras en tu pasado.

—Olvídalo, Nicole. Hablaste de espionaje entre países, muertes, con el mismísimo Franco metiendo la nariz en ese asunto. No es plato de buen gusto para mi paladar, es mucho alpiste para este pájaro.

—Cobrarás cien pesetas por día, Vincent, comida y alojamiento incluido —dijo de forma apresurada y tajante Nicole. Vincent dudó por unos segundos, aunque optó por hacer caso a su experiencia.

—No es cuestión de dinero. Yo no puedo meterme en temas de espionaje entre países, no tengo ese entrenamiento. Quizás tenga un vida miserable, pero es mi vida y la quiero vivir lo mejor posible, aunque sea con ochenta pesetas en el bolsillo.

—¿Espionaje entre países? Vamos, Vincent, estoy segura de que hasta tú te has dado cuenta de que esto no es algo tan simple como eso. Es un descubrimiento que hará zozobrar los cimientos de las sociedades si sale a la luz de forma equivocada. ¡Te estoy hablando de hacer algo por la sociedad!

—Lo siento, Nicole, mi altruismo llega a dar de comer a un mendigo o a ayudar en algún trabajo a un amigo. Salvar al mundo es algo que prefiero dejar a Dios.

El teléfono volvió a sonar, ahora de forma constante. Quedaban treinta segundos de conversación y Vincent no tenía intención de seguir alimentándolo con más monedas.

—Creía que al menos oirías lo que tenía que decirte, que al menos sentirías curiosidad por saber en qué consiste todo.

—Ya me lo dijiste, ¿recuerdas? Voynick… un manuscrito que tenía en su haber… mucha gente buscándolo…

—¡No hagas eso, Vincent! ¡No justifiques tu decadencia en la vida simplificándolo todo! —gritó Nicole, creando un incómodo silencio entre ambos.

—Bueno Nicole, esto se corta ya. Siento no haber sido lo que creías que era.

—Yo también lo siento, Vincent —respondió Nicole, con voz más sosegada—. Estaba convencida de que aceptarías ser parte de este proceso, aunque tampoco puedo obligarte.

—Así son las cosas.

—Pues nada, gracias por nada.

—Por cierto, ¿cómo te llamas? Tu nombre real, quiero decir —dijo a modo de despedida Vincent.

—Me llamo Nicole, no te mentí. Nicole Bachir. El pañuelo que viste lo compré en un bazar aquí mismo, en el zoco. En efecto, fue un señuelo para ver si te percatabas de esa señal, solo eso.

—Bueno, al menos eso lo hice bien —dijo Vincent, intentando animar un poco la despedida.

—Te puse tres trampas, pero solo viste esa. Estás por encima de la media, lo reconozco, aunque tampoco pienses que eres una eminencia, que no se te suba a la cabeza.

—Tranquila, soy poco soñador, jajaja.

—Lástima… la imaginación a veces nos muestra lo que los ojos no consiguen ver.

Ya quedaban escasos segundos de conversación. El importe introducido en la cabina había llegado al límite de su tiempo y Vincent ya estaba mirando hacia la calle para seguir su camino.

—Pues nada, Nicole. Me ha gustado conocerte, aunque no hayamos hecho ningún trato. Y gracias por tu ayuda con Largo. Ha sido un detalle por tu parte.

—De nada Vincent. Cuídate mucho y suerte en tu vida.

—Si quieres podemos vernos algún día, para otro asunto que no sean temas profesionales —se atrevió a decir Vincent, mordiéndose el labio de nerviosismo. Se oyó una risa muy seductora en boca de Nicole desde el otro lado del teléfono.

—No sé si volveremos a vernos, Vincent. Salgo hoy mismo para París y no creo que vuelva en mucho tiempo a Tánger. Gracias de todas formas por la invitación.

—¿A París? ¿Sales a…?

No hubo tiempo para más. El teléfono dio por finalizada la conversación. Vincent no creía mucho en las casualidades, sobre todo cuando sucedían el mismo día. De París era la misiva que recibió de Alejandro Villarejo, un hombre con el que apenas compartió puerta en el mismo edificio y saludos esporádicos en el ascensor.

«¿Se conocerán estos dos? Seguro que es otra de las tretas que Nicole sembró. Igual me envió ella esa carta para hacerme creer que un amigo me necesitaba o me dejaba una herencia, como era el caso. ¡Aunque mira que dejarme unas sílfides! Ya podría haber pensado algo mejor… no sé, una casa, un coche, algo de dinero… —fue pensando Vincent mientras recorría los últimos metros hasta llegar a la cafetería de París—. Joder, más casualidades… *cafetería de París…* ni hecho a propósito».

Accedió al interior y saludó a Mohammed, el camarero que siempre le atendía. Le pidió una tapa de albóndigas con salsa de tomate con un café bien cargado, mientras tomaba asiento cerca de unos de los ventanales, donde se encendió otro Bisonte para relajarse un poco de toda la tensión mantenida. Las punzadas en las costillas le volvieron a hacer acto de aparición, para desgracia suya.

«Tú no podías haberme enviado esa carta desde París, estabas aquí —siguió cavilando, mientras le iban sirviendo el café—. Aunque igual tienes allí amigos que lo hicieron por ti, está claro. ¡Menuda mujer! En otro lugar y en otra situación hubieras sido mi mejor conquista… con alguien así no me hubiera importado casarme, sin lugar a dudas».

—Buenos días, señor Arcadio —dijo un hombre de constitución ancha y rostro poblado de cicatrices, haciendo que Vincent se sobresaltara por el susto—. ¿Puedo sentarme?

—¿Le conozco? —le respondió el detective, cerrando los ojos y dando una calada larga a su cigarrillo.

—No, ni es mi intención que lo haga —replicó el extraño individuo, tomando asiento sin esperar la aprobación de Vincent—. Represento a la agencia de información nacional del estado mayor, el SIAEM. ¿Conoce nuestra Agencia?

—¿Me enseñas la placa o la identificación que lo demuestre?

—¿Crees que vamos con placas donde pone que somos del servicio secreto del estado?

—¿Y por qué tendría que creer en tu palabra?

—Porque yo te lo digo, majadero —respondió de forma insultante el corpulento hombre que, con una mirada implacable, le hizo entender a Mohammed que se llevara de vuelta el plato que traía para Vincent.

—¡Eh!... ese es mi almuerzo. ¿Acaso pretendes matarme de hambre o qué?

—¿Te digo que soy del servicio secreto de investigación y sigues con tu cigarrillo como si no pasara nada? ¿Crees que esto es un juego o qué?

—Ten cuidado con lo que dices. Montañas más altas que tú han besado el suelo, no te creas que me das miedo. Ya puedes venir de parte de la agencia meteorológica o de un garaje de contrabando, que aquí, en Tánger, eres una sombra más entre sus calles. Estás en tierra de nadie y a estos árabes les importa una mierda qué himno cantas en la ducha mientras besas tu bandera.

—Jajaja, veo que eres un tipo duro ¿eh? —respondió el individuo, abriéndose el abrigo y dejando ver la funda de una pistola en su costal derecho—. Ahí fuera hay tres colegas míos deseosos de sacarte la información a torta limpia, pero a mí me gusta más optar primero por los buenos modales, ya sabes… Dejémonos de formalidades y responde, y así podrás estar en tu casita a tiempo para oír tu programa favorito junto a una furcia del barrio. Si escoges el camino difícil, olvídate de frecuentar mujeres lo que te queda de vida. ¿Te ha quedado claro?

—Me ha quedado claro, aunque sigo sin saber qué demonios queréis de mí. ¿Acaso debo dinero al Estado?

—Muy gracioso, Vincent. Hemos descubierto al señor Altamira y tu nombre salió de entre el tumulto de confesiones que dijo. ¿Qué te dijo y qué te dio?

—¿Altamira? ¿Jesús Altamira? ¡Cuánto tiempo sin saber de él! Nos criamos juntos, éramos inseparables en la adolescencia. Recuerdo el día que decidió irse a Madrid porque le salió un trabajo bien renumerado en una gestoría, estaba eufórico. Lamentablemente, la distancia hace que las personas dejen de hablarse y se vayan rompiendo las relaciones.

—Entonces, ¿conocías al señor Altamira? —insistió el interrogador de voz ronca.

—Sí, claro que sí. Ya te digo que nos criamos juntos. Tuvimos nuestro primer empleo en el puerto, cargando y descargando fardos de los barcos, un trabajo duro de verdad. Luego nos pasamos a vivir al mismo edificio, el inmueble San Francisco. Fue una buena época… dura para sobrevivir, pero feliz.

—Jesús fue captado por la Agencia. Aceptó unirse a nuestra gran familia, aunque no nos fue muy leal. Vendía secretos a otros Estados y fue descubierto, algo que le costó muy caro. Y es ahí donde entras tú, pues estaba en una investigación en la que tu nombre ha salido a flote.

—Pues no lo entiendo… no sé qué tengo que ver yo con él o con sus investigaciones. Hace años que no sé nada de él, ni una noticia, ni una llamada, ni una carta… —respondió Vincent, quebrando la frase de forma abrupta y palideciendo al recordar la carta que recibió. No era de Jesús Altamira, sino de un vecino, pero si Jesús quería enviarle algo para que nadie se enterara, qué mejor forma de hacerlo que firmándola con el nombre de un vecino, para no levantar sospechas. Ahora estaba seguro: esa carta se la envió Altamira y no Nicole, como imaginaba.

—¿Te pasa algo? —inquirió el agente del SIAEM—. No irás a marearte ¿verdad?

—No, no… es… es solo que he salido del hospital ayer mismo y aún estoy algo convaleciente.

—¿Estás enfermo?

—Gajes del oficio, nada serio. Una pelea callejera que al final se nos fue de las manos.

—Ya… Pues yo no pienso hacerte solo rasguños, a menos que respondas a lo que se te pregunta.

—¿Me estás amenazando?

—Abiertamente, así que nada de juegos, Vincent. ¿Estás seguro de que no tienes nada sobre el señor Jesús Altamira?

—Totalmente seguro. Ya te digo, no sé nada de él desde hace años. Deberíais preguntarle a él y no a mí. Estoy seguro de que os dijo mi nombre por error, porque yo…

—El señor Altamira está muerto —interrumpió de forma tajante el espía.

—¿Muerto? ¿Cómo muerto…? —preguntó Vincent, aunque ya deducía de la mirada de su interrogador la respuesta, por lo que, prefirió retractarse de la pregunta para intentar salir de la situación tan adversa con disimulo—. Supongo que se metería en problemas y no pudo salir del embrollo.

—Eso no es relevante ya. Debes acompañarme para presentarte a unos amigos míos que tienen más preguntas que hacerte.

—Supongo que no tengo opción ¿verdad?

—Supones bien —le respondió su carcelero, levantándose y convidando a Vincent a hacer lo mismo.

Vincent miró a través de la ventana, donde un Renault Gordini estaba aparcado con dos individuos dentro y uno fuera, este último apoyado sobre el capó y fumándose un cigarrillo sin perder de vista la cafetería. Debía actuar rápido si quería salir de esta situación y solo tendría una oportunidad. Cuando Vincent estaba bajo presión potenciaba sus sentidos y su capacidad de deducción hasta límites impresionantes, trazando estrategias exitosas casi en segundos.

Se levantó y caminó unos metros hacia la puerta, cuando de repente dejó caer al suelo todos los cigarrillos del paquete.

—¡Mierda! —suspiró Vincent, agachándose y levantándose el sombrero mientras los recogía uno a uno—. ¿Te importaría pagarme el café, al menos? Siempre pago mis deudas y no quiero que me miren mal cuando entre aquí.

Su acompañante lo miró con poca conformidad, aunque al final metió su mano en el bolsillo del pantalón y se dirigió hacia la barra. Miró al camarero y le dio diez pesetas.

—Faltan dos pesetas, señor —le dijo Mohammed.

—¿Doce pesetas un café? Menudos bandidos estáis hechos —le replicó el robusto espía mientras buscaba de nuevo en su bolsillo. Le dio una moneda de cinco pesetas y le hizo señales de que se quedara con el cambio.

—Gracias señor.

—Nada hombre, para que te compres un coche —le respondió de forma irónica, aunque tan pronto se giró su sonrisa se tornó a enfado. Vincent no estaba ahí. En el suelo aún estaban todos los cigarrillos que tiró intencionadamente, un hábil movimiento de distracción que lo separó de él mientras le pagaba el café.

Salió corriendo de la cafetería y miró hacia todos los lados de la calle, bastante frecuentada a estas horas. Mucha gente subía y bajaba por la carretera, pero ninguno era Vincent. Había desaparecido.

—¿Ha pasado algo, Marcos? —dijo Alberto, dando la última calada al cigarrillo antes de tirarlo al suelo, cerca del coche que tenían aparcado fuera.

—¿No lo habéis visto salir? Acaba de salir…

—Pues no me he fijado, la verdad. Vi salir a dos personas, pero eso fue antes de que tú entraras.

—Joder, Alberto. Ha salido por delante de tus narices y ni os habéis dado cuenta. ¡Maldita sea! Rápido, tú ve hacia arriba que yo tiro hacia abajo. Dile a esos dos que arranquen el coche y que busquen por los alrededores, no puede estar muy lejos.

—Voy —respondió Alberto, corriendo hacia el coche y dando parte a Anthony y a Elisa, para luego echar a correr camino arriba, hacia el bulevar principal.

Marcos llevaba ya varios metros de avance entre las largas y laberínticas callejuelas que bajaban hasta la playa. Estaba incendiado en rabia por haber caído en una trampa tan inocente.

Elisa arrancó el Renault, aunque apenas llegaron a la primera bocacalle, Anthony le ordenó que lo detuviera y que se bajara con él.

—¿Se te ha ocurrido algo? ¿Has visto algo? —quiso saber Elisa, cerrando las puertas con la llave y tapándose los ojos con unas gafas de Sol de montura roja.

—No, simplemente he pensado. Marcos estaba con ese hombre dentro, pero le distrajo y huyó de él. Sin embargo, nosotros estábamos fuera, y no le vimos salir. ¿A qué nos lleva eso?

—Uhm... no querrás decir que... —dijo Elisa, parándose junto a Anthony en la esquina de la calle, con una visión clara del café de París.

—Se escondió dentro de la cafetería, pues lo normal es pensar como hizo Marcos, que cuando uno huye, lo hace lo más lejos posible del lugar. El señor Arcadio nos detectó fuera, de alguna forma, y supo encontrar el medio para salir tranquilamente andando de una situación tan adversa.

En efecto, Vincent se asomó por la puerta de la cafetería. Se despidió de Mohammed señalándole con el pulgar en alto y comenzó a andar hacia abajo, entremezclándose con la gente.

—¿Vamos a por él? —preguntó Elisa, palpando con la mano la pistola que guardaba en su bolso.

—No, no, así no lograremos nada. Seguramente intente huir de nuevo y muerto no es útil. Además, aquí está en su tablero de juego, como ha quedado patente en la cafetería. La gente le conoce y le ayudará si ven que está en peligro. Es mejor dejarle y que se sienta seguro. Así nos llevará adonde queremos ir.

—¿Crees de verdad que sabe algo, Anthony? Los informes dicen que es un detective de barrio, nadie destacable ni que haga sospechar que oculte algo.

—Es más listo de lo que parece. Se ha deshecho de Marcos y de Alberto con una simple distracción. Ese hombre, armado y con información, puede ser una olla en ebullición, sé lo que me digo. Llámalo presentimiento, Elisa, pero me intranquiliza ese tío. Me da malas vibraciones.

—¡Atento!, está entrando en ese hotel... ¿Hotel Minzah?

—Las respuestas comienzan a brotar —sentenció Anthony, entonando como si estuviera cantando—. Ahí dentro está el motivo de su información, la posible ayuda para llegar a ella, o el medio para saber más. Adelante, vamos.

—Entonces... ¿de verdad crees que él tiene la localización del códice? ¿De verdad piensas que está tras su búsqueda? ¿Qué país le paga? ¿Francia, Inglaterra, Estados Unidos...? Porque no se le relaciona con ninguno de sus embajadores en esta ciudad.

—Está relacionado con una bandera mucho más grande y poderosa: su propia vida. Solo espero que no llegue a saber tanto como para tener que matarle.

CAPÍTULO 4: LA FUGITIVA DE LOS NÚMEROS

Berlín, 11 de noviembre del año 1954

Berlín Oriental era una ciudad con paisajes urbanos desolados, con edificios antiguos ruinosos y muy poca gente poblando las calles. Stalin había fallecido hacía más de un año, dejando al nuevo partido gubernamental la libertad de anunciar el *Nuevo Curso*, buscando una mejora de los niveles de vida y marcando un giro favorable en la inversión de la industria ligera y comercial, así como un mayor abastecimiento de los bienes de consumo. La URSS había garantizado oficialmente la soberanía de Alemania del Este, dando pie a que formara parte en el pacto de Varsovia y entrando en la COMECOM, o consejo de ayuda mutua económica. Era tiempo de reestructuración luego de la guerra que azotó a toda Europa, una época de ordenación política y estabilización económica.

Faiga estaba saliendo de la Universidad libre de Berlín, concretamente de la facultad de filología en la que el profesor Gilbert impartía clases. Se le había hecho muy tarde, más de las siete de la tarde, y no era seguro andar por calles tan desiertas con tanta oscuridad. Faiga era una mujer delgada de apenas sesenta kilos de peso, pero que compensaba muy bien con su baja estatura. Tenía un intelecto por encima de la media, con una capacidad de razonamiento muy despierta. Gilbert no tardó en darse cuenta de esa extraordinaria cualidad y la contrató fuera de las horas lectivas para que lo ayudara en un proyecto de investigación que se traía entre manos.

Le pagaba unos pocos marcos, una bendición para los tiempos que corrían. Incluso los padres de Faiga la empujaron a que se esforzara en satisfacer las necesidades profesionales de su profesor. Era un privilegio pertenecer a una investigación de una eminencia como Gilbert, y si además cobraba por ello, mucho mejor.

—Ese patrón tampoco concuerda, Faiga —dijo Gilbert, con voz cansada mientras le daba un sorbo prolongado a la taza de café con miel—. En el segundo criptograma, la segunda línea me decodifica palabras sin sentido.

—Es que ni siquiera sabemos en qué idioma lo codificó. Es normal pensar que Thomas Beale se basara en el alfabeto inglés, el idioma con el que escribió su libro, mas no dejo de preguntarme si lo hizo por distracción, codificando su mensaje en otro idioma.

—¿En cuál lo harías tú, Faiga?

—En latín, por ejemplo. En uno minoritario que poca gente conozca —respondió Faiga, mirando con preocupación el gran reloj de pared que ya marcaba las siete y cinco minutos.

—Puede ser, puede ser...

—¿De verdad cree que el tesoro existe? Quiero decir, estos pergaminos no dan pie a pensar que sea cierta su historia. Que alguien escriba un libro titulándolo *El tesoro oculto* y que luego derrame en él tres páginas con números no es evidencia suficiente como para dar por cierto que dicho tesoro exista.

—Es lógico desconfiar de la autenticidad de estos escritos, por supuesto que sí, pero como estudiantes de las letras que somos, no podemos pasar por alto que también pueden ser ciertos. Cuando Thomas Beale encontró estos pergaminos en 1885, no supuso que eran tan importantes hasta que se descifró el segundo de los pergaminos. Consumió veinte años de su vida en desentrañar el mensaje oculto que ponía ahí, un tesoro de oro, plata y joyas enterradas en Virginia, en el Condado de Bedford. ¿Por qué iba nadie a tomarse la molestia de crear un pergamino con una codificación tan compleja, necesitando veinte años para ser descodificada, si luego los otros dos pergaminos son patrañas? ¿No te resulta extraño?

—Sí, albergo esa duda, profesor Gilbert, pero también me rindo ante la evidencia de que estos panfletos son de dominio público y nadie ha logrado desentrañar el mensaje oculto. Todos los gobiernos del mundo estarán investigándolo también, reconocidos criptógrafos y eminencias de las letras que estarán volcados en encontrar el patrón que permita leer el mensaje. ¿No piensa que somos un poco soberbios al creer que nosotros sí podremos?

—No debes asustarte de esos grandes criptógrafos, Faiga. Los gobiernos no siempre tienen a los mejores cocos entre sus filas, sino a los más conocidos. No te hubiera hecho partícipe de esta investigación si no supiera que tú reúnes las cualidades necesarias para encontrar una solución, callando la boca a todas esas grandes eminencias.

—Agradezco su confianza, profesor Gilbert —respondió Faiga, sonrojándose y mirando de nuevo el reloj, que marcaba ya las siete y diez minutos—. Igual debería irme ya, profesor, ha oscurecido fuera y mis padres pueden estar preocupados.

—No te preocupes, ahora mismo les llamo y les digo que te llevo yo a casa en mi coche. Te lo ruego, quédate una hora más.

—Gracias, profesor Gilbert. Quedo a su disposición.

Faiga se sorprendió mucho el día que su tutor le habló de la investigación, sobre todo cuando le advirtió que debía guardar absoluto silencio del proyecto. Le dijo que era un asunto de Estado y que nadie debía saber nada. Solo podía hablar de los manuscritos codificados de Beale con él y con nadie más, pues no solo estaría cometiendo sedición, sino que podría incluso ser aprisionada indefinidamente. Faiga, no obstante, era muy discreta, apenas tenía amigos y sus padres no le preguntaban nada de su trabajo fuera de las horas de estudio. Simplemente veían que ganaba un dinero muy bien recibido para la familia y que el profesor Gilbert era persona de fiar.

El códice de Beale eran tres pergaminos codificados solo con números, encerrando un mensaje oculto que ubicaba el lugar exacto donde estaba enterrado un tesoro de enormes magnitudes. Thomas Beale adquirió dichos pergaminos de un hostelero local de su ciudad, y fue capaz de abrir el mensaje oculto del segundo pergamino, donde se explicaba cuál era el tesoro y su localización general, en Virginia. Se suponía que los otros dos pergaminos debían definir con más exactitud la localización, aunque el mismo patrón que sirvió para descodificar el segundo pergamino no servía para los otros dos.

Durante una hora más estuvieron buscando patrones y coincidencias, probando con métodos analíticos que Faiga iba creando a medida que encontraba una posible solución. Llevaban varios hilos de descodificación, buscando sustituciones de números por letras en distintos idiomas y cotejando dichos números con páginas, capítulos y párrafos de libros notorios como la Biblia. Afortunadamente, el profesor Gilbert tenía en su despacho una multitud de libros y réplicas de pergaminos de criptografía que facilitaban mucho la labor, aunque aún así, seguían en punto muerto.

El reloj de pared marcó las ocho con varias campanadas reverberantes por toda la habitación. Faiga se frotó los ojos, algo enrojecidos ya por todo el día, y se levantó de la silla para desentumecer sus extremidades. Gilbert tosió con fuerza y se dirigió hacia la cafetera, para echarse más café en la taza vacía.

Se oyó el ruido de unas puertas abriéndose y cerrándose acompañado de varias pisadas que iban dejando eco en los largos pasillos de la universidad. Se deducían por lo menos a dos personas andando a paso firme.

—¿Quién puede ser a esta hora? —preguntó Gilbert al aire—. Espera aquí, Faiga, voy a ver quién es. Debe ser el rector u otro profesor. Voy a ver.

—Voy mientras al baño, profesor —respondió Faiga, poniéndose el chal de lana para protegerse del repentino frío que se había despertado en el ambiente y guardando en su bolso una copia de los números de Beale—. Me llevará a casa en unos minutos ¿no?

—Sí, vete recogiendo. Por hoy hemos hecho bastante. Necesitamos descansar y renovar ideas. Muchas horas sentado frente a un problema te hace ser parte del problema —respondió Gilbert, abriendo la puerta y tomando el pasillo de la derecha, hacia la sala de entrada.

Faiga salió detrás de él y lo acompañó varios metros hasta llegar a la puerta de los baños. Se mojó la cara con el agua helada que salía del grifo, sintiendo como mil agujas le perforaban la piel para dar paso a un manto de calor al subirle la sangre de los pómulos. Tenía el rostro enrojecido por el golpe frío, una reacción del cuerpo que intentaba compensar la súbita bajada de temperatura bombeando mucha sangre a la zona.

—¿Hola? ¿Quiénes son ustedes? La Universidad está cerrada, no se recibe a nadie ahora —oyó que decía Gilbert.

—Venimos a verle a usted, Gilbert Bauer. Queremos hablarle de cierta investigación que está usted llevando en sus ratos libres.

—¿Quiénes son ustedes? —replicó Gilbert. Se le notaba la voz temblorosa.

—Unos amigos, Gilbert. Por favor, vayamos a su despacho y charlemos un rato. Necesitamos que nos de la investigación Beale que está llevando a cabo y que nos comparta todo lo descubierto hasta el momento.

—¿Cómo saben ustedes que yo…?

—¡No hagas preguntas y obedece! —dijo otra voz más áspera e insultante. Faiga se estremeció y se agachó al lado de la puerta del baño, totalmente asustada.

—¡Cómo se atreve! —exclamó Gilbert— Sepan ustedes que yo no les debo obediencia a ustedes ni a nadie. ¡Identifíquense si no quieren que llame a la policía!

—¿Para qué quieres llamar a la policía, viejo? —respondió el primer hombre con el que habló—. No pongas más difícil esta situación y haz caso a lo que te decimos.

—Mi investigación es algo confidencial. El Estado mayor está al corriente de ello y solo responderé ante ellos. No creáis que me asustáis con esas gabardinas y esos…

De repente, un sonido retumbó por toda la Universidad. Era un estallido que hizo temblar cada bisagra y puerta cercana a los tres hombres. Los espejos del baño temblaron al unísono distorsionando la imagen que reflejaban durante escasos segundos. Faiga no pudo evitar dar un pequeño grito de pánico. Se llevó al instante las manos a la boca, deseando que no la hubieran oído.

Apenas unos segundos después, se oyeron de nuevo pasos acercándose. Faiga había perdido el control, tenía los ojos fuera de las orbitas y tenía una necesidad incontrolada de gritar. Quería salir corriendo de allí, aunque estaba paralizada del terror.

Los pasos se detuvieron en la puerta del baño. Al abrirse, dejó a Faiga tapada por la misma. Vio el zapato límpido de un hombre y parte de su gabardina asomándose a escasos centímetros de ella. Estaba anclado en la puerta mientras otro hombre entraba dentro y abría un grifo.

—Maldito viejo, ha salpicado más sangre que un cerdo. Como no me pueda quitar estas gotas me voy a enfadar.

—Eso te pasa por impetuoso. Tenías que haberte esperado, igual sabía algo —dijo el otro hombre, el que estaba fijo en la puerta, manteniéndola abierta y cubriendo de forma fortuita a Faiga para no ser vista.

—Ese no iba a decirnos nada y lo sabes —respondió el hombre de dentro del baño, que estaba afanado en frotar su gabardina con insistencia—. Estaba pidiendo a gritos que le pegáramos un tiro.

—Venga, date prisa. Tenemos que coger todo lo que ese viejo tenía en su despacho y largarnos de aquí. Mucho ruido llevamos hecho ya esta noche. Y aún debemos encontrar a esa mujer, la tal Arzer.

Faiga tragó saliva y comenzó a temblar al oír su apellido.

—Ya aparecerá, no te preocupes por esa. Siendo la hora que es, debe estar en su casa. Ahora vamos a visitarla... ¡maldita sea la sangre! ¡Es peor que la tinta!

—¡Venga, vamos ya! —insistió el hombre de la puerta.

Ambos sicarios salieron, momento que Faiga aprovechó para llorar desconsoladamente. Las lágrimas bañaban su nariz y sus mejillas con goterones calientes, mientras mantenía ambas manos superpuestas sobre su boca para evitar que se le escapara algún gemido. Habían matado al profesor Gilbert unos metros más allá de su posición y ahora estaban buscándola a ella, unos hechos demasiado duros de aceptar para alguien tan inocente y sumiso como era Faiga.

Se armó de valor y se levantó con las rodillas aún temblorosas, aunque al acercar la mano al pomo de la puerta una fuerza innatural le prohibía abrirla. Estaba aterrada, totalmente paralizada del miedo, aunque sabía que tenía que ir a casa corriendo. Si esos dos llegaban antes que ella, podrían hacerles daño a sus padres. Debía avisar a la policía o avisar a sus padres lo antes posible, debía escapar de allí, y para eso, lo primero era calmarse un poco y mantener la cabeza centrada.

Se agachó y se quitó los zapatos, notando al instante el frío tacto del suelo. Se le erizó todo el vello del cuerpo con el impacto gélido, pero era la única forma de evitar hacer eco con sus pisadas en los solitarios pasillos de la Universidad. Posó con firmeza su mano en el pomo, ahora sí, y abrió la puerta con extrema delicadeza. Apenas se escapó un leve crujido, aunque no fue oído por los dos matones que estaban cuatro habitaciones más allá, tirando cosas al suelo y haciendo un ruido mucho mayor en el despacho del profesor Gilbert.

Faiga salió fuera y comenzó a andar a paso ligero hacia fuera, aunque se quedó paralizada de horror al ver a escasos metros de su posición el cadáver del profesor Gilbert, su mentor y tutor durante todo el curso de filología. Un charco de sangre pegajosa iba aumentando de tamaño al ser alimentada de un orificio asentado justo en su pecho, a la altura del corazón. Tenía ambos brazos extendidos hacia atrás y los ojos abiertos de par en par con cara de sorpresa. Una rosa de color rojo intenso y sin tallo reposaba al lado de su cuerpo sin vida.

Faiga miró hacia atrás, para asegurarse de que nadie la había oído, y siguió su ruta de escape hacia la calle a pasos ligeros. Maldijo que los tendones de las rodillas y los tobillos le chasquearan varias veces durante la huida, aunque consiguió salir del edificio sin ser vista ni oída.

La temperatura de fuera no llegaba a los seis grados centígrados, con una brisa gélida que cortaba la piel de los labios desde los primeros coletazos. Cayó entonces en la cuenta de que se dejó su abrigo de lana gruesa en la universidad, en el despacho de Gilbert. Igual los matones no se daban cuenta de ese detalle, aunque ella sí que se hubiera percatado, no le cabía la menor duda. Menos mal que llegó a coger su bolso y su chal de lana, pues luego de ir al baño iba a irse con el profesor en su coche para que la acompañara a su casa. Debía darse prisa y recorrer los casi diez kilómetros que la separaban de su hogar. Si encontraba una cabina pararía para avisar a sus padres, aunque lo prioritario era correr y no parar.

La noche había caído ya sobre la reconstruida ciudad, dejando sus anchas aceras más desiertas aún de lo que estaban por el día. Faiga notaba su corazón palpitando con tanta fuerza que las costillas le empezaron a doler. La respiración se volvió una maldición de saliva fría en la garganta que le cortaba a cada inhalación que hacía y sus piernas amenazaban con arquearse más de lo normal entre tanta pisada sin control. Era presa del pánico y del nerviosismo, y por mucho que se esforzaba en intentar controlarlo, caía en sus redes.

Dos hombres tapados con varias capas de abrigos, guantes, y un sombrero bajo se cruzaron con ella, aunque ella siguió adelante, corriendo tan veloz como podía. Uno de ellos le dijo algún halago e hizo ademán de ir hacia ella, aunque no encontró ganas de echar a correr y la despidió con un insulto. No era seguro ir sola a estas horas de la noche por las calles, aunque eso ya no era una preocupación en la mente de Faiga, no ahora.

Llevaría diez minutos corriendo, cuando vio una cabina cerca de la biblioteca nacional, un lugar donde los estudiantes como ella habían pasado horas y horas estudiando. Un mendigo la miró de soslayo, refugiado entre varias mantas, y sacó su mano para pedirle algún marco de propina, aunque Faiga pasó a su lado sin hacerle caso alguno. Descolgó el teléfono y buscó en el interior del bolso un par de monedas, que sacó temblando e introdujo en la ranura, sin mirar cuánto era. Marcó el número de la policía y esperó a oír los tonos mientras intentaba recuperar un poco el aliento.

—Está usted llamando a la comisaría de policía. ¿Con quién hablo, por favor? —dijo la voz de un hombre.

—¡Hola! ¡Aquí Faiga Arzer! ¡Necesito ayuda! ¡Me están siguiendo y quieren matarme!

—Cálmese, por favor, y hable más despacio. ¿Me ha dicho Faiga Arzer? ¿Y desde donde nos llama?

—Sí… perdón… —dijo Faiga, intentando recobrar el aliento y calmar un poco las pulsaciones—. Soy… soy Faiga Arzer, vivo en la calle Behren, el número quince. He salido de la universidad y allí unos hombres han matado a mi tutor, y ahora se dirigen hacia mi casa.

—¿Disculpe? ¿Ha dicho que han matado a su profesor? ¿Está usted segura de lo que está diciendo?

—Totalmente, señor. Le dispararon. Es el profesor Gilbert, y era un buen hombre…

Faiga empezó a llorar desconsoladamente, liberando toda la tensión que estuvo reteniendo durante todos estos minutos de huida. Sus gemidos de dolor se mezclaban con continuas negaciones con la cabeza y con unos ojos enrojecidos de desamparo. Se sentía más sola que nunca.

—Oiga, ¿oiga? ¿Sigue ahí? ¿Oiga? —decía con insistencia el policía.

—Sí… sigo aquí —llegó a pronunciar Faiga entre sollozos.

—Dos unidades se dirigen hacia la Universidad ya mismo. Dijo usted el profesor Gilbert, ¿correcto?

—Sí, Gilbert Bauer. Tiene unos setenta años y está… está en el pasillo, cerca de su despacho… —pudo decir Faiga, antes de romper a llorar de nuevo al recordar la imagen de su tutor tendido en el suelo con una bala en el corazón.

—¿Vio usted al asesino? ¿Sabe quién fue o que vestía, por ejemplo?

—No… no lo sé… eran dos hombres grandes y armados. Iban con gabardinas y sombreros. Yo me escondí en el baño.

—Entiendo. Una pregunta, Faiga, ¿dan clases a esta hora?

—No… claro que no… ¿pero qué le pasan a ustedes? —empezó a gritar Faiga al ver que le hacían preguntas absurdas—. ¿Qué tiene que ver eso ahora? Por favor, deben ayudarme. ¡Vienen a por mí!

—No se preocupe, no dejaremos que le hagan daño. Ya le he dicho que dos unidades van hacia la Universidad. ¿Podría indicarme en qué ala de la Universidad ha sucedido todo esto? ¿Y qué hacía usted ahí?

—Es en el despacho del profesor Gilbert, como le dije. Allí lo han matado. Es en la facultad de psicología, yo soy estudiante de filología. Eso hago allí.

—¿Estaba usted en el despacho de Gilbert a estas horas? ¿Revisando algún examen o algo así?

—Trabajo como adjunta para él, fuera de las horas lectivas.

—Ah, entiendo. Está usted contratada, vale, vale.

—Por favor, tengan cuidado, los asesinos pueden estar todavía ahí.

—No se preocupe por eso ahora, Faiga. ¿De dónde nos está llamando usted ahora? ¿Está en su casa?

—No, yo estoy en… —respondió Faiga, abriendo los ojos de par en par y cayendo en la cuenta del tremendo error que había cometido. Debía haber llamado a sus padres antes que a la policía, era lo prioritario.

—¿Oiga? ¿Me oye? Le pregunto que dónde está usted ahora —insistió el policía.

—Estoy en la biblioteca nacional... oiga, deben enviar a más gente a mi casa, van a matar también a mis padres. Por favor, envíen allí a varios policías armados.

—¿También han matado a alguien ahí, me está diciendo?

—No, pero lo van a hacer. Yo... yo voy para allá ahora mismo. Por favor, vayan armados.

—Oiga, no se mueva de donde está. Nosotros la recogeremos en breve y...

—¡Lo siento, no puedo esperar! Por favor, ayúdenme —sentenció Faiga, colgando el teléfono y volviendo a marcar, esta vez el número de su casa.

El teléfono empezó a dar tonos, aunque nadie lo descolgaba. Cada tono que sonaba subía el nerviosismo de Faiga.

«Vamos, mamá... papá... sé que estáis en casa y que no estáis durmiendo, lo sé. Venga, coged el teléfono, cogedlo, por favor».

Cinco tonos largos y no respondía nadie al otro lado. Faiga empezaba a temerse lo peor, aunque intentaba alimentarse de esperanzas.

«Aún podéis cogerlo... venga papá, coge el teléfono, por favor. Cógelo. Mamá, venga... debe estar en la cocina, haciendo la cena, y papá habrá salido a tirar la basura... sí...»

Ocho tonos llevaban ya, más de lo que por educación estaba bien visto, cuando se oyó como se descolgaba al otro lado. La voz de un hombre respondió de forma escueta.

—¿Sí?

—¿Papá? Soy yo, Faiga, papá. Menos mal que os consigo hablar. Mira debes coger a mamá y salir corriendo de casa. ¡Han matado al profesor Gilbert! ¡Le han disparado, papá! Ahora me están buscando a mí y dijeron que iban a ir hacia casa. Papá, van armados, son asesinos, debéis salir de ahí corriendo e ir a la policía.

—¿Viste quiénes eran? —preguntó su padre, como si el resto de lo que le había dicho no fuera más trascendente.

—¡Papá! Debéis salir de ahí ya, no sé si estarán de camino, hace mucho que salí de la Universidad y seguro que ellos van en coche. Sí, vi a uno de ellos, y creo que podría reconocerlo, aunque ya hablaremos de eso con la policía. Debéis salir de allí cuanto antes, papá.

—Vale hija, dime dónde estás y voy a buscarte —le respondió esa voz que a Faiga se le hizo muy rara de reconocer.

—¿Vas a coger el coche y venir hacia donde yo estoy para recogerme, papá?

—Sí, hija, pero dime ya donde estás, rápido.

Lo siguiente que hizo Faiga fue colgar el teléfono y romper de nuevo a llorar. El mendigo que la vio pasar frente a él se había sentado para comer un trozo de pan con atún que había guardado celosamente todo el día para la hora de cenar.

—¿Estás bien, pequeña? —dijo el mendigo, con voz agrietada. Sus ojos blancos, aquejados por alguna enfermedad crónica, se abrían paso entre las varias capas de algodón y lana que envolvía su cuerpo y cabeza, dejando solo libre la nariz, la boca y los propios ojos.

—Yo no tengo coche... no tenemos coche... —respondió Faiga, arrodillándose y gimiendo sin control al entender que sus padres estaban muertos. Albergaba la idea de que pudieran haber sido capturados, mas luego de ver como liquidaron a Gilbert, dudaba mucho que el grupo hubiera tenido compasión con ellos.

—Yo tampoco, mire usted, pero al menos tengo ropa para abrigarme y algo de comer. ¿Te ha sobrado alguna moneda del teléfono? Es para comer, te lo aseguro.

Faiga se limitó a contemplarlo con tristeza en su mirada. No se creía lo que le estaba pasando, no encontraba palabras para expresar su dolencia. Se limitó a señalar el teléfono, para que el mendigo cogiera el cambio que hubiera allí, y se levantó para empezar a andar hacia su casa. Su corazón le intentaba infundir ánimos para convencerse de que podían estar vivos, aunque su cerebro, muy dominante en su vida, le indicaba la realidad que tanto le torturaba. Aun así, debía verlo con sus propios ojos, debía llegar a casa y verlo por ella misma.

Los kilómetros se le antojaron muy pocos cuando llegó al número uno de la calle Behren. Era una avenida de cuatro carriles para los coches y con unas amplias aceras con palmeras plantadas cada seis metros. Todas las viviendas tenían hermosos jardines con flores decorativas y setos delimitando el terreno, conformando un barrio tranquilo y amigable para vivir. Sin embargo, esa noche había bastante movimiento por la calle. Varios vecinos estaban fuera de sus casas, charlando entre ellos y mirando hacia un mismo punto: la vivienda número quince. Allí, cuatro coches de policía estaban estacionados sobre la misma acera con su característica luz azulada ondulando alrededor y tiñendo todo de malos presagios.

Faiga paró de andar. Temía encontrarse con lo que sospechaba que iba a encontrarse. No podía soportar la idea de ver los cadáveres de sus padres, no estaba preparada para eso. Ella era hija única y tenía una dependencia absoluta con sus padres. Necesitaba verlos todos los días, cenar con ellos, reírse con ellos y notar el calor que le daban. Necesitaba de esa fuerza vital para seguir viviendo, o en este caso, para seguir andando.

Los habitantes del número uno, una pareja recién asentada en el vecindario, volvía andando del exterior de la casa de Faiga, donde mucha gente estaba agolpándose. La mujer, una tal Ingrid, se acercó a Faiga y le posó la mano en el hombro con delicadeza.

—¿Estás bien, chica? Ha sido un desastre para todos, no puedes fiarte de nadie… estamos todos igual, consternados.

Faiga la miró y rompió a llorar con más fuerza aún, fundiéndose en un abrazo con la señora. El marido de ésta, de nombre Hans, se mantuvo a unos metros de ambas, intentando dejar que su mujer se ocupara.

—Muy bien jovencita, ahora tenemos que ser fuertes ¿vale? Yo no conocía a esa familia como tú, según veo, pero estoy segura de que ahora estarán en un mundo mejor.

Faiga seguía llorando sin articular palabra alguna. Sentía cómo su cuerpo se iba desmoronando a cada segundo que pasaba.

—Ha sido una tragedia horrible. Matados por su propia hija… ¿hasta dónde vamos a llegar?

Faiga se separó de la señora Ingrid nada más oír esa última frase y se quedó mirándola horrorizada, repitiéndose cada palabra oída en su mente para unir las piezas del puzle que definían su situación, cada vez más precaria.

—¿Ha dicho usted que su hija…? ¿… que su hija a matado al señor y a la señora Arzer?

—Sí, así ha sido. Creía que ya lo sabías… vaya, siento dar tan malas noticias.

—Ingrid, tenemos que entrar ya, venga —dijo Hans desde la distancia.

—Voy, Hans —respondió Ingrid, volviendo a mirar a la destrozada Faiga—. ¿Conocías a su familia? ¿Eres del vecindario?

—Conocía a la señora y al señor Arzer. Eran muy buenos amigos, como si fueran mis padres.

—Lo siento mucho, joven. ¿Quieres pasar a casa y te tomas algo? ¿Tus padres están por aquí?

—No, gracias. Yo… yo he venido andando al ver las luces de la policía. Vivo dos manzanas más allá, no justamente en este vecindario. Conocí a… Faiga Arzer hace unas semanas y me extrañó ver lo que sucedía en su casa.

—¡Esa! ¡Faiga! Esa es la que dicen que mató a sus padres. Si la ves, ya sabes, llama de inmediato a la policía. Es una asesina sin remordimientos capaz de matar a sus propios padres. Ten mucho cuidado y no te acerques a ella.

—No, no se preocupe. No lo haré.

Ingrid y Hans entraron en su casa, mientras que Faiga retrocedió con pasos cortos para perderse entre las calles abandonadas de la ciudad. Tenía pocos marcos en su bolso y estaba claro que no podía volver a su casa si pensaban que era una asesina. Si se entregaba a la policía, seguramente la culparían para calmar a los sedientos periódicos, vampiros de este tipo de noticias sensacionalistas. Ya se imaginaba el titular de mañana: *Joven de talento asesina a su tutor y a sus padres*.

Tenía que saber qué pruebas la inculpaban antes que nada, aunque no sabía ni por dónde empezar para cosecharlas. Estaba claro que no podía ir ni a la Universidad ni a su casa, por lo que, se quedaba sin alternativas. Ella no era una persona muy sociable ni con muchos amigos a los que poder recurrir para pedirles ayuda. Si lo hacía, lo más probable era que la denunciaran para que la capturasen.

Ir a la policía parecía la opción más sensata, se repetía una y otra vez, aunque la idea de ser condenada sin posibilidad de defenderse la convencía de lo contrario. Tenía todo en su contra.

Para conocer el alcance de todo, optó por acercarse a una cabina y marcó el teléfono de la policía. Había pensado perfectamente las palabras que tenía que decir.

—Está usted llamando a la policía nacional. ¿Puedo ayudarle en algo?

—Sí, buenas noches. Necesito hablar con el oficial al cargo de fugitivos, si es que eso existe —dijo con voz calmada y seria.

—¿Oficial de fugitivos? No, no tenemos un cargo tal a ese, señorita. Dígame qué necesita e igual yo puedo ayudarle.

—Muy bien, agente. Ante todo, indicarle que soy señora, ya con sesenta años sobre mis espaldas, y no señorita, como usted me ha llamado. Me llamo Gloria Verge.

—Disculpe entonces, señora Verge —dijo el policía al otro lado de la línea, dejando ver que estaba algo incómodo.

—Y también desearía remarcar que me parece poco profesional que no me diga usted su nombre. Lo normal, tras haberme yo presentado, es que usted haga lo propio ¿no cree?

—Soy Markus Anzel, señora Vergel. Le pido nuevamente perdón, no era mi intención ofenderla.

La estrategia de Faiga estaba dando los resultados esperados, pues tenía al policía Markus en una posición incómoda mientras que ella estaba en una privilegiada. Realmente el policía seguía siendo la autoridad, pero al haber metido la pata con una mujer de tan avanzada edad, creaba un sentimiento de culpabilidad que lo haría ser mucho más sumiso y voluntario a sus palabras. Era el momento de ponerlo a prueba.

—Pues bien señor Markus Anzel, he recogido a una joven de aspecto extraño, un deber cívico que toda mujer decente ha de cumplir al ver a un necesitado. Me ha dicho que se llama Faiga Arzer y necesito saber si no está buscada o si es algún tipo de criminal, pues mi intención es acogerla en mi casa durante un par de días, hasta que pueda ayudarla a seguir adelante. Se la ve muy dolida y apesadumbrada. Me ha dicho que ha perdido a sus padres recientemente y que se ha quedado sin dinero, una auténtica tragedia, se mire como se mire.

—Es usted una señora ejemplar, Gloria. Aplaudo su buen hacer con la joven. Si todos actuásemos igual, este sería un mundo mucho mejor.

—Gracias, caballero. Es usted muy amable.

—Ahora mismo le digo sobre esa mujer, señora Verge. Sepa usted que normalmente no podemos dar esos datos, pues son hechos privados de cada persona que no pueden ser expuestos al primero que llame. Espero que lo entienda.

—Vamos a ver, Markus —dijo Faiga, intentando dar a su voz la entonación de indignación típica de una mujer de edad avanzada—. ¿Me estás diciendo que me fíe de una joven que acabo de conocer y que la deje aquí, en mi casa, sin saber si es una criminal? ¿O acaso me estás pidiendo que la deje en la calle, ya que estás muy ocupado para decirme si he de temer a ese nombre? Parece que olvidamos que la policía está para el servicio del pueblo y no para ocultarle cosas.

—Cálmese, señora Verge, se lo ruego —respondió un Markus totalmente nervioso—. Si es alguien peligroso se lo digo ahora mismo, no se preocupe. Le he señalado que no es menester abrir este tipo de información así como así, por vía telefónica, pero estoy seguro de que usted sabrá guardarme el secreto si, por esta vez, nos saltamos las normas ¿verdad?

—Veo que eres un buen policía, Markus. Un buen muchacho, sí señor, te preocupas por la gente. No te juntes con mala gente y sé siempre así, puro de alma —expuso Faiga, intentando cerrar del todo la trampa en la que tenía atrapado a Markus, totalmente a su merced.

—Espere unos minutos y ahora le digo, por favor, no se retire del teléfono.

Pasaron varios minutos, tal y como vaticinó Markus, cuando se oyó una voz hablando de nuevo al otro lado del teléfono. No era la voz de Markus, sino una más veterana y con más acento alemán.

—¿Señora Verge? ¿Sigue ahí?

—Sí, aquí estoy, caballero. ¿Quién es usted? Estaba hablando con el señor Markus Anzel.

—Lo sé, señora Verge. Yo soy el inspector Sansón Taiga, de homicidios. Me ha comentado mi colega Markus que tiene usted en su vivienda a una mujer llamada Faiga Arzer, ¿es eso correcto?

—Es correcto, caballero. De hecho, llamaba para saber si es persona de fiar o por el contrario es…

—Señora Verge —interrumpió Sansón con altanería—. Esa joven es una asesina en búsqueda y captura. Lleva varios asesinatos tras sus espaldas, por lo que, haga lo que yo le diga y la arrestaremos sin peligro para nadie.

—¿Una asesina? ¿Esa chica es una asesina? No puedo creerle, inspector Taiga. Es un joven muy tímida y de aspecto escuálido. ¿De verdad me quiere hacer creer que es una asesina? Yo llamaba por si era una ladrona o algo así, pero no una asesina.

—Señora Verge, los asesinos tienen mil caras y mil formas de expresarse. Faiga Arzer ha asesinado a tres personas lo que va de noche, y tenemos indicios para pensar que ha podido matar a cuatro personas más. Que su aspecto delgaducho no le engañe, pues no hace uso de su fuerza, sino de una pistola. Posiblemente está armada ahora en su casa, por eso le pregunto si está usted en su casa también.

—No, yo no estoy en casa. He salido para llamaros desde la calle.

—Muy bien hecho, señora Verge. Ahora díganos donde vive usted e iremos a prenderla.

—Pero si va a armada, ¿cómo la vais a arrestar? ¿Se rendirá cuando os vea llegar?

—Esa mujer es una asesina. Sobre ella oscila el cartel de alto peligro y el saber que pueda ir armada no me tranquiliza en lo más mínimo. Nuestra intención es cogerla viva, aunque no dudaremos en abrir fuego si intenta algo.

—¡Santo Tomás! —gimió Faiga, prosiguiendo con su mascarada—. Espero que no haga falta. Mi dirección es la calle Oranienburger, el número ocho. Es una vivienda con fachada amarilla y tejas rojas recién cambiadas. Por favor, no tarden.

—No tardaremos, señora Vege. Por favor, manténgase fuera de la escena hasta que vea a nuestros coches allí. No se acerque a la vivienda mientras tanto.

Faiga colgó el teléfono con el rostro compungido y la cabeza a punto de estallarle de todo lo que se le agolpaba dentro. Comenzó a andar hacia el puente de los soberanos, un lugar algo apartado de la ciudad, y se refugió en el lecho del río que corría bajo sus piedras. Era un sitio que a ella le gustaba transitar por el día, un lugar apacible y sosegado donde podía alejarse un poco del hastío diario para relajarse. Por la noche, sin embargo, era un lugar tétrico y frío, un lugar nada recomendable para una mujer joven como ella.

Desde la parte superior del puente divisó a lo lejos como varias luces azules se agolpaban en la calle Oranienburger. Incluso le pareció oír algún disparo. Estaba claro que no podía entregarse, no al menos si quería vivir. Debía ser alguien que no estaba acostumbrada a ser, alguien valiente.

CAPÍTULO 5: CERRANDO TRATOS

Tánger, 10 de noviembre del año 1954

—Me estás empezando a poner nerviosa, Vincent. Aclárate de una vez, porque esto no es ningún juego en el que puedas abandonar la partida cuando quieras —dijo Nicole, mientras le daba un sorbo al café recién servido en la cafetería del hotel Minzah.

—Lo siento, Nicole. Ni siquiera yo sé qué está pasando ni qué tengo que hacer, pero eres lo único en lo que puedo aferrarme con mayor seguridad. Primero viniste tú, contándome la historia del códice secreto ese. Luego recibí una carta de un vecino que apenas conocía y que pensaba que era un obrero de la construcción, y que ahora resulta que es una especie de espía. Y por último, vienen miembros del SIAEM con claras intenciones de torturarme para que les dé una información que desconozco. Como podrás imaginar, soy yo el que se está empezando a poner nervioso. Me gustaría que me explicaras un poco de qué va todo esto y te ruego que no omitas nada relevante.

Nicole emitió una leve sonrisa de condolencia y le pidió un cigarrillo a Vincent, que antes de encenderlo lo encajó en una boquilla de plástico. Asintió varias veces con la cabeza mientras evaluaba la situación en la que se encontraba. Estaba claro que Vincent Arcadio no se iba a contentar con un "*ahora no puedo decirte nada*", aunque era lo único que ella podía ofrecerle. No obstante, era evidente que Vincent estaba ya muy metido en la investigación, aunque fuera de forma involuntaria, lo que suponía un posible argumento para volver a ofrecerle trabajar con ella.

—Está bien, Vincent. Quiero dejarte una cosa clara antes que nada. Todo lo que voy a contarte debe permanecer bajo llave en tu mente. No puedes hablarle a nadie de este asunto. Si lo haces me tendrás como enemiga y créeme si te digo que no te gustará.

—¿Empiezas amenazándome? ¿Es que últimamente solo sabéis hacer eso, amenazar?

—Te recuerdo que has sido tú el que ha venido hasta aquí para pedirme ayuda. Como has podido constatar, estaba ya con las maletas en recepción, formalizando todo para irme de esta ciudad. Si quieres mi ayuda, jugarás con mis normas.

—Y yo te recuerdo que tú viniste a pedirme ayuda a mí anteriormente, ¿recuerdas?

—Está bien, Vincent. Vamos a darnos un respiro y comencemos de nuevo.

—Conforme. Te escucho.

—Bien… a ver… necesito de tus servicios de investigador privado para un asunto importante. ¿Cuento con ello? Te pagaré razonablemente bien, con todos los gastos de viaje y comida pagados.

—Primero necesito saber en qué consiste el trabajo, como tú entenderás.

—Creo habértelo explicado en el teatro, cuando te fuiste de mala forma, dejándome allí plantada —esputó Nicole, parándose para dar otro sorbo al café—. Hay una investigación abierta acerca de un manuscrito, el códice Voynich. Estoy buscándolo y necesito encontrarlo antes que el resto, pues son muchos los interesados en hacerse con él.

—Sí, de eso ya me he dado cuenta. Sin embargo, he aprendido a aceptar que el dinero no lo es todo en esta vida. Por mucho que me pagues, Nicole, no puedo aceptar trabajar en un caso de espionaje internacional. Lo que yo…

—Sigues sin entenderlo, Vincent —interrumpió Nicole, clavando sus seductores ojos verdes en los celestes de Vincent—. Ya estás metido en esto. No tardarán en dar contigo, igual incluso te están esperando ya en tu casa. No podrás andar por las calles tranquilo, pues en cualquier momento un coche parará cerca de ti y te coserán a balazos. ¿No lo entiendes? Estás en el punto de mira, creen que sabes algo y no los convencerás de lo contrario.

—De eso me he dado cuenta, sí. En un principio creía que era por culpa tuya, pero ya me he dado cuenta que es un regalo del maldito Altamira. Mira que meterme en sus líos…

—¿Altamira? ¿Quién es ese?

—El que me envío la carta… verás, era un buen amigo mío con el que viví mi infancia hasta que él se fue a trabajar a Madrid, a una gestoría, o eso pensaba yo. Luego, esos del servicio secreto me dijeron que era un integrante de su organización, un espía, y que los traicionó vendiendo secretos al extranjero. El caso es que me envió una carta firmada a nombre de otra persona, seguramente para que no la interceptaran, pero de alguna forma han sabido rastrear mi nombre y llegar hasta mí.

—Si ese tal Altamira te conocía y dijo tu nombre, es motivo suficiente como para que te quieran interrogar. Si además has huido de ellos, dejas claro que sabes algo.

—¡Pero no sé nada, Nicole! ¡Esto es una mierda! —exclamó Vincent, levantándose de la silla y arrojando al suelo la colilla. Se puso el sombrero, haciendo ademán de irse, aunque se detuvo de espaldas para preguntar algo más—. ¿Por qué yo, Nicole? ¿Por qué viniste a contratarme a mí?

—Porque eres una persona con unas dotes detectivescas únicas. Eres valiente en combate, tienes arrojo en las peleas con armas y no albergas dudas en el momento de ir a por un objetivo. Sé todo eso porque he investigado tu trayectoria, los casos que has llevado aquí en Tánger.

—Pues no son casos tan notorios como para que destaque tanto, la verdad —respondió Vincent, dándose la vuelta y volviendo a la conversación.

—¿Y el caso de las armas de contrabando que descubriste? ¿Y el caso de Farid al Bashir, el ricachón que destronaste para liberar a su harén de niñas reclusas? Salió en todos los periódicos locales y también en los nacionales, tu nombre destacó con fuerza.

—No salía en los titulares sino en páginas interiores. De todas formas, debe haber muchos detectives con mejor trayectoria que la mía en España, eso te lo aseguro.

—Puede ser, pero no son como tú. ¿Acaso ahora vas a rechazar que yo pueda elegir a qué detective contratar? Me gusta como trabajas y que haya venido hasta esta ciudad lo demuestra, ¿no crees?

—Vale, te escucho —dijo Vincent, rindiéndose a las palabras de Nicole y volviendo a tomar asiento—. Eso sí, te saldrá caro este asunto.

—Jajaja, intentaremos llegar a un acuerdo beneficioso para ambos —replicó Nicole, con hábiles dotes seductoras y mostrando una sonrisa embriagadora. Vincent intentaba no dejarse influenciar por la belleza de sus clientes, aunque con Nicole comenzaba a ser un problema serio.

—Me hablaste del códice de un tal Wilfred Voynich, un libro medieval que adquirió de un colegio de Jesuitas en Italia y que, según parece, guarda un secreto muy importante. ¿Es correcto?

—Ese códice tiene más de seiscientos años, como se ha demostrado en los estudios científicos que se le han hecho, algo que resulta increíble al estar totalmente ilustrado y presentar doscientas cuarenta y seis páginas sin errores, una proeza que pocos escritores de aquella época podían realizar.

—¿Por qué se llama Voynich? No fue él quien lo escribió, según entiendo.

—No, pero fue quién más tiempo le dedicó a su estudio. Oficialmente el escrito no tiene dueño, aunque muchos investigadores se lo adjudican a Roger Bacon, un monje alquimista conocido como "Doctor Milagro". Vivió entre los años 1214 y 1294, concordando con la datación del libro.

—Bueno, ¿y qué tiene de especial ese libro?

—Muchos anacronismos en sus dibujos y un contenido rico en interpretaciones varias. Es un compendio de medicina, farmacología, química e incluso connotaciones alienígenas, todo muy avanzado para aquella época e incluso para esta que vivimos ahora. Algunas páginas lograron descodificarse, aunque las últimas aún siguen siendo un misterio.

—¿Anacronismos? —empezó a preguntar Vincent, metiéndose en su papel de detective—. ¿Algún ejemplo?

—Salen dibujadas determinadas figuras que solo podrían apreciarse con el uso de un microscopio, un instrumento que se inventó alrededor del año 1600. También, en las primeras páginas, salen las constelaciones que componen los doce signos zodiacales y muchas plantas que hoy en día o no se conocen o son originarias del continente americano, un lugar que todavía no se había descubierto, si atendemos a la datación del manuscrito.

—¿Y eso hará temblar a los gobiernos? No veo yo que...

—No solo los hará temblar, sino que puede cambiar el rumbo de la historia. Sus páginas se dividen en compendios bien estructurados, capítulos que componen un herbario, un tratado de biología, uno de cosmología y otro de astrología, uno de farmacéutica y por último uno de recetas varias, la mayoría venenos que aún seguimos sin saber sus consecuencias. Imagina poder crear un arma biológica que despliegue un veneno atroz para la vida humana, o ser capaz de contactar con vida más allá de nuestro planeta, con una tecnología mucho más avanzada.

—¿Crees en extraterrestres? No te hacía yo de ese tipo de gente, la verdad —dijo Vincent, con socarronería.

—Ríete si quieres, pero a día de hoy nadie puede demostrar que no exista vida ahí fuera. Además, ¿cómo explicas que alguien de la época medieval sea capaz de dibujar estrellas, planetas y constelaciones con una exactitud que incluso hoy en día resulta sorprendente? Te recuerdo que en aquella época no existían los telescopios, Vincent, y dibujar un plano astral tan exacto es cosa imposible de justificar.

—Bueno, cada loco con su tema —sentenció Vincent, encendiéndose otro Bisonte y recostándose hacia atrás en la silla—. Y ahora la pregunta más importante de todas, Nicole: ¿para quién trabajas tú? ¿Para el servicio secreto de Francia?

—¿Eso crees? ¿Qué trabajo para Francia?

—Para España está claro que no, ya he conocido a los merluzos del SIAEM y si tú estuvieras con ellos no estaríamos teniendo esta conversación. Por otro lado, tu acento francés es un indicio bastante claro.

—Soy francesa, sí, pero no trabajo para Estado alguno. Defiendo los intereses de mi cliente, que por ahora debe permanecer en el anonimato.

—¿Alguien te ha contratado a ti para hacerte con el códice, y ahora tú me contratas a mí para el mismo fin? ¿Y te deja él hacer esas cosas, contratar a gente en su nombre?

—Lo que mi cliente me permita no es asunto tuyo, Vincent. No pretendas besarme y además acostarte conmigo nada más conocerme, cada cosa debe llegar en su momento —respondió Nicole, haciendo gala de su sentido de la ironía.

—Vale, supongo que eso no es relevante, aunque quiero que sepas que si le doy un beso a una mujer es porque quiero acostarme con ella. Besar para decir adiós no va conmigo —replicó Vincent, siguiendo el juego del doble sentido que Nicole inició.

—Ya veremos qué opina mi cliente sobre eso. Te prometo que se lo consultaré.

—Hazlo, porque ya te digo que no me gusta trabajar sin saber para quién lo hago.

—Trabajas para mí y punto.

—Muy bien, señorita. Dígame pues qué tenemos para encontrar a ese libro medieval. ¿Algún punto de partida? ¿Se sabe quién tiene ese manuscrito ahora?

—Ha viajado por medio mundo. Cuando murió Rodolfo II, su alquimista de la corte, Jacobus Horcicky, tomó posesión de él y luego se lo pasó a un alquimista de Praga, Georgius Barschius. Éste muere en el año 1665 y el códice cambia de propietario, pasando a ser de Johannes Marcus Marci, un rector de la Universidad de Praga. Al ver que este escrito era algo importante, se lo pasó a un tal Athanasius Kircher, un jesuita de renombre en el siglo XVII. Intentó traducir los pergaminos hasta la saciedad, pero nunca lo logró.

—Se ve que no era digno de tanto renombre —añadió Vincent, despejando una carcajada que no le agradó mucho a Nicole, aunque prefirió disimularlo y seguir con la historia.

—Kircher era un prestigioso monje que descodificó numerosos jeroglíficos egipcios. Créeme si te digo que fue muy complicado poder desentrañar el patrón que se siguió para encriptar el contenido del códice, sobre todo la página 166.

—¿Qué pasa con esa página?

—Pues que es un misterio hasta para los criptógrafos más expertos. A diferencia del resto del libro, que está codificado en el mismo idioma, la página 166 tiene fragmentos de idiomas de origen latino. Mucho esfuerzo en codificar algo para que al final no sea nada, ¿no crees?

—No me toca a mí descodificarlo, la verdad. Eso es cosa de tu cliente misterioso —respondió Vincent, con algo de rencor por seguir sin saber el nombre de su jefe.

—Eso es cierto, no es cosa tuya —le replicó Nicole, no dejándose amedrentar por las indirectas de Vincent, aunque ya empezaba a resultarle molesto tanta desconfianza—. ¿Puedo seguir sin que me interrumpas con tus niñerías?

—Sí, sí, por favor. No era mi intención… —dijo Vincent, dibujando una sonrisa pícara mientras hincaba ambos codos sobre la mesa y cruzaba las manos bajo el mentón.

—Estábamos con Kircher, quien en el año 1650 depositó el misterioso libro en Roma, en la casa de los jesuitas de Mondragone. Allí se pierde el rastro, aunque hay indicios de que el gobierno de Napoleón los confiscó en el 1773, cuando la Compañía de Jesús es abolida. Se dice que el padre Pignatelli protegió el libro con su propia vida, aunque lo importante es que en 1912 vuelve a reaparecer en las manos de Wilfred Voynich, quien decidió resolver el acertijo infructuosamente. A partir de aquí se pierde el rastro.

—¿Sabemos dónde vivió ese Voynich?

—Sí, aunque ya he estado ahí, en lo que fue su vivienda y no sacamos nada en claro. Podemos volver e igual tú ves algo que yo no, no sé, alguna pista suelta o algún indicio que nos pueda acercar al paradero. ¿No me hablaste antes de una carta? La de ese tal Altamira.

—¿La carta de Jesús Altamira? Sí, la tengo aquí, pero no hay nada en claro en ella —respondió Vincent, dándole la carta para que Nicole la leyera—. Como verás, habla de volver a verme y de presentarme a su esposa y a sus amigos, algo bastante incoherente.

Nicole tomó la carta y la leyó con atención, irradiando extrañeza en su rostro.

—¿No conoces a ese tal Aníbal o a Artois?

—¿Tengo cara de conocerlos? Para mí que se hizo un lío escribiendo eso, como si quisiera… —dijo Vincent, quedándose paralizado con los ojos fijos en Nicole—. Como si quiera que no lo descubriesen si interceptaban la carta.

—¿Crees que está encriptada? —preguntó Nicole, girando la misiva para tratar de ver algo oculto.

—Seguro que sí, además tiene sentido. Muchas de las frases que pone adolecen un poco de estar forzadas. Fíjate aquí donde pone *"sin peligro a nada y feliz de la cercanía de gente"*, ¿no te parece una frase al límite de lo correcto? Y donde pone *"De parte de Aníbal te remito, con honesta sinceridad, el deseo y permiso para conocer de corazón a Artois, mi padrino"*. ¿No es algo redundante decir *"honesta sinceridad"*?

—¿Qué método habrá usado? ¿Sustitución de palabras?

—Puede ser, puede ser… ¿qué método usaría yo si quisiera enviar una carta para que no la leyeran si la interceptasen? Esa es la pregunta que debemos hacernos.

—Con un añadido: ten presente que te la envía a ti, alguien sin conocimientos de criptografía.

—¿Entonces?

—Entonces debe de haber empleado algún método más mundano del que estaría seguro que serías capaz de descodificar.

—Déjame ver la carta —pidió Vincent, centrando las pupilas en cada letra y frase que componía la carta. Estaba como inmerso en un limbo imaginario.

—¿Ves algo?

—Shhhh, cierra la boca un poco, estoy pensando.

Nicole guardó silencio, obedeciendo al detective, y se le acercó codo con codo para tener también visión del escrito, por si podía aportar algo. Ninguno de los dos eran especialistas en criptografía, aunque ella sí había tenido instrucción en desvelar mensajes ocultos y cifrados. No obstante, a veces la experiencia adquirida iba en contra de los problemas simples, pues te forzaba a insistir en metodologías intrincadas cuando la solución era mucho más sencilla.

—Creo que lo tengo, Nicole —dijo Vincent, recorriendo las palabras con el dedo índice—. Ha usado saltos entre palabras.

—¿Saltos? ¿Qué saltos?

—Dobles saltos. Empieza leyendo desde la primera palabra, donde pone *"estoy"*, y salta dos palabras para leer la siguiente —expuso Vincent, mientras iba escribiendo en una servilleta la solución.

Nicole aplicó el patrón mentalmente, leyendo la frase clarificadora.

Estoy en peligro y la gente tiene que conocer mi descubrimiento. No debes confiar en ningún contacto español ni en ningún otro país, pues buscarán tu muerte. Coge mi legado a las ocho y diez en manos de Aníbal, con el permiso de Artois.

—Demasiada casualidad como para que no sea un mensaje puesto así, a propósito —esgrimió Vincent, leyéndolo una y otra vez con cara de sorpresa.

—No es casualidad, Vincent. Aquí te ha dejado claro hacia dónde debemos ir, ahora lo entiendo. Ya sabía yo que el nombre de Artois me sonaba de algo, pero no lo terminaba de ubicar.

—¿Conoces a Artois?

—Sí, es…

Una mujer de pelo castaño y cortado hasta la altura de los hombros se acercó a la pareja. Vestía con una chaqueta moderna, con solapas amplias y cuello alto. Tenía sus ojos tapados con unas gafas de Sol muy amplias de color roja.

—Disculpen… ¿señor Vincent Arcadio?

—Sí, soy yo —respondió Vincent, recorriéndola con la mirada desde la cabeza hasta los tacones mientras ocultaba la servilleta en el bolsillo de su gabardina.

—Le llaman por teléfono. Es una señorita que dice que necesita verle para pagarle un dinero.

—¿Una señorita que me debe dinero? ¿Le dijo nombre o algo? —preguntó Vincent extrañado mientras se levantaba y hacia una señal a Nicole para que le esperara.

—No, solo dijo eso, señor Arcadio.

—Esto es nuevo, alguien que me debe dinero y me llama para dármelo —dijo el detective, propagando su risa hacia su acompañante.

Vincent iba por inercia hacia la recepción, aunque la azafata le indicó que tenía la llamada en espera en uno de los salones cerrados que el hotel tenía para diversos programas culturales y presentaciones. Ambos entraron en la habitación privada y cerraron la puerta tras ellos.

Nicole, por otro lado, se terminó el café que tenía empezado y se relajó mirando hacia la piscina del hotel. Como estaba cerrada al baño, se habilitaron varias luces y mesas cubiertas con toldos para crear un lugar romántico que las parejas agradecían. Un hombre estaba acariciando la mano de una chica joven mientras ésta se sonrojaba y le sonreía con dulzura, claro síntoma de la inocencia.

«Ya la tienes en el bote, artista —pensó Nicole, con una mueca abriéndose paso entre sus dientes—. ¿Cuánto llevas camelando a esa niña? ¿Dos días? ¿Dos semanas?».

Súbitamente, Nicole sintió como un brazo pasaba alrededor de su cuello mientras alguien se sentaba a su lado, pegándose hasta el punto de tocarle con su muslo.

—No te pongas nerviosa y no te pasará nada. ¿Ves esto? —dijo el asaltante, encañonando a Nicole con una pistola bajo la gabardina y mostrándosela—. No dudaré en usarla si haces cualquier tontería.

—¿Pegarme un tiro aquí, en mitad de la cafetería del hotel? ¿No sería un poco estúpido por tu parte? —replicó Nicole, intentando evaluar la situación mientras se lamentaba mentalmente de haber sido cazada tan fácilmente.

—Te pegaría un tiro aquí o en el zoco, si fuera preciso, y te aseguro que nadie se enteraría. No creas que temo a las repercusiones de desparramar tus tripas por el suelo, tenlo presente —dijo el extraño hombre de abrigo con mangas amplias y rostro serio. Se le notaba un acento inglés muy marcado así como un rostro fino y muy bien cuidado. Sus pupilas no dejaban ver dudas en su diálogo, se le notaba estar seguro de todo lo que hacía, como si tuviera todo bajo control.

—¿Se puede saber quién eres? No es esa la mejor forma de entrarle a una señorita, ¿sabes?

—Me alegra ver que no pierdes el sentido del humor, porque lo vas a necesitar. Ahora nos vamos a levantar y nos vamos a ir de la mano, codo con codo, fuera del hotel. No quiero ni movimientos bruscos ni intentos absurdos para intentar huir.

—¿Soy prisionera? ¿Y puede saberse quién eres tú?

—Me puedes llamar Anthony.

—Muy bien Anthony, pues deja que te diga que he venido con un hombre que no dudará en cogerte y destrozarte la cara con sus propios puños si se entera de esto. Es un desquiciado que sabe moverse en esta ciudad, tiene contactos y…

—Jajaja, ¿hablas de Vincent? —dijo Anthony, sacando varias monedas para pagar la mesa mientras se levantaba y convidaba a Nicole a hacer lo mismo—. Te encontrarás con él en breve, no te preocupes.

—¿Para quién trabajas? —preguntó Nicole con rabia.

—Para quien no te importa. Tú obedece o te juro que…

—No jures cosas que no vayas a cumplir, maldito bastardo —gritó Vincent, apareciendo en la entrada de la cafetería del hotel con Elisa por delante de él, encañonada en la espalda y con ambas manos sujetas por el detective—. ¿Quién te crees que eres, escoria, para venir aquí y amenazarme así? ¿Acaso no sabes con quién te estas metiendo, pedazo de burro?

La gente en la cafetería se levantó con movimientos lentos mientras salían del lugar. Dos recepcionistas del hotel se acercaron a Vincent con ambas manos levantadas rogándole que bajara el arma.

—¿Elisa, estás bien? —preguntó Anthony, mordiéndose los labios al ver cómo su plan se desmoronaba.

—Sí, está bien —respondió Vincent, antes de que su prisionera dijera algo—. Ahora suelta a esa mujer si no quieres ver a tu amiga con una bala en sus pulmones.

—Si la matas, yo le pego un tiro a ésta —dijo Anthony, dejando de ocultar ya su pistola y señalando a Nicole.

—Maldito inglés de mierda… ¿quién rayos eres? ¿De verdad crees que vas a salir de esta situación? Has hecho algo que no pienso perdonarte, escoria.

—*Saib* Arcadio… —interrumpió uno de los recepcionistas con voz temblorosa—. La policía ha sido llamada, llegarán en pocos minutos. Vete, *saib*, vete de aquí o te cogerán.

—¡Pues que me cojan! Una paliza en comisaría y luego me soltarán, pero la carne fresca de esta furcia y la de este inglesito seguro que permanecerá allí más tiempo. Quien sabe, igual hasta encuentras novio ahí dentro.

—Dudo mucho que me toquen, Vincent. Saldré antes de que te des cuenta y lo único que conseguirás es que os maten. Soy de la agencia secreta de seguridad del gobierno español, el SIAEM. Conociste hace cosa de una hora a mi amigo Marcos, en el café de París, así como a Alberto, el que te esperaba fuera.

Vincent lo miró con ira, deseoso de abrir fuego y acabar con sus malditos perseguidores. Por otro lado, la vida de Nicole peligraba, y debía pensar en cómo salvarla, aunque lo verdaderamente prioritario era decidirse rápido, pues lo cierto es que la policía no le iba a dar tan buen trato como él quiso dar a entender. Si le cogían pegando tiros en un hotel como este, le detendrían y le darían una paliza para el recuerdo, de esas que te dejan cicatrices de por vida.

—Está bien, escúchame bien porque solo te lo diré una vez. Nos vamos los cuatro a ese coche tan chulo que debes tener ahí fuera, el mismo que estaba aparcado frente al café París. Ellas se montan delante y nosotros atrás. Espero que esta perra que venía contigo sepa conducir.

—Sí, todos nosotros sabemos conducir un coche e incluso pilotar un avión, si hiciera falta —respondió Anthony, dando por bueno el plan de Vincent, aunque dudaba si intentaría algo una vez estuvieran en situación. Anthony era muy dado a planear todo con exactitud, y raras veces erraba, al menos si dependía de él. En este caso Elisa le falló.

—Pues venga, vámonos de aquí. Y ni se te ocurra intentar algún truco circense, porque te juro que le reviento la cabeza a esta ramera —volvió a decir Vincent, dejando patente que su amenaza iba en serio.

Los cuatro salieron del hotel y se montaron en el coche tal y como dispuso Vincent, con Elisa conduciendo, Nicole a su lado y Anthony en el asiento trasero, justo detrás de ella con la pistola fija en su cuello. Vincent no dudó en hacer lo mismo sobre Elisa.

—Arranca, coge el bulevar dos calles más arriba y no te desvíes hasta que yo te lo diga —indicó Vincent, sin dejar de mirar a Anthony, que no pestañeaba en lo más mínimo mientras le mantenía la mirada de forma recíproca.

—¿Hacia Malabata? —preguntó Elisa, intentando disimular los temblores de sus manos a causa del nerviosismo.

—Veo que conocéis Tánger... sí, a la playa de Malabata. Cuando llegues por ahí ya te diré donde parar.

Elisa arrancó el coche y salió de la bocacalle, tomando rumbo hacia el bulevar principal. Alberto, que volvía de buscar a Vincent por la calle, reconoció el coche y se quedó atónito mirando la escena. Elisa le hizo un gesto disimulado, indicándole la dirección que estaban tomando, aunque Vincent la cortó de inmediato hincándole la pistola con más fuerza sobre su espalda.

—Despídete de él, dile que luego lo recoges —dijo Vincent, con tono sarcástico, haciendo referencia a Alberto—. Con lo avispado que es, seguro que no tendrá problemas en encontraros.

—¿Así que tú eres Vincent? Mucho he oído hablar de ti, y por lo que veo eres un hombre de acción, con mucho arroje para plantarle cara a lo que se te ponga por delante —preguntó Elisa.

—Pues yo no he oído hablar de ti, fíjate tú. Sé que sois de la agencia secreta del Estado y que brotáis como champiñones en un bosque húmedo. ¿Por qué me estáis persiguiendo? ¿Qué queréis de mí?

—Queremos todo lo relativo a la investigación del Códice de Voynich. Y quiero recalcarte que si bien hoy somos nosotros los que te lo estamos pidiendo, si te niegas a decírmelo, mañana serán otros. Hazte un favor y dinos todo lo que sepas, te aseguro que os dejarán en paz —dijo Anthony, intentando relajar el ambiente.

—Te voy a decir lo que vamos a hacer, amigo. Ahora tu colega parará el coche para que mi compañera y yo bajemos. Nos iremos y no nos seguiréis, y así nadie saldrá herido.

—Me parece bien —respondió Anthony—. Eso sí, me gustaría que antes tuviéramos unas palabras tú y yo, porque imagino que no nos vas a decir nada ¿verdad?

—Veo que eres muy inteligente, las cazas al vuelo —respondió Vincent, mientras señalaba a Elisa que tomara una calle hacia la derecha.

—Las tomo al vuelo, en efecto. Sé, por ejemplo, que piensas muy rápido, que eres eficaz cuando hay que tomar decisiones vitales y que no le temes a nadie, ya sea una persona o una organización importante. Eres una persona con muchos defectos y con poco orden, pero que sabes administrar perfectamente tus ideas, algo complicado de encontrar hoy en día. Así mismo, desprecias el dinero como catarsis y aprecias a la vida con devoción, incluso aunque no sea la tuya.

—¿Qué eres? ¿Uno de esos que leen las líneas de las manos? —se jactó Vincent, siendo totalmente inmune al palabrerío del espía de origen inglés—. Lo que yo soy no creo que sea relevante aquí y ahora, no al menos para ti. Sí quiero que os metáis en la cabeza que no estoy haciendo nada malo contra nadie. Ella es mi cliente y me ha contratado para un trabajo que voy a cumplir.

Eso es todo. Agradecería no volver a veros, porque la próxima vez no pienso coger rehenes, ni aunque sea una mujer.

El Renault Gordini de color blanco volvió a torcer a la derecha en una calle estrecha y allí se detuvo, por orden de Vincent. Era un lugar algo escondido de miradas indiscretas y alejado de la ciudadanía.

—Vincent, esa búsqueda no es cosa de aficionados. Lo único que vas a encontrar son secretos que romperán tu concepción de la vida tal y como la entiendes. La sociedad no está preparada para saber lo que ahí pone —dijo Anthony, intentando retener un poco más de tiempo al detective privado.

—¿Y vosotros lo buscáis para proteger a la gente? ¿Me quieres hacer ver que lo queréis coger para esconderlo en una caja secreta, en el hangar desconocido de un almacén secreto?

—Esa es la única verdad. Nuestro deber no es desentrañar lo que ahí pone, sino evitar que otros lo hagan.

—¿Por qué? Es como encontrar el santo grial y no querer usarlo para alcanzar la vida eterna. Es absurdo.

—El grial no daba la vida eterna, pero bueno…

—¡Es un ejemplo! ¿Vale? Preferí ponerte ese ejemplo antes que reírme de ti por querer acostarte con esta mujer que tengo delante y no ser capaz ni de decirle que te gusta. ¿Prefieres ese ejemplo?

—Se te va la cabeza, Vincent. Por favor, deja tu imaginación o tus inquietudes reposando y centrémonos en lo que nos ocupa.

—¿Imaginación? Mira, serás una eminencia entre los tuyos, pero yo te tengo calado desde que supe de ti, sin ni siquiera verte. Cuando vino el bruto ese para cogerme en la cafetería de París y me dijo que tres amigos suyos estaban fuera, vi claramente que ese era un simple peón. Tú ni siquiera estabas expuesto fuera del coche, al igual que Elisa, esta guapa muchacha que comparte oficio contigo. Es básico en cualquier libro de espionaje que para convencer a un hombre lo mejor es usar a una mujer, cosa que no hiciste para no exponerla, para protegerla. Lo viste fácil, enviar a Marcos mientras esperabais fuera a que saliera conmigo a rastras, cuando sabes muy bien que Elisa lo podría haber hecho mucho mejor. No en vano, en el hotel solo estabais vosotros dos y trazaste el plan lógico, enviándola a ella hacia mí, mientras tú te ocupabas de Nicole. A una mujer se la somete más fácilmente si eres un hombre, por mucha pistola que haya entre palabra y palabra.

—¿Y todo eso te lleva a concluir que estoy enamorado de esta mujer?

—Enamorado no lo sé. Acostarte con ella, sí, y muchas ganas. ¿Necesitas más pruebas? Pues te daré la última, quizás la más clarificadora de todas. Gritas con insolente soberbia que este caso es muy trascendente, más que cualquier persona o hecho. Además, creo recordar que el código de la Agencia que representas deja bien claro que lo primero es el objetivo y luego las personas. Para vosotros, una muerte no es motivo para detener una investigación, así que... ¿por qué no me pegaste un tiro a mí, a tu compañera y a Nicole en el hotel? ¿Por qué estás, aquí y ahora, hablando conmigo y no abres fuego? Yo te diré la razón: porque tu entrepierna se muere de ganas de juntarse a la de esta chica.

—Tu lenguaje soez empieza a ser algo molesto —dijo Anthony, arrugando el rostro y mirando hacia otro lado—. Los intereses personales que yo tenga hacia mi gente no es cosa que deba ponerse en juicio por alguien como tú.

—¿Puedo saber cómo te llamas, o es algo secreto?

—Anthony, puedes llamarme Anthony.

—Muy bien, Anthony. Espero no volver a verte.

Vincent y Nicole se fueron alejando lentamente del coche sin dejar de apuntar a Elisa. Anthony lo miraba con recelo, incrementando más aún el respeto que le tenía a Vincent. Sus habilidades deductivas estaban muy por encima de la media, pues había acertado en todo lo que dijo.

«Hoy has sabido humillarme, Vincent, pero no te acostumbres a ello. Me has mostrado algo muy importante y que solo suponía, pero que ahora sé que es cierto: sabes cuál es el camino para llegar al maldito códice», pensó Anthony, mientras le indicaba a Elisa que volviera al centro de la ciudad para buscar a sus compañeros.

CAPÍTULO 6: CAMBIO DE VIDA

Berlín, 13 de noviembre del año 1954

Faiga llevaba tres días deambulando por la ciudad, ocultándose por el día e intentando moverse por las tardes, cuando había menos luz. Berlín era una ciudad poco frecuentada, con calles muy amplias y fáciles de abarcar con la vista desde un coche. No sabía quiénes eran esos asesinos que le arrebataron su vida, matando a sus padres y a su mentor, el profesor Gilbert, pero tenía claro que era gente con sólidos contactos, pues la policía estaba buscándola a ella. En los periódicos del día siguiente salió una foto de ella en la portada, advirtiendo que era una peligrosa asesina que iba armada. Lo más curioso de todo era que se adjuntaba el número de teléfono de la policía y otro extraño al que llamar en caso de divisarla.

Faiga gastó lo poco que tenía en el bolsillo en comida. Apenas le quedaba un par de marcos con los que gestionar los días venideros. Había pasado mucho frío por las noches y necesitaba una ducha urgentemente. La ropa que llevaba era insuficiente para aguantar una noche más a la intemperie, incluso aunque se abrigara bajo el puente de los soberanos. Además, la gente que poblaba las calles a esa hora eran parias de la sociedad, drogadictos y borrachos con los que tarde o temprano iba a tener problemas si coincidía. Se quedaba sin opciones, por lo que optó por la única posibilidad que tenía: ir a ver a Matilda Gonessen, una mujer mayor y amiga de su madre que vivía en un barrio alejado de su vecindario. Se conocieron en un mercadillo voluntario, y una vez al mes se veían para tomar té con pastas saladas en casa de ella, una excusa para charlar y hacerle compañía en sus últimos años de vida. Podía tener los ochenta años fácilmente, aunque se mantenía vivaracha y jovial, saliendo a andar todos los días, haciendo la compra sin ayuda y manteniendo su casa siempre limpia. Faiga no quería inmiscuirla en todo este embrollo, pero no conocía a nadie más.

Esperó hasta las siete de la tarde, cuando la luz diurna apenas iluminaba el ambiente, y se dirigió en una caminata de más de una hora hasta llegar a la vivienda de Matilda. Iba con el pelo recogido en una coleta y con el chal cubriéndole las orejas, intentando camuflarse ante miradas indiscretas. Más de uno se quedó mirándola por la calle, como si la reconociera, a lo que ella solo podía responder acelerando la marcha mientras giraba la cabeza hacia otro lado. Comenzaba a ser una situación muy angustiosa para alguien tan joven y que había perdido a sus padres tan recientemente.

Estaba temblando cuando llamó al timbre de Matilda, un poco por el frío y otro por el miedo a lo que podía pasar. La señora podía ponerse a chillar al verla, alentando a la gente de los alrededores a ir en su ayuda, y entonces lo tendría todo perdido. Ella no era nada atlética, y si corría más de doscientos metros tendría que parar para tomar aire, con el corazón a punto de estallarle. Tendría muy difícil la huida, aunque sin lugar a dudas lo intentaría como última opción.

La puerta se abrió y la cara arrugada de Matilda se asomó a través de la lumbre del interior. Tenía unas gafas con un cristal de más de un centímetro de grosor ampliando sus ojos a un tamaño innatural. Nada más ver a Faiga arrugó aún más su rostro con una sonrisa de oreja a oreja y le extendió ambos brazos.

—¡Faiga! Pequeña mía, ¿cómo estás? ¿Qué te ha pasado? Fíjate cómo estás, parece que vienes de una pocilga.

—Hola Matilda —dijo Faiga, a punto de romper a llorar—. No sabía dónde ir... lamento mucho estar aquí, no quiero molestarte ni ser una carga para ti. Eres una buena persona y...

—No digas tonterías, muchacha —le interrumpió la vieja Matilda, haciéndose a un lado e indicándole a Faiga que pasara—. Venga, entra y ponte cómoda que voy a prepárate algo de comer. Tengo algo de ropa en el ropero de mi habitación, mira si alguna te va bien mientras te duchas.

—Gracias Matilda, eres un ángel —le respondió Faiga, fundiéndose en un abrazo con Matilda y dejando de contener las pesadas lágrimas que intentaba retener. Era la primera vez, después de tres días, que sentía el calor humano.

—¡Bendita sea la Virgen! —exclamó Matilda, al notar el gélido tacto de las manos de Faiga—. ¡Estás helada! Pobre niñita, tenías que haber venido antes, mucho antes. Anda corre, ve a la ducha y ponte algo limpio.

—Matilda, yo no quiero molestarte más de lo que estoy haciendo ahora. Procuraré no…

—No digas nada, Faiga, no es molestia en absoluto. Ve inmediatamente a asearte, venga. Te voy a preparar algo para que cojas energía, que seguro que estarás hambrienta. Venga, vamos.

Faiga abrazó la ducha caliente como una bendición, cerrando los ojos y sintiendo como cada gota resbalaba por su cuerpo hasta desaparecer en el sumidero. No pudo evitar entristecer de nuevo sus cansados ojos mientras repetía en voz baja *"mamá… papá…"*. Aún no se creía que la vida le estuviera azotando con tanta alevosía y odio, a ella que nunca hacía nada indebido y que siempre actuaba con bondad en sus acciones.

Cuando bajó a la cocina, Matilda la esperaba con la radio puesta y un plato con comida humeante. Una suculenta tortilla con gambas, espárragos, dos trozos generosos de queso y dos rodajas de pan que le daban la bienvenida, además de una olla con un fuerte olor a pescado que se calentaba al fuego.

—Toma, ven, siéntate y cómete esto mientras se calienta la sopa de pescado. Te hubiera preparado algo mejor, pero me has cogido casi sin nada en el frigorífico, lo siento —dijo Matilda, actuando como una madre.

—No tienes que disculparte por nada, Matilda —respondió Faiga, sentándose en la silla y entregándose a la comida. Tenía más hambre de la que nunca hubiera imaginado que una persona podría llegar a tener—. Por cierto, me has acogido sin preguntarme nada, pero no sé si te has enterado de lo que ha pasado.

—¡Tonterías! —sentenció Matilda, negando con la cabeza—. Tú no has hecho eso, estoy segura. Debe ser todo una confusión y creen que has sido tú, pero todo se aclarará, estoy segura.

—Matilda, han matado a mis padres, he visto a quienes lo hicieron. Y también mataron a Gilbert, mi profesor en la Universidad. Sin embargo, me están buscando a mí, han puesto pruebas falsas o vete tú a saber, y me quieren muerta. Dicen que soy peligrosa, que soy una asesina que va por ahí armada...

No pudo seguir hablando sin ser presa de nuevo por las lágrimas, echándose las manos al ser consciente de nuevo de la realidad que la azotaba. Matilda la escuchaba atentamente, sin quitarle ojo y con el rostro serio, aunque tan pronto la vio desmoronarse se le acercó y le dio un abrazo.

—Tú no has hecho eso, lo sé, mi niña. Debes decirle todo eso que me has contado a la policía. Diles cómo eran esos hombres y ellos los encontrarán.

—No puedo Matilda. Di un aviso falso para ver si venían a ayudarme y se presentaron varios coches policías pegando tiros en el lugar. Me van a encarcelar o a matar, Matilda —siguió diciendo Faiga, totalmente entregada a los sollozos.

—Está bien, cálmate y sigue comiendo. Déjame hacer una llamada a ver si puedo ayudarte.

—Por favor, no llames a la policía...

—No te preocupes, no es a la policía. Confía en mí y sigue comiendo, termínate eso que ahora te sirvo la sopa.

Faiga cedió, aunque agudizó el oído para intentar escuchar lo que la vieja decía desde el salón. No la captaba todo lo nítido que hubiera querido, pero le pareció que hablaba con una mujer, una amiga suya, que se deducía de la confianza que desprendía en sus frases. Estuvo durante seis minutos largos hablando por teléfono y luego colgó. A continuación, fue hacia su habitación y bajó con un sobre abultado en la mano. Para entonces, Faiga ya se había terminado el suculento plato de comida.

—Toma hija, aquí dentro tienes tres mil marcos. Sé que no es mucho pero es todo lo que puedo darte.

—No puedo aceptarlo, Matilda, no me puedes dar ese...

—Cierra esa boquita, Faiga. Siempre has sido una niña muy lista y muy inteligente, trabajando para la Universidad en sus investigaciones y en sus descubrimientos, y estoy segura de que sabrás seguir adelante. Debes hacerlo ¿vale? No puedes rendirte.

—No sé qué puedo hacer... yo... no tengo familia...

—Ya me he ocupado yo. Irás a Chartres, en Francia, a la dirección que te he puesto en el sobre. Allí te acogerá una buena amiga mía, la señora Dupont. Para pasar la frontera deberás hacerte con una pasaporte falso o esconderte en un vehículo, no lo sé, mi pequeña, pero deberás ser valiente y hacerlo.

—¿A Francia? ¿Y qué hago ahí?

—Debes ser fuerte, Faiga. Debes empezar una nueva vida allí, porque aquí ya no tienes nada por lo que luchar. Para Berlín eres una asesina prófuga y pocas han sido las veces en las que se ha dado el indulto a ese conjunto. Aquí no investigan, ya lo sabes, creen lo primero que oyen o que ven sin preguntarse nada más. Buscan alimentar el miedo en la población y que la gente sienta miedo para evitar que delincan. Aquí vas a encontrar mucha desgracia, más de la que ya has tenido, mi pequeña.

Faiga se quedó pensando en las consecuencias de lo que Matilda le presentaba, emigrar a Francia para empezar de cero. Realmente aquí no tenía una vida muy plena, se dedicaba solo a estudiar, trabajar y vivir con sus padres, pero ya estaba hecha a esta ciudad, a su gente y a su sociedad.

—No hablo el francés, Matilda, y no sé qué hacer allí. No conozco a nadie que me pueda ayudar para trabajar.

—Es complicado, sí, pero tú eres una chica lista y sabrás desenvolverte bien. ¿Acaso ves alguna alternativa aquí, en Berlín?

Faiga negó con la cabeza, siendo consciente de que Matilda tenía razón. O se iba o luchaba en una batalla perdida para demostrar su inocencia ante un organismo jurídico saciado y corrupto.

—¿Cómo podré agradecerte esto, Matilda? Creo que has sido la única persona que ha confiado en mí.

—Tu madre era buena amiga mía. Te vi crecer cuando eras una adolescente y siempre fuiste una niña ejemplar. No hay nada que agradecer, al revés, este es mi tributo a tu madre por todas las veces que venía aquí a hacer compañía a este vieja viuda solitaria.

—Te llamaré, Matilda. Nada más llegue, te llamaré.

—No lo hagas, Faiga, no hasta que pase un tiempo. Cuánto menos des señales de vida, mejor. Ahora tómate este plato de sopa de pescado y vete a la cama, que necesitas descansar para todo lo que se te avecina mañana.

Esa noche Faiga soñó con sus padres. Era Navidad y estaban los tres decorando la casa con figuritas de barro representativas de las fiestas. Bizcochos calientes y frutas confitadas decoraban el comedor de la casa, con la chimenea crepitando al son de una canción de Aretha Franklin, también conocida como la Dama del soul. Eran tiempos felices.

La mañana siguiente transitó muy rápida. Faiga se levantó muy temprano, sobre las ocho, aunque Matilda estaba ya en pie, con el desayuno preparado y una gran bolsa con comida y ropa cerca de la puerta. Faiga desayunó más de lo que estaba acostumbrada y se despidió de la vieja Matilda, dándole un abrazo sincero y derramando unas lágrimas de agradecimiento.

Partió hacia la estación central de trenes, que se abrió ante sus ojos totalmente abarrotada. Muchos viajeros se aglutinaban en las salas de espera y en los andenes, comparando con nerviosismo lo que ponían en sus billetes y la hora que marcaba el gran reloj de la fachada. Solo había seis andenes, aunque originaban mucho trasiego de viajeros, sobre todo de españoles que emigraban a Alemania huyendo del duro régimen político de su país. La presencia policial era notoria, aunque Faiga se ocupó de pasar desapercibida con bastante acierto, vistiendo con un gorro de lana pegado a su cabeza y con los ropajes anchos que Matilda le cedió. Parecía más una turista de apariencia estrambótica que una habitante local.

Compró un billete para la línea regular que la llevaría hasta Múnich, para allí tomar el Express que la llevaría hasta París. No era un viaje muy arriesgado, excepto por los posibles controles de aduana que podían haber en la frontera. De hecho, el Orient Express era la mejor alternativa, ya que era un tren de lujo muy conocido por ser la opción preferida de los aristócratas europeos y los millonarios burgueses, un hecho más que suficiente como para que en la frontera no fueran muy exhaustivos. El lujoso tren unía la Europa Occidental con Asia, trazando una ruta fija desde París hasta Estambul, un hecho histórico que sobrevivió a las dos guerras mundiales con estoicismo.

Durante dos días, Faiga estuvo viajando en el tren de línea número ocho que la llevaba por las ciudades de Leipzig y Núremberg antes de detenerse en Múnich. Apenas se levantaba de su asiento, permaneciendo siempre agarrada a la bolsa que le preparó Matilda, con ropa y algo de comida. En las paradas eventuales que la gente aprovechaba para bajarse unos minutos y estirarse, ella bajaba con todo su equipaje encima, temerosa de que le quitaran lo poco que tenía. No hizo amistad ni entabló conversación con nadie y nadie se fijó en ella como para querer conocerla, afortunadamente para sus intereses. Los viajeros que había eran familias o emigrantes, y no turistas que viajaban por placer.

Una vez llegada a Múnich, Faiga no tuvo ni que desplazarse fuera de la estación. El Orient Express llegaba allí mismo, por lo que solo necesitaba un billete para poder subir y una hora para saber cuándo llegaba. Sin embargo, no iba a tener tanta suerte, pues el mítico tren solo salía dos veces por semana de París, y recíprocamente, pasaba de vuelta a la ciudad eterna con la misma cadencia. El billete que compró era para dentro de dos días, a las diez de la mañana, y le costó la friolera de dos mil marcos, dejándola con un capital restante inferior a los mil marcos. Suponía que sería suficiente para los dos días en la ciudad, aunque sabía que todo lo que pudiera ahorrar le vendría bien, pues en Francia no sabía bien cuánta ayuda iba a tener por parte de la señora Dupont. Igual ni le abría la puerta, o peor aún, la denunciaba como prófuga de Alemania. Además, aún tenía que solucionar el problema del pasaporte. Debía hacerse con uno, fuera como fuera.

Lo primero que hizo fue ir a un mesón, donde le sirvieron de comer. Luego cogió una habitación en un hostal cercano, pagando por adelantado las dos noches que iba a quedarse. Dejó allí su equipaje y salió a la calle para intentar aclarar sus ideas, pues aunque nunca había estado en Múnich y tenía muchos sitios emblemáticos, no sentía en absoluto ganas de visitarlos.

Se le ocurrió que lo único que podía hacer era intentar robárselo a alguien, siendo el mejor lugar para ello la propia estación, donde cientos de viajeros entraban y salían de los trenes rumbo a Italia y Francia. Ella no tenía ninguna habilidad en juego de manos ni hurtos, pero debía armarse de valor e intentarlo como fuera. Era su única oportunidad para salir del país.

Seleccionó a su primer objetivo, un hombre ataviado con un abrigo pesado y un gorro cilíndrico de pelusa que le tapaba hasta las orejas. Sostenía una maleta con la mano derecha mientras esperaba en la cola de los billetes a que fuera su turno. Era el último de la cola, por lo que Faiga se puso justo detrás de él e intentó fijar la vista a ver si le veía el pasaporte. Normalmente se solía llevar en los bolsillos más a mano, en los de la chaqueta o el pantalón, aunque se le antojó muy complicado poder intuirlo. Era notorio que tenía algo en ambos bolsillos laterales, mas no diferenciaba con claridad qué podía esconder cada bulto. Intentó acercar un poco la mano al bolsillo de la derecha, cuando el hombre se giró y la miró con rostro serio. Faiga reaccionó al instante, quitando la mano con rapidez y sonriendo con los dientes bien visibles, haciendo que el hombre juntara ambas cejas, totalmente extrañado, al ver a alguien con una mueca tan forzada.

«Casi te pillan Faiga, casi te pillan... ¿cómo hago para meter la mano y sacarle lo que ahí tenga? Me van a pillar seguro. Este me va a pillar, mejor voy a seleccionar a otro», pensó para sí misma, quitándose de la cola y tomando asiento en el área común de la estación. Debía intentar seleccionar a un objetivo más asequible a sus posibilidades, alguien que dejara sus papeles fuera del bolsillo, sobre una mesa o sobre la silla. Sin embargo, las horas pasaban y las escasas situaciones que se presentaban no lograban convencer a Faiga, poniéndose en riesgo más de una vez. Un hombre llegó incluso a agarrarle la mano, dudando si estaba realmente intentando robarle o si fue un tropiezo, y solo la salvó su buena presencia y buen hablar, denotando que era una persona culta y pudiente, en vez de una vil ratera.

Lo intentó de nuevo sobre una familia compuesta por el padre, la madre y una hija de unos diez años. La pareja estaba discutiendo cerca de una farola del andén, pues una de las maletas se había abierto a causa del excesivo equipaje que contenía. El hombre estaba arrodillado intentando meter todo dentro para cerrarla de nuevo, mientras que la esposa le recriminaba que lo hiciera más rápido, que su tren ya estaba llegando. Faiga se situó cerca de ellos, apoyada en una farola a medio metro escaso del hombre. Los pasaportes de los tres estaban en el suelo, a la vista de cualquiera, junto a un libro encuadernado en piel y un paraguas cerrado. Faiga tuvo que armarse de valor y decisión para encontrar el momento exacto, hasta que se le ocurrió la idea de agacharse para disimular que se ataba los cordones de las botas, momento en que deslizó la mano hacia la derecha para llegar a los ansiados papeles. Justo a medio camino, se encontró con la mirada inocente de la niña pequeña. La miraba inexpresiva, como cualquier niña de su edad, reflejando incomprensión y algo de sorpresa. Podía intentar coger los pasaportes y largarse de allí rápido, pero se acobardó. Se imaginó a la niña chillando "*¡al ladrón!*" mientras todo el mundo alrededor se echaba sobre ella. Pocos segundos después, el hombre cerró la maleta y recogió las pertenencias que tenía en el suelo, pasaportes incluidos, lanzando una mirada de suspicacia a Faiga, que torció su busto y se alejó de la escena.

Ya eran las siete de la tarde. Durante todo el día lo había estado intentando, mas siempre se encontraba un escollo que le impedía alcanzar el éxito. La acción de robar parecía mucho más fácil en su imaginación. No había muchas esperanzas en el día de hoy para Faiga, aunque aún le restaba el día de mañana. Sin embargo, cuando ya estaba a punto de levantarse para irse al hostal donde se alojaba, un desconocido se acercó y se sentó a su vera. Tenía barba de varios días, un diente negro como el carbón que asomaba cada vez que abría la boca, y un pelo corto peinado sin orden aparente. Vestía con un abrigo largo y guantes de piel, de bastante buena calidad, aunque los zapatos se presentaban sucios y con una de las suelas ligeramente despegada.

—Hola señorita, un gusto conocerla. Me llamo Karl.

Faiga lo miró extrañada, sin saber bien qué decirle, y decidió mirar hacia otro lado mientras se levantaba. No era muy dada a hablar con desconocidos, mucho menos si presentaban una apariencia poco agradable.

—¿Ya se va? Yo solo buscaba ayudarla para lo que intenta tener. Me dedico a eso ¿sabe?

Faiga solo llegó a dar dos pasos y dudó si responderle o no, por si era un policía camuflado intentando cazarla, aunque tenía que arriesgarse tarde o temprano. Escogió que éste era el momento.

—¿Ayudarme? ¿Y qué es lo que piensa que necesito?

—Está claro ¿no? Llevas todo el día aquí sentada, moviéndote de un lado a otro según ves a objetivos interesantes a los que cogerles sus billetes o sus pasaportes. Al principio creía que eras una ladrona normal y corriente, pero ni tienes pinta de eso ni creo que necesites dinero —le respondió Karl, mirándola con obscenidad a la altura de los pechos.

—Necesito un pasaporte para viajar, eso es todo. Perdí el mío y no tengo dinero para volver a Berlín y sacarme otro.

—Aquí en Múnich puedes sacarte otro, no hay necesidad de volver a Berlín —dijo Karl, con sutil ironía.

—Eso no es de tu incumbencia —sentenció Faiga, tomando de nuevo asiento e intentando evitar cruzar la mirada con su extraño acompañante, pues la incomodaba—. Necesito un pasaporte, eso es todo. ¿Tú sabes cómo conseguirlo?

Karl se mantuvo unos segundos en silencio antes de responder con una risa apagada.

—Claro que puedo. Necesito una foto tuya de carnet y dinero. Luego te la monto en un pasaporte robado y listo.

—Aquí tienes mi carnet de la universidad —dijo Faiga, dándole su documentación—. Sobre el dinero, ¿cuánto pides?

Karl tomó el carnet y luego clavó la mirada sobre Faiga, dibujando de nuevo esa sonrisa de hiena que tan nerviosa la ponía.

—Cinco mil marcos es el precio.

—¿Estás loco? ¿Cinco mil marcos? Por ese precio se lo podría comprar a cualquier pasajero —respondió Faiga, recuperando el carnet de la universidad, mientras negaba con la cabeza insistentemente.

—Bueno pues si no quieres, tú misma. Aquí no hay más ladrones que te puedan ayudar. Como puedes ver, hay mucha presencia policial y los de mi oficio prefieren centrarse en las calles y los mercados. Esta estación es un lugar peligroso para ejercer nuestra labor.

—¿Oficio? ¿Llamas trabajo a robar a la gente? Debería darte vergüenza…

—¡Mira niña! —interrumpió Karl, señalándola con el dedo índice en amenaza— No estoy aquí para escuchar tonterías. ¿Acaso no me estás pidiendo que robe por ti? ¿Eso te parece algo loable? Si gente como yo existe es porque gente como tú existe.

—Eso es demagogia.

—¿Dema… qué?

—Mira déjalo, no tengo ganas de profundizar contigo en más charlas. ¿Puedes darme un pasaporte o no?

—Ya te he dicho que sí.

—Dame un precio razonable.

—Ya te lo he dado. O me das los cinco mil marcos, o no hay trato.

—¿Aceptarías ochocientos marcos? Es todo lo que te puedo dar, no tengo más.

—Estás bromeando ¿no? Por ese dinero ni me molesto en levantarme.

—No te entiendo… eres un paria que roba para vivir y yo te estoy ofreciendo ochocientos marcos por una trabajo que tú estás acostumbrado a hacer. ¿Cuál es el problema? ¿De verdad crees que tengo más dinero? Te he dicho la verdad, no tengo más, si no te lo daría.

—No me has dicho toda la verdad, Faiga. El caso es que tu cara me sonaba, pero al ver tu nombre ya he recordado de qué. Aunque no lo creas, este estúpido ladrón lee periódicos ¿sabes? No siempre está uno frente a una asesina, aunque no imaginaba que fueras así, la verdad.

Faiga sintió un escalofrío que la dejó paralizada. Dos policías pasaron delante de ellos, mientras Karl no paraba de reírse con gesto de prepotencia. La escena no podía ser más incómoda para Faiga.

—No soy una asesina, todo lo que se cuenta de mí es falso.

—Sí, claro que sí. Y yo no soy un ladrón… soy un simple hombre de negocios que invierte en bolsillos ajenos jajaja.

—No tengo por qué justificarme ante ti, así que piensa lo que quieras. ¿Aceptas ochocientos marcos?

—Me temo que no hay trato, amiga —dijo Karl, frotándose la nariz y levantándose para irse.

—Te lo ruego, por favor —imploró Faiga, rompiendo su apariencia de chica fuerte y mostrando su auténtica naturaleza—. Necesito viajar y no puedo dejar que me reconozcan. De verdad, es todo lo que tengo, mira, ochocientos marcos.

Karl sonrió al ver el dinero y volvió a sentarse, posando su mano sobre la de ella para palpar los marcos.

—Aceptaré este pago, aunque aún te faltan cuatro mil y pico marcos por pagarme. Me la juego mucho y no puedo abaratarte el precio, aunque es evidente que puedes pagarme de otra forma. Eres una mujer muy guapa, muy atractiva, y estoy seguro de que sabrás cómo contentar a un hombre.

Faiga lo miró horrorizada, apartando la mano y metiéndola en el bolsillo de su chaqueta. Tenía los oídos heridos de lo que acaba de escuchar.

—No soy una puta.

—Toda mujer es puta cuando la necesidad lo requiere, Faiga —insistió Karl, sin quitar esa macabra sonrisa de su rostro—. Es cuestión de prioridades: si quieres el pasaporte ese es tu pago, de lo contrario te quedas aquí, en Múnich. Puedes jugártela tú misma a conseguir el pasaporte que necesitas, igual no te pillan, aunque como puedes ver, hay mucha presencia policial.

—Eres un asqueroso. Un hombre de verdad no pediría eso a una mujer necesitada.

—Sí… jajaja, soy un asqueroso, un desvergonzado y un ladrón de mierda, pero soy tu única opción, asesina. Si no quieres, aquí te quedas.

Faiga no tenía nada que pensar, no podía sucumbir a tan lamentable trato, por lo que se levantó y se largó hacia su hostal. Encontraría otro método para hacerse con lo que necesitaba.

Sin embargo, el día siguiente fue incluso peor que el anterior. Por la noche hubo una manifestación que se centró en la estación de trenes, produciéndose destrozos de bancos y quemas de contenedores de basura. Muchas paredes presentaban pintadas de los grupos a favor de la Comisión de Control Soviética, recientemente disuelta. La URSS garantizó oficialmente la soberanía de Alemania del Este, haciendo que las zonas de ocupación soviéticas se disolvieran en favor de Alemania, algo que no gustó a todos los rusos.

Faiga estuvo todo el día infiltrándose en colas para sacar billetes, cerca de posibles objetivos a los que robar, aunque no logró nada en ninguno de los casos. No tenía fácil acceso a los pasaportes, mientras que otras veces la situación se volvía desfavorable, con policías cerca o miradas indiscretas por parte de otros viandantes. Se quedaba sin tiempo.

Serían las seis de la tarde cuando se sentó para almorzar algo que traía consigo, una hamburguesa de queso y una ensalada de tomates con cebolla. A lo lejos reconoció a Karl, apoyado en una columna de la estación mientras miraba a su alrededor. Vestía igual que ayer, aunque hoy llevaba un sombrero de color caqui sobre la cabeza.

Le costó tomar la decisión, pero al final decidió ir hacia él. Se preparó previamente, tanto mental como físicamente, para afrontar el horror que debía negociar con ese hombre, siendo consciente de que tenía que salir de esa ciudad cuanto antes. Era cuestión de tiempo que alguien más la reconociera o que se quedara sin dinero, así que no podía permitirse perder el tren de mañana. Debía ser fuerte y transigir por encima de todo, incluso de ella misma.

—Hola, Karl. ¿Puedo hablar contigo? —le dijo Faiga, invitándole a ir a una esquina de la estación donde poder tratar mejor las condiciones del trato.

—¡Mi pequeña asesina! —dijo Karl, sonriendo y asintiendo a acompañarla—. Ya te echaba de menos…

—Dejemos las cosas claras ¿vale? —le interrumpió Faiga, intentando ser valiente ante la situación que debía exponer—. Aquí tienes mi carnet de la universidad, para la foto. Hazme un pasaporte, como conviniste y yo cumpliré contigo.

—¿Y el dinero?

—No hay dinero. Si tengo que hacerlo contigo, no esperes que encima te pague. Ni una puta haría eso.

—Pero tú no eres una puta ¿verdad? Tú eres algo mucho mejor, una asesina putita. Si quieres salir de aquí más te vale aflojar el bolsillo, o no hay trato. Se te ve desesperada, jajaja.

—Quinientos marcos —dijo Faiga, obviando los insultos y demás comentarios fuera de lugar.

—Seiscientos y porque no eres fea.

—Quinientos cincuenta —insistió Faiga, tragando saliva y sin poder evitar sudar por el nerviosismo.

—Seiscientos es mi último precio. Si aceptas vamos a ello. Los baños están justo ahí…

—Nada de eso. Primero me haces el pasaporte y me lo enseñas. No pienso darte nada hasta verlo —dijo Faiga, interrumpiendo a Karl con voz ruda y seria, aunque con los ojos cimbreantes por las lágrimas que se le acumulaban en sus cuencas.

—Está bien, no pasa nada. ¿Ves cómo soy una persona comprensible y amable? Dame una hora y te veo ahí mismo, en las puertas del baño.

—¿A dónde vas?

—A coger un pasaporte de mujer y a sustituir su foto con la tuya, intentando que sea lo más auténtico que pueda. Tú déjame hacer mi trabajo, que luego te tocará trabajar a ti.

Esa última frase recaló en lo más profundo de Faiga, haciéndole temblar en tristeza. Aún no se creía lo que estaba haciendo, vender su cuerpo como pago por cometer un robo y falsificación. Era un acto terrible que, unas semanas atrás, habría sido impensable para ella.

Karl no tardó en cumplir su palabra, presentándose al lado de Faiga con un pasaporte alemán en cuya segunda página estaba la foto de Faiga perfectamente integrada con el resto del contenido. Perteneció a una tal Jenell Kuefer, una señora de cuarenta años y de ojos marrones.

—¿Cuarenta años? No he cumplido ni los treinta.

—Puedes pasar por una de cuarenta. Como tú entenderás, no está la cosa como para poder escoger edades ni nombres —dijo Karl, poniendo la mano para que le diera los marcos. Faiga sacó lo pactado de su bolso y se lo dio, torciendo el labio con algo de tristeza. Sabía que ahora venía la otra parte del pago, la peor.

—Venga, entra, no tengo todo el día —dijo Karl, empujándola hacia uno de los baños libres y cerrando el pestillo de la puerta tras él—. Vamos a ver lo que se esconde tras esa ropa…

La rebeca de Faiga se abrió de par en par con un tirón, mientras que le metía la mano por dentro de la camisa, palpándole la piel del vientre. Karl se abrió la chaqueta con insistencia y abrió el cierre del cinturón de sus pantalones, dejándolos caer hasta sus tobillos. Faiga se resistió a permitir que la besara, aunque no pudo evitar que la arrinconara contra la pared mientras le manoseaba los pechos, ya descubiertos. A continuación, empezó a abrirle los pantalones, dispuesto a bajárselos.

—Por favor… puedo hacerlo con la mano… —dijo Faiga, agotando su último cartucho.

—¡Cierra la boca! —gimió Karl, dando claras evidencias de su alto grado de excitación.

Los pantalones de Faiga se precipitaron al suelo también, y ambos cuerpos se juntaron. Faiga ya estaba con el cuerpo prácticamente desnudo, a voluntad de Karl, a quien le bastó con descubrirse sus extremidades inferiores.

El hombre precipitó su lengua sobre el cuello de Faiga, lamiendo su fría piel como si fuera un helado dulce, mientras que despedía los pechos turgentes de la mujer para centrarse en sus bragas. Sin embargo, nada más bajárselas, Faiga actuó por inercia y levantó la rodilla derecha, golpeando involuntariamente sobre los genitales de Karl. El impacto fue duro y certero, muy doloroso para Karl, que se arqueó hasta el punto de casi tirarse al suelo mientras ponía ambas manos en su entrepierna. Sentía todo su cuerpo ardiendo en una parálisis de dolor, una quemazón que le subía desde la cadera hasta los ojos.

Faiga, que tardó en actuar, se subió rápidamente los pantalones y se cerró como pudo la chaqueta, mientras metía la mano en el bolsillo del abrigo de Karl y le sustraía el pasaporte falso. Luego intentó rebuscar por los bolsillos de sus pantalones, para coger el dinero que le pagó, pero Karl le agarró la mano con fuerza mientras le clavaba una mirada de odio y deseos de hacer daño.

—Ahora te vas a enterar de lo que es sentir daño, maldita niñata desagradecida —gimió Karl, irguiéndose y plantando cara a Faiga, aunque aún se le adivinaba dolor.

Faiga ni se lo pensó luego de ver el resultado anterior. Cerró los dientes y le intentó propinar una patada en el foco de su dolor, mas se encontró con su rodilla. Karl, le devolvió el ataque con una fuerte torta que Faiga no pudo evitar, haciéndola girar sobre sí misma hasta quedarse de espaldas a él, ligeramente aturdida. Al instante, sintió como Karl le bajaba de nuevo los pantalones y las bragas, sujetándola con fuerza por las caderas. La tenía apresada y a su merced. Sin embargo, cuando el acosador acercó su cuerpo al de ella para consumar su deseo, ella bajo la mano por debajo de su propio cuerpo y le agarró su miembro con rabia, estrujándoselo hasta el punto de hacer que los huesos de sus flacos brazos crujieran. Lamentó no ser más fuerte para haberle arrancado todo lo que agarró, aunque fue suficiente como para hacerle retroceder en gritos.

Cayó al suelo, esta vez sí, aunque le bastaron escasos segundos para recuperarse de la molestia. Dio un puñetazo recio al suelo y se levantó con saliva de dolor recorriéndole todo el cuello, decidido a destrozar la cara de la mujer hasta dejarla inconsciente en el suelo. No obstante, se encontró con que Faiga estaba justo saliendo del baño. Esos segundos le bastaron para levantarse los pantalones e ir hacia la puerta.

Karl, lejos de rendirse, se vistió y salió detrás de ella. La gente de la estación los miraba con sorpresa, no sabiendo bien si eran una pareja en pleno brote de enfado o algo más intrincado, como un padre siguiendo a su hija. Faiga corrió con todas sus fuerzas, aunque Karl le acortaba los metros con facilidad. Súbitamente, cuando apenas los separaban escasos metros, Faiga chocó contra dos hombres al tomar una de las esquinas de la estación. Eran dos policías uniformados que la miraron con recelo mientras echaban mano de sus pistolas. Faiga se quedó muda, temblando y moqueando. Se arrodilló frente a la autoridad y puso ambas manos sobre su pecho medio descubierto, sollozando y pidiendo perdón. Karl frenó en seco y comenzó a retroceder con disimulo, aunque los policías ya lo habían captado.

—¿Estás bien? ¿Me oyes? —dijo uno de los policías, poniendo la mano sobre la muñeca de Faiga.

—Sí... ese... ese hombre intentó violarme... quería robarme... me ha robado mi dinero —llegó a decir Faiga, pensando lo más lúcido que pudo, dada la situación.

—¡Voy a por él! —gritó el otro policía, dándole el alto mientras comenzaba la persecución hacia Karl.

—No se preocupe usted —le dijo el policía que se quedó con Faiga, ayudándole a ponerse bien la camisa y a cerrarse la chaqueta—. ¿Tiene usted documentación, por favor?

Faiga tragó saliva, y sin dejar de temblar, le dio su pasaporte. El policía la miró y se volvió a fijar en Faiga, con ojos dubitativos, para luego cerrarlo y devolvérselo.

—Puede ir usted a denunciar a ese hombre si es capaz de reconocerlo, señorita Kuefer.

—No... quiero decir, ahora no puedo, estoy algo nerviosa, estoy... estoy asustada. Prefiero ir a mi casa y descansar, que mañana tengo un viaje.

—¿A casa? Creo haber leído en su pasaporte que es de Colonia. Algo lejos para ir allí ¿no?

—Sí, sí... quería decir a mi hotel. Disculpe pero estoy todavía nerviosa por todo.

—No hay problema, señorita, aunque imagino que querrá recuperar el dinero robado ¿no? Por eso se lo digo, es necesaria una denuncia para...

—No hace falta, la verdad, no hace falta... eran diez marcos solo, tampoco pasa nada si no lo recupero —interrumpió

Faiga, cada vez más nerviosa al ver cómo le miraba el policía, quizás dudando en que Faiga tuviera cuarenta años.

—Muy bien, señorita Kuefer. Si necesita que le acompañemos a algún lado, solo tiene que pedírnoslo.

—Se lo agradezco mucho, oficial. Es usted un ángel, gracias por estar ahí.

Respirando tranquilidad por primera vez en mucho tiempo, Faiga salió de la estación y recorrió veloz los metros que la separaban de la habitación del hostal, donde se encerró a llorar copiosamente. Le hizo falta una ducha y cenar algo para conseguir relajarse del todo, volviendo a ser la mente inocente que ella era. No obstante, la imagen de Karl asaltándola le recorría la mente de forma esporádica.

«Si lo han capturado seguro que me habrá delatado. Habrá dicho a la policía quien soy y será el final de mi viaje. No podré coger ese tren mañana. Tendré que volver a Berlín, a ver a Matilda… —pensó Faiga, mientras cerraba los ojos para intentar dormir—. Por otro lado, si no lo han cogido, seguro que estará en la estación esperándome. No sé si le llegaste a decir que el tren que ibas a coger era el Orient Express, el de las diez de la mañana. Igual no le dijiste nada, Faiga, y a esa hora no está».

La noche se cerró sobre Múnich, acunando a Faiga con más pesadillas en las que Karl la perseguía y la encerraba en un trastero viejo y abandonado, amenazándola con ser su esclava sexual de por vida. Se levantó varias veces durante la noche, cubierta de sudor y con el corazón palpitando de forma desenfrenada, aunque le bastó con respirar unos segundos y beber un vaso de agua fresca para volver a conciliar el sueño. Se estaba volviendo una mujer más dura y más valiente, estaba saliendo de su inocencia.

CAPÍTULO 7: PERSECUCIÓN A LA FRANCESA

Tánger, 11 de noviembre del año 1954

Los cuatro integrantes del SIAEM se encontraban en la cafetería del aeropuerto de Tánger, sentados en una esquina desde la que se dominaba todo el tránsito de pasajeros en las pistas. Marcos se pidió un desayuno completo, con zumo de naranja, un café doble y dos cruasanes calientes rellenos de queso, un manjar para el paladar. El resto optó por algo más ligero.

—¿Y por qué no los cogemos de una vez y nos los llevamos arrestados? —preguntó Elisa, intentando entender el plan que Anthony estaba trazando—. Si saben algo se lo sabremos sacar, no aguantarán más de dos días.

—Eso seguro, hablarán por los codos. Nos rogarán que les dejemos vivir —añadió Marcos, con la boca llena de comida.

—A ver, es fácil de entender. Prefiero seguirles y que nos lleven ellos mismos al lugar dónde está el códice, es así de simple. Encerrarlos en un piso franco para que hablen puede llevarnos días, y eso sin contar que ese tal Vincent no parece un tipo fácil de manejar. Pensad que nos pueden dar pistas falsas para ganar tiempo. Y lo más importante: no somos asesinos. Nuestro deber es alcanzar el objetivo final, con muertes si es necesario, pero no si hay otras alternativas, que en este caso incluso son más óptimas.

—Yo sigo pensando que lo mejor sería cogerles y darles una buena paliza —insistió Marcos, para desesperación de Anthony.

—Alberto, ya sabes lo que tienes que hacer. Síguelos sin delatar tu posición, sé un viajero más del montón. Intenta oír lo que puedas y no los pierdas de vista. Apenas puedas nos llamas por teléfono y dejas el recado —dijo Anthony, intentando centrarse en su plan.

Alberto no era una persona especialmente hábil en cuestión de espionaje, mas su increíble dominio en varios idiomas lo convertía en una baza imprescindible en misiones en otros países, algo con lo que Anthony contaba siempre. De hecho, lo seleccionaba en su grupo siempre que podía.

—Sin problemas, Anthony. Vosotros estaréis en Berlín ¿no?

—Sí, cogeremos el vuelo mañana. Si nos tienes que llamar antes, hazlo aquí, a Tánger. Aquí tienes los teléfonos de nuestro piso de aquí, así como el de Berlín. Deja el recado y un número para contactarte.

—Perfecto, Anthony —respondió Alberto, guardándose el papel con los números de teléfono y secándose el sudor de la frente. Era la primera misión importante que tenía que afrontar solo, un hecho que evidenciaba con bastante nerviosismo.

—¿Seguro que no quieres que yo vaya con él? —quiso saber Elisa, encendiéndose un cigarrillo en su boquilla de plástico.

—No, te necesito en Berlín conmigo —le respondió Anthony con voz severa, algo molesto porque se le preguntara tanto—. Alberto, tú eres capaz de hacer esto perfectamente, recuerda tu instrucción y no te acerques más de lo debido.

—No te preocupes, Anthony, puedes confiar en mí.

—¡Allí están! —dijo Marcos, señalando hacia la pista de aterrizaje, donde varios pasajeros andaban hacia un avión cuatrimotor modelo Boeing 707. Entre ellos, se podía diferenciar a Vincent y a Nicole.

—En marcha, pues —sentenció Anthony, levantándose y dándole la mano a Alberto—. Calma y piensa las cosas antes de actuar, no lo olvides. Nos veremos pronto en Berlín.

El Boeing 707 era un avión de pasajeros que igualó en fama al famoso Caravelle francés, aunque gozaba de un fuselaje más moderno y mejores características a bordo, como asientos más amplios. El servicio a bordo era inmejorable, ofreciéndote variadas comidas de gourmet, copas de licor refinadas e incluso televisores por los que transmitían películas para hacer más ameno el viaje.

Cuando Alberto accedió al interior, cayó en la cuenta que era la primera vez que volaba. Nunca pensó que pudiera tener miedo a las alturas, aunque empezaba a sentirlo en sus carnes, apareciendo el sudor sobre su frente y acelerando su ritmo cardíaco. Acababa de entrar y ya quería bajarse. Una azafata lo atendió, indicándole cuál era su asiento y ofreciéndole medicamentos para paliar los efectos del vértigo, aunque Alberto los rechazó. Era bien sabido que provocaban sueño, y necesitaba estar lo más despierto posible para no perder detalles de sus objetivos. Confiaba en que los síntomas del malestar fueran disipándose a medida que el avión despegase, aunque luego se daría cuenta de que sería justo lo contrario.

Transitó por el concurrido pasillo, donde la gente se empujaba mientras intentaban ubicar sus maletas de mano en unos armarios ubicados sobre los asientos. Vio entonces a Vincent y a Nicole, riéndose mientras pedían algo de comer a una azafata, algo que le provocó arcadas con tan solo pensarlo. Estaba peor de lo que él se intentaba convencer.

Su asiento estaba justo dos asientos detrás de la pareja, algo que agradeció. Estar justo detrás podía provocar que Vincent lo reconociera, aunque solo lo vio a través de la cristalera del café de París, pero tener un asiento de salto entre ambos le daba seguridad de sobra para ser invisible. A su lado estaba sentado un señor mayor de bigotes recortados y pelo canoso, con los ojos fijos en un libro.

—Buenos días —le dijo el hombre nada más ver cómo se sentaba a su lado—. Paul Bowles, para servirle.

—Un placer señor Bowles. Alberto Rey —le respondió Alberto, estrechándole la mano.

—¿Es su primer viaje en avión?

—Sí… se me nota mucho ¿verdad?

—No tanto, no tanto, se le ve más entero de lo que podría pensarse. Mucha gente estaría ya recurriendo al vómito, al desmayo o incluso al grito. Lo lleva usted bastante bien. ¿Es nacido en Tánger? ¿Su primer viaje a la península?

—No, soy de Compostela, y vine aquí hace unos días, pero en barco. Negocios pendientes, ya sabe… ¿y usted? ¿Nació aquí? —respondió Alberto, intentando desviar que le hiciera tantas preguntas, haciéndolas él.

—No, ni mucho menos, nací en Nueva York, aunque llevo viviendo aquí unos diez años. He viajado mucho, mas esta ciudad me ha enamorado por la simplicidad de su gente y la complejidad de sus sentimientos. Es una ciudad mágica.

—Hay muchas ciudades iguales en España, hasta donde yo sé. Sevilla, Málaga, Valencia... todas tienen su historia y su belleza. Tánger es más un pueblo que una ciudad, o al menos esa es mi apreciación personal, sin ánimos de ofenderle.

—Lamento tener que discrepar con usted, señor Rey, mas Tánger no es solo una ciudad del montón. Sus calles transmiten un sentimiento de ocultismo e intriga que ni la mejor novela de misterio sería capaz de crear. Su gente, un conglomerado de judíos, musulmanes y cristianos, conviven en una armonía no vista en ninguna otra capital. Si la oyes y la respiras, acabas enamorándote de esta ciudad, se lo aseguro.

—¿Capital? ¿No es Rabat la capital de Marruecos?

—Es la capital política, pero Tánger es su capital cultural.

—Entiendo —respondió Alberto, sonriendo algo forzado mientras cerraba los ojos y se concentraba en su estómago, que desde que Paul le dijo que la gente vomitaba al subirse en aviones, le entraron retortijones—. Si no le importa, voy a intentar reposar un poco a ver si se me pasa el mareo.

—Sí, por supuesto.

El avión encendió los motores, haciendo temblar todo el fuselaje durante unos segundos. Los pasajeros se entusiasmaron, lanzando vítores y aplausos por el inminente despegue, todos menos unos pocos como Alberto, que permanecían pálidos y quietos en sus butacas.

—¿Olivier Buyon? ¿Y es de fiar? —preguntó Vincent, mientras se ocupaba de pinchar una gamba con el tenedor—. No soy muy dado a confiar en gente externa, menos aún si no los conozco.

—Es un historiador muy famoso, además de ser una persona en la que confío plenamente. Imparte clases en la Universidad de París y si alguien puede saber algo sobre este tema, ese es él.

—Bueno, tú también sabías algo sobre Artois.

—No, no, a ver... sé que es un condado de Francia, pero al relacionarlo con Aníbal me acordé de una de las famosas obras que hay en Versalles, el Reloj de Artois. Es un reloj de unos setenta centímetros de alto con el rey cartaginés Aníbal apoyado sobre el reloj en sí. Estoy segura de que Olivier sabrá decirnos mucho más sobre su historia.

—Una cosa más te quería preguntar Elisa. ¿Por qué buscas el códice original, si ya hay copias del mismo?

—Porque, como te dije anteriormente, apenas se ha descodificado alguna página suelta y ni siquiera están seguros de que sea correcto. Algo falla en su estudio. No es normal que tantos criptógrafos no consigan nada y es por ello que hemos pensado que el problema está en la falta de información. No basta con tener los dibujos y el texto escrito, nos falta también tener el pergamino original para indagar si el escritor dejó algo impreso en sus hojas, alguna pista de su patrón de descodificación o algún dibujo oculto que nos pueda llevar a un razonamiento correcto.

—¿Y no se sabe dónde está el códice original? ¿Quién lo tiene?

—Hay muchos rumores, pero nada cierto. Muchos dicen que lo tiene un millonario en América, en Yale, mientras que otros hablan de un lugar en Alemania.

—¿El régimen alemán? Pues menuda noticia… hace poco que acabó el festival de muerte que inició Hitler como para empezar ahora otra guerra de iguales proporciones.

—Veo que vas entendiendo la razón por la que es imprescindible encontrar el códice antes que otro país.

—Sinceramente, sigo sin entenderlo. No sé qué puede haber escrito ahí que sea tan trascendente. Parece que queréis que haya algo.

—¿No tienes curiosidad al ver tantos anacronismos e incongruencias? Que un libro así se escribiera hace quinientos años resulta algo inimaginable. Su composición, los dibujos astronómicos y medicinales, las plantas desconocidas que muestra, así como el instrumental óptico que describe… eso no existía en esa época —dijo Nicole, animándose a medida que hablaba del códice—. ¿Y qué me dices de los dibujos de partículas y microbios? Sin microscopio, un instrumento que no existía en aquella época, es imposible de conocer a esos bichos tan pequeños. Son muchos interrogantes, demasiados como para luego escribir textos en un idioma incomprensible.

—Sin olvidar la página 166, ¿correcto?

—Lo dices como si fuera un juego para ti —respondió Nicole, recostándose en el asiento con el rostro algo serio, al ver que Vincent no borraba de sus labios una mueca de ironía.

—A ver, las cosas claras, Nicole. Lo que yo piense o deje de pensar de todo esto te tiene que dar igual ¿vale? Yo he sido contratado por ti para buscarlo y punto. No pienses que me pagas para creer en alienígenas y todo eso.

—Eso ya lo sé, Vincent. Solo trataba de despertar tu lado de intriga. ¿Nunca te has preguntado cómo se levantaron esas enormes pirámides de Egipto, sabiendo que hoy en día sería imposible replicarlas con la tecnología que tenemos? ¿O las profecías de Nostradamus, que han ido cumpliéndose casi a rajatabla a lo largo de la historia?

—A veces, tendemos a buscar en Dios, extraterrestres o fantasmas lo que no entendemos. Igual los egipcios tenían unos arquitectos que eran unos genios, capaces de movilizar a miles y miles de personas para formular con exactitud esas enormes tumbas. ¿Nostradamus? ¿Se supone que tengo que creer que ese ruso borracho podía ver el futuro? Es fácil cotejar algo que se dijo para forzarlo a ser una profecía.

—Pensaba que me veías lo bastante inteligente como para no dejarme convencer por meras palabras —respondió Nicole, algo molesta ya por la falta de fe de su compañero—. Lo que veo es que eres una persona tan tremendamente cerrada en tus ideas que no eres capaz de ver más allá de ti mismo. No tienes fe en nada ni en nadie, solo en ti.

—Es lo que me ha dado la vida, cariño, tortas, deudas y mucho daño. Aprendes que confiar en ti es lo único fiable que puedes hacer. El resto es un riesgo inútil.

—Solo espero que confíes en mí, al menos.

—Mientras pagues, no habrá problema —respondió Vincent, con una sonrisa bien marcada, dando por finalizada la conversación. Nicole se recostó hacia atrás, mirando por la ventanilla como el avión despegaba y convertía a las casas de Tánger en un diminuto hormiguero.

La megafonía del avión informó de que el trayecto sería de tres horas antes de aterrizar en el aeropuerto internacional de París. Animó a que los pasajeros dispusieran de la amplia oferta gastronómica que había abordo y que los que quisieran visitar la cabina de pilotos se lo fueran diciendo a las azafatas, para ir programando los turnos.

Nicole no tardó en coger sueño. Vincent, por el contrario, se centró en sacar su pequeño diario para ir escribiendo apuntes sobre el caso. Anotó algunas de las cosas que le dijo Nicole y se puso de nuevo a releer el mensaje que Altamira le envió, centrándose en la parte que hablaba del reloj de Artois.

«¿Se supone que el reloj me tiene que dar algo a las ocho y diez de la mañana o de la noche? Si está en el museo de Versalles no va a ser fácil disponer de él —se dijo a sí mismo, centrándose ahora en mirar a Nicole—. Guapa, con dinero y además con contactos importantes... eres una mujer ideal, aunque demasiado problemática para alguien como yo... aunque bueno, un par de semanas de vicio a tu lado no las rechazaría, jajaja».

A mitad del trayecto, volando ya cerca de la cordillera pirenaica que dividía España de Francia, Alberto se despertó. Se quedó dormido de forma inconsciente, algo que lamentó profundamente. Casi en el mismo instante que abrió los ojos, se levantó unos centímetros y miró dos asientos delante de él, viendo la cabeza de Nicole hacia un lado. Vincent no estaba ahí, aunque tampoco le preocupó mucho, pues en un avión no había muchos sitios donde podía uno irse.

—¿Ha descansado usted bien? —preguntó Paul, cerrando el libro que estaba leyendo y dándole un sorbo a un té que tenía sobre su bandeja.

—Sí... lo cierto es que me ha venido bien. Me ha entrado incluso hambre, aunque tampoco quiero poner a prueba mi estómago, jajaja. No obstante... —dijo Alberto, levantando el índice hacia una azafata para hablarle—. Por favor, un té servido en tetera y algo ligero para comer.

—¿Bollería, señor?

—Pues... ¿tiene cruasán de almendras?

—Por supuesto, señor. ¿Uno?

—Sí, uno, no quiero forzar el vientre.

—Muy bien, señor —le respondió la azafata con una risa amable.

Nada más darse la vuelta para traerle lo pedido, vio a Vincent que volvía del baño. Estaba quieto frente a su asiento, mirándolo fijamente. Alberto le devolvió la mirada unos escasos segundos, para luego refugiarse de nuevo junto a Paul.

«Me ha reconocido, mierda, mierda, mierda... me ha reconocido seguro... aunque... a lo mejor estaba mirando a la azafata y no a mí... joder... metedura de pata más grande, la he fastidiado... maldita sea».

Para mayor temor de Alberto, Vincent no tomó asiento y se acercó con paso firme hacia él. Tenía los ojos brillando en consonancia a una mueca pícara, como si supiera perfectamente quién era el que tenía delante de él. Alberto no sabía qué hacer, se bloqueó y comenzó a ponerse nervioso, barajando si levantarse para ir hacia al fondo del pasillo con cualquier excusa o seguir ahí, mirando el suelo e intentando negar todo lo que le dijera. Vincent solo le vio escasos segundos a través de los ventanales del café de París, y posiblemente no tuviera muy claro que fuera él.

—¿Señor Bowles? Es usted Paul Bowles, ¿cierto? —dijo Vincent, extendiendo su mano hacia el acompañante de Alberto, para su sorpresa.

—Así es, señor. ¿Le conozco? —respondió Paul, devolviéndole el saludo.

—No, supongo que no. Soy un admirador de su obra. No leo mucho, la verdad, aunque su obra, *El cielo protector* sí sucumbió a mi lectura. Un escrito magnífico.

—Celebro que le gustara tanto. Lástima que los críticos no piensen igual que usted, pero qué le vamos a hacer —respondió Paul, despertando una carcajada en Vincent.

—¡Qué sabrán esos! Yo me he criado en Tánger toda mi vida y usted es una eminencia allí. Sus libros reflejan con gran verdad todo lo que ocurre en la zona internacional, representando a la gente tal y como son, sin exagerar ni quedarse corto.

—Menos mal que leía usted poco, pues parece conocerme como si hubiera leído toda mi obra.

—¿Ha sacado usted un libro nuevo? —preguntó Vincent.

—Pues sí, hace un par de años publiqué *Déjala que caiga*. Si le gustó aquella, estoy seguro de que le gustará también esta.

—Me la anoto y tenga por seguro que la compraré apenas pueda —respondió Vincent, mirando a continuación a un Alberto algo descolocado por cómo estaba ocurriendo todo—. ¡Qué suerte que te tocara viajar al lado de tal eminencia! Estarás contento ¿eh?

—Eh… sí, la verdad es que he tenido suerte, sí —dijo Alberto de forma escueta.

—Viajar al lado de un escritor de este renombre es viajar entretenido, sin lugar a dudas —añadió Vincent, despidiéndose ya de la pareja—. Un placer haberle conocido personalmente, señor Bowles.

—El placer ha sido mío, señor…

—Arcadio, Vincent Arcadio.

—¿Es de nacionalidad francesa?

—Soy de nacionalidad complicada, dejémoslo ahí, jajaja.

—Un hombre de mundo, sí señor, jajaja.

Y sin más, el detective privado volvió a su asiento, al lado de Nicole. Alberto no se terminaba de creer lo que había presenciado y no paraba de dar gracias a un ente imaginario por haberle protegido. Justo entonces, llegó la azafata con el té y el cruasán que pidió, que recibió con muy buen humor. El no ser reconocido por Vincent le supuso un gran alivio. Sintió incluso ganas de conversar con Paul, que aprovechó la presencia de la azafata para pedirle un vaso de licor de hierbas.

—¿Así que escritor? ¿Ha escrito muchos libros?

—Dos novelas y un par de relatos para el *Tribune*. Lo cierto es que ese señor Arcadio me ha otorgado más fama de la que soy merecedor, aunque sus palabras son de agradecer.

—Pues un placer conocerle, entonces. No conozco su obra, aunque me informaré al respecto, téngalo por seguro.

—Tome este libro, se lo regalo. Es precisamente *Déjala que caiga*, que espero que le guste.

—No, por favor, se lo compraré en una librería cuando pueda. Ese es suyo, no me atrevería a quitárselo.

—Es un placer poder dárselo, señor Rey. La lectura debe ser un derecho y no un privilegio —respondió Paul, firmándole el libro en las primeras hojas, a modo de dedicatoria.

—Muchas gracias, señor Bowles. Gracias por tamaño presente. Tenga por seguro que lo leeré.

—Eso espero, jajaja.

Estaba claro que Alberto se sentía mucho más cómodo y seguro. En París sabría desenvolverse con total libertad, ya que el idioma no era ningún impedimento para sus dotes. Solo tenía que centrarse en seguir con cuidado al detective y a su acompañante.

En la hora siguiente, encendieron los televisores para trasmitir una película interpretada por Gloria Swanson y William Holden, titulada como *Sunset Boulevard*. Se narraba la historia de una estrella del cine mudo, quien, incapaz de aceptar que sus días de gloria ya pasaron, convence a un guionista para que le ayude a ser de nuevo una estrella, convirtiéndole en su amante. El pasillo del avión quedó en silencio durante el resto del trayecto, algunos dormitando a causa del sopor del momento y otros concentrados en oír las conversaciones de los actores.

Nicole se levantó cuando ya sobrevolaban París. La megafonía del avión estaba anunciando la hora local y el estado atmosférico de fuera, una lluvia fina y una sensación térmica de doce grados. Así mismo, el capitán agradeció a todos los pasajeros su confianza en la compañía, deseando verles de nuevo en futuros viajes. Los pasajeros que subían a un avión por primera vez, entre ellos Alberto, aplaudieron la intervención.

—Bienvenida al mundo de los vivos —le dijo Vincent a Nicole al verla despierta, dándole el abrigo que se trajo en el equipaje de mano—. Ve poniéndotelo porque fuera está lloviendo.

—¿Más lluvia? Vaya... no salimos de una para encontrarnos con otra. Sea como sea, cogemos un taxi y vamos directos a un hotel, ¿vale?

—Sí, aunque preferiría un hotel modesto, nada ostentoso ni que atraiga muchas miradas ¿vale? Uno de barrio.

—Menos mal que no eres tú el que pagas, que si no me veo durmiendo en un parque, jajaja.

—No pienses que no lo he barajado —respondió Vincent, sin dejar bien claro si hablaba en serio o en broma—. Sea como sea, no te separes de mí. Según parece no viajamos solos.

—¿Cómo que no viajamos solos? O no te he entendido o te expresas que da pena... —dijo Nicole, terminando de abrigarse y poniéndose de nuevo el cinturón. El aterrizaje era inminente.

—Verás, dos sillones detrás de nosotros hay un individuo que nos está vigilando. Es uno de los bastardos que me arrinconaron en la cafetería de París, cerca del hotel Minzah donde tú te alojabas. Nos está siguiendo y esto empieza a mosquearme.

—¡No me fastidies! ¿Los del SIAEM están en este avión? —exclamó Nicole, intentando mirar de soslayo hacia atrás por el espacio que dejaba los dos asientos.

—Mira hacia el frente, disimula. Él cree que no lo he reconocido, pero estoy seguro de que es él. Totalmente seguro.

—¿Y viene solo? Me ha parecido ver a alguien a su lado.

—Viene solo, o al menos que yo sepa. El que está a su lado no es un espía ni nada de eso, lo conozco bien, es un miembro reconocido en la comunidad internacional tangerina.

—Eso no quita que pueda haber otro de ellos en otro asiento, ¿no?

—No lo creo. Me acerqué con la excusa de estrecharle la mano al escritor y se le veía más asustado que un pollo el día antes de Navidad. Sé leer bien esas facciones tan visibles en las personas. Tenía miedo.

—¿Y en qué plan has pensado? Porque tener un perro vigilante siguiéndonos no me parece un hecho a obviar.

—Lo bueno de tenerlo localizado es que podemos jugar en ese juego, pero con nuestras reglas. Lo fácil sería ir y pegarle dos puñetazos, pero con eso no conseguiremos nada. Lo bueno de saber quién es, es que podemos dejarle una pista falsa. Deja que nos siga y que se crea que sabe algo, mientras nosotros estaremos hacia otro rumbo.

—No es que no te vea como una persona competente, Vincent, pero no deberías subestimar a esa gente. Están bien preparados y saben desenvolverse muy bien en todo tipo de situaciones adversas.

El avión tocó tierra con dos fuertes sacudidas, reduciendo la velocidad progresivamente. El aeropuerto *Le Bourget* de París se abría enorme ante los ojos de los pasajeros, con más de seis pistas dispuestas para todo tipo de vuelos nacionales e internacionales y un edificio que alojaba cuatro terminales de llegadas. Era una construcción colosal para alguien que venía de una ciudad como Tánger, con un aeropuerto mucho más modesto de dos pistas y solo una terminal de llegadas.

Vincent y Nicole pasaron por el control de aduanas sin problemas. El detective tuvo que declarar que llevaba un arma consigo, mostrando la licencia oportuna que le permitía portarla. Normalmente, las pistolas y revólveres, así como cualquier tipo de arma de fuego, no estaban permitidas en manos de quien no perteneciera al grupo policial o militar del Estado. No obstante, se podía obtener un permiso especial en manos de la administración, denotando tener responsabilidad y demostrando que era un instrumento necesario para ejercer la labor profesional propia. Esta licencia se debía renovar cada año o corrías el riesgo de perderla para siempre. Sin emabrgo, la realidad era otra bien distinta. Todo se resumía a comprar la licencia, pagando una suma cinco veces mayor de lo estipulado legalmente, de forma que te aprobaban la solicitud casi al instante. Dicha licencia te permitía llevar contigo esa arma incluso fuera del país, aunque no todas las fronteras la admitían. Afortunadamente para Vincent, Francia sí la reconocía como válida.

Alberto esperó a que la pareja se alejara de su posición para luego ir directamente a una ventanilla de información policial. Allí se presentó, mostrando su pasaporte y hablando en un francés perfecto. Al policía le bastó cotejar su nombre en un listado que tenía al lado, para dejarle pasar por un pasillo colindante al que usaban los pasajeros, sin registrarle ni pedirle declarar nada. La Agencia se había ocupado de notificar que era un protegido de España en misión especial, un hecho que le abría muchas puertas en el país visitado, aunque se arriesgaba a ser vigilado por las fuerzas estatales para evitar que el espionaje fuera contra el propio país. De hecho, cuando Alberto llegó al final del pasillo, se encontró con un hombre de talla media, ataviado con un abrigo de piel que le cubría hasta los tobillos y un sombrero de cuero a juego.

—Buenos días, señor Rey. Soy el inspector Gastón Coutillard y seré su guía durante su estancia en París —le dijo en un español bastante afrancesado.

—Más que mi guía, mi vigilante ¿no? —respondió Alberto, haciendo gala de su dominio del francés—. Un placer conocerle, señor Coutillard. Puede tutearme sin problemas.

—¡Qué sorpresa ver a un español hablando nuestro idioma! Y veo que lo hablas muy bien, ¿has estado antes en nuestro país?

—Varias veces, sí.

—Fantástico, celebro que te resulte grato conocernos, aunque esta vez no vienes por placer ¿cierto?

—¿Es tu forma elegante de preguntarme cual es mi misión en París? —respondió Alberto, ya acostumbrado a este tipo de conversaciones con los contactos de otros países.

—Digamos que necesito saber un poco a qué te vas a dedicar aquí, sí.

—Pues lamento informarte que es confidencial, Gastón. No vengo a espiaros ni nada de eso, aunque de nada sirve que te lo diga, pues seguro que querrás comer y dormir conmigo ¿cierto?

—Jajaja, dormir no, la verdad, aunque no me importaría comer contigo y ser tu guía, sí. Ya sabes, cumplo órdenes.

—Lo sé, contaba con ello. Te agradecería toda la cooperación posible, Gastón, y te aseguro que redactaré en mi informe tu inestimable ayuda.

—Te ayudaré si veo que es correcto hacerlo, Alberto. No pienses que necesito de informes positivos de un espía español para prosperar laboralmente. No te creas que me han llamado justamente a mí para que me ocupe de ser tu sombra por haber salido mi nombre de un bombo, Alberto, sino que lo han hecho por mi experiencia en este tipo de cosas. Con ello quiero advertirte que no intentes jugármela, ¿vale? Hagamos las cosas bien, llevémonos bien y seamos amigos, porque no tendré ningún problema en encerrarte en comisaría si provocas altercados fuera de lugar.

—Veo que no te gusta andarte por las ramas. Me ha quedado claro, Gastón, no te daré problemas. Si te sirve, te diré que la misión es bastante simple, es de seguimiento. Dos individuos recién llegados en este mismo avión son mi objetivo.

—¿Saben algo de tu país? ¿Han robado información?

—No, es algo más complejo de entender. No es algo tan grave como para pegarles dos tiros, pero saben algo importante que he de rastrear. Me debo a las órdenes recibidas, ya me entiendes…

—Perfectamente.

Cuando salieron fuera de la estación, Vincent y Nicole acababan de subirse a un taxi. Alberto memorizó la matrícula del vehículo casi por instinto, apuntándola rápidamente en una libreta que se sacó del bolsillo interior de la gabardina.

—¿Esos dos son tus objetivos? —quiso saber el inspector Coutillard.

—Sí. Necesito ponerme en comunicación con la agencia de taxis para saber…

—Tengo el coche aquí mismo —le interrumpió Gastón, señalándole un Citroën color negro—. Si quieres vamos tras ellos.

—Me empiezas a caer bien, Gastón —dijo Alberto, despertando una carcajada sonora por parte del inspector francés.

Circular por las calles de París era bastante cómodo, aunque hacerlo sin levantar sospechas solo estaba al alcance de muy pocos. Gastón denotaba una experiencia muy dilatada en ese campo, sabiendo cuándo frenar para dar distancia y adivinando las maniobras del coche a seguir. Sabía cuándo iban a girar o cuándo iban a acelerar como si fuera él el conductor del taxi.

—¿Crees que nos estarán siguiendo? —preguntó Nicole, mirando a través de la luna trasera por si veía a alguien sospechoso.

—Seguro que sí, pero pronto nos los quitaremos de encima —respondió Vincent, acercándose a continuación al oído del conductor del taxi—. ¿Conoce la calle André Gill? Allí hay un hotel, quiero que nos deje justo en la entrada del mismo.

El taxista asintió.

—No sabía que conocieras tanto esta ciudad —contempló Nicole.

—Y no la conozco. Estuve ojeando un mapa de París en el avión, mientras tú dormías. Me he quedado con varias calles y lugares emblemáticos, solo eso.

—¿Tienes memoria fotográfica o algo así?

—¿Por memorizar algunas calles y lugares? Hasta un niño de ocho años sabe hacer eso.

—Menos modestia, Vincent, que sé bien que no eres una persona corriente.

—Solo las mujeres que he tenido desnudas frente a mí me han dicho una frase como esa —respondió Vincent, con su pícara ironía tan habitual en él.

Nicole prefirió no responderle y juntó los labios con asco mientras desviaba su mirada hacia la calle. El carácter tan ácido de Vincent le resultaba bastante molesto, aunque no podía evitar sentirse atraída por esos ojos celestes tan limpios.

«Lástima que sea un auténtico imbécil y que no sepa comportarse», pensó hacia sí misma, mientras se internaban en las calles del centro de París.

Alberto y Gastón, por su parte, mantenían la persecución a buen ritmo y sin ser descubiertos. Tuvieron un problema en un semáforo, pues el taxista pasó en ámbar y a ellos les tocó en rojo. Alberto se puso nervioso casi al instante, pidiéndole que se saltara el semáforo aunque ello pudiera suponer salir de su camuflaje. Sin embargo, Gastón se mantuvo firme y calmó a Alberto con determinación, para luego tomar un par de desvíos por otras calles hasta salir de nuevo a una avenida principal, justo al lado del taxi en el que el iban Nicole y Vincent.

Finalmente, el taxi se detuvo frente a un hotel con el mismo nombre que la calle que lo albergaba, el André Gill, un edificio de arquitectura moderna con múltiples balcones y motivos coloniales decorando su fachada. Vincent y Nicole se bajaron del taxi y entraron dentro con sus maletas, aunque en vez de acceder a la recepción, se sentaron en una zona común ubicada a la derecha de la entrada, camuflándose ligeramente para evitar ser vistos.

—¿Tu intención es ver quién nos sigue? —inquirió Nicole, ajustándose las gafas de Sol.

—No, como te dije ya sé quién es, lo vi en el avión. Lo que vamos a hacer es esperar a que entre aquí para luego salir nosotros. Le costará volver a encontrarnos.

—¿Y si no viene? ¿Y si se queda fuera esperándonos?

A Vincent no le hizo falta responderle, pues Alberto y Gastón acababan de acceder al hotel. El inspector de policía miró hacia los lados, fijándose en todas las caras que había por la recepción, aunque no cubrió la ubicación de Vincent y Nicole. Fueron directos al mostrador y se pusieron a dialogar con el recepcionista. Al instante, el inspector Coutillard sacó su placa policial para mostrársela.

—Así que policía… —subrayó Vincent, dándose cuenta del detalle, mientras incitaba a Nicole a que cogiera su maleta para salir del hotel ya mismo.

—¿Cómo sabes que es policía? Igual esa placa es de algún otro cuerpo no estatal —propuso Nicole, no aceptando que, de repente, tuviera al gobierno francés detrás de ella.

—Viste como un policía y se comporta como tal. ¿No te has fijado en cómo ha mirado alrededor nada más entrar? Esa picardía no se enseña en ninguna academia, se aprende con la experiencia. Y luego, al mostrar su placa, el recepcionista le ha dado el libro de registro sin preguntar a ningún superior nada. Es un cargo alto, un inspector o comisario, diría yo. Parece que nos hemos ganado un enemigo importante.

—Pues mi información no me decía nada de que el gobierno francés estuviera interesado en el códice. Me resulta extraño ver a un inspector siguiéndonos junto a ese español.

—Serás una mujer muy intrigante y con muchos valores, pero sabes poco de este mundillo del espionaje. Ese inspector es un contacto que está ayudando al espía español, haciendo efectivo el pacto que existe entre naciones para salvaguardar los intereses propios de cada país. Si yo soy un espía y piso tu país, lo he de declarar a sus autoridades, o de lo contrario, podría pensar que vienes a espiarme. ¿Entiendes?

—Vale… ¿Entonces vamos a tener a la policía francesa detrás de nosotros?

—Espero que no. Todo depende del grado de confianza que el espía español le dé. Ese inspector puede ser su niñera o su perro de caza.

—¿A dónde vas? —dijo Nicole, rompiendo el hilo de la conversación al ver que Vincent corría hacia un coche estacionado sobre la acera, a unos metros del hotel—. ¿Acaso te propones robar un coche o qué?

—Fíjate en la matrícula y en la luz azul del salpicadero que tiene el coche dentro, además de dónde está estacionado. Este es el coche de ese inspector y me voy a asegurar de que no lo tenga fácil si quiere seguirnos.

—¡Vincent! Se va a dar cuenta de que hemos sido nosotros y así seguro que nos ganamos su enemistad, creo que es mejor que nos vayamos y…

Pero Vincent ya había actuado. Se sacó una navaja de bolsillo del abrigo y desinfló una de las ruedas del Citroën presionando sobre su válvula.

—Tranquila, no voy a rajarle la rueda. Le haré creer que tiene un pinchazo, y si es listo y deduce que hemos sido nosotros pues mejor que mejor. Así sabrá que se está metiendo en asuntos privados y que no nos amedrentamos ante nadie.

—Como quieras, pero vámonos ya. No tardarán en salir.

A los pocos segundos, la pareja había tomado ya un recodo, saliendo a la calle Dancourt, donde detuvo a un taxi.

—*Vers où?* —preguntó el taxista en francés, queriendo saber la dirección destino.

—*Vers la Rue des Amiraux, s'il vous plait* —respondió Nicole.

El taxista asintió y comenzó a circular.

—Me gusta oírte hablar en francés. Tienes un tono de voz muy atractivo —dijo Vincent, levantándose ligeramente el sombrero y haciendo brillar el celeste de sus ojos, en un intento de seducir a Nicole.

—¿A cuántas mujeres le has dicho esa frase? ¿Ocho? ¿Doce? ¿Veinte quizás? —respondió Nicole, sin dejarse intimidar por la seductora mirada de su compañero.

—A más de las que debería, pero nunca a alguien que hablara realmente francés —replicó Vincent, marcando ahora una sonrisa afectiva. Nicole no sabía si insultarle o seguir con el juego de indirectas, hasta que se dio cuenta que se estaba ruborizando.

—Mejor que lo dejemos, Vincent, no es el momento ni soy la persona con la que deberías malgastar tu preciado tiempo.

—Jajaja, vale, pero no te enfades ¿eh? Que con lo bien que me llevo contigo no quiero romper estas conversaciones tan alentadoras. Además, las cosas como son, hablas un francés envidiable, mucho mejor que el mío —propuso Vincent, siguiendo con su cortejo.

Nicole, como ya hizo otras veces, se limitó a poner rostro serio y fijó la mirada a través de la ventanilla del taxi. Veía transitar a la gente de un lado a otro, despreocupados de los hilos que se movían en las altas esferas gubernamentales, repitiéndose una y otra vez lo bendita que era la ignorancia. ¿Qué sería de ella, si no se dedicara a esto del espionaje? ¿Sería acaso una secretaria en un despacho de abogados de renombre? ¿Quizás una oficinista más de entre todas las habidas en gestorías y empresas de manualidades? El caso es que ella no se consideraba una espía, sino más bien una mujer capaz de realizar misiones que nadie era capaz de lograr, una herramienta polivalente para todo tipo de necesidades. Sin embargo, su mejor carta consistía en que no trabajaba para ningún gobierno. Eso le abría un abanico de acción y de decisión mucho más amplio a la hora de aceptar o denegar un trabajo.

Luego de doce minutos de silencio, el taxista se paró a un lado, indicándoles que ya había llegado a destino. Le pagaron, cogieron sus maletas y miraron el barrio en el que se encontraban, un lugar de espacios abiertos con numerosas casas adosadas ocupando toda el área. Nicole tomó la iniciativa, andando a paso ligero hasta llegar a una vivienda con una reja metálica y varias enredaderas enroscándose sobre su superficie, formando un arco espléndido. De dos garitas de vigilancia que había dentro, salieron dos hombres cubiertos con gabardinas largas y sombreros oscuros, presentando metralletas sobre sus manos. Estaba claro que al dueño de esa propiedad no le gustaba tener visitas.

—¿Olivier Buyon, por favor? Soy Nicole, él me conoce —pronunció Nicole a los dos sabuesos, que se miraron entre ellos con poco convencimiento.

—Un minuto, por favor —dijo uno de ellos, entrando de nuevo en su garita de vigilancia, mientras el otro permanecía con los ojos clavados en Vincent. Estaba claro que su presencia no le resultaba grata en lo más mínimo.

A los pocos minutos, un hombre de porte señorial y vestido con un traje negro muy ajustado, se acercó por el camino montado sobre un cochecito que a Vincent se le antojó de juguete. La reja se empezó a abrir, invitando a la pareja a pasar.

—Hola amigos. Bienvenidos a la residencia del señor Buyon. Por favor, pongan sus maletas sobre el coche y síganme hacia la residencia. El señor Buyon les espera para saludarlos. Perdón si mi español no es muy bueno.

—Lo habla usted perfectamente —expuso Vincent, ajustando ambas maletas en el poco espacio que albergaba el vehículo—. Veo que Olivier no vive en la pobreza ¿eh?

—¿Disculpe? —preguntó el mayordomo, sin captar la ironía que Vincent quiso exponer—. El señor Buyon es un reputado historiador y trabaja duro como asesor para todo tipo de entidades, incluido el gobierno. Además, imparte clases en la Universidad estatal, siendo el profesor de más renombre.

—Vale, tranquilo, que solo era una broma… no quería despertar la ira de nadie.

—¿Una broma? ¿Qué clase de broma es esa?

—Disculpe a mi compañero de viaje, señor, pero viene de la zona internacional establecida en Tánger, un lugar sin Ley ni orden, y no está acostumbrado a este tipo de recepciones.

Vincent sonrió irónicamente, resoplando con resignación mientras miraba a Nicole de soslayo. Ésta le arqueó las cejas, acompañando también con una mueca controlada, lo justo como para que el mayordomo no se percatara.

El camino hasta la casona transitaba por un empedrado cubierto de frondosos jardines a ambos lados, con enormes fuentes decorándolos. Un hombre vestido con ropajes de montar se encontraba ensillando a un caballo dentro de un establo abierto, del que se escuchaba el relinchar de más animales. A otro lado de la propiedad, se adivinaba un campo de césped muy corto y despejado, ideal para la práctica del golf.

La casona principal era impresionante. Estaba construida en roca blanca, decorando los bajos de los balcones y las ventanas con gárgolas y estatuas semejantes. La puerta principal presentaba una cristalera multicolor en su arco superior, dando la sensación de estar en una catedral.

Olivier Buyon era un hombre de edad avanzada, cincuenta y nueve años, aunque se conservaba muy bien. Para muchas de sus estudiantes universitarias era un soltero de oro, rico y además guapo. Sin embargo, Olivier era una persona mucho más profunda en su vida y prefería dedicarse a sus análisis e investigaciones antes que saciar la turba hormonal de una joven sin principios morales.

—Hola, mis amigos, bienvenidos a este lugar, que insisto en llamar hogar aunque no termine por cobijarme —dijo Olivier, con voz potente y refinada, perfecta para un profesor universitario que debía hablar con cientos de estudiantes.

—Un placer volver a verte, Olivier —dijo Nicole, dándole dos besos escuetos para luego abrazarle con afecto—. Oí que tuviste un accidente de coche, ¿fue muy grave?

—¿Un accidente de coche? Jajaja, el accidente lo tuvo el coche, más que yo. Me gustaría contarte que tuve una carrera épica a toda velocidad por las calles de París y que, al tomar una curva, me falló la tracción y salí disparado hacia una pared, pero te mentiría miserablemente. El único accidente que tuve, y que has oído, sucedió cuando saqué el Ford y me paré en Le Café de Totois, para verme con un colega. Olvidé subir el freno de mano y el coche bajó toda la cuesta de la avenida sin control, llevándose por delante varios coches que estaban aparcados y alguna que otra moto. Una vergüenza, como puedes ver, jajaja.

—El seguro se habrá puesto contento —dijo Vincent, intentando entrar en la conversación por sí mismo, ya que no fue presentado por Nicole.

—Bastante gana mi seguro a mi costa como para que se queje, aunque sí es verdad que la broma le salió cara, pues tuvo que hacerse cargo de todos los destrozos... —le respondió Olivier, chocando sus ojos color aceituna con los de Vincent.

—Perdona, no te he presentado a mi compañero de viaje. Vincent Arcadio, él es Olivier Buyon —dijo Nicole, intentando ajustarse al protocolo.

—Un placer conocerle, señor Arcadio —exhaló Olivier, chocando su zurda con la de Vincent.

—Vincent a secas, por favor —subrayó el detective.

—Pasad, os lo ruego. Estaremos más cómodos y calentitos dentro, y seguro que tendréis sed y algo de hambre.

—Pues sí, la verdad es que el hambre empieza a acontecer. El viaje ha sido largo y pesado, la verdad —respondió Nicole, entrando la primera al interior de la casona.

—¿Acabáis de llegar hoy?

—Pues sí, desde Tánger. Un viaje en avión largo y pesadito. Agradecemos mucho que nos puedas dar un ratito de tu ocupado tiempo, Olivier. Te lo agradecemos mucho.

—No tienes nada que agradecerme, Nicole. Mujeres como tú son las que habrían que crear para mejorar este mundo tan decadente. Sabes que es un placer conversar contigo. Por cierto, ¿dónde os alojáis?

—Aún no tenemos hotel, pero seguro que encontramos...

—¡Jean! ¿Jean? —interrumpió Olivier, viendo como aparecía tras él su mayordomo—. Prepara dos habitaciones para Nicole y para el señor Arcadio. Y dile a Bourginon que prepare una cena digna para mis amigos.

—No, Olivier, no queremos molestarte, de verdad... —interpuso Nicole, agarrándole de la mano con total confianza. Era notorio que se conocían desde hace tiempo y que tenían una amistad muy sólida.

—No digas bobadas, Nicole. ¿Para qué iba a querer una casa tan grande si no es para tener invitados? Os quedáis y punto.

En menos de una hora, ya estaban desprovistos de toda la ropa de abrigo y sentados frente a una chimenea crepitante en calor. El chef Bourginon presentó un primer plato de lubina al horno condimentada con una guarnición de diversas legumbres salteadas, para luego dar paso a un medallón de solomillo a la pimienta como solo él sabía hacer, con un toque picante muy característico. De las bodegas personales de Olivier, se descorcharon un par de botellas de los viñedos de Burdeos, un tinto exquisito para el paladar.

Olivier se presentó ante Vincent como un hombre inteligente y pragmático en sus conversaciones. Podía convertirse en un hombre de la calle para luego ser toda una eminencia de enología, evocando tecnicismos propios de dicho saber. Lo cierto es que era agradable y entró en buena sintonía con la mente hermética de Vincent.

Luego de cenar, se sentaron en unos sillones victorianos de color rojo, encendiéndose unos cigarrillos de importación y bebiendo de un *whisky* con hielo que Olivier les ofreció. No se podía estar más confortable.

—Bueno, Nicole y Vincent. Y ahora… ¿me vais a contar qué hacéis por París?

—Ya me conoces, Olivier, un cliente me ha encomendado una misión y…

—Sí, sí, ya me contasteis antes todo eso, cómo os conocisteis en Tánger y que os siguen de cerca, pero lo que yo os pregunto es algo más concreto. ¿Por qué París? ¿A qué debo esta visita? Me alegra mucho recibirte, lo sabes, pero estoy seguro de que no has venido por placer o para darme las buenas noches.

—Es complejo, Olivier —respondió Nicole, mirando hacia el suelo con algo de nerviosismo—. Digamos… digamos que…

—Si me permites, Olivier, yo te responderé —dijo Vincent, solapando su palabra sobre la de Nicole. Veía que ella iba a ceder ante Olivier y si algo apreciaba Vincent, era guardar silencio sobre lo que hacía, su misión. Contarla al primero que se le cruzaba por el camino, aunque fuera un hombre amable y muy hospitalario, no era una ley contemplada en su decálogo—. Necesitamos que nos guíes con determinados hechos históricos que acontecieron aquí, en Francia, concretamente en París. ¿Nuestra misión? Buscar un objeto y dárselo a quien nos paga por eso.

—Una forma pragmática de describirlo, aunque creo entender vuestra discreción. ¿Qué necesitáis saber?

—¿Qué sabes sobre el reloj del conde de Artois, con Aníbal tallado al lado de su esfera? Sabemos que está en el museo de Versalles, pero no llegamos a...

—¿El reloj de Roberto II de Artois?

—Sí... bueno, no sé a quién le perteneció exactamente, pero necesitamos saber cualquier peculiaridad que sepas de él.

—Es un reloj dorado, bañado en el oro más puro que los maestros orfebres de aquella época usaban. A su lado, y apoyado sobre su corona, el héroe Aníbal mira hacia el frente en posición victoriosa. Dicha talla está fabricada en ónice, con algunas tallas bañadas en oro, como su cinturón y su espada. Fue un regalo que le hicieron al desgraciado de Roberto II, en conmemoración al general cartaginés de la época del imperio romano que tanto le gustaba.

—¿Desgraciado? ¿Por algo en concreto?

—Roberto II era posesor del condado de Artois. Nació en el año 1250 y falleció prematuramente en el 1302, cincuenta y dos años después, en la batalla de Courtrai que enfrentó a Felipe IV de Francia contra las milicias flamencas de la actual Bélgica. La estrategia de Roberto II no fue muy acertada y fue capturado, para ser ejecutado a los pocos días. Lo gracioso de todo esto es que Roberto II no tenía razón alguna por la que estar presente allí, en la batalla. Le bastaba con enviar a sus vasallos, su milicia, para ejecutar sus órdenes, pero quiso ganarse la confianza de su rey y al final se encontró con la muerte.

—¿Sabes si pasó algo a las ocho y diez minutos? Ya puede ser en esa batalla, el día en el que le regalaron el reloj o cualquier otro evento que te suene.

—Esa sí es una pregunta curiosa —proclamó Olivier, dando un sorbo prolongado a su vaso de *whisky*—. ¿Me vais a decir de una puñetera vez qué estáis buscando?

Vincent negó con la cabeza con el mayor disimulo que pudo, mas Nicole no quiso seguir con la mascarada más tiempo.

—El códice de Voynich.

La mano de Olivier tembló, dejando caer su vaso sobre la alfombra. Tenía los ojos fijos en la mujer y la boca ligeramente entreabierta. Pocas veces podía verse en ese estado catatónico al eminente profesor Olivier Buyon.

CAPÍTULO 8: BUSCANDO RASTROS

París, 12 de noviembre del año 1954

—¿Anthony? Al fin logro contactarte —dijo Alberto, con claros indicios de estar nervioso—. He tenido problemas, los he perdido. Creo que me reconoció en el avión y nos dio esquinazo en las calles de París.

—¿Te reconoció? ¿Estás seguro? —preguntó Anthony al otro lado del teléfono, desde Berlín.

—Sí, ahora sí estoy seguro. Se acercó para saludar a un escritor que tenía a mi lado, pero para mí que lo hizo para asegurarse de quién era yo. Lo siento mucho, Anthony, debí darme cuenta de la treta, he sido un idiota.

—No te preocupes y cálmate, no sirve de nada lamentarse. Hay que buscar soluciones. ¿Tienes algún contacto en quien confiar?

—Sí, estoy con el inspector Gastón Coutillard, que me han asignado como perro guardián. Le he dicho lo justo y necesario, ya sabes, que es un asunto interno nuestro.

—Lo conozco, sí. Es un buen tipo, aunque como todos, tiene sus debilidades, que usaremos a nuestro favor. ¿Está a tu lado ahora?

—Está llamando por teléfono a la compañía de taxis, aquí cerca. Vincent y la mujer nos hicieron creer que entraban a un hotel para registrase, pero cuando entramos allí no estaban. Seguramente salieron sin que les viéramos y suponemos que cogieron un taxi.

—Vale, perfecto. Te voy a decir qué tienes que hacer, así que escucha atentamente. Coge dinero del fondo de actuación en la embajada, varios miles de francos, y justifícalos para la misión "Letras perdidas". No te pedirán más datos. Luego regatea con el inspector Coutillard para que contrate a policías corruptos que estén dispuestos a hacer lo que sea fuera del marco legal. A ese inspector le gusta mucho vivir a lo grande, así que no debería rechazar la oferta.

—¿Más guardaespaldas?

—Más matones, Alberto. Tenemos que parar los pies a ese detective, no podemos dejar que siga husmeando así, sobre todo ahora que sabe de nuestro interés en su búsqueda. Debes capturarle, o si te resulta imposible, matarle. Es mejor tener muerto a un competidor de ese calibre antes que intentar cogerle.

—Pero… ¿y si sabe algo que nos pueda interesar? Además, eras partidario de no matarle, según nos dijiste en el aeropuerto de Tánger ¿no?

—Tarde o temprano daremos con el manuscrito. No tenemos prisa, así que acata lo que digo. Si ves que no puedes cogerle, dale muerte. Lo quería vivo mientras no supiera que le estábamos siguiendo, pero al haberte descubierto, el plan cambia.

—Oído —respondió Alberto, resignado y consciente de que la culpa había sido suya.

—Me escama que fuera a París y no a Berlín, donde se supone que está el códice según nuestra información. Es evidente que están ahí para cosechar información o alguna pista útil. Sé analítico y utiliza todos los medios que tengas para enterarte de lo que sea, Alberto. Cualquier detalle insignificante puede sernos muy útil.

—Así lo haré, Anthony. No te fallaré.

Nada más colgar el teléfono, vio al inspector Gastón Coutillard a unos metros, mirándole con media sonrisa dibujada en su rostro. Se había encendido un cigarrillo que mantenía fijo en los labios, sin usar las manos.

—¿Todo bien? —preguntó el inspector, arqueando las cejas con cierta ironía.

—Sí, todo bien. Necesito ir a la embajada de España, ¿puedes llevarme?

—Sin problemas, aunque igual te interesa saber que los tengo localizados.

—¿A Vincent? ¿Sabes dónde está? —preguntó Alberto sorprendido, alegrándose de que la suerte se volviera a su favor.

—La empresa de taxis me ha informado de que, en efecto, uno de sus empleados cogió ayer a una pareja en el hotel André Gill que se ajusta a la descripción de esos dos. Los soltaron cerca del Teatro Pixel, en la calle des Amiraux.

—¿Y sabes dónde entraron?

—No, pero allí no hay hoteles cerca, solo propiedades particulares, por lo que, me inclino a pensar que están alojados con alguien.

—¿Podemos ir allí y disponer de vigilancia?

—¿Vigilancia? ¿Apostarnos allí, día y noche, para ver si los vemos? Lo siento, Alberto, pero eso no está entre mis competencias. Yo estoy aquí para asistirte en tu investigación, pero no para trabajar por ti.

—Sí, lo sé, no esperaba que lo hicieras gratis —se atrevió a decir Alberto, poniendo en marcha el plan que Anthony le indicó—. Me preguntaba si aceptarías un pago por nuestra parte para ayudarnos un poco más de lo que te han encomendado, tanto a ti como a más amigos tuyos que quieran ganarse un dinerito extra.

Gastón lo miró fijamente, evaluando cada detalle que se leía del rostro de Alberto. Se le adivinaba un nerviosismo que intentaba controlar infructuosamente, con varios goterones de sudor en su frente y unos ojos que no paraban de moverse de un lado a otro.

—¿Me quieres comprar? Yo no soy un mercenario al que puedas contratar para tus intereses —le respondió Gastón, sin borrar la pícara sonrisa de sus labios.

—No era mi intención considerarte…

—No me estás escuchando —le interrumpió el inspector, alzando un poco la voz y acercándose a Alberto, mientras se despojaba del cigarrillo medio empezado y lo tiraba al suelo—. No acepto trabajos vulgares y mi precio es alto. Dime quién es ese Vincent de una puñetera vez y por qué estamos siguiéndolo con tanta insistencia.

—Se ha entrometido en una investigación de nuestra Agencia y sabe información confidencial —respondió Alberto, intentando enmascarar la verdadera razón sin contar más de la cuenta—. Nuestras órdenes es neutralizarlo, y si la cosa se pone fea, darle muerte.

—¿Qué investigación es?

—Es confidencial.

—Déjate de secretos, Alberto. Habla o no cuentes conmigo para cualquier tipo de ayuda.

—Gastón, es algo confidencial del alto mando, no puedo decirte más —insistió Alberto, manteniéndose rígido en su argumento.

Gastón titubeó unos segundos, exhalando una risa de hiena hambrienta.

—Está bien, Alberto. Te costará cuatrocientos francos diarios. ¿Quieres que ese hombre y esa mujer mueran?

—De momento no, aunque si se diera esa circunstancia… ¿habría algún problema?

—Un problema de dos mil francos extra por cada muerte —respondió el inspector, extendiendo su diestra para cerrar el trato. Alberto se la estrechó sin dudarlo.

—Llévanos a la embajada y luego vamos a esa calle que me dijiste. ¿Tienes algún equipo de confianza que nos puedan ayudar para la vigilancia?

—Tengo a unos amigos que nos ayudarán, sí. Van a ser cuatro, y te costarán doscientos francos diarios cada uno.

—Vale, ahora afrontemos la realidad. Cuatrocientos tú y ochocientos esos cuatro… son mil doscientos francos diarios lo que pides… ¿Podemos negociar ese precio? Me va a ser imposible disponer de tanto efectivo.

—¿Cuánto puedes ofrecer?

—Doscientos para ti y cien para cada uno de tus amigos. Son seiscientos diarios.

—Si quieres que acepte eso, cada muerte te costará tres mil francos.

—Si hiciera falta… —subrayó Alberto.

—Si hiciera falta, sí —espetó Gastón, asintiendo con la cabeza.

—Adelante pues —concluyó Alberto, poniéndose el sombrero y saliendo hacia el coche junto a su nuevo socio.

El día siguiente fue de comida rápida y cafés en vaso de plástico mientras vigilaban en tres coches apostados a lo largo de la calle donde Vincent y Nicole fueron vistos por última vez. El inspector Gastón estaba ya acostumbrado a estas largas esperas sentado en su coche, contrariamente a Alberto, cuya espalda se rindió a los calambres. Era agotador comer, dormir y estar todo el día sentado en el interior de un coche, saliendo únicamente para hacer las necesidades fisiológicas en una cafetería cercana, donde se abastecían de comida y bebida. Los amigos que se trajo Gastón no parecían ser policías, aunque no le quedó muy claro a Alberto si lo fueron en su día, pues se les notaba en el hablar y en la disposición cómo tenían ese orden natural que te inculcaban en el cuerpo de seguridad. No obstante, tampoco quiso saber mucho más de ellos. Se veía que eran unos hombres duros, dispuestos a hacer lo que hiciera falta bajo las órdenes de Gastón y por lo tanto, suficiente como para confiar en su eficacia.

Alberto tenía en su haber seis mil francos que tomó de la embajada, que tal y como dijo Anthony, se lo dieron sin presentar ningún impedimento. El día de hoy ya le había costado seiscientos francos, por lo que tenía que evaluar cuántos días más podía sostener este gasto antes de rendirse. Igual Vincent y Nicole ya no estaban por aquí o, si estaban, igual no los veían. Era una situación que daba poco margen de control y mucho al azar.

Sin embargo, al atardecer del presente día, uno de los individuos contratados por Gastón se acercó al coche donde estaba éste con Alberto.

—Creemos haberles visto salir de una vivienda. Una mujer rubia con la piel muy blanca y un hombre de ojos azules. Sebastien les está siguiendo en coche.

—¿Han salido en coche?

—No, van andando hacia el bulevar Ornano.

—Vale, pues avisa a Buyard y a René, que les sigan a pie. Tú también, únete a ellos. Llamadme a esa cafetería de ahí, y si no estoy, dejad el recado o un número al que os pueda llamar.

—Muy bien, Gastón.

—¿De qué casa salieron, exactamente?

—De esa de allí —respondió el robusto matón, al que llamaban con el sobrenombre de Godo. Señalaba la casa de Olivier Buyon.

—Ahá… adelante pues, vete con el grupo —dijo Gastón, quedándose pensativo con la mirada fija en la verja de la hacienda del profesor Olivier—. Intentad que no os descubran y si sospechan algo o se dan a la huida, apresadles. Dadles una paliza si fuera necesario…

—Matadles si intentan huir —interrumpió Alberto para sorpresa de Godo, que miró a Gastón con incertidumbre—. No podemos correr más riesgos dejándolos escapar otra vez. Las órdenes son matarlos ante cualquier indicio de huida.

Gastón sonrió y asintió a Godo, al que no le hizo falta ninguna palabra más para ponerse en marcha.

—¿Nosotros no vamos tras ellos? —quiso saber Alberto, suponiendo que lo hacía para no descubrirse frente a Vincent, que los reconocería al verlos.

—No, no conviene. Ya nos conocen, seguro que nos han visto en el hotel de André Gill —dijo el inspector, confirmando las suposiciones de Alberto—. Además, podemos atacar por otro lado, haciendo una visita a Olivier.

—¿Olivier? ¿Quién es ese?

—El que vive en esa casa de allí. Es un profesor con algo de fama por estos lares. Ha escrito libros de historia, da clases en la Universidad y tiene más dinero del que podría gastar en una vida, merced a la herencia que le donó su difunto padre. Es un orgullo de persona, un individuo modélico cara a la sociedad, aunque también lleva otra vida fuera de esa, una en la que negocia con mercaderes de obras robadas y pasa información confidencial de un país a otro.

—¿Es un espía? No tengo referencias suyas.

—Ni las tendrás. Sabe guardarse muy bien las espaldas para no dejar huellas de su paso. Todos sabemos a qué se dedica fuera de sus horas de trabajo, pero nadie puede inculparle con pruebas sólidas. Es un bicho malo, con muchos contactos en las altas esferas.

—¿Y quieres visitar a un tipo así? Creo que sería mejor que consultara con mi grupo cómo actuar, igual ellos pueden…

—No necesito que nadie me diga cómo actuar, Alberto —interrumpió Gastón, algo molesto al poner sus capacidades en duda—. Por muchos contactos que tenga, no se expondrá a hacerme nada.

Alberto dudó por unos segundos, pero decidió tomar las riendas de la situación, tal y como le animó a hacer Anthony, y asintió la propuesta de Gastón.

—Está bien, vayamos pues. A ver si le sacamos algo.

—Seguramente no hable, pero sabremos si esconde algo y le pondremos nervioso, algo que nos vendrá muy bien. Cuando uno se siente espiado comete errores con más facilidad, nunca falla.

Uno de los guardias, que vigilaba el perímetro de la casa de Olivier, anunció a Olivier por la línea de teléfono interna que un inspector de policía estaba en la puerta de entrada preguntando por él. Olivier maldijo el suceso con varios insultos lanzados al aire, aceptando que entrara a verle. Intentó controlar su temperamento y prepararse para la inesperada visita, pues seguro que tenía que ver con sus visitantes de Tánger.

Jean, el mayordomo de Olivier, recibió a los dos nuevos visitantes, acompañándoles a uno de los salones de la hacienda, concretamente a uno que Olivier tenía decorado con varias cornamentas y cabezas de animales cazados en safaris durante su juventud. Gruesas alfombras de lana cubrían gran parte del suelo y una chimenea de mármol blanco daba un calor más que agradable a toda la estancia. Era evidente que Olivier vivía en la abundancia y que no lo ocultaba en lo más mínimo.

—Señor Coutillard, qué placer tenerle en mi casa— exclamó Olivier, entrando en el salón tras diez minutos de lánguida espera por parte de sus visitantes—. ¿Qué tal le va a su hijo con la nueva vida de casado?

—Señor Buyon, gracias por recibirnos. Mi hijo lo lleva bien, acostumbrándose poco a poco a todo. Gracias por preguntar.

Alberto se sorprendió al saber que Gastón tenía un hijo. Lo tenía encasillado en la vida como un lobo solitario, y no como alguien con una esposa, hijos y una convivencia familiar fuera del horario laboral. De hecho, se percató de que no llevaba anillo de casado, aunque podía ser una de las normas que muchos agentes policiales seguían, para no dar pistas de su vida personal a los delincuentes.

—Por favor, siéntanse. ¿Quieren algo de beber? ¿Un vino? ¿Algún licor?

—Un vino por mi parte, gracias —dijo Gastón, abriendo a continuación su palma hacia Alberto para presentarle—. Este es el señor Alberto Rey, un enviado español para un asunto internacional. Habla perfectamente el francés.

—Un placer conocerle, señor Rey. ¿Un vinito también para usted?

—El placer es mío, señor Buyon, y le acepto el vino gustosamente —respondió Alberto, tomando asiento a la par que su anfitrión, que le bastó mirar al mayordomo para que éste se marchara hacia las cocinas para traer una botella de tinto.

—Hacía tiempo que no le veía, inspector. ¿Anda en algún caso en el que pueda ayudarle?

—Veo que tiene buen ojo para acertar, señor Buyon —respondió Gastón, aceptando la indirecta lanzada—. El caso que sigo me ha traído hasta aquí, a su propiedad, motivo por el que he tenido que molestarle. Me consta que un individuo, de nombre Vincent Arcadio, y una mujer rubia de agradable aspecto, han estado aquí alojados. ¿Qué puede decirme de ellos?

—La mujer es una amiga mía desde hace tiempo. Conocí a sus padres hace mucho tiempo en África, durante mis correderías en cacerías. El chico era un amigo suyo, no sé si su novio o algo así, ya me entiende —respondió Olivier con suma tranquilidad, emitiendo una leve sonrisa en su última frase— ¿Se ha metido en algún problema?

—En un problema gordo, sí. Necesito saber para qué le vinieron a ver a usted.

—Para visitarme, simplemente. Como le dije, conocía a sus padres cuando aún vivían, y siempre he guardado con ella muy buena relación. Me dijo que estaba en París de paso y decidió venir a verme. Nos quedamos recordando los viejos tiempos y al final se nos hizo bastante tarde. Obviamente les invité a quedarse aquí esa noche, cosa que hicieron.

—¿Volverán hoy o mañana?

—No, no, se despidieron. Volvían a Tánger.

—¿A Tánger? —exclamó Alberto, entrando por primera vez en la conversación—. ¿Está usted seguro de eso?

—Eso entendí que me dijeron, sí. Estaban metidos en un negocio de mercancías de coleccionismo, creo. Por cierto, ¿es usted también policía?

—No, yo soy un asesor gubernamental procedente de España.

—Es que entonces le agradecería que no me hiciera preguntas personales ni comprometedoras sobre mis amistades, señor Rey. No tiene usted dicha competencia en este país. Es bienvenido a mi hogar, pero no a mi vida privada —respondió con dureza Olivier, dejando claro que iba a defenderse con estoicismo.

Jean apareció por la puerta, pidiendo la aprobación de Olivier para descorchar un tinto que les mostró a todos.

—Disculpad a mi compañero, señor Buyon. Tengo plena confianza en él, pues me está ayudando estrechamente en este caso, aunque no domina aún bien su comportamiento —proclamó Gastón, mirando con ojos severos a Alberto, que no se dejó impresionar en lo más mínimo.

—No necesito excusar mi comportamiento frente a alguien que acoge a prófugos y los protege —interpuso Alberto, siendo pasto de la ira al ver a Olivier tan sosegado y feliz ante las acusaciones, estando protegido por su gran fortuna—. Si no quiere meterse en un conflicto diplomático más le vale cooperar y dejarse de sarcasmos y mascaradas.

—¿He de llamar a mi abogado, señor Coutillard? —remarcó el profesor Olivier, tomando su copa de vino para oler la suave fragancia que desprendía.

—Llame a quien quiera —siguió respondiendo Alberto, sin darle tregua—. Le aseguro que en menos de veinticuatro horas tendrá aquí a varias unidades policiales llevándole a comisaría, donde comisarios, y no inspectores, le esperarán para interrogarle bajo mis órdenes.

Ahora sí. Olivier rompió su barrera de tranquilidad y terció su rostro con enfado hacia el espía español. Que viniera un extranjero a amenazarle a su propia casa no era algo a lo que estaba acostumbrado el potentado magnate. Ver esa falta de respeto le sacó de sus casillas.

—¡Oiga usted! No sé quién rayos se cree que es, pero no me asusta con sus amenazas de gánster callejero. Responderé lo que quiera responder y si tiene dudas, llame a su comisario que yo llamaré a mis abogados. No le consiento que entre aquí, a mi casa, con esa prepotencia.

—Olivier… —dijo el inspector Gaton, tomando de nuevo la palabra para intentar redirigir la conversación, rompiendo ya el trato de cortesía—. Sabes que no está en mi ánimo molestar a alguien como a ti, pero este caso es algo gordo. Te agradecería que cooperaras en la medida de lo posible, porque no sé hasta qué punto te puede salpicar todo esto. No estamos hablando de un asesino ni de un robo de papeles, sino de algo mucho mayor.

—¿Me estás diciendo que Nicole es una espía? ¡Por favor, Gastón! La conozco bien como para que me vendas esa papeleta.

—Pues dime cómo puedo localizarla. No nos digas que vuelve a Tánger porque no me lo creo. Ha venido hasta París para hacer algo aquí y necesitamos saber qué es. Tú dínoslo y nos iremos por donde hemos venido —respondió el inspector, tomando nota mental del nombre de la mujer, que hasta ahora era desconocido para él.

—Te he dicho lo que sé, Gastón. Vinieron, charlamos de cosas variadas que nada tienen que ver con lo que me contáis y hoy se marcharon. Me dijeron que volverían a Tánger para cerrar un buen trato que tenían entre manos, un negocio de mercaderías. Eso es todo. Y ahora, si no es mucha molestia, agradecería que diéramos por acabada esta conversación. Tengo asuntos que requieren de mi atención.

—Nada de eso, aún no hemos acabado de… —dijo Alberto, antes de ser bruscamente interrumpido por Gastón, que se levantó del sofá y puso el sombrero entre los dos tertuliantes.

—Nos vamos ya, como ha dicho el señor Buyon. Lamentamos haberle arrebatado tanto tiempo. Si por algún azar recuerda algo nuevo o desea contarnos algo, llámeme a este número de aquí.

—Pero Gastón, es evidente que sabe…

—¡Alberto! He dicho que nos vamos. El señor Buyon es un hombre muy ocupado y ya estamos abusando de su tiempo.

Era evidente que Gastón actuaba así por alguna razón, igual por miedo a represalias de Olivier o igual porque se había percatado de algo concreto, pero a Alberto no le terminaba de convencer. Le daba rabia abandonar a un sospechoso tan claro como Olivier, que les estaba mintiendo de forma tan obvia que resultaba hasta insultante. Sin embargo, Gastón mandaba y prefirió seguir su consejo y salir de la vivienda, aunque podía estar seguro de que luego le pediría justificaciones.

Mientras tanto, dos calles más allá de la hacienda de Olivier Buyon, Vincent y Nicole caminaban ligeros hacia una parada de tren. Tenían su destino claro: el palacio de Versalles, a unos sesenta kilómetros de París. Era un poco tarde, pero posiblemente les dejarían entrar al llevar una carta firmada y sellada por el eminente profesor, en la que solicitaba encarecidamente al responsable que dejara pasar a la pareja para poder ver un par de salas concretas.

Olivier les contó acerca de cómo en la historia se relacionó el enigmático manuscrito Voynich con Rodolfo II de Habsburgo, rey de Hungría y de Bohemia, quien lo adquirió por seiscientos ducados de oro. Según se relata en unas crónicas jesuitas, un caminante vestido con harapos y de semblante descuidado se acercó a Praga por aquellos años, dirigiéndose directamente a la Corte para ver al regente, muy conocido por su afición a la alquimia. Rodolfo II, para sorpresa de todos, aceptó verse con el extraño viajero cuando supo qué le traía. Nadie sabe quién era ese individuo ni su procedencia, aunque muchos lo describían como un brujo. En las crónicas, el manuscrito que le vendió se definía como *Los misterios del agua eterna*, no dejando muy claro a qué hacía referencia. Los años pasaron, y Rodolfo II se volvió más huraño y ermitaño, hasta el punto de enloquecer, siendo derrocado por su propia familia. Horcicky, un alquimista que trabajaba codo con codo con Rodolfo II en sus experimentos, heredó el extraño compendio, que describió entre su comunidad como un legado de astronomía, botánica y química que ocultaba el secreto del agua más pura, aquella que no solo calmaba la sed, sino que revitalizaba las células hasta el punto de rejuvenecerte.

Muchos más años después, el códice de Voynich fue replicado para un estudio concienzudo por parte de la comunidad científica, pero como ya sabían, nadie encontró un método de decodificación exitoso que descifrara las páginas. Hacerse con el pergamino original parecía el camino más lógico en mente de los investigadores que querían desentrañar los dibujos y textos de sus páginas, mas su localización se perdió entre nombres y lugares variados. El que lo tenía, supo guardarlo celosamente para él.

Cuando Olivier supo que Nicole estaba en esa búsqueda, no dudó en ofrecerle todos sus medios para ayudarla. Si ese manuscrito volvía a estar en el tablero de juego, a él le interesaba.

De hecho, pidió a Nicole que le hiciera partícipe de dicha búsqueda, facilitándole a cambio todo lo que necesitara en trayectos, viajes y lugares donde ocultarse, ya fuera en Francia o en otro país. Nicole tuvo que hacer una llamada telefónica antes de darle una respuesta, que al final fue positiva. Vincent estuvo conforme con la idea de tener un ricachón facilitándole su trabajo.

El palacio de Versalles, residencia real construida para el regente Luis XIV, era una edificación de proporciones descomunales. Contaba con más de dos mil ventanas, setenta escaleras, doscientos mil árboles en sus jardines, veinte kilómetros de caminos y multitud de fuentes y estatuas decorándolo todo. Era como una ciudad pequeña reclusa dentro de París. Hoy en día, atraía a todo turista que pisara la ciudad de Versalles, siendo un punto de peregrinaje para amantes de la cultura y sociedad de la época colonial.

Nicole tuvo que dar lo mejor de sí para que el encargado del lugar, un tal Dominique Poultron accediera a dejarles pasar. El salvoconducto de Olivier era una arma muy poderosa, pero incluso así, se opuso categóricamente a que accedieran estando el complejo ya cerrado al público. Hicieron falta un par de llamadas, una por parte de Nicole a Olivier y otra a continuación de un superior al tal Dominique, para que al final cediera a darles acceso. Nicole agarró a Vincent de la mano, intentando disimular que eran una pareja en viaje de novios, aunque el encargado ni se molestó en preguntarles quiénes eran y de dónde venían. Se limitó a llevarles a las salas que ellos le iban diciendo sin describirles ni qué obras habían ahí expuestas ni cuál era su historia. Estaba claro que el tenerse que quedar más tarde de la hora de cierre no le hacía mucha gracia.

Fuera del palacio de Versalles, Sebastien, Buyard y René se apostaban en distintos puntos de la calle, fuera del coche, mientras que Godo iba hacia una cabina de teléfono para dar parte al inspector Gastón. No podían actuar ahí, el palacio de Versalles estaba fuertemente protegido por un grupo de seguridad de más de cien personas armadas y entrenadas. Plantearse entrar ahí de forma extraoficial era una locura absurda.

A Vincent y a Nicole no les costó mucho llegar a la sala donde se exponía el famoso reloj de Artois, pues su guía sabía de memoria la localización de cada obra habida en sus más de setecientas estancias. Les condujo a un dormitorio de decoración muy pomposa, con tapices representando figuras geométricas variadas, una cama enorme con un dosel de cortinas de seda y muebles de madera antiguos, reflejo de los siglos pasados. Allí, sobre un escritorio de madera de caoba, reposaba el enorme reloj de Artois, que tal y como ya sabían, era del tamaño del torso de un adulto, con toda la corona exterior, así como las agujas, bañadas en oro dorado. La estatua de Aníbal, el conquistador, miraba de frente mientras apoyaba su diestra sobre el reloj, sobresaliendo su cabeza por encima del mismo.

Vincent hizo ademán de ir a tocarlo, cuando el guía carraspeó con fuerza, indicándole que no estaba permitido tocar nada. Vincent suspiró y se retractó de su acto, acercándose a Nicole para hablarle en susurros. La mantenía agarrada por la cintura, siguiendo con el papel de ser su esposa, a lo que ella le correspondió de igual forma. Era buena en su rol, haciendo dudar incluso al propio Vincent, que más de una vez dudó en besarla. El atractivo de esa mujer empezaba a ser un problema serio para él, más aún si además tenían que ir apretados e intercambiando sonrisas como dos amantes recién casados.

—Bueno, aquí estamos. ¿Ves algo raro en el puñetero reloj?

—¿Y tú? ¿Es que has puesto de vacaciones a tus preciosos ojitos celestes? —respondió Nicole, mirando fijamente cada detalle que recorría la corona del reloj.

—Estos ojitos azules solo tienen como objetivo a mi querida esposa, con la que me encuentro de viaje de novios —dijo Vincent, sin apartar tampoco él la vista del reloj.

—No cantes victoria tan rápido, mi querido esposo. No eres el primer hombre que sufre un divorcio antes incluso de consumar su prometida noche de bodas —siguió respondiendo Nicole entre susurros, presentando una sonrisa repleta de ironía.

—¿Una mujer divorciándose de un hombre? ¿Eso existe?

—Estás en Francia, el país del amor liberal. Aquí, las mujeres no son esposas de los hombres, sino que los hombres son maridos de las mujeres.

—Muy agudo, mi hermosa esposa —replicó Vincent, echando un ojo hacia el guía, que estaba quieto a varios metros de distancia, mirando inopinadamente el suelo—. ¿Alguna idea de cómo quitarnos a ese de encima?

—Si quieres me encargo yo. ¿Has visto algo?

—Claro que sí… aunque no te lo creas, sé hacer dos cosas a la vez, como ligar contigo y examinar un reloj más grande que mi propia cabeza —respondió Vincent, sonriendo con satisfacción.

—¿Y bien? ¿Me lo vas a contar o qué?

—Esperaba un beso de premio…

—¿Renuncias al pago monetario por ese beso?

—Eran cien pesetas diarias y llevamos ya tres días de misión, o sea, trescientas pesetas… uhm… un beso caro.

—Lo bueno siempre es caro.

Vincent no dilató más su respuesta y acercó sus labios a los de Nicole, apresándolos en un roce suave para luego fundirse en un solo punto. El beso fue para Vincent como besar por primera vez a una mujer, aunque había frecuentado muchas prostitutas y mujeres de mal ver. Despertó en él ternura, deseos de protección y mucha necesidad de sentirla cerca, aunque fuera tomando un café en una cafetería. Le asustó ver que ella abría los ojos con satisfacción, transmitiéndole el mismo sentimiento de deseo y paz que él albergaba.

—Ya puedes presumir de haber besado a una francesita —postuló Nicole, guiñándole el ojo en confidencia mientras se despegaba de él y se dirigía hacia el guía. Le pidió si podía indicarle donde estaba el baño más cercano y si podía acompañarla, pues le daba algo de miedo andar por un lugar tan grande y solitario sin nadie cerca. El guía aceptó por obligada cortesía, aunque antes se dirigió a Vincent para señalarle que no se moviera de esta sala, pues podría perderse. Vincent asintió y se quedó solo ante el enigmático reloj de Artois.

El reloj tenía muchísimos detalles y pequeñas singularidades que podían hacerte dudar, aunque a veces lo más evidente era lo más obvio. Tenía dos manecillas, la horaria y el minutero, y ambas permanecían en la misma posición desde que llegaron. El minutero debía haber avanzado, pero ahí seguía quieto, en su misma posición, lo que le resultó extraño a Vincent, si se tenía en cuenta que estas obras e instrumentos de museo eran sometidos a todo tipo de restauraciones y limpiezas.

«¿Por qué no habéis restaurado el reloj? ¿Por qué dejar sus manecillas quietas, cuando podéis repararlo? —se dijo a sí mismo, sabiendo de sobra la respuesta—. Porque esto no es un reloj, sino que solo aparenta serlo».

Transgredió las barandillas de seguridad que ponían para que los turistas no se acercaran mucho a las obras y le dio la vuelta al extraño artilugio, para buscar alguna forma de abrirlo, aunque no tuvo éxito. No había ranuras ni salientes que le dieran pie a pensar que podía abrirse. Lejos de desanimarse, se centró entonces en la estatua colindante de Aníbal, intentando moverle la cabeza, los brazos, la espada y cualquier elemento que sobresaliese ligeramente. Nada funcionaba.

«A ver Vincent, piensa, piensa… esto ya lo han hecho los restauradores. Seguro que ellos han buscado también cómo abrirlo… debes hacer algo que ellos no pudieran hacer, algo que solo tú sepas… —pensó en voz baja, cuando de repente abrió los ojos de par en par, como si hubiera visto la solución escrita—. ¡Coge mi legado a las ocho y diez en manos de Aníbal, con el permiso de Artois! Joder, esa es la combinación para activar este aparato, debe serlo. Solo yo la conozco, a nadie se le ocurriría poner esa hora y ese minuto».

Atrás se oían los pasos de Nicole y el guía acercándose. A Vincent no le quedaba mucho tiempo, así que envolvió el mango de su navaja cerrada con su abrigo y golpeó el cristal frontal del reloj, rompiéndolo casi sin hacer ruido. A continuación, accedió con su índice a las agujas, disponiendo la manecilla pequeña a las ocho horas y la grande en los diez minutos. Para su desgracia, no pasó nada. Todo seguía igual.

«No puede ser… ¡maldito reloj del infierno!... no puede ser que… espera, espera… las ocho y diez… ¡las ocho y diez!», se dijo de nuevo a sí mismo, moviendo de nuevo las agujas. Esta vez solo desplazó una, la pequeña, subiéndola escasos milímetros. Tras hacerlo, el reloj crujió al abrir un resorte lateral.

Por la entrada principal de la sala se presentaron Nicole y el guía. Vincent estaba frente a un busto de mármol blanco ubicado sobre una columna.

—¿Todo bien por aquí? —preguntó Nicole, algo confusa.

—Todo bien, cariño —respondió Vincent, con una mueca forzada—. Por cierto, se nos hace tarde para el restaurante, ya sabes cómo son con el tema de las reservas. Si no llegas a la hora, te la cancelan, y no quiero quedarme sin esa noche romántica.

—Ya… bueno, si ves que es mejor irse…

—Sí, creo que es lo mejor, y así dejamos de molestar a este buen señor —contempló Vincent, refiriéndose al guía—. Ya vendremos mañana por la mañana más tranquilos y vemos el resto. ¿Te parece bien?

—Yo… sí, lo que tú veas, cariño.

—Por mí no se preocupen, no pasa nada —propuso el guía, aunque era notorio que abrazaba más la idea de que se fueran ya.

—Mejor nos vamos, sí —concluyó Vincent, agarrando la mano de Nicole—. Ha sido una visita efímera, pero ya sabemos que va a ser algo digno de visitar con más tiempo.

—Como deseen. Les acompaño a la salida.

El guía avanzaba varios metros por delante de la pareja, saludando a los guardias de seguridad que se iba encontrando por el camino e indicándoles que se cerraba ya el complejo. Las luces se iban apagando a medida que iban llegando a la salida.

—Dime que has encontrado algo, Vincent —susurró Nicole en el oído del detective.

—Estoy empezando a creer en la autenticidad de ese códice, Nicole. Ahora sé por qué ese manuscrito no se encuentra.

—¿Por qué?

—Porque su propietario lo escondió concienzudamente. Sabía que había algo importante en él.

—¿Cómo lo sabes? ¿Había algo en el reloj?

—Sí, Nicole. He encontrado la respuesta a la pregunta que nos estamos haciendo. Sé dónde está el códice perdido.

CAPÍTULO 9: UNA CRUZ Y UNA FLOR

Berlín, 16 de noviembre del año 1954

Anthony volvía de la embajada española en territorio alemán, circulando en un coche conducido por un chófer que le cedieron. Era notoria la importancia de la misión que estaba enfrentando, abriéndole muchas ventajas incluso en países extranjeros. Bastaba una llamada telefónica para tener lo que quisiera.

Mientras transitaba por las calles de Berlín, viendo cómo la gente corría para refugiarse de la incipiente lluvia que había despertado, seguía pensando en el futuro movimiento que debía afrontar. La hacienda de Aldous Aschemacher, quien supuestamente tenía el códice de Voynich, la tenía ya más que analizada para una incursión. Sabía cuáles eran los turnos de los guardias y sus nombres, las distancias que separaban cada elemento de sus jardines, la disposición de las habitaciones e incluso los muebles que había en algunas de ellas. Sin embargo, algo le perturbaba, algo no le convencía del todo. Tenía ese presentimiento que tantas veces le azotaba en momentos críticos, un sexto sentido que rara vez le hacía errar. La aparición de ese detective privado y su avance en la búsqueda era algo preocupante, sobre todo porque era notorio que sabía algo. Cogieron un billete hacia París sin dudarlo, estando seguros de que allí encontrarían algo relevante. No estaba seguro de dónde sacaron esa información ni de qué información se trataba, mas debía ser bastante correcta, pues Vincent Arcadio demostró estar a la altura de los mejores espías. Supo deshacerse de sus perseguidores en Tánger y de Alberto en París, siendo consciente en todo momento de que estaba

134

siendo vigilado. Por otro lado, su historial era brillante ante los ojos de Anthony. Había resuelto varios casos de forma efectiva y sin dejar dudas de su eficacia, empleando la fuerza cuando se hacía necesaria.

Cuando entró al piso franco que compartía con sus dos compañeros, dejó una carpeta con varios folios sobre la mesa del comedor y se sentó algo apático, fijando su vista en el mural que tenían colgado sobre la pared del salón. Ahí estaba dibujada la hacienda que iban a asaltar, con varias chinchetas de colores e hilos entrelazados señalando entradas, salidas, puntos de escalada, rutas de guardias y más elementos importantes. Cuatro habitaciones estaban enmarcadas en un círculo rojo, indicando que eran los posibles lugares donde estaba el manuscrito.

—¿Ya has vuelto? —exclamó Marcos, saliendo del baño y dirigiéndose hacia la nevera, para coger una cerveza—. Has sido rápido, pensaba que tardarías un par de horas más.

Anthony no se dignó ni a responder. Seguía ensimismado en su mundo utópico, con la mirada perdida hacia un punto imaginario entre él y el mural.

Marcos, conocedor de esos momentos de concentración que su colega adoptaba, se sentó en un sillón cercano y guardó silencio, encendiéndose un cigarrillo para paliar el nerviosismo que le dominaba. La incursión estaba programada para esa noche y no iba a ser una empresa fácil.

—¿Aquí estáis los dos? —preguntó Elisa, ataviada con un vestido largo de color rojo y con el pelo aún mojado de la ducha—. Pensaba que habíais salido.

—No, salió Anthony a la embajada, quería cotejar una información. Acaba de volver hace unos minutos —replicó Marcos—. Ahora está en modo *zen*, ya sabes.

Elisa despertó una sonrisa cómica y se sirvió un cigarrillo del paquete de Marcos, acercando su rostro al de él para que le diera fuego. Macos inhaló el fresco perfume de su compañera y la miró con ojos sumisos, dejándose seducir por la belleza que desprendía en todos sus gestos.

—Elisa, Elisa… algún día vamos a tener un problema tú y yo —dijo el robusto agente, cerrando la boca a tiempo para que no se le cayera la saliva.

—Marcos, Marcos… esperemos que ese día no llegue nunca, porque tienes las de perder —respondió Elisa, dándole un apretón cariñoso en el cuello y sentándose en el sofá, cerca de Anthony.

—Y encima tendrás razón, jajaja. Una mujer como tú es capaz de lograr todo lo que se proponga. Basta con mirarte y acabar hipnotizado…

—¿Me estás seduciendo, Marcos? Jajaja, y yo que te creía una roca maciza sin corazón… —expuso Elisa, siguiendo con la cómica conversación, algo subida de tono.

—Créeme que no es el corazón el que me empuja hacia ti, es más bien…

—¡Silencio ya! —interrumpió Anthony bruscamente—. ¿Es que no podéis guardar un poco la compostura? Estamos de misión, a horas de ejecutar una incursión bastante complicada, y no se os ocurre otra cosa que hacer que poneros a tontear. Resulta ridículo.

—Solo hablábamos, cálmate un poco —replicó Marcos—. ¿Acaso tenemos que ser todos como tú, un tipejo serio y sin aspiraciones en su patética vida?

—¿Eso piensas de mí? —exclamó Anthony, poniéndose frente a él con claros síntomas de enfado—. ¿Y qué aspiraciones tienes tú, si puede saberse? Se te encomienda la misión de capturar a un tío a plena luz del día, en una cafetería, y te baila como quiere tirando un paquete de cigarrillos al suelo y mandándote a pagar la cuenta, para luego tenerte corriendo como un idiota por las calles, buscándolo. ¿Tú te consideras un espía? ¿Tú te consideras alguien que pueda emitir juicios sobre alguien como yo?

—Todos cometemos errores, señor perfecto. Te crees que todo puede trazarse sobre un papel, pero no es así, a veces las cosas salen mal, ¿sabes? No es la primera vez ni la última en la que me equivoco en algo. A eso se le llama ser humano, ¿entiendes, súper coco?

—Pues menos mal que no eres tú el que se ocupa de comandar esta misión, porque miedo tendría de ver cómo trazas el plan. Estoy rodeado de imbéciles que no son capaces de actuar debidamente. Todos son errores y siempre es por lo mismo: porque no pensáis. Sois como ganado que avanza sin pensar hacia donde le manda el pastor. ¿Es que no os gusta emplear eso que tenéis bajo tanto pelo?

—Anthony, te estás pasando un poco. Será mejor que cierres la boca o vamos a tener un problema, aquí y ahora —exclamó Marcos, levantándose también de su asiento y acercándose a Anthony—. Te recuerdo que a ti también se te escapó la mujer, así que no me des lecciones, señor perfecto.

—Nicole se nos escapó por mi culpa —dijo Elisa, tomando la palabra para intentar paliar el creciente enfado que se respiraba entre los dos hombres—. Aquí nadie duda de tu mente, Anthony. Eres una persona con unas facultades únicas, sabes ver lo que el resto ni intuimos, y agradezco mucho que estés de nuestro lado y no como enemigo. Sin embargo, tienes que entender que el resto no llegamos a tu nivel de raciocinio. Por eso mismo tú eres el líder en este grupo, porque nos sabrás llevar hacia la victoria final.

Anthony apartó la vista de Marcos y la asentó en la mujer, calmando un poco su malestar, mientras que Marcos se volvía a sentar para darle un sorbo largo a la botella de cerveza.

—¿Qué te pasa, Anthony? ¿Por qué estás tan nervioso? Se te nota incluso desde la otra habitación —siguió diciendo Elisa—. ¿Alguna mala noticia?

—Mirad el historial del tipo ese —se limitó a decir Anthony, sentándose de nuevo en el sofá y señalando la carpeta que traía de la embajada. Marcos la abrió y empezó a ojear las hojas que había dentro, leyendo en voz alta determinados puntos.

—El bueno de Vincent obtuvo su licencia de detective hace doce años, buen rodaje… ha resuelto dos casos importantes y el resto son temas de celos, cuernos y tonterías de parejas. ¿De verdad tenemos que temer a alguien así?... Espera, espera que hay más… aquí dice que vive con una cuenta corriente mísera, para sobrevivir un mes o dos como mucho… deudas varias, frecuenta una mala vida de clubs de alterne y escoria como amigos… ¿qué es esto, Anthony? ¿Qué ves en estas hojas que yo no? Porque, la verdad, si este mequetrefe es peligroso es que estoy perdiendo mi olfato.

—Verás, Marcos —respondió Anthony, intentando controlar su léxico para no abrirse al insulto—. Ese mequetrefe que tú describes es mucho más de lo que has leído. Lee entre líneas, no te quedes con el conjunto que has expuesto. Ese hombre es capaz de buscarnos un buen follón, como ya ha demostrado, y por lo que se ve, no le teme a la agencia gubernamental que representamos. Pasa por encima de todo y de todos sin importarle las consecuencias, y no porque odie vivir, sino porque sabe cómo seguir viviendo. ¿Poco dinero? Eso denota que es un superviviente, una rata de ciudad que sabe exprimir al máximo los recursos que una ciudad es capaz de darle. ¿Prostitutas? ¿Mala gente? Esos son los mejores contactos que en su oficio se pueden tener. Para saber qué ocurre en las calles, debes hablar con la gente de las calles, y son las putas y los camorristas los idóneos. Conocen a todo tipo personalidades, ricos, pobres, políticos, embajadores, policías… todos recurren a sus *servicios*.

—Vale, Anthony. ¿Qué pasa con Vincent Arcadio? Dime qué te preocupa de él, pero no me digas que te asusta, porque no parece el típico individuo que nos pueda comprometer. Si fuera de algún país o régimen importante lo entendería, pero solo es un detective privado —interpuso Elisa, dándole al asunto la importancia que merecía, según Anthony.

—Los casos que ha resuelto son más complicados de resolver de lo que uno piensa. Somos tan elitistas que nos creemos que si no es una misión de alto secreto en el extranjero, consistente en robarle a un energúmeno un libro, no es una misión digna. Seguir a parejas infieles y conseguir tomar pistas de su amante es algo tremendamente más complejo. Te entrena en facultades de disimulo y te enseña a ser invisible. Acentúa tus facultades para encontrar escapatorias donde nos las hay y despierta tu mente para ser una sombra, incluso a plena luz del día. Además, me gustaría señalar que aunque los casos que ha resuelto son parejos a los que cualquier otro detective podría tener en su historial, Vincent ha sabido resolverlos incluso pasando por encima de ricos magnates, que como todos sabemos, están protegidos por los estamentos policiales. Ha sabido encontrar unas pistas tan incriminatorias y definitivas que ningún juez lo ha podido rechazar. Eso me lleva a pensar, que sabe algo importante que nosotros no. Estoy seguro de ello.

—¿Sobre el manuscrito Voynich? —inquirió Marcos.

—Afirmativo. Creo que la información que tenemos sobre la vivienda Aldous no nos va a llevar al libro. No tengo pruebas de ello, pero sé que va a ser así.

—¿París, entonces? —preguntó Elisa—. ¿Crees que está en París lo que andamos buscando?

—No lo sé, pero me inclino a pensar que sí. Lo que sí tengo claro es que él tiene algo que nosotros no, información cotejada.

—¡Pero si la nuestra nos la dio el ministerio! —exclamó Marcos, tirando la carpeta de Vincent sobre la mesa con rabia.

—Sí, pero ¿quién te crees que es el ministerio, Marcos? ¿Un ente superior que nos vigila desde el cielo? Son gente como tú y como yo, gente que respira y que anda por las calles preguntando y recabando pistas. No esperes ni pienses que todo lo que nos dan es cierto. Muchas de esas cosas con conjeturas o rumores.

—¿Me estás diciendo que vamos a asaltar una vivienda y, seguramente, matar a algunos guardias de allí, para que luego no esté dentro lo que andamos buscando?

—Te está diciendo que igual no está ahí —señaló Elisa, buscando la aprobación en Anthony.

—Lo único que os digo es que yo me tengo que basar en mi intuición y en mi lógica. Y ese hombre…

Súbitamente se oyó el disparo atronador de una escopeta, haciendo que la puerta del salón estallara en decenas de astillas por la parte de la cerradura y dejando entrar una humareda de pólvora en la estancia. Marcos se agachó tras el sillón donde estaba, usándolo de cobertura, mientras desenfundaba su pistola del pecho y pegaba un tiro hacia la puerta. Anthony se tiró al suelo y comenzó a gatear hacia el lateral del sofá, tirando al suelo durante su huida una lámpara de pie y dos vasos vacíos que reposaban sobre la mesilla del comedor. Elisa, por su parte, se agachó como pudo y salió corriendo hacia la habitación contigua, para protegerse y hacerse con su arma.

Una nueva descarga de plomo salió expelida desde el dintel de la puerta, esta vez impactando sobre el sillón y dejando múltiples agujeros de plomo sobre su superficie. A Marcos le impactaron un par de plomos en el brazo, aunque ni se inmutó ante el nerviosismo del momento. Volvió a asomar su pistola y enfocó a un hombre que accedía por el lateral con dos pistolas en las manos. La Beretta de Marcos hizo fuego por dos veces, abriéndole el pecho al atacante y clavándolo en la pared trasera con un charco de sangre tiñendo la escena.

Del pasillo de fuera, se oyó como la escopeta se cargaba de nuevo, a lo que Marcos respondió levantando su brazo y dando varios disparos sin apuntar hacia dónde, mientras se cambiaba de cobertura hacia la cocina. El atacante retrocedió, resguardándose tras la pared anexa a la puerta.

—¡Arma! ¡Un arma! —gritó Anthony, totalmente agazapado en su posición.

Elisa, por su parte, asomó media cara desde la habitación para ver a dos hombres dentro del salón. Uno de ellos tenía la escopeta de cañones recortados apuntando hacia donde Anthony estaba agazapado, mientras que otro, con una pistola aferrada con ambas manos, se mantenía estático hacia la cocina.

Marcos se asomó por la cocina con su Beretta por delante, aunque su disparo se precipitó en el suelo al abrir fuego su atacante antes que él. La bala le impactó en el hombro, dejando a Marcos totalmente expuesto, aunque Elisa actuó, saliendo de su cobertura y perforando la cabeza del agresor con dos balas. Al instante movió sus ojos hacia el otro atacante, pero ya era tarde para actuar. El asaltante, con la escopeta apoyada sobre su vientre, describió una línea imaginaria hacia ella, llenándola de pólvora al accionar el gatillo.

Elisa vio llegar el contenido del cartucho como si el tiempo se hubiera ralentizado, sintiendo como decenas de bolitas de plomo le destrozaban el torso y el vientre. Un calor efímero se adueñó de su cuerpo, las rodillas le fallaron y la visión se apagó de sus ojos, precipitándose al suelo con un golpe seco.

—¡Nooo! ¡Maldito bastardo! ¡Nooo! —gritó Anthony, levantándose de su escondite y lanzándose hacia el atacante, que al no poder cargar de nuevo la escopeta la dispuso como escudo. Ambos apretaron con rabia el arma en un forcejeo donde predominaba la adrenalina, aunque el asesino resultó ser mucho más corpulento que Anthony, y con un movimiento medido, lo volteó por el aire hasta tirarlo al suelo. Al instante, el cañón de la escopeta estaba cargado y fijo en la cabeza del malogrado espía de la SIAEM, que cerró los ojos con impotencia para oír su réquiem terminal.

Y se oyó un disparo, aunque no era el típico estruendo de una escopeta, sino el de una pistola más fina, como una Beretta. Cuando Anthony abrió de nuevo los ojos, Marcos estaba delante de él, descargando su cargador sobre el maltrecho cuerpo ya abatido del agresor. El hombro de Marcos escupía sangre a un ritmo vertiginoso, aunque eso no parecía importarle al espía español, que al ver cómo se quedaba sin balas, se agachó y empezó a desfigurar la cabeza de su víctima a base de golpes recios con la empuñadura del arma. No cesó su ensañamiento hasta que Anthony le puso la mano sobre el hombro con semblante triste.

El cuerpo sin vida de Elisa era una muestra inequívoca de que ésta misión no era una más del montón. Habían sido sorprendidos en un piso no documentado para ser ejecutados de forma violenta, lo que indicaba que existía una fuerza o agrupación de gran envergadura siguiendo sus pasos. No habían sido lo suficientemente precavidos y ahora tocaba analizarlo todo para descubrir los fallos, lamentando entre tanto, la pérdida de su compañera Elisa. Ya no volverían a ver ese pelo castaño bailando alrededor de sus hombros ni esos ojos policromados que tanto confundían a los hombres.

Luego de unos minutos de reposo para tomar aire, metieron a todos los cuerpos sin vida en el salón y los registraron. Cogieron el mapa y todos los papeles que tenían acerca de la misión y los quemaron en el lavadero, para luego llamar a la policía y a la embajada, además de a una ambulancia para que se ocuparan del hombro de Marcos. En menos de treinta minutos tenían ya todo dispuesto. Solo tocaba esperar unos minutos más hasta que llegaran los distintos grupos a los que telefonearon.

—Nos han cazado como a ratas, los muy bastardos —comentó Marcos, tumbándose en el sofá y dando una calada al segundo cigarrillo que se encendía—. ¿Crees que han sido alemanes? Solo ellos podían saber que estábamos aquí.

—No, no son alemanes, aunque trabajan con ellos infiltrados, ocupando puestos de alto rango y mando. Tienen acceso a información privilegiada e incluso a armas de gran calibre, además de disponer de aprendizaje en técnicas de asalto —respondió Anthony, dejando a su compañero con la boca abierta.

—¿Cómo haces para saber todo eso? De verdad te lo pregunto, ¿cómo rayos sabes que trabajan de infiltrados?

—Esos dos tienen en su cuello un tatuaje que ese otro tiene también, pero en su muñeca. Es una rosa que engloba a un crucifijo, una congregación que existe desde que se fundó a principios del siglo XV por Christian Rosenkreutz. Son rosacruces, un grupo que pretendía usar todo tipo de prácticas para lograr una transformación global importante, una especie de catarsis general para la civilización.

—¿Son como los masones?

—Los masones, los iluminati, los filósofos del Colegio invisible… todos ellos parten del mismo grupo: los rosacruces. Es más, se cree que detrás de cada revolución importante a lo largo de la historia, los rosacruces fueron los conductores.

—¿Me estás hablando en serio?

—Míralo tú mismo si no me crees —replicó Anthony, señalando a los tres cadáveres que reposaban en el suelo—. Y sé que están infiltrados porque los únicos que podían saber de nuestra ubicación eran gente de la embajada y algún alto cargo que nos tengan asignado en su cuerpo militar o policial.

—¿También están buscando el manuscrito?

—¡Por favor, Marcos, deja de decir brutalidades y piensa un poco antes de abrir la boca! ¿Crees que si quisieran el códice nos matarían sin antes interrogarnos, para ver qué sabemos? ¿Crees que si ellos lo quisieran, nos dejarían entrar sin problemas en su país? El propio ministerio del interior se hubiera ocupado de denegarnos el paso.

—Joder, Anthony, pues no lo entiendo.

—Es mucho más sencillo, amigo mío. ¿Tú qué eres?

—¿Cómo que qué soy? —respondió Marcos, algo atontando por la pérdida de sangre. Se oía el ruido de varias sirenas policiales y de ambulancias dominando la calle.

—Sí, ¿qué eres? Un espía ¿no?

—Sí, bueno… sí… ¿por qué?

—Esa es la respuesta, amigo mío, no hay más. A los espías alemanes no les gustan los espías de otros países. Si puedes cazar a algún espía enemigo, te conviertes en un espía de oro para tu nación.

—Pero si nuestro país ha dado parte de que estábamos aquí, en este país… ¿de qué me estás hablando? ¿Cómo van a enviar asesinos para matarnos?

—Nunca podrás demostrar que han sido ellos, pero realmente los han enviado ellos. ¿Te das cuenta que los asesinos estos no llevan nada de documentación, ni cartera ni papel con algo escrito? No llevaban nada, están bien enseñados para lo que tenían que hacer. Son sicarios entrenados para no dejar pruebas en caso de que todo salga mal, como les ha pasado. Ahora, con estos tres cuerpos desnudos de información, no puedes demostrar absolutamente nada. No tenemos sus nombres, ni sus acentos, ni sus edades... ¡no tenemos nada! Solo que son unos asesinos y eso constará en acta.

—Me asusta creer lo que expones, Anthony. Espías que deban romper el tratado de paz y libre circulación de nuestro gremio entre los países firmantes es algo muy serio. Más aún si son los propios ministerios los que apoyan eso.

—Todos los países lo hacen, Marcos. Públicamente firman tratados y aceptan ser amigos, pero en las sombras tejen la forma de seguir manteniendo la independencia en el poder, eliminando al resto. A veces por miedo a no sufrir ataques y otras veces para protegerse de posibles traiciones.

Las escaleras del edificio tronaban con policías abriendo paso a un comité de escoltas gubernamentales enviado desde la propia embajada española.

—No sé, Anthony... lo único que veo es que se han cargado a Elisa y te juro que, si descubro quienes han sido, lo van a lamentar con sangre. Sobre las conspiraciones que cuentas, te las dejo a ti, soy demasiado incrédulo como para creerme eso.

—No estoy tratando de contarte una historia, Marcos, sino una realidad. Yo he sido un espía de esos, un sicario fuera de la ley cuya función era matar a todo agente foráneo a nuestro país, aunque tuviera un permiso explícito.

—Te estás quedando conmigo... ¿tú un asesino de ese calibre?

—No soy un hombre de acción como tú, pero sé idear asesinatos muchos más sutiles que no requieren del uso de armas, dejando pistas artificiales para hacer creer que la razón fue otra. ¿Recuerdas el suicidio de Antonio Garzón? Lo dormimos con un tranquilizante que le vertí en la bebida para luego empujarlo por la ventana del hotel. Luego bastó con falsificar un par de notas en las que se le reclamaban pagos en negro y un par de confesiones falsas de prostitutas asegurando que había dejado embarazada a un par de ellas. La policía unió unos cabos tan sólidos y lo dio por resuelto.

—¿Garzón? ¿Fuiste tú?

—Y muchos más, Marcos. Hay muchos casos más, pero tendría que matarte si te los contara.

—Y parecías una mosquita muerta… —espetó Marcos, riéndose con ironía.

—Tenemos que tener cuidado, Marcos. Los rosacruces son una organización mundial muy bien estructurada. No le digas a nadie nada de lo que hemos deducido.

Justo entonces, varios policías y militares de la embajada irrumpieron en la habitación, dando a paso a una camilla sustentada por cuatro enfermeros. Marcos miró a Anthony con complicidad y le asintió.

Ahora tocaba recuperarse.

CAPÍTULO 10: LA CRUDA REALIDAD

París, 14 de noviembre del año 1954

París era una ciudad repleta de peatones y coches, mucho más masificada que la ciudad que acogió a Faiga desde su nacimiento. Los edificios de corte moderno se entremezclaban con fachadas de arquitectura más impactante, de arte gótico y rococó. El clasicismo del arte proyectado se respiraba por doquier, especialmente en las espléndidas catedrales y monumentos conmemorativos de siglos pasados.

El Orient Express llegó a la estación cuando aún era de noche, aunque el lugar estaba ya atestado de gente. Los viajeros y trabajadores que recurrían a los trenes como medio de transporte, se agolpaban en los andenes formando unas hileras interminables, arremetiendo con empujones e insultos para que su turno llegara antes.

Faiga tuvo que respirar profundamente antes de poder dar un paso más allá de donde se bajó, pues por primera vez desde que emprendió su huida, era consciente de la complicación que arrastraba al no saber el idioma local ni tener dinero en sus bolsillos. Apenas le quedaba un par de marcos en el bosillo, pero no sabía ni donde los podía cambiar. Sentía pánico ante la inmensidad de París, y aunque Berlín no tenía nada que envidiarle a la *ciudad de la luz* en cuestión de extensión, en población activa ésta la superaba con creces. Las calles eran un hervidero de gente variopinta andando de un lado a otro con las prisas típicas de una urbe ocupada. Faiga denotaba por sus rasgos que era extranjera, pero nadie la miraba con especial interés. Era un fantasma flotando en un océano de sombras.

Le costó más de una hora hacerse entender por un tendero local que vendía postales fuera de la estación, que le indicó que la ciudad de Chartres estaba a unos noventa kilómetros. Allí era donde vivía la amiga de Matilda, la señora Dupont, y su única salvación en este país tan adverso para ella. Preguntó por un tren hacia esa dirección, pero aunque aceptaron cambiarle los marcos alemanes por francos franceses, el billete costaba mucho más de lo que tenía. Tuvo que sentarse durante unos minutos y abstraerse de todo lo que le rodeaba para intentar pensar con claridad acerca de su situación y las posibles maneras de actuar. Estaba claro que la única forma que tenía para llegar a la ciudad de Chartres era andando, un trayecto que supondría unas veinte horas de camino a pie, mientras que con el dinero que llevaba encima podía intentar proveerse de algo de comer. Otra alternativa era emplear el dinero para llamar a la señora Dupont, pues Matilda le anotó el número de teléfono al lado de la dirección de su vivienda. Igual ella se hacía cargo de venir a buscarla a París, ahorrándole las penurias de un viaje tan largo.

El estómago se le encogió, recordándole el hambre que arrastraba desde ayer. Tomó los francos que tenía en su mano y anduvo por la estación buscando un lugar donde pedir un café, que se bebió pausadamente para saborearlo en su plenitud. Acto seguido, se volvió a sentar frente al gran reloj de la estación hasta que marcara las nueve de la mañana, una hora más que prudente para molestar a alguien con una llamada telefónica.

—*Oui*? —dijo una voz de mujer al otro lado del teléfono.

—Hola, ¿la señora Dupont, por favor? —preguntó Faiga en alemán, el único idioma que hablaba.

—Sí… soy yo, ¿quién es? —respondió la misma voz, esta vez en un alemán afrancesado.

—Hola señora Dupont. Soy Faiga Arzer, la amiga de la señora Matilda, de Berlín. Acabo de llegar a París y quería llamarla para notificárselo. Aún me faltan un par de días para llegar a Chartres, porque me he quedado sin dinero y tendré que ir a pie. Espero no molestarla.

—Hola Faiga, sí, sé quién eres. Y no me molestas para nada, ven cuando quieras, aunque… ¿qué es eso de que te has quedado sin dinero? ¿No tienes nada de nada?

—Unos pocos francos —respondió Faiga, emitiendo una risa forzada—. Entre el billete de tren y arreglar los papeles para poder viajar, estoy sin nada encima.

—Pero… Tendrás algo en algún banco ¿no?

—No. Mi dinero lo daba en casa y mis padres lo gestionaban en su cuenta corriente, pero yo no tengo acceso a ella. Además, dudo mucho que pueda presentarme en un banco así como así, porque mi documentación no está al día. Tuve que falsificar mis papeles para poder pasar la aduana. No sé si Matilda le contó un poco quien era yo y cómo he tenido que salir de Alemania…

—Sí, me contó que se te acusaba de asesinato y que tenías que salir del país de cualquier forma.

—Yo no he matado a nadie, ha sido una encerrona en la que me he visto envuelta.

—No quiero que te molestes, pequeña, pero las prisiones están llenas de gente que se repiten una y otra vez eso mismo. De todas formas no me toca a mí decidir si eres inocente o no, pero entenderás el riesgo que corro intentando ayudarte.

—Sí, es usted muy amable —replicó Faiga, tragándose su orgullo y aceptando que la marcaran como posible culpable de parricidio—. Intentaré molestarla lo mínimo posible. Intentaré trabajar en algo y la dejaré libre de mi carga apenas pueda.

—Difícil va a ser si no hablas el francés, aunque ya veremos si podemos hacer algo. De todas formas, tengo que pedirte algo en fianza antes de meterte en mi casa. No puedo permitirme el lujo de acoger en mi hogar a una posible asesina sin obtener al menos un beneficio. Y que conste que lo hago por amistad con la señora Matilda, porque de lo contrario, no tendríamos esta conversación.

—Pero… no tengo nada, como le he dicho. Apenas gane algo se lo daré, se lo prometo.

—Algo seguro que tendrás, Faiga. No me creo que hayas viajado con lo puesto.

—Le aseguro que es así. Fue una huida desenfrenada, no pude ni ir a casa para coger ropa, comida o cosas de valor. Mataron a mis padres y venían a por mí —el teléfono dio un tono de advertencia. O metía más monedas o se cortaría la comunicación—. Por favor, necesito su ayuda, no conozco a nadie aquí.

—Todos necesitamos ayuda, pequeña, pero nada es gratis en esta vida. Tú dices que mataron a tus padres, pero lo que se leyó en los periódicos era otra noticia diferente, una en la que una hija despechada asesinó cruelmente a sus padres y les robó joyas y dinero por valor de más de treinta mil marcos alemanes. Como te dije, si quieres mi ayuda, tendrás que darme parte de tu botín. Estarás en una casa que tengo en alquiler tú sola.

—¡Todo eso es mentira! —exclamó Faiga, sollozando por la impotencia de ver cómo perdía su único apoyo—. Yo no maté a mis padres ni les robé nada. Todo eso ha sido un montaje para inculparme, se lo aseguro. ¡Es mentira! Yo los quería mucho... mi papá... mi mamá...

—Sí, vale, los querías mucho, pero yo ahí no tengo nada que ver, ¿lo entiendes? No pienso dejarte una de mis casas durante varios meses gratis, sin añadir que estoy dando cobertura a una fugitiva.

—¿Y qué quiere que haga, señora Dupont? Haré lo que me pida, pero por favor, no me deje aquí sola —dijo Faiga desesperada, escuchando como el teléfono pitaba ya con insistencia. Le quedaban escasos segundos de diálogo—. Se lo ruego, le daré todo lo que llevo encima, todo. Mi bolso, mis papeles, mi ropa si quiere. Se lo ruego, ayúdeme.

Se sucedieron unos segundos de silencio al otro lado del teléfono hasta que la señora Dupont habló de nuevo.

—Lo siento, Faiga, pero no necesito complicarme la vida con alguien como tú. Un favor lo hago, pero si obtengo un beneficio de ello.

—Por favor... por favor... —repitió entre lágrimas Faiga, totalmente abatida ante las negativas.

—Lo siento Faiga. No es cosa mía que...

El teléfono cortó la llamada de forma automática. Faiga sintió como las rodillas le fallaban y se sentó en el suelo con ambas manos tapándose los ojos. Las lágrimas de dolor brotaron de sus lacrimales en un río de desesperación y angustia incesante. A su alrededor, la gente transitaba y la miraba con curiosidad, aunque nadie se paraba para asistirla. No daba buenas vibraciones, parecía más una mujer de la calle que una intelectual.

Durante el resto del día estuvo pidiendo dinero a los transeúntes que iban entrando y saliendo de la estación, recaudando unos pocos francos que usó para llamar de nuevo a la señora Dupont. Estuvo pensando concienzudamente en qué le tenía que decir y cómo decírselo, frases del tipo *"te pagaré cuando te vea"* o *"tengo a alguien en Chartres que me dará el dinero una vez esté instalada"*, pero de poco le sirvió. La huraña viuda Dupont no se creyó nada de lo que Faiga le decía, y la instó a que o le pagaba nada más se vieran o la denunciaba a las autoridades. No iba a admitir ser engañada y Faiga no tenía otra opción que engañarla, un laberinto que condenaba a la joven berlinesa a una situación muy adversa. Estaba sin dinero, sin alimentos y sin un lugar donde cobijarse, deambulando en una ciudad desconocida cuyo idioma le sonaba a un galimatías sin sentido, y además sin poder pedir ayuda a la embajada, pues lo que le esperaba en su país era mucho peor.

Luego de reponerse de su tristeza, decidió instalarse en un banco de la estación, mientras seguía pidiendo algo de dinero a los pasajeros con los que tropezaba en su cercanía. Tenía decidido que encontraría algún trabajo, incluso con el impedimento del idioma. Ella era inteligente, de las primeras de su promoción, y muchas empresas matarían por tenerla en su plantilla. Tenía una confianza ciega en sus posibilidades.

Cuando llegó la noche, la policía local que vigilaba la estación la reprendió varias veces, indicándole que los bancos de ahí dentro no eran camas de un hotel donde podía tumbarse a dormir. Faiga bajaba la cabeza en sumisión y se iba del lugar, para minutos después refugiarse en otro banco más escondido. No durmió más de veinte minutos seguidos en toda la noche, pues se sobresaltaba a cada ruido que oía de maletas o voces, irguiéndose en el banco para disimular que estaba esperando algún tren y no durmiendo. Fue una noche larga y fría.

Al día siguiente, se arregló como pudo en los baños de la estación, se limpió un poco la ropa que llevaba con agua y jabón de mano y salió a la ciudad para intentar llevar a cabo su plan. Sin embargo, la vida no era tan magnánima como ella tenía en mente, y el impedimento del idioma suponía un lastre en casi todos los sitios donde estuvo ofreciéndose. La desesperación comenzaba a hacer aparición en la atormentada mente de Faiga, que vio anochecer un nuevo día y seguía estando en la misma situación de cuando llegó a la ciudad. La idea de que esto se repetiría durante tiempo indefinido la atormentaba sin compasión, aunque debía intentar sobreponerse ante la adversidad y seguir adelante. Mendigó cualquier cosa que le pudieran dar, desde monedas y comida hasta incluso ropa usada. Lo hacía en cafeterías concurridas, en el mercado central y por las calles, cuando cesaba de llover. Nunca se hubiera imaginado estar en esa tesitura, pidiendo para poder vivir, cuando hasta hace menos de un mes vivía calentita en su casa.

Los días se sucedieron y el hambre atenazó con tal fuerza a Faiga, que la hizo enfermar. Arrastraba un constipado que la hacía moquear sin descanso, mientras que la piel se le había inundado de unas erupciones rojizas. El hambre ya era tan grande que incluso llegó a comerse desperdicios que encontró en la basura, tiradas en la calle. Su contemplación de la vida se había vuelto vacía. Ya no esperaba nada bueno de lo que pudiera llegar e incluso se estaba planteando ganar dinero prostituyéndose. Aún le faltaba pasar más penurias antes de optar por ese camino, aunque cada vez se rendía más ante la única salida que veía viable. Todos la rehuían, era como un insecto repelente que nadie quería tener cerca.

CAPÍTULO 11: ROMANCE EFÍMERO

París, 14 de noviembre del año 1954

—¿Estás seguro de que es ahí? —preguntó Nicole, mientras terminaba de desayunar un exquisito cruasán relleno de almendras calientes—. Que sepas que ese lugar es bastante más complicado de inspeccionar. Ahí no tendremos la libertad que tuvimos en Versalles.

—¿Le has preguntado ya a Olivier si puede echarnos una mano? —respondió Vincent, con otra pregunta—. Nos vino muy bien el salvoconducto que nos firmó entonces.

—A ver si te crees que es un ministro. Es una persona influyente, pero no tanto, y menos todavía en una catedral como esa. E insisto, tengo mis dudas de que sea ahí.

—Pues yo lo tengo claro. Mira, léelo de nuevo y convéncete —dijo Vincent, sacándose de la gabardina la tablilla de madera recia que obtuvo del reloj de Versalles. Tenía unas letras grabadas que rezaban: *Mi estas en la kapelo de la relikvoj sub la Libro de Reĝoj.*

—Estoy en la capilla de las reliquias, bajo el libro de los reyes —se repitió Nicole en voz alta, traduciéndolo al vuelo—. No sé, ¿por qué la catedral de Sainte Chapelle? Que fuera un relicario en manos del rey Luis no significa que sea esta. Hay muchas catedrales e iglesias con supuestas reliquias en Francia.

—Es esa, créeme. No estaría seguro si no fuera por las vidrieras que montaron a lo largo de toda su área, reflejando algunas partes de la Biblia. Recuerdo como el padre Antón, en Tánger, nos contaba lo maravilloso que fue estar en esa catedral, describiéndonos sus cúpulas, historias y representaciones que albergaba en su interior. Quien me iba a decir que al final esas historias me iban a servir de algo…

—¿El libro de los reyes está ahí dentro?

—No lo sé, pero sí sé que hay una vidriera representativa del mismo. Una representa al Génesis, otra al éxodo, otra la Pasión, el libro de los reyes, el libro de Ester y unas cuantas más que no recuerdo.

—Entonces tiene sentido que pueda estar ahí, aunque resulta difícil de creer que pudieran esconderlo en un lugar santo como ese.

Súbitamente Vincent hizo un movimiento brusco con el volante, haciendo que el coche derrapara al tomar la curva. Nicole se empotró contra la puerta con todo su peso.

—¿Qué rábanos te pasa? —le recriminó la mujer.

—Nos están siguiendo —respondió Vincent de forma escueta, sin dejar de mirar por el retrovisor.

En efecto, un Citroën de color violeta aceleró como respuesta al movimiento brusco de Vincent, mostrándose sin disimulo tras su rastro. Tanto Nicole como Vincent habían pasado dos días refugiados en una vivienda de Olivier, que se hizo cargo de todo para esconderlos a los ojos del inspector Gastón y de Alberto, el espía español. Tenían la propiedad principal de Olivier bajo vigilancia, mas no tuvieron en cuenta las numerosas casas y apartamentos que el rico magnate poseía por toda la ciudad. La pareja no abandonó la casa durante los dos días siguientes para nada. El frigorífico estaba lleno, la casa limpia y fuera solo llovía. Además, el mensaje tallado en la madera que encontraron y que estaba escrito en esperanto antiguo, no era de fácil traducción, incluso para Nicole, que dominaba lenguas extintas tales a esa. Sin embargo, tenía dudas con algunos términos, por si guardaban alguna polisemia o significado oculto. Decidieron tomárselo con calma, reposar un poco y deducir correctamente todo el mensaje. Un día de reposo les vendría bien para organizar sus ideas, aunque no solo para eso, sino también para afianzar el contrato laboral que ambos tenían. A Vincent no le faltó insistir mucho para que Nicole se rindiera ante sus armas de seducción, tales a su mirada y sus varoniles brazos, curtidos en el combate callejero. Sucedió la primera noche, mientras debatían ligeros de ropa acerca del mensaje y el posible emplazamiento del códice secreto, cuando ambos labios se acercaron hasta fusionarse en un beso, el preámbulo de una noche de pasión. Se amaron sin temor al día después y sin remordimientos, algo que Vincent agradeció, pues él era complicado para mantener una relación fija con alguien. Al día siguiente, Nicole, lejos de reprocharle nada, se limitó a sonreírle con picardía y a comportarse con él de forma natural y cercana. Era una mujer que sabía perfectamente que solo había sido una noche de lujuria, tanto para ella como para él, y no debía esperar nada más de esa unión. De hecho, ni siquiera estaba segura de si valía la pena plantearse algo con una persona tan conflictiva como era Vincent, aunque le atraía algo de él que no llegaba a entender.

Las calles se estrecharon, aunque Vincent obvió ese detalle y aceleró más aún su coche, llevándose por delante varios retrovisores de los otros vehículos estacionados. Los perseguidores no se daban por vencidos, acortando cada vez más la distancia. Un disparo silbó por el aire hasta alojarse en la chapa del Fiat que conducía Vincent.

—¿Están disparando? —preguntó Vincent, de forma retórica—. ¿No son ni las doce de la mañana y ya están pegando tiros, a plena luz del día?

—Les da igual todo, Vincent. Recuerda lo que nos dijo Olivier, que era un inspector el que andaba tras nosotros.

—Y visto lo visto le da igual arrestarnos o abatirnos, ¿no? Pues no sabe con quién está tratando ese desgraciado.

El detective sacó su arma del bolsillo interior del abrigo y miró con seriedad a Nicole.

—¿Sabes disparar?

—No es mi estilo. Soy más de…

—Pues estamos apañados —interrumpió Vincent, abriendo su ventanilla mientras otra bala impactaba en el suelo, cerca de la rueda delantera—. Recuérdame que te dé clases de disparo si salimos de esta.

Hasta cuatro veces presionó el gatillo Vincent, impactando dos veces sobre el capó del vehículo que les seguía. No era sencillo apuntar en plena carrera y además mantener el volante del vehículo para evitar choques.

—¡Por Dios, Vincent! —gritó Nicole—. Céntrate en el volante y olvídate del coche perseguidor, que vas a conseguir que nos matemos.

—¡Cierra la boca y ayúdame a mantener el volante! —respondió Vincent, abriendo fuego una vez más sobre el chasis del Citroën.

La gente por la calle se encogía de miedo al ver el tiroteo, refugiándose tras las mesas de las cafeterías, los coches estacionados o incluso metiéndose en los portales de los edificios.

Los vehículos giraron al final de la calle para enfrentarse a un nuevo recorrido de doble sentido, con otros vehículos transitando en sentido contrario. Vincent dejó de disparar y puso ambas manos en el volante, haciendo sonar el claxon a un coche que tenía delante para que se apartara hacia la derecha. Lo conducía un hombre mayor, que con nerviosismo miraba por el retrovisor sin saber bien cómo actuar. Fue frenando paulatinamente mientras se colocaba a la derecha del carril, cosa que aprovechó Vincent para dar un acelerón y pasar rozando la carrocería del otro coche que pasaba en sentido contrario. Los perseguidores frenaron en seco, aunque no cesaron en su empeño de darles caza mientras gritaban y daban al claxon al resto de coches para que se apartaran.

Vincent aceleró aún más, cuando de repente, apareció una mujer mayor con un carrito de compra en mitad de un paso de cebra. Se quedó inmóvil al ver al Fiat acercarse a tanta velocidad y con tan poco tiempo para maniobrar.

—¡Vincent cuidado! —llegó a gritar Nicole, que tenía una mano sobre el salpicadero y la otra sobre la puerta, para estabilizarse del ajetreo.

El detective varió la dirección del Fiat lo suficiente como para no chocar contra las farolas del arcén y para no atropellar a la anciana, aunque su carrito de compra fue embestido con voracidad, desperdigando por la calle toda suerte de verduras, frutas y bebidas.

—Ha faltado poco... —masculló Vincent, quitándose el sombrero y secándose el sudor.

A continuación tomaron un recodo hacia la derecha y otro hacia la izquierda, cuando unas sirenas policiales se dejaron oír en la calle paralela.

—Para el coche, Vincent. La policía nos ayudará...

—¿Acaso no te ha quedado claro que el que nos sigue es un inspector de policía? ¿Crees que sus subordinados nos defenderán? —replicó Vincent, intentando buscar una salida a esta frenética carrera—. Lo mejor será alejarnos un poco más y luego abandonar el vehículo, pero no aquí, donde hay tanta gente viéndonos.

Por desgracia para la pareja, mientras intentaban coger esa distancia ansiada, el Citroën que les estaba dando caza se dejó ver por una bocacalle que los situaba de nuevo tras ellos. Habían callejeado de forma eficiente para dar de nuevo con ellos.

—¡Maldita sea mi suerte! —gimió Vincent, acelerando de nuevo el Fiat en una peligrosa conducción.

Un disparo tronó en el aire, perforando la luna trasera y asentándose en el salpicadero, a unos centímetros del volante. Nicole se encogió en su asiento, mientras que Vincent se armaba de nuevo con su pistola para pegar dos tiros hacia atrás, guiándose por lo que veía en el retrovisor.

El Citroën aceleró de forma desbocada para acortar los escasos metros que le separaban del Fiat, condenándole a una prisión sin escapatoria al haber un camión cargado de arena delante, impidiéndole ganar terreno.

—¡Malditas ratas! —gritó Vincent, desentendiéndose del volante y sacando medio cuerpo por la ventanilla, para dar tres tiros hacia atrás. Una bala penetró en el capó del Citroën, haciendo que éste se quejara con un ruido a engranajes, otra perforó la luna delantera para asentarse en el sillón trasero, y la última impactó en el brazo del copiloto, haciendo que éste diera un grito esperpéntico mientras se encogía de dolor en su asiento. El conductor del Citroën sacó su pistola por la ventanilla y respondió con varias balas también, aunque Vincent se metió de nuevo en el interior del coche, esta vez con una sonrisa bien pronunciada.

—Toma, carga el revólver —dijo Vincent, tirándole la pistola a Nicole, que lejos de ser presa del miedo, superó sus temores y obedeció, cogiendo el arma y abriendo la recámara.

—¿Balas? —preguntó Nicole.

—En mi bolsillo derecho —respondió Vincent, evaluando subirse a la acera con un volantazo brusco, aunque el considerable número de peatones que transitaba suponía un riesgo muy grande.

Las sirenas policiales se dejaron ver en la distancia. Eran unos cuatro coches, los suficientes como para que Godo y Sebastien, el herido, se alteraran. No debían ser vistos ni implicarse en este tiroteo, pues Gastón Coutillard no los apoyaría si eran cazados.

—Larguémonos de aquí, Sebastien. La cosa no pinta bien —increpó Godo, mientras improvisaba un vendaje sobre su bíceps con un trozo de la chaqueta.

—Ni lo sueñes, esa cucaracha no se nos va a escapar ahora. La poli aún está lejos, tenemos unos minutos para abatirlos.

—Sebastien... es mejor vivir un día más que morir en el intento. Yo estoy herido y ese desgraciado no parece fácil de abatir.

—Te juro que va a lamentar haber pisado suelo francés — respondió Sebastien, apretando la marcha hasta golpear con el frontal de su coche al maletero del Fiat que perseguían, desestabilizándolo hasta en dos ocasiones.

Vincent no dejó pasar más tiempo y, tras evaluar la situación en la que estaban, se salió del carril por la derecha y se subió al arcén peatonal. Aminoró la velocidad y dejó el claxon presionado para alertar a cualquier viandante que estuviera transitando por ahí.

—¡Estás loco, Vincent! Loco de remate —suspiró Nicole, terminando de cargar la pistola y devolviéndosela al detective.

—Más vale esto a que nos cepillen en la carretera — respondió Vincent, mirando por el retrovisor como el Citroën se pasaba también a la acera.

Godo asomó de nuevo el cañón de su pistola y disparó una ráfaga de tres disparos, impactando una de ellas en la rueda delantera izquierda, haciendo que saltaran miles de chispas al rodar sobre la llanta del coche, pues el neumático se hizo jirones casi en el mismo instante de ser perforado. La dirección del coche se volvió mucho más rígida para Vincent, que intentó estabilizar como pudo el Fiat mientras esquivaba árboles, farolas, bancos, cabinas telefónicas y el resto de elementos públicos. Sin embargo, la calle llegaba a su término y, o seguían recto invadiendo un cruce del que no se veía si venía alguien, o giraban en un ángulo imposible para seguir por la acera. Vincent se agachó y puso su diestra sobre Nicole, indicándole que hiciera lo propio, y aceleró manteniendo el volante lo más recto posible, rezando para que no encontrarse con nadie en el cruce. Para su desgracia, no fue así, y una furgoneta color blanco con el logo de una empresa de electricidad embistió al Fiat por el lado derecho, empotrando el morro de su coche en la puerta de Nicole. El choque fue estrepitoso y muy sonoro, provocando que todos los vehículos y transeúntes que había alrededor se detuvieran en seco para intentar auxiliar a los heridos.

El conductor de la furgoneta partió la luna delantera con su cabeza como consecuencia del accidente, presentando una ominosa brecha de sangre bañando su frente. Vincent, por otro lado, no llegó a perder el conocimiento, aunque le costaba respirar al frenar la fuerza del golpe con su caja torácica sobre la puerta. Goterones de sangre resbalaban por sus fosas nasales, así como por su frente, haciéndole ver con poca nitidez.

—¿Nicole? ¿Me oyes, Nicole? —empezó a preguntar Vincent, intentando recobrar un poco la cordura.

Sebastien y Godo derraparon para evitar chocarse contra los dos coches accidentados. Por un instante, Godo quiso bajarse y rematar la faena, pero la multitud de gente que se iba acercando al lugar del siniestro para ayudar, así como la llegada inminente de la policía, le hizo cambiar de opinión. Tomaron la calle principal y se alejaron a velocidad constante, intentando pasar desapercibidos.

Vincent hizo un esfuerzo por alzarse y mirar hacia la derecha, donde le pareció ver a Nicole empotrada contra la luna delantera. Tenía su hermoso pelo rubio cubierto de sangre y varios cristales alojados en su fina piel. Sus ojos verdes permanecían abiertos de par en par, sin pestañear.

—¿Nicole? Dime algo, Nicole.

—¿Vincent? —susurró su compañera, sin mover ni un músculo de su cuerpo.

—No te preocupes, saldremos de esta. Tú aguanta, resiste por lo que más quieras.

El detective intentó levantarse, pero un dolor intenso le recorrió toda la columna vertebral desde la pierna derecha. Por un instante, la visión se le nubló.

—¿Vincent? —volvió a decir Nicole, con claros síntomas de estar moribunda.

—Estoy aquí, guapa. Pronto vendrán a ayudarnos, no te rindas, por favor, aguanta.

—¿Recuerdas a Altamira, Vincent? —siguió susurrando Nicole, dejando escapar un reguero de sangre de sus labios.

—Recuerdo todo, Nicole. Escucha eso, se oyen sirenas de policía, ya se acercan. Pronto estaremos a salvo.

—Altamira, Vincent… yo te envié esa carta.

Vincent guardó silencio, atenazado por un dolor continuo que le azotaba todo el cuerpo. Le costaba mantenerse lúcido y despierto.

—Jesús Altamira… era nuestro espía y esa carta nos la envió a nosotros. Cambiamos el nombre y pusimos un pseudónimo, el de tu vecino —confesó Nicole, escupiendo más sangre y siendo víctima de un temblor muscular—. Esa era la segunda trampa de las tres que te puse, ¿recuerdas?

—Pero… ¿por qué? ¿Por qué no me lo dijiste?

—Así lo dispuso mi jefe, Vincent. Nunca pudimos descodificarla y mi jefe optó por enviártela a ti, comenzando el juego. No podías saber…

De repente, Nicole dejó de hablar y su pesada respiración se detuvo. Vincent cerró sus dientes para soportar aún más el mareo, pero no pudo articular palabra alguna. Varias sombras y manos deformes palpaban a Vincent, que seguía llamando a Nicole entre susurros inaudibles. Oía voces robotizadas hablando en francés a su alrededor y muchas luces rojas y azules tintineando por todas partes. Un hombre con un bigote pronunciado le puso una especie de máscara mientras sentía como lo estaban levantando.

Poco después, Vincent perdió el conocimiento.

CAPÍTULO 12: AMISTADES FORTUITAS

Berlín, 18 de noviembre del año 1954

Durante dos días, Anthony y Marcos estuvieron retenidos en Berlín, justificando el tiroteo que sucedió en la casa donde se encontraban planeando el asalto a la mansión de Aldous Aschemacher. El ministerio del interior alemán se puso en alerta al encontrar algunos planos que no llegaron a quemar, dando por sentado que algo rancio se estaba fermentando entre las filas de los espías españoles, aunque Anthony supo desviar la atención de ese hecho, declarando que los rosacruces que los atacaron gritaron en alemán que el estado de Berlín no quería a gente de fuera como ellos, dejando en evidencia que eran enviados del propio ministerio. Anthony agregó también que uno de ellos, antes de morir, exhaló que habían muchos espías en Alemania, y que donde ellos fracasaron, otros lo lograrían. La embajada española no tardó en abrir diligencias contra Alemania, haciendo zozobrar la frágil tregua que en toda Europa se respiraba luego de tantos años de guerra. Un incidente como este podía abrir antiguas heridas, un hecho que tanto España como Alemania debían procurar que no sucediera. Por ello, se expedientó el caso, dejando escrito que un grupo independiente de terroristas antisistema atacó al grupo español.

A Marcos le pusieron el brazo en cabestrillo a causa de las heridas sufridas. Sufrió severos daños musculares en el hombro, aunque el hueso lo tenía intacto. Sin embargo, la pérdida de Elisa le supuso una herida irreparable en su alma. No concebía que ella ya no estuviera entre ellos, aportando ese lado femenino y seductor que tanto les inspiraba. Anthony, por su parte, no parecía sentirse afectado por ese hecho. Se le veía recto y preciso en su comportamiento, como era costumbre en él, aunque lo cierto es que lloró con dolor en privado el infausto fallecimiento. Anthony era un hombre que intentaba no reflejar ninguna duda o debilidad frente a nadie, ni siquiera frente a su grupo. Su ideal le obligaba a mantenerse siempre impávido ante cualquier circunstancia, no dando opciones a ser atacado por esa vía.

El cuerpo de Elisa fue deportado a España, aunque nadie sabría de su carrera como espía ni la razón por la cual murió. Era el peso que debían soportar por ser espías, el no ser reconocidos por nadie. Según se suscribió en la embajada, Elisa trabajaba en el ministerio del interior como adjunta a la secretaría y estaba de viaje por Berlín en viaje de placer, cuando fue atacada por un grupo radical de liberación. Su familia nunca sabría todos los sacrificios que ella llegó a hacer por su país.

El mismo día que el cuerpo sin vida de Elisa era subido a un avión con destino a Madrid, Anthony y Marcos recogían sus pasaportes de la embajada. Allí, el embajador José Rojas Moreno, les mostró su más sentido pésame por el suceso, mostrándose lo más servicial posible para que el viaje de vuelta a España fuera lo más apacible posible. Estaba claro que el embajador no sabía nada de la misión que ellos estaban llevando aquí, pero debía seguirle el juego hasta recibir algún dato más, justo cuando sonó con isistencia el teléfono del mismísimo embajador. Al descolgarlo, José solo llegó a decir dos monosílabos para luego mirar a Anthony y asentir, ofreciéndole el teléfono.

—Es para usted, del ministerio del interior. Supongo que para mostrarle su pésame en todo esto.

—Gracias, señor embajador —respondió Anthony, consciente de que eran nuevas órdenes—. Le agradecería, por favor, si me pudiera dejar un momento a solas.

—Sí, por supuesto, faltaría más —respondió el embajador, dirigiéndose hacia la puerta al instante—. Estaré en el despacho adjunto de mi secretaria, por si necesitan algo. Y por favor, llámenme José.

—Quedo agradecido, José —dijo Anthony, maquillándose con un semblante de dolor casi creíble—. Marcos, ve con él, si no te importa. Prefiero estar solo, ya sabes lo importante que era Elisa para mí.

Marcos no estaba seguro de lo que significaba eso, aunque a Anthony le bastó hacerle un gesto con los ojos señalando a José Rojas, para entender que quería que estuviera cerca de él.

—Sí, claro que sí, amigo. Estaré… estaré con el embajador aquí fuera.

Nada más salieron fuera, Anthony sacó su libro de anotaciones y un bolígrafo, y se dirigió al teléfono.

—Aquí Anthony. ¿Con quién hablo?

—Hola Anthony. ¿Es segura la línea?

—Sí, es segura. La otra línea está protegida por Marcos.

—No hemos tenido oportunidad de hablar antes, pero ya sabes que no es sencillo lidiar en este tipo de hechos. ¿Cómo estáis de ánimos? Y lo más importante, ¿el día os acompaña con un buen clima?

—El clima es caprichoso, con frío nocturno y nubes negras durante el día —respondió Anthony, reconociendo una de las frases que usaban como contraseña para saber que eran del mismo grupo. No obstante, Anthony quiso asegurarse—. ¿Y por ahí? ¿Cómo va todo? ¿Siguen sirviendo ese café tan malo en la cafetería del ministerio?

La voz al otro lado del teléfono titubeó unos segundos, aunque al final respondió sin dar lugar a dudas.

—Siguen echándole mucho azúcar, pero es potable.

—Perfecto. Os pongo al día de lo sucedido, pues. Eran rosacruces los que nos atacaron, aunque seguramente fueron contratados por el gobierno de aquí. No sé si saben algo de lo que andamos buscando, pero empiezo a pensar que sí.

—Entiendo. ¿El emplazamiento del manuscrito original sigue allí?

—Tengo mis dudas. De hecho Alberto está en París, siguiendo una pista con la que tropezamos en Tánger. Y cada vez tengo más certidumbre de que es allí donde se encuentra, y no aquí. Se mueven con mucha seguridad, es como si fueran a tiro hecho, como si tuvieran un mapa que les indicara todo.

—Estás hablando de ese tal Vincent Arcadio ¿correcto?

—Afirmativo. Va con una mujer que aún no tengo muy ubicada en todo esto, pero que parece que trabaja por libre.

—Explícame eso.

—Vincent es un detective privado y dudo mucho que esté llevando esta búsqueda por sí solo. Todo me lleva a concluir que ha sido contratado, presumiblemente por ella. Sé que se llama Nicole, pero poco más. Alberto es quien seguramente sepa más sobre ella.

—¿Y va por libre?

—Estoy casi seguro de ello. Se le notaba un acento francés muy marcado, mas dudo que Francia enviara a una espía suya a un sitio como Tánger para contratar allí a un detective privado. Ese no es el método de ningún gobierno. Lo que hacemos, lo hacemos nosotros, y no dependiendo de otros ajenos a la familia.

La voz por el otro lado no respondió nada, se mantuvo en silencio durante varios segundos.

—Vale, Anthony. Vamos a investigar más concienzudamente a ese detective privado, a ver si logramos entender su elección por parte de esa mujer. ¿Estáis operativos para seguir?

—Totalmente. Marcos está herido en el hombro, pero en un par de semanas se curará casi al completo. Me gustaría apartar la incursión a la mansión de Aldous Aschemacher a un segundo nivel de relevancia, y centrarme así en viajar a París.

—Para reunirte con Alberto ¿correcto?

—Afirmativo.

De nuevo se sucedieron varios segundos de silencio. Anthony suponía que la comandancia estaría debatiendo si era buena idea o no, además de sopesar los pros y los contras de frenar toda la investigación que se había realizado y que les llevaba a la hacienda de Aldous, para abrir un nuevo enfoque alrededor de un detective privado y de la francesa que lo acompañaba. Lo cierto es que parecía más una corazonada por parte de Anthony que una certidumbre a tener en cuenta.

—Anthony, me confirman que se te deniega el cambio de plan. Debes ajustarte al original. Nuestro centro de investigación es más fiable que cualquier investigación llevada a cabo por un detective privado.

—Negativo, comandancia. Me temo que no puedo seguir con el plan original, uno de mis compañeros está en París, otro herido en el hombro e inhábil para una incursión armada, y otra…

Elisa ya no está en el grupo, por defunción. Es imposible ejecutar esa orden por encima de un veinte por ciento de éxito.

—¿Cuántos refuerzos necesitas? ¿Dos agentes te vendrían bien para poder ejecutarla?

—Por lo menos dos, sí, aunque requeriría entonces un mes adicional para afianzar al grupo. Necesito conocer a esos agentes, saber cómo se desenvuelven bajo presión y hacerles entender el plan con entrenamientos. Tienen que memorizar la hacienda al completo, además de memorizar las ubicaciones de guardia, los lugares de escondite, los emplazamientos probables de localización y un largo etcétera. Además, todos los planos que hicimos fueron quemados o confiscados por la policía militar cuando entraron en la casa. Tendré que realizar de nuevo todo los planos.

—¿Un mes?

—Si queremos tener éxito, sí. Menos de un mes sería un intento arriesgado en el que podríamos acabar todos en una caja de pino y el gobierno de España puesto en tela de juicio.

—Aguarda un momento, Anthony.

Anthony sabía perfectamente cómo tenía que tratar con la comandancia para hacerles ver cuando un plan no era el idóneo. Si bien todo lo que les refirió era cierto, consideró exagerar y poner impedimentos adicionales para hacerles dudar y que así reconsideraran su viaje a París. Los agentes del SIAEM estaban perfectamente entrenados en labores memorísticas y de reconocimiento sobre el terreno, mas Anthony quiso sembrar la duda de que quizás podían fallar.

—¿Anthony? —dijo de nuevo la voz por el teléfono—. Enviaremos a otro grupo para el asalto. Considera dejar todo lo que averiguaste por escrito en la embajada, en una valija sellada.

—Así lo haré. Espero y deseo que tengan éxito.

—Sobre tu destino, consideramos que puede ser buena idea seguir el rastro en París que tan buenas vibraciones te da. Irás allí con Marcos y te reunirás con Alberto. Si ves que hay descubrimientos importantes, notifícalos y te iremos indicando nuevas órdenes.

—Entendido.

Sin decir nada más, la otra parte colgó, dejando a Anthony con una sonrisa de oreja a oreja. Estaba seguro de que Vincent y Nicole eran la clave en esta búsqueda. Lo único que lamentaba es no haber actuado antes, pudiendo estar Elisa aún con vida. Los remordimientos eran muy pesados, aunque él sabía perfectamente que estaba preparado para soportarlos. Había sido entrenado para ser el mejor, un espía perfecto e incorruptible.

Al día siguiente, tanto Anthony como Marcos amanecieron en París. El avión nocturno que tomaron tardó un par de horas hasta llevarles el aeropuerto de la capital francesa. Aun siendo muy temprano, ya había movimiento por la zona, con muchos viajeros ataviados con grandes maletones dirigiéndose a las ventanillas o a las terminales de franqueo. También había mucha presencia policial, guardias militares uniformados de color verde con pesadas metralletas ancladas sobre sus hombros. Era época de paz, pero aún era muy pronto como para sentirse a salvo de posibles represalias de fuera.

Anthony se manejó como pudo en el idioma francés para coger un taxi e indicarle que les llevara a la estación central de trenes, donde Alberto les estaría esperando. Justo antes de salir de Berlín, les dejó un mensaje en el hotel donde él se alojaba, indicándole que les esperaría en la estación.

Las calles de París estaban algo solitarias a esas horas, aunque algunos comercios ya estaban empezando a abrir sus pesadas puertas metálicas, sobre todo las cafeterías que daban sustento de café a los trabajadores más madrugadores. Varios grupos de jóvenes estaban haciendo pintadas sobre un muro, conformando una protesta contra el sistema gubernamental regente. En los callejones más apartados y oscuros se podían ver coches aparcados, en cuyos interiores se adivinaban figuras moviéndose. La prostitución era un negocio que nunca tenía altibajos, de eso no cabía duda.

Finalmente llegaron a la estación central. Nada más bajarse del taxi anduvieron hasta la puerta principal, buscando con la mirada a Alberto. Hacía un frío húmedo y mordaz que aprovechaba cualquier zona de la piel no cubierta para colarse y provocarte escalofríos persistentes, por lo que, ambos agradecieron el poder estar más calientes en el interior de la estación.

—¿Un café? —preguntó Anthony a Marcos, dirigiéndose hacia una cafetería que había dentro de la misma estación.

—Sí, bien caliente —respondió Marcos, con la bufanda enrollada hasta cubrirle incluso la nariz.

Anthony podía pasar perfectamente por un nativo de allí mientras no abriera la boca, pues tenía el perfil y los modos de un parisino. Era delgado, de semblante lánguido y avispado, con ojos claros y pelo rubio que le colgaba lacio en un corte formal. Sin embargo, cuando abría la boca quedaba patente que era foráneo. Se hizo entender como pudo para que le sirvieran dos cafés con azúcar en vasos de plástico, cuando vio al fondo del pasillo como Marcos y Alberto estaban charlando, mientras se encendían un cigarrillo de celebración.

Anthony pagó y cogió los cafés, cuando el camarero insistió en darle unas monedas como cambio. Anthony negó con la cabeza para que se las quedara, pero el camarero que le sirvió puso cara seria y le dijo algo que no llegó a entender, volviendo a mostrarle las monedas de vuelta.

«Tú te lo pierdes, desgraciado», se dijo a sí mismo, recogiendo el cambio con la mano izquierda mientras hacía malabarismos con la diestra y los dos vasos de café.

Anduvo hacia sus compañeros, en la entrada principal, para detenerse a escasos metros, donde una muchacha harapienta mostraba un vaso de plástico vacío para que le dieran limosna. Anthony depositó ahí todo lo que tenía en su mano, asintiéndole con la mirada, a lo que la mujer le sonrió con ojos tristes y le dijo algo ininteligible que Anthony adivinó como *"gracias"*.

—¡Aquí está nuestro capitán! —gritó Alberto, fundiéndose en un abrazo con Anthony, que de nuevo tuvo que hacer acrobacias para no dejar caer los dos vasos que traía.

—Hola Alberto… gracias por venir a recogernos. Ya sabes que… bueno, que no dominamos mucho el idioma de aquí y… bueno, gracias por venir —le dijo Anthony, algo carente de su lucidez habitual. Algo estaba revoloteando en su cabeza de forma insistente, aunque ni él sabía qué era.

—Supongo que este será para mí —dijo Marcos, cogiendo uno de los cafés y dándole un sorbo reconfortante.

—Sí, perdona. Estaba pensando en otra cosa. ¿Quieres éste? —respondió Anthony, ofreciéndole el otro vaso a Alberto.

—Pues mira, sí, te lo agradezco. Oye, ¿dónde está Elisa? ¿La habéis dejado en Berlín?

Anthony y Marcos se miraron con complicidad, bajando la mirada y negando con la cabeza.

—Voy a por otro café para mí —dijo Anthony, interrumpiendo la incómoda escena y dirigiéndose de nuevo hacia la cafetería.

—No me digas que... —dijo Alberto, entristeciendo su rostro—. No, joder... no me lo creo...

—Entraron en nuestra casa franca y nos sorprendieron. Eran rosacruces, o algo así.

—¿Rosacruces? ¿Qué mierda es eso? ¿Un grupo musical o qué? Pero aún está viva ¿verdad?

—No, le dispararon en el vientre con una escopeta. Murió al instante.

—Hijos de perra... malditos bastardos... —maldijo Alberto, mientras se sentaba en un banco de la estación y le daba fuertes caladas al cigarrillo.

Anthony llegó de nuevo a la barra de la cafetería y pidió otro café. A su vera, estaba la muchacha de antes, devorando un bocadillo de pan con mortadela que le habían servido. Miró con inocencia a Anthony, aunque borró rápidamente ese semblante para bajar las cejas y alejarse de él. Se la veía temerosa, algo lógico si era un mendigo o una prostituta de la calle, aunque vestía con ropajes algo innaturales para tales hechos. Se veía que eran vestidos buenos, aunque se presentaban sucios. Luego llevaba un bolso que a Anthony se le antojó caprichoso en ese entorno. Justo entonces, cuando miraba su bolso, abrió sus ojos de par en par y se percató de lo que le andaba revoloteando por la cabeza con tanta insistencia. A veces le sucedía que veía u oía algo a lo que inicialmente no le daba importancia, pero su subconsciente lo procesaba y lo retenía con solidez tras tantos años de entrenamiento.

—Perdona, ¿hablas mi idioma? —le preguntó, presentando sus dos palmas a modo de tranquilidad.

—*Sprechen Sie Deutsch?* —le respondió la muchacha, dejando claro que era alemana.

—¿Tú, alemana? —insistió Anthony, rascándose la cabeza ante su impotencia—. Yo, Anthony. Anthony.

—¿Anthony? —respondió la mujer, señalándole a él con una sonrisa algo forzada.

—Eso es, Anthony. Mira, ¿quieres comer algo más? ¿Quieres comida? Ñam, ñam.

—*Ja!* Ñam, ñam!

—Sí ¿eh? —replicó el espía español, llamando la atención del camarero para que le sirviera a la mujer otro bocata de mortadela, mientras volvía de nuevo a hablar con ella—. Eso que llevas ahí, en el bolso, esos papeles que se asoman…

—Mío, eso mío —respondió la mujer, cerrando el bolso.

—¿Hablas entonces mi idioma? ¿Me comprendes?

—Poco, muy poco.

—Esos son los números de Beale ¿verdad?

La mujer miró con recelo a Anthony, juntando sus cejas con duda. Cogió el nuevo bocadillo que el camarero le sirvió, para volver a fijar la mirada de nuevo en Anthony, a quien le asintió.

—*Ja, Beale Zahlen.*

—¡Eh! ¿Todo bien? —interrumpió Marcos, que se acercó con Alberto al ver que su compañero tardaba tanto en regresar.

—Sí… sí… —respondió Anthony, agradeciendo que Alberto estuviera aquí—. Necesito de tus dotes políglotas, Alberto. Esta chica habla alemán, necesito que le preguntes por qué lleva los números de Beale entre sus pertenencias, que no me cuadra eso.

—¿Números de Beale? ¿Qué es eso? —preguntó Alberto.

—Tú limítate a preguntárselo, por favor. Es mera curiosidad, pues me resulta extraño que una mujer de la calle tenga ese tipo de documentos.

—Está bien, dame un momento —replicó Alberto, dirigiéndose a continuación a la mujer en un perfecto alemán—. Hola, soy Alberto y este es mi amigo, Anthony. Le ha parecido ver que tenías algo llamado los números de Beale en tu bolso, ¿es correcto?

—¿De dónde sois? ¿Qué queréis? —respondió la mujer, con claros síntomas de miedo.

—No debes preocuparte, no queremos hacerte daño. Es solo curiosidad. Somos… somos historiadores españoles y viajamos por toda Europa recabando distintos hallazgos que vamos haciendo sobre el pasado.

—¿Y cómo sabéis lo que son los números de Beale?

—Si te soy sincero es la primera vez que los oigo, pero aquí, mi colega Anthony, es un doctor de las letras y los números, un cerebro único que lo estudia todo. Es él quien se ha percatado de eso.

—¿Va todo bien? ¿Qué te está diciendo? —quiso saber Anthony, obteniendo una palma abierta por parte de Alberto para que guardara silencio y no se impacientara.

—Me llamo Faiga Arzer y trabajo... trabajaba en la Universidad libre de Berlín como adjunta a mi tutor. Le ayudaba en un trabajo de descodificación, del que se supone que nadie debía saber nada.

—Pues estás un poco lejos de Berlín. ¿Acaso has robado esos documentos para venderlos aquí? Tú profesor no se va a poner muy contento... —dijo Alberto de forma sarcástica.

—Lo mataron. Mataron a todos... a él, a mis padres... y me querían matar a mí también —respondió Faiga, dejando derramar varias lágrimas sinceras.

De repente, y provocando que Marcos casi desenfundara su arma, Faiga se echó hacia Anthony, poniéndole ambas manos sobre el vientre y gimiéndole que la ayudara. Le imploraba como si su vida estuviera en juego.

—¿Qué...? ¿Qué está diciendo? ¿Qué le has dicho, Alberto?

—Mataron a sus padres y a su tutor en la Universidad donde trabajaba. Parece ser que sí son esos números de Beale que dices. Ese era el proyecto que llevaban a cabo, supuestamente en secreto.

—¿Quién los mató? ¿La policía alemana?

—Todos... *deutsch polizei und* más gente —respondió Faiga, en un castellano parco en palabras—. Ayuda, por favor, ayuda. Tú ayuda, por favor.

—Anthony, no sé qué interés tiene esta furcia para nuestros planes, pero va siendo hora de largarnos de aquí y ponernos al día con Vincent ¿no crees? —exclamó Marcos, algo hastiado de la situación.

—No dirías eso si supieras qué representan esos números, así que guarda silencio y mantente calladito —le replicó Anthony, dirigiéndose a continuación a Alberto—. Dile que la ayudaremos, que no tenga miedo. Cálmala un poco y que te cuente qué hace aquí, en París.

—¿Estás seguro de esto, Anthony? —respondió Alberto, abrazando más el pensamiento de Marcos—. ¿Ves alguna relación con nuestro caso? Porque te recuerdo que estamos en misión oficial, y no de viaje de turismo.

—Vamos a ver, pandilla de ignorantes. No espero que os mantengáis informados de todo lo que sucede por el mundo, pero sí que sepáis oír a quien lo hace. Thomas Beale, hace más de cien años, escribió tres hojas repletas de números, algo incomprensible para prácticamente todo el mundo. Sin embargo, antes de morir, declaró que en esas tres páginas había dejado escrito la localización de un tesoro de incalculable valor. No sé si tiene algo que ver con el códice que andamos buscando o no, mas no pienso dejar ir a una fuente tan importante y trascendente como esta.

Alberto bajó la cabeza en sumisión.

—Mi amigo, Anthony, desearía saber algo más de ti. ¿Cómo es que estás aquí, en París? ¿Por qué crees que te persiguen? ¿Avanzasteis mucho en la investigación? —dijo Alberto, retomando la conversación con Faiga.

—Me siguen porque logramos avanzar mucho, aunque aún no sé bien en qué. Hui de Berlín cuando vi que mataron a mi profesor y a mis padres, además de que querían ir a por mí. No sé quiénes eran, pero controlaban incluso a la policía, por lo que, imagino que son personas de altas esferas. Os compartiré todo lo que sé si me dais dinero y alojamiento para un par de meses, os lo ruego.

—Quiere hacer un trato, Anthony. Nos dirá todo lo que sabe sobre esos números si le damos sustento por dos meses —resumió Alberto a su grupo de compañeros.

—Primero debemos saber qué información nos puede dar. Si no recuerdo mal, la segunda página fue descodificada. Era allí donde precisamente se decía la cuantía del tesoro, de más de sesenta millones de dólares. La página uno es la importante, pues dictaminaba el emplazamiento del tesoro, mientras que la página tres decía quiénes eran los herederos o dueños legales de ese tesoro.

—Joder, Anthony. ¿Cómo puedes saber todo eso? —exclamó Marcos, totalmente hipnotizado por el derroche de sabiduría de su amigo.

—Será mejor que nos sentemos en una de estas mesas —invitó Alberto al grupo—. Por lo que veo esto nos va a llevar rato.

Durante más de una hora y varios cafés, Faiga estuvo contándoles que, si bien Gilbert y ella no habían descodificado los otros dos pergaminos, sí habían avanzado por un sendero bastante acertado. Se la veía una mujer muy despierta y de mente vivaz, algo que Anthony supo ver desde las primeras conversaciones. Era notorio que estaba nerviosa y que buscaba como fuera posible que la ayudaran, aunque entre tanto lamento y desasosiego se dilucidaba a una mujer con mucho que ofrecer.

Al final, Anthony sorprendió a todos con su sentencia. Aceptó ayudarla si venía con ellos. Mantuvo la acertada excusa que Alberto le contó, que eran historiadores en busca de enriquecer el legado del pasado, y añadió que mostraban un interés personal en el ocultismo y los acertijos extraños, como en los números de Beale y el códice de Voynich. Para sorpresa de todos, Faiga reconoció el nombre de ese manuscrito, algo que incrementó aún más el interés de Anthony hacia ella. Faiga intuía que había algo extraño en el trío, algo que le estaban ocultando, pero su precaria situación no era como para desaprovechar una oportunidad tal a la que le estaban brindando. La iban a acoger, dándole ropa, comida, alojamiento e incluso dinero por trabajar con ellos, un auténtico milagro que no terminaba por creerse.

Alberto y Marcos debatieron con Anthony durante todo el trayecto hasta el hotel acerca de esta nueva incorporación al grupo. Solo veían inconvenientes, tales a que solo sabía hablar alemán, que no podían compartir el secreto de la misión con una desconocida e incluso que resultaba poco racional confiar en alguien solo porque tuviera esos pergaminos del código Beale en su bolso. Parecía más un capricho que un acto sensato, aunque Anthony se limitó a responder que él sabía lo que hacía, que él estaba al cargo de la misión y que debían acatar su voluntad. Lo cierto es que ni él mismo veía claro todo esto, aunque había algo en esa muchacha que le inspiraba seguridad. Quizás fuera su mirada sincera e inocente, o quizás su fecunda inteligencia, aunque tenía bien claro que tampoco podía confiar ciegamente en ella. Debía ser cauto.

El hotel Royal Monceau-Raffles se presentó como un paraíso ante los ojos de Faiga, nada acostumbrada al lujo que se respiraba entre esas paredes. El edificio estaba ubicado en la gran avenida de Hoche, en el mismo centro de la ciudad, siendo un emblema del romance y el glamour parisino. Destacaban los lujosos salones de juego, su exclusiva galería de arte privada District y las clamorosas habitaciones, decoradas con mucho esmero y encanto. Se sintió algo incómoda cuando se percató que su habitación estaba anexa a la de Anthony por una puerta, aunque no le sorprendió del todo que la quisieran mantener vigilada, dadas las sospechas que atesoraba hacia ellos.

—Tanto mis amigos como tú nos juntaremos en el salón Glotier dentro de una hora —le dijo Alberto—. Dúchate, vístete y péinate. Ya hemos avisado al hotel para que te traiga un par de vestidos, ropa interior y abrigos.

—Quedo muy agradecida —respondió de forma escueta Faiga, admirando la calidad de los detalles que se respiraban en la habitación.

—Espero que no te moleste que esa puerta comunique con la de Anthony. Es por tu seguridad, ya sabes, una alemana joven como tú puede ser objetivo de todo tipo de gentuza.

—Sí, claro… lo entiendo —proclamó Faiga, devolviéndole una mirada pícara a Alberto—. Entonces ¿dentro de una hora abajo? ¿Salón Glotier?

—Eso es, salón Glotier.

—¿Y ahí me contaréis vuestro interés real en mí?

—¿A qué te refieres con real? Ya te hemos dicho que…

—Agradezco mucho todo lo que estáis haciendo por mí, pero eso de que sois historiadores en busca de legados pasados es lo más absurdo que he oído en toda mi vida.

—¿No tenemos pinta de historiadores? ¿Qué crees que somos? ¿Camorristas? ¿Mafiosos?

—Dímelo tú —respondió Faiga, armándose de valor para intentar saber más—. ¿Te puedo hacer una pregunta sencilla? Es algo que todo historiador que esté excavando en este país sabría. En la guerra de los Cien años que azotó a Francia, ¿qué figura emblemática liberó a Orleans del azote inglés?

Alberto la miró de pies a cabeza, desviando su rostro hacia Anthony, aunque antes de que pudiera decir nada, Faiga le volvió a increpar.

—No, por favor, dímelo. Dime quién fue esa figura de la que te estoy hablando. No le preguntes a él ni a nadie. ¿Acaso no lo sabes? ¿No sabes algo tan importante en la historia francesa?

—Yo soy un adjunto de Anthony, un iniciado en todo esto.

—¿Pasa algo, Alberto? —preguntó Marcos, al ver que el tono entre los dos se caldeaba.

—No, no pasa nada, solo que…

—¿Un iniciado? —interrumpió de nuevo Faiga, clavando ahora su mirada en Anthony—. Está claro que no sois nada de lo que decís, pues unos historiadores no irían por ahí con pistolas en su pechera. Tampoco he visto ni un solo libro en vuestro haber, algo inusual según vuestro oficio, además de que no tenéis ni idea de historia. ¿Qué eres un iniciado? Vale, perfecto, pues dime qué trabajo estáis llevando a cabo, qué historia habéis venido a buscar.

—Yo… es…

—Era una pregunta retórica —interrumpió de nuevo Faiga—, pues está claro que no hay trabajo alguno de esa índole. Se os ve a leguas que sois policías secretos, aunque no me queda claro en qué os puedo ayudar.

—¿Qué pasa, Alberto? —dijo con voz calmada Anthony, devolviéndole la mirada acusadora a la que Faiga le sometió.

—Pues… que empiezo a entender por qué has querido adoptar a esta chiquilla. Nos ha calado.

—Ya veo. No pasa nada, dile que le pondremos al día abajo, en el salón.

—¿Estás seguro, Anthony? Esta niña es más despierta de lo que parece y nos podemos meter en un buen lío si se va de la lengua.

—No te preocupes, sé cómo tengo que lidiar con ella.

—Pero ¿y si luego…?

—No habrá luego para ella, Alberto. Cuando vea que no resulta útil para nuestra empresa, la dejaremos descansar al fondo del río —sentenció Anthony, mientras sonreía a Faiga, quien de forma recíproca, le asintió con otra sonrisa—. No pueden quedar cabos sueltos.

CAPÍTULO 13: CAMBIOS EN LA CÚPULA

París, 20 de noviembre del año 1954

El día se presentaba oscuro, con nubes plomizas techando toda la ciudad entre regueros de lluvia que crepitaban con fuerza en las ventanas del hospital Salpétriére. Vincent parpadeó repetidas veces antes de adecuar sus pupilas a la luminosidad del ambiente. Sentía sus extremidades muy pesadas y un cimbreo en la cabeza que se acentuaba cuando giraba el cuello hacia cualquier lado. Un ventilador ubicado en el techo daba vueltas lentas para airear la habitación, saturada de humo de tabaco negro que creaba sombras fantasmagóricas sobre las paredes. Una bolsa de líquido transparente alimentaba el cuerpo maltrecho del detective por una vía enganchada en su brazo derecho y tapada con un esparadrapo, lo que le provocaba un escozor por dentro del brazo.

—Buenos días, señor Arcadio. Me alegra verle de nuevo en el mundo de los vivos —dijo una voz conocida por Vincent, pero a la que no terminaba por poner rostro. Le llegaba todo muy distorsionado, como si estuviera buceando bajo el agua.

—¿Hola? —dijo Vincent, carraspeando con fuerza mientras intentaba controlar su alocada respiración.

—Hola, señor Arcadio. ¿Me oye?

—Sí, le oigo, le oigo. ¿Quién es?

Las luces de la habitación se encendieron cual relámpago deslumbrante, dibujando varios muebles que antes se ocultaban en la oscuridad, tales a un par de sillones alrededor de una mesa de cristal, dos estanterías decoradas con diversas estatuillas, un armario blanco de puerta corrediza y una silla de madera recia sobre la que reposaba un hombre de talla media y pelo corto, aunque al estar a contraluz de la ventana, apenas podía distinguir bien quién era. Detrás del mismo, se podía ver a otra figura levantada, un hombre de mirada recta y vestimenta pulcra, ataviado con un abrigo de corte clásico con solapas anchas y alargadas.

—Soy Gastón Coutillard, inspector de policía asignado a su caso. ¿Se acuerda de mí, Vincent? Me vio en el hotel André Gill hace unos días.

—No tengo ni idea de quién eres, Gastón, ni he estado nunca en ese hotel.

—Se ve que el golpe le ha provocado amnesia, aunque ya irá recordando todo —replicó el inspector, denotando ironía en sus palabras—. Tengo todo el tiempo del mundo hasta que se recuperes, amigo Vincent.

—¿Se puede saber quién mierda eres y qué mierda quieres de mí? —exclamó Vincent, volcando toda su ira—. Lárgate de aquí y no sigas acosándome, empiezo a hartarme de tenerte siempre olisqueándome la bragueta.

—¡Ah...! Así que no me ha olvidado del todo ¿eh? —pronunció el inspector con soberbia, levantándose de la silla y acercándose más a Vincent—. Pues entérese usted que no pienso apartarme de su vera, pienso ser su sombra de día y de noche hasta que confiese lo que ha venido a hacer aquí.

—¿Acaso es un delito viajar a esta mierda de ciudad y hablar con gente de mierda como tú? —replicó Vincent de forma grosera, afilando más sus sentidos y notando como las fuerzas iban invadiendo de nuevo su maltrecho cuerpo, asentándose en sus músculos.

—Es un delito llevar arma y usarla en la vía pública, como usted ha hecho. Es un delito acceder a un museo y robar algo de sus vitrinas. Es un delito faltar el respeto a la autoridad cuando le está hablando. Y es un delito la conducción temeraria que ha llevado a cabo por las calles de París. Es suficiente como para empapelarle en una celda de dos metros cuadrados junto a un par de presos con un mono de droga de más de una semana. Quién sabe, igual encuentra usted allí un nuevo rol como puta de los presos. ¿Se le da bien agacharse para que otro hombre disfrute?

En cuestión de segundos, Vincent agitó su brazo izquierdo y aferró al inspector por el cuello con una fuerza inusual en un convaleciente. Gastón intentó separarse del detective tirando con sus manos del rígido brazo que le apresaba, pero era como una tenaza de acero. Tiró del brazo, le golpeó en el torso hasta dos veces y le empujó para intentar verse libre, pero todo era en vano. Vincent le tenía agarrado con una fuerza descomunal, cuando su otro brazo apareció también en escena, asentándose sobre la mandíbula del desgraciado inspector. Justo entonces, la boca de una pistola se asentó sobre la sien del detective.

—Suéltalo o no habrá cama ni hospital que pueda juntar tus sesos de nuevo —le dijo de forma amenazante el hombre que acompañaba al inspector, el que encendió la luz de la habitación. Vincent, miró de soslayo la pistola y aflojó sus brazos, haciendo que Gastón se echara hacia atrás con la piel enrojecida. Estuvo tosiendo varias veces antes de sentarse de nuevo en la silla para tomar una profunda bocanada de aire, aunque toda la habitación estaba plagada de humo de cigarrillos.

—Añado a sus cargos intento de asesinato a un inspector, señor Arcadio… Me lo ha puesto fácil, muy pero que muy fácil.

—Déjate de amenazas y dime qué mierda quieres. Llevas fastidiándome desde que pisé esta puñetera ciudad, así que habla, dime qué necesitas. ¿Acaso te has cansado de vivir y quieres que te envíe al otro barrio? ¿O es que eres un bastardo engendrado por una puta y buscas a un detective como yo para que averigüe quien era tu padre?

—Puede usted reírse todo lo que quiera, señor Arcadio, pero no va a conseguir lo que busca. No va a irritarme. Tendrá la paliza que tanto desea, se lo aseguro, pero antes me dirá qué significa este trozo de madera que cogió en Versalles y qué está buscando en París.

Vincent se quedó callado unos segundos analizando esa pregunta con detenimiento, pues Gastón le estaba dando más información de la que parecía. Él sabía que Gastón y ese espía español iban juntos en su cacería, y que no le había dicho nada acerca del códice buscado. Ya había oído antes este tipo de servicios policiales en los que la policía debía escoltar a los agentes de otros países para que éstos llevaran a cabo sus misiones secretas. Solo se informaba a los altos cargos, pero nunca a los agentes de campo.

—¿Eres un inspector de policía y no te han dicho por qué debías darnos caza? Pobre idiota… me estás ejecutando sin saber ni siquiera la razón.

—¡Ya te he dado muchas razones! —rugió Gastón, levantándose de nuevo del asiento y encendiéndose un cigarrillo—. ¡Eres un peligro público! Un delincuente perseguido también por el gobierno español. ¿Acaso no ha quedado patente en todos los delitos que se te acumulan?

—Ya… y me dejas libre si te cuento qué hago en París ¿es eso?

—¿Libre? ¿Quién ha dicho nada de libre? —respondió Gastón, jactándose al unísono con René, su acompañante—. Digamos que no te haré la vida imposible durante tu arresto y las noches que pasarás en las celdas de la comisaría.

—Pues ya estamos tardando en ir a comisaría. Eso sí, no dudes lo más mínimo en que tengo buena memoria para los chacales como tú.

—¿Más amenazas, señor Arcadio?

—Tengo de sobra, señor bastardo.

Gastón hizo un gesto recto a René para que esposara a Vincent y le pusiera el abrigo por encima. Le quitaron la vía de suero de un tirón y lo empujaron para que anduviera descalzo hacia la puerta. No iban a darle ninguna concesión.

—Ahora vas a saber lo que es bueno, valiente. No olvides que ahora estás en Francia, y aquí aplicamos unas normas muy distintas a las que estás acostumbrado en España.

René abrió la puerta de la habitación, presto para salir ya, cuando de frente se encontró a tres hombres con anteojos y peinados muy pulcros, con la raya a la derecha. Sostenían un par de maletines oscuros, algún que otro libro de portada rugosa y paraguas de empuñadura de caoba. Detrás de ellos, la voz de Olivier Buyon se abrió paso de forma refrescante para Vincent.

—¿Inspector Coutillard? ¡Qué casualidad verle por aquí! Permita que le presente a los integrantes del bufete de abogados Bouche Noire que me representan a mí y a mi buen amigo, el señor Vincent Arcadio.

Gastón y René se miraron sin saber bien qué decir o qué hacer, pues era bien conocida la autoridad que manejaba Olivier merced a la fortuna que ostentaba. No había rama política, judicial, policial o gubernamental en la que no tuviera algún contacto.

—Buenos días, señor Coutillard —tomó la palabra uno de los escuálidos abogados—. Por la presente, mi cliente el señor Vincent Arcadio, estipula delitos de coacción por su parte, así como haber sido víctima de una persecución intrusiva durante días, sin existir ningún documento de búsqueda y captura en las dependencias policiales, tanto en las españolas como en las francesas. Así mismo, se le acusa de ser el máximo causante del homicidio de la señorita Nicole Bachir, al golpear repetidas veces su vehículo hasta provocar que se chocaran contra otro en una intersección. Dichas acusaciones, así como las derivadas, se harán efectivas si continúa usted con esta extorsión hacia mi cliente.

Gastón emitió una sonrisa torcida hacia Olivier mientras le asentía con la cabeza repetidas veces, como si fuera un tic.

—¿A esto se dedica ahora, señor Buyon? ¿A cobijar a delincuentes? Supongo que tendrá pruebas de todo lo que se me acusa, ¿cierto?

—No se imagina cuantos testigos hay en esta ciudad deseosos de declarar lo que vieron, señor Coutillard —le respondió Olivier, manteniendo la compostura de forma impecable.

—Ya… imagino que muchos. Sabe usted que esta guerra no la va a ganar, ¿verdad? No voy a necesitar mucho tiempo para hacerme con la orden de arresto que requiero.

—Adelante pues, hágalo, señor Coutillard. Consiga esa orden y arreste a quien tenga que arrestar, pero no siga tratando a mi amigo como si fuera un trapo.

—Es curioso, ¿sabe? Recuerdo que cuando nos vimos en su casa me dijo que este tipo era el amigo o la pareja de esa Nicole, alguien sin importancia para usted. Pero ahora recurre a su armada de abogados para protegerle. ¿No es mucha molestia para un simple desconocido?

—Tengo mucho tiempo libre y odio las injusticias, señor Coutillard —respondió Olivier, dibujando una sonrisa de oreja a oreja en su rostro. Gastón maldijo en silencio mientras se ponía el sombrero e indicaba a René que liberara de las esposas a Vincent.

—Nos vamos, pero nos volveremos a ver —dijo a modo de despedida el inspector.

—¡Un placer volver a verle, señor Coutillard! —exclamó Olivier a modo de despedida jocosa, para luego centrarse en Vincent, que desde que le quitaron las esposas, se sentó en la cama con ambas palmas tapándole el rostro—. ¿Te encuentras bien, Vincent? Lamento no haber llegado antes, pero tenían muy bien oculto tu paradero. Era información clasificada, desde el nombre del hospital hasta el número de la habitación, como si fueras un dictador perseguido o un terrorista mundial, jajaja. Pero no hay candado que yo no... ¿Vincent? ¿Estás bien?

El detective aflojó sus manos lentamente para mostrar un rostro compungido y llevado por la tristeza más amarga. Las espesas lágrimas le bañaban los párpados y los carrillos con pesadez, provocándole una languidez que se respiraba en el ambiente.

—¿Nicole...? Ella me habló... estaba viva... —dijo Vincent, tropezándose una y otra vez con sus propias palabras.

—No pudieron hacer nada por ella, Vincent. Varias fracturas en el cráneo la condenaron a una muerte inevitable. Lo siento mucho, créeme, la conocía desde hacía mucho tiempo y lamento su muerte como si fuera mi propia hija.

—Ella no se merecía acabar así... yo... fue por culpa de esos malnacidos —replicó Vincent, enrojeciendo su rostro por el creciente enfado—. ¡Te juro que lo van a lamentar, Olivier! Voy a coger a ese inspector de pacotilla y a las cucarachas que van con él, y los pienso torturar hasta que supliquen morir.

—Cálmate, Vincent. La ira no es buena consejera en el estado en el que te encuentras. Necesitas recuperarte de tus heridas y digerir el trágico suceso que aconteció a Nicole. Ella sabía a lo que se exponía con la búsqueda que lideraba, sabía perfectamente que esto podía sucederle.

—No me conoces, Olivier. Yo no digiero estas cosas, las vengo.

—¿Eres un reputado detective o un camorrista?

—¿Reputado? ¿Yo? No me hagas reír, por favor.

—Verás, Vincent, no estoy aquí ni para hacerte reír ni para consolarte, que quede claro. Estoy aquí porque Nicole era una buena amiga, como te dije antes, y creo que le debo el continuar con su legado. Ella dio la vida por encontrar ese manuscrito para descodificarlo, y a eso pienso dedicarme yo a partir de ahora. Ella se merece ese regalo póstumo, ¿no crees?

—Se merece justicia, Olivier, no reconocimientos. Pero no te preocupes, que de eso me ocuparé yo.

—No quería llegar a esto, pero no me dejas elección... tendré que presentarte las cosas como las veo yo, de forma objetiva. Sí, ella ha muerto, pero no solo ha sido por culpa de quienes os venían persiguiendo, sino también por culpa de quien conducía vuestro vehículo, es decir, tú. Aquí todos somos culpables, incluso yo, pues os acogí cuando llegasteis aquí y os oculté, favoreciendo que ocurriera lo que ocurrió. Pero yo, a diferencia de lo que tú haces, no me debato en rabia y deseos de venganza fútiles, Vincent. Intento que su nombre y su existencia sean recordadas como merece, unidas a un descubrimiento único.

—Olivier... agradezco mucho la ayuda que me has prestado, de corazón te lo digo, pero creo que esta conversación no nos va a llevar a ningún lado. Respeto tu forma de pensar, aunque no comparto tus ideales. Tengo un camino ya en mente y nadie va a cambiarme de parecer.

—Lamento oír eso. Yo pensaba contratarte para continuar con la búsqueda que Nicole estaba haciendo. Estuviste con ella el tiempo suficiente como para saber más que nadie acerca de ese códice, además de que estabais ya tras él en una pista bastante segura ¿me equivoco?

—Sí... bueno, eso creo. Ahora te doy todo lo que teníamos y ya lo administras como veas. Y si admites un consejo, deberías reclutar a matones armados.

—¿Entiendo que rechazas mi oferta?

—¿De verdad crees que estoy para continuar con este caso?

—¿Y para qué estás, si puede saberse? ¿Para auto inculparte en una venganza que nunca vas a poder consumar? ¿De verdad vas a ir contra un inspector de policía y varios de sus agentes? ¿Y luego qué? ¿De vuelta a tu casa en Tánger, para ocuparte de casos de celos entre ricachones? ¿Acaso no intentas prosperar en tu vida?

Vincent guardó silencio, cerrando los ojos con impotencia antes las verdades que Olivier le presentaba. Estaba empezando a aceptar que sus deseos de venganza eran algo utópicos y que su vida se resumía en una palabra: aburrimiento. A sus treinta y nueve años seguía con un trabajo nada regular y con una cuenta corriente bajo mínimos. Hablar de esposa, hijos y familia era ya soñar.

—¿Qué me propones? —le dijo a Olivier, fijando su mirada a un punto imaginario a través de la ventana.

—Te propongo que trabajes para mí. Dispondrás de recursos para viajar y moverte, y te pagaré más de lo que ganarías en un año en Tánger. Lo único que te pido es que me mantengas informado de tus descubrimientos para saber si vamos por buen camino o si estamos en punto muerto. No te ofendas, pero creo que mi conocimiento de la historia es bastante superior al que puedas tener tú, y me gustaría ser yo quien te asesore y guíe en tus andanzas.

—¿De cuánto dinero estamos hablando?

—Un hombre práctico… —señaló Olivier, cruzando los dedos de ambas manos sobre su abdomen—. ¿Cincuenta mil pesetas te parece un buen precio?

Vincent tardó en responder unos segundos, sin denotar asombro por el impresionante montante que le había mostrado. Ese dinero era una fortuna.

—Cincuenta mil ahora y otros cincuenta mil al terminar el trabajo, si tenemos éxito en el descubrimiento —propuso Vincent.

—El dinero hace olvidar todo lo demás ¿eh? —replicó Olivier, con un tono irónico bien marcado—. Le doy diez mil ahora y los noventa mil restantes si realmente encontramos ese códice. ¿Cómo lo ve?

—Lo veo perfecto. Necesito un coche que me lleve a la catedral de Sainte Chapelle de inmediato. También me gustaría ir a ver a Nicole, al lugar donde la han enterrado, su nicho o lo que sea.

—El cuerpo de Nicole no sé dónde está, aunque me informaré sobre ello. Ten presente que para esta gente ella era una espía y no creo que la entierren tan pronto ni de forma anunciada. Sobre el coche, lo tenemos abajo mismo. Será un placer ir contigo en esta ocasión, si ves que no entorpezco tu trabajo.

—No hay problema —concluyó Vincent, poniéndose su gabardina y atándose los zapatos—. Por cierto… me gustaría saber también quién es ese inspector Coutillard y quiénes son sus hombres. El dinero me hace olvidar hoy, pero mañana puede que recuerde algo de nuevo.

Olivier asintió con una negación y una mueca sonora. Estaba claro que Vincent era de ideas fijas y que, aunque había conseguido inocularle algo de realidad, seguía siendo una mente vengativa y dominada por el dolor de una vida truculenta. Estaba claro que si tenía oportunidad de pegarle un tiro a la armada francesa que los persiguieron, lo haría.

Lo primero que hicieron al salir del hospital fue almorzar en un restaurante de exquisita reputación, sitio en el que aprovecharon para compartir pareceres y conocerse mejor entre ambos. Olivier era una persona de edad avanzada, cultivada en todo tipo de artes e historia y con una forma de hablar que evidenciaba su alto estatus económico. Vincent era mucho más mundano en su palabra, aunque había aprendido a leer el rostro de quien tenía delante con bastante exactitud. Olivier se presentaba algo hermético en sus gestos, aunque evidenciaba que ocultaba mucha información. No obstante, Vincent no quiso minar de dudas la recién fundada amistad, por lo que, prefirió centrarse en su cometido principal: encontrar el códice de Voynich.

La catedral de Sainte Chapelle estaba ubicada en la Île de la Cité, justo en el centro de París. Para muchos, era considerada la obra culmen del arte gótico, albergando reliquias adquiridas por San Luis de Francia durante su reinado. La mayor parte de sus paredes fueron sustituidas por enormes vidrieras policromadas que filtraban la luz hacia el interior, mostrando con claridad las fastuosas bóvedas y los trabajados suelos de todo el edificio. Era un lugar de peregrinaje muy frecuentado por los seguidores de la fe católica, así como por los turistas ocasionales que pisaban las calles parisinas.

El Cadillac negro de Olivier se detuvo mucho antes de llegar a la catedral, a unos cincuenta metros del lugar al lado de la panadería Galopain. La ventanilla del lado de Vincent se abrió un palmo, filtrándose al interior del coche un delicioso aroma a bollería recién horneada.

—¿Se te ha olvidado algo? —quiso saber Olivier, al tener que indicar al chófer que detuviera el coche ahí, por orden expresa del detective.

—Digamos que sí, olvidé llevar a mis valquirias preparadas para la acción —respondió Vincent, cargando su revólver con balas.

—Estarás de broma ¿no? No aprobaré que entres a un lugar santo con esa arma.

—Mira, Olivier, esto es trabajo de campo y aquí no vas a darme lecciones tú ¿entiendes? Me has contratado para un trabajo, así que déjame hacerlo bien y como yo sé.

—Pero… ¿qué necesidad hay de llevar eso?

—Mientras tú te dedicas a mirar el bulevar principal, yo intento fijarme en mi objetivo. Mira hacia la catedral, hacia su puerta principal. Cuento desde aquí hasta seis individuos sospechosos, que presumiblemente van armados. Van todos vestidos con gabardinas y sombreros sospechosamente parecidos, y si te das cuenta, van formando dúos. Como pista añadida, si miras los coches aparcados en la acera frontal, verás que dos de esos coches tienen los números de las matrículas que casi se suceden.

Olivier constató cada hecho que le fue diciendo Vincent, viendo a lo lejos a las parejas sospechosas así como a los tres Renault color ocre a los que hacía referencia. No concebía cómo Vincent había sido capaz de darse cuenta de todo eso mientras hablaban en el coche en movimiento. Era impresionante.

—Veo que no me he equivocado al confiar en ti para esta misión.

—No cantes victoria, pues aún no estamos dentro.

—Una pregunta más, y me vas a perdonar si resulto un ignorante, pero… ¿cómo sabes que van armados? —quiso saber Olivier, que no terminaba por deducir ese hecho por mucho que se esforzase—. Sí es verdad que destacan un poco sobre el resto de turistas que están entrando y saliendo, sobre todo porque están ahí quietos y mirando hacia fuera, hacia la calle. Además, están dispuestos en distintos puntos estratégicos, como si quisieran abarcar mucho terreno con la vista. Pero que vayan armados… no lo veo con tanta seguridad como tú, la verdad.

—Te responderé con una pregunta —dijo Vincent, guardándose el revólver en el bolsillo interior del abrigo y poniéndose el sombrero, mientras abría la puerta del coche—. ¿Quién podría saber que tenemos que venir aquí, a esta catedral? Solo lo sabíamos Nicole y yo, aunque tras el accidente, nuestro querido inspector Gastón Coutillard se hizo con varias de mis pertenencias, entre ellas la tablilla que cogimos de Versalles.

Tienen que ser esbirros del inspector, y esa gente no va desarmada. ¿Lo entiendes ahora?

—Claro y conciso —respondió Olivier—. Vamos andando entonces, según veo…

—Preferiría que tú te quedaras aquí, en el coche. No sé cómo se va a poner el ambiente ahí fuera.

—Vale, entiendo —dijo Olivier, tragando saliva—. Por cierto, ¿qué ponía en esa tablilla? ¿Ponía que era justo en esta catedral?

—No, pero era fácil de dilucidar. Decía "Estoy en la capilla de las reliquias, bajo el libro de los reyes" y la capilla de las reliquias es esta.

—Sí, totalmente cierto —asintió Olivier.

—Deséame suerte. Voy para allá.

—¿Cómo piensas entrar? Te van a ver casi con total seguridad. ¿No prefieres mejor volver por la noche, cuando hay menos visibilidad, o dentro de unos días, cuando ya se les olvide un poco tu presencia?

—Verás, Olivier, lo que me preocupa de verdad no es que esos hombres estén ahí esperándome. De hecho, si fuera así, deberían expulsarlos del cuerpo de policía de inmediato, porque se les distingue a leguas. Lo que de verdad me preocupa es que estén ahí vigilando quien entra, mientras su querido inspector esté dentro buscando el códice. Esa gente no está ahí fuera para darnos caza, Olivier, sino para cazar lo que andamos buscando.

—¡Mierda! —dijo Olivier, abriendo los ojos y tersando su rostro al ver la verdad de los hechos.

—Precisamente ahí es a donde voy —terminó diciendo Vincent, cerrando la puerta del Cadillac tras de sí.

CAPÍTULO 14: UN ALMUERZO EFÍMERO

París, 20 de noviembre del año 1954

La sala Glotier del hotel Royal Monceau-Raffles afloraba con todo tipo de detalles lujosos. Las mesas de caoba olían a madera recién tratada, los suntuosos espejos colgados en las paredes estaban enmarcados en oro y plata de ley, y los detalles en las terminaciones de cualquier mueble estaban impolutos, como si estuvieran estrenándose ese mismo día. Era un lugar acogedor y embriagador, sobre todo para alguien como Faiga, acostumbrada a un estilo de vida mucho más humilde.

Era mediodía, muy temprano aún para un almuerzo, aunque Anthony insistió en lo contrario. Pidió de primer plato una sopa de picadillo con taquitos de jamón serrano, carne de perdiz asada y fideos, para luego pasar a lubina al horno con guarnición de tomates y patatas laminadas, una de las espacialidades del chef del hotel. Pidió por todos, algo que a Marcos no le gustaba mucho, aunque esta vez prefirió no entrar en confrontación; el tema de Faiga era algo que requería la atención de todos, incluida la de él.

Alberto seguía siendo el intérprete que iba traduciendo a Anthony y Marcos lo que ella iba diciendo, y recíprocamente, le ponía al tanto de las órdenes de Anthony. Faiga no se dejó impresionar mucho por la fastuosidad del lugar, pues lo que de verdad le preocupaba era la extrema amabilidad del grupo que la había acogido. Tenía claro que le interesaba su investigación con los números de Beale para algo que se traían entre manos, aunque no tenía bien claro qué podía ser. Hablaron del códice de Voynich, aunque dudaba mucho que realmente estuvieran investigando eso, pues se lo preguntaron de pasada y sin darle más relevancia, además que ese manuscrito era más una leyenda que una realidad seria para investigar. Lo que sí tenía claro en su mente era que estaba delante de policías secretos, mafiosos organizados o algún grupo semejante, pues el dinero que manejaban y cómo se les abrían las puertas, hablaran con quien hablaran, no era algo fácil de lograr. Debía ser amable por lo que le estaban dando, pero no quería caer en la trampa de ser una incauta que no sabía dónde se metía. Su situación había sido mala, mas podía ser peor si se asociaba con las personas equivocadas.

—Bueno, Alberto, ve traduciéndole lo que te vaya diciendo —dijo Anthony, asentando su mano derecha sobre la barbilla y fijando sus pupilas en las de Faiga—. Dile que pertenecemos al servicio de espionaje de España, que somos una división dedicada a ciertos aspectos alejados de la ciencia y la historia, tal y como la conocemos. Dile que los rumores, las leyendas, los mitos y todo aquello que entra en el espectro del ocultismo es nuestra gasolina. Déjale bien claro que no buscamos el santo grial ni el arca de Noé, sino que investigamos sucesos paranormales o extraños para ver si realmente hay verdad en ellos, aunque sea inexplicable.

Alberto tradujo todo, haciendo que Faiga asintiera con aprobación. Al poco le respondió sus impresiones.

—Dice que perfecto, que eso le cuadra bastante. No se le ve muy asustada —dijo Alberto, asiendo una rodaja de pan para ir abriendo el apetito.

—Una chica valiente —replicó Anthony, emitiendo una sonrisa escueta—. Pues bien, dile que necesitamos que nos diga qué sabe del códice Voynich. Que te diga todo lo que sabe. Y lo más importante: que te diga también cuál es su experiencia descifrando mensajes.

Faiga esta vez no fue tan parca en palabras y mantuvo una conversación bastante larga con Alberto, con varias preguntas y respuestas formuladas de forma recíproca. Al final, Alberto exhaló un suspiro de rendición para dirigirse a sus compañeros.

—A ver… me cuenta que sabe que ese códice existe y es real, y que recuerda algo acerca de que se ocultaba una información extraordinaria entre sus hojas. Contenía dibujos médicos y de astrología que hoy en día serían imposible de contrastar, por lo que se le concedió el apellido de paranormal. No se sabe quién lo escribió ni con qué fin, pero sí que guardaba una encriptado que hoy en día sigue siendo imposible de solucionar. Ella piensa que es así porque realmente no es ningún libro encriptado ni nada parecido. Piensa que es el escrito de un loco o un humorista con ganas de jactarse de aquellos que se tomaran en serio sus letras.

—Ya… pues dile que ya han descodificado con éxito varias partes de algunas páginas, y que los dibujos representados a lo largo de todo el tomo son reales como la vida misma. El tratado astrológico que se muestra es una página que se despliega hasta seis veces el tamaño de un folio, abriendo un mapa estelar exacto hasta donde sabemos. El resto de planetas, estrellas y demás cosas representadas son incógnitas, evidentemente, pues no tenemos aún telescopios como para llegar hasta allí. Si es una farsa o no queda fuera de toda discusión.

—Se lo he dicho, Anthony, pero ella sigue pensando que es una pérdida de tiempo.

—Maldita sea… lástima que solo hable el alemán.

—Yo entiendo poco —dijo Faiga en español, para sorpresa de los tres miembros del SIAEM—. Entiendo poco a poco.

—¡Virgen Santa! —exclamó Marcos, aplaudiendo la proeza de Faiga—. Un día con nosotros y ya ha aprendido a hablar nuestro idioma. ¡Menudo cerebrito!

—Tengamos cuidado con lo que decimos delante de ella a partir de ahora —remarcó Anthony, sorprendido también por el descubrimiento. Estaba claro que llevaba tiempo en París, pero en todo caso debería haber adoptado el idioma francés y no el español, como era el caso—. Tradúcele de todas formas lo que te he dicho, Alberto. Dile que su labor con nosotros será de encontrar ese códice para su descodificación. Tenemos pocas pistas, pero sabemos quién tiene más.

—Perfecto —dijo Alberto, mientras dos camareros hacían acto de presencia con un carrito auxiliar, donde una olla enorme humeaba una fragancia exquisita. Cogieron los platos de cada comensal y fueron montando el picadillo por partes, echando queso rallado como colofón final.

Marcos empezó a comer de inmediato, haciendo honor a su conocido apetito descontrolado. Para él, cualquier hora era buena para echarse algo al estómago, fuera lo que fuera. Anthony apenas probó la sopa y se sirvió un vino tinto de la provincia que pidió como bebida. Estaba más interesado en la conversación de Alberto con Faiga que otra cosa.

—Pues dice que por ella vale, aunque para ayudarnos necesitará una copia de ese manuscrito. Luego un lugar tranquilo y relajado, y por último…

—No, no, no —interrumpió Anthony, echándose hacia atrás en la silla—. No se trata de coger una de las miles de copias que hay de ese manuscrito para descifrarlo, porque eso no nos llevará a ningún lado. Se necesita el libro original, pues en él hay dibujos y anagramas que, o no fueron replicados en las copias, o se calcaron de forma errónea, con taras o carencias. Es necesario el códice original, ese es nuestro primer objetivo.

Faiga asintió a Alberto, tras traducirle éste todo, aunque no terminaba por entender qué interés podía tener el gobierno español en algo como eso, un tratado médico o astrológico. No acababa por ver el beneficio directo.

—No es nuestro cometido hacernos ese tipo de preguntas, Faiga —le dijo Alberto, probando una cucharada del picadillo—. Nuestro deber es acatar las órdenes, solo eso. No obstante, el interés de un gobierno por ese manuscrito es obvio: el poder. No se sabe lo que ahí pone, aunque tras ver los dibujos representados, uno se plantea que se hable de extraterrestres o civilizaciones mucho más avanzadas que la nuestra. Igual, entre los textos sobre botánica se habla de una receta que todo lo cura, o entre sus páginas de astrología se relata la forma de viajar entre las estrellas. No lo sé, nadie lo sabe, pero está claro que el que lo escribió sí, y lo puso difícil para que el resto lo pudiera saber.

—Vale, vale. Os debo mucho por haberme ayudado, la verdad. Haré lo que me digáis, aunque según me dices va a ser difícil desentrañar lo que pone en esas hojas, porque nadie lo ha conseguido aún en todo el mundo ¿no? —respondió Faiga en alemán, tras recibir la traducción por parte de Alberto.

—Sí, pero como te he dicho, pocos han tenido el manuscrito original entre sus manos para llevar a cabo su oficio. De hecho, su emplazamiento actual es un misterio, porque nadie sabe a ciencia cierta quién fue su último posesor —le dijo Alberto.

—¿Entonces? ¿A quién estáis esperando para que os de esas pistas?

—Es que no está en la labor de darnos las pistas. Digamos que estamos siguiéndole.

—Entiendo… —concluyó Faiga, probando también ella la suculenta sopa—. Es de la competencia ¿no?

Alberto se limitó a responderle con la cabeza, arqueando los ojos en resignación.

Los camareros trajeron el resto del almuerzo, esto es, las lubinas y un par de botellas de vino de más, cuando un grupo de tres hombres entró al salón hasta detenerse a unos metros de ellos, sentándose uno de ellos en una mesa cercana. Faiga no pudo evitar asustarse, aunque se fue calmando al ver que Anthony les saludó con una mueca mientras se limpiaba los labios con la servilleta y se levantaba hacia el individuo sentado.

—Buenos días, inspector Coutillard. Me alegra su visita.

—No estará tan contento cuando le ponga al corriente de las nuevas noticias, Anthony. Vincent ha despertado ya.

—¿Y ha dicho algo nuevo?

—Me lo llevaba arrestado cuando apareció Olivier Buyon con su legión de abogados para darle protección. Esto comienza a ponerse complicado, Anthony. Olivier es una eminencia en París, un millonario con mucha mano en jueces, políticos e incluso en la policía. Si Vincent ahora es su protegido, me temo que debemos ser más cautos antes de dar cualquier paso.

—¿Tiene miedo de Olivier, debo entender?

El inspector Coutillard sonrió con ironía, dibujando una mirada pícara hacia René y Buyard, sus dos acompañantes que permanecían levantados a su vera.

—No le tengo miedo ni a ese desgraciado ni a nadie, que le quede claro. Pero no podemos ir arrestando al primero que nos dé la gana sin tener algo en lo que agarrarnos, menos aún si se trata de alguien como Olivier.

—No se preocupe, yo me ocuparé de ese Olivier Buyon. Entienda que necesito conocer lo que Vincent guarda celosamente en su cabeza, es primordial para mis intereses. Si le quito de encima a ese millonario, ¿tendré las respuestas que busco?

—Sin lugar a dudas. No obstante, le advierto que debe tener cuidado con lo que hace. Igual se está metiendo en temas demasiado complejos como para decidirlo con tanta frivolidad.

—Cúlpeme de todos los defectos que considere, inspector, pero no de ser frívolo. Créame que calculo con precisión cada acto que llevo a cabo. Y no tenga miedo porque le salpique lo que pueda sucederle a ese tal Olivier. Su nombre no aparecerá en ninguna referencia.

—Más le vale, porque si me falla, iré a por usted —sentenció Gastón Coutillard, clavando su mirada en Anthony.

—Empezamos con buen pie nuestros tratos… no haga idioteces ni proclame amenazas de esa índole, pues puede minar esta provechosa unión. No está tratando con aficionados, que le quede claro.

—Me queda claro —replicó Gastón, desviando la mirada hacia la mesa que ocupaban Marcos, Alberto y Faiga—. ¿Y esa quién es? No tiene pinta de ser de las vuestras, es muy joven.

—Esa es una asesora que obedece a nuestros intereses. Cuanto menos sepa de ella, mejor. No creo que la vuelva a ver en el futuro.

—Ya entiendo… aunque no me hace gracia que se atente contra civiles de mi ciudad. Esa mujer puede tener…

—No es francesa —le interrumpió Anthony, dejándole claro por segunda vez que no era un tema del que quisiera hablar.

—¿Y de dónde es?

—¿Es que acaso no le ha quedado claro que esa mujer…?

—No le estoy pidiendo que me lo diga, Anthony, se lo estoy exigiendo —dijo Gastón, dejando ahora él a Anthony con la palabra en la boca.

—Su nombre es Faiga Arzer, es una alemana que ha llegado a París de forma ilegal, huyendo de su país. Su familia está muerta y que siga viva o muerta no alertará a nadie. Ni Alemania ni Francia saben que esta mujer está aquí.

—¿Ve como no ha sido tan difícil cooperar? —expuso Gastón, poniéndose de nuevo el sombrero y levantándose de la silla—. ¿Nos vamos ya, entonces?

—¿Irnos?

—Vincent Arcadio se ha despertado, como le dije, y ¿dónde cree que irá?

—¡A la catedral de Sainte Chapelle! —exclamó Anthony, mordiéndose los labios por haber sido tan torpe de no haber caído antes, al tener él en su poder la tablilla de madera que el inspector le confiscó a Vincent. A Anthony no le llevó mucho tiempo deducir la localización oculta escrita en su superficie—. Maldita sea, tenemos que llegar antes que él.

—Ya le dije que convenía ir a la catedral y no esperar a que se despertara ese detective.

—Mi intención era obtener la información que él sabe, inspector. Me ha fallado usted en ese plan, pero aún podemos estar a tiempo de enmendarlo, si llegamos a la catedral antes que él. Estoy seguro de que él irá también, y cuento con usted para que lo intercepte —replicó Anthony, dirigiéndose ahora a su grupo—. ¡Marcos, Alberto! ¡En pie! Vamos a la catedral, Vincent está despierto y libre, así que debemos darnos prisa.

—¡Maldita sea! —maldijo Marcos, tirando la cuchara al suelo mientras se ponía el abrigo y el sombrero.

—Nos vamos, Faiga —dijo Alberto, levantándose también de su asiento—. Vamos a la catedral de Sainte Chapelle, donde supuestamente está el manuscrito oculto.

Anthony se ocupó de telefonear a la Agencia para dar parte de que tenían a una alemana de nombre Faiga Arzer como asesora, mientras que Marcos se ocupó de ir a buscar el coche al garaje del hotel. Alberto y Faiga, mientras tanto, estaban ya fuera del hotel, al lado de los dos coches que traía el inspector, donde dos hombres más aguardaban en su interior respectivamente. Nada más salió Anthony del hotel, Marcos derrapó sobre el arcén, abriendo las puertas para que se montaran sus compañeros. Gastón y sus hombres se ocuparon de marcar el camino yendo los primeros.

Mientras tanto, un hombre de tez delgada y ojos penetrantes observaba el escenario desde un ventanal del hotel, en la planta baja. Exhaló todo el humo del tabaco negro que estaba fumando e ingirió un sorbo de su café, servido en taza. Llamó a un camarero sin desviar la vista de los coches que ya abandonaban la entrada del hotel y le pidió que le trajera el teléfono.

Marcó un número largo anotado en una tarjeta que guardaba en su abrigo largo y dio una última calada a su cigarro.

—¿Jan? —dijo el enigmático individuo en alemán, al oír que alguien descolgaba al otro lado.

—Sí, soy yo —respondió una voz algo carraspera, como si estuviera aquejado por algún tipo de gripe.

—Faiga está con el inspector Coutillard, se dirigen hacia una catedral.

—¿Se la han llevado? Mierda, pensaba que la dejarían sola en el hotel. Bueno, pues guarda tu posición allí, ya habrá otro momento en el que actuar.

—Debemos actuar ya, Jan. Creo que están muy cerca de encontrarlo y ya sabes que esa mujer es capaz de muchas cosas.

—¿Cuántos son en total?

—Unos pocos policías, que van de incógnito, y los tres españoles.

—Está bien, dirígete hacia la catedral y a ver qué puedes hacer. Jan, no olvides que debes permanecer en el anonimato, no deben verte bajo ningún concepto.

—No te preocupes por eso.

—Y nuestro objetivo principal es la mujer.

—¿Y los espías españoles esos?

—El único que me preocupa es el tal Anthony, el inglés. Sin él, los otros dos no sabrán ni cómo abrir una puerta. Si puedes ocuparte de él también, perfecto, pero dale prioridad a la mujer.

—Vale, Jan. Yo no fallaré, como hicieron nuestros hermanos en Berlín.

—No te expongas, Heller. Actúa cuando estés seguro.

—*Appropinquat hora* —dijo Jan en latín a modo de despedida.

—*Appropinquat hora* —respondió Heller, colgando el teléfono.

CAPÍTULO 15: LA CATEDRAL DE SANGRE

París, 20 de noviembre del año 1954

El cielo se mostró perturbador a esas horas de la tarde, rugiendo con fervor para advertir a todos los parisinos que esa noche llovería. René y Godo estaban ubicados justo en la entrada principal de la catedral, apoyados al lado de una columna y mirando a quienes entraban y salían del monumento católico. Ambos tenían la pistola cargada y aferrada en su mano dentro del bolsillo del abrigo, ocultando sus rostros con el sombrero ligeramente ladeado hacia el frente. Sebastien y Buyard se situaron justo en el borde de la acera, al principio de la larga escalinata que llevaba hasta el pórtico de entrada. También tenían las manos metidas en sus respectivos abrigos y una mirada atenta hacia cualquier persona o vehículo que se aproximara alrededor. En la parte media de la escalera, otros dos hombres ataviados con traje negro, corbata, abrigo suntuoso y sombrero oscuro destacaban sobre el resto al estar inmóviles y mirando con detenimiento a cada individuo que se cruzaba con ellos. Vincent no precisó avanzar muchos metros por la calle principal para adivinar que el más corpulento de esa pareja se trataba de Marcos, aquel espía español que intentó darle caza en una cafetería de Tánger.

«Así que sois vosotros ¿eh? —pensó Vincent, levantando el cuello de su abrigo y bajándose el sombrero, para dificultar ser identificado—. Sin embargo, no veo al amigo Anthony ni a su seductora compañera. Están dentro ¿verdad? Seguro que sí… y por lo que veo os habéis asegurado de que nadie pase por ahí delante sin ser identificado, tres controles, ni más ni menos».

Vincent circundó toda la manzana que daba cabida a la catedral, asegurándose de que no hubiera otra entrada. Los ventanales eran imposibles de atravesar sin ser partidos, una idea que solo pondría en práctica si era para huir. Afortunadamente, divisó una puerta por la parte de atrás del edificio, aunque estaba cerrada a cal y canto, como comprobó al acercarse sigilosamente y girar el pomo. Miró repetidas veces hacia ambos lados, asegurándose de que nadie lo observaba, y sacó un par de ganzúas desgastadas que siempre llevaba con él. Saber abrir puertas cerradas era algo obligatorio en su oficio, y no solo para huir de escenas peligrosas, sino también para colarse en determinados lugares durante el curso de sus investigaciones. En Tánger le enseñaron cómo usarlas hábilmente en casi todo tipo de puertas, aunque no era ni mucho menos un ladrón consagrado. No obstante, lo intentó, logrando hacer mucho ruido y varios rayones en la puerta, pero sin éxito en su apertura.

La lluvia hizo acto de aparición, salpicando el suelo con un ruido fino y constante, haciendo que tanto Godo como René se ajustaran el cuello del abrigo y el sombrero para impedir que el agua se filtrara. Godo se encendió un cigarrillo e hizo una señal disimulada al grupo de Sebastien y Buyard, que le respondió con un gesto afirmativo, indicándole que estaba la cosa tranquila alrededor. Sin embargo, algo no le terminaba por convencer a Godo. Tenía un mal presentimiento que lo mantenía alerta y nervioso. Casi podía intuir que iba a ser una noche movidita.

Vincent volvió a intentarlo con las ganzúas, logrando esta vez que los engranajes de la cerradura crujieran. Se levantó un poco la visera del sombrero, intentó secarse la frente con la manga mojada de su diestra, e introdujo de nuevo el instrumental para abrir la recia puerta trasera de la catedral. Apretó los dientes con rabia mientras giraba y cambiaba erráticamente la profundidad de las ganzúas, hasta que oyó el ansiado *crack*. El detective accedió al interior de la catedral intentando hacer el menor ruido posible. Afortunadamente, el largo pasillo que se abrió ante sus ojos estaba plagado de voces y ecos procedentes de las salas más lejanas. Era una hora frecuentada por visitas de turistas. La catedral tenía a muchos viajeros en su interior mirando los frescos y las esculturas, un hecho que resultaba idóneo para los intereses de Vincent, que recorrió veloz la estancia hasta llegar a una puerta ligeramente abierta hacia la nave principal de la catedral. Se despojó de su sombrero y se quitó la gabardina mojada, para intentar pasar desapercibido entre la multitud, y se enclavó al lado de una de las muchas columnas que decoraban todo el espacio.

Anthony y el inspector Gastón se encontraban frente a una cristalera de enormes proporciones que ascendía más de doce metros hasta tocar la cúpula del techo. Los cristales policromados dejaban pasar la escasa luz exterior formando un arco iris a la vista, constituyendo un lugar apacible de oración.

—¿Qué se supone que debemos ver en esta vidriera? — preguntó el inspector Gastón, mientras terminaba de masticar un cruasán que compró de camino a la iglesia—. Está a la vista de todo el mundo, por lo que resulta raro que nadie haya visto nada antes ¿no crees?

Anthony titubeó antes de responder lo que él consideraba la típica pregunta formulada por un ignorante que no pensaba antes de hablar.

—Verá, inspector, a veces lo más obvio es lo más complicado de ver. Le puedo pintar aquí un cuadro de un bodegón, algo insignificante para los ojos de cualquiera, mas si le dijera que dicho cuadro encierra las coordenadas de un tesoro de incalculable valor, lo miraría desde otra vertiente. Podría identificar que las frutas dibujadas están dispuestas según un orden concreto, que el número de frutas de un mismo tipo definen una coordenada, o que la disposición de todo está pintado para dejar clara la solución al dilema. No se trata de que sea algo común lo que estamos viendo, sino de saber que hay algo oculto en ello. Esta vidriera pasa desapercibida al retratar pasajes de la Biblia, pero el saber que entre tanta representación hay un secreto oculto, lo convierte en algo mucho más profundo. El público que viene aquí de visita ve simplemente la obra, pero no tiene conocimiento de su auténtico valor.

—Puedes llamarme Gastón, si no te importa. Eso de inspector me resulta demasiado formal —respondió Gastón, eructando y volviendo a mirar la vidriera—. ¿Por dónde empezamos?

—¿No podríamos vaciar la nave?

—¿Echar a toda la gente? Estarás de broma ¿no? Nuestra presencia aquí no es oficial, y aunque lo fuera, ya me dirás cómo justifico esa acción.

—Vale, vale… —respondió Anthony, que requería algo de silencio para concentrarse. Miró de soslayo a Faiga, que permanecía muda a su lado—. ¿Y tú entiendes algo? ¿Ves algo ahí, en esa cristalera?

Faiga señaló la vidriera con una sonrisa apacible, dejando claro que no había entendido nada de lo que habían dicho los dos hombres.

—¿Qué pasa con *glasfenster*? —se atrevió a decir la mujer.

—¿*Glasfenster*? ¿Qué…? —dijo Gastón, antes de que Anthony le interrumpiera señalando la vidriera.

—¿Qué buscar? —volvió a decir Faiga.

—Algo sobre el código Voynich —le respondió Anthony, tratando de usar palabras comprensibles y siendo directo—. Ahí hay algo sobre el código Voynich.

—¿Voynich? ¿*Gesetzbuch* Voynich? *Ja…*

—Eso es, código Voynich. A ver si ves algo.

—Era de Berlín ¿no? Veo que se maneja un poco con el español, aunque aún le faltan un par de clases más, jajaja —comentó Gastón, apoyándose en la pared mientras echaba un ojo a la gente que había dentro de la capilla.

—Ten presente que nunca había hablado español, Gastón. Lo que dice lo ha aprendido en el par de días que lleva con nosotros, algo impresionante. Imagínate que te dejo en Berlín y que en un par de días ya sepas entender parte de lo que te digan y que además, seas capaz de hacerte entender.

El inspector Coutillard arqueó las cejas con asombro.

Al otro lado de la nave, a unos veinte metros de distancia del grupo, Vincent se asomaba con disimulo para ver qué hacían los tres individuos. Le extrañó ver que había otra mujer con el inspector y con Anthony, una mujer que no era Elisa, sino alguien mucho más joven. Así mismo, estaba claro que todavía no habían deducido nada de la vidriera, pues se les veía hablando mucho entre ellos de forma algo acalorada.

Vincent tenía claro lo que tenía que hacer y cómo tenía que hacerlo. Su estilo no era ser una sombra oculta entre la muchedumbre, aunque a veces tuviera que empezar con ese disfraz. Él era mucho más rudo y directo, sobre todo cuando se trataba de alguien que le había hecho daño. Esa gente había matado a Nicole, su compañera, y eso no lo perdonaría.

Palpó su fiel revólver de dentro de la gabardina y lo sacó fuera, llevándolo paralelo a su cuerpo. Acto seguido, comenzó a caminar en línea recta hacia el grupo, manteniendo la mirada fija, sin pestañear. No sabía bien qué iba a hacer o decir, pero sí sabía que no podía quedarse oculto esperando a que ellos se salieran con la suya. Debía actuar.

—¿Qué representa exactamente la vidriera? ¿Temas bíblicos? —preguntó Gastón, volviendo a desviar las pupilas hacia el puzle de cristal.

—Evidentemente —respondió Anthony, emitiendo un suspiro de nerviosismo ante la obviedad—. En esta cristalera concreta se presentan los sucesos de los dos libros de los Reyes y los dos libros de Samuel. ¿Eres creyente? ¿Vas a misa los domingos y sueles leer la Biblia?

—¿Es una pregunta trampa? —respondió Gastón—. ¿Acaso tengo cara de ir a misa los domingos?

—No, desde luego que no —afirmó Anthony, tratando de no parecer muy insolente en sus respuestas—. Si fueras, sabrías que en esos libros de la Biblia se trata de la vida y muerte del Rey David y de su sucesor, Salomón, tocando además sucesos de sus vidas, como la construcción del famoso Templo de Salomón, entre otras cosas. Eso es lo que representan esos dibujos. ¿Puedo ahora gozar de tu silencio unos minutos, para ver si puedo sacar algo claro de entre tantas representaciones?

—Sí, claro. No era mi intención que… —respondió el inspector Coutillard, cuando de repente, se percató de la presencia de un individuo que avanzaba de forma sospechosa hacia ellos. No reconoció a Vincent a primera vista, aunque sí que llevaba en su mano izquierda un abrigo y un sombrero. Caminaba entre la multitud con la mirada fija en ellos.

Vincent apretó el paso al ver que el inspector le estaba observando con el ceño fruncido, llegando incluso a empujar a una turista que se interponía a pocos metros de su objetivo. Gastón se separó del apoyo de la columna y afinó las pupilas, cuando identificó un arma en la mano diestra del hombre. Sin pensárselo dos veces, introdujo su diestra en la pechera para sacar su pistola, pero Vincent reaccionó al instante, alzando su revólver y accionando el gatillo. El eco del disparo tronó en la capilla como si un enorme trueno hubiera caído justo ahí dentro. Todas las voces enmudecieron durante unos segundos, para dar paso a un descontrol de gritos de pánico. La gente empezó a correr de forma agitada hacia la salida principal, chillando y protegiéndose la cabeza con ambas manos, guiados por una inercia inconsciente. El inspector Coutillard retrocedió a causa del disparo hasta ser frenado por una columna, que le sirvió como asiento al caer al suelo. Notaba como la sangre le brotaba del hombro de forma hiriente, acompañada de un dolor agudo que le dejó toda la parte derecha anestesiada. Se taponó como pudo con la otra mano, mientras sentía como le costaba mantenerse consciente.

Anthony se giró raudo para mirar quién disparó. Desenfundó su pistola y la mantuvo en posición vertical para estar preparado cuando viera al asaltante. Con la mano libre, incitó a Faiga para que se agachara, cuando frente a él, a apenas unos metros de distancia, vio la imagen de Vincent apuntándole. Dudó si intentar agacharse y disparar antes que él, aunque su valor solo le permitió quedarse quieto.

—Tira la pistola hacia el frente y ponte al lado de tu amigo. Ni un movimiento fuera de lo normal o te juro que te abro un boquete en esa privilegiada cabeza que tienes —dijo Vincent, avanzando con paso firme sin dejar de apuntarle.

Anthony siguió las órdenes del detective con diligencia. No se atrevió a hacer ninguna imprudencia que pudiera ponerle en peligro a él o a Faiga, no era la mejor opción tal y como estaban las cosas.

—Ahora, quítale a tu amigo, el inspector Coutillard, su pistola y tírala también al frente. Despacito ¿vale?

—No sabes lo que has hecho, desgraciado —gimió Gastón desde el suelo, cerrando los dientes en dolor—. ¡Estás muerto, Vincent Arcadio, eres un maldito cadáver!

—Cierra la boca, mequetrefe, no tengas prisa por recibir otro tiro. Quédate calladito y reza por salir con vida hoy de aquí.

—Cálmate, Vincent —dijo Anthony, obedeciendo las últimas órdenes del detective y tirando la pistola de Gastón al frente—. No sé qué pretendes con este circo que estás montando, pero hubiera sido más fácil una llamada de teléfono, ¿no crees?

Venir a pegar tiros es una sentencia de búsqueda que va a pesar mucho sobre tu cabeza.

—¿Una llamada de teléfono? —respondió Vincent, guardándose las armas de sus enemigos en el abrigo—. ¿Llamasteis por teléfono a Nicole o a mí? ¿Acaso tuvisteis remordimientos cuando la matasteis?

—Vincent... Nicole murió porque vuestro coche se estrelló, nadie le disparó ni...

—¡Cierra la puta boca, Anthony! —interrumpió Vincent, señalando a Faiga para que se pusiera junto a sus dos acompañantes—. ¿Nadie disparó? ¿Nadie? Nos estaban acribillando a balazos desde uno de los coches del hijo de perra que tienes al lado, y si nos estrellamos fue porque intentábamos salvar nuestras vidas huyendo de ese imbécil pretencioso y de sus secuaces.

—Vincent, no sé qué decirte, pero la venganza no te va a acarrear nada bueno. Debes calmarte y pensar, y no actuar llevado por el odio.

—Está en vuestra mano que yo piense dejaros vivos o que me deje llevar por la ira —dijo Vincent, cuando dos disparos se dejaron oír desde el fondo de la catedral, impactando uno de ellos a los pies del detective y el otro en una columna lejana. Los cuatro mercenarios que montaban guardia fuera por orden de Gastón, así como Alberto y Marcos, no tardaron en reaccionar ante el disparo y el cúmulo de gente saliendo entre gritos.

Vincent pegó un salto y agarró a Anthony por el cuello, posicionándolo a modo de escudo.

—Estás muerto, bastardo. No vas a salir vivo de aquí —proclamó Gastón entre dolores—. En breve vendrán más policías y te van a llenar el cuerpo de balas. No te va a reconocer ni tu madre.

—Si van a venir más policías me viene perfecto —respondió Vincent, intentando evaluar la situación sin ponerse más nervioso de lo que estaba—. Me gustará hablar con tu superior e informarle cómo prestas servicios a espías españoles para tus intereses, reclutando a un grupo armado al que le gusta pegar tiros en plena persecución por las calles de París. Si no quieres que esta catedral sea un cementerio, con tu tumba como atractivo principal, diles que se queden quietecitos o empiezo a agujerear cabezas.

—Jajaja, no te va a salvar nadie, cucaracha. No vas a salir de aquí con vida jajaja.

Vincent apretó con más fuerza el cuello de Anthony, dejándolo con un mínimo reguero de oxígeno, y situó el revólver sobre la sien de Gastón.

—Último intento, despojo. Da la orden de que se queden quietos y tiren sus armas o desparramo aquí tus sesos. Créeme que casi prefiero que te niegues una vez más, así al menos sabré que he vengado a una mujer inocente.

—¿No me digas que haces todo esto por ella? ¿Estabas enamorado o qué? Jajaja, no vas a conseguir nada de mí, eres una mierda y yo no trato con...

Nada más pudo decir, pues Vincent cumplió su promesa y disparó a bocajarro contra el inspector Coutillard, desfigurándole el rostro en una mezcla de sangre y trozos de sesos aún palpitantes. Faiga comenzó a llorar, mientras se acurrucaba todo lo que podía entre temblores y cerraba los ojos.

—¡*Inspecteur*! —se oyó chillar en boca de los secuaces que venían con él—. ¡*Nooooon*!

René se mostró de su cobertura tras unos bancos de madera y empezó a abrir fuego con insistencia, a lo que Vincent respondió con dos disparos que perforaron las paredes del fondo.

Godo y Sebastien se unieron a la venganza, disparando sus pistolas mientras avanzaban a un ritmo fijo. Vincent se protegió tras una columna, con Anthony siempre frente a él, cuando sucedió algo con lo que él no contaba. Marcos abrió fuego contra René, abriéndole el pecho con una ráfaga de cuatro balas, mientras que Alberto hacía lo propio con Sebastien, perforándole la cabeza en un alarde de puntería. Buyard y Godo se dieron la vuelta extrañados, encontrándose con los dos espías españoles apuntándoles y negando con la cabeza.

—Quedaos quietos y no os pasará nada ¿vale? —dijo Marcos, entonando su voz más agresiva e intimidante.

—Ha matado al inspector Coutillard y tú nos disparas... ¿sois unos traidores? ¿Estáis con él? ¡Sois unos perros! —dijo Buyard, cubriéndose de valor e intentando disparar a Marcos, aunque éste fue mucho más rápido al tenerle encañonado. El fogonazo se asentó en el centro de su torso, destrozándole el esternón y tirándolo hacia atrás varios metros, dejando tras de sí un río de sangre viscosa.

Godo contestó a los hechos quedándose quieto, depositando su arma en el suelo y levantando ambas manos paulatinamente, mostrando su rendición.

—¡Estabas disparando contra uno de los nuestros, capullo! —exclamó Marcos hacia el cadáver de Buyard.

—Tú, lárgate de aquí y mantente alejado de todo esto —le dijo Alberto a Godo—. No tenemos nada contra. Fuera de aquí, venga.

Godo asintió y empezó a andar hacia la salida con la cabeza baja. Estaba bastante confundido por cómo había dado todo un giro inesperado, aunque afortunadamente seguía vivo.

Cuando Godo llegó a la altura de los dos espías españoles, Alberto lo detuvo, aunque sin llegar a apuntarle.

—Una cosa, Godo. ¿Cuánto tarda la policía en llegar aquí, si le dan la alerta de tiroteo?

—Eh… puede que diez minutos… quizás quince. Pero dudo que estén avisados, falta que…

Súbitamente, Marcos accionó su pistola sobre la espalda de Godo, a la altura del corazón, sesgándole la vida al instante. Tanto Alberto como Marcos sabían que no podían dejar en libertad a alguien que supiera de ellos y de su misión, y que además estuviera condicionado por deseos de venganza al quedarse sin su jefe, el inspector Coutillard.

—¿Estás bien, Anthony? —gritó Marcos, intentando mirar más allá de la oscuridad que formaban las columnas donde estaba Vincent y sus dos rehenes—. ¿Anthony? Si me oyes, di algo, o te juro que ese desgraciado va a lamentar…

—¡Estoy bien, Marcos! Estoy bien… —proclamó Anthony, dejándose ver tras una columna, con Vincent tras él apresándole por el cuello—. Haced lo que os diga el detective y no pasará nada.

—¡No pienso soltar mi pistola ni loco! —rugió Marcos, dirigiéndose más a Vincent que a Anthony.

—Pues no lo hagas —dijo Vincent—, pero deja de pegar tiros hacia acá o fusilo a tu querido compañero de penas.

—Nadie va a disparar —propuso Alberto, guardando su arma en la funda del pecho—. Pero cálmate, ¿vale? En quince minutos esto va a estar rodeado de policías franceses, y no sé tú, pero nosotros podemos salir vivos e indemnes de esa situación.

—No te preocupes tanto por mí, que ya sabré yo buscarme una salida.

—Te propongo un cambio. Dejas a Anthony libre y te dejamos vivir, cucaracha —dijo Marcos, golpeando con dureza uno de los bancos de madera de la nave, haciéndolo crujir.

—Hoy doy yo las órdenes, matón. ¿Quince minutos me habéis dicho? Pues perfecto, quedaos ahí quietecitos mientras nosotros nos ocupamos aquí de una cosa. Como os acerquéis, disparéis o hagáis el tonto, os aseguro que no tendré contemplaciones en decorar con un bonito agujero a nuestro querido amigo Anthony. ¿Entendido?

—Lo vas a lamentar, desgraciado —dijo Marcos, sentándose resignado en uno de los bancos sin perder de vista a Anthony. Alberto se sentó a su lado, intentando pensar en alguna posible solución para salvar a su compañero recluso, aunque de momento todas las posibles ideas eran extremadamente peligrosas.

Vincent se desplazó con Anthony unos metros hacia atrás, sin dejar de encañonarle, y le levantó la cara hacia la vidriera del libro de los Reyes.

—Ya has oído a tu compañero. Tienes quince minutos para dilucidar qué pone en esa ventana. Si oigo una sirena de policía y no tengo una respuesta por tu parte, date por muerto.

—¿Y quién me asegura que no me pegarás un tiro si logro descubrir el mensaje oculto y te lo digo? Y no sé si lo has pensado, pero ¿y si no hay ningún mensaje oculto ahí y las pistas que se han seguido son erróneas? Igual es una cristalera normal y corriente.

—No te queda otra, Anthony. O me dices algo que yo vea que es cierto o te abro los sesos como a tu querido amigo, el inspector Coutillard.

—No eres consciente del lío en el que te estás metiendo ¿verdad? —replicó Anthony, insistiendo en encontrar un medio para rendir a su captor—. Has matado a un alto cargo policial y a varios de sus ayudantes, y estás amenazando a espías españoles. Irán a por ti y te encontrarán, no podrás ocultarte en ningún país.

—Estás perdiendo un tiempo muy valioso, Anthony. Te recomiendo que empieces a buscar el mensaje oculto si quieres conservar tu brillante cabeza a salvo —le replicó Vincent, totalmente inmunizado ante la verborrea del espía.

A Anthony no le quedaba más remedio que intentar ganar tiempo y su única arma era descifrar el enigma y usarlo como moneda de intercambio para librarse de la ejecución. Seguir hablando con Vincent era como hacerlo con una pared, no mostraba debilidad alguna en sus intenciones. Con tal fin, se puso a mirar fijamente la vidriera policromada, intentando evaluar a qué libro hacía referencia cada parte de la misma para ver si así encontraba alguna relación. Varias gotas de sudor resbalaron por su frente, algo atípico en él, y sintió como todo su cuerpo estaba titiritando. Ya había sido preparado para este tipo de situaciones de estrés, pero nunca había tenido que afrontarla con una pistola palpándole la sien. Se veía superado por las circunstancias y estaba siendo presa del nerviosismo, el peor enemigo que podía tener. Necesitaba estar concentrado y ser ajeno de todo lo que estaba pasando alrededor, mas la voz de Vincent indicándole que le quedaban diez minutos, le minaba cada vez más.

Faiga, que hasta el momento no se había pronunciado con ningún gesto ni palabra, se levantó temblorosa y se acercó a Anthony, para sorpresa de todos.

—¿Qué crees que estás haciendo? —le dijo Vincent, apretando la pistola sobre Anthony hasta el punto de hacerle doblar el cuello.

—No habla nuestro idioma —interpuso Anthony, levantando la voz como consecuencia del nerviosismo—. Es una niña, no va armada y no es de los nuestros, así que no temas nada de ella. Es una ayudante que he reclutado hace unos días, solo eso.

—¿Esperas que me crea ese cuento? —le recriminó el detective, sin apartar la vista de la mujer.

—Joder, Vincent, es la verdad. Es una matemática o algo parecido. Mírala, por Dios, ¿acaso parece una de las nuestras?

Vincent titubeó, aunque se calmó al ver que Faiga no se levantó para acercarse a ellos, sino para tener mejor vista de la cristalera. Empezó a susurrar algo en alemán, como si estuviera realizando cálculos mentales, moviendo de forma azarosa los dedos de ambas manos.

—Te queda poco tiempo, amigo —insistió Vincent.

—Hago lo que puedo —le replicó Anthony, secándose el sudor con la manga mientras intentaba en vano concentrarse—. Si dejaras de presionarme igual encontraría algo.

Vincent escupió en el suelo y barrió con la mirada a Marcos y Alberto, que seguían sentados a lo lejos, hablando entre ellos en voz baja. Era evidente que estaban planeando algo, pero no le sorprenderían fácilmente, estando él en posición dominante. Tener a Anthony como rehén era el mejor seguro de todos.

—¿Alberto? ¿Puedes traducirme? —dijo en alemán Faiga, alertando a todos los presentes—. Creo que estoy viendo un mensaje oculto, que es lo que quiere ese hombre ¿no?

—¿Qué le pasa? —preguntó Vincent, atento por si era una treta.

—Dice… dice que ha encontrado un mensaje oculto. Dame un segundo —dijo Alberto desde el fondo de la nave, preguntando de nuevo a Faiga acerca de su descubrimiento, en alemán.

Estuvieron hablando durante varios segundos, con Faiga supuestamente explicando su teoría mientras gesticulaba con ambos brazos. Se la veía muy segura de sí misma. Alberto apenas le respondía con monosílabos.

—Creo que tenemos el mensaje —pronunció Alberto a Vincent—. Deja libre a Anthony y te lo damos.

—De eso nada —respondió Vincent, agarrando de nuevo a Anthony por el cuello y usándolo como escudo—. Ya puedes ir soltando qué te ha dicho o despedíos de vuestro querido amigo.

—El trato es justo, Vincent —replicó Alberto, intentando salvar como fuera a Anthony—. Tú dejas que se vaya y yo te doy la clave. Una cosa por otra.

—¿Qué te parece si lo hacemos al revés? Tú me das la clave y yo dejo libre a tu compañero.

—Vamos, Vincent. Coopera un poco ¿no? Estamos intentando llegar a un acuerdo, pero no esperes que nos fiemos de ti, luego de todo lo visto.

El detective evaluó todo lo dicho, hasta que al final se lanzó hacia la mujer y la cambió por Anthony entre tus brazos.

—Adelante, empieza a andar hacia ellos —le dijo a Anthony—. Anda despacito y a mitad de camino te paras. Entonces espero oír en voz alta el mensaje secreto.

Marcos y Alberto se miraron con complicidad y asintieron. Anthony, por su parte, no se lo pensó dos veces y empezó a caminar con pasos cortos hacia su salvación. Sentía toda la espalda empapada de sudor y las rodillas temblorosas. Estaba totalmente dominado por el pánico.

Una vez llegó a la mitad de camino, la voz de Vincent le dio el alto. Anthony se detuvo sin apartar la vista de sus dos compañeros. Alberto estaba metiéndose la mano en el costal derecho, presumiblemente para armarse con la pistola, cosa que Marcos ya había hecho. Anthony captó un par de gestos concretos que Marcos le estaba haciendo con las cejas, indicándole una estrategia que iban a llevar a cabo. El código de los espías era bien claro: no podían dar información relevante a nadie, incluso aunque ello supusiera la muerte de alguno de sus integrantes. Anthony asintió levemente y tragó saliva.

—¿Y bien? ¿Cuál es la clave? —gritó Vincent, arrepintiéndose a cada segundo que pasaba de haber dejado ir al espía español.

—La clave es… —dijo Alberto, justo cuando desenfundó su pistola y apuntó hacia el detective—. ¡Tu muerte!

Anthony se tiró al suelo y comenzó a gatear hacia los bancos de madera de los feligreses, mientras que Alberto y Marcos lo cubrían disparando una y otra vez hacia el detective. Vincent, incrédulo de cómo una situación tan favorable se le pudo escapar, tiró de Faiga hacia él y la refugió tras una columna.

—¡Malditas hienas! —exclamó Vincent—. Ibais a matar a una mujer con tal de no decirme la información. ¡Sois unos chacales del infierno!

—Esa mujer iba a morir igualmente, detective de pacotilla —dijo Marcos, con socarronería—. Ahora te vas a enterar de cómo nos las gastamos. Ve rezando lo que sepas, que Dios te espera.

—¡Cierra la puta boca! —gritó Anthony, increpando a Marcos mientras cogía un arma que le cedió Alberto—. Vincent, ¿me oyes? La policía debe estar llegando ya, y está claro que de aquí no vas a salir con vida. Te propongo que dejes venir a la mujer y te dejamos ir.

—Jajaja, tienes valor en proponerme algo así, cobarde de mierda. ¿De verdad crees que voy a fiarme de ti, basura?

—Confía en mí, no te estoy mintiendo. No te voy a decir la clave descifrada, pero te permitiré salir de esta situación con vida.

—Empiezo a entender de qué va todo esto —replicó Vincent, mirando a Faiga con condolencia—. Sois unos asesinos sin remordimientos, os rodeáis de gente que luego pasáis por la horca cuando ya no os son útiles. Sois escoria.

Anthony miró con rabia contenida hacia Marcos, por haber proclamado de forma tan frívola las intenciones hacia Faiga. Estaba claro que Vincent ya no iba a ceder, así que cambió de estrategia.

—Marcos, ve por el ala derecha. Tú, Alberto, por la izquierda. Yo intentaré acercarme por el centro mientras lo distraigo hablando. Disparad a matar. A Faiga no la matéis, aún la vamos a necesitar.

Alberto asintió y se puso en movimiento ipso facto, ocultándose entre las columnas del lugar. Marcos dudó unos segundos antes de obedecer, pues no entendía del todo por qué Faiga debía seguir con vida, aunque tenía claro que él era un hombre de acción y Anthony el cerebro pensante.

—Vincent, vas a conseguir que os matemos a los dos —empezó a decir Anthony, siguiendo su plan—. Entrégala y salvaréis la vida los dos.

—¡Vete al infierno, hiena del demonio! Ella ya estaba sentenciada desde hacía tiempo, la necesitabais para encontrar el mensaje oculto, para luego darle pasaporte directo a la tumba. ¡Te juro que la próxima vez no saldrás vivo, Anthony! Te voy a dar una paliza que hasta tus hijos tendrán moratones.

Faiga comenzó a llorar, aunque tan pronto se percató de la situación, extrajo de un bolsillo una libreta y comenzó a escribir garabatos.

—¿Y tú que estás haciendo ahora? —le dijo Vincent, escupiendo en el suelo para intentar sacar algo de presión.

—Tú ayudas a mí y yo ayuda a ti —le dijo Faiga, mostrándole lo que estaba escribiendo. Eran puntos y rayas escritos de forma consecutiva.

—¿Qué es eso?

—Cristales de colores… rojos, verdes y azules. Rojos puntos, azules rectos y verdes… ¿*separatoren*?

—¿Los cristales están dispuestos siguiendo el código Morse?

—*Ja* —respondió Faiga, asintiendo con la cabeza.

—Está bien, apunta todo, que yo me ocupo de estas hienas.

—Ellos no buenos, querían mal a mí. Por favor, yo no quiero mal. ¿Tú español?

—No te preocupes ¿vale? No temas nada de mí. Yo no trabajo para esos hijos de perra ni para ninguna agencia. Yo soy detective privado, ¿entiendes? De-tec-ti-ve pri-va-do.

—¿*Detektiv*? ¿Tú *detektiv*?

—Sí, yo *detektiv*. Sigue escribiendo y nos largamos.

—¿Vincent? Sé que estás ahí —seguía diciendo Anthony, mientras avanzaba un metro más—. No te quedan muchas opciones y lo sabes.

Sin embargo, el detective hizo caso omiso de las advertencias. Era conocedor de este tipo de estrategias de disimulo, y tenía claro que estaban dándole caza. Se asomó ligeramente de su escondite, mostrando el cañón de su revólver y abriendo fuego hacia Anthony, que se tiró al suelo nada más oír la primera bala impactando cerca de él.

—¡Maldito bastardo! —exclamó el espía—. ¡Te vamos a llenar de plomo hasta que te partas en dos!

—Ya estáis tardando, pelele —le replicó Vincent, mirando detenidamente hacia el lado contrario, donde habían numerosas sombras y lugares idóneos para no ser visto entre las hileras de columnas.

Súbitamente, una bala resbaló cerca de la posición de Faiga, chispeando al impactar en una losa cercana a sus pies. Marcos, que había avanzado hasta escasas columnas de distancia, abrió fuego sin dudarlo al ver una figura moviéndose. Le daba igual si era Faiga o Vincent.

El detective cambió de cobertura tan pronto como se percató, y arrodillándose para ganar estabilidad en el disparo, se asomó para abrir fuego repetidas veces contra el espía. Una bala silbó cerca de su oído, mientras que otra le abrió un canal de sangre a la altura del muslo derecho. Solo le rozó, pero le escocía como si le estuvieran quemando la piel con un mechero.

—¡Maldito perro! —gimió Marcos—. ¡Te voy a meter la pistola por el gaznate!

Vincent respondió asomándose de nuevo y fijando el arma hacia donde estaba cubierto Marcos, cuando vio de soslayo a Anthony enfocándole desde el centro de la nave. Se agachó a tiempo para que errara el disparo, y casi sin apuntar, descargó tres balas hacia su enemigo. Ninguno de los tres impactos le alcanzó, pero sí logró que se retirara hacia atrás, a un lugar con cobertura.

—¿Cómo va eso? —preguntó Vincent a Faiga, mientras llenaba el cargador de su pistola con más balas.

—Yo poco, poco…

—¿Poco, poco? Pues más te vale darte prisa, porque esto empieza a ponerse caliente.

De nuevo se asomó Vincent, coincidiendo cara a cara en la distancia con Marcos, que decidió hacer lo mismo que él en el mismo instante. Ambos abrieron fuego y se ocultaron de nuevo, para luego maldecirse entre gritos.

Alberto, mientras tanto, se movió sigiloso entre las columnas, los confesionarios y el resto de muebles allí habidos, colocándose en línea recta a la posición de Vincent y Faiga. Los tenía visibles sin ningún obstáculo de frente, a apenas unos diez metros de distancia. Era un disparo fácil que no podía fallar bajo ninguna circunstancia, aunque prefirió tomarse su tiempo para asegurar la diana. Bajó la rodilla derecha, sujetó con ambas manos la pistola y fijó a Vincent en su mirilla. El detective miraba esporádicamente hacia su posición, pero solo veía oscuridad. Ya era suyo, era imposible fallar un disparo tan fácil, cuando de repente, sintió un golpe seco en la base del cráneo y cayó al suelo desmayado.

—¡Yo acabado! ¡Yo tengo todo! —exclamó Faiga, mostrando su libreta a Vincent, que sin mediar palabra la cogió de las piernas y se la subió al hombro, como si fuera un saco. A continuación, suspiró para armarse de valor y se echó hacia la derecha del todo, para encontrarse de nuevo con la pistola de Marcos. Vincent abrió fuego hasta tres veces, mientras que Marcos solo pudo una, pues la segunda bala del detective le alcanzó la oreja derecha, reventándosela en un chasquido de sangre y gritos.

—¡Maldito bastardo! ¡Te voy a cortar a pedacitos antes de matarte! ¡Te voy a sacar las tripas para que te las comas! —gimió Marcos, echándose la mano a la oreja para taponar la herida.

Anthony se asomó y apuntó para disparar. Vincent era un blanco fácil, aunque si disparaba podía darle a Faiga, y la quería con vida, por lo que se quedó apuntando para luego bajar de nuevo la pistola. Vio como la pareja se iba corriendo por la puerta de atrás.

«Has sido valiente, Vincent. Es la segunda vez que me sorprendes y empiezas a ser una molestia», pensó Anthony mientras enfundaba su arma y se dirigía hacia Marcos, para ver la gravedad de sus heridas.

—¡Alberto, vente! Han herido a Marcos y va a necesitar ayuda. Deja que se larguen esos dos, ya organizaremos su caza —gritó Anthony, oyendo las sirenas policiales tronar en el exterior.

Marcos estaba sentado en el suelo y apoyado contra la columna que le daba cobertura. Tenía su mano dispuesta sobre la oreja, aunque no pudo evitar que la parte derecha del abrigo acabara bañada de sangre. Tenía la tez pálida y se le notaba carente de fuerzas.

—Me ha reventado la oreja, Anthony —dijo con voz apagada—. Cuando coja a ese bastardo lo voy a despedazar a cachitos, te juro que…

—Cálmate, Marcos. Guarda fuerzas, que te estás desangrando —respondió Anthony, sacándose un pañuelo del bolsillo para ayudar a taponar la herida abierta de su compañero—. Olvídate ahora de Vincent y de la otra.

—Anthony… ese tío sabe disparar y se atreve con todo. Ha venido hasta aquí y se ha expuesto delante de todo el mundo. Es como si le diera igual todo, no le teme a que le metan un tiro. Pero no sabe bien ante quién se está midiendo.

—Bueno, no nos sorprenderá más. La próxima vez, seremos nosotros los que estaremos apuntándole a él —replicó Anthony de nuevo, mirando alrededor para localizar a su otro compañero—. ¡Alberto! ¡Ven aquí! ¿Me oyes?

Pasaron otros segundos más, cuando la catedral empezó a llenarse de policías armados apuntando hacia todas las direcciones. Anthony se limitó a dejar su arma en el suelo y a decir que trabajaban para el gobierno español. No tardaron en apresarles y en cogerles su documentación, que aunque no venía escrito que fueran agentes del SIAEM, nada más dieran parte a la embajada los dejarían libres. Lo extraño fue cuando uno de los policías exclamó en francés que no había nadie más, solo el cadáver del inspector Coutillard y otros cuatro cuerpos sin vida cerca de la entrada de la edificación. Nada se sabía de Alberto.

CAPÍTULO 16: CONFESIONES FORZADAS

París, 21 de noviembre del año 1954

La habitación era un zulo frío y desprovisto de todo mueble, excepto la silla donde Alberto estaba sentado y una mesa destartalada con un cuenco de madera vacío sobre ella. La humedad del lugar era tal que una de las paredes estaba cubierta de unos hongos verdes casi en su totalidad. El suelo apestaba a orina y estaba pegajoso al tacto. Se oían las patas de los insectos correteando entre la oscuridad del lugar.

Alberto irguió la cabeza, que tenía apoyada en el hombro derecho, y sintió una punzada fuerte tanto en el cuello como en el occipital. Los ojos le ardían, pero no pudo frotárselos para aliviarse, pues estaba atado a la silla a la altura de los tobillos, alrededor del torso y ambas manos por detrás del asiento. El gélido aire del lugar le hacía expirar un vaho traslúcido que ascendía paulatinamente antes de desaparecer. Intentó tirar de las cuerdas que le tenían maniatado, pero apenas lograba coger las fuerzas suficientes como para tomar holgura. Además, el cordaje era grueso, se habían asegurado de que no pudiera soltarse persona alguna, ni siquiera el gigantón de Marcos.

«Está bien, cálmate y analiza todo —se dijo a sí mismo, guardando fuerzas e intentando ajustar las pupilas al entorno—. No sé cómo ha hecho ese maldito detective en cazarme, pero no va a matarme. Lo único que quiere es saber lo que nosotros sabemos. Cree que sabemos más que él y quiere saberlo. Debes ser inteligente, Alberto, y demostrarle que sabes bastantes cosas que le dirás a cambio de la libertad. Él no sabe nada de lo que la Agencia pueda saber, por eso te mantiene con vida».

Al instante, se oyó un golpe tosco más allá de la única puerta de madera que daba acceso a la tétrica habitación. Luego se sucedieron varios ruidos de algo arrastrándose, que se prolongaron durante un par de minutos. A continuación, silencio de nuevo.

«Es listo el tío, quiere crear una atmósfera de miedo para asustarme, pero la lleva clara. Ese desgraciado está acostumbrado a tratar con aficionados, no con gente entrenada como... espera, Alberto, espera... Vincent estaba a la izquierda mía, bastante lejos. Lo estaba viendo, estaba con la Faiga esa, cubriéndose de los disparos de Marcos. Vincent no ha podido ser, maldita sea mi suerte...».

El nerviosismo empezaba a dominar ya la mente de Alberto, cuando un golpe brusco hizo temblar la puerta. Se imaginó que podían ser los mismos que les dieron caza en Berlín, donde se cobraron la vida de Elisa, o quizás algún equipo de contraespionaje francés, lo que suponía una opción mucho peor para él, pues no lo dejarían con vida casi con total seguridad.

—¿Oiga? —gritó con todas sus fuerzas, intentando salir de dudas lo antes posible—. ¿Hay alguien ahí? ¿Me oye alguien?

Para desgracia suya, nadie le respondió. Solo reinaba el silencio en esa celda.

—¡Maldita seas! —volvió a exclamar—. ¿Se puede saber a qué estás esperando para mostrarte? Me estoy meando, ¿entiendes? Esto es ilegal según todos los tratados internacionales de rehenes.

Tenía la respiración y el pulso alterados, y toda la cara estaba envuelta de sudor y lágrimas resecas. Cerró los ojos e intentó concentrarse en su instrucción, en qué debía hacer y cómo debía actuar. Debía controlar su miedo y su nerviosismo, ser fuerte ante la adversidad y buscar cualquier momento para intentar la huida. Debía ser fuerte mentalmente, no mostrar debilidad ante nadie.

La puerta volvió a crujir a causa de algo que la impactó con fuerza al otro lado. El pomo giró con brusquedad y una luz tenue se abrió paso a través del pasillo al quedar la puerta abierta, dibujando una figura sombría en su centro. Era un hombre de talla alta, ataviado con un abrigo largo y sombrero, y con unas facciones poco visibles debido al contraluz. Un reguero de humo, procedente del cigarrillo que mantenía en sus labios, iba formando un río vertical amorfo hasta llegar al techo.

—Hola, señor Rey —dijo con voz abrupta, con un marcado acento alemán—. Espero que nuestro hotelito sea de su agrado. No hay muchas comodidades, pero le aseguro que esa será la menor de sus preocupaciones.

Alberto no pudo evitar el temblor de los labios y las rodillas, aunque intentó reafirmar su entereza poniendo rostro de enfado. No quería que su miedo rezumara en el aire.

—¿No dice nada, señor Rey? —insistió el individuo, entrando en la habitación y dejando un estuche negro sobre la mesa. Sonó a metálico al golpear la superficie de madera—. Supongo que está nervioso por todo. Es un lugar nuevo, gente nueva... pero poco a poco iremos conociéndonos mejor, y estoy seguro de que querrá hablar conmigo.

—¿Se puede saber quién rayos eres? —se atrevió a decir Alberto, armándose de valor y enfrentándose a su captor—. No sé si sabe a quién cree que tiene aquí atado ni lo que cree que yo pueda saber, pero creo que se equivoca de persona. Hay métodos menos agresivos para llegar a un acuerdo.

El individuo exhaló una mueca socarrona mientras abría el estuche en la mesa, dejando ver distintos utensilios de metal ideados con un solo objetivo: torturar a una persona. Había un sacamuelas, pequeños discos aserrados para mutilar dedos, espinas de metal de diversos tamaños, tarritos de ácido y un martillo de mano ideal para romper huesos. Alberto no pudo evitar tragar saliva al ver el macabro espectáculo que se estaba organizando, siendo él, el actor principal.

—Esta demostración no hace falta, como le estoy diciendo —insistió Alberto, intentando variar la decisión del alemán—. Estoy dispuesto a cooperar en lo que sea, siempre y cuando ello no incumpla algunos de mis mínimos preceptos de humanidad. Dígame simplemente qué necesita saber y hablamos.

—Sí... de eso estoy seguro... usted hablará y me contará todo —le replicó el carcelero alemán, armándose con el martillo mientras se metía las tenazas en el cinturón—. ¿Sabe qué es lo bueno de las torturas, señor Rey? Que uno se asegura de que le dirán la verdad. No hay mentiras cuando algunas partes de tu cuerpo son cercenadas y sientes tu sangre manar de muñones húmedos. El dolor es el mejor suero de la verdad que existe.

—Ya le he dicho que no hace falta llegar a esos extremos. Estoy dispuesto a cooperar… soy ciudadano español. ¡Dígame en qué necesita ayuda y yo le responderé con la verdad, se lo prometo!

Alberto estaba ya abiertamente asustado. Veía venir a su torturador con una risa macabra sobre su rostro ovalado y con claras intenciones de castigar su cuerpo. Intentó empujarse junto a la silla como si fuera una unidad, pero apenas puedo retrasarse unos centímetros antes de ser agarrado por el cuello.

—Verá usted, señor Rey. Sé que es ciudadano español y que trabaja para su servicio de espionaje, tanto usted como el señor Anthony Selles. ¿Desea saber qué necesito de usted? Pues yo se lo diré, amigo mío. Necesito, primero, que me diga cuántos espías más sois los que os ocupáis de la búsqueda del códice de Voynich.

Alberto lo miró con los ojos fuera de las cuencas, dudando si debía responderle o no. Por un lado, la orden de la Agencia le prohibía desvelar cualquier secreto relacionado con la misma, bajo pena capital o de cadena perpetua en caso de no cumplirlo. Sin embargo, el gigantón que tenía de frente dejaba bien claro que intentaría conseguir la información usando cualquier método que pudiera, olvidándose de los derechos humanos.

—Veo que está usted al corriente de mi investigación— llegó a decir Alberto, que se percató que se había orinado encima de forma inconsciente, mojándose hasta los zapatos—. Yo… éramos uno más, pero la asesinaron en Berlín. Supongo que usted no sabrá nada de eso ¿verdad?

—Claro que lo sé, idiota. Pero veo que no le gusta responder, sino preguntar. Una mala manía esa… vamos a tener que corregirla.

Casi sin dar tiempo a decir nada más, el alemán soltó el martillo sobre el hombro derecho de Alberto, oyéndose un chasquido que no vaticinaba nada bueno. El dolor era intenso y constante, provocando que toda la columna vertebral se le pusiera rígida, al igual que los músculos abdominales y los del cuello. Varias lágrimas saltaron de sus ojos, mezclándose con un par de gemidos de dolor.

—Por cierto, no me he presentado. Va usted a pensar que no tengo modales. Mi nombre es Heller, y mi presencia aquí es para combatir el daño que están ustedes haciendo. Mi hermandad no permitirá que gentuza como usted se divierta destruyendo los legados que nuestros antepasados nos dieron. Ese códice es una reliquia que debe continuar en nuestras manos, y no en las de inútiles como vosotros.

Alberto no podía articular palabra alguna. El dolor era tan hiriente que lo tenía paralizado entre gritos. Sin embargo, la agonía no hizo más que comenzar, pues Heller se colocó detrás de Alberto y le agarró la mano derecha que mantenía atada para asentarle en los nudillos las tenazas que guardaba en el cinturón. Apretó con todas sus fuerzas hasta que se escuchó el chasquido de los huesos quebrándose. Lejos de conformarse, Heller apostilló la herramienta de tortura en el siguiente dedo, el anular, e hizo lo propio, partiéndole los nudillos sin compasión. Alberto sintió como todo le daba vueltas alrededor, mientras el corazón le latía con tanta fuerza que parecía como si fuera a salirle por las costillas. Los gritos de dolor se agolparon en su laringe hasta el punto de asfixiarle, provocándole la pérdida del conocimiento instantánea.

La imagen de una campiña fértil y de prados verdes se abrió en la mente del espía. Una casa de tejado en pico y chimenea humeante despedía un olor a pan recién horneado que vaticinaba un desayuno menudo y agradecido. Una mujer se afanaba en poner la suculenta mesa, con una jarra de zumo de naranja recién exprimido, mantequilla, queso fresco, galletas calientes y un café molido de aroma hipnotizante. Alberto tenía apenas doce años, y estaba jugando en el lecho del río con su hermana, Alejandra. Los Rey eran una familia de pueblo, de costumbres modestas, y siempre dedicados al trabajo en el campo, un papel que heredarían sus dos hijos. Desde muy temprana edad, fueron aleccionados al uso del arado y al conocimiento de la recolecta de la mies. Probablemente, Alberto Rey sería hoy un granjero en aquella hacienda, aunque hubo un hecho que cambió ese destino tan señalado, haciendo que se fuera de ese lugar para no volver nunca. El recuerdo le torturaba una y otra vez con aquel fatídico día, cuando haciendo caso omiso a las llamadas de su madre para que fueran a desayunar, Alejandra y Alberto siguieron jugando con su barco de madera artesanal en una piscina natural formada por rocas y alimentada por el agua brava del río que rompía cerca. El barco se lo elaboró su tío Evaristo, un señor ya jubilado y de edad muy avanzada, pero que conservaba mucha pericia con el uso de la navaja. Moldeaba la madera con tal arte que podría perfectamente haberse dedicado a ello como oficio.

Súbitamente, el caudaloso río atacó con fuerza la fortaleza de piedras que tenían y se llevó el juguete de ambos niños. Alberto dio un salto para intentar cogerlo, pero apenas lo rozó con los dedos. Le faltó escasos centímetros, lo suficiente como para lamentarlo el resto de sus días. Alejandra, dos años mayor que él, no dudó en adentrarse en la orilla para hacerse con el barquito de madera, viendo como el agua le cubría hasta la cintura en cuestión de segundos.

—¡Cuidado Alejandra! —gritó Alberto, temeroso de que sus padres se enteraran de que se habían mojado. Siempre les advertían que tuvieran cuidado con el río, que era muy profundo y muy fuerte en su oleaje.

—No te preocupes, Alberto. ¡Yo lo cogeré! —replicó Alejandra, tirándose de lleno al agua para nadar hacia su objetivo.

Esa fue la última vez que la vio con vida. Desde aquel lamentable suceso, comenzó el declive de la familia Rey. Primero fue la madre, doña María Ostranzas, que a los tres días de aquello, acabó con su vida tirándose del campanario del pueblo. Don Pablo Rey, su padre, se sumió en un conglomerado de tristeza y desolación tan profunda que ni la bebida lograba mantenerlo a salvo. Apenas salía de su habitación, y si lo hacía, era para comprar más alcohol con el que emborracharse. Alberto, por su parte, se vio solo en la vida. Un cambio tan radical que le azotó en menos de una semana. Miraba todas las mañanas hacia el río, a través de la ventana de su habitación, imaginándose que su hermana volvía de entre sus heladas aguas. Rehacía una y otra vez en su mente como sería ahora todo si hubiera sido un poco más ágil o más alto para haber llegado a coger el juguete de madera cuando el río se lo llevaba. Aún sentía el frío tacto de ese agua sobre su piel, era un sentimiento que lo acompañaría de por vida.

Súbitamente, abrió los ojos de par en par. De nuevo la habitación que le mantenía preso se dibujaba sobre sus pupilas. Tenía todo el pelo y el rostro empapados de agua gélida. Frente a él, otro hombre además de Heller lo miraba con ojos profundos tras unas gafas redondas. Sostenía un cubo vacío que aún goteaba agua. Sin tiempo para reponerse, las tenazas volvieron a cerrarse sobre los nudillos de su dedo corazón, provocándole un dolor atroz. Las lágrimas volvieron a acontecer sobre sus lacrimales, mientras intentaba voltearse o moverse de sus ataduras para inhibir el sufrimiento. Se rindió ante la tortura, y comenzó a gemir perdón y que se detuvieran de su ensañamiento, llegándoles incluso a pedir que lo mataran. Tanto dolor era insoportable para un joven como él, de apenas treinta años de edad.

—¿Tú crees que hemos destaponado sus orejas ya, Jan? —dijo Heller, dejando las tenazas ensangrentadas sobre la mesa y encendiéndose un cigarrillo.

—No estoy seguro —respondió Jan, con un claro acento alemán también—. A ver que pruebe. ¿Me oye usted, señor Rey? ¿Me oye o tenemos que insistir?

—Le oigo… le oigo… por favor… le oigo. No más, por favor —tartamudeó Alberto.

—Vale, cálmese señor Rey y escúcheme con atención ¿de acuerdo? No hay necesidad de seguir con esta sangría. Necesito que me diga cuántos son los que estáis destinados a esta búsqueda, cuánta gente asignó vuestra Agencia para encontrar el códice Voynich.

—Cuatro… éramos cuatro —respondió al instante Alberto, rompiendo su juramento de confidencialidad—. A Elisa la mataron en Berlín.

—¿Solo cuatro, señor Rey? —preguntó Jan de nuevo, mirando con picardía a su compañero Heller, que dejó el cigarrillo al borde de la mesa y se armó de nuevo con las tenazas.

—¡Se lo juro! ¡Solo éramos cuatro! —gritó Alberto con desesperación. No quería pasar de nuevo por el calvario de escuchar sus huesos partiéndose, estaba totalmente rendido.

—Vale, vale… tranquilo, no hay necesidad de chillar. Mi compañero Heller no le va a hacer más daño, al menos por ahora. Si sigue usted siendo así de servicial, no tiene nada qué temer. Dígame, esa Elisa… ¿tiene apellidos?

—Elisa Pachón, su apellido era Pachón.

—Vaaale… concuerda con lo que sabíamos… y dígame, señor Rey, ¿me dice usted, por favor, los nombres y apellidos de sus otros dos compañeros?

—Anthony Selles, que es nuestro coordinador principal, y Marcos Alcántara.

—Muy bien, señor Rey. Y ahora dígame… ¿qué le dijo Faiga Arzer sobre el mensaje oculto en la vidriera?

Alberto no pudo evitar sorprenderse al constatar que sabían quién era Faiga.

—Me… me lo dijo en alemán. Imagino que lo escuchasteis ¿no?

—Será la primera y última vez que se lo diga, señor Rey. Cuando yo pregunto algo, usted responde. Lo que yo sepa o no sepa, no es asunto de su interés. Así pues, responda a la pregunta. ¿Qué le dijo Faiga Arzer sobre la vidriera de la catedral?

—Me dijo que había un mensaje oculto en los cristales.

—¿Qué mensaje?

—No lo sé, no llegamos a descifrarlo, se lo juro. Sí me dijo que eran cristales de varios colores y que entre ellos había una relación evidente.

Alberto sabía bien que era el código Morse, y aunque lo iban a deducir tarde o temprano, quería tener esa información oculta para asegurarse una posible liberación.

—¿Relación evidente? ¿Qué relación es esa?

—Mire… se lo ruego, yo le diré todo, se lo dejaré por escrito. Pero por favor, déjenme libre. Diré a la Agencia que me atrapó un grupo de protesta gubernamental local, que os confundisteis de persona. Os aseguro que no emprenderemos ninguna cruzada para buscaros, os lo juro. Yo os diré lo que Faiga me dijo sobre el código para descifrarlo, pero dejadme libre, por favor…

Jan asintió con los labios encogidos, centrando su mirada en el suelo. Se despojó de las gafas con movimientos pausados y se las guardó en el bolsillo interior de su chaqueta, para luego encenderse un cigarrillo. Heller, que Alberto había perdido de vista por un instante, estaba a su vera, con un aparato parecido a un rompenueces en su diestra. La agarró la mandíbula con su zurda, para mantenérsela abierta e introdujo el artilugio en uno de sus molares. Alberto comenzó a mover el cuello de un lado con todas las fuerzas que pudo, aunque solo le sirvió para recibir dos puñetazos férreos en el estómago y volver de nuevo a la situación inicial. Ya solo le quedaba seguir balbuceando compasión, pero ninguno de sus torturadores parecía estar conforme a dársela.

Hasta dos muelas le extrajo Heller, inundando la boca del espía español en sangre. Le dolían todos los músculos y huesos de la cara, y un calor repentino empezó a consumirle desde sus entrañas. Estaba empapado de sudor y el aire que expiraba no era suficiente para calmar su llanto de angustia, cayendo de nuevo en un estado de inconsciencia.

«¡Cuidado Alejandra! No te tires al agua, que si se enteran madre y padre, nos van a calentar», se dijo mentalmente, con el rostro de su hermana dominando toda su atención. La veía lanzarse al agua con movimientos pausados, como si los segundos avanzaran muchos más lentos. El sentimiento de culpa le volvió a inundar, sintiéndose miserable por no haber sido más recio o valiente para agarrarla antes de que se lanzara. Ahora solo le quedaban las frías gotas de agua que le salpicó.

Agua fría volvió a despertarle de su trance, empapándole el rostro y el torso en su plenitud. El dolor en las mandíbulas era agudo y fijo, dejándolo medio mareado. Sus pupilas apenas podían enfocar con claridad, teniendo una imagen fantasmagórica de todo. Haces de luces y sombras se entremezclaban en una sinfonía macabra de figuras amorfas. La voz de sus torturadores resonaba con un eco metalizado en sus oídos, martilleándole sin compasión como si la cabeza fuera a estallarle.

—Señor Rey, ¿me oye? —dijo Jan, poniendo énfasis en sus palabras. Alberto apenas podía identificar de qué lugar le hablaban, y miraba erráticamente de un lado a otro con los ojos abiertos de par en par. El miedo ya era parte de él.

—Igual necesita que le abramos un poco los oídos —añadió Heller, alejándose de las escena para ir a buscar algo de la mesa.

—¡Oigo! ¡Yo...! ¡Yo oigo! —llegó a decir Alberto, entre lágrimas y sangre.

—Me alegra saberlo, señor Rey —le replicó Jan, sentándose de nuevo frente a él—. ¿Recuerda lo último que le pregunté? Hablábamos de una relación entre los cristales de la vidriera y un código oculto. ¿Ya recuerda cual era? ¿O quiere seguir charlando con mi amigo Heller? Intente acabar esto con un poco de dignidad, hágase ese favor.

Fue entonces cuando Alberto se dio cuenta de que no saldría vivo de esta habitación. Ya lo habían sentenciado a morir.

Solo lo torturaban para exprimirle toda la información posible. Gimió un estertor ronco y escupió una pelota de sangre, haciendo un esfuerzo titánico para conservar la lucidez. Fijó su vista en la imagen borrosa de Jan y le sonrió con la carcajada típica de un loco.

—Ya puedes matarme. No pienso decirte nada. No vas a conseguir nada de mí. Podéis pudriros en el infierno.

Heller avanzó al instante con varias espinas de metal y el martillo, aunque Jan lo detuvo al pasar a su vera. Alberto no paraba de reírse, una y otra vez, salpicándolo todo con la sangre que manaba de su boca.

—Señor Rey… aún puede usted sufrir mucho daño.

—¡Vete al infierno! —interrumpió Alberto, tomando aire con un silbido fuerte—. Matadme de una puta vez, porque no pienso decir nada.

—Señor Rey —insistió Jan, juntando sus manos como si estuviera rezando—. Está claro que usted no va a salir vivo de aquí, y lo sabe. La elección que le brindamos es recibir tres disparos en la cabeza ya mismo, y así acabamos con tanto sufrimiento y dolor, o bien seguir con esta tortura. No morirá hoy, ni mañana, eso se lo aseguro. Aún le quedan muchos dientes por extraer, dedos por amputar y lugares de su cuerpo capaces de transmitirle mucho daño. No confíe en morir pronto, porque nos aseguraremos de que no sea así. Sabremos mantenerle con vida para que siga sufriendo. Normalmente, nos suelen durar siete u ocho días.

—¡Matadme ya! ¡Chacales alemanes! ¡Así os hagan lo mismo a vosotros, desgraciados! ¡Al infierno!

Jan miró a Heller y le hizo una señal para salir fuera de la habitación. Alberto necesitaba tiempo para asimilar lo que le había dicho, así que prefirió dejarlo solo, chillando y maldiciendo su suerte. En una hora, el dolor sufrido se asentaría e intensificaría, haciéndole recapacitar, estaba seguro de ello.

—¿Un café? —le preguntó Jan a su compañero.

—Salgo y compro algo también de comer. Me ha entrado apetito. Hay aquí cerca un puesto ambulante de esos que hacen patatas asadas, ¿te hace una?

—Una de roquefort, sí.

—Ahora vuelvo.

La hora se prolongó al doble de tiempo, una soledad que Alberto racionó con varios sentimientos mezclándose entre sí. Miedo, tristeza, valor, nostalgia… muchos recuerdos se agolparon en su cabeza, recordándole tiempos mejores. Cuando entró en la Agencia, cuando le presentaron a Anthony Selles y le asignaron su primera misión con él… incluso le vino a la cabeza cuando hizo el amor por primera vez, que fue con una prostituta de la que se enamoró perdidamente. Se llamaba Margarita a secas, o *La Marga* del barrio, una mujer con los treinta años ya pasados y con un cuerpo voluptuoso y entrado en carnes. Le volvía loco estar con ella charlando, acariciándola y teniendo sexo, aunque tuviera que pagarle por ello.

De nuevo surgió la imagen de su madre y de su hermana, Alejandra, inculpándolo por no haber actuado para salvarle a tiempo.

Ahora, todo eso eran recuerdos pasados. Iba a morir, y solo le quedaba aceptarlo y no venirse abajo. El compromiso que aceptó al entrar en la Agencia dejaba claro que no podía contar nada comprometido a nadie de fuera de la misma, aunque al ver a la muerte tan de cerca, dicho juramento adoptaba un sentido distinto. Heller y Jan ya sabían que Anthony y Marcos trabajaban para el gobierno español y sabían en qué misión estaban. No iba a comprometerlos más de lo que estaban ya. El mensaje oculto de la vidriera era lo único que lo separaba de su libertad final, y pensándolo bien, pasar por tanto sufrimiento en torturas por no contarlo, era absurdo. Si tenía que morir, prefería acabar ya con una bala en su sien, una muerte rápida y definitiva. Se había rendido, sí, aunque él prefería verlo como que había valorado la situación y era preferible contar ese descubrimiento que pedían, pues a fin de cuentas, no comprometía a los suyos.

Cuando Heller y Jan entraron de nuevo en la habitación, Alberto estaba con el rostro hacia abajo, para dejar caer la sangre que aún manaba del interior de su boca al suelo, donde se había formado ya un charco pegajoso. No gritaba, y tenía la mirada más limpia hacia ellos. Jan no se había equivocado, el tiempo en soledad le sirvió bien para pensar en su elección.

—Podéis ahorraros todo eso —dijo Alberto, al ver cómo Heller cogía algunas de las herramientas de tortura de la mesa—.

Os contaré todo lo que necesitáis saber, os lo aseguro. No vale la pena más sangre.

—Todos tenemos que aceptar nuestro papel en esta vida, señor Rey —le respondió Jan, como si fuera su conciencia—. Nosotros no somos panaderos ni mecánicos, somos espías, y estamos supeditados a este destino. Un día estamos en la gloria, disfrutando de nuestro éxito en la misión, mientras que otro nosotros nos convertimos en la misión de otro, y con convertimos en su presa. Hoy le ha tocado a usted habitar esa cloaca, señor Rey.

—Lo sé... aunque ¿no me dijo tu compañero que erais de una hermandad o algo así? ¿Ahora resulta que sois espías de Berlín? Te lo digo como curiosidad más que nada, porque ya me da igual lo que seáis, la verdad. Y por cierto, no hace falta que me hables de usted, creo que ya nos hemos perdido el respeto lo suficiente como para obviar esa reverencia.

—Me criaron a tratar así a toda persona ajena a mi círculo, y así seguiré haciéndolo. Heller le ha hablado más de la cuenta, y como bien dice usted, ya no debería importarle mucho lo que nosotros seamos. ¿Me va a decir qué mensaje había en esa vidriera, y así dejamos ya de seguir con este juego absurdo?

—Sí, aunque antes le tengo que pedir un último favor. Prométame que tendrá buena puntería y se asegurará de que esté muerto.

Las lágrimas comenzaron a brotar de los ojos de Alberto. Era una conversación demasiado atípica el hablar de tu inminente muerte con tu verdugo. No pudo evitar sentir una angustia amarga que le recorrió todo el cuerpo.

—No se preocupe usted, señor Rey —le respondió Jan, apiadándose del joven espía—. No sufrirá y será todo muy rápido.

—Gracias al menos por eso... como bien me has dicho, es lo que tiene este trabajo, a veces apuntan la mirilla hacia tu cabeza... bueno, el código... las vidrieras están hechas de varios trozos de cristales de colores. Rojos, verdes y azules, y según dijo Faiga, representan el código Morse.

Jan y Heller se miraron con cara de incredulidad, como si les sorprendiera que algo tan evidente hubiera pasado desapercibido durante tanto tiempo. No obstante, el camuflaje que tenía el mensaje era perfecto, pues con todas las vidrieras que había en el lugar, si no sabías que esos cristales guardaban un secreto, resultaba imposible de verlo.

—Código Morse, ya sabéis, puntos y rayas… —siguió diciendo Alberto, al ver la cara de perplejidad de Jan y Heller—. No sé qué mensaje hay, habría que volver allí para tomar nota de esos cristales.

—Sabemos lo que es el código Morse, señor Rey —quiso concretar Jan, que se quitó las gafas y las limpió con una pañuelo mientras iba pensando en ese descubrimiento—. Y dígame, señor Rey, ¿qué vidriera es la que tiene ese mensaje?

—La que estaba bajo ellos, una que representaba el libro de los Reyes, o algo así.

—¿Sabe de dónde sacaron esa información?

—Fue el detective ese que estaba con la mujer. Estuvo en Versalles, siguiendo una pista que solo él sabe de dónde la sacó, y allí encontró otra que le llevó hasta la catedral.

—Ese detective es español también ¿no?

—Sí, pero no trabaja para nosotros. De hecho, creo que haría buenas migas con vosotros —respondió Alberto, con algo de ironía.

—Lo dudo mucho. No buscamos lo mismo, ni nuestro fuero es el mismo. Dígame, señor Rey, ¿por qué razón busca ese detective el manuscrito original de Voynich?

—Créame que no lo sé. Supimos que inicialmente fue contratado por una mujer, una tal Nicole Bachir, que falleció hace varios días durante una persecución aquí, en París.

—¿No llegasteis a atraparle? ¿Tan escurridizo es?

—Es complicado, sí. Lo intentamos un par de veces, pero es más listo de lo que parece. Eso sí, si lo cogéis algún día, dadle un buen puñetazo de mi parte, os lo ruego.

—No somos asesinos sin escrúpulos, señor Rey, aunque si también busca dicho manuscrito tiene todas las papeletas para ganarse una bala en la cabeza, eso no lo dude. Una cosa más, señor Rey: ¿por qué busca su Agencia el manuscrito Voynich? ¿Lo sabe?

—No tengo ni idea, se lo juro. Dan las órdenes a nuestros superiores y éstos a los siguientes jefes de cada grupo. Yo soy un integrante más del grupo.

—Su jefe de grupo es ese tal Anthony Selles, ¿cierto?

—Sí, es él.

—Por lo que, él podría saber algo sobre eso ¿cierto?

—Dudo mucho que sepa lo que estáis buscando. La Agencia le habrá dicho a él que recupere ese manuscrito y punto. No nos dan muchas razones ni explicaciones, solo la orden que debemos acatar. Cuanta menos información sepamos sobre el asunto mejor… por si nos capturan.

—Entiendo —sentención Jan, mirando a continuación a su derecha, donde Heller se encontraba.

—¿Seguro que no sabe nada más? —preguntó Heller, hablando en alemán—. Puede que se esté guardando algo. Un par de huesos puede hacerle recordar algo.

—No estoy seguro, Heller, pero creo que lo ha soltado todo. Mucho de lo dicho concuerda con lo que sabíamos —le respondió Jan, también en alemán. A Alberto le extrañó que cambiaran de idioma, pues estaba claro que sabían que él hablaba su lengua, aunque prefirió no apostillar nada. Solo rezaba para que desapareciera todo el dolor que le dominaba el cuerpo.

—Tú decides, Jan.

—Acabemos con esto. Es solo un niño jugando a espías y no creo que sepa nada más que nos pueda ser útil. Pégale un tiro y vayamos a por el jefe.

Heller sacó su pistola y le quitó el seguro, para poner la boca del tubo a apenas unos centímetros de la sien de Alberto. Empezó a recitar una especie de rezo santo.

—Que su alma descanse en paz en tu seno, Señor. Muéstrale tu misericordia infinita y permite que entre al reino de los cielos. Y a mí, tu ángel justiciero, dame el perdón eterno por mojar con sangre tu palabra santa.

Alberto tragó saliva y cerró los ojos. Alejandra lo miraba con la sonrisa inocente de una adolescente mientras le extendía ambos brazos. Estaba radiante con el pelo suelto y el vestido de los domingos. De fondo se oía el rumor de un río bravo y a una voz femenina llamándole a él. Era la voz de su madre, doña María Ostranzas, anunciando la hora de desayunar. Por un pequeño instante, Alberto sintió hambre entre tanto dolor.

Segundos más tarde, todo desapareció ante sus ojos. El rugido del río se transformó en un estallido semejante al de un trueno, dejando todo oscuro a su alrededor.

Ya no sentía dolor ni tristeza. Le pareció ver la imagen de un hombre frente a él, pero se desvaneció en cuestión de segundos.

CAPÍTULO 17: CONFIANZA QUEBRADA

París, 21 de noviembre del año 1954

El apartamento que Olivier cedió a Vincent y a Faiga era un lugar acogedor en el centro de París. Tenía un balcón que daba al bulevar Henry IV, un lugar de concentración de oficinas, cafeterías y sitios de encuentro de los parisinos. La vivienda tenía dos habitaciones bien amuebladas y cómodas, y un salón con cocina abierta totalmente fornida de alimentos para una semana, más que suficiente para los intereses de la pareja.

El equipaje de Vincent estaba esperándole en el salón, al lado de una botella de champán y una fuente de chocolate relleno de licor. Olivier se ocupó de todo, era un anfitrión modélico.

La noche en la que llegaron a la casa, luego del tiroteo en la catedral, Vincent apenas habló con Faiga de nada. Se limitó a ducharse y encerrarse en una de las habitaciones con la botella de champán. Tenía el cuerpo alterado y los nervios le hacían temblar. El peligro que planeaba sobre su búsqueda comenzaba a ser un tema mucho más serio de lo que él pensaba. Había muchos grupos interesados en ponerle trabas, demasiados como para pasarlo por alto. A Vincent le azotó la duda de dejarlo todo y rendirse, para volver a su vida tranquila, aunque su testarudez le impedía tomar esa decisión. Era muy obstinado cuando empezaba algo, especialmente si habían transgredido su círculo más íntimo, como pasó con la muerte de Nicole.

Faiga, para su sorpresa, vio como en su habitación había ropa de su talla recién comprada. Se limitó a ducharse y a revisar el mensaje que había copiado en su libreta, mientras intentaba conciliar un sueño esquivo. Tuvo un último pensamiento hacia sus difuntos padres y en la situación en la que estaba ahora, dudando si estaba metiéndose en un asunto demasiado grande para alguien como ella. No confiaba en nadie y era muy consciente de que seguía viva porque la necesitaban. Todavía no tenía bien claro si Vincent era alguien de más confianza que el grupo de Anthony, aunque le transmitía una seguridad que hacía semanas que no sentía. Apenas había hablado con él, y lo poco que había visto de su actitud, era una persona arisca y ruda, pero no parecía una persona que tuviera intenciones ocultas en sus palabras. Era directo en sus diálogos.

El día siguiente amaneció lluvioso con un cielo plateado y tormentoso. Las ventanas crepitaban cada vez que un trueno azotaba al cielo parisino. Uno de ellos despertó de un sobresalto a Faiga, que miró el reloj de la mesilla de noche con preocupación al constatar que eran las diez y cuarto. Se vistió rauda, se recogió el pelo en una coleta improvisada y salió al salón, donde Vincent estaba sentado junto a un cenicero con varias colillas.

—Hola… yo… siento dormir tanto —dijo Faiga, juntando ambas manos con timidez sobre su regazo.

—No te preocupes, se ve que necesitabas dormir —le respondió Vincent, encendiéndose otro cigarrillo y abriendo la puerta del balcón, para que se aireara un poco el ambiente—. Ven y siéntate. Necesito que hablemos un poco.

Faiga hizo lo propio, tomando asiento frente a él. Le costaba mantenerle la mirada.

—Está bien… yo soy Vincent Arcadio, como creo que te dije. Trabajo para un hombre que me contrató y lo que parecía la búsqueda de un objeto se está convirtiendo en una pesadilla. ¿Entiendes todo lo que te estoy diciendo?

—Sí… yo te entiendo. Hablo mal pero entiendo bien.

—Vale, me basta con que me entiendas. El caso es que no sé cómo llegaste a parar con ese grupo de espías, ya sabes, Anthony y su grupito. ¿De qué los conocías?

—¿Anthony? Me ayuda en la estación. Yo… yo vengo de Berlín, mis padres muertos, mi profesor de universidad, muerto. Todos muertos y policía busca a mí para muerta. Yo voy en tren y todos buscan a mí.

—Joder… ¿Me estás diciendo que mataron a tus padres? ¿Quién?

—Rosacruces, grupo de religión.

—¿Rosacruces? Uhmm… ¿y se puede saber por qué hicieron eso? ¿Andaban tus padres metidos en algo? ¿Trabajaban para el gobierno o algo parecido?

—No, no, hacen porque mi profesor y yo miramos códigos secretos.

—¿Eres una especie de descifradora de códigos?

—Estudiaba código de Beale.

—Ni idea de qué es eso.

—Es código antiguo que guarda tesoro antiguo escondido.

—¿Joyas y cosas de esas?

—*Ja*.

—Vale… y dime, ¿en qué punto Anthony te contrata?

—Anthony me ve en estación, donde yo pedía comida, y me dice que quiere que yo ayude para código suyo.

—El código Voynich.

—*Ja*.

—Sabes que pensaban matarte, ¿verdad? Esa gente son espías españoles, y créeme si te digo que no hacen rehenes ni hacen tratos con civiles como tú. Te usan y luego te pegan un tiro.

—Yo sé… pero necesitaba ropa y comida. Necesitaba dinero para vida.

—Chica, de verdad no entiendo cómo te has metido en esto. El problema es que no va a ser fácil que salgas, esa gente te va a buscar sin descanso.

—Yo marcho a otro país.

—Te encontrarán, te darán caza hasta arrinconarte y darte muerte. No te creas que se rendirán porque viajes a otro lugar.

—¿Y a tú no cazan?

—¿A mí? Tengo tantos detrás de mi cabeza que ya no se ponen de acuerdo ni entre ellos de quién será mi verdugo —respondió con ironía Vincent, apagando el cigarrillo y resoplando con resignación.

—Pero tú no de gobierno, tú hombre solo ¿no?

—Detective privado, sí.

—¿Si yo ayudo a tú, tú ayudas a mí?

—Te lo voy a dejar claro, chica, la única ayuda que puedo darte es buscarte un vuelo hacia alguna ciudad alejada de todo esto y darte algo de dinero. Le pediré a Olivier que me adelante algo y espero que consigas abrirte paso en la vida, porque poco más puedo hacer. Yo no puedo protegerte más de lo que he hecho.

—Yo doy gracias a tú.

—¿Te puedo preguntar cuántos años tienes?

—Treinta y un año menos.

—¿Veintinueve?

—*Ja*.

—Aparentas menos…

—Tú amable. Gracias.

—Bueno… me gustaría que ahora me contaras lo que viste en la vidriera, lo que apuntaste. Dijiste que era Morse ¿no?

—*Ja*, código Morse. Yo apunta —respondió Faiga, yendo veloz hacia su habitación para coger la libreta y exponerla frente a Vincent—. Raya, punto y separador.

—Vale… ¿me escribes aquí lo que pone ahí? Mi código Morse anda un poco oxidado…

—Yo escribo.

Cuando Faiga terminó de escribir todo, el mensaje no podía ser más críptico. Vincent solo llegaba a entender los números.

—*Marsas 42 pasoj kaj 88 interspacoj, tiam reen 8 pasoj kaj 545 palmoj, vi vidos patrino Salome protektanta la libron* —recitó Faiga, como si fuera su idioma nativo.

—¿Es alemán esto?

—No, esperanto.

—¿Esperanto? ¿Y tú sabes esperanto?

—*Ja*.

—Quien me iba a decir que iba a conocer a alguien que hablara esperanto.

—¿Cómo? No entiendo…

—Nada, nada. ¿Puedes traducirme lo que pone ahí? Yo no sé esperanto.

—Sí… Dice que tú tienes que andar 42 pasos y 88 manos, y luego restar 8 pasos y 545 manos. Y allí tú puedes ver a madre Salomé con libro.

—No sé si entendía mejor el mensaje en esperanto o lo que acabas de decirme —dijo Vincent, con una carcajada escueta—. ¿Sabes qué significa?

—No… yo… ¿medida para lugar?

—Ya… pero ¿por dónde empezamos a contar esos pasos y esos palmos?

—¿Catedral de cristal?

—Puede ser, sí… aunque no me cuadra. ¿Hacía qué punto cardinal se supone que debemos andar?

—Yo no sabe.

—Ya… —respondió Vincent, levantándose y poniéndose el abrigo y el sombrero—. Voy a salir a tomarme un café y ahora vuelvo. No salgas de aquí y no abras a nadie ¿vale?

—No abro a nadie.

—Eso es. Hay comida ahí. Desayuna lo que quieras.

—Gracias.

Nada más poner un pie en la calle, el azote de agua que caía empapó a Vincent de lleno. Era una lluvia copiosa, de gotas grandes y abundantes, capaz de calarte en apenas unos minutos. Sin embargo, Vincent era de costumbres muy arraigadas, y el desayunar en una cafetería era parte de su decálogo. Necesitaba estar en la calle, sentir su atmósfera y ver gente. Era parte de su oficio y parte de su vida.

Entró en una cafetería decorada con luces y pinturas de colores chillones. Era un lugar frecuentado más por jóvenes que por adultos como él, aunque a estas horas de la mañana apenas había gente. Vincent fue directo a la barra, se sentó y pidió un café doble bien cargado, además de un pan tostado con aceite que se le antojó al vérselo a uno de los clientes del lugar. Pagó nada más fue atendido, como era costumbre en él, y se recostó hacia delante para saborear el café. Frente a él, en una cristalera enorme que cubría casi la totalidad de la barra, dos hombres ataviados con ropajes oscuros y sombreros bajos le tenían la mirada fija. Lo miraban con detenimiento mientras charlaban en voz baja. Vincent no dejó que la cosa fuera a más, y sin pensárselo dos veces, se giró en la silla y se levantó con paso firme hacia la misteriosa pareja.

—Hola… ¿algún problema, señores?

—¿*Pardon*?

—¿Qué si tenéis algún problema?

—*Je ne comprends pas votre langue, Monsieur.*

—¿De verdad creéis que me la vais a dar?

—¿Pasa algo señor? —dijo uno de los camareros del lugar, que estaba cerca.

—Estos dos… ¿los conoces?

—Sí, son el señor Giront y el señor Gampard. Tienen una farmacia dos calles más abajo, señor. Son clientes de esta cafetería desde hace años.

Vincent los miró con perplejidad, analizando con más ojo crítico a los dos individuos. Tenían cara de asustados, algo atípico si fueran asesinos o espías como él tenía en mente. Además, se les veía con más edad de la que aparentaban en un principio.

—Me dicen que no querían molestarle, que solo les pareció curioso ver a un extranjero en estas fechas de lluvias —añadió el camarero, traduciendo lo que le decían.

—Ya… oiga… dígales que me perdonen, pero es que… tengo un mal día ¿sabe? Les había confundido con otra gente. Dígales que yo les invito a lo que estén comiendo.

—*Non, non, je vous prie* —dijo el señor Gampard, intentando limar asperezas en el asunto.

—Sí, por favor, por las molestias —insistió Vincent, torciendo la boca con arrepentimiento, mientras retrocedía hacia la barra de nuevo.

«Tienes que calmarte, Vincent. No son tan listos como piensan. Ellos también están en un país extraño y les estará costando encontrar tu rastro. Olivier está siendo de mucha ayuda, muy discreto, y tiene muchos medios», se dijo a sí mismo, mientras se acababa el desayuno lo más rápido posible.

Al salir, se despidió de los señores Gampard y Giront, que amablemente le devolvieron el saludo. Fuera apenas había gente, y la poca que había estaba corriendo de una acera a otra para evitar mojarse de la copiosa lluvia. A Vincent no le importaba mojarse, estaba ya hecho a la calle. Estuvo en misiones de seguimiento en las que tenía que mantenerse fijo en una esquina esperando durante horas a que el individuo saliera del hotel o de la casa donde estaba. Ya podía llover, nevar o haber una inundación, que él no podía moverse de su posición. En ese tipo de situaciones, su trabajo se hacía muy sufrido.

Andando por la calle, a medio camino de llegar a la casa que compartía con Faiga, un coche oscuro con la matrícula doblada frenó a escasos metros de él. Las dos ventanillas del lado izquierdo estaban bajadas, dando paso a dos toberas de pistolas automáticas que se asomaron en cuestión de segundos. Vincent reaccionó tirándose al suelo, al lado de un buzón de correos. Las balas comenzaron a silbar a su alrededor, abriendo boquetes en la acera y en el buzón. Una bala le rozó la pierna derecha, rajándole el pantalón y el abrigo en una raspadura de sangre. Estaba claro que la cobertura que tenía no era suficiente como para detener la lluvia de hierro con la que le estaban rociando, por lo que tenía que actuar. Sacó su pistola, respiró acelerado durante unos segundos y asomó su brazo derecho y parte de la cabeza, lo justo para apuntar y abrir fuego, justo cuando vio a dos personas andando raudos hacia su posición mientras descargaban sus pistolas en disparos. Vincent abrió fuego dos veces y se volvió a ocultar, para repetir la misma técnica de nuevo, pero esta vez cambiando de lado. Hizo blanco en uno de los individuos, que cayó al suelo con ambas manos agarrándose el torso, aunque el otro, sin embargo, llegó hasta su altura, sujetando la pistola con convicción. Vincent se vio sorprendido por éste, y lo único que pudo hacer es levantar ambas manos en sumisión.

—¿Quién sois? ¿Qué queréis?

Su ejecutor no medió palabra alguna, y levantando la pistola hacia la cabeza de Vincent, presionó el gatillo, oyéndose el *clank* hueco del metal chocando contra el metal. Se había quedado sin balas en el cargador.

Vincent se lanzó raudo para recoger su pistola, que había tirado al suelo, pero su atacante se lo impidió con una certera patada en las costillas, echándolo hacia atrás. Del coche salió otro hombre que agarró de las axilas al hombre que Vincent había tiroteado, y empezó a arrastrarlo hacia dentro del vehículo.

El agresor se lanzó de nuevo hacia Vincent para darle dos patadas más a la altura del vientre, aunque esta vez, Vincent reaccionó y se tiró con ambos brazos hacia su enemigo, fijándolo en el magullado buzón. Empezaron a sucederse codazos, puñetazos y patadas sin control alguno, abriendo brechas de sangre en ambos rostros, aunque al final el enemigo fue más resistente. Trazó un puñetazo que acertó de lleno en la nariz del detective, tirándolo al suelo en un reguero de sangre y un mareo que le impedía ver y centrarse con claridad. Todo a su alrededor le daba vueltas, como si estuviera montado en un tiovivo de feria. Su agresor, lejos de pararse, se ensañó con su víctima, propinándole dos punterazos en la espalda. Lo hubiera matado con la paliza que le estaba dando si no fuera porque de repente, al oír unas sirenas de policía, salió corriendo hacia el coche. De un derrape seco abandonaron el lugar, dejando como único testigo de lo que había pasado, a Vincent tirado en el suelo y cubriéndose de lluvia.

La poca gente que había ahí cerca no se atrevió a asomarse de su escondite improvisado. No querían verse mezclados en asuntos de drogas o mafia, y cuánto más lejos de la escena, mejor. Las sirenas de policía siguieron sonando varios segundos más, aunque según parece, no tenían como destino la ubicación de Vincent, pues pasaron de largo por una calle colindante. Acudían a otra llamada, en otro lugar, y se dio la casualidad de que justo pasaban por ahí cerca, afortunadamente para Vincent.

Una pelota de sangre se alojó en la garganta del detective, impidiéndole respirar, reaccionando con brusquedad en un tosido sanguinolento que le hizo incluso vomitar el desayuno. La nariz la tenía totalmente tiznada de rojo y le costaba moverse sin sentir un dolor agudo en la caja torácica. Todo le seguía dando vueltas, mientras las gotas de lluvia le golpeaban como si fueran hirientes cuchillos. Intentó levantarse para extender su brazo en ayuda, pero apenas llegó a apoyar su rodilla cuando de nuevo se precipitó al suelo, tosiendo con dolor. Escuchó voces hablando en francés, alejándose de su ubicación. Intentó pedir ayuda, aunque solo llegaba a balbucear entre susurros algo incomprensible. El agua de la lluvia ya le había calado toda la ropa. Sentía su cuerpo mojado y frío, y no tardó en empezar a tiritar.

Súbitamente, sintió una mano cálida que le giró la cabeza y le limpió el tapón de sangre que le tenía obstruida las fosas nasales.

—¿Estás bien? —llegó a entender que le decía.

Cogió el brazo derecho de Vincent y se lo pasó por su cuello, intentando forzar para que el detective reaccionase y se levantara, cosa que hizo. Apoyado en su salvador, comenzó a andar arrastrando sus pies entre temblores y tosidos roncos. Tras avanzar unos metros, su cuerpo desfalleció hasta caerse contra la pared del edificio que tenían cerca.

—Levanta, vamos fuera de aquí —le insistió quien le estaba ayudando.

Vincent se limpió la cortina de agua que le cubría los ojos, y por un momento consiguió ver con algo de nitidez a su alrededor. Cuando vio a Faiga, vestida con una rebeca de estar por casa y manchada de su sangre por apoyarle en el cuello, casi no se lo creía.

—¿Faiga?

—Vamos a casa, Vincent. Casa cerca, casa muy cerca.

—Vamos a casa, sí —concluyó Vincent, apoyándose de nuevo en su compañera y haciendo un esfuerzo para soportar el tremendo dolor que le azotaba—. Mi pistola… coge mi pistola.

—Vamos a casa.

—Por favor, mi pistola.

—Yo cojo pistola, pero vamos de aquí, vamos.

Les llevó casi diez minutos llegar al portal del apartamento y subir las escaleras hasta estar dentro. Allí, Faiga se las ingenió para desvestir a Vincent y meterle en la bañera con agua caliente. Juntó varias toallas y empezó a limpiarle la sangre de la nariz y la boca, mientras dispuso una cafetera en la hornilla de la cocina. Vincent se dejó llevar por el momento de reposo, cerró los ojos y cayó en un profundo sueño. La paliza que le habían dado y la tensión mental a la que estaba sometido acabaron rindiendo su conciencia.

Súbitamente, sonó el timbre de la puerta. Faiga se quedó inmóvil. Empezó a temblar como una niña pequeña y lo único que se le ocurrió fue intentar despertar a Vincent moviendo su cabeza con insistencia, aunque sin éxito. No podía enfrentarse ella sola a esta situación, ella no era capaz de plantar cara a un grupo de asesinos armados.

El timbre de la puerta sonó por segunda vez, esta vez con más insistencia, acompañado de varios golpes toscos. Se oyó una voz lejana incitando a que abrieran, o eso entendió Faiga, que viendo que se quedaba sin recursos, se tiró al abrigo de Vincent y sacó de su bolsillo la pistola. La cogió como si fuera un artilugio capaz de destruir el mundo entero, manteniéndola sujeta con ambas manos entre temblores y con el corazón palpitándole de forma desbocada. Intentó coordinar su respiración, aunque un nuevo timbrazo y varios golpes de nudillo sobre la puerta la volvieron a descentrar.

Se levantó del suelo totalmente encogida, llevando la pistola en su esternón de forma poco intimidatoria. El sudor regaba sus manos y su frente, y las pupilas se le dilataron de forma incontrolable, volviendo todo borroso a su alrededor. La tensión del momento hizo que sus rodillas flojearan y que casi perdiera el conocimiento, aunque pudo mantenerse en pie. Se quedó quieta en la puerta del baño, mirando hacia el salón y rezando porque los visitantes creyeran que no había nadie en casa y se fueran. Se oían voces desde el otro lado de la puerta, posiblemente aceptando esa verdad, aunque todo se desmoronó cuando la cafetera comenzó a silbar. El café estaba hirviendo ya. Faiga fue rauda hacia la hornilla y apagó la lumbre, quitando la cafetera del fuego y poniéndola sobre la encimera. Volvió a aferrarse a la pistola y rezó porque no la hubieran oído, aunque para su desgracia no fue así. La puerta volvió ser golpeada con insistencia, mientras una voz clamaba con fuerza desde el otro lado.

—¡Vincent! ¿Vincent? Abre la puerta, Vincent.

Faiga no pudo evitar derramar varias lágrimas por el miedo. Sabía que no podría abrir fuego contra nadie, no era capaz de quitar la vida a ninguna persona ni aunque le fuera la vida en ello. Era demasiado débil de carácter como para proponerse una idea como esa. Dejó la pistola sobre la mesa del salón y se acercó lentamente a la puerta. Le costaba mantener su mano rígida.

—Vincent no en casa —dijo a través de la puerta.

—¿Cómo? ¿Faiga? ¿Es usted? —le respondió otra voz.

—Sí… Vincent no en casa. Él fuera.

—Faiga, abra la puerta. Soy Olivier Buyon, un amigo de Vincent. Estos dos son mis guardaespaldas, no debes temer nada.

El nombre de Olivier resonó en la mente de Faiga, que recordó que Vincent le habló de él hacía escasas horas como su jefe, quien le contrató. Miró a través de la mirilla de la puerta, y allí vio a un hombre mayor ataviado con ropajes suntuosos y caros. Tenía el pelo color plata con una raya perfectamente hecha en su lado derecho. Sus manos estaban cubiertas por unos guantes de cuero negro que sujetaban un paraguas. A su lado, se adivinaba la presencia de otros dos individuos, pero apenas se veía parte de sus torsos.

—Yo no puedo abrir, Vincent dice que no abrir puerta a nadie.

—Faiga, vamos a ver… mire usted esta llave que le estoy enseñando, ¿la ve? —respondió Olivier, mostrando una llave por la mirilla para que Faiga la viera—. Esta casa es mía y esta llave abre esta puerta. Si estoy llamando es por educación, aunque no dudaré en usarla si fuera necesario. Sé que Vincent está dentro, estoy al tanto del tiroteo que ha sucedido hace poco en la calle.

Faiga titubeó. Barajó la idea de poner el sofá frente a la puerta para evitar que nadie se colara, aunque al final optó por ir corriendo hacia la bañera para hacer una nueva tentativa despertando a Vincent. Sin embargo, éste seguía profundamente dormido. Respondía a la voz de Faiga con frases incomprensibles, como si estuviera teniendo un sueño.

—¿Faiga? ¿Me abre usted o tengo que hacerlo yo? Le ruego que se comporte —dijo Olivier.

Faiga no tenía más recursos que el llanto, por lo que se encogió de hombros y se puso a llorar desconsoladamente al lado del detective. Nadie se había portado bien con ella, todos la querían muerta, y aunque Olivier parecía de confianza para Vincent, a ella no le terminaba por convencer. Había algo en su mirada que la tenía aterrorizada.

Sin dar tiempo a más, la puerta se abrió. Olivier accedió a la casa junto a dos hombres trajeados y con corbata. Tenían el rostro serio y unos ojos que herían con tan solo mirarte, muy penetrantes.

—¿Hola? ¿Dónde está usted, señorita? —dijo Olivier, avanzando con pasos cortos.

—Permítame, señor Buyon —dijo uno de sus acompañantes, poniéndose delante de él y sacando una pistola.

Faiga se tapó el rostro, mezclando sudor y lágrimas en un llanto sin control. Se entregó a repetir el nombre de su padre y de su madre para que la protegieran de lo que se le venía encima.

El guardaespaldas de Olivier no tardó en asomarse, enfocando con la pistola a Faiga. Su mirada no daba lugar a dudas de que era un asesino sin remordimientos, capaz de matarla a ella con sus propias manos, si fuera necesario. Su pulso no temblaba ni un centímetro.

—Está aquí, señor Buyon. Vincent también.

Cuando dejó de apuntarla y bajó el arma, Faiga calmó su sofoco y dio una bocanada de aire profunda. Aún estaba asustada, pero empezó a atesorar que realmente era gente de confianza, personas que los ayudarían.

—Dios bendito… pero si es una chiquilla… —dijo Olivier, con tono protector—. Tranquila Faiga, no debes tener miedo, ¿vale? Somos amigos de Vincent, ¿no te dijo nada de mí?

Faiga se limitó a asentir, y aunque quiso responderle, las palabras se convirtieron en torpes llantos.

—Está bien, no te preocupes y cálmate. Jean Paul, ayúdala y llévatela al salón. Ponle un abrigo y dale algo de beber, un café o un coñac.

Jean Paul se acercó a Faiga, siguiendo las órdenes, y le extendió su enorme mano para asistirle a levantarse. Faiga temblaba de miedo.

—¿Está vivo? —preguntó Olivier, cuando Faiga justo pasaba a su vera.

—*Ja*… él vivo.

—Vale, nosotros nos ocupamos.

Las horas siguientes se sucedieron con más calma por parte de todos, especialmente de Faiga, que equilibró su agitación y cambió su miedo por tranquilidad. Olivier era todo un caballero, muy educado y atento con ella, y cada palabra que le cedía era para transmitirle sosiego.

Ya se habían presentado y habían cruzado varias frases. El café regó todo el proceso de forma amena y Faiga supo encontrar algo de confianza en la mirada de Olivier, aunque aún se le antojaba algo huraño.

—Entonces… ¿averiguasteis algo concreto en la catedral?

—No estoy segura. Yo… es Vincent quien sabe.

—Ya, pero tú sabrás también algo ¿no? Quiero decir, si Vincent te escogió fue porque supiste ver algo que él no.

—Yo buena en códigos secretos.

—Correcto, eres buena descifrando códigos. De hecho, en la catedral había un código secreto ¿no?

—No entiendo —dijo Faiga, intentando zafarse de lo que ya parecía un interrogatorio.

—A ver… varias pistas nos llevó a la catedral donde tú estabas, y allí, supuestamente había algo ¿no? Un objeto, otra pista, algo, no sé… ¿no viste nada? ¿No había nada?

—Muchos disparos. Vincent, espías españoles y policía hacen disparos. Yo escapo de espías y voy con Vincent.

—Sí, sé esa historia, ya me la has contado antes, Faiga. Vamos a ver... hay algo en mí que no te inspira confianza ¿verdad? Dímelo sin miedo, no vamos a hacerte nada malo, somos amigos, ya lo sabes.

—Yo... Vincent dijo a mí que no hablar con nadie.

—Te lo dijo porque hay muchos interesados en esta búsqueda, y lo entiendo. Pero nosotros estamos en el mismo grupo ¿entiendes? Somos amigos.

—Sí, pero... yo no conozco tú.

—Joder, esto es como darle patadas a una pared —injurió Olivier, levantándose del sofá y mirando a través de la ventana la incesante lluvia que aún seguía cubriéndolo todo—. A ver Faiga... Vincent te prometió ayuda ¿verdad?

—Ja... él ayuda a mí.

—Pues bien, ¿de dónde crees que sacará él el dinero para ayudarte? ¿Cómo crees que conseguirá sacarte del país sin que salten las alarmas? Ahora mismo, mírate... estás aquí, en una casa mía. ¿Acaso crees que de verdad soy capaz de hacerte daño? ¿No piensas que si fuera de los malos, ya te habría hecho algo?

—Yo... yo... Vincent dice que no hablar con nadie.

—¡Empiezo a ponerme nervioso con esa frase! —exclamó Olivier, totalmente fuera de sus cabales al obtener siempre la misma respuesta negativa—. Dios sabe que no soy una mala persona, pero no dudaré en pegarte dos azotes si no cooperas.

—¡Yo no puedo hablar! Vincent dice...

—¡Jean Paul! —interrumpió Olivier, haciendo que su guardaespaldas se levantara al instante de la silla—. Parece que esta señorita no quiere ayudarme, así que... ¿qué tal si se lo preguntas tú?

—Claro, señor Buyon —respondió el impávido Jean Paul, cogiendo del brazo a Faiga para levantarla de su asiento. La miró con ojos inexpresivos de asco, como si quisiera quemarla con la mirada—. El señor Buyon te está preguntando algo. Responde.

—Yo no puedo hablar. Vincent dice que no hablar.

—¡Responde he dicho! —gritó Jean Paul, alzando su enorme brazo para desatar una torta sonora en el carrillo izquierdo de la mujer. El golpe la hizo rodar por el suelo hasta dar contra las patas de una de las sillas en la que el otro guardaespaldas trajeado estaba sentado.

—Por favor, no pegar… yo no sabe nada —dijo Faiga, volviendo a su estado de llanto mientras se encogía en protección.

No tardó Jean Paul en llegar a ella para agarrarla de los pelos y levantarla. Cerró el puño libre y centró su mirada en el rostro de Faiga, sin sentir pena alguna.

—Por favor, Faiga. No es necesario que sigamos con esto. Odio que peguen a una mujer, más aun si es alguien joven y llena de vida como tú —dijo Olivier, dando una pausa al inminente puñetazo que se adivinaba—. Coopera conmigo y yo te ayudaré, ¿vale?

—¡Vincent dice que yo no hablar!

Olivier cerró su dentadura con odio y no pudo evitar hacer chascar los huesos de sus manos a consecuencia del nerviosismo. Miró a Jean Paul y le asintió, para luego darse la vuelta y seguir mirando por la ventana.

Jean Paul no tardó en cumplir la orden de su jefe, aunque en vez de golpearla con el puño cerrado, decidió abrir la mano y trazó media elipse hacia su rostro, propinándole otra torta seca. Faiga estaba de nuevo por los suelos, con los mofletes rojos y con un dolor creciente que empezaba a atacarle a la altura de las cervicales.

Sin tiempo a descansar, su torturador la volvió a agarrar, esta vez por el cuello. Dispuso su rostro frente a ella, a escasos centímetros de sus ojos.

—Mira putita, o hablas de una maldita vez o te juro que descorcho esa cabecita tan bonita que tienes de tu cuerpo. ¿Me has entendido?

—¡Yo no hablar! ¡Tú malo! ¡Tú malo! —gritó desesperada Faiga, intentando zafarse en vano del cerrojo al que estaba sometida.

—Tú lo has querido, ramera. Despídete de tus dientes, porque no te va a quedar ni uno —respondió Jean Paul, cerrando su enorme puño para reventar a su objetivo.

—Hazlo y te aseguro que serás el primer hombre en salir volando por esta ventana —pronunció Vincent, deteniendo al límite lo que iba a ser una tortura sin control.

—¡Vincent! —exclamó Olivier.

—Te creía más cordial con las mujeres, Olivier, aunque veo que eres un millonario más al que le gusta aparentar ser alguien que luego no es. Veo que eres una de tantas mierdas que pueblan este mundo, por mucho que luego huelas a colonia cara.

Tanto Jean Paul como el otro guardaespaldas se centraron en Vincent, dando un par de pasos amenazantes hacia él.

—Vincent, por Dios… esto se nos está yendo de las manos. Vamos a calmarnos todos —dijo Olivier, indicando a sus hombres que se sentaran y señalando a Vincent para que hiciera lo propio—. Yo no soy una persona agresiva, o mejor dicho, no me gusta serlo. Sin embargo, no podemos obviar que la naturaleza humana nos enseña a ser así, nos guste o no. Somos dominantes desde que se forman nuestras primeras células, queremos ser los machos alfa en todo momento y basta un pequeño desencadenante para que ese sentimiento de poder emerja. No olvides que estoy financiando tus movimientos, Vincent, así que no me juzgues por algo que cualquier hombre con poder hubiera hecho, incluso tú.

—Ordenar que azoten a una mujer como estabas haciendo con Faiga es algo que un hombre no haría, así que ahórrate las lecciones de humanidad. Tú y tus células alfa os podéis ir a la mierda de mi parte.

—Vincent, no olvides quien financia todos tus movimientos en esta búsqueda —dijo Olivier, solapando casi las conversaciones.

—Y tú no olvides que lo haces porque te interesa, que cualquiera que te oyera pensaría que lo haces para hacerme un favor a mí. Si esperas que trabaje para ti, obviamente debes pagar.

—Esta conversación no nos lleva a ningún lado… ¿qué tal si nos relajamos y empezamos desde el principio?

—Me parece perfecto —sentenció Vincent, sentándose al lado de Faiga para ver con detenimiento el alcance de la agresión a la que había sido sometida. Tenía el labio partido y uno de los ojos se le estaba empezando a poner morado—. ¿Quieres que siga en este caso? Pues te diré cuáles son mis condiciones. Me pagas todo lo acordado por adelantado y no vuelvas a presentarte delante de mí con estos dos dinosaurios nunca más, o te juro que les meto un tiro en la cabeza.

—Me parece que no eres consciente de que estáis en mi casa. Por otro lado, no soy tan idiota como para pagar por adelantado un trabajo, sobre todo cuando se habla de las cifras que dijimos.

—¿Tu casa, Olivier? —sonrió Vincent con sarcasmo—. Por eso no te preocupes, nos iremos de aquí hoy mismo.

—¿Y se puede saber a dónde?

—No creo que eso sea de tu incumbencia, Olivier. Como si quiero dormir debajo de un puente.

—Verás, Vincent. Si trabajas para mí, necesito saber en todo momento dónde andas. Mira hoy, te has visto envuelto en un tiroteo en mitad de la calle por imprudente. Si te hubieras esperado a que yo llegara…

—¿Imprudente? —interrumpió Vincent, encendiéndose un cigarrillo mientras le daba un sorbo al café que restaba en el vaso de Faiga—. ¿Acaso sabes algo que yo no?

—Sé que te emboscaron en la calle y que te libraste de chiripa. Esos asesinos no suelen dejar las cosas a medias, aunque supongo que alguien o algo a última hora los dejó quietos.

—Eran policías, Olivier, no simples asesinos. Se largaron porque oyeron sirenas policiales acercándose al lugar, y dado que su intento de matarme es algo que apesta de lo ilegal que es, optaron por salir de allí pitando.

—¿Eran policías? ¿Cómo lo sabes?

—Reconocería esas pistolas con solo oír su detonación. Son las pistolas policiales que usan los polis. Un sicario usaría otra de repetición o con mejor empuñadura.

—Pues según he oído mataste a uno…

—A más de uno, Olivier. En la catedral tuve que perforar más de un cráneo, entre ellos el del inspector de turno. Están podridos hasta la médula, todos. No se salva nadie. No sé qué mensaje oculto habrá en ese maldito manuscrito, pero esto empieza a mosquearme ¿entiendes?

—Te entiendo perfectamente, Vincent, y por eso debes entender que somos del mismo equipo. Yo te ayudaré para que te dejen en paz, a ver si puedo mover algunos hilos, pero necesito toda tu confianza en este asunto. O confías en mí o estás en mi contra, no hay medias tintas.

—Sabes que sí confío en ti —respondió Vincent, dando las últimas caladas a su cigarrillo antes de apagarlo en el suelo—. Yo responderé ante ti y tú lo harás ante mí. Si tú, o alguno de tus gorilas, vuelven a ponerle la mano encima a Faiga, no habrá puerta ni muro lo suficientemente grueso que te ponga a salvo. Os encontraré y te juro que no tendré problemas en pegaros un tiro. Luego de matar a policías, como entenderás, vosotros no sois más que meros peces nadando en un mar repleto de ellos.

—No hace falta amenazar, Vincent. Te vuelvo a repetir que somos del mismo equipo. No conocía a esta mujer, solo sabía que estaba contigo desde la catedral, pero no si era tu rehén o una espía al servicio de esos españoles. Llego aquí y la encuentro a tu lado, en una escena que me recordó a un ajuste de cuentas típico de la mafia. Tú, tirado en una bañera totalmente en pelotas y con el agua hasta el cuello. Solo faltaba la sangre bañándolo todo.

—Bueno, pues ya la conoces, ¿vale? Ella viene conmigo y no se le toca.

—Perfecto, Vincent, no habrán más problemas con ella —respondió Olivier, dirigiéndose a continuación a Faiga—. Le pido perdón, señorita, por todo el daño causado. No teníamos la seguridad de que fuera usted nuestra aliada.

Faiga respondió mirando a Vincent con desconsuelo. La sangre aún bañaba las heridas de sus labios y de su nariz, además de tener marcada la huella de la enorme mano de Jean Paul sobre sus mejillas. Vincent la abrazó, cogiéndola por la cabeza, y miró de forma desafiante a Olivier.

—Conseguimos la siguiente pista para encontrar ese maldito manuscrito, aunque ando un poco perdido sobre su posible punto de partida.

—¿Punto de partida?

—Desciframos un mensaje que decía andar 42 pasos y 88 palmos, para luego retroceder 8 pasos y 545 palmos, para ver a una tal Salomé protegiendo el libro. Todo muy genérico, como podrás ver.

—¿Quizás partiendo desde la propia catedral de Sainte Chapelle? Igual si contamos desde allí…

—¿Hacia qué punto cardinal empezamos a contar pasos? —le interrumpió Vincent, suspirando de hastío al oír por segunda vez la misma idea—. ¿Al Norte? ¿Al Sur? ¿De verdad crees que en mitad de París veremos al manuscrito enterrado?

—A ver, a ver… es cuestión de probar hacia todos los puntos cardinales para ver en qué punto acaban. No es algo tan tremendo.

—¿Todos los puntos cardinales? ¿Incluso los intermedios? Y te diré más... ¿cuánto mide un paso? ¿Y un palmo? ¿Es el de un adulto o el de un niño? Y dentro de adultos, ¿el de un hombre de dos metros de altura o el de uno de metro y medio? Son valores muy relativos, tanto que te hacen pensar...

De repente, Vincent guardó silencio y se quedó mirando hacia la ventana como si estuviera viendo un ángel. Faiga le puso la mano encima de la suya y se la apretó, clavando sus ojos también hacia el mismo sitio. En ese mismo instante, ambos cruzaron sus miradas.

—¡No son pasos! —dijeron al unísono.

—¿Alguien puede explicarme qué está pasando? —preguntó Olivier, acercándose a la ventana para ver el replicar de la lluvia sobre el alféizar, por si había algo ahí que él no había visto.

—Ahora lo veo claro, no son pasos —respondió Vincent, levantándose y encendiéndose un cigarrillo con orgullo.

—¡*Koordinaten*! Son *koordinaten* —añadió Faiga, entrando en simbiosis con Vincent.

—¿Coordenadas? —dijo Olivier, intentando asimilar la solución— ¿Coordenadas de latitud y longitud?

—Para ubicar un lugar en el globo terráqueo se estableció un sistema métrico en una malla de longitudes y latitudes, como bien sabrá. Uno indica su posición en la vertical y otro en la horizontal, y su cruce es la ubicación buscada. Son dos números que establecen de forma inequívoca cualquier localización mundial.

—Pero... tenemos cuatro números ¿no? ¿Quiere eso decir que hay dos localizaciones?

—Le creía más despierto, Olivier —suscitó Vincent, mientras cogía una enciclopedia que había en el mueble del salón para buscar un mapamundi—. Son dos números, sí, pero no números enteros. Son números con varios decimales, aproximando con más precisión el punto. Realmente existen dos métodos viables, uno que define grados, minutos y segundos y otro que lo plasma todo con un número decimal.

—¿Entonces serían las coordenadas 42,88 y 8,545?

—Eso es... aunque... me da que está en alta mar, a varios kilómetros al Norte de la isla de Córcega. ¡Maldita sea! —exclamó Vincent, sentándose de nuevo y suspirando con rabia.

—Por un momento me había usted convencido con ese argumento. Parecía lógico, aunque al final resultara que no. No obstante, señor Arcadio, conviene que no perdamos ni la esperanza ni la perspectiva del asunto. Estoy seguro de que encontraremos la solución —dijo Olivier, intentando dar algo de ánimos.

—¿Puedo coger mapa? —preguntó Faiga, señalando la enciclopedia que consultó Vincent.

—Sí, toma, aunque no vas a encontrar nada, Faiga. Sale en pleno Mar Mediterráneo —dijo Vincent, dirigiéndose de nuevo a Olivier—. Por un momento, lo vi claro. Igual lo suyo es empezar a probar a partir de la catedral de Sainte Chapelle, sí. El problema es que la policía de aquí nos va a estar acosando, y no para arrestarnos, precisamente. Buscan meternos dos balas en la cabeza.

—Mataste a uno de sus inspectores, Vincent. ¿Qué esperabas? —le replicó Olivier, señalando a Jean Paul para que le sirviera otro café.

—¿Y cómo lo saben? Todos los policías que estaban ahí presentes acabaron muertos.

—¿Igual informó a otros antes de morir?

—Igual…

—Es comprensible que sus secuaces quieran ajusticiarle, no solo por venganza, sino porque se habrán quedado sin esos suculentos trabajos fuera de la ley. El inspector Coutillard estaba metido en muchos temas turbios en los que se apoyaba de algunos de sus mejores hombres. Todos sacaban tajada y nunca había problemas con la policía, pues él se ocupaba de dar la protección necesaria para que no se destapara nada.

—Sé cómo funciona la corrupción policial, Olivier. En Tánger también suceden este tipo de cosas.

—Santiago de Compostela —dijo Faiga, deletreando cada sílaba.

—¿Cómo? —preguntaron Olivier y Vincent.

—Catedral de Santiago de Compostela, en España. Coordenadas correctas —replicó Faiga—. Segundo número es negativo.

La cara de sorpresa de todos los que estaban en la sala fue mayúscula. Nadie movió ni un músculo.

—Ahora entiendo por qué reclutó a esta mujer, señor Arcadio —dijo Olivier, dibujando una enorme sonrisa en su rostro.

CAPÍTULO 18: ESPIANDO AL ESPÍA

París, 22 de noviembre del año 1954

Los calabozos de la comisaría central de París no era un lugar muy acogedor, sobre todo si eran asesinos de policías los que estaba alojados entre sus barrotes. Anthony y Marcos fueron despojados de todo lo que llevaban de valor, como los relojes, el dinero y la documentación, y fueron arrinconados en una celda de dos metros cuadrados sin intimidad alguna. Todos podían ver cuando tenían que hacer sus necesidades en un boquete del suelo, aunque lo peor estaba aún por llegar. Un grupo de seis policías bajaron a la celda cuando ya había pasado la medianoche. Aferraban gruesas porras y mantenían sus rostros tapados con pasamontañas para no ser reconocidos. Que mataran a varios de los suyos no iba a quedar exclusivamente en manos del juzgado, sino que sufriría antes el castigo de sus amigos.

A Marcos apenas le habían puesto una venda y una inyección de penicilina, algo insuficiente para la fiebre que le azotaba. Anthony salió más ileso, aunque al ver venir al grupo de justicieros y abrir la puerta, no pudo evitar encogerse como un ovillo en la esquina más alejada. Gritó con todas sus fuerzas que eran protegidos del gobierno de España, que todo había sido un malentendido y que ellos no habían sido los que provocaron la muerte de sus compañeros, pero ese argumento no parecía convencerlos en absoluto. Levantaron sus armas aporreadoras y comenzaron a castigar a los maltrechos cuerpos de ambos espías, provocando que Anthony incluso vomitara al recibir varios golpes en el vientre. Cinco minutos después, el grupo policial abandonó el lugar entre carcajadas, limpiando la sangre de las porras y escupiendo al suelo con satisfacción. Marcos estaba desmayado en el suelo. Un reguero de sangre resbalaba lentamente desde su oreja dañada, rebosando la venda que le pusieron. Tenía varios hematomas alrededor de su cuello y en el torso a consecuencia del castigo recibido. Anthony, por su parte, tenía una brecha abierta en los labios y en la ceja izquierda, un sangrado abundante que se mezclaba con el vómito que aún empapaba su boca. Usó los brazos alrededor de su cabeza para defenderse como pudo del festival de golpes, dejándoselos totalmente temblorosos y doloridos, con numerosos hematomas repartidos por toda su superficie. Llamó a Marcos para ver si le respondía, pero apenas le devolvió un susurro. Sentía un dolor y un agotamiento tan grande que se dejó llevar por el sueño.

Al día siguiente, a primera hora de la mañana, cuatro policías uniformados y un hombre mayor vestido con gabardina oscura se presentaron frente a la celda. Abrieron la puerta y se quedaron mirando a los dos reclusos españoles con algo de perplejidad, aunque tampoco se sorprendieron. El hombre de la gabardina ordenó a los policías que comprobaran que estaban bien y que los limpiaran un poco de la sangre reseca. Anthony se despertó asustado al sentir que le tocaban el cuello, echándose hacia atrás en un acto reflejo.

—Cálmese señor Selles. Estoy aquí para ayudarle. Soy el inspector Tunon, Gerald Tunon. Mis compañeros le van a limpiar un poco. ¿Le apetece un café?

Anthony respondió asintiendo con la cabeza, aunque no terminaba por convencerse de las intenciones del inspector.

—Lamento mucho lo que les ha pasado. Muchos de nuestros hombres no toleran muy bien que alguien mate a compañeros suyos y optan por impartir justicia. ¿Vio quienes fueron? ¿Sabría identificarlos?

—Sabe muy bien que no, iban con pasamontañas cubriéndoles la cara. Y aunque supiera quienes fueron, estoy seguro que no les hará nada —replicó Anthony, quitándole el trapo húmedo a uno de los policías para ocuparse él mismo de limpiarse la cara.

—Créame que no es como usted piensa. No tolero este tipo de actuaciones, incluso aunque sea un asesino de policías el que está delante.

—¿Me culpáis de asesinato sin juicio ni nada? ¿Acaso no hay presunción de inocencia en este puñetero país? Pedí hacer una llamada a mi ministerio y me rechazaron ese derecho, para luego venir y darnos una paliza que casi nos mata. ¿De verdad me dice usted que esto está justificado?

—No digo que esté justificado, pero tampoco que no lo esté. Y no quiera convencerme de algo que usted y yo sabemos que no es cierto. Sepa usted que no ha sido muy complicado comprobar que las balas alojadas en el cuerpo de dos de nuestros policías salieron de la pistola de su compañero, señor Selles. Un disparo al corazón a corta distancia para cada uno, es decir, una ejecución.

—Esos dos no iban identificados como policías, iban de paisano. Y sepa usted, que estaban metidos en asuntos fuera de la ley. Negociaban con un espía, el que asesinó al inspector Coutillard en esa misma catedral. Nosotros estábamos intentando controlar el asunto, pero cuando esos dos intentaron matarnos, tuvimos que defendernos.

—¿El inspector Coutillard metido en asuntos turbios? ¿Tiene pruebas de ello?

—¿Es usted inspector o un simple oficinista, para hacerme esa pregunta? ¿No se ha preguntado qué hacía Gastón Coutillard y esos policías de paisano que iban con él en esa catedral? ¿Cree usted que estaban rezando? —replicó Anthony, acercándose mientras tanto a Marcos para ayudarle a recobrar la consciencia. Le acercó uno de los cafés que trajeron y le ayudó a beber un par de tragos, algo que le revitalizó con fuerza.

—Sí, me lo he preguntado, y por ello espero su confesión. Estoy seguro de que sabrá satisfacer mi curiosidad sobre ese asunto.

—Estoy seguro, aunque antes exijo un teléfono para hacer una llamada.

—No hace falta, señor Selles. Un enviado del embajador de su país está esperándoles en mi despacho. Es evidente que tienen ustedes poder y contactos en su país, porque muy a mi pesar, están libres de todo cargo. No obstante, no piense que tendrá libre circulación por esta ciudad. Le voy a tener vigilado día y noche, y sabré hacerle la vida imposible si usted me la hace también a mí.

—Ya veo… ¿se supone que me está usted haciendo una proposición, inspector?

—Es usted una persona inteligente, según veo. Con pocas palabras, veo que lo ha entendido todo.

—He entendido que nos está limpiando e intentando despertar para que nuestra embajada no se percate mucho de la paliza que nos han dado aquí dentro. A cambio, usted nos dejará tranquilos durante nuestra estancia en París. Donde usted se equivoca, inspector Tunon, es en pensar que podemos necesitar de su colaboración. No crea que me asusta lo que usted pueda hacer. Esta comisaría va a lamentar lo que ha hecho, eso se lo aseguro.

—Es inteligente, pero no sabe usar su cabeza correctamente —replicó el inspector, sentándose en el camastro de la celda y juntando ambas manos cerradas sobre su mentón—. No le estoy proponiendo dejarles tranquilos, señor Selles. Sé perfectamente que ocultan algo turbio, se les nota solo con verlos. No sé qué hacen en esta ciudad, pues no son comerciantes, ni hombres de negocios, y ni mucho menos turistas casuales. Trabajan para el gobierno vecino, y en estos tiempos que corren, hombres como ustedes, bien vestidos, adinerados, armados y con tantos contactos influyentes, solo pueden ser una cosa: espías. Me debo a mi país, señor Selles, y si están espiando a nuestros políticos o a cualquier otro estamento, no hay mano lo suficientemente grande que sea capaz de salvarles de la horca.

—¿Qué es lo que quiere, inspector? Dígamelo sin tapujos, pues está empezando a dolerme la cabeza y no tengo muchas ganas de seguir manteniendo esta conversación aquí, en esta puñetera celda.

—Usted obvie lo que le ha pasado aquí y yo intentaré remar hacia su misma dirección. Le ayudaré hasta donde pueda, siempre y cuando no rebase lo legalmente permitido. No sé qué tratos tenía usted con mi colega Gastón, pero yo no me presto a esas cosas. Soy un hombre ya mayor y con pocas necesidades en esta vida. No necesito más dinero ni más reconocimiento, y lo único que busco es hacer un buen trabajo. A eso me debo.

—Comprendido, inspector. Será algo raro el trabajar con un inspector que no se preste a la corrupción —dijo Anthony, con algo de ironía.

—¿Entiendo que es un sí, su respuesta?

—¿Por qué defiende a esos macarras que se han tomado la justicia por su cuenta, si es usted tan recto?

—Porque son buenos policías. Son jóvenes y muy temperamentales, ese es su único pecado. Han visto claro que las balas clavadas en sus compañeros salieron de vuestras armas y han actuado en consecuencia. No estoy conforme a esa actitud, pero entienda usted que nadie es libre de pecado. Ustedes mismos, señor Selles, están metidos en algo bastante sospechoso. Espionaje en toda regla, diría yo, corrompiendo a un inspector y a varios policías en su proceso y resultando en la muerte de todos. Mi intención con todo esto es que no tache de malas personas a estos policías, cuando ustedes mismos trabajan de igual o peor forma. Ahí dentro han muerto muchos hombres, señor Selles, muchos de ellos con familias. Y menos mal que no hubo ninguna mujer implicada, porque entonces los medios nos saltarían a la yugular.

Anthony oyó todo en silencio, mientras acomodaba a un Marcos ya más recuperado. Tenía los ojos abiertos y el rostro compungido del dolor sufrido, aunque prefirió guardar silencio. Si por él fuera, se hubiera levantado y hubiera maldecido al inspector y a sus compinches, pero dejó en manos de Anthony el control de la conversación. La experiencia del inglés en este tipo de situaciones era un grado.

—Está bien, inspector. Cuando guste, nos gustaría que nos sacara de aquí. Queremos ducharnos, vestirnos con ropa limpia y retomar nuestros asuntos.

—Será un placer, señor Selles. Síganme, les llevaré a mi despacho, donde les espera su compañero de la embajada.

El representante del embajador era un chico joven, de unos veinte años, que apenas supo controlar la situación que divisaba. Era evidente que tanto Anthony como Marcos habían sido torturados con dureza, aunque lo convencieron de que todo había sido un malentendido. Anthony sabía cómo tratar con todo tipo de gente, sobre todo si el que tenía delante era alguien joven y sin experiencia. Era capaz de convencerte de que un café dulce era amargo casi sin esforzarse.

El inspector Gerald Tunon, por su parte, cerró un trato firme con los espías españoles, aunque de forma comedida. Tenía sus reservas acerca de la posible inocencia de ambos en la muerte de los policías, y no terminaba por convencerse de que ese tal Vincent Arcadio fuera un asesino descontrolado. En esa catedral se juntaron el inspector Coutillard, Anthony y su grupo, Vincent

Arcadio… mucha gente de distintos grupos y todos armados, una situación para nada caprichosa. Instó a Anthony a que le pusiera al corriente de su estancia en París, su misión, pero solo logró evasivas como respuesta.

Gerald Tunon ascendió a inspector hacía ya cuatro años. Era bastante novato en ese cargo, aunque muy metódico en sus razonamientos y fiel a la ley. Cuando a sus sesenta años fue nombrado en ese cargo, estaba claro que lo hacían por cumplir con toda una vida de dedicación a las fuerzas de la ley y el orden, pues eran muchos los superiores que no aceptaban el radicalismo que profesaba hacia la justicia. No dejaba pasar ni una, era tan extremadamente justo en su oficio que se ganó muchos enemigos dentro del cuerpo. Sin embargo, y entendiendo que en un par de años se retiraría ya del servicio activo, fue ascendido al máximo orden de la jerarquía policial. Nadie supuso que duraría tantos años, ni siquiera él mismo.

Estuvo casado con una mujer nacida en Niza, de nombre Eleonora, y nunca tuvieron hijos. Ella murió cuando él cumplió los cincuenta años, aquejada por fiebres y dolores abdominales tan fuertes que acabaron por partirle la columna vertebral en una de sus muchas convulsiones. Los médicos no le dieron una respuesta muy sensata de qué mal la había matado, todo eran divagaciones acerca de una variante de peste o una tisis que afectó a todos los músculos de su cuerpo.

Desde entonces, Gerald se volcó en su trabajo, lo único que le quedaba en esta vida. Las noches en soledad fueron un auténtico calvario y las visitas al cementerio se volvieron citas puntuales cada sábado por la tarde, entrando en una espiral de dolor anímico del que le costó salir. Se tomó cada caso que pasaba por sus manos como si fuera algo personal. Investigaba metódicamente cada hecho, conversación y prueba recabada, llegando a lo más profundo del asunto antes de dejarlo en manos de la justicia. Su trabajo se convirtió en su nueva esposa, era lo único que le daba sentido a su vida. Sus enemigos, los que antaño le pusieron trabas para ascender, ahora lo tenían como una referencia ante cualquier duda. Gerald sabía ver lo que otros no, sabía pensar de forma paralela a la víctima y al criminal, juntando ambas versiones en una misma verdad: los hechos. No obstante, Gerald prefería mantenerse lejos de casi todos a su alrededor, pues era consciente de que muchos de sus colegas estaban metidos en asuntos de drogas y contrabando de alcohol. Si tuviera menos años, seguro que se hubiera metido a limpiar el departamento, pero eran tantos los nombres implicados y tantas las esferas políticas que daban su visto bueno, que sus sesenta años de edad y su frágil corazón le recomendaban tomárselo con más tranquilidad.

Este asunto de Anthony Selles y Marcos Alcántara no parecía tener especial importancia, excepto por el hecho de que habían varios policías asesinados. Sin embargo, algo atrajo la atención de Gerald, y fue algo que todos pasaron por alto en sus declaraciones. Se habló de la presencia de Gastón y de sus hombres, la de los espías españoles y la de Vincent, pero nada se dijo de la mujer que estaba allí. Gerald se ocupó de revisar toda la documentación del caso, que eran apenas siete folios con las declaraciones de algunos de los turistas y parisinos que estaban en la catedral cuando todo sucedió. En muchas de ellas, se hablaba de una mujer que estaba con el inspector Coutillard y Anthony, quien luego fue apresada por ese tal Vincent. Parecía una piedra angular en todo el asunto, especialmente cuando ni Marcos ni Anthony dijeron nada de ella. Es más, Gerald les puso una pequeña trampa en su primer interrogatorio, cuando le suscitó que afortunadamente no hubo ninguna mujer implicada en todo lo sucedido. Anthony guardó silencio ante esa aseveración, dejando claro que debía ser alguien trascendente.

Desde la cristalera de su despacho, Gerald vio a la pareja de espías coger un coche de la embajada y alejarse del lugar. Justo detrás del mismo, un Mustang negro arrancó el motor y fue tras ellos a una distancia prudencial, para intentar no ser vistos. Gerald tenía clara su estrategia y por ello ordenó que les siguieran. No iba a dejar que deambularan por su ciudad matando a más gente inocente, entre ellos a policías. Si había corrupción en el cuerpo y había pruebas de ello, no le importaría meterse en los juicios que hicieran falta para limpiarlo todo, pero no admitiría que hubiera asesinos descontrolados por las calles.

Marcos se palpó la oreja herida con dolor, maldiciendo a Vincent y a toda su descendencia. Si lo volvía a tener delante, le iba a hacer pagar caro ese disparo.

—Piensa que al menos estás vivo, compañero. Esa bala, unos centímetros hacia el lado, te hubiera agujereado el cráneo de lado a lado —suscitó Anthony, intentando dar ánimos.

—Pues mala suerte para él, el haber fallado. Yo te aseguro que no fallaré. Le pienso perforar esa carita de imbécil que tiene hasta que se pueda ver a través de ella.

—Bueno, cálmate y ordenemos las ideas, que tenemos mucho en qué pensar. La cosa no está yendo como yo esperaba, pero tenemos una pista que sabremos aprovechar.

—¿La tenemos? —exclamó sorprendido Marcos.

—Ehm… disculpen señores, pero me tienen que terminar de rellenar y firmar el informe que he redactado —interpuso Joaquín Salvado, el joven administrativo de la embajada que fue a recogerles y que les acompañaba en el vehículo—. Es para los archivos, ya saben…

—A ver, deja que mire —le respondió Anthony, cogiendo el papel que había redactado Joaquín—. Uhmm… ¿Profesión? ¿Cómo profesión?

—Eh… sí, la profesión a la que se dedican cada uno de ustedes y el nombre de la empresa, por favor.

Marcos no pudo evitar emitir una risa contenida.

—¿Te parece bien que pongamos comerciantes de arte, Marcos?

—¿De cuadros y cosas de esas?

—Sí… tú de cuadros y yo de antigüedades genéricas.

—A ver si me vuelvo millonario vendiendo cuadros, jajaja.

—¿Fecha de llegada a Francia?

—Ehm… sí, cuando llegaron al país. Luego, aquí abajo, por favor, pongan cuando llegaron a la ciudad en sí, esto es, a París —explicó Joaquín, algo incómodo al ver que se tomaban todo como si fuera una comedia.

—¿Cuándo llegamos a Francia, Marcos? —preguntó Anthony, continuando en tono irónico.

—Tú no sé, pero yo hace más de un año que deambulo por aquí. Estoy siempre yendo y viniendo, ya sabes… el mundo de los cuadros es muy nervioso.

—Pues sí… yo no recuerdo cuando llegué, la verdad, pero diría que hace un par de meses…

—Disculpen señores, pero creo que no se están tomando en serio esto, y es algo extremadamente importante. Deben ustedes ser fieles a la verdad y rellenar de forma correcta los datos. Si persisten en tomárselo de cachondeo, daré parte a mis superiores y escribiré el pertinente informe a la administración. Han estado ustedes mezclados en un asunto extremadamente grave. Ha habido muertes, así que tómenselo en serio. Pueden sentirse muy afortunados por haber pasado solo una noche en los calabozos.

—¿Me estás hablando en serio, niñato? —le replicó Marcos, enrojeciendo su rostro y borrando la risa cómica que hasta ahora tenía dibujada.

—A ver, Joaquín, permite que te diga un par de cosas, para que nos entendamos —dijo Anthony al instante, intentando evitar que Marcos se acelerara más—. A qué nos dedicamos y qué hacemos aquí no es una información que tú debas saber. Si quieres informar a tus superiores hazlo, pero que sepas que tendrás los días contados en tu trabajo. Y no te estoy amenazando personalmente, créeme, pero quien hace muchas preguntas sobre asuntos prohibidos, acaba en la calle. Si no sabes a qué nos dedicamos y necesitas que te lo escribamos, deberías plantearte cambiar de trabajo o madurar un poco. Somos dos personas armadas, implicadas en asesinatos a policías, y la embajada te ha enviado a ti para que nos suelten sin preguntas, cosa que en la comisaría han hecho. ¿No te hace pensar que tales privilegios nos convierte en un grupo especial? ¿No se te ocurre que quizás seamos personas protegidas por el gobierno español? ¿Cuándo has visto u oído tú que te suelten sin cargos y sin hacer preguntas en un caso tal a este?

—Yo… mire, solo intento hacer mi trabajo…

—Tú eres el hijo de alguien importante que trabaja en la embajada o en algún ministerio de España, y has sido enchufado en este puesto que ocupas a dedo. Tu apellido escrito en el informe, Salvado, no me dice nada, es decir, no reconozco a ningún ministro, senador o diputado que ocupe dicho cargo, lo que me empuja más a la idea de que tus padres son unos adinerados ricachones. Han comprado tu puesto en la embajada a golpe de talonario.

—¡Oiga! Creo que se te está excediendo…

—No, por favor, no me malinterprete —le interrumpió Anthony, siguiendo con su discurso—. No me opongo a que alguien con dinero de sobra se quiera asegurar un futuro, me parece un acto natural el querer lo mejor para uno mismo y para sus hijos. Lo que sí me molesta, señor Salvado, es que venga a darme lecciones de lo que debo o no debo hacer, cuando no es usted capaz ni de cumplir una orden tan simple como ir a entregar un papel a la comisaría y llevarnos de vuelta a la embajada. Déjese de informes y preguntas fuera de lugar, y siéntase afortunado porque haya gente como Marcos o como yo asegurándole a gente como usted un trabajo tranquilo.

—Referiré todo lo que me ha dicho al embajador en persona, no crea que esto quedará así —respondió Joaquín, con la tez totalmente rojiza de indignación—. Mi trabajo no es imaginar a qué se dedican ustedes, para eso están los informes, para cumplimentarlos. Asunto suyo si quieren decir la verdad o no, pero luego no se quejen si les viene una investigación interna.

—Ya... y... ¿a qué no sabes quién se ocupa de hacer ese tipo de investigaciones?

—Jajaja —añadió Marcos, secándose unas pocas lágrimas que le empezaron a brotar de los ojos.

—¿Sabes qué te recomiendo, Joaquín? Lo primero, que ordenes dar al coche dos vueltas a la siguiente manzana. Lo segundo, que guardes silencio y dejes de meterte en nuestros asuntos, y lo tercero, que tengas cuidado con el tema de la infidelidad. Yo me considero liberal en ese sentido, pero ya sabes cómo están las cosas si te descubren. Olvídate de seguir en tu puesto y trágate la gran vergüenza que provocarás en tu familia, y todo por engañar a tu esposa.

—¿Cómo dices? ¿Infiel? ¿Y qué te hace pensar que yo lo soy? ¿Acaso tengo escrito en mi frente una confesión que yo desconozca?

—Verás Joaquín... no estoy aquí para convencerte de lo evidente. Acata mis consejos, sobre todo los dos primeros, y cierra la boca.

Marcos no pudo evitar emitir una nueva carcajada, esta vez de forma más abierta. Miró a Joaquín con condolencia y asintió con movimientos lentos, dándole a entender que hiciera caso a lo que Anthony le decía.

—¿Por qué cree que soy infiel a mi esposa? Se lo pregunto ya como curiosidad.

—¿Y no siente curiosidad con mi primera aseveración?

—¿Cuál?

—Le dije que ordenara al chófer que diera dos vueltas a la siguiente manzana, ¿recuerda?

—¿Lo dijo en serio? ¿Trata de humillarme con sus bobadas? No llego a entender qué le he podido hacer a usted para que me ataque con tanta alevosía. Intento hacer mi trabajo, eso es todo. Sí, mi padre es un empresario de renombre en Madrid y gracias a su apellido he logrado este puesto, ¿eso le molesta?

—Como le dije antes, me parece fantástico. Usa los medios que tiene a su alcance, lo que resulta muy humano. Si tiene esa ventaja ¿por qué no aprovecharla?

—¿Y entonces...? ¿Qué...? ¿Por qué dar dos vueltas a la manzana?

—Si mira más allá de la luna trasera del coche, o bien por el retrovisor del mismo, podrá constatar que un Mustang color negro nos anda siguiendo desde que salimos de comisaría. Si damos dos vueltas a una manzana y ellos siguen en nuestra retaguardia, sabremos con total seguridad que, en efecto, no están siguiendo.

Joaquín, que estaba sentado frente a ellos, solo tuvo que levantar la mirada y enfocar los ojos hacia la carretera, viendo al coche negro descrito.

—¿Son policías?

—Seguramente. Parece que ese inspector no ha quedado muy satisfecho con nuestra liberación. No me molesta que nos sigan hasta la embajada, pero sí me gustaría estar seguro de que nos siguen.

—¡Chófer! —dijo Joaquín, al instante—. Dé dos vueltas a la siguiente manzana y retome el trayecto hacia la embajada, por favor.

El chófer asintió sin decir nada, poniendo el intermitente y girando en la siguiente calle. El Mustang, como era de esperar, giró tras ellos. Tras dar las dos vueltas a la manzana, la limusina cogió la avenida principal y condujo hasta la embajada. Sus perseguidores estacionaron a varios metros.

—Muchas gracias por todo, Joaquín —dijo Anthony a modo de despedida—. Ya nos ocupamos nosotros del resto.

—Pero, debo…

—Insisto —interrumpió Anthony, poniéndose el sombrero y abrigándose con la gabardina—. Hablaré bien de tu servicio, no te preocupes. Ya has cumplido tu parte, ahora ya es cosa nuestra.

Marcos clavó su mirada en el Mustang oscuro, desafiándoles con los puños cerrados. La paliza a la que los sometieron en la comisaría no era algo fácil de olvidar.

—Tranquilo, Marcos. Estamos por encima de esto. No olvides que lo primero es nuestra misión, nuestro objetivo. Todo lo demás es superfluo —indicó Anthony, echándole el brazo por el cuello para empezar a andar hacia la puerta de la embajada.

—¡Una cosa, señor Selles! —dijo Joaquín, saliendo del coche y acercándose a la pareja—. ¿Cómo…? Yo no soy mala persona, sabe usted, pero…

—¿Qué cómo supe que es usted infiel a su esposa? —dijo Anthony, al ver que Joaquín tropezaba con sus propias palabras—. Su dedo anular presenta una notable marca blanca, hecho que identifica que ahí llevaba un anillo del que se ha despojado hace poco. Podría ser porque está divorciado, pero es demasiado joven como para estar en esa situación. Además, al proceder de una familia notable, un divorcio empañaría mucho el apellido paterno, algo que su padre no permitiría. También podría darse la circunstancia de que usara anillos ornamentales, aunque es algo tremendamente improbable tras ver como viste y cómo se expresa. Lo más probable es que usted, siendo de edad joven y estando en un puesto importante lejos de su ciudad, esté teniendo una aventura con alguna mujer de aquí. Como le dije, no estoy aquí para juzgarle, solo para darle un consejo: que tenga cuidado, sobre todo de mantener a su padre contento y no mancillarlo con esa vergüenza. Se podría quedar sin su favor, con todo lo que ello implica.

Joaquín se quedó callado, oyendo toda la explicación de Anthony. Se miró el dedo anular de la mano derecha unos segundos y luego ocultó toda la mano en el bolsillo. Asintió con la cabeza baja y dijo un "gracias" casi inaudible.

CAPÍTULO 19: DUELO A MEDIANOCHE

París, 25 de noviembre del año 1954

Durante dos noches, tanto Vincent como Faiga aceptaron alojarse en la vivienda de Olivier. La idea era esperar ahí ocultos hasta el día en el que salía el vuelo hacia Madrid. El detective ya estuvo antes ahí, en la enorme hacienda de Olivier, cuando fue con Nicole a verle la primera vez que pisaron París. Andar por esos pasillos y estar en el salón principal le dio algo de nostalgia. El momento íntimo que vivió con ella fue muy intenso, despertando en él un sentimiento que creía haber perdido hace años. No sabía bien si era amor lo que sintió por Nicole, pues ya había yacido antes con otras mujeres hermosas y no tenía remordimientos de ningún tipo, mas con ella fue distinto. Recordaba cada palabra que se cruzaron en el teatro, cuando se conocieron, así como las miradas que se regalaron en cada momento compartido. Era una mujer con mucha clase y estilo, con un timbre de voz apacible y con un cuerpo muy seductor.

Olivier estaba fuera de la casa, en asuntos de negocios. Por el jardín deambulaban varios hombres de confianza del magnate, con armas medio ocultas bajo unas gabardinas que les llegaban hasta los tobillos y unas bufandas hasta la altura de las orejas. Dentro de la hacienda solo estaba el cocinero, un tal Gautier, y el mayordomo, Jean. Habían campanas casi en todas las habitaciones, que al sonarlas hacía aparecer a Jean como por arte de magia. Era algo siniestro, con su tez tan pálida y el semblante tan serio, pero resultaba implacable ejecutando las peticiones.

Faiga acababa de salir de la ducha de su habitación, una enorme bañera con grifería nacarada y suelo radiante, todo un lujo difícil de encontrar incluso en los mejores hoteles. Se secó con una toalla todo el cuerpo y permaneció mirándose frente al espejo. Varias arrugas se habían asentado de forma pronunciada bajo sus ojos, dándole el aspecto de ser mucho más mayor. Sus pelos lisos estaban alborotados sin control, dejando claro que necesitaba con urgencia una peluquería. Se quedó hipnotizada ante su nueva imagen, no creyéndose cuánto había cambiado en tan poco tiempo. Sintió pena.

El enorme reloj de pared de la entrada dio seis campanadas, haciendo eco casi en toda la vivienda. Vincent, que estaba adormecido frente a la chimenea del salón, abrió los ojos de par en par y agarró el vaso de ron aguado que zozobró en su mano. Tuvo reflejos para evitar derramarlo todo, aunque no pudo evitar manchar la alfombra con una par de gotas. Miró hacia los dos pasillos que accedían al salón, y al no ver a nadie, se agachó e intentó disimular las manchas secándolas con su propia camisa. Aún se notaban, aunque había que fijarse mucho para percatarse. Se colgó la gabardina y el sombrero en el brazo con el que sostenía el vaso de licor y se dirigió hacia su habitación, en el piso superior. Pasó frente a la habitación de puertas dobles de Olivier, donde se detuvo pensativo. Olivier les estaba ayudando mucho, aunque su último enfrentamiento con Faiga denotó en él un rostro oscuro en su comportamiento. Estaba claro que los mantenía y les pagaba por conveniencia, no por altruismo.

«Solo un vistazo, Vincent. Ese viejo oculta más cosas de las que dice, eso seguro, y ya sabes que es mejor conocer a tu enemigo a que él te conozca a ti», se dijo a sí mismo, dirigiéndose hacia las puertas para abrir una de ellas y colarse dentro.

La habitación era enorme. Estaba plagada de todo tipo de detalles, desde estatuas de mármol blanco hasta muebles de madera recia y de calidad. Las alfombras de lana gruesa parecían nuevas y los numerosos cuadros que poblaban las paredes eran de pintores notables. Uno de ellos estaba pintado por un tal Sandro Botticelli, según ponía en una plaquita de metal bajo el lienzo. El título era *La historia de Nastalgio degli Onesti*.

«Joder con Olivier, un Botticelli. Uno de estos cuadros cuesta el alquiler de mi casa por un par de años», pensó Vincent, pisando con pasos cortos y evitando tocar nada.

Se detuvo en el escritorio principal de Olivier, un mueble de elaboración artesanal montado con dos tipos distintos de madera noble. Varios cajones y estanterías definían la extensa mesa, sobre la que reposaban varios papeles con el sello de la Universidad de París sobre su esquina superior derecha. Sin embargo, lo que más atrajo la atención de Vincent, hasta el punto de hacerle temblar las rodillas, fue el ver una foto en la que aparecían Olivier y Nicole abrazados en un fondo montañoso e invernal. Parecía una estación de esquí o algo parecido, aunque lo realmente importante para Vincent era saber cómo es que Olivier tenía una foto con Nicole en un lugar tan íntimo como su habitación personal. Lo primero que pensó era que serían amantes. Todo le concordaba: hombre con mucho dinero y mujer joven, hermosa e inteligente con ganas de labrarse un futuro mejor. No era la primera vez que descubría asuntos como este, aunque no pudo evitar sorprenderse del teatro que se hizo delante de él para esconderle esa verdad.

«Y yo que pensaba que eras alguien especial —se dijo a sí mismo, agarrando la foto para mirarla con más detenimiento, como si hubiera algo oculto en su representación—. Casi me engañas, tú y el viejo de mierda este. Ahora, al menos, ya sé a qué atenerme, ya sé de qué va todo esto. Eso sí, ahora voy a ser yo el que me embolse una buena pasta por este trabajo, y todo eso sin necesidad de acostarme con él. Descansa en paz, Nicole, no te culpo por lo que hiciste, pero sí que me engañaras».

Un ruido chirriante de bisagra mal engrasada despertó a Vincent de su letargo, que tiró el marco de foto y se giró asustado hacia la puerta, donde vio a Faiga mirándole perpleja. Llevaba puesto un vestido carmesí a juego con unos zapatos de charol, regalos que Olivier le dejó en su armario. Eran ropajes caros, de eso no cabía la menor duda.

—Perdón, yo no quería molestar. Yo veo puerta abierta y creí que señor Olivier está ya en casa.

—No, no te disculpes, el error ha sido mío —dijo Vincent, solapando sus palabras con las de ella—. No debería estar aquí, he entrado porque… porque quería asegurarme de una cosa. No quiero que pienses que soy un ladrón ni nada de eso.

—No, yo no pienso eso. ¿Tú ya seguro de lo que buscas?

—¿Cómo?

—Si tú seguro de lo que buscas aquí.

—¡Ah! Sí, sí… bueno, digamos que tengo las ideas más claras, sí.

—Eso bueno.

—Sí, supongo que sí. No obstante, será mejor que salgamos de aquí, no creo que a Olivier le haga gracia vernos husmeando en su habitación —propuso Vincent, andando hacia la puerta.

—Yo no decir nada a Olivier, tú no preocuparte.

—No, no, no te estoy pidiendo que mientas por mí. No tienes que mentir por mí, Faiga. Yo te agradezco mucho el detalle, pero si a Olivier se le ocurre acusarme de intruso, yo sabré defenderme, tenlo por seguro.

Faiga no terminó de entender todo el significado de esa última frase, aunque sí que debían bajar al salón o a alguna estancia común, cosa que hizo detrás de Vincent. Se adecuaron en el salón americano, una habitación llamada así por disponer de una barra americana con una cocina totalmente equipada y funcional separando a una mesa de comedor para diez comensales. El mismo lujo que decoraba toda la vivienda, aquí se presentaba con la misma fuerza, con ornamentos dorados en varias terminaciones de los muebles, garras hábilmente talladas en las patas de las sillas y materiales de notable calidad en todo lo presente.

Olivier no tardó en llegar. Saludó a la pareja de invitados amablemente, para luego excusarse por su cansancio. Les invitó a cenar lo que quisieran, pues les brindaba a su chef personal para su entera disposición. Faiga y Vincent aceptaron de sumo grado la propuesta, sucumbiendo a las delicias culinarias que Gautier les creó. Como entrante, les puso un vaso largo de espuma de arroz con leche junto a unas gambas tostadas a la plancha y pinchadas junto a espárragos y taquitos de tomate. El primer plato fue un solomillo perfectamente sellado al horno, emplatado con una salsa oscura de toques dulces y amargos que hacía las delicias de cualquier paladar. El segundo plato consistió en una elaboración de pescado de río con patatas cortadas en rodajas finas y sazonadas con otra salsa verduzca exquisita. Fue una cena deliciosa que remataron con una copa de coñac con hielo, además de un buen puro, por parte de Vincent. Faiga se mostró muy amigable con el detective, contándole sus desventuras pasadas en Berlín y lo fascinante que le parecía estar sumida en una búsqueda tal a esta, la del código Voynich. Era una mujer repleta de ilusiones y fácilmente impresionable, unos matices que Vincent supo ver al instante.

El gran reloj de pared marcó las once de la noche, cuando Olivier hizo acto de aparición por las puertas del salón. Estaba vestido con una bata de estar por casa y unas zapatillas que aparentaban ser muy cómodas, con una suela acolchada de bastante tamaño.

—¿Os ha resultado grata la cena, amigos? —dijo el anfitrión, sentándose en uno de los sofás libres.

—Todo exquisito, señor Buyon —respondió Vincent, comprendiendo tanto su opinión como la de Faiga—. Dele nuestras más sinceras felicitaciones al chef. Es un artista.

—Me alegra mucho saberlo. Se lo diré, por supuesto que sí.

—Poca gente tiene usted aquí en su casa, ¿no? Quiero decir dentro, porque fuera tiene a una tropa de guardaespaldas armados que no pasa desapercibida.

—¿Es eso una pregunta indirecta, señor Arcadio?

—¿Le he molestado? —respondió Vincent de forma impertinente.

—Supongo que su curiosidad es innata y no, no me molesta —respondió Olivier, encendiéndose también él un puro mientras desviaba una sonrisa cercana a Faiga—. Los guardaespaldas que usted dice, son hombres contratados a media jornada para vigilar todo el perímetro de mi hacienda. No soy alguien al que busquen por algo en concreto, pero tener mucho dinero te hace ser un objetivo para ladrones y asaltadores de viviendas. Sufrí varios intentos de rapto, uno de ellos en la avenida central de la ciudad, por lo que es más prudente estar protegido. Esos hombres ganan dinero trabajando para mí y yo puedo dormir más tranquilo. ¿Tan raro le resulta eso, señor Arcadio?

—Lo raro, Olivier, es que aquí dentro no haya nadie. Solo está Jean, ese mayordomo que parece más un fantasma lúgubre que una persona, y el chef…

—El señor Gautier —matizó Olivier, señalando con la mano para que Vincent siguiera con su plática.

—Sí, bueno, el señor Gautier. ¿No es raro que no tenga a nadie más para una vivienda tan grande?

—¿Alguien más, señor Arcadio? Verá usted, soy una persona de hábitos sencillos y no soy de los que guste presumir de tener a muchos criados bajo su mando. Sí es verdad que tengo el capricho de la buena comida, y por ello el señor Gautier acontece aquí de viernes a sábado para prepararme sus exquisiteces en el almuerzo y la cena. No vive aquí, ni mucho menos, al contrario que mi buen amigo Jean, mi asistente personal. Es un hombre que no quiere tener familia y que tampoco la tiene, y que le gusta volcarse en esta casa y en mi persona. Cobra un buen salario por sus servicios, además de tener su habitación personal, comida y casi cualquier cosa que necesite. ¿Horas libres? Más de las que usted piensa, pues por las mañanas se ocupa de limpiar la casa por encima y mantener el orden. Cosas como la colada, limpieza semanal a fondo y hacer la compra de alimentos se hacen por encargo. Vienen aquí y nos traen lo que nos tengan que traer, o vienen para llevarse lo que tengan que llevarse. De hecho, los domingos viene la empresa Cotigen para limpiar a fondo toda la vivienda.

—¿Y nunca ha pensado en tener a una mujer a su lado? Quiero decir… tiene usted la vida solucionada, eso es evidente, y aunque tenga a Jean, compartir su vida con otra persona siempre es algo que se agradece, ¿no?

—¿Y usted me lo pregunta, señor Arcadio?

—¿Por qué lo dice? ¿Por qué solo voy de prostíbulo en prostíbulo sin enfocarme en ninguna? No sé si se da cuenta que mi trabajo no es muy propicio para tener una esposa e hijos.

—No es propicio si usted no quiere que lo sea. Se convence a sí mismo de que es así y lo da por cierto, al igual que ve mi nivel de vida como un oasis para enraizar a alguna mujer. Sin embargo, todo es más difícil de lo que usted cree.

—Si usted lo dice… —replicó Vincent, dando a ver que en absoluto estaba conforme al último argumento de Olivier.

—Verá, señor Arcadio. Empieza usted a ser muy curioso, la verdad, y eso puede ser un cuchillo muy afilado e incontrolable.

—¿Es una amenaza?

—No, una observación. Yo no tengo edad ya para amenazar a nadie, pero sí tengo experiencia para dar consejos.

—Los consejos son fáciles de dar, pero nunca de aplicar, así que mejor ahórreselos. Sé cuidarme y sé controlar mi curiosidad, no se preocupe.

—¿Seguro, señor Arcadio? —preguntó Olivier, entrecerrando los ojos con picardía. Vincent dudó si estaba poniéndolo a prueba o si simplemente estaba jugando.

—Sí, seguro. ¿Acaso hay algo que le haga pensar lo contrario?

—Verá, señor Arcadio, yo soy una persona muy dada a las colecciones de arte, un hecho que me ha llevado a mantener un orden muy meticuloso en mi vida. No llego hasta el punto de ser un maniático, pero sí me molesta que determinadas cosas no estén correctamente ubicadas. Es usted un detective perspicaz y mordaz, señor Arcadio, así que estoy seguro de que sabrá a qué me refiero.

Vincent lo miró fijamente como si quisiera leer de sus ojos el significado de esa frase.

«¿De verdad se ha enterado este desgraciado que he entrado en su habitación? Habrá visto algo de tierra en la alfombra o… —empezó a cavilar Vincent, cuando se quedó absorto ante una obviedad que se le pasó por alto—. ¡Mierda! La foto… ¿dónde dejé la foto? ¿Será posible que este merluzo sea capaz de diferenciar si el marco estaba en un lugar de la mesa o en otro? No puede ser tan perfeccionista…».

—¿Todo bien, señor Arcadio? Que conste que no deseo entrar en este juego de palabras con doble sentido. Es usted un trabajador al que tengo contratado, al igual que los que están ahí fuera, y lo único que deseo es que llevemos nuestro trato a buen puerto. No es mi intención ofenderle ni hacer que se sienta incómodo.

—Incómodo no estoy, está usted siendo muy servicial y atento, aunque tampoco le resulta muy costoso. La comida nos la prepara su chef y las habitaciones las limpiará Jean o la empresa esa de limpieza. Alojarnos aquí es algo que agradezco, pero no quiera venderme ese favor como algo que a usted le cuesta. Y sobre seguir trabajando para usted, empiezo a plantearme si realmente he de hacerlo, la verdad.

—Pues es una lástima, porque justamente me he acercado hoy al banco tras salir de la Universidad. Aquí tiene —expuso Olivier, dejando caer un sobre abultado sobre la mesita del salón—. Ahí dentro hay diez mil pesetas, lo que convinimos. Otras noventa mil le esperan al finalizar el trabajo, como bien sabe.

Vincent tomó el sobre y lo abrió, deslizando sus dedos con lentitud ante cada uno de los diez billetes que había dentro. Tal cantidad de dinero era todo un tesoro ante sus ojos.

—Veo que sabe cuándo mover sus cartas —pronunció Vincent, guardándose el sobre en un bolsillo interior de la gabardina—. ¿He de firmarle algo?

—No, no hace falta, confío en usted. Ahora me gustaría que confiara usted en mí, ¿sería posible?

—Le pido perdón, señor Buyon, pero es que… hay cosas que no termino de ubicar en mi mente. Supongo que mi experiencia me lleva a dudar hasta de mi propia sombra, no es nada personal hacia usted. Y perdón por mis modales, sé que soy muy directo en mis expresiones, pero creo que es la mejor forma de hacerme entender.

—Agradezco sus disculpas, y le agradecería que, por favor, me pusiera al corriente de esas preocupaciones. Por favor…

—No, no, ya le digo que son dudas improbables que nacen de mi propia vida. He visto y conocido a tanta gente que suelo mezclar sus caracteres y propósitos, cuando siempre hay una razón más que obvia que lo explica todo.

—¿Le preocupa la foto de Nicole que tengo en mi habitación? —preguntó Olivier, de forma directa. Faiga palideció en cuestión de segundos, conteniendo la respiración por miedo a hacer ruido—. Antes de que se busque una excusa vulgar, decirle que tengo prohibido terminantemente que Jean, o cualquier otro bajo mi servicio, pueda entrar en mi habitación si no estoy yo en la casa. Además, ya le dije que albergaba algunas manías, siendo una de ellas el orden preciso de las cosas de mi habitación.

—En ningún momento he negado que entrara en su habitación —dijo Vincent, a modo de defensa—. Pasé cerca de sus puertas y las abrí, sí. Me gusta saber para quien trabajo, y qué mejor forma de estudiar cómo es uno que viendo su habitación personal. No se preocupe porque no he tocado nada ni he registrado nada, solo he mirado.

—¿De verdad le parece loable y justificable esa acción, señor Arcadio?

—En mi oficio, sí. Si esto fuera una conversación de caballeros, quizás no, pero está claro que ni usted ni yo somos caballeros ejemplares ¿verdad?

Olivier dio una carcajada sonora, levantándose a continuación para servirse hielo en un vaso y echarse un *whisky*.

—No ha respondido usted a mi pregunta —insistió Olivier—. ¿Le preocupa esa foto?

—Usted tampoco ha respondido a la pregunta que le hice hace varios días, sobre dónde estaba Nicole enterrada.

—Le dije que esa información no era algo sencillo de saber. Ella era una espía, y como tal, no era algo que se anunciara de forma transparente. Verifique usted los periódicos de estos días pasados y verá como no hay mención alguna del accidente. ¿Me juzga usted malamente por no ser capaz de tener esa información? ¿De verdad?

—Le juzgo porque montaron aquí un teatro muy comedido, tanto usted como Nicole. Usted es una persona influyente y con muchos contactos y amigos, eso no hace falta ser detective para saberlo, y que tenga una foto abrazando a Nicole en su mesa personal de trabajo deja claro una cosa: ella no era una simple amiga. ¿Por qué ocultar eso?

—Por muchas razones, pero la principal es porque ella así lo quiso. Ella inició esta investigación, señor Arcadio, y ella fue quien trazó las directrices a seguir durante todo el proceso. Yo solo ponía el dinero.

—¿Y no le da retortijones? Usted puede conquistar a la mujer que quiera, o al menos tenerla comiendo de su mano el tiempo que desee. ¿Por qué con una mujer que podía ser casi su hija?

Tras oír eso, Olivier abrió los ojos con el rostro serio y los fijó en Vincent, para luego comenzar a reírse en un descontrol de carcajadas. Jean apareció por detrás, alertado del ruido por si su presencia era necesaria, aunque tan pronto vino desapareció de nuevo.

—Por Dios, Vincent… ¿De verdad…? Jajaja… ¿De verdad ha pensado usted…? Jajaja…

—Ella era su hija… —dijo Vincent, lamentándose de no habérselo imaginado antes.

—Sí, señor Arcadio. Era mi hija.

Un cúmulo de recuerdos comenzó a agolparse en la mente de Vincent. Fue entonces cuando encajó una pieza importante en el puzle de Nicole. Aquel pañuelo que ella tenía y que, siempre según la versión de ella, compró en el zoco de Tánger, realmente era de Olivier. Tenía bordadas las iniciales O.B., las iniciales que definían a Olivier Buyon. Y Vincent no creía en las casualidades.

—¿Cómo se llamaba ella realmente? —preguntó Vincent, de forma escueta.

—Nicole, Nicole Buyon. Le gustaba adoptar otros nombres y apellidos para encajar más en su perfil de cazadora de tesoros, aunque lo cierto es que…

—¿Y está tan tranquilo, por no decir contento, luego de su muerte? O aquí en París la gente lleva la muerte de sus seres queridos de forma muy normal, o me he perdido algo. No he visto en usted ni una muestra de dolor o pena —interrumpió Vincent, alzando la voz considerablemente.

—Vamos a ver… lo primero le agradecería que se calmara un poco. Enfadarse por algo que ha sucedido y que no es asunto suyo, no es algo que deba hacerse. Me está preguntando por mis sentimientos, cuando le repito que usted no sabe nada de mí, de mi vida o de mi familia. ¡Nada! ¡Absolutamente nada! No quiera juzgarme según su criterio adulterado, porque puede estar equivocándose. Para que lo sepa, Nicole nació como fruto de una aventura que tuve con una señora que conocí en una exposición sobre literatura, hace ya muchos años. Ella era una mujer casada con dos hijos varones, aunque infeliz en su matrimonio. La ventura quiso que nos conociéramos en el ámbito de la tertulia, e hicimos buenas migas casi sin desearlo. Ella era una mujer muy atractiva, pese a sus años, y su diálogo resultaba refrescante para alguien tan solitario como yo. Cuando nos quisimos dar cuenta, el almuerzo de la exposición dio paso a una cena informal en un bar del centro, terminando todo en una noche tomada por la pasión. Yo era una persona soltera y sin compromisos, y aunque sé que hice mal, a veces el cuerpo manda sobre el cerebro. No pensé que todo se fuera a torcer como lo hizo tres meses más tarde. Ella me contactó para informarme que estaba embarazada y que, por lo tanto, tenía que afrontar un divorcio. Yo le presté toda la ayuda posible, poniendo a su disposición a mis abogados y dándole dinero para subsistir en el panorama que se le abría. No podía vivir con ella, pues mi nombre debía permanecer en privado en todo este asunto, como usted entenderá. Me jugaba mi carrera como profesor en la Universidad, además de mi reputación. Sin embargo, no fui yo solo el que se dio cuenta de esa verdad. Ella también lo vio, dando comienzo a mi tortura durante años. Nicole nació, y su madre empezó a exigirme cada vez más dinero para mantener la boca cerrada acerca de quién era su padre. Hablamos de cantidades importantes, un capital que no pasó inadvertido ante los ojos del ministerio de hacienda. Tuve que hacer cabriolas para esquivar esas investigaciones que comenzaron a planear sobre mi persona. Fueron muchas noches sin dormir intentando buscar una solución a un problema que no parecía tenerla, un infierno que se prolongó durante años por el edén de una sola noche. Doce años después, ella falleció a causa de un accidente de tráfico, hecho del que me enteré por la relación que tenía con los intermediarios que le iban pasando el dinero que le enviaba. Podría pensarse que ahí acabó toda la historia, aunque es entonces cuando me entero que la pequeña Nicole, una adolescente de doce años, está huérfana y sin familia, y pasará a disposición de un centro de adopción. Era mi hija y no podía aceptar dejarla así, aunque tampoco podía destruir todo lo cosechado en mi vida, declarándola oficialmente mi hija. Un galimatías que solventé adoptándola. No me costó mucho lograrlo, la verdad. Poca gente quiere a una niña tan crecida ya, además que supe mover los contactos que tenía para agilizar todo el proceso. Ella, señor Arcadio, era oficialmente mi hija adoptada, y nunca supo la verdad. Lo cierto es que ella tampoco me miraba como un padre, sino más bien como alguien que se hacía cargo de ella y que la quería. Nunca quiso vivir aquí, conmigo, y cuando cumplió la mayoría se empecinó en vivir su vida de forma independiente, haciéndose ella cargo de su futuro. Evidentemente la seguí ayudando, pero siempre era ella la que quería tener la última palabra en todo. ¿Qué si siento pena o dolor por su muerte? Sí, claro que sí, pero intente ver nuestra relación padre-hija como algo marchito desde sus raíces. Yo la quería mucho, aunque nunca pude disfrutar de verla crecer, ni tampoco supe lo que era un beso de buenas noches ni una cara de felicidad al verme llegar a casa. Ella no me quería como un padre, lo que hacía que yo viera decaer mi amor por ella como hija.

—No obstante, era su hija. No puedo llegar a entender su dejadez sentimental, lo siento.

—Es comprensible que lo vea así. Precisamente si algún día llega a ser padre, lo entenderá. Entenderá que los sentimientos no pueden entrenarse ni adoptarse, pues florecen o se contaminan según el régimen de la vida. Usted no puede obligarse a amar a alguien, simplemente lo ama, esa es la única verdad. Puede acusarme de no amar a mi hija con el amor de un padre, y llevará razón, pero no quiera obviar el contexto que le he narrado.

—Verá Olivier, empiezo a pensar que intenta…

Sin tiempo a que Vincent pudiera decir nada más, tres disparos se dejaron oír en el exterior de la vivienda. Faiga, ya emocionada por toda la historia oída, dio un suspiro con ambas palmas sobre su boca y abrió los ojos como si fuera a expulsarlos de sus cuencas. Olivier despertó un temblor en los brazos y en el cuello, quedándose inmóvil en el sofá. No estaba seguro si habían sido sus hombres o alguien extraño, pero la idea de ser asaltado le tenía en vilo. Vincent, por su parte, reaccionó casi al instante, seguro de sí mismo. Extrajo la pistola de la funda que sostenía en el pecho, la armó y fue directo hacia la puerta.

—¡No os mováis de ahí! —dijo con voz ruda, asegurándose de que sus dos compañeros estarían a salvo en ese lugar—. Apagad todas las luces y escondeos detrás del sofá. No se os ocurra salir fuera hasta que yo vuelva, ¿entendido?

—¡Vincent, tú no salgas! ¡Llamar policía! —exclamó Faiga, superando la parálisis de su miedo.

Dos nuevos disparos hicieron eco en la cercanía, oyéndose a continuación un gemido de dolor y muerte.

—Llamad a la policía, sí, pero no os mováis de ahí. De aquí a que llegue la policía, esa gente ya habrán entrado.

—¡Vincent! Quédese aquí, por Dios. Tengo a doce hombres ahí fuera bien armados y entrenados en disparar. No debemos temer nada. Además, si alguno llegase a entrar, nos conviene tenerle aquí, pues es el único armado.

—No les pienso dar esa ventaja. Quedarme encerrado y esperando es ventaja para ellos. Usted quédese aquí con Faiga y no se muevan.

Acto seguido, el detective abrió la puerta principal y se asomó ligeramente agazapado, mostrando solo una parte de su rostro. Fuera estaba todo oscuro, con las luces dispersas del jardín formando figuras fantasmagóricas al iluminar los árboles y los setos que se arremolinaban alrededor.

«¡Vamos allá!», se dijo a sí mismo, cerrando la puerta tras él y corriendo hacia el coche que estaba aparcado a un lado de la fachada. Corrió todo lo rápido que pudo con el cuerpo encogido, suficiente como para llegar a su cobertura. Un nuevo disparo iluminó el cielo, a lo que otros tres disparos le respondieron al unísono. No muy lejos, tres de los hombres de Olivier estaban disparando hacia unos setos de forma descontrolada mientras chillaban algo en francés. Acto seguido, un disparo certero emergió de un lateral, impactando en la cabeza de uno de los tres guardias. Los otros dos restantes cambiaron su objetivo y empezaron a disparar hacia donde más o menos vieron el destello del disparo, cuando otro disparo, esta vez procedente de donde disparaban la primera vez, impactó en el estómago de uno de ellos.

«¿Y esta gente está entrenada en disparar? Se exponen sin cobertura en una noche oscura y empiezan a pegar tiros sin control. Muy tonto habría que ser para no matarlos —pensó Vincent, negando con la cabeza al ver al guardia restante que quedaba vivo caer también, al ser atravesado por dos balas—. Al menos habéis servido para algo: ya sé que son dos los atacantes».

Ruidos de pisadas se acercaron veloces por el lado que no tenía cubierto Vincent, que se tiró al suelo tan pronto como pudo mientras se giraba con la pistola preparada para abrir fuego. El gatillo recorrió la mitad de su trayectoria, cuando vio que era uno de los guardaespaldas de Olivier. Era un hombre trajeado y con un abrigo de solapas muy abiertas. Tenía el rostro de quien había visto un fantasma y no terminaba por creérselo. Sostenía entre sus manos una Beretta, la típica pistola que usaban los militares en América, aunque el pulso del que hacía gala no daba pie a pensar que pudiera disparar con tino.

—¡Eh, cálmate! —le dijo Vincent, ayudándole a agacharse a su lado—. ¿Tú me entiendes? ¿Me entiendes?

—*Oui, oui... Ils on tué a Gabion et a Marcel... Ils tirent de l'ombre.*

—Mira, no sé francés, así que escúchame ¿vale? Tú quédate aquí, eh… ¿*remains ici*? Tú, *remains ici*.

—*Je restte ici, oui* —respondió en francés el guardia.

—Eso es, tú aquí. Yo voy allí, voy a la fuente esa, y luego allí, donde esos árboles. Tú mira allí, allí, donde esos árboles. Si ves algo tú pum-pum. ¿Entiendes?

—Eh… *oui, oui… Je vous couvre. C'est ça?*

—Eso es, tú me cubres. ¿Preparado?

—*Je suis prêt.*

Vincent no tenía muchas oportunidades para poder ver a los atacantes, así que la opción que se le abrió al contactar con este superviviente le dio un nuevo radio de acción. Solo esperaba que mantuviera el pulso y la templanza cuando tuviera que disparar para cubrirle. Cerró los ojos unos segundos, para entrar en comunión consigo mismo, y salió corriendo hacia un árbol que distaba unos diez metros de su posición. Una bala silbó en el aire a mitad de camino, levantando tierra a sus pies, cuando desde el coche de la entrada, varios disparos de cobertura respondieron hacia la espesura. Vincent tragó saliva y agradeció la buena fortuna, aunque estaba claro que esa gente sabía disparar, por lo que, debía ser más cauto en sus siguientes movimientos.

Una vez apostado tras el grueso árbol del jardín, dejó su sombrero y su gabardina sobre un arbusto cercano y se tiró al suelo para arrastrarse hacia otra posición cercana. Su idea era que los atacantes creyeran que lo tenían ahí arrinconado, una idea complicada pero posible dada la oscuridad de la noche. Varios disparos más se dejaron oír en los alrededores del vehículo, una contienda entre uno de los asaltantes y el guardia francés con el que contactó Vincent hacía unos minutos.

Justo cuando el detective llegó a unos arbustos florales con varias piedras en su perímetro, el guardia dio un grito de dolor a lo lejos. Hasta cuatro disparos se oyeron y luego de nuevo silencio.

«Ya se lo han cargado… has contratado a unos malditos aficionados, Olivier», pensó Vincent, mientras regulaba su respiración e intentaba permanecer lo más quieto posible, para alertar lo mínimo. Al instante, dos disparos sonaron muy cerca de él, impactando en su sombrero y tirándolo varios metros hacia atrás. Vincent identificó una sombra que avanzaba a paso firme hacia la posición. Alguien había mordido el anzuelo que le dispuso.

Esperó unos segundos más para verlo mejor y tenerlo más a tiro, cerró su ojo derecho, apuntó e hizo fuego repetidas veces. El individuo dio un salto hacia atrás y emitió un gemido de dolor apagado tras recibir algunos de los disparos, aunque aún se movía en el suelo. Vincent no tardó en levantarse e ir hacia su posición, para desarmarle del todo y tomarlo como prisionero, en vez de rematarlo. Tenía claro que un muerto no confesaría nada. El corpulento hombre vestido de negro y con un pasamontañas también de color oscuro, se debatía en la oscuridad para encontrar su pistola. Vincent saltó sobre él por instinto, clavándole su puño en el abdomen y haciendo que el hombre gritase de dolor. Manchó sus labios con un vómito de sangre brillante, aunque lejos de venirse abajo, agarró con fuerza a Vincent por el cuello y giró sobre sí mismo, poniéndose sobre él. Su hombro derecho estaba perforado por una bala, al igual que su muslo izquierdo, algo que, para desgracia para el detective, no parecía suficiente para desgastarle las fuerzas. Tenía sujeto a Vincent con solidez y bastante inmovilizado, al tener todo su peso sobre él, aunque lo peor estaba por llegar. El primer puñetazo que le dio en el rostro, hizo sangrar la nariz de Vincent en un reguero continuo que le taponó las vías respiratorias. Otro segundo puñetazo puso a prueba su mandíbula inferior, crujiendo en dolor y haciéndole escupir más líquido vital. Vincent reaccionó sin mirar, guiándose solo por el instinto, y le soltó el cuello para hundir sus dedos en la herida de bala del hombro. El atacante gritó al instante como si el alma estuviera desgarrándole el cuerpo, perdiendo todas sus fuerzas y echándose hacia atrás. Vincent, aún mareado por la pequeña paliza recibida, se levantó como pudo para propinarle una patada con todas sus fuerzas en la zona de las costillas, que luego acompañó de otras dos a la altura del vientre. Tenía a su víctima encogida de dolor en el suelo y respirando entre silbidos.

—¡Levanta, escoria! —dijo Vincent, pausando entre cada sílaba para poder respirar—. Vas a lamentar el día que se te ocurrió venir aquí a pegar tiros.

El hombre le respondió metiendo la mano derecha en una funda de su bota, para sacar un cuchillo afilado que tensó en el aire. Vincent, lejos de amilanarse, lo desarmó de una patada, aunque el cuchillo era un simple movimiento de distracción, más que una amenaza, pues con la otra mano herida se sacó una cápsula de un bolsillito del torso y se la tragó. Vincent se tiró encima de él para intentar que la escupiera, agarrándole del cuello y golpeándole repetidas veces en el torso, aunque ya era tarde. El arsénico se había liberado y una espuma blanca como la nieve comenzó a brotar de sus labios, dejando el resto de su cuerpo totalmente inerte. Vincent emitió un suspiro de cansancio y se quedó mirando al individuo con odio e impotencia. Le despojó del pasamontañas y vio un rostro descompuesto de dolor y parálisis, con los ojos abiertos y la nariz anegada en un río de sangre.

—Maldito hijo de perra… —esputó Vincent, antes de sobresaltarse al oír dos disparos procedentes de la casa.

Cogió su pistola y salió veloz hacia allí, esta vez sin preocuparse de buscar coberturas ante posibles disparos. Estaba seguro de que eran dos los atacantes, o al menos en ello confiaba. Pasó cerca de la entrada, donde vio al guardia francés que conoció antes, tirado en el suelo y con el torso ensangrentado. Se desvió hacia la ventana que daba al salón donde estaban Faiga y Olivier, y cogiendo carrerilla se lanzó hacia la misma, entrando en la habitación entre cristales. Se golpeó contra una mesa y oyó como alguien disparaba hacia él, haciendo que saltaran chispas en el suelo. Vincent levantó su pistola desde el suelo y la fijó hacia el frente, aunque no llegó a disparar, al ser consciente de que podía darle a sus amigos. Ahí estaba el otro asaltante, sin cobertura alguna pero con Faiga dispuesta como escudo. Vincent giró sobre sí mismo y se refugió tras un sofá, saliendo así de su punto de mira.

—Tu compañero está muerto, ¿me oyes? —gritó Vincent, afianzando la pistola con ambas manos e intentando controlar la respiración—. No vas a salir vivo de aquí, la policía está de camino y te aseguro que no podrás salir de aquí con vida.

—¿Quién mierda eres tú? —profirió el asaltante con un pronunciado deje alemán—. Es mejor que te vayas a tu casa y te olvides de todo esto, detective.

—Estás jugando a un juego muy peligroso, imbécil —le replicó Vincent, echando miradas furtivas desde su cobertura—. Suelta ahora mismo a esa mujer. No tiene nada que ver con el dueño de esta casa ni conmigo.

—Ella se viene conmigo y tú mejor que te quedes quieto.

La pareja comenzó a moverse hacia atrás, saliendo del salón dirección a la puerta de salida. La pistola del asaltante no se movía ni un ápice de la sien de Faiga, que mantenía los ojos cerrados mientras balbuceaba algo incomprensible incluso sabiendo su idioma. Vincent tenía claro que tenía todas las de perder en esta contienda, pero su experiencia y su actitud no le permitían dejar libre a ese hombre. Encontrarlo luego podía convertirse en una epopeya de años, y Faiga no volvería a ser vista nunca más, algo que él no iba a permitir. Sus posibilidades eran ínfimas, pero no le quedaban más recursos disponibles, por lo que salió de su cobertura y se expuso apuntando con firmeza al alemán. Éste se detuvo justo bajo el dintel de la puerta, apretando con más fuerza su Beretta sobre Faiga.

—¡Te juro que la mato! —chilló el asaltante, sujetando a su presa con más fuerza aún.

—Me importa una mierda, desgraciado. Lo único que sé, es que tú de aquí no te largas. Si tengo que meterle un tiro también a ella, lo haré.

—Por favor, vamos a calmarnos todos —interrumpió Olivier, intentando apaciguar la tensión del ambiente—. Mire, si quiere dinero, yo le daré lo que necesite...

Poco más pudo decir Olivier antes de que una bala procedente de la pistola del atacante se alojara en su pecho. El millonario francés retrocedió varios metros hacia atrás antes de caer inerte al suelo, donde despertó unos temblores nerviosos en sus extremidades. El suelo bajo su torso se tiñó con rapidez de sangre, formando un charco de muerte.

Vincent se ajustó la empuñadura de la pistola sobre ambas manos, sin poder evitar derramar varias gotas de sudor por la tensión del momento. Intentó no dejarse llevar por el suceso que acababa de acaecer, armándose de fortaleza y decisión.

—O la sueltas ya u os envío a los dos al infierno. Tú decides, basura.

—Suelta tú tu pistola, o me la cargo. ¿De verdad crees que me estás engañando? No dispararás contra ella, no eres capaz de eso, te falta tener agallas.

Vincent dudó por un instante, pues disparar contra su objetivo a riesgo de matar a Faiga, ya fuera por su propio disparo o por el del alemán, sería un fracaso para sus intenciones. Lo quería vivo y preso, aunque esa idea ya se le antojaba complicada, muy complicada. Para agravar más la situación, la Beretta del carcelero de Faiga se fijó con fuerza justo encima de la oreja derecha de la mujer. Lo único que se veía del hombre a través del pasamontañas eran sus ojos, inyectados en odio y nerviosismo, los ingredientes ideales para llevar a cabo sus amenazas.

—¡Suelta tu arma, detective! ¡Suéltala o le pego un tiro!

Vincent permaneció inmóvil en su lugar, sin dejar de apuntar a su objetivo. Rendir su arma sería vender su vida si no era rápido huyendo del lugar, y por supuesto, perder a Faiga. La otra alternativa, quedarse ahí y abrir fuego, implicaba una probabilidad muy alta de perder a Faiga también.

—¡No lo voy a repetir de nuevo! ¡Tira tu arma o le abro un agujero a esta mujer! —insistió el alemán, forzando el cuello de Faiga hacia la izquierda mientras apretaba el gatillo unos milímetros.

—Has venido hasta aquí por ella. No sois asaltantes de casas ni nada de eso, se ve que os habéis estado trabajando el venir aquí, esta noche, para colaros y llevaros a Faiga. Lleváis tiempo estudiando cuántos guardias había y por dónde podíais entrar, no me cabe la menor duda. Sin embargo, cuando Olivier te propuso darte dinero, le pegaste un tiro casi sin pensártelo. ¿Qué ladrón haría eso? Además… si yo fuera un ladrón y tuviera que coger un rehén, cogería al millonario y no a una mujer que no tiene más riquezas que lo que lleva puesto. No… seas quien seas no eres capaz de pegarle un tiro a esa mujer. La necesitas viva, has venido hasta aquí para raptarla, ese era tu objetivo. Si no fuera así, ya estaría muerta —respondió Vincent, justo cuando unas sirenas empezaban a oírse en la cercanía. La policía llegaba tarde, pero al menos no obvió la llamada—. Te queda poco tiempo para tomar una decisión, amigo mío, aunque decidas lo que decidas no vas a salir ganando. Elije si quieres salir de esta vivo o muerto.

—¡Si yo muero, ella muere también!

—¿Crees que me importa lo que le pase a esta puta alemana? —replicó Vincent, haciendo gala de su increíble habilidad para marcarse faroles—. Mátala, córtala en pedacitos o cómetela si quieres, me da igual. Mi trabajo era proteger a Olivier Buyon, un buen amigo mío, pero ya te lo has cargado, por lo que me da igual lo que decidas. Casi que prefiero pegarte un tiro, la verdad.

—¡Tú no lo entiendes, idiota! Esta mujer sabe algo que pondrá el mundo entero en peligro —dijo el alemán, quitándose el pasamontañas para mostrar su rostro perlado de sudor, con unas gafas redondeadas poblando sus ojos—. Mi nombre es Jan Takras, miembro y seguidor del dogma rosacruz de nuestro santo líder

Christian Rosenkreutz. Mi trabajo aquí no es raptar, matar o robar, sino salvar a la humanidad del mal que queréis despertar.

—¿De qué mierda me estás hablando? ¿Salvar al mundo? ¿Qué eres, un héroe anónimo al margen de la ley? Pues igual te interesa saber, Jan, que tu colega está ahí fuera regando con su sangre el césped, junto a los doce hombres que habéis cosido a balazos. Menos mal que no venías a matar a nadie…

—Tú no lo entiendes. Tu mente está corrompida por el sistema que reina en los países. Te has apartado de la fe y la creencia, solo miras por ti y no por el mundo espiritual que cohabita con nosotros. El juicio final nos llega a todos, a algunos antes y a otros después, y en él se dictamina la última sentencia de tu vida, la que te arrojará al abismo del infierno o a la salvación del Creador. Esos hombres están salvados, pues en su muerte han abrazado la puerta de mi éxito. Y lo mismo debes hacer tú, detective, debes salvar tu alma dejando que yo siga mi misión santa.

—¿Y se puede saber cuál es esa misión santa? Llevarte a esta mujer y… —expuso Vincent, agitando su mano zurda para darle pie a su interlocutor a que siguiera la frase. Las sirenas azules de la policía ya se veían más allá de la reja de entrada a la hacienda. El timbre de la puerta comenzó a sonar repetidas veces.

—Mi misión es salvar a gente como tú del infierno, detective.

—Vincent, si no te importa.

—Tú quieres que la mate ¿es eso? —expuso Jan, al ver que Vincent ganaba confianza con la presencia policial tan cerca—. Yo no quiero hacerlo hasta no estar seguro, créeme.

—¡Pues respóndeme de una maldita vez! ¿Para qué la quieres? ¿Qué crees que sabe ella?

—Ella ha desvelado varias pistas del código Voynich. El último mensaje que descifró en la catedral de Sainte Chapelle debe quedar relegado al olvido. Debo asegurarme que nadie pueda descubrir el secreto que se encerró en ese libro. Hay mucho en juego como para que se exponga al mundo lo que allí se escribió.

—¿Tú te estás oyendo, imbécil? ¿Secreto? ¿Crees que un libro es capaz de poner en jaque a los gobiernos? ¿De verdad piensas que lo que ahí ponga cuesta tantas vidas perdidas inútilmente? ¿Es que acaso no sabes que hay copias de ese libro por todas partes?

—Tú no crees en el manuscrito, Vincent. No has sido educado en la cristiandad y en los secretos que quedaron aquí, en nuestro planeta, explicando su filosofía.

—¿Cristiandad? ¿Me puedes decir qué tiene que ver esto con la cristiandad? ¿Acaso es un libro escrito por monjes o por algún apóstol de esos? —replicó Vincent, notando un pequeño calambre en su mano derecha al tenerla tan rígida sobre el gatillo— Mira, te lo voy a dejar claro para que me entiendas sin dar lugar a dudas: me importa una mierda lo que ese libro diga, ya puede hablar de extraterrestres, dioses, ángeles o ciencias ocultas, pero no voy a dejar que gente como tú siga matando y raptando en su nombre. Deja libre a Faiga ahora mismo o te envío en un vuelo directo para que saludes a tu querido Dios.

—¿Ahora deseas salvarla, detective? —expuso de forma irónica Jan—. ¿No dijiste que te daba igual lo que le pasara?

—No te confundas, amigo… mi cometido aquí acabará contigo preso o muerto, pasando por encima de quien sea, incluso de esa mujer. Preferiría salvarla, pero no me va a hacer temblar a la hora de disparar.

La forma de hablar de Vincent fue tan creíble, que Faiga dudó si realmente hablaba en serio. Su miedo se presentó en forma de rigidez corporal, permaneciendo como una estatua mientras el brazo de Jan la mantenía presa por el cuello. Respiraba con dificultad, lo que le provocó pérdidas de conocimiento esporádicas de apenas unos segundos. Estaba al borde de la locura.

—Pues dispara, Vincent. Si la matas habré cumplido mi objetivo, aunque te repito que no es lo que busco.

—A otro perro con ese hueso, bastardo. Conozco a los tipos como tú lo suficiente como para saber qué vas a hacer con ella. La quieres viva para saber si alguien más sabe de lo que ella descubrió. Luego de cargarte a todos los implicados, la matarás también a ella, así que no me vengas con tonterías.

—Hay métodos para hacer olvidar, venenos que te dan una amnesia fuerte que…

—¡Cierra la puta boca! —interrumpió Vincent, convencido de que abrir fuego sería la mejor opción, una idea que plantó inicialmente para sembrar la duda en Jan, pero que comenzaba a cobrar sentido en su mente—. ¡O la sueltas ahora, o de aquí no sales vivo! ¡No pienso repetírtelo más veces!

El timbre de la puerta cesó de sonar, aunque las luces azules de los coches policiales aún decoraban el cielo nocturno del exterior de la casa. Seguramente estarían intentando entrar saltando por encima de la reja, todo dependía de si se tomaron en serio la llamada que hizo Olivier o no. No obstante, de una cosa estaba seguro Vincent: si oían disparos, seguro que entrarían. No estaba seguro si sería una buena idea meterlos dentro, pues encontrarse a todos estos muertos y a él, un detective ya marcado por la policía local, junto a una joven alemana sin pasaporte y totalmente perdida, no iba a ser un hecho fácil del que salir indemne.

Finalmente, la solución se dibujó por sí sola. Jan, también nervioso por la situación y necesitado de simplificar su huida, decidió apartar la pistola de la sien de Faiga para apuntar al detective. La acción apenas duró un segundo, suficiente para que Vincent reaccionara.

Se oyeron dos disparos, uno de la Beretta de Jan y otro de la Luger P08 de Vincent.

CAPÍTULO 20: DECEPCIÓN

París, 26 de noviembre del año 1954

La embajada española ofreció comodidad y recuperación a los dos espías españoles. Les habilitaron cómodas habitaciones y les dispusieron un servicio completo de comida, lavandería y escolta para cuando quisieran salir por la ciudad. Anthony prefería pasar más desapercibido, pero no pudo negarse ante la insistencia del embajador, que era evidente que recibía órdenes de la central en España. Se comunicaron con Anthony para conocer qué había sucedido exactamente y cómo iba la misión para la que habían sido asignados. La conversación no duró más de cinco minutos, con preguntas directas por parte de su superior en la Agencia. Lo último que le indicaron a Anthony y Marcos fue que se quedaran en la embajada hasta nuevas órdenes, hecho que acataron durante tres largos días. Salían de vez en cuando a desayunar o a merendar a una cafetería en la calle colindante, muy famosa por su bollería artesanal a base de crema pastelera y almendras, una exquisitez para los paladares dulzones.

Marcos se había recuperado con bastante rapidez de su herida, aunque aún mantenía un vendaje a base de esparadrapo sobre su oreja dañada que le cambiaban a diario, pues supuraba un líquido amarillento a causa de la infección. Varios en la cafetería se fijaban en él con una mezcla entre curiosidad y asco, aunque poco le importaba a Marcos, que les regurgitaba una mirada de gorila enfurecido lo suficientemente amenazante como para intimidarlos a todos.

Tres hombres de la embajada, los escoltas que ese día se ocupaban de hacer de niñeras, charlaban entre sonrisas y humo de cigarrillos en el exterior de la cafetería. Anthony, por su parte, permanecía en silencio, preocupado por no recibir nuevas noticias de la Agencia durante tantos días. Era una situación contraria a sus esquemas, perdiendo tantos días inútilmente cuando ya podrían estar tras el rastro de Vincent.

—No te preocupes tanto, Anthony. Llamarán pronto. Ya sabes que tienen que mover mucho papeleo entre lo que decide uno y lo que escucha otro.

—Ya lo sé, Marcos, pero estando tan metidos en el asunto y tan cerca de los implicados, me mosquea que tarden tanto en darnos vía libre. Creo que nos van a apartar del caso.

—¿Qué dices? ¿Apartar del caso? Tú estás tonto. ¿Conoces a alguien mejor que tú para dirigir una misión como esta? En todo caso me pueden apartar a mí, pero a ti lo dudo.

—¿Tan bien crees que lo estamos haciendo, Marcos? Elisa está muerta y Alberto desaparecido desde hace tantos días que empiezo a pensar que comparte su misma suerte. ¿Y qué tenemos? ¿Qué hemos conseguido?

—Joder, Anthony, hemos seguido pistas fuertes. Sabemos que ese códice existe. Hemos descubierto quién tiene las pistas y hemos seguido su rastro muy de cerca. Sabemos de ese Vincent y de esa tal Faiga, dónde se mueven y qué hacen. Es cuestión de encontrarles y daremos con el libro.

—Sí, sí… sabemos todo eso, pero no tenemos nada, Marcos —respondió Anthony, claramente saturado por la situación—. Esa gente nos lleva varios días de ventaja, y créeme si te digo que ese detective sabe moverse. Lo hemos subestimado desde el principio, un pecado que nos ha costado caro. Ha denotado pericia e inteligencia en sus acciones.

—¡Es un pelagatos! Ha tenido suerte, eso es todo. Sí, vale, supo zafarse de nosotros un par de veces, pero ha sido más cosa de suerte que de habilidad. Deja de preocuparte, hazme caso —dijo Marcos, levantándose de la silla e indicando a su compañero que iba hacia el baño.

Anthony era muy meticuloso con sus pensamientos, se pasaba los días y las noches excavando en su mente para trazar el plan maestro ante cualquier tipo de situación, incluso la más nimia. Era la típica persona que antes de ir a pagar, evaluaba cuándo era el mejor momento de hacerlo a base de calcular la gente que había en el lugar, cuántos estaban finalizando de comer y la ruta que seguían los camareros desde las mesas a la barra. Calculaba tiempos y comportamientos en cuestión de segundos, seguro de que cuando levantara la mano, un camarero se personaría a su lado para cobrarle casi al instante. Para él, era un juego mental que hacía casi de forma involuntaria. Para los que le conocían, como Marcos, era magia, una mente privilegiada.

—Buenos días, señor Selles. ¿Puedo...? —proclamó el veterano inspector Gerald Tunon, que interrumpió la concentración de Anthony de un sobresalto. Estaba tan sumamente abstraído en sus pensamientos que no se dio cuenta de la presencia del inspector en la cafetería, primero aparcando su vehículo oficial fuera y luego entrando por la puerta. Percatarse de algo así era algo elemental en su oficio.

—Sí... por favor, tome asiento, aunque no creo que nos vayamos a quedar mucho tiempo más aquí —le respondió con amabilidad mientras se frotaba los ojos.

—Espero no haber interrumpido ningún momento de tranquilidad —replicó Gerald, despojándose del sombrero mientras tomaba asiento.

—No, no, ni mucho menos. Estaba pensando en cosas mías, nada importante.

—*Bon après-midi, l'inspecteur. Comme d'habitude?* —dijo un camarero, apareciendo por la espalda de Anthony, molesto ya de tampoco haberse dado cuenta de su presencia.

—*Oui, merci.*

—¿Viene mucho por aquí? —dijo Anthony, más por darle conversación hasta que volviera Marcos del baño que por curiosidad.

—Me he movido mucho por esta ciudad, sí. Tengo varios años de servicio sobre mis espaldas y no siempre he sido inspector. He hecho trabajo de campo durante mucho tiempo, lo que me ha permitido conocer a mucha gente y mantener amistad con ellos. Esta cafetería es bien famosa en toda la ciudad, cara, pero con una repostería exquisita. Ni yo puedo evitar pedir los bollos rellenos de chocolate que aquí preparan, algo que haría entrar en cólera a mi médico. Los preparan con tanto mimo y exquisitez que es imposible resistirse a pedir otro una vez lo has probado. El bollo tiene la temperatura exacta, sin resultar ni muy caliente ni frío. El chocolate por dentro, de primera calidad, está derretido de forma espesa, en su punto justo, y untado de forma uniforme por toda la superficie del bollo. Es un orgasmo gastronómico.

—Ya veo —replicó Anthony, de forma escueta, dibujando media sonrisa sobre su rostro para reírle su última frase.

—¿Lo ha probado usted? ¿Quiere que le pida uno?

—¿Cómo?

—Si quiere un bollo relleno. Le aseguro que…

—No hace falta, ya nos íbamos, como le dije antes. Estoy esperando a mi compañero que salga del baño.

—Vaya, le pillo yéndose. Es una pena. Me gusta estar charlando con alguien mientras degusto los dulces de aquí.

—Inspector… ¿por qué no me dice qué hace aquí y nos dejamos de cortinas? —esputó Anthony, algo hastiado ya de tantos rodeos en la conversación. Gerald, lejos de sentirse intimidado, emitió una leve sonrisa mientras se echaba hacia atrás para dejar espacio al camarero que le estaba sirviendo un café con leche en taza y el famoso bollo relleno de chocolate.

—¿No lee usted los periódicos, señor Selles? ¿Acaso en la embajada no le informan de lo que pasa alrededor?

—¿Ha pasado algo en el mundo que deba saber?

—No le hablo del mundo, señor Selles. Le hablo de aquí, de algo mucho más cercano, de esta ciudad. De conocidos suyos y de más muertos. Parece usted la parca, señor Selles, donde va aparecen muertos.

—¿De qué me está hablando? ¿Conocidos? ¿Qué ha pasado?

—Hola inspector… —dijo Marcos, con un tono de voz poco agradable. Ver al inspector ahí no le resultaba nada grato—. ¿Nos vamos, Anthony?

—Disculpe, señor Alcántara, ¿le he quitado su sitio? ¿Estaba usted sentado aquí? Uno se vuelve viejo y pierde la educación, le pido perdón.

—No se preocupe, yo ya había terminado. ¿Anthony?

—Sí, ahora nos vamos, pero siéntate un momento. El inspector ha venido a vernos para contarnos algo.

Gerald abrió sus labios con picardía, desafiando con su mirada a Anthony.

—¿Qué le hace pensar que vengo a contarles algo y no a interrogarles?

—¿Interrogarnos? ¿Y se puede saber en relación a qué? ¿No teníamos un trato?

—Precisamente porque tenemos un trato estoy aquí, merendando con ustedes. De lo contrario, estaríamos teniendo esta conversación en comisaría, ya sabe, en una bonita celda fría.

—¿Se puede saber qué mierda pasa aquí? —irrumpió Marcos, algo perdido entre tanta frase con doble sentido.

—Pasa que ha pasado algo y, de alguna forma, el inspector cree que estamos implicados. ¿Me equivoco? —respondió Anthony, arqueando las cejas hacia Gerald para buscar su aprobación.

—Pero si llevamos todos estos días en la embajada metidos. ¿Así es como investigan aquí? ¿Van al primero que se les ocurre para acusarle?

—Cálmese, señor Alcántara, nadie les está acusando de nada. Pero me gustaría saber qué relación tenían con un miembro de nuestra sociedad, el señor Olivier Buyon. Y por favor, dejémonos de preguntas acerca de quién es ese. El bollo está ya abierto, veo el chocolate y sé cuál es su sabor, así que no quieran venderme el bollo como algo distinto.

—Hemos tratado con él, aunque yo personalmente no, la verdad. Fue un compañero mío, Alberto, quien estuvo en su casa junto a su colega, el inspector Coutillard.

—¿Y puedo saber dónde está ese compañero suyo? Me gustaría preguntarle a él…

—Lleva desaparecido más de una semana desde aquel tiroteo en la catedral —interrumpió Anthony—. Y eso no es normal en él, lo que nos hace pensar que lo han matado.

—Me dice usted eso como si fuera yo su asesino —rebatió el inspector Gerald.

—¿Lo es? —replicó Marcos, desafiándole con la mirada.

—A ver, vamos a dejar de culpar y amenazar —propuso Anthony, posando sus manos sobre los respectivos hombros de Gerald y Marcos—. Vamos a olvidar lo que pasó en la comisaría, Marcos, e intentemos remar todos juntos hacia una misma meta.

—Un consejo muy acertado —puntuó Gerald, dejando a Marcos con los puños cerrados bajo le mesa e intentando controlar su impulso primario de propinarle un castigo físico.

—Me largo de aquí, Anthony. Te espero fuera, no tardes.

—Está bien, Marcos, ahora salgo.

Marcos era un hombre de acción, muy difícil de controlar en determinadas situaciones, incluso aunque se tratara de un asunto de especial relevancia. En su expediente constaba que se había encarado a un superior suyo de la Agencia, llegándole a agarrar por el cuello de la camiseta para postrarlo contra una pared. No llegó a agredirle más, aunque a punto estuvo de someterlo a una buena tanda de puñetazos. Afortunadamente, varios compañeros allí presentes llegaron a tiempo para separarlos y calmar los ánimos. No le llegaron a echar de la Agencia, pues su lealtad y servicio eran intachables, aunque fue sancionado con dos meses sin sueldo y tuvo que pedir perdón al agredido públicamente. Pocos sabían realmente la verdadera razón que le llevó a su frenesí, y es que, aun sabiéndola, resultaba poco creíble. La noche anterior hubo una reunión de compañeros de las muchas que se hacían cada mes, con cerveza y póker regando todo el ambiente, mientras las risas y la jocosidad dominaban los ánimos. Entre tanta chanza, salió a la luz que Marcos no vino esa noche, y el agredido sugirió que posiblemente andaría con algún tema entre manos, ya fuera con una puta o con un puto. Nunca se supo quién le chivó a Marcos ese comentario, aunque seguramente no lo habría hecho si hubiera sabido cómo iba a reaccionar.

—Como ya le he dicho, Alberto está desaparecido desde hace ya muchos días.

—Maldita casualidad la mía. Justo los dos hombres que hablaron con el señor Olivier, están muertos. Es complicado investigar en estos términos, aunque nunca pierdo la fe de hablar con los muertos. ¿Cree que algún día llegaremos a eso?

—¿Me está usted hablando en serio o sigue con esa ironía macabra que ya no sé cómo encajar? Dijimos de no vendernos el bollo ¿no? ¿Qué es lo que ha pasado?

—El señor Olivier Buyon fue brutalmente asesinado ayer noche, señor Selles.

—¡Joder! —exclamó Anthony, bajando la mirada hacia el suelo con nerviosismo—. ¿Qué ha pasado? ¿Ha sido Vincent? ¿Pero qué está haciendo ese puñetero imbécil?

—Muy seguro está usted de que ha sido ese detective, sin saber ni siquiera los hechos ocurridos.

—¿A qué se refiere? ¿Hay más?

—La muerte de Olivier es un asunto grave, era un hombre muy respetado en la sociedad parisina, con muchos contactos en las altas esferas que han empezado a presionar a todos los organigramas para dar con su ejecutor. Lo quieren para ya mismo, sea o no sea el auténtico culpable.

—¿Y ha pensado en mí? No le imaginaba tan detallista —dijo Anthony, poniendo algo de sarcasmo.

—Eso sería lo fácil, pero no, sé que no ha sido usted ni su compañero. No obstante, no piense que la cosa acaba aquí, pues Olivier no ha sido el único cadáver que hemos tenido que trasladar a la funeraria. Más de diez muertos, señor Selles, un rompecabezas que no termino por ordenar en mi cabeza.

—¿Se refiere a los escoltas que vigilaban la casa de Olivier?

—Sí, a esos los tengo ubicados en el puzle, pero… bueno, son conjeturas aún, pues los cadáveres están en manos del forense y todavía no me he pasado para verificar ni sus identidades ni sus aspectos, pero… ¿qué me diría, si le dijera que hay una mujer implicada en todo esto?

—¿Una mujer?

—Sí, una chica joven y de aspecto foráneo. Como le digo, aún no la he visto personalmente, pero algo he leído en los primeros informes.

—¿Está muerta? ¿Faiga está muerta?

—Vaya, es usted una caja de sorpresas, señor Selles. ¿Faiga? ¿Hay algo que desee contarme acerca de esa mujer que yo no sepa?

Anthony se mordió los labios con nerviosismo. Había cometido un error tan inocente que le costaba asimilarlo. Gerald había sido un experimentado sabueso y le había plantado una trampa muy hábil.

—Sé que había una mujer con Vincent, una alemana que le acompañaba. Eso es todo.

—¿Quién es esa mujer, señor Selles?

—Debería preguntárselo a Vincent Arcadio, inspector.

—Se lo repito: ¿quién es esa mujer?

—No sé qué cree que sé, pero es todo lo que puedo decirle.

—¿Quién es esa mujer? Dígamelo y evitemos futuras conversaciones como ésta delante de un juez.

—¿No tiene usted demasiados años como para andar por ahí en trabajo de calle, inspector? ¿No debería estar sentado en su despacho, archivando o repasando casos antiguos? Vaya con cuidado, que los ataques al corazón suceden casi sin avisar.

—¡Y salió la verdad a flote! —dijo Gerald, terminándose el café y poniéndose el sombrero sobre la cabeza—. Nos mantendremos en contacto, señor Selles.

—Sus amenazas resultan irritantes, Gerald. Está usted jugando en una partida de la que no conoce ni las reglas ni a la gente que está sentada a su alrededor. Le convino a que me deje en paz y evite estas visitas fuera de lugar.

—Bueno… conozco a uno de los jugadores, a usted. Y parece que quien reparte las cartas es una mujer llamada Faiga. Y las reglas las voy aprendiendo rápido, señor Selles: si te pisa una carta más alta, debes mostrar tu carta. Es lo que está pasándole ahora y lo que le seguirá pasando. Y para su información, Faiga no está muerta, si analiza mi conversación en ningún momento le dije que así fuera. Solo le pregunté qué pensaría usted si eso hubiera pasado, pero nunca que fuera así.

—No cometa el error de pensar que tiene la carta más alta, Gerald. Y no me tome este comentario como una amenaza, sino más bien como una advertencia segura. No intente retarme porque puede salir perdiendo.

—Agradezco su consejo, señor Selles, que tenga por seguro que aplicaré. No obstante, sepa usted que ya sé lo suficiente como para dejarle en paz. Está claro que esa mujer es la clave de todo esto, y no usted. Le deseo un buen día, señor Selles.

Poco después de salir el inspector Tunon, Anthony entró en el coche donde le esperaba Marcos. Se le veía alterado, con los pómulos enrojecidos y la mirada tomada por un pestañeo descontrolado. Pocas veces podía verse al espía de origen inglés en ese estado, un hecho que Marcos conocía muy bien, razón por la que prefirió no dirigirle la palabra hasta llegar a la embajada. La situación que estaban pasando no era muy agradable, sin saber si estaban apartados del caso o si debían volver a Madrid. Llevaban varios días en un limbo del que no podían salir por propia voluntad, algo que a una mente como la de Anthony le resultaba tremendamente molesto.

Andando por los pasillos de la embajada, Anthony se desvió con paso firme hacia el despacho de la secretaria del embajador. Marcos lo alentó a ir con él al salón, para tomarse una copa y relajarse un poco, pero le hizo oídos sordos. Se le veía decidido y nadie iba a detenerle.

—Voy a llamar a la Agencia, ya está bien de tenernos aquí como sombras muertas sin hacer nada mientras ahí fuera avanzan en la investigación.

Marcos se limitó a suspirar y asentir, aunque la idea no le terminaba por agradar del todo. Romper la cadena de mando llamando a la Agencia no era una práctica que verían con buenos ojos. Siempre dejaban claro que la comunicación con los agentes de campo era unidireccional, de arriba abajo, una norma que solo se podía romper si había información relevante del caso estudiado. Si la última orden fue *"esperad ahí hasta próximo aviso"*, debían acatarla sin rechistar. Telefonear para acelerar la resolución de esa orden, era sentenciar que fueran apartados del caso.

Anthony entró en la habitación y exigió a la secretaria que abandonara su puesto, cogiéndola del brazo y acompañándola hasta la puerta. De nada sirvieron sus gritos o quejas. Le cerró con la puerta en las narices y echó el pestillo, para luego descolgar el teléfono y marcar el número de la Agencia. Ya estaba hecho, ya no tenía vuelta atrás.

—Está usted llamando a un número privado registrado por el gobierno español —dijo una telefonista, con un timbre de voz algo irritante por lo agudo que era—. Por favor, asegúrese usted que está marcando el…

—Aquí el agente Selles, con número de protocolo 6989K, al cargo de la investigación. Por favor, páseme con mi superior al mando para referirle noticias —interrumpió Anthony.

—Son las seis menos cuarto, agente Selles. ¿Me puede usted indicar si es correcto?

—Es la hora correcta y llueve a mares —replicó Anthony. Los agentes no podían identificarse con un número o un nombre, razón por la que se les realizaba preguntas simples a las que debían responder una frase determinada.

—Un momento, agente Selles —dijo la operadora, dejándole en espera.

Tras la puerta, un policía de la embajada llamó repetidas veces, indicando a Anthony que abriera de inmediato. Se oían voces de la secretaria y de más personas, cuchicheando a su lado. Anthony tapó el micrófono del teléfono y exclamó que estaba en misión del Gobierno, que llamaran al embajador si necesitaban más información, pero que les dejaran en paz. Amenazó al policía con abrirle un expediente sancionador grave si persistía en molestarle, logrando que dejara de golpear la puerta y se largara, seguramente para hablarlo con algún superior suyo.

—¿Oiga? —dijo la operadora de nuevo.

—Sí, le escucho —respondió Anthony.

—Le paso con la Agencia.

Pasaron unos segundos más de silencio, hasta que una voz ronca se puso al otro lado del teléfono.

—Buenas tardes, agente Selles. ¿Llama usted por el proceso 6968K, me ha dicho la operadora?

—Así es, señor.

—La última directriz en su caso era permanecer quietos allí hasta nueva orden, según veo en el expediente. ¿Qué noticias pueden tener sobre el caso, si no están en él?

—Verá señor… —respondió Anthony, tragando saliva ante lo que tenía que decir—. Soy de los que piensan que un agente de campo está siempre en activo, incluso aunque no tenga asignada una misión. La Agencia es mi vida y a ella me debo durante toda mi vida, esa es nuestra norma.

—Conozco nuestro lema, agente Selles —dijo de forma tajante su interlocutor—. Pero eso no responde a mi pregunta. ¿Cuál es la razón de esta llamada?

—Nuestra situación, señor. Estamos aquí, reclusos en la embajada y sin poder hacer nada, mientras ahí fuera están avanzando a pasos de gigante para ganarnos la batalla. Van a hacerse con el manuscrito que buscamos si no hacemos nada para evitarlo. Sé que hemos tenido malos percances en nuestras andaduras, perdiendo a valiosos agentes, pero tamaño sacrificio nos ha dado un conocimiento muy grande de quiénes son esos individuos y cuáles son sus movimientos. Sé su forma de actuar ante las situaciones y cómo pensarán ante las dificultades. Le ruego que nos den vía libre para actuar y seguir con la investigación, estamos muy cerca de ellos, y aunque se hayan perdido unos días, no es nada insalvable.

—Agente Selles. Las órdenes son que permanezca ahí, en la embajada, hasta nuevo aviso. No piense por nosotros ni intente dirigir la investigación sin nuestra aprobación.

—No, no es esa mi intención…

—Se lo repito: obedezca las órdenes dadas y llame solo para aportar información —interrumpió su contacto en la Agencia de forma grosera, colgando la llamada y dando por finalizada la conversación. Anthony no pudo evitar maldecir en voz alta y arrojar el teléfono al suelo. No era normal en él no poder dominar sus instintos primarios de rabia, pero estaba fuera de su zona de confort. Ya no podía controlar nada, todo a su alrededor era un libre albedrío que se agitaba erráticamente sin orden aparente.

Minutos después abrieron la puerta, con varios policías de la embajada en primera línea escoltando al embajador, además de varios empleados en la parte de atrás que miraban con curiosidad el suceso. Anthony estaba sentado frente a la ventana intentando encontrar un camino a su castigo, pero lo único que pudo hacer fue bajar la cabeza y someterse. Se dirigió al embajador para excusarse por su acción, justificándola en que necesitaba realizar esa llamada urgente por cosas de su trabajo, un argumento que el embajador afortunadamente asumió. Al final, todo quedó como una anécdota, aunque convidaron a los espías del SIAEM a que en el futuro usaran un teléfono en un despacho vacío que les adecuaron. Les aseguraron que esa línea también era privada, para su tranquilidad.

Marcos rescató a Anthony de todas las miradas indiscretas de los empleados de la embajada, sacándolo a uno de los jardines de la embajada. Abrió un paquete de cigarrillos y le encendió uno.

—No ha ido muy bien ¿no?

Anthony tomó el cigarrillo y se sentó en un banco de piedra blanca, ubicado de forma concéntrica a una fuente con dos peces de piedra dibujando saltos de agua. Negó con la cabeza y se quitó las gafas para limpiarse los cristales con la camisa.

—Ellos saben lo que hacen, Anthony. La Agencia mueve muchos hilos, ya lo sabes. Ya sabes cómo son, muy herméticos, muy cerrados para decirnos nada, pero saben lo que hacen.

—No saben una mierda, Marcos. Son unos puñeteros funcionarios que no saben mirar más allá del papel que tienen frente sus ojos. No saben lo que es estar aquí, el trabajo de campo, pensar en cuestión de segundos lo que debes hacer para salvar tu vida o atrapar al bastardo de turno. Ellos solo se guían por números, por estadísticas, por palabras escritas por personas ajenas a todo esto.

—No tenías que haber llamado. Ese inspector te ha calentado y has entrado en su juego, y créeme que yo soy el primero que tengo ganas de coger a ese viejo y encerrarlo de una maldita vez en su caja de pino, bajo tierra. Pero así son las cosas, a veces hay que aguantarse.

—¿Sabes lo que más me revienta, Marcos? Que Gerald tiene razón. Me dejó bien claro antes de irse que sabe que estamos atados y que sabe que Faiga es la parte importante de todo esto. Como ese inspector capture a Faiga, el gobierno francés estará al tanto de código Voynich, y entonces la cosa se pondrá mucho peor.

—¿A qué te refieres?

—Se iniciará la búsqueda de dicho manuscrito, cerrando fronteras a todo aquel de fuera. Gente como nosotros serán expulsados del país de forma inmediata, por miedo a posibles espionajes, y el resto de países intentarán saltarse ese veto para capturar a esa mujer.

—Estás hablando de una guerra, Anthony. ¿De verdad crees que es para tanto esta misión? No sé… parece un libro de profecías más, como el de Nostradamus, ¿no?

—Hay mucho que no te han contado, Marcos, pero que deberías figurarte. ¿De verdad crees que si fuera algo inane y superfluo nos habrían mandado para hacernos con él? ¿Desde cuándo el gobierno asume gastos de esta índole por un libro de profecías falsas?

—Está bien, Anthony —respondió Marcos, sentándose al lado de su colega—. Ponme al día.

—A ver… ese libro es de dominio público desde que fue descubierto. Hay cientos de copias en las librerías de todo el mundo, pero hay algo en el manuscrito original que en las copias no, algo invisible para la vista común, algo oculto que desvelaría los misterios que se relatan en sus hojas.

—¿Qué misterios?

—La primera parte del libro es un herbolario, un tratado de hierbas aplicado sobre la medicina. Cada hoja de este capítulo presenta un dibujo de una planta y su descripción, indicando propiedades milagrosas para algunas de ellas. Curación de enfermedades terminales, retraso del envejecimiento… ya sabes.

—No es el primer libro de ese tipo que existe ¿no? Quiero decir, libro de plantas hay a patadas.

—No como este, Marcos. La mayoría de las plantas allí descritas no han podido identificarse. Se han encontrado similitudes con algunas especies conocidas, pero no son iguales. Es como si esas plantas no existieran.

—¿Igual se extinguieron?

—¿De verdad crees que tantas plantas se extinguieron a la vez? No tiene sentido, es muy improbable que así fuera. Y si todo saliera de la imaginación del escritor del manuscrito, que podría ser, detalla las imágenes y las descripciones con demasiada exactitud. Tiene todo un orden tan bien montado que no puede ser irreal.

—Plantas extrañas, entonces —aseveró Marcos, apagando el cigarrillo en el suelo—. ¿Estamos acaso buscando el oasis de la eterna juventud o algo así?

—Es que eso no es todo, Marcos, hay más. El siguiente capítulo es un tratado de biología, repleto de ilustraciones de mujeres desnudas, presentando sus partes pudientes y bañándose. Es un capítulo aparentemente irracional, aunque debes buscarle un sentido en relación al capítulo anterior y a los siguientes. Plantas extrañas y un tratado de biología… ¿qué nos dice eso?

—¿Qué las mujeres son capaces de crear variedades de plantas extrañas? —respondió Marcos, riéndose por lo absurdo que sonaba su comentario.

—Nos dice que alguien se tomó la molestia de investigar esas plantas, que insisto no parece que sean de este mundo, para luego centrarse en mirar a las mujeres. Hay algo que la mujer tiene y el hombre no desde los orígenes de la especie humana, y es la capacidad de procrear. La mujer es quien toma las dos células y crea la magia de la vida en el interior de su propio cuerpo, es la clave de la especie. Con una mujer viva, la especie puede continuar extendiéndose, independientemente del número de hombres vivos.

—Lo mismo pasaría con los hombres ¿no? Quiero decir, se necesita también a un hombre para que pueda aportar su espermatozoide.

—Hay varios avances médicos en ese sentido que niegan ese hecho. Basta con extraerte el esperma y congelarlo. Piensa en hacer eso con miles de hombres y… ¿qué tenemos? La capacidad de crear vida sin necesitad de hombres. Sin embargo, seguirás necesitando a una mujer para poder implantar ambos gametos y que se pueda crear la magia. No puedes crear ese ambiente que tiene la mujer en su útero fuera del mismo, hoy por hoy es imposible.

—Joder, Anthony, ¿hacia dónde nos lleva todo esto? ¿A algún tipo de movimiento en favor de la mujer?

—No nos lleva a nada, Marcos. Estás pensando como un habitante español, pero debes pensar como un extranjero que no tiene ni idea de lo que está viendo. Piensa que eres de un lugar indómito, muy apartado de toda civilización, y que te encuentras con todo esto de repente. Traes contigo tu conocimiento de botánica, y tras observar a la humanidad, te centras en la mujer como sexo único en la creación.

—¿Se supone que soy un extraterrestre? ¿A eso querías llegar? Si me vas a hablar de OVNIS y seres verdes con antenas en la cabeza, será mejor que me traiga una botella de vodka, porque no estoy preparado para eso con la mente despejada —replicó Marcos, encendiéndose de nuevo un cigarrillo entre muecas.

—Yo no te quiero llevar a ningún lado, saca tú tus propias conclusiones. Ya te he dicho que debes leer el manuscrito como un conjunto, y no como capítulos independientes. De hecho, el siguiente capítulo nos lleva a un tratado de cosmología impresionante. Círculos y elipses pueblan todas las páginas de este capítulo, con diagramas representando estrellas, planetas, cráteres, volcanes, caminos… los astrólogos de hoy en día no han podido cotejar todos esos diagramas con lo que conocemos, dejando dos hipótesis: o que son garabatos sin sentido o que lo ha hecho alguien con acceso a un conocimiento superior.

—Y estoy seguro de que vas a rebatirme la primera opción ¿verdad?

—Realmente no podría, y es posible que no sean más que eso, garabatos sin sentido. Sin embargo, si examinas con detenimiento todo lo allí representado, con marcas y numeraciones en los ángulos y curvaturas, te das cuenta de que es un plano demasiado complejo y exacto en sus cálculos como para ser inventado. Ese plano utópico encaja perfectamente en los cálculos de gravedad y leyes físicas conocidas, cumpliéndose cada teorema que le apliques. Es como si alguien hubiera creado un mapa estelar, pues no tenemos telescopios para ver tan lejos en el espacio, y lo hubiera hecho con una exactitud impecable.

—Joder...

—Ahora une ese capítulo a los dos anteriores. Plantas extrañas, fijación en el sexo creador...

Marcos se quedó pensativo, mirando inopinadamente al salto de agua de la fuente que se elevaba medio metro hasta precipitarse al interior de la misma. Anthony, por su parte, miró hacia el cielo y cerró los ojos. Le vino el recuerdo de Elisa Pachón, su compañera de oficio que fue asesinada en Berlín. Notó un sentimiento de vacío en su interior que le hacía temblar y sentirse miserable. Añoraba con demasiada nostalgia a esa mujer, tanto que no le daba vergüenza llamarlo amor.

—Voy a tener que hacerme con ese libro —rompió el silencio, Marcos—. Tiene pinta de interesante, jejeje.

—Pues se pone mucho más interesante luego... los siguientes capítulos son uno de astrología, completando la información anterior pero a menor escala, centrándose más en las galaxias cercanas. Planetas, estrellas y lunas de nuevo desfilan aquí, aunque esta vez sí hemos podido contrastar parte de esa información con lo que conocemos.

—¿Y? ¿Concuerda?

—Concuerda a cómo era la Tierra en aquella época, sí. Lo más curioso es, que entre los diagramas expuestos en este capítulo, se suceden las doce representaciones zodiacales en forma de mujeres desnudas sosteniendo determinados astros. Como puedes ver, la cosa comienza a tomar más sentido, todas las piezas del puzle se van uniendo entre sí para conformar un todo. Pero si aun estuvieras albergando más dudas, sigues al siguiente capítulo, un tratado de farmacéutica donde se describen los procesos de fabricación de venenos, antídotos, sueros y demás síntesis procedentes de plantas… ¿Adivinas de cuáles?

—De las expuestas en el primer capítulo —respondió Marcos, algo perplejo de lo que estaba oyendo.

—Eso es. Y lejos de acabar aquí, termina con un último capítulo, un recetario extraño cuyos resultados se desconocen, al no saber qué ingredientes concretos se están empleando. ¿Qué pensarías sobre el libro, luego de oír todo esto? ¿No te resulta digno de ser estudiado más a fondo?

—Supongo que sí, pero… bueno… si ya lo han inspeccionado científicos y expertos de la materia y no han sacado nada útil de sus páginas, ¿por qué se supone que ahora sí? Uno puede pensar muchas cosas, que es de origen extraterrestre o que fue escrito por un visionario del tiempo, yo qué sé… pero si no se ha sabido descubrir su significado durante todo este tiempo, no sé qué va a cambiar ahora el tenerlo o no.

—Por una página concreta, la número 166. Esa página es un criptograma escrito en un idioma totalmente distinto al empleado en el resto de páginas. Su lectura aún sigue siendo un misterio, pues la criptografía usada es extremadamente compleja. Nadie ha logrado descifrarla aún, aunque eso parece que puede cambiar. Al descifrar esa página, lo más probable es que se descifre y entienda mucho del resto de capítulos, su origen, quien lo escribió, en qué fecha, dónde, cómo... Digamos que esa página puede ser el índice clave de todo el manuscrito.

—¿Entiendo que tú sabes cómo descifrarlo? Vamos, no es que no te vea capaz, pero si es así…

—No, no, jajaja —respondió Anthony, levantándose hacia la fuente para mojarse la cara y el cuello. Necesitaba liberarse un poco de su nerviosismo y el agua fría ayudaba bastante—. Yo no sé mucho del manuscrito, solo lo que el resto sabe, lo que te he descrito. Pero hay alguien que parece saberlo todo sobre él, o lo que es un hito mucho mayor: puede descifrar su mensaje.

—¡Faiga!

Anthony le asintió con una sonrisa forzada, dando a ver su preocupación al estar quieto en la embajada, en vez de estar tras la mujer. Lamentaba profundamente no haber aprovechado mejor la situación cuando la tuvo en su grupo, cuando la descubrió en la estación mendigando algo que comer. Aún no concebía cómo fue capaz Vincent de arrebatársela, es como si se la hubiera servido en bandeja para ayudarle en su búsqueda. Un regalo demasiado preciado que lamentaba en lo más profundo de su ser haber cedido.

CAPÍTULO 21: RESUCITANDO A LOS MUERTOS

París, 27 de noviembre del año 1954

Cuando Vincent abrió los ojos, apenas podía ver a su alrededor. La habitación estaba muy oscura, con las persianas bajadas y con solo una lámpara de pie encendida en una de las esquinas. Allí, Faiga estaba sacando cosas de una bolsa de cartón y disponiéndolas en orden sobre una mesa.

Goterones de sudor resbalaban por la frente de Vincent, una fiebre que le golpeó con fuerza al intentar girar el cuello. Sintió una punzada aguda cerca de la clavícula izquierda que lo dejó apretando los dientes de dolor. Permaneció inmóvil con los ojos cerrados para anestesiar un poco el daño, e intentó recordar lo sucedido aquella noche en la hacienda de Olivier. Se veía frente a Jan y Faiga, pistola en mano, en mitad de un duelo cruzado, pero una laguna mental le impedía ver el resultado final. Estaba claro que a él le había dado ese alemán, aunque al menos Faiga estaba viva. Volvió a abrir los ojos y miró de nuevo hacia su compañera, cuando la vio abriendo su cartera, con su pistola también al lado. Por un momento se puso en alerta, aunque se calmó intentando ver que le estaba ayudando. Si no fuera así, lo habría dejado tirado en cualquier sitio.

—¿Faiga?

—¡Vincent! —exclamó la mujer, saltando de su silla y corriendo hacia el detective—. ¿Tú estás mejor?

—Me duele el hombro y la cabeza. ¿Me dio en el hombro?

—Él dispararte en el hombro y tú caer, sí. Tú perder sangre, mucha sangre y cerrar ojos. Yo creer que tú muerto.

—¿Y él? ¿Al final huyó? ¿Logró escaparse?

—Tú buena puntería, darle en barriga. Yo no ver que él moverse —remarcó Faiga, despejando una sonrisa. Asió un trapo mojado y se lo puso a Vincent sobre la frente, intentando paliar así la fiebre.

—Descanse en paz, bastardo.

—¿Cómo?

—No nada, era… hablaba solo. ¿Cómo rayos me sacaste de ahí? No te veo cargando conmigo. Y por cierto, ¿dónde estamos?

—En habitación segura. Tú llevas un día durmiendo, pero ya mejor, poco a poco mejor. Te sacaron bala del hombro y no grave.

—¿Qué me sacaron…? ¿Pero…? ¿Quién? ¿Conoces a gente aquí?

Justo entonces la puerta de la habitación se abrió, dando entrada a tres personas. Con la penumbra se adivinaba que dos de ellos eran hombres engalanados con largas gabardinas y sombreros de hoja ancha. La otra silueta parecía la de una mujer.

Vincent miró hacia su pistola, muy lejos para asirla, e intentó conservar su temple ante la situación. No terminaba por entender qué hacía ahí ni cómo había llegado, aunque intentaba convencerse de que eran amigos. No obstante, si algo tenía bien aprendido de su experiencia pasada, era que no había amigos en este oficio suyo.

—¿Ya te has despertado? Me alegra verte de nuevo entre los vivos, Vincent —dijo la mujer. A Vincent le dio un vuelco el corazón al oír ese timbre de voz afrancesado tan característico. Un escalofrío le recorrió todo el cuerpo. Quiso responder, pero no le salían las palabras.

—Él despierta ahora. Aún tiene cabeza caliente —dijo Faiga.

—Abrid las ventanas un poco para que entre aire —replicó de nuevo la enigmática mujer, haciendo que uno de sus acompañantes abriera la persiana de madera, dando paso a aire fresco y luz diurna. Al instante, todas las sombras se colorearon. El hombre de la ventana tenía una cicatriz pronunciada que recorría su frente en vertical hasta llegarle a la comisura superior de los labios. Era un hombre tosco y de mirada ruda, el típico sicario que se contrataba para machacar a alguien. El otro tomó asiento en la mesa donde estaban la cartera y el arma de Vincent, y se encendió un cigarrillo. Destacaba el verdor de sus ojos a través del humo. Era un hombre de buen ver, con facciones anguladas perfectamente esculpidas en un rostro varonil. Tenía el pelo corto y barba de unos días, además de un pendiente brillante en su oreja derecha.

—Hola Vincent —dijo de nuevo la mujer, acercándose a un Vincent totalmente paralizado. No terminaba de creerse a quien tenía delante.

—¿Nicole? Joder, esto debe ser un sueño…

—No sabía que soñaras conmigo —respondió Nicole, sentándose en la cama, a la vera del detective, mientras posaba su mano sobre la de él.

—¿Nicole? ¿De verdad…? No puedes ser… tú…

—Yo debería estar muerta, ¿no? Pensaba que te alegrarías más de verme, la verdad, y desear que esté muerta no es algo muy alegre, jajaja.

—Tú… el accidente… joder… nunca vi tu cuerpo. Fue todo una cortina de humo ¿no? Ahora entiendo por qué Olivier no estaba triste y alicaído tras tu muerte. Me contó la patraña que quiso y yo me la creí como un imbécil…

—Mi padre hizo lo que tenía que hacer, no le culpes por haberse comportado así. Debía protegerme.

—¿De quién? ¿De mí? ¿Acaso no he sido fiel al trato que hicimos? ¿Qué mierda de juego es este?

—Un juego de espionaje, Vincent. ¿Todavía crees que sigues en Tánger, jugando a ser un detective de granja?

—¿Y estabas en la casa de tu padre y no se te ocurrió actuar cuando ese fanático tenía a Faiga presa? ¿No se te ocurrió actuar antes de que me metieran un tiro? ¿O es que acaso trabajaba para ti?

—Vincent… mi presencia en la casa de mi padre sucedió porque me llamaron. La policía estaba en las puertas de la casa, pues había recibido una supuesta llamada de mi padre diciendo que estaban siendo asaltados. Al no responder nadie a las sucesivas llamadas que la policía hizo, me llamaron a mí, a su hija. La policía no puede entrar a una propiedad sin el permiso de sus dueños, estoy segura de que sabes eso.

—Ya… y tú llegaste…

—Yo llegué y te encontré a ti en el suelo con Faiga a tu lado. Estabas moribundo, con sangre salpicándolo todo. Decidí ocultaros en el sótano de la vivienda junto a ella, mientras Jean y Gautier se ocupaban de vendarte y sacarte la bala. Luego dejé entrar a la policía para que se ocuparan del asesinato de mi padre.

—Mayordomo, cocinero y además curandero... da gusto tener un servicio tan bueno. Tú padre sí que sabía rodearse...

—¿Tan pocas ganas tenías de vivir? ¿Acaso hubieras preferido que te dejara ahí tirado, en mitad del salón? La verdad, hubiera sido lo más fácil.

—Vete a la mierda, Nicole —respondió Vincent, apartando su mano de la de ella y levantándose de la cama. El dolor de cabeza le golpeó con fuerza, pero lo aguantó estoicamente sin mostrar ningún síntoma.

—Eh... tú desnudo, Vincent. Mejor tú esperar que... —advirtió Faiga, aunque Vincent hizo caso omiso. Se dirigió totalmente desnudo hacia la mesa donde estaba el hombre de los ojos verdes y cogió un cigarrillo de su paquete de Búfalos. Miró de soslayo cómo el contenido de su cartera estaba expuesto sobre la mesa y estuvo tentado de asir su pistola, aunque la presencia de ese hombre le retuvo. Lejos de amilanarse, le pidió fuego con la mirada, a lo que el hombre accedió con una mueca sarcástica.

—Veo que te mantienes en forma —dijo Nicole, con tono sensual y sin apartar la vista de los atributos del detective. Faiga, por su parte, apartó la vista y enrojeció sus pómulos.

—Desde que no me junto con gentuza como tú, sí —le respondió Vincent, vistiéndose con sus pantalones y su camisa. Olían a limpias.

—Vamos Vincent, no me digas que no te lo advertí. Te dije que te dispuse tres trampas, ¿recuerdas? Viste el pañuelo, luego te confesé lo de la carta...

—Ya, y que eras la hija adoptiva de Olivier. Montaste muy bien el numerito de la amiga con él, me lo tragué enterito. Supongo que tendrás una explicación para todo esto ¿no?

—Vincent, no podía seguir a tu lado, me estaba exponiendo demasiado ante nuestros cazadores. La policía corrupta, los fanáticos religiosos, otros posibles espías de otros países... mi figura quedó expuesta y tenía que desaparecer. Teníamos pensado otro método más elaborado, justo cuando sucedió el accidente en el coche y me hizo cambiar de planes. Aproveché ese incidente y desaparecí de la escena.

—Y me dejas a mí como diana, ¿no? Tú desapareces de toda escena y yo recibo las balas en tu lugar. Brillante estrategia, aunque te ha salido torcida. Tu padre ha muerto.

—Como te he dicho, es un peldaño que había que subir en esta escalera. Él quiso implicarse en esta búsqueda, conocía los riesgos, aunque sus deseos de descubrir el milagro de la eterna juventud le volcó de lleno en esta misión. Has de saber que él y yo nunca estuvimos muy unidos. Éramos unos extraños, incluso siendo familia.

—Él era un cobarde de mierda, mucha presencia cara a la sociedad, pero un bastardo que se mereció la bala que le metieron. Sin embargo, él era tu padre, te acogió y te dio una vida llena de lujos. ¿Tan frío es tu corazón que ni siquiera derramas una lágrima por él? ¿Tan podrida estás por dentro?

—Mi vida la controlo yo, Vincent. Lo que él quiso darme adoptándome, lo hizo porque él quiso, y yo supe aprovechar esa situación. Nunca le quise como a un padre. A medida que crecí, aproveché la situación que se me brindaba para forjar mi vida, la vida que siempre quise.

—Una vida de mierda, si me permites reseñar —añadió Vincent, cogiendo su cartera para volver a meter todas sus cosas.

—Vincent, no sé si te das cuenta que estoy aquí para ayudarte. Te hemos sacado de un buen follón si te hubieran encontrado ahí, y Faiga no hubiera podido sacarte ella sola. Además, te hemos extraído la bala que te metió ese alemán en el hombro. No estaría de más un agradecimiento por tu parte ¿no?

—¿Me expones a sufrir todo eso y encima tengo que darte las gracias? Pensaba que eras más lista, aunque veo que eres la típica niña pija que cree saberlo todo, cuando no sabe una mierda. Por mi parte, te puedes pudrir en lo que te queda de vida, Nicole.

Los dos hombres que acompañaban a Nicole se pusieron en alerta, metiendo la mano en el interior de su gabardina, cuando Vincent cogió su pistola de la mesa y se la enfundó.

—¿Se puede saber qué estás haciendo? ¿A dónde se supone que vas? Estás herido aún.

—Lo más lejos posible de este lugar. No me gusta mezclarme con basura como tú.

—Vincent, por favor… vamos a dejarnos ya de insultos y comentarios fuera de lugar. Sé que no te gustó lo que hice, y créeme que te entiendo, pero no tenía otra opción. Me hubiera gustado que todo hubiera salido de otra forma, pero ya no puedo remediarlo.

—No hubiera estado de más haber pedido perdón, ¿no crees? Lo único que estoy oyendo son justificaciones por tu parte, pero ni una disculpa.

—Te pido perdón, Vincent. Siento mucho todo el daño que te he hecho, ¿ya es feliz el niño? —respondió Nicole, con un tono rimbombante y pomposo.

—¿Qué haces aquí, Nicole? ¿Qué se supone que quieres? Ya tienes a estos dos sabuesos a tu lado, y estoy seguro de que tendrás más gorilas por ahí, comiendo de tu mano. ¿Qué rayos quieres de mí ahora?

—De ti nada, Vincent. Tú serviste bien para la causa, ser mi escudo. Era necesario desviar la atención sobre mi persona y que todos te vieran a ti, a un desconocido, como la mente pensante en todo esto. Era tu nombre el que se repetía entre nuestros perseguidores y no el mío. No obstante, tengo que decir a favor tuya que, a medida que fui conociéndote, mostraste más perspicacia y habilidad de la que creía.

—Entiendo… cogiste al primer imbécil que se te ocurrió, un detective perdido de Tánger, para ser tu cebo. Muy lista, sí señora. Supongo que tampoco cobraré lo que pactaste conmigo ¿verdad?

—Contrariamente a lo que pienses, sí te voy a pagar —le replicó Nicole, mirando a continuación a uno de sus guardaespaldas—. Lucio, dale el sobre.

El hombre que estaba sentado en la mesa sacó un sobre abultado del interior de su gabardina y lo arrojó al suelo, a los pies de Vincent.

—Ahí tienes, perro —esputó Lucio, dibujando una sonrisa insultante—. Coge tu limosna y lárgate.

Vincent dudó si tenía que humillarse hasta tal punto, pero la necesidad de tener dinero para afrontar sus deudas en Tánger le pudo. Además, tenía claro que se había jugado la vida repetidas veces como para no cobrar por ello. Si tenía que agacharse para recoger el dinero del suelo, lo haría. Lo que de verdad importaba era cobrar por lo que había hecho.

—Pues nada, ahí os quedáis. Espero no volver a veros —dijo Vincent, dirigiéndose hacia la puerta a modo de despedida.

—¡Vincent! ¡Tú no marchas! —exclamó Faiga, que hasta ahora se había mantenido al margen de toda la conversación—. Yo ir contigo.

—No, Faiga. Yo me vuelvo a Tánger, a recuperar mi vida. Esta aventura se ha acabado para mí. Te recomiendo que trates con esta gente a cambio de un buen sobre por tus servicios. Seguro que te lo pagarán, se venden a cualquier precio.

A Lucio no le gustó mucho el desafortunado comentario, haciendo que se levantara de la silla y diera dos pasos hacia el detective. Su fornido compañero hizo lo propio, haciendo ver a Vincent que tuviera cuidado con lo que decía en el futuro.

—Yo no necesito dinero, yo quiero trabajo y vida. Yo no quiero problemas con gobiernos. Por favor, tú no te vayas.

—Lo siento Faiga, aquí ya no pinto nada.

—Por favor, Vincent —insistió Faiga, acercándose a Vincent y posando sus frágiles manos sobre su antebrazo.

—Vamos, vamos, esto comienza a parecerse a un obra dramática de teatro —interpuso Nicole, sacando de su bolso un cigarrillo alargado y fino que Lucio se ocupó de encenderle—. Faiga, no debes preocuparte por nada, estás en buenas manos con nosotros. Vincent te va a traer problemas, créeme. Conmigo solo tendrás que ayudarnos a un par de cosas y luego podrás seguir tu vida. Por supuesto, te ayudaremos económicamente.

Faiga no respondió. Se quedó mirando fijamente a Vincent con lágrimas saltándole de los lacrimales mientras negaba de forma comedida con la cabeza.

—No puedo Faiga, de verdad… —susurró el detective, abriendo la puerta sin levantar la mirada del suelo. Le costaba cruzar sus ojos con los de la mujer.

—Es lo mejor que puedes hacer, Vincent —sentenció Nicole, apoyada por sus dos acompañantes sonrientes—. Ya has causado demasiados problemas como para que también hundas a esta mujer.

La humillación ya era insoportable para la mente de Vincent. Las manos frías y temblorosas de Faiga le hicieron recordar la paliza que Olivier le dio y todo lo que había sufrido desde su huida de Berlín. Tenía bastante claro que iban a usar a

Faiga para sus intereses y luego se desharían de ella, aunque se intentaba convencer de que no era asunto suyo. Sin embargo, la última frase de Nicole y la actitud sarcástica de su grupo de gánsteres hizo aflorar su instinto protector. Era consciente, según su experiencia, que lo correcto era largarse de ahí y olvidarse de todo, pero las manos se le cerraron y el corazón comenzó a bombearle con fuerza. Ya no podía evitar actuar.

Giró de nuevo el pomo de la puerta hacia el lado inverso y la cerró. Apartó a Faiga hacia la derecha y torció su rostro hacia Nicole. Mostraba los ojos cerrados y la respiración acelerada.

—Vincent, no sé qué… —llegó a decir Nicole, antes de que el detective desenfundara su Luger P08 y la enfocara hacia ella. Lucio dejó caer el cigarrillo que tenía en los labios e intentó echar mano de su arma, pero Vincent le clavó una mirada intimidante para que se detuviera en el intento.

—Muy imbécil eres si crees que vas a salir de esta con vida, desgraciado —dijo el hombre robusto y de modales rudos—. Ahora te vas a quedar sin dinero y sin vida. Te pienso estrangular con mis propias manos cuando te coja, no te pienses que vas a llegar muy lejos.

—Guarda silencio, Ernesto —dijo Nicole, apagando el cigarrillo recién encendido en el cenicero de la mesilla de noche—. Y tú, Vincent, deberías plantearte tu situación actual. Tras tus pasos están agentes del gobierno de España, la policía de aquí y unos alemanes sectarios contra los que casi no sobrevives. Aún estás convaleciente y no creo que tengas muchas fuerzas ni medios para proteger a esa mujer. ¿De verdad nos quieres también marcar como enemigos? ¿No es mejor largarte con ese sobre por tus servicios prestados y olvidarte de todo esto? Aunque no te lo creas, estoy intentando ayudarte.

—Como tú bien has dicho, ya he acabado de trabajar para ti. Ahora trabajo para mis intereses —respondió Vincent, de forma escueta.

—Vincent, si te la llevas estás exponiéndola a que la maten.

—Estoy seguro de que con vosotros iba a estar a salvo —le replicó el detective, con ironía—. Faiga, coge tus cosas y vámonos de aquí, rápido.

A Faiga no le hicieron falta más avisos. Fue veloz hacia la mesa, cogió su bolso y metió un par de cosas. Ernesto estuvo tentado de atraparla cuando pasó a su vera, aunque Nicole negó con la cabeza que lo intentara.

—Le has salvado la vida a ese gánster de mierda —dijo Vincent, sin apartar la vista de ninguno de los presentes—. Una pena, ya tenía ganas de meterle una bala a esa cara de idiota que tiene.

Ernesto cerró los puños y comenzó a silbar por la nariz a causa de su agitada respiración. Le costaba contener su rabia.

—Vincent, Vincent... cometes el error de pensar que podrás ocultarte. Te encontraremos tarde o temprano, y no te gustará el resultado —expuso Lucio, sin terminar de borrar la picardía de sus labios. Era una mueca que pondría nervioso a cualquiera.

—Tú métete en tus asuntos. Cuidadito con intentar nada. Si alguien se asoma por la puerta o nos sigue no tendré miramientos en abrir fuego.

Acto seguido, abrió la puerta y salió detrás de Faiga sin dejar de apuntar hacia atrás. Bajaron las escaleras del edificio saltando los escalones de tres en tres, y nada más llegar a la calle, empezaron a correr hacia una bocacalle para tomar la avenida paralela. Pararon al primer taxi que vieron y le pidieron que les llevara al centro de la ciudad, al casco antiguo. Desde allí, sería más fácil decidir el siguiente movimiento y pasarían más inadvertidos para ojos indiscretos.

—Gracias Vincent, tú es buena persona —dijo Faiga, rompiendo el silencio que arrastraban desde que salieron de la casa.

—Más que buena persona, soy estúpido, pero bueno... cosas de la vida, me gusta meterme en follones, lo llevo en la sangre —respondió Vincent, sentándose en un banco público y apoyando los brazos sobre las rodillas. La preocupación era evidente en sus ojos.

—Si quieres yo marcho.

—¿Marchar? No, no, te cazarían. Además, ya que he empezado con esto, no voy a dejarte sola. Las cosas han salido así y punto, debemos intentar pensar con calma y no precipitarnos en nuestras acciones.

—¿Nosotros viajar a Tánger?

—Al menos allí tendría más probabilidades de sobrevivir, tengo a mis contactos y a mis colegas, aunque también hay más de uno que estaría deseoso de verme colgado de un puente con el cuello doblado... no, volver a Tánger no es una opción, seguro que tendrán a gente allí vigilando mi domicilio y los sitios que frecuento. No... además, Faiga, no es que no me resultes una mujer agradable, pero ni soy tu padre ni puedo permitirme estar huyendo el resto de mi vida, no sé si me entiendes.

—¿Tú quieres ser mi padre? —le replicó Faiga, con cara de no haber entendido toda la perorata del detective.

—Lo que me faltaba ya, tener una hija a mi cargo —suspiró Vincent, abriendo una sonrisa sobre su boca luego de mucho tiempo de seriedad—. Será mejor que nos movamos de aquí, de París, para ir al Sur. Quizás a Niza, una ciudad costera tranquila donde estoy seguro que sabrás encontrar algún trabajo. A ti no te tienen muy marcada y dudo que vaya a buscarte nadie.

—¿Y tú?

—¿Yo? Luego de asegurarme que estás bien y que te puedes mantener, supongo que me largaré a otro lado... aunque si te soy sincero, Faiga, no estoy seguro ni de lo que estoy diciendo. Debería coger el primer vuelo y borrar mis rastros. Nunca tuve que haber aceptado este maldito caso, olía a leguas que estaba podrido. Nicole supo hacer muy bien su papel de niña guapa con pasta en representación de un superior inexistente. Maldita pécora... no pienso olvidar lo que me ha hecho nunca.

—Tú enamorado de Nicole ¿verdad? —dijo Faiga, mostrando sus dientes al aire por la jocosidad que despertaba con las carcajadas.

—¿Enamorado de esa? —respondió Vincent, haciéndose el sorprendido, cuando realmente sí se sentía atraído por ella—. Que va... no te creas que es para tanto, sabe vestir muy bien y moverse con mucha seducción, pero desnuda no te creas que es una mujer de bandera. Es normalita y nada activa, no sé si... joder... perdona, Faiga, no debería hablarte de estas cosas a ti. He... he olvidado por un momento que eres una mujer y no un colega de barrio.

—¿Ella guapa desnuda? ¿Pechos grandes? —le replicó Faiga, gesticulando con ambas manos sobre su propio torso.

—Pero bueno… ¿es que las alemanas no tenéis vergüenza? —exclamó Vincent, contagiándose de la ironía—. Pues sí, mira tú, tenía buenos pechos, aunque sus piernas son demasiado delgadas.

—Jajaja, a ti gusta mujeres con curvas ¿eh?

—Lo que yo busco en una mujer no existe, créeme… soy demasiado perfeccionista y demasiado idiota como para aceptar a otra persona como necesaria en mi vida.

—Todo cambia con años, Vincent. Tú, yo, todos. Hoy no queremos cosas o gente, pero mañana sí. El tiempo cambia a gente. Tú encuentras a mujer buena y tú feliz con ella.

—Lo dudo… soy demasiado complicado, créeme. Creo que ya pasó esa oportunidad para mí, la de tener una familia y vivir el sueño dorado.

—Si tú buscas, tú encuentras paz. Tú buen hombre y tú mereces…

—Espera, espera… ¿cómo has dicho? —interrumpió Vincent, despertando la inspiración en sus ojos.

—Si tú buscas…

—…encuentras la paz. Eso es… si queremos que nos dejen en paz solo hay una forma de conseguirlo, y es encontrando el manuscrito ese antes que ellos. Luego se matarán entre ellos para ver quién paga la mayor suma para que se lo vendamos. Ellos quieren ese códice, y es por eso que nos persiguen, porque estamos siguiendo un rastro bastante fiable hacia su localización.

—¿Tú seguro? ¿Y si pegan a nosotros para que demos libro?

—No, no se arriesgarían a torturarnos. Con ese puñetero libro en nuestro haber nos protegerían incluso, créeme. Buscarían que se lo diéramos y pagarían lo que hiciera falta.

—¿Tú vender a Nicole?

—Esa mujer no va a conseguir nada más de mí, Faiga. Sí es verdad que viví con ella… digamos… un romance efímero, pero fue todo una farsa. No pienso hacer nada por ella, ni aunque me pague la mayor suma del mundo. El mejor vendedor sería el gobierno español. Nos garantizarían seguridad por el resto de nuestras vidas, te lo aseguro, sé cómo funciona esa maquinaria.

—¿Entonces? ¿Movernos a España?

—La catedral de Santiago era el lugar que marcaban las coordenadas que descifraste ¿correcto?

—Sí, yo tengo apuntado aquí lugar —respondió Faiga, echando mano a su libreta del bolso.

—No hace falta, sé dónde está esa ciudad. Nunca he estado, pero sé llegar. El problema ahora es salir de este país lo más rápido posible. Tú estás sin pasaporte y el mío seguro que hace saltar todas las alarmas nada más pase la aduana policial. Debemos buscar un método que no levante sospechas…

—¿Ir a frontera con España y pasar el monte?

—¿Atravesar los Pirineos andando? —preguntó Vincent, casi a punto de echar a reír—. Por muy alemana que seas, esa proeza no la haces ni aunque tengas comida y bebida de sobra. Esa cordillera es muy extensa, muy empinada y de una dureza brutal. Nieve, lluvias, un frío mortal y mucho, mucho camino que recorrer. Nos perderíamos fácilmente. Además, no creo que estemos en forma para eso, y aunque lo estuviéramos, tardaríamos una eternidad en lograrlo. La mejor forma de ir directos a España es en avión.

—¿Volar? Yo nunca volar —dijo Faiga, algo amedrentada al pensar que iba a estar a cientos de metros de altitud en un cacharro de metal.

—No te preocupes, es un medio más seguro de lo que parece, y es muy rápido. Ni te darás cuenta del viaje. Lo único que me preocupa es cómo sortear el control de aduanas… igual tenemos suerte y no me tienen fichado aún, pero tú… va a ser un problema. A ver qué se nos ocurre.

El aeropuerto internacional Le Bourget de París era un hormiguero con un trasiego de viajeros continuo, incluso a altas horas de la noche. Vincent tomó asiento en una cafetería ubicada dentro del mismo aeropuerto y pidió un café solo a la vez que compraba el periódico local, aunque no supiera leer nada de francés. La idea era parecer una pareja normal para no levantar ningún tipo de sospechas ante miradas indiscretas. Faiga, por su parte, pidió un té muy azucarado y un par de dulces de los expuestos en las vitrinas de la barra.

Fuera del recinto aeroportuario, comenzó a llover con fiereza. El cielo se volvió más oscuro aún, mientras las abultadas gotas de agua golpeaban el suelo en un traqueteo sonoro incesante. Los viajeros que accedían al interior de la cafetería tenían los abrigos y los sombreros totalmente anegados, dejando un reguero de agua a cada paso que daban. Afortunadamente, no se estaba cancelando ningún vuelo. El primero para Madrid salía en cuatro horas, según le explicaron a Vincent en una ventanilla. Sacó dos billetes en clase normal y se informó acerca de cuáles eran las medidas de seguridad para ingresar al avión, por si debían franquear equipaje en la misma puerta o mucho antes, aunque ellos solo llevaran lo puesto. Según le dijeron, solo había un control aduanero antes de abandonar la terminal y salir a la pista de despegue, donde se verificaban los pasaportes y el equipaje.

A medida que se acercaba la hora, Vincent estuvo barajando varias alternativas y estrategias para esquivar el puente de seguridad, aunque todas implicaban un riesgo tan grande que prefirió descartarlas. Le quedaba una alternativa bastante más segura, que era ir a hablar directamente con el jefe o el encargado de la aduana para ver si podía sobornarle. El problema radicaba en que se expondría, y si el sujeto resultaba ser de moral recta, los dejaría con escasas rutas de escape. Ante esa situación, prefirió ir solo, dejando a Faiga sentada en la cafetería hasta que él volviera.

—Toma, este es el billete para el avión a Madrid, que sale en un par de horas. Si yo no vuelvo antes de esa hora, intenta pasar tú la aduana. Di que te han robado la cartera con tu documentación y que te urge mucho ir a Madrid por cualquier cosa. Que tienes un familiar moribundo o algo así —le dijo Vincent a Faiga, tomándose lo que le quedaba del café en la taza y levantándose.

—¿Tú vas a hablar con policía?

—Sí, voy a intentarlo. Si no vuelvo en una hora, lárgate. ¿Me has entendido?

—Entendido, sí.

—Aún no he conocido a un policía incorruptible, así que esperemos que ese tipo no sea la excepción. Tengamos esperanza.

—Suerte, Vincent. Yo espero aquí —dijo Faiga a modo de despedida, dándole un beso en la mejilla al detective—. ¿Aún duele mucho el hombro?

—Peores palizas me han dado, pero gracias por preguntar.

Sin más preámbulos, Vincent se dirigió al puesto aduanero y preguntó por el jefe de la camarilla, alegando que tenía un asunto urgente que exponerle. Tuvo dificultades para hacerse entender, y no tardaron en pedirle su documentación para identificarle. Para su fortuna, no se alarmaron ni hicieron saltar las alarmas al ver su nombre, aunque se mostraron poco dispuestos a presentarle a su superior. Le repetían una y otra vez que si quería denunciar algo, lo podía hacer ante ellos mismos. Al final, Vincent logró convencerles de que no era competencia de ellos al nombrar a don José Rojas Moreno, el embajador de España en París, y que su asunto tenía que ver con él.

No tardaron en llevarlo ante un tal François Lassan, un hombre de talla alta y semblante profundo, que arrugaba el rostro ante cualquier comentario que oía. Vincent aplicó todo su carisma para explicarle al teniente que era un asunto personal algo comprometedor el que le traía ante él. Se disculpó por inventarse que era algo relativo con el embajador, pero no quería hacer partícipe a los policías presentes en la aduana de su situación personal. François no mostró enfado en ningún momento, aunque dejó bien claro que la actitud del detective resultaba ofensiva para los suyos. Vincent tenía que inventarse una excusa lo suficientemente buena para convencer al teniente de que era un acto inofensivo y no un acto desesperado de huida, por lo que le explicó que había conocido a una mujer alemana de la que se enamoró perdidamente. Ella vivía en Berlín, bajo el yugo de su padre, que no aceptaba su relación con Vincent, y ambos aceptaron huir. En Alemania no se permitía viajar a una mujer sola si no era independiente económicamente, algo extremadamente raro, siendo lo más habitual que su pasaporte lo tuviera el marido o el padre, anexo al suyo propio. Ante tal circunstancia, huyeron del país pagando al oficial encargado de la aduana, que mostró compasión por los hechos. Aquí, Vincent dejaba bien claro su intención hacia François, dándole pie a pensar que quería hacer lo mismo ahora en Francia. El teniente, con la mirada algo extraviada e indecisa, anduvo hacia la puerta y la cerró, para guardar algo más de intimidad en la conversación. Eran buenas noticias para los intereses de Vincent.

—Usted sabe, señor Arcadio, que es ilegal lo que está haciendo ¿verdad? Raptar a esa mujer es algo muy grave. Si las autoridades alemanas dan parte de eso, estará usted en un buen aprieto.

—Esas cosas van lentas, según entiendo, y confío en estar en España antes de que muevan todo el papeleo que deben mover.

Llevamos diez años de paz luego de la desastrosa guerra que nos llevó a una crisis mundial sin igual. Yo luché en esa guerra, perdí a un hermano y a un padre, y creo que es justa la recompensa que ahora pido ¿no cree? No estoy haciendo daño a nadie, nos queremos, ella me quiere y yo a ella.

François titubeó qué hacer, ya seguro de que Vincent quería sobornarle. Aún mostraba algunas dudas acerca de la historia.

—¿Puedo ver y hablar con la mujer esa?

—Solo habla alemán y prefiere no mostrarse ante la duda de ser deportada. Si vuelve a Alemania, su padre la matará, téngalo por seguro.

—Pero... ¿han tenido ya relaciones conyugales?

—¡No, por favor! —exclamó Vincent—. Hasta que nos casemos, como debe ser. Yo la respeto a ella, créame. Sí le confieso que nos hemos besado repetidas veces, pero no ha habido nada más. Se lo juro.

—Ya veo... aun así tendría que verla. Necesito asegurarme de que su historia es fiel a lo que me cuenta. Me disgustaría encontrarme con una niña de ocho años, por ejemplo.

—Le aseguro que no será así, y entiendo perfectamente que necesite verla, más que nada porque si nos va a ayudar, necesitará identificarla visualmente para dar las órdenes pertinentes en la aduana.

—Aún no he dicho nada de ayudarle, señor Arcadio, y es que... no creo haber oído qué necesita usted de mí.

—Suponía que era más o menos evidente, teniente. Le pido perdón por no ser más claro, pero es que me avergüenza mucho tener que pedir algo así a alguien como usted, una persona que ha entregado su vida para proteger al resto.

—Déjese de formalismos y diga qué ofrece a cambio —expuso François, dando ya por sentado lo que quería el detective de él.

—Pues... verá, le podría dar mil pesetas. Sé que no es mucho, pero es lo que...

—Diez mil pesetas —interrumpió el teniente, juntando ambas manos sobre su mentón para apoyarse sobre la mesa. Se veía controlando la situación y quería sacarle lo máximo posible. Daba comienzo al regateo.

—Si los tuviera se los daba, créame, pero no tengo tanto. Además, necesito dinero para cuando volvamos a España. Me va a costar regularizarla y…

—Ocho mil pesetas y no tendrá problemas en la aduana.

—¿Pueden ser tres mil? Le aseguro que no llevo más encima y aún tengo varios gastos que afrontar cuando llegue a España con todo esto. Le ruego misericordia, teniente.

—Es usted muy bueno en el arte de las palabras, señor Arcadio, pero no lo suficiente como para que acepte menos de siete mil. Me gustaría creer que la historia que me cuenta es cierta, aunque me inclino más a pensar que quiere sacar a esa mujer de aquí por algún otro asunto turbio. Lo cierto es que sobre usted no se sabe nada, es alguien aparentemente normal. Aún tienen que telefonearme por si hubiera algún asunto pendiente con su nombre, la verdad sea dicha, pero parece que está usted limpio. La mujer, sin embargo, estoy seguro de que está siendo perseguida o algo. Dígame la verdad, está casada y ha decidido huir con usted ¿verdad? No soy nadie para juzgarle, pero me molesta que me pidan favores con mentiras.

Vincent se sobresaltó al oír que estaban preguntando sobre él por las comisarías de la ciudad. Era cuestión de tiempo que dieran con su nombre en el expediente del difunto inspector Coutillard.

—Sí, es cierto —dijo Vincent, agachando la cabeza en vergüenza—. Su marido la pegaba y la maltrataba. Fue casada casi por obligación, realmente no le quería.

—No necesito saber más, señor Arcadio. Sí me gustaría decirle que es usted una persona deleznable, por muy buenos sentimientos que esté profesando en sus actos. La esposa de un hombre es de su propiedad, así lleva siendo desde hace mucho y así sigue siendo a día de hoy. No obstante, acepto su voluntad romántica, no sin antes hablar con esa mujer. El precio no lo bajaré más, señor Arcadio: cinco mil pesetas aquí y ahora. Si no tiene ese dinero o no puede reunirlo, váyase de aquí y procure que no le vuelva a ver.

A Vincent no le hizo falta más conversación para abrir el sobre que le dio Nicole y sacar de ahí el dinero pedido. Lo cierto es que entre este pago y los billetes de avión, le quedaba un remanente económico escaso, apenas ocho mil pesetas.

El teniente François Lassan guardó el sobre en uno de sus bolsillos interiores e instruyó a Vincent a que trajera a Faiga ante él, para hacerles pasar por otro lado a la pista, sorteando la aduana. El detective fue raudo hacia la cafetería, mirando como el enorme reloj de la estación le daba una hora escasa de tiempo antes de que el avión despegara. Cuando llegó, no encontró a Faiga. La taza de té que ella pidió estaba medio llena aún.

CAPÍTULO 22: NUEVOS RECLUTAS

Madrid, 24 de Noviembre del año 1954

El teatro de la Zarzuela de Madrid era un lugar emblemático de la capital donde la clase alta se reunía para degustar obras teatrales y charlar de negocios de toda índole. La Sociedad General de Autores de España es quien se ocupaba ahora del mantenimiento y remodelación del edificio, pues el incendio del año 1909 lo dejó casi en ruinas. En 1914, el maestro Luna levantó de nuevo el telón, haciéndose cargo de su reconstrucción. Empleó más metal y menos madera, confiriéndole mayor seguridad frente a posibles incendios futuros, aunque obvió recuperar el esplendor original de la fachada, totalmente desprovista de los ornamentos y la estructura que el arquitecto original, Jerónimo de Gándara, había esculpido. Era un edificio en forma de herradura con tres alturas de palcos, dando aforo a más de mil personas. Su interior, también desprovisto de las gloriosas decoraciones de la época de Isabel II, se presentaba con sillones tapizados en piel roja y unos palcos ataviados con cortinas opacas, para dar intimidad a sus habitantes.

Hasta el año 1925, fue otro edificio, el Teatro Real, el que albergaba todo tipo de representaciones y zarzuelas. Su capacidad era de casi dos mil personas y su reconocimiento era mucho mayor entre la nobleza, aunque debido a problemas estructurales, tuvo que cerrar. Ya habían pasado más de treinta años, mas sus puertas seguían cerradas a la espera de que alguien afrontara el coste de repararlo. Mientras tanto, el teatro de la Zarzuela cogió protagonismo y mayor renombre.

La gente estaba terminando de entrar al recinto, tomando asiento mientras ultimaban un cigarrillo antes del comienzo. No había ni un solo palco o butaca que estuviera vacía. La zarzuela que se iba a interpretar esa noche, una creación de Francisco Asenjo Barbieri, era un reclamo de calidad para cualquiera que supiera un mínimo del género. Se interpretaba la obra *Pan y toros*, una zarzuela de tres actos en la que se narraba la conspiración entre varios liberales para lograr que Carlos IV gobernara en solitario, y no sometido a Godoy.

Cuando las luces del teatro se apagaron y comenzó a sonar la orquesta, la gente comenzó a aplaudir con efusividad. Las voces se convirtieron en susurros y poco a poco fue reinando el silencio. Sobre el escenario, se representaba la Madrid de 1792, a orillas del río Manzanares, donde un par de ciegos están comentando las noticias del día. El corregidor Quiñones espera en una esquina a que un infiltrado suyo, un falso ciego, se le acerque para ponerle al día de lo que se dice por los bajos fondos.

Mientras, en uno de los palcos laterales, ocupado por cuatro individuos, empezaron a servir pequeños platos de suculentos manjares, regando todo con varias botellas de vino tinto recién descorchado.

—¿Y bien, Camilo? Necesito una solución ya. Llevo detrás de ti demasiado tiempo —dijo el más obeso de los presentes, un hombre de baja estatura y cabeza calva. Un poblado mostacho recorría su labio superior hasta llegarle a la altura del mentón, formando un arco perfecto.

—Necesito más tiempo, don Severiano. He tenido problemas con determinados controles fronterizos donde han puesto a nuevos guardias recién salidos de la academia. Ya sabe cómo son, impetuosos e incorruptibles, creen que son héroes que no se pueden comprar —respondió el hombre sentado a su derecha. Vestía con un traje muy ostentoso de tela, destacando su corbata color carmesí en doble nudo.

—Ha pasado más de un mes, Camilo. Te dije hace una semana que no podía permitirme otra semana así, sin saber nada.

—Lo sé, don Severiano, lo sé, pero entienda que son problemas que surgen en nuestro oficio. A veces suceden estas cosas.

—¿Nuestro oficio? ¿Me estás poniendo a tu altura, maldito contrabandista? —replicó Severiano, olvidándose ya totalmente de la zarzuela para centrarse en su compañero de butaca. Los otros dos individuos sentados allí, de complexión robusta y mirada vacía, se metieron las manos en los bolsillos de forma amenazante—. Yo soy un empresario, Camilo, me dedico a abastecer al pueblo con cosas que necesitan. Compro y vendo, y entre tanto me enriquezco. Tú, Camilo, eres quien me suministra la mercancía que te pido, un repugnante contrabandista que ni siquiera sabe hacer bien su trabajo. Debería haber contratado a uno de los niños que reparten el periódico en la Avenida, seguro que haría mejor tu trabajo.

—No diga eso, don Severiano —dijo Camilo, mostrándose algo molesto por lo oído—, sabe perfectamente que nunca le he fallado. Pasar mercancía por la aduana sin que hagan preguntas no siempre es fácil, especialmente cuando se trata de cantidades tan grandes como este último pedido. Sabe que soy el mejor, el más fiable, aunque siempre hay riesgos.

—Jajaja... ¿riesgos? ¿A eso se resume esto, Camilo? ¿A probabilidades? —dijo Severiano, jactándose de forma pícara con ambas manos sobre su vientre—. ¿Sabes que tu error me está costando veinte mil pesetas cada día que pasa? Multiplica ese número por los treinta días de un mes y te darás cuenta de lo que me está costando ese riesgo que dices. Y sumemos ahora lo que me costará la pérdida de la mercancía, porque dudo mucho que consigas recuperarla. Seguro que la mitad de esas botellas ya las han puesto en el mercado los propios cargos de la policía, mientras que la otra mitad estará en sus casas. Hablamos de mucho dinero, Camilo, demasiado como para que me digas en la cara que es cosa de riesgos.

—Si no quiere que siga trabajando para usted...

—El problema ahora, Camilo, es recuperar mi inversión. Yo he pagado a mis proveedores de Marruecos por una mercancía que te han pasado a ti para que me la traigas aquí. Por supuesto, a ti te he pagado para que ejecutes esa simple orden. Tengo a camiones parados que me cuestan dinero, gente que me han pagado por una mercancía que nunca les podré dar. ¿Sabes lo que supone eso para mi reputación, Camilo? Eso es algo inadmisible.

—Te devolveré el dinero que me diste por este trabajo, eso desde luego. No he podido cumplir tu trabajo y es de recibo devolver el pago. No obstante, dame un par de días más, que posiblemente pueda recuperar la mercancía. Según tengo entendido, está en unos almacenes de Sevilla, y tengo un par de contactos que podré sobornar para sacarla.

—¿Un par de días? ¿Y quién me garantiza que esta vez sí lo conseguirás?

—Confíe en mí, don Severiano. Soy un profesional, ya me conoce —respondió Camilo, abriendo su boca con la cabeza en vertical para ingerir de una sola tacada un canapé en forma de pincho. A Severiano, la escena se le antojó repulsiva.

—Confío en ti, Camilo. Pero en mi trabajo no puedo dedicarme a confiar en la gente. Yo necesito a gente que hagan las cosas que les pido y por las que les pago. Ante problemas, deben buscar las soluciones y nunca, jamás, por nada del mundo, deben mancillar mi reputación. Eso es lo que te cuesta entender, creo.

Camilo, con ambos carrillos inflados, se quedó mirando fijamente a Severiano, que mantenía la mirada seria con una mueca intranquilizadora decorando sus labios. Por un momento, sintió miedo a las posibles consecuencias, aunque un rápido movimiento de ojos hacia su guardaespaldas le sosegó.

—¿Nos vamos, señor Camilo? —dijo el guardaespaldas, levantándose del asiento con la mano derecha en el interior de su gabardina, dibujando la silueta de una pistola enfocando a Severiano.

—Creo que sí, esta obra comienza a ser algo cansina —le respondió Camilo, dando un sorbo a la copa de vino que tenía en su haber.

—Deberías quedarte, Camilo. Ahora es la parte en la que el capitán Peñarranda recuerda la desastrosa campaña militar durante la elección del torero, momento en el que el Abate hace trampas a favor de don Romero. Es un juego de trampas y castigos muy revelador, del que siempre se aprende algo.

—Don Severiano, será mejor que no intente nada. Le tengo mucho respeto, por quién es y por todos los trabajos que hemos hecho juntos, mas amenazarme no es el camino correcto. Yo no quiero enfrentarme a usted, ni ordenar a Sandro que abra fuego contra usted, aquí y ahora. Lo suyo es que sigamos negociando como hasta ahora hemos hecho, confiando y sin amenazas.

El otro hombre, el que estaba sentado a la izquierda de Severiano, se levantó tras oír esta última frase, dejando claro que también tenía un arma bajo su abrigo preparada para abrir fuego. No obstante, Severiano levantó la palma derecha y le convidó a que se sentara de nuevo.

—Tranquilo, Samuel, no he venido al teatro a ver sangre. Quiero disfrutar de esta obra, y manchar el suelo con mierda no sería algo muy acogedor.

Samuel se sentó nuevamente, aunque no dejó de apuntar hacia Camilo, que de nuevo tomó la palabra, esta vez con menos reparos a la hora de mostrar su indignación.

—Vete a la mierda, Severiano. Te crees el rey del mundo y no eres más que un mercenario que se cree Dios en esta ciudad. ¿Crees que por intimidar a los bares del lugar también puedes hacer lo que te dé la gana con todos? No te equivoques, Severiano, conmigo no valen esas tonterías. Si es guerra lo que quieres, guerra te daré, y te aseguro que lo pasarás mal. No soy persona que…

—¡Cierra la boca de una vez! —exclamó Severiano, haciendo que algunas cabezas del público de abajo miraran hacia arriba—. Estás fastidiando una obra magna con tu palabrerío sin sentido. Siéntate y disfruta de la obra, nunca se sabe cuándo será la última.

—¿Me estás amenazando, sanguijuela? Acabemos con todo aquí y ahora, ¿te atreves? ¡Sandro, no dejes de apuntar a este pedazo de mierda! Vamos a demostrarle a don Severiano que no puede dominar a quien se le antoje.

Sandro miró nervioso a Samuel, tratando de adivinar quién sería el más rápido en caso de iniciar el tiroteo. La situación no era fácil de controlar por ninguno de los bandos.

—¿Por qué no te sientas un rato, Camilo, y dejas de decir bobadas? Tú perro no va a disparar contra mí ni contra nadie, deja de armar el numerito aquí, en un lugar como este y siéntate de una vez. Deja de hacer el ridículo, hazte ese favor.

Casi sin dar tiempo a nada, Camilo agarró a Severiano del cuello de la camisa, cortándole la circulación sanguínea y enrojeciendo su rostro. Samuel, en un rápido movimiento de manos, fijo su pistola sobre la sien del atacante, mientras que el guardaespaldas de Camilo la centró en Severiano.

—¿Y si nos vamos a la mierda los dos, Severiano? ¿Qué te parece? ¿Nos matamos a ver quién sobrevive? —dijo un Camilo iracundo y decidido a dejar en manos de la suerte todo.

Justo entonces, la puerta del palco sonó con tres golpes secos y un hombre la abrió. Era un señor de rostro moreno y rasurado, con el pelo lacio cayéndole hasta taparle las orejas. Tras el traje oscuro que llevaba, destacaban sus fornidos pectorales, hechos a conciencia en un gimnasio.

—¿Don Camilo? —dijo el individuo, sin inmutarse en lo más mínimo al ver la escena allí presente, con armas a punto de abrir fuego—. Una llamada para usted.

Traía consigo un teléfono aferrado a un cable que arrastraba por el pasillo. El auricular estaba descolgado, esperando a que Camilo lo cogiera.

—¿Qué mierda es esta? ¿Me llaman aquí? ¿Y tú quién eres, si puede saberse? —exclamó Camilo, soltando a Severiano y poniéndose frente al extraño individuo.

—Me llamo Amancio Ruiz, señor Camilo. ¿Coge usted el teléfono o le digo que no puede ponerse?

—No apartes la pistola del gordo, Sandro —respondió Camilo a su guardaespaldas, cogiendo el teléfono y poniéndoselo en la oreja—. ¿Sí? ¿Quién es? Soy Camilo Ordóñez, ¿quién…?

Las pupilas de Camilo se quedaron heladas mirando hacia un punto imaginario entre él y el suelo, para luego volverse con ira hacia un Severiano que se mantenía de espaldas, ajeno a todo, intentando seguir la zarzuela que estaban representando abajo. No hubo más preguntas ni más comentarios, solo silencio. Tras un minuto escaso, Camilo colgó el teléfono y comenzó a andar hacia Severiano, tomando asiento de nuevo a su derecha. Tenía el rostro compungido y los lacrimales poblados de lágrimas.

—Déjala, Severiano. Ellas no tienen nada que ver con esto.

—Fíjate bien, Camilo, esta parte es magistral. La princesa avanza entre la muchedumbre hacia el palacio para pedir la liberación del soldado recluso. Admira la belleza de cómo la clase nobiliaria y la baja se juntan en un mismo contexto de apoyo, algo impensable en aquella época.

—Severiano, la niña solo tiene cuatro años —insistió Camilo, derramando una lágrima cargada que desencadenó que otras la siguieran.

—Como te he dicho, mi reputación no puede mancharse por alguien como tú. ¿Qué crees que pensará el resto si alguien como tú me pierde la mercancía y sale indemne? Hoy serías tú, mañana otro y pasado el resto. Obtener el poder es fácil, necesitas una buena idea y dinero, pero mantenerte arriba no es tan fácil. Requiere que seas implacable y que nunca pierdas tu fama, tu nombre. Tú me has fallado, Camilo, y debes pagar, te guste o no.

—Te pagaré todo, aceptaré lo que me digas pero…

—Ya has hablado mucho por hoy, Camilo —le interrumpió Severiano, llevándose el dedo índice a los labios—. Ahora deja que admire el final de este primer acto tranquilo, si no es mucha molestia.

Camilo miró a Sandro con dolor en su mirada, a lo que el guardaespaldas le respondió arrugando el rostro.

—¿Pasa algo, don Camilo? ¿Se encuentra usted bien?

—Baja el arma, Sandro, tienen a mi mujer y a mi hija. Están en mi casa con ellas.

Sandro palideció ante la noticia, entendiendo que Severiano pensaba cobrarse la vida de Camilo, dejándole a él en una situación muy comprometida. Si él era su guardaespaldas, seguramente correría la misma suerte, algo que no estaba dispuesto a aceptar.

—¡Pues nos vamos a la mierda todos! —exclamó Sandro, colocando la boquilla de su pistola en la oreja de Severiano—. No pienso morir así.

Súbitamente, y para sorpresa de todos, Amancio actuó con rapidez y precisión, doblando el brazo de Sandro con una llave de lucha y provocándole un dolor intenso en el hombro. Con dos movimientos precisos, torció la mano de su víctima y apretó el gatillo de la pistola que sostenía, perforándole el torso dos veces. Camilo se levantó sobresaltado, aunque apenas pudo articular palabra alguna antes de que Amancio le aprisionara el cuello con el cable del teléfono. Camilo sintió como los ojos le iban estallar, mientras coceaba e intentaba zafarse de su verdugo, aunque la falta de oxígeno fue mermándole las fuerzas a cada segundo que pasaba. El público apenas escuchó los dos tiros efectuados, merced a que la obra de teatro estaba en una parte en la que el bullicio y varios disparos de pólvora simulaban el ambiente de una guerra.

—No me gusta que tardes tanto en actuar, Amancio. ¿Siempre tienes que dejarlo todo para el último segundo? Tener una pistola en la sien no me hace ninguna gracia —proclamó Severiano, empujando el cuerpo sin vida de Camilo hacia un lado.

—Lo lamento, don Severiano, pero tenía que esperar para sincronizarme con la zarzuela representada.

—Me sorprende que alguien como tú entienda de zarzuelas, la verdad. ¿Un asesino amante del teatro? Lo que me faltaba por ver…

—No parece usted una persona que se deje llevar por tópicos ni primeras impresiones, don Severiano —respondió Amancio, con suma agudeza.

—¿Te ocupas de sacarlos de aquí? Me gustaría que al inicio del segundo acto esté todo esto limpio.

—Sí, don Severiano, aunque aún no he llenado la basura. Espere un minuto a que empiece el coro *Al son de las guitarras* y me lo llevo todo.

—¿De qué estás hablando? ¿Qué…?

Al instante, Samuel sacó de su bolsillo la pistola para disparar a Severiano, aunque el percutor sonó sobre vacío. Samuel se quedó mirando el arma extrañado, sin terminar de entender qué estaba pasando. Severiano se levantó asustado y se protegió al lado de Amancio, usándolo como escudo.

—Ya llega el coro, solo unos segundos más —susurró en voz alta Amancio, ajustándose unos guantes de cuero negro y abriendo una navaja bien afilada—. Ahí entra la Princesa con los documentos del capitán Peñarroya.

Samuel, lejos de intimidarse con la situación, optó por huir del lugar. Arrojó su pistola hacia Amancio y salió corriendo hacia la puerta del palco. Amancio respondió haciendo gala de unos reflejos envidiables, agarrando la pistola al vuelo con su mano izquierda, para luego tirarla al suelo.

Para desgracia de Samuel, la puerta del palco estaba cerrada con llave. Se giró y vio un Amancio andando con suma tranquilidad hacia él, armado con la navaja en la mano. Por un momento, se vio superior a él y capaz de darle muerte en una confrontación, aunque pronto se daría cuenta de su gran error. A

Amancio le bastó un movimiento calculado para esquivar el puñetazo de su víctima y situarse en su costal, hincando la navaja a la altura de las costillas. Samuel quiso chillar de dolor, pero una de las manos de Amancio se asentó en su boca para impedírselo. La sangre estalló como un sifón a pleno rendimiento, salpicando el suelo en un abanico macabro de muerte.

—¡Puñetera víbora malnacida! ¡Traidor asqueroso! No puedo fiarme ni de mi sombra, mi gente de confianza se vende como ratas. Y mira que les pago bien...

—Al menos ya van quedando menos vivos —dijo Amancio, quitándose los guantes y abriendo la puerta para dar paso a dos jóvenes con bolsas negras de gran tamaño—. Meted a esos tres y sacadlos al coche. Salid por la puerta que os mostré antes, por donde entramos, nadie os preguntará nada. Ni una palabra de todo esto ¿entendido?

—Entendido, señor Ruiz —dijeron los dos chavales al unísono, poniéndose manos a la obra con los cadáveres.

—¿Cómo sabías que Samuel estaba con Camilo? ¿Y por qué no actuó antes? —preguntó Severiano, sentándose de nuevo en su sillón. Necesitó abrirse el cuello de la camiseta para apaciguar su respiración acelerada.

—No actuó antes porque no sabía que yo iba a actuar. No suponía que la sangre llegaría a manchar todo esto —respondió Amancio.

—¿Y cómo lo sabías? ¿Cómo sabías que él estaba con ese canalla de Camilo?

—Cuando llegó Camilo, en la sala de abajo, se echaron unas miradas muy clarificadoras. Camilo asintió con la cabeza, como buscando aprobación, y Samuel le respondió saludándole con el sombrero.

—Maldito traidor, se ha perdido la fidelidad y la honradez en este puñetero país. Ya no se valora a quien te paga y a quien te da de comer. Yo le saqué de las calles, ¿lo sabías? Era un gorila de poca monta que se dedicaba a sacar a los borrachos de los clubs nocturnos en los barrios del Sur. Cobraba una miseria que no le daba ni para comer... ¿y así me lo agradece, la sucia rata?

—Parece una historia muy interesante, don Severiano, aunque preferiría cerrar nuestro trato para poder irme. Tengo otros trabajos que atender, algunos fuera de Madrid.

—¡Qué gusto hablar con un profesional como tú! Sí, señor —replicó Severiano, sacando un sobre abierto del que asomaban varios billetes—. Toma, aquí tienes lo pactado. ¿Te has pensado lo de trabajar exclusivamente para mí? Te pagaría muy bien, créeme.

—Agradezco la oferta, don Severiano, pero prefiero seguir por libre. Eso sí, le doy mi palabra de que nunca aceptaré un trabajo contra usted. Cualquiera que me contrate alguna vez, puede estar seguro de que nunca será usted mi objetivo —replicó Amancio, contando con presteza los billetes.

—No obstante, siéntate un momento, que me gustaría hablarte de otro trabajo que me ha salido y que puede ser muy provechoso.

—Llevo algo de prisa, don Severiano. Quizás le pueda llamar dentro de un mes para reunirnos y tratar sobre ello.

—No, no puede ser, Amancio. De hecho, vas a tener que llamar y cancelar todo lo que tengas por ahora, pues vas a viajar para mí, para este trabajo.

Amancio se quedó pensativo unos segundos, consciente de que esa última afirmación implicaba un pago bien abultado. Tomó asiento y fijó la vista hacia el escenario, que empezaban a correr las cortinas para iniciar el segundo acto de la obra teatral.

—¿De qué se trata? ¿Y cuánto pagan?

—Es algo de lo que seguro no estarás acostumbrado, amigo mío. Es el propio Estado el que ha contactado conmigo para que trabajemos con ellos en una investigación importante. Según parece, necesitan de alguien con tus dotes, un asesino implacable y sin escrúpulos a la hora de afrontar decisiones difíciles.

—¿El gobierno quiere que trabaje para ellos? Lo que me faltaba por oír —esputó Amancio, negando con la cabeza—. Supongo que no le habrá hablado de mí a esa gente ¿no?

—No, sabes que no… cálmate, muchacho —replicó Severiano, despertando carcajadas controladas—. Ellos me han contactado para el trabajo y es cosa mía a quien envío para efectuarlo. Y es a ti a quien se lo ofrezco, porque eres el único que es capaz de afrontarlo con éxito. Te daré los contactos con los que tendrás que trabajar y toda la información del caso, aunque yo me quedaré con una parte del pago, claro está.

—¿De cuánto estamos hablando?

—No te tires por el balcón cuando lo oigas —dijo Severiano entre sonrisas, dando unos segundos de suspense—. Sesenta mil pesetas por todo el trabajo, veinte mil para mí y cuarenta mil para ti.

—Demasiado dinero para ser creíble —suspiró Amancio, sin ocultar su sorpresa por la enorme cuantía expuesta—. ¿Quién es el pagador?

—Aquí llega la parte mala, Amancio. Si aceptas, te lo digo y te doy toda la información del asunto. De lo contrario, hasta aquí podemos seguir charlando sobre el tema. Sí te puedo adelantar que el pagador es seguro.

—No me suelo guiar por corazonadas, don Severiano. Necesito certidumbres antes de hacer algo. Me expongo mucho, y eso tiene un precio del que quiero estar seguro de poder cobrar.

—Lo entiendo, aunque no puedo ir más lejos en lo que te digo. Tú eliges, Amancio.

La obra teatral comenzó, representando la noche madrileña con un baile de palacio. Militares, políticos e incluso el mismísimo monarca, confluyeron en un balcón gigante sobre el que trataban el tema de la Princesa y el de su intercesión en los asuntos militares.

—Diez mil para ti y cincuenta mil para mí. Ahora dime de qué va todo —sentenció Amancio, abriéndose la chaqueta y poniéndose más cómodo.

—¡Joder, Amancio! Déjalo en quince mil al menos. Es un picotazo muy grande el que te estoy ofreciendo.

—Tú no vas a hacer nada, solo contarme de qué va el tema y poco más. Estarás sentado frente a tu chimenea mientras yo estoy jugándome la vida ahí fuera. Creo que diez mil pesetas es más que justo por ponerme en contacto con este trabajo. El precio no es negociable. Si no aceptas mi ofrecimiento, no tienes más que decírmelo y me voy de aquí sin problema alguno.

—Eres duro de regatear, sí señor. Hombres como tú son los que necesito en mi organización, de verdad, que pena que no… —dijo Severiano, lamentando no poder convencer a Amancio para ser de su banda—. Bueno, dejemos eso ahora y vayamos al negocio, que es lo que importa. Empezarías ya mismo, y quien nos contrata es la tercera Sección de Información del Alto Estado Mayor, el servicio de espionaje que nos controla, vamos.

—¿El SIAEM es quien te ha contactado para un trabajo? ¿Tan mal están de efectivos o qué? Muchos espías dejaron la vida durante la guerra, pero me parece vergonzoso que estén recurriendo a un cabecilla mafioso para sus intereses.

—¿Cabecilla mafioso? No le dirás eso a tus amistades sobre mí, ¿verdad? Yo prefiero que me llamen empresario con poder, o tratante de negocios, pero no cabecilla mafioso…

—Don Severiano, creo que podemos dar por sentado lo obvio y dejarnos de formalismos más allá del respeto que le tengo por su edad. Usted se dedica a lo que se dedica, una especie de banda mafiosa, y yo a matar gente, convirtiéndome eso en un sicario.

—¿Sabes? Eres de las pocas personas a las que les permitiría hablarme en esos términos.

—Supongo que tampoco le quedan muchas opciones, estando aquí solo conmigo y sin nadie de su banda cerca.

—Jajaja, ¿ves lo que te digo? No te importa decir las cosas tal y como son, sin miedo, seguro de ti mismo.

—Sé que algún día me llegará la muerte. Aceptando eso, no hay nada más que se pueda temer. No tengo hermanos, pareja, ni familiares con los que me puedan dañar, así que solo he de preocuparme por mí.

—Un hombre entregado a su trabajo, sí señor. No obstante, algún día te retirarás de todo esto ¿no?

—Algún día, quizás.

—Jajaja. Apuesto a que tienes más pesetas que todos esos malditos banqueros, jajaja.

—Bueno, don Severiano —propuso Amancio, volviendo al tema original—, ¿de qué va el trabajo?

—¿Sabes algo de un tal Voynich y de un libro extraño que tuvo en su poder? ¿Y qué tal te defiendes con el francés?

CAPÍTULO 23: ROMPIENDO LAS REGLAS

París, 27 de noviembre del año 1954

Anthony corría alborotado por los largos pasillos de la embajada española de París, buscando con nerviosismo a su compañero. Había recuperado el ánimo y la euforia luego de una llamada por parte de la Agencia, hacía una hora, en la que se le informaba que retomara el caso del manuscrito de inmediato. Debía esperar el día de hoy a recibir un apoyo para su grupo, un agente para suplir la pérdida de Alberto y Elisa.

Cuando encontró a Marcos en la cafetería que solían frecuentar estos días de reposo, estalló en vítores mientras le daba la noticia. Marcos apenas reconocía a su colega, un hombre frío y calculador, poco dado a mostrar sus sentimientos, con tanta efusividad. Se alegró por él, aunque en el fondo hubiera deseado que la Agencia los hubiera apartado definitivamente del caso. La dificultad que presentaba esta misión era notoria en todos los sucesos que habían padecido, demasiado para una persona medianamente sensata con ganas de seguir viviendo. Anthony, sin embargo, era de otra ralea. Él necesitaba de este tipo de dificultades para sentirse vivo.

El reloj de la sala común de la embajada marcaba las tres menos cuarto, mientras Anthony y Marcos, con sus maletas preparadas ya, esperaban pacientemente a recibir las nuevas órdenes. Debía venir alguien que se uniría a su grupo, alguien que la agencia había seleccionado. El embajador, don José Rojas Moreno, les deseó suerte en sus andanzas y se despidió de ellos, dejándolos con uno de sus empleados de confianza que ellos ya conocían: Joaquín Salvado. Marcos no pudo disimular esbozar una risa sarcástica, incluso cubriéndose la boca con la mano. Anthony, por su parte, se limitó a ofrecerle algo de beber junto a ellos, aunque Joaquín lo rechazó amablemente, tomando asiento y encendiéndose un cigarrillo.

—De nuevo nos vemos ¿eh? ¿Qué tal todo? ¿Bien? —preguntó Anthony, para romper el hielo.

—Sí… bien, bien. Aquí sigo… Vosotros ya volvéis al trabajo ¿no?

—Así es —respondió Anthony con entusiasmo evidente—. Se acabaron las vacaciones.

—Eso es bueno… me alegra mucho saberlo.

—Veo que llevas el anillo puesto —propuso Anthony, haciendo que Marcos no pudiera evitar echar a reír de forma abierta.

—Sí, bueno… pensé un poco en lo que me dijiste y… bueno he considerado que es lo mejor. No es cosa de echar a perder mi trabajo y mi futuro por una tontería. He decidido centrarme en mis labores profesionales e intentar olvidar un poco las cosas del corazón.

—Tampoco es eso, hombre. Si quieres estar con una mujer, ve con una, para eso tienes dinero y un trabajo muy bien pagado, además de ocupar un puesto importante. Pásatelo bien, pero no etiquetes a nadie como tu amante y nunca des la espalda a quien eres, un hombre casado. La prostitución es el oficio más antiguo que existe, y te aseguro que esas mujeres no te van a evaluar porque estés casado o porque seas tímido. Tú pones dinero y ellas te dan lo que quieres, un negocio justo y del que nadie te juzgará. Sin embargo, debes ser discreto.

—Ya lo sé… agradezco mucho tu consejo, Anthony, que ten por seguro que seguiré, aunque estoy incluso alejándome de ese ambiente. En el fondo quiero a mi esposa. Supongo que al tenerla tan lejos y estar en un trabajo nuevo, en un lugar tan exótico como es este, me afloraron sentimientos oscuros. Sin embargo, es de sabios saber rectificar para retomar el camino correcto.

—Eres un caso, Joaquín —expuso Marcos, con voz socarrona mientras echaba un trago de coñac—. ¿Acaso vas a estar viviendo aquí sin acostarte con ninguna mujer? ¿Qué eres? ¿Un ángel de esos que no tienen sexo definido? ¿Eres un eunuco o qué?

Anthony sonrió de forma comedida, apoyando el sarcasmo pero sin terminar siendo molesto.

—Creo que es lo más justo para mi esposa. Ella no…

—¿Ella no te está poniendo los cuernos? —interrumpió Marcos—. ¿Una mujer guapa, joven, con pasta y sola en su mansión? ¿Una mujer cuyo marido está a kilómetros de distancia trabajando? Chico… si te dijera cuántas mujeres he conocido en esa situación, y que además sean fieles, me sobrarían varios dedos de una sola mano.

—Yo confío en ella —dijo Joaquín, de forma escueta y con semblante torcido, dejando ver que estaba ya molesto de hablar de su vida íntima—. Además, dentro de cuatro años volveré a España o ella se vendrá aquí, ya veremos.

—Bueno, está claro que tienes todo atado. Tienes las ideas claras y estás tomando decisiones firmes, que es lo importante. Nunca pierdas de vista tu vida, eso es lo importante —dijo Anthony, intentando suavizar la tensión del momento.

—Voy a aceptaros esa copita de coñac que me ofrecisteis —fue lo único que se le ocurrió decir a Joaquín, despertando sonoras carcajadas por parte de los tres. Una risa incontrolada que se prolongó durante un minuto largo, hasta que un hombre desconocido se presentó en la sala. Vestía con una gabardina larga de corte moderno, corbata perfectamente centrada, guantes oscuros y un maletín de piel que sostenía fácilmente con una mano. Su rostro se mostraba oculto hasta la nariz por un sombrero que llevaba ligeramente inclinado hacia el frente.

—¿Señor Selles? —dijo con una voz varonil y seductora, que unida a su complexión física atraería con total seguridad la mirada de cualquier mujer.

—Sí, soy yo —dijo Anthony, levantándose y examinándolo de arriba abajo, como era costumbre en él. Por ahora, tenía claro que era un hombre fuerte y entregado a labores físicas, muy cuidadoso, por cómo se vestía midiendo todos los detalles, y seguro de sí mismo, al no titubear en su diálogo—. ¿Eres de la Agencia?

—Mi nombre es Amancio, y soy a quien estáis esperando. Me dijeron que erais dos, mis compañeros —respondió Amancio, obviando la pregunta de Anthony.

—Sí… yo ya me voy, yo solo quería despedirme de vosotros —dijo Joaquín, levantándose y dando un trago largo a su copa, mientras alargaba su mano diestra hacia el visitante—. Por cierto, soy Joaquín Salvador, asesor del embajador en asuntos internos.

Amancio alzó levemente el ala del sombrero, dejando ver sus ojos opacos y profundos. Hizo un gesto de aprobación con la comisura de los labios, a modo de saludo, y le estrechó la mano. Acto seguido, Joaquín abandonó la sala.

—¿Eres nuevo en la Agencia? No tengo referencias tuyas, y la Agencia no me ha dicho mucho sobre ti —quiso saber Anthony, mientras Amancio sacaba una pitillera de un bolsillo interior de la gabardina y se encendía un cigarrillo de papel de trigo, de marca Ideales.

—Necesito que me pongáis al día de todo lo sucedido. Agradecería, por favor, que no omitáis nada. Cualquier detalle, nombre o suceso puede ser relevante para nuestro siguiente movimiento.

Nuevamente hacía oídos sordos a lo que Anthony le preguntó, algo que minó la moral del espía de origen inglés. Se sintió ninguneado, algo que solo podía significar una cosa: le habían relevado del cargo.

—Sin duda te contaremos todo, Amancio, aunque antes me gustaría saber si tienes alguna orden para nosotros. Según entiendo, te han puesto a ti al cargo de la investigación, pero necesitaría algo que lo confirmara. Esta mañana, cuando hablé con la Agencia, no me dijeron nada al respecto.

—No traigo papeles de ningún tipo, y menos de la Agencia. Todo lo que traigo lo llevo aquí, en mi cabeza. No sé lo que te habrán dicho ni me interesa, la verdad, pero no me han llamado para ayudaros, sino para que vosotros me ayudéis a mí. Solo espero que estéis a la altura.

—¡Eh! Un poco de respeto ¿vale? —exclamó Marcos, finiquitando su tercera copa de coñac—. No sé con quién te crees que estás hablando, aunque se nota a leguas que acabas de salir de la academia. Te crees que te vas a comer el mundo ¿eh? Piensas que vas a ser un super agente secreto capaz de enfrentarte a todo y a todos ¿verdad? Pues bórrate esa idea de la cabeza. El trabajo de campo no es como te han enseñado. Más te vale llevarte bien con tus compañeros si luego quieres que te ayudemos.

—¿Academia? ¿De verdad tengo pinta de salir de una academia? —dijo Amancio, fijando sus pupilas en Marcos sin pestañear, algo que poca gente era capaz de hacer. No le intimidaba nada ni nadie y no evitaba el contacto directo en lo más mínimo. Anthony tenía cada vez más claro que no era un agente corriente, sino uno bien preparado. Estaba claro que no era un primerizo, aunque no terminaba por encajar su comportamiento tan lejano hacia ellos.

—Tienes pinta de que nunca te han partido esa cara bonita, lo que significa que nunca te has tenido que pelear contra varios gorilas en la calle. Perfumado, peinadito y con un trajecito inmaculado que luces como si fueras un hombre de negocios de las altas esferas. ¿De verdad quieres que me tome en serio a un pijo como tú? Tú tienes de agente lo que yo de mujer.

—Te lo voy a dejar claro, pobre idiota —respondió Amancio, sin perder el control de su voz ni cambiar las facciones de su rostro—. No pertenezco a vuestra SIAEM, pero dada vuestra incompetencia en la misión, causando la baja de dos efectivos del grupo y sin conseguir nada de nada, me han contratado para que yo me ocupe a partir de ahora de todo. No me han instruido en ninguna academia sino en la calle, la que tanto presumes de dominar, aunque según veo eres un chapucero en ese ring del que tan orgulloso te sientes. Fíjate en tu cara, reventada a tortas, con la oreja vendada de algún navajazo o disparo que habrás sufrido, un hecho que me indica que te dejas llevar por la improvisación, por el caos del momento, sin pensar. Si de verdad quieres saber la razón por la que tengo mi rostro impoluto, es porque todos a los que me he enfrentado eran imbéciles como tú, personas que creían ser los señores de las calles y que acabaron sus días como pobres idiotas. Si quieres vivir y mantener tu cara tan bonita como la mía, te aconsejo que escuches y aprendas lo que yo pueda decirte.

Tanto Anthony como Marcos se quedaron mudos. Que la Agencia hubiese decidido contratar a un sicario externo a la organización resultaba denigrante para ellos, sus agentes. La Agencia se suponía que era una familia cerrada y sólida, autosuficiente para afrontar todos los casos que tenían que abarcar. Sin embargo, en este caso debieron evaluar que necesitaban a alguien de fuera, lo que ponía en evidencia muchas carencias. Por otro lado, Anthony no pudo evitar sentirse humillado, pues él se consideraba una eminencia en sus labores de seguimiento e investigación. Muy bueno tenía que ser Amancio para que la Agencia lo hubiera puesto al frente de todo.

—Que no eres de la Agencia... —dijo Marcos, algo confuso, interrogando a Anthony con la mirada.

—Lo cierto es que me dijeron que recibiríamos apoyo para la misión, aunque no que sería alguien de fuera de la Agencia, además de que estaría al cargo de todo —dijo Anthony, por su parte—. Entenderás que deba comprobar que esto es así. Si no tienes ningún volante u orden oficial, tengo que llamar para asegurarme.

—Haz lo que tengas que hacer, pero no tardes —le replicó Amancio, seguro de sí mismo—. Mientras, si no es molestia, me gustaría que tú, Marcos, me contaras todo lo que lleváis hecho. Sé que todo se resume a recuperar un códice perdido en el tiempo y de vital importancia para el gobierno, y que hay algunos grupos implicados en todo el tema que, por ahora, nos llevan ventaja. Sin embargo, me gustaría saber quiénes son, de dónde salen, por qué buscan ese libro y qué habilidades y contactos tienen.

—Marcos, ve poniéndole al día —sentenció Anthony—. Yo vuelvo en unos minutos, voy a llamar a la Agencia.

—¿Seguro, Anthony? —preguntó Marcos.

—Sí, no te preocupes. Es evidente que la Agencia lo ha enviado. Sería mucha casualidad que justo me llamen esta mañana para decirme que vendría apoyo con nuevas órdenes y que se presente él aquí. Además, analizando todo, no me dijeron nada de que vendría un agente, sino apoyo. No obstante, necesito ratificar que es así —expuso Anthony, buscando la aprobación en Amancio, que asintió con la cabeza.

—Sea pues, así lo haré entonces —replicó Marcos—. Pues... como ya sabes, mi nombre es Marcos Alcántara y... bueno... mejor empezamos de nuevo como si nos acabáramos de conocer, sin resentimientos ¿vale? No acostumbro mucho a tratar con gente, menos aun estando en una misión como esta, bastante sufrida.

—Sin problemas, Marcos. Yo soy Amancio Ruiz, un placer conocerte. Y no te preocupes por la misión, pues no vamos a permitir que nos vuelva a suceder nada que lamentar. Trabajaremos en unión y con cabeza, y demostraremos a nuestros enemigos quien es el que manda aquí.

—Me gusta ese planteamiento, sí señor. ¿Por dónde empiezo?

—Por el principio, por favor. Cuéntame desde que os dieron la primera orden hasta el día de hoy. Te ruego que no escatimes en detalles.

Anthony no tardó en contactar con la Agencia, que le respondió de forma afirmativa lo que él ya se imaginaba: Amancio era el nuevo líder del grupo. En efecto, no era un agente, aunque su fama como asesino a sueldo había despertado el interés de la Agencia para reclutarlo como posible apoyo logístico. Siempre se ganaba con ese tipo de contratos, pues si se fallaba en la misión y Amancio caía muerto, se perdía a un miembro de fuera de la compañía. Si, por el contrario, Amancio lograba éxito en la misión, lo más probable es que algún agente recibiera la orden de meterle una bala para cerrarle la boca para siempre. La Agencia nunca dejaba cabos sueltos.

Al volver a la sala, se unió a la conversación de Marcos con Amancio para completar en lo posible toda la información que se iba exponiendo. Se habló de Vincent, de Faiga, de la presión policial en manos del inspector Gerald Tunon y de posibles grupos independientes que también podrían estar interesados en el manuscrito. Amancio memorizaba todo con sumo cuidado, asintiendo con frecuencia y respondiendo con monosílabos.

Transcurrida una hora corta de coñac y varios cigarrillos, Amancio tomó la palabra para trazar un posible plan. Anthony estaba ansioso por ver cuál iba a ser su hilo de pensamiento, no tanto por compararse a él, sino por verificar si realmente era tan bueno como se suponía que era. Salió de dudas casi al instante, cuando Amancio pronunció su primera frase.

—Bueno, bueno… ¿Y hacia dónde se supone que deberíamos ir ahora? ¿Sabéis dónde pueden estar? Me refiero a Vincent y a Faiga, evidentemente.

—Esperaba que tú nos guiaras en ese sentido —adujo Anthony, evocando claramente un tono irónico—. ¿No se dice de ti que eres el mejor?

—Y yo esperaba que ayudarais en esto, como hemos convenido. De ti dicen que eres un cerebrito, una persona muy inteligente, aunque veo que eso también es todo humo.

—¿Por no saber por dónde andan? ¿Acaso crees que soy vidente?

—No, no lo digo por eso. Si tan listo eres ¿por qué no descifras el código oculto en esa vidriera? ¿Acaso una muchacha de veinte añitos es más lista que tú? Te recuerdo que ella lo descifró, según me habéis contado, en apenas diez minutos y estando bajo la presión del momento, con pistolas y disparos amenazantes. Tú estás aquí, tranquilo y a salvo.

—Es más fácil decirlo que hacerlo. A veces es el azar el que te lleva a una solución, el azar de haber visto un código parecido alguna vez, o la suerte fortuita de caer en un patrón. Además, esa joven es una mezcla de historiadora y matemática que no deberías subestimar, no cometas el mismo error que yo cometí. Parece muy frágil e inocente en sus modos, pero encierra todo un mundo de sorpresas en sus actos y deducciones. Tenle miedo, casi más que a Vincent.

—Ya… en resumen… que no vamos a descifrar el mensaje ¿verdad?

—Aquí tengo una copia de esa vidriera, me dieron una fotografía de la misma el otro día aquí, en la embajada. La he estado mirando con sumo detenimiento y no veo nada que me lleve a ver un patrón. Es una vidriera de distintos colores dispuestos de forma errática, sin aparente orden.

—¿Y la policía? ¿Podríamos contactar con ellos a ver si saben algo?

—¿Estás de broma? Ese inspector nos tiene fichados y créeme que nos lo dejó claro la noche que pasamos en las celdas de la comisaría. Aún me duelen las costillas de la paliza que nos dieron. Si ese viejo cocodrilo sabe algo, dudo mucho que nos lo diga.

—¿No me dijiste antes que os fue a ver el otro día a la cafetería de ahí al lado? —preguntó Amancio, dirigiéndose ahora a Marcos—. Si hizo eso, es porque necesita de algo que nosotros tenemos.

—No te creas —respondió de nuevo Anthony, mientras Marcos se limitaba a asentir—. Vino por la muerte del tal Olivier y porque, lógicamente, piensa que esa muerte está conectada con nuestra investigación aquí, en París.

—Llámale y haz un trato con él. Dile que necesitamos saber dónde están Vincent y Faiga. A cambio, le ofreceremos algo que seguro le gustará.

—¿Y puede saberse el qué?

—Eso déjalo en mis manos. Tú llámale y cítate con él para dentro de una hora fuera de la cafetería esa.

—Esto no funciona así, Amancio. Necesito saber qué plan estás tramando. ¿Qué se supone que tienes tú que puede interesar a ese inspector? ¿Acaso sabes algo que nosotros no?

—No sé algo, amigo mío, sino que tengo algo que tú no. Tú llámale ya, y tú, Marcos, consigue un coche. Nos vamos ya.

Gerald Tunon se encontraba en el restaurante Les Tulipes, muy cerca de la comisaría. Cocinaban un solomillo de ajo y salsa marrón exquisito para su gusto, consiguiendo una ternura en el corte sin igual. Muchos decían que se debía a la calidad de la carne, de lechal, aunque su cocinero insistía en que era por su habilidad para ablandarla, un secreto que guardaba celosamente en su cocina.

El inspector estaba tomándose un café bien cargado como colofón a su almuerzo, acompañándolo de un puro a medio terminar, cuando un policía bajo su mandato entró al restaurante y le anunció que tenía una llamada procedente de la embajada de España. Era un tal Anthony.

«Finalmente has movido ficha, ya estabas tardando», pensó con una sonrisa marcada en sus prominentes labios. Sin prisa pero sin pausa, pagó la cuenta y cruzó la calle para hablar con el espía español, que haciendo caso a las órdenes recibidas, le citó para verse en menos de una hora en el punto convenido. Gerald aceptó, aunque nada más arrancar el coche y quitar el freno de mano, se le despertó esa intuición entrenada durante años. Anthony fue muy escueto en su diálogo, muy directo, y le vomitó citarse con él como si hubiera estado pensando detenidamente cuándo y dónde hacerlo. Realmente no era un lugar malo, en una cafetería frente a la embajada de España, y no parecía que se estuviera cociendo algún plan maléfico en manos de los espías españoles, mas algo no terminaba por convencer al veterano inspector, que decidió informar a dos de sus oficiales para que se armaran y se montaran con él en el coche.

Cuando llegaron al lugar indicado, vio un Chevrolet modelo Corvette de color blanco y descapotable, con Marcos al volante. De pie, y apoyados sobre el capó, estaban Anthony y un hombre que era la primera vez que veía. Quizás era un nuevo compañero de los espías españoles, o bien un confidente con valiosa información, aunque su presencia resultaba imponente. Vestía con mucho porte, ejecutando unos movimientos elegantes en cada pose que adoptaba. Gerald no tuvo tiempo de bajarse del coche, cuando Anthony se le acercó y le dijo que los siguiera en su coche hacia otro sitio más discreto. El inspector aceptó sin quejas, alegrándose de haber traído consigo a sus dos compañeros policías, a los que no dudó en poner sobre alerta. La orden fue clara y concisa: que tuvieran la pistola cargada y a mano, y ante cualquier movimiento raro por parte de alguno de esos tres, que abrieran fuego.

Ambos coches bajaron toda la avenida para luego tomar la primera calle hacia la derecha y la segunda a la izquierda, trazando un rumbo fijo hacia una zona despejada y libre de todo tipo de tráfico de coches o personas. El lugar era una estación de tren abandonada hacía ya varios años, desde que se edificó la nueva estación central. Las vías oxidadas aún poblaban el lugar, dejando crecer arbustos silvestres por toda su extensión, con piedras y maderos podridos acompañando toda la escena. Del edificio solo quedaban las cuatro paredes, decoradas con pintadas pidiendo el fin de la guerra y la libertad de los presos, con el interior totalmente cubierto de guijarros y trozos del techo caído. Los ruidos de la ciudad se oían a lo lejos, como si el lugar fuera un oasis apartado de todo dentro de la misma ciudad.

Un chico montado en monopatín, con gorra de lana tapándole hasta las orejas, salió de una esquina oscura y se alejó veloz al ver parar a los dos coches, uno frente al otro, mientras varias personas abrían las puertas para encontrarse en el centro.

—Amancio, va siendo hora de que me digas qué… —dijo Anthony en voz baja, antes de ser interrumpido por el sicario.

—Cierra la puta boca y borra esa cara de pollo asustado que tienes. Ponte firme y que vea que estamos seguros de nosotros mismos, no dejes que te intimiden con la mirada.

—¿Van a haber tiros? —preguntó Marcos, sin rodeos.

—Ten el arma preparada por si acaso, sí.

—Estarás de broma ¿no? —dijo Anthony, poniéndose nervioso a cada segundo que pasaba—. ¿No estarás pensando en liarte a tiros con…?

—¿Te quieres callar de una maldita vez? Joder, Anthony, quédate en el coche si quieres, méate encima de una puñetera vez y agáchate ahí atrás si tan jodidamente asustado estás, pero deja ya de molestar ¿vale? Ahora entiendo por qué os han ido mermando durante vuestra investigación. Vais siempre asustados.

—¿Es que no piensas que esos son policías? ¿Qué ese es un inspector, nada más y nada menos?

—¿Acaso has olvidado quien eres tú? ¿No vas armado y tienes permiso para usar tu pistola si el fin lo requiere? ¿Cuál es tu misión, Anthony? ¿Cuál es tu misión? ¡Dímelo!

—Ya se están bajando —interrumpió Marcos, ocultando su pistola cargada en un bolsillo de la gabardina.

—Perfecto. Bajemos tranquilos y dejad que yo hable. Tú, Marcos, no pierdas de vista al de la derecha del inspector. El de la izquierda lo fijo yo.

—¿Y al inspector?

—Ese es muy viejo para reaccionar con rapidez. De todas formas… ¿tú vienes, Anthony?

Al espía de origen inglés le costó tomar una decisión firme en tan poco tiempo, aunque la última frase de Amancio fue suficiente para convencerle. Su misión era obtener el códice Voynich, fuera como fuera y pasando por encima de quien fuera necesario, dentro de unos límites razonables, claro está. Un inspector de policía y dos de sus vasallos no rebasaba ese límite, sin lugar a dudas.

—El inspector es mío —sentenció Anthony, fijándose la pistola en el bolsillo del pantalón, para tenerla más a mano.

Gerald se dispuso en el centro, con los dos policías que lo acompañaban a ambos lados y con las manos dispuestas en la espalda, aferrando sus pistolas. Amancio, por su parte, mostraba las manos enfundadas en los guantes de piel negra tan característicos en él, sin sostener arma alguna. Se le veía muy seguro de sí mismo, como si supiera lo que iba a acontecer. Marcos, no tuvo que esforzarse mucho por parecer temible y amenazante. Su semblante natural era así, un rostro castigado con cicatrices y un cuerpo entrenado en el combate callejero, a lo que además había que añadir los deseos de venganza que aún palpitaba en su corazón por la paliza que recibió en aquellas celdas. Él estaba herido por el disparo de Vincent, que lo desangró hasta casi hacerle desfallecer, y aun así le propinaron varias patadas y puñetazos. Cada vez que lo recordaba, le hervía la sangre.

—Una reunión poco habitual ¿no? Un lugar ajeno a toda vista indiscreta resulta más propicio para traficantes que para gente del lado del bien, como nosotros —dijo Gerald, rompiendo el hielo de la conversación.

—El tema a tratar requiere este secretismo, señor Tunon, esperamos que no le moleste que le hayamos hecho venir hasta aquí —respondió Amancio, conservando una calma inusual, sin presentar ningún tic ni indicio de estar nervioso. A Anthony le costaba ocultar un molesto pestañeo que le surgió de repente.

—¿Y usted es...? —respondió Gerald, dando pie a que le respondiera.

—Está claro quién soy, señor Tunon. Estoy con ellos y sé del tema que nos ocupa, por lo que, es superfluo mi nombre. Si quiere le diré que me llamo Amancio, aunque usted dudará si realmente le estoy dando mi nombre real o no.

—Lo dudo, sí, sobre todo porque no tenía constancia de que ningún Amancio iba a estar en esta reunión cuando el señor Selles me llamó para citarme. Y por cierto, puede llamarme Gerald. Eso de señor Tunon me hace parecer más viejo de lo que soy.

—Supongo que es el día de las sorpresas, Gerald. Nosotros tampoco esperábamos que vinieras con compañía —respondió Amancio, apoyándose sobre el capó de su coche y sacando su pitillera de cigarrillo. Los dos policías flexionaron las rodillas y asomaron sus pistolas de forma sincronizada, para luego volver a ocultarlas tras sus espaldas. Amancio sonrió levemente.

—Deja que te haga una pregunta, Amancio, porque supongo que es a ti a quien tengo que referirme ¿no? —dijo Gerald, a lo que Amancio asintió, relajando sus brazos y apoyando la pierna derecha sobre el coche—. ¿Estamos aquí para hablar de algo que nos queráis decir o es un teatrillo para ver quién desenfunda antes? Te lo pregunto porque sería algo estúpido intentar abrir fuego contra fuerzas del orden, más aún si tenemos en cuenta que he dejado escrito donde estoy y que me iba a reunir con vosotros, o mejor dicho, con Anthony y con Marcos. No tardarían en daros caza.

—Estamos para tratar, Gerald, no para pegarnos tiros. Puedes traerte a todos los policías armados que quieras, si así te sientes más seguro, pero deja de entrarme con mentiras, como si fuera un vulgar traficante de alcohol o de drogas. No tienes que buscar provocarme miedo con historias tales a *"en comisaría saben que estoy aquí"* o *"si hacéis algo contra mí, os darán caza"*. Esto solo es un vis a vis, ¿vale?

A Gerald no le gustó el tono calmado y seguro que Amancio mostraba. Era innatural que no estuviera tenso y con el cuerpo preparado para una posible contienda, y eso solo significaba una cosa: que era un espía curtido en este tipo de cosas. Igual esta reunión era una negociación de información real, aunque Gerald tenía sus dudas a cada minuto que pasaba. Empezaba a lamentar el haber venido sin habérselo pensado con más detenimiento.

—Contadme pues, ¿qué es eso tan secreto que tenéis que decirme, para hacerme venir hasta aquí?

—Sabemos quién es el asesino de tu colega, el inspector Coutillard. Tenemos el arma con el que se cometió el asesinato y será fácil cotejar sus huellas con el del asesino, que por cierto, también sabemos su nombre. Y no, no es ese tal Vincent.

—¿Quién, entonces?

—Aquí es donde tengo que mencionar la palabra trato, Gerald. Tú nos das algo y nosotros te damos eso, tanto el arma usada como el nombre del que lo hizo. Será una glamurosa despedida antes de jubilarte ¿no crees? Atraparás al enigmático y esquivo asesino de policías.

—Creo que estás olvidando que los policías que iban de incógnito con el inspector Coutillard tenían balas procedentes de las armas que enfundan tus camaradas, aquí presentes.

—¡Ya te dijimos que ese inspector estaba metido en cosas turbias! —interrumpió Marcos, dejándose llevar por la ira y la tensión del momento—. Esos dos nos amenazaron cuando los descubrimos en mitad de su negocio, y tuvimos que abrir fuego en defensa propia. A Coutillard lo mató precisamente el tío con el que estaba negociando.

—Tranquilo, Marcos, tranquilo —intervino Amancio, gesticulando con la cabeza para que se mantuviera callado—. Está claro que eso ya lo sabe nuestro amigo Gerald, y que atrapar a ese hombre le dará las respuestas que tanto ansía.

—Las respuestas las tengo delante, amigo Amancio —le replicó Gerald, para sorpresa del sicario—. Sé que fuisteis vosotros los que disteis muerte a esos policías y, aunque en balística no coincida la bala que mató a Gastón Coutillard, fue también cosa vuestra que sucediera. Igual coincide con tu arma, que me ocuparé de pedirte amablemente para poder analizarla.

Amancio sonrió abiertamente, mostrando los incisivos y despejando una carcajada.

—¿Así agradeces que intentemos ayudarte? ¿Me acusas y me tratas de delincuente?

—A veces me equivoco, créeme, y soy el primero en pedir perdón cuando eso sucede. Sin embargo, otras tantas veces suelo acertar en mis cavilaciones casi en todo. Llámalo intuición policial, si quieres, pero no me suele fallar.

—Se nota que tu intuición se ha oxidado, Gerald, haciendo gala de tu edad. Deja de montarte esas historias y escucha lo que te estoy ofreciendo. No te vas a arrepentir, créeme.

—Ya… ¿Y qué pides a cambio? —replicó Gerald.

—Estoy seguro de que tendrás contactos telefónicos para saber por dónde andan Vincent y esa mujer que lo acompaña. Si han sido vistos en alguna estación, en algún coche o en alguna fiesta de gala, estoy seguro de que habrá llegado a tus oídos. Sabes perfectamente que andamos tras él, así que… el trato es evidente ¿no?

—Si tuviera la localización de ese tal Vincent ¿no crees que ya hubiera enviado a que lo arrestasen? Está implicado en un asesinato, algo muy grave.

—Estoy seguro de que sabrás forzar la máquina para que lo localicen. Refuerza la presencia policial, que se fijen bien, que hagan turnos dobles o triples…

—Si eso es todo lo que teníais para ofrecerme, está claro que hemos perdido el tiempo. La policía no está para servir los intereses de un grupito de espías con el gatillo flojo.

Amancio dejó caer el cigarrillo al suelo con un movimiento natural, echando fuera todo el humo que aún guardaba en sus pulmones. Se levantó ligeramente la solapa del sombrero y clavó las pupilas en Gerald como si quisiera comérselo con los ojos.

—Verás Gerald. Esta investigación es primordial para los intereses de nuestro país. Es imprescindible que demos con esos dos bastardos antes de que rompan otro plato, como el que hicieron en la iglesia esa. Deberíamos pedirte colaboración total en nuestra investigación, pero hemos preferido ofrecerte a cambio algo que consideramos beneficioso para ti y para París. No llego a vislumbrar la razón por la que nos tienes tanta aversión, la verdad. ¿Odias a quienes trabajamos en este oficio? ¿Es algo personal?

—Te espero en comisaría antes de que acabe el día, Amancio —respondió Gerald, obviando todo lo dicho por el sicario—. No olvides traerte tu arma, para que la analicen en busca de huellas y coincidencias para la investigación. Estoy seguro de que intentarás colarme otra pistola, aunque sabré descubrir el engaño, tenlo por seguro, provocando que tú mismo cierres tu celda de castigo.

—¿Ahora resulta que soy un asesino? —replicó Amancio, moviendo las manos paulatinamente hacia el abrigo, algo que Marcos y Anthony apreciaron al instante, poniéndose en alerta. Los policías que tenían en frente no dudaron en mostrar abiertamente sus pistolas encañonadas hacia el suelo.

—Uno es quien es, no hay más. Si eres un asesino, ten por seguro que lo descubriré.

—De eso estoy seguro —le replicó el sicario. Esta vez tenía las facciones del rostro fijas, mostrando una seriedad que hasta ahora, había camuflado.

—No hagas ninguna tontería, Amancio. Seas quien seas, no excaves más tu boquete.

Amancio desvío su mirada hacia la izquierda, fijando las pupilas en un punto imaginario del horizonte, para luego volver a centrarse en el policía de la derecha. Repitió ese mismo movimiento hasta dos veces más, cuando vio que los dos policías torcían su cuello ligeramente por miedo a tener a alguien detrás. El instante apenas duró un segundo o dos, pero fue suficiente para que Amancio sacara su pistola de una funda interior de la chaqueta y abriera fuego dos veces. Marcos, sorprendido, se echó hacia atrás y fijó su arma hacia el policía de la derecha, disparando repetidas veces mientras intentaba cubrirse de una posible réplica. Sin embargo, ni hubo réplica ni él acertó a ningún objetivo. Ambos policías estaban en el suelo con una bala alojada en sus cabezas, dos disparos precisos que estaban firmados por una sola persona: Amancio Ruiz.

Gerald estaba atónito. Reaccionó con torpeza y mucha tardanza al sacar su pistola de la funda del cinturón, aunque tan pronto lo hizo, la dejó caer al suelo en rendición. Tenía a tres hombres en frente suya apuntándole, una situación demasiado desfavorable como para intentar nada.

«Joder, Amancio, espero que sepas lo que haces —pensó Anthony, sin poder evitar temblar un poco mientras apuntaba al inspector Gerald—. Como nos pillen por esto, no nos salva ni Dios».

Marcos, por su parte, aún estaba tratando de entender lo que había sucedido. No concebía que Amancio hubiera sido tan rápido desenfundando y dando muerte a los dos policías, era innatural tanta perfección, aunque por otro lado, ese era su oficio y por esa habilidad tan perfeccionada lo había contratado la Agencia. No cabía duda de que era un magnífico fichaje.

—Bueno, Gerald, ahora que ya hemos roto el hielo, vamos a intentar conocernos mejor y dejar de lado los odios. Por cierto, los términos del trato han cambiado. Ahora nos ayudarás desinteresadamente sin esperar nada a cambio. Te dejaré vivir el resto de días que te quedan, viejo. Tú decides si acabar aquí con una bala en tu cabeza o ser amable y venir con nosotros.

Gerald miró el suelo con tristeza. No pudo evitar negar con la cabeza la barbaridad que se había ocasionado, aunque de alguna forma se sentía culpable por haber permitido que sucediera.

—Esos hombres tenían familia, hijos, una mujer. Los matáis como si no os importase todo el daño que eso arrastra.

—Vamos a dejarnos de formalidades, Gerald —le respondió Amancio, guardando su arma y poniéndose frente a frente al inspector—. Ya te dije que te guardaras las mentiras fuera de lugar. No me trago que vinieras hasta aquí con estos dos solo para parlamentar, sobre todo estando los dos angelitos con su respectivas pistolas sin seguro y preparadas tras la espalda. Tú sabías que esto iba a acabar así, solo que confiaste en ese instinto del que tanto presumías y ya ves lo que pasó. Ahora escúchame a mí y vivirás, porque eso es lo que quieres ¿verdad?

—Basta, Amancio, no puedo estar conforme a esto. No es el protocolo normal. Juramos proteger a las fuerzas de seguridad… —propuso Anthony, claramente enfadado, haciendo que Amancio se girara con el revólver en mano para enfocarlo hacia su pecho.

—Empiezas a ser un estorbo, Anthony. A ver cuándo entiendes que tú estás para ayudarme a mí, para que me gane el sueldo. La Agencia no me paga por que tú sigas vivo, sino por alcanzar éxito en la misión.

—Está bien, chicos, tranquilos —intervino Marcos, poniéndose en la trayectoria de la pistola para que Amancio bajara el arma—. Estamos en el mismo bando, no lo olvidéis.

—Es tu colega el que no debe olvidarlo —exclamó Amancio, arañando con la mirada a Anthony, que se quedó mudo al ver la muerte tan cerca. Por un instante, se vio tiroteado por el sicario sin escrúpulos—. Montad en el coche, que yo me ocupo de meter a esos dos cadáveres en el otro coche. Saca un trapo, una camisa o algo parecido, y también un bidón de gasolina que debe haber en el maletero.

Gerald se movió torpemente entre los tres espías españoles, desplazándose con disimulo hacia donde su pistola reposaba. Estuvo a punto de recogerla del suelo, aunque la visión se le apagó en cuestión de segundos, mientras sentía como el cráneo le ardía de dolor por el occipital. Balbuceó algo que ni él mismo entendía, para luego perder el conocimiento a causa de un golpe seco.

El trato se había cerrado y Amancio se había sumado el primer punto a su favor, aunque a un precio muy alto. Ahora tocaba verificar si había sido un movimiento bien tomado o una fosa de castigo. Metieron en el maletero del Corvette al inspector y se alejaron de la escena, dejando el coche policial envuelto en una masa de fuego y humo negro que se alzaba a varios metros de altura. Tras recorrer unos cien metros, se dejó ver una explosión intensa que volteó al calcinado coche por los aires para precipitarlo de nuevo al suelo.

—Dirección al aeropuerto, Marcos —dijo Amancio.

—¿El aeropuerto? ¿Nos vamos de viaje? ¿Y el inspector?

—Esos dos que estamos buscando están en el aeropuerto. Es la forma más rápida de salir de París. En coche es lento y te expones mucho en la carretera a que te vea la policía, y en tren estás en una ratonera de la que como te pillen no sales vivo. Si yo fuera ellos y quisiera huir de esta ciudad, iría al aeropuerto.

—Olvidas que ahí hay controles de aduana —señaló Anthony, no tanto para rectificarle pero sí para intentar seguir su hilo de deducción.

—Sí, lo sé, aunque no veo que hayan dado la alarma sobre ese tipo. En el periódico que compré nada más llegar a París no venía nada sobre un hombre y una mujer fugitivos, y mucho menos sobre un tiroteo en plena iglesia. Hablaban de un incidente en un lugar santo, pero se lo achacaban a un loco. Tampoco se dice nada de policías muertos.

—Secreto de investigación —parafraseó Anthony, a modo de cita.

—Exacto. Ocultan información a los medios para evitar dar pistas a los malhechores, aunque así nos dan pistas a nosotros.

—¿De verdad crees que las autoridades del aeropuerto no sabrán nada de ellos? Una cosa es no dar determinada información a los medios, y otra bien distinta no compartirla con los tuyos. Además… ¿y si no están allí? ¿Y si están terminando de buscar el libro de Voynich?

—El libro lo habrán encontrado ya, os llevan varios días de ventaja, por eso me reafirmo en que están camino de largarse. ¿Crees que están de vacaciones en París? Por lo que sé de esa mujer, la tal Faiga, es ágil adivinando los lugares ocultos y descifrando las pistas, así que me inclino a pensar que ya lo habrán encontrado. Si damos eso por cierto, el siguiente punto es abandonar el país y volver a España. El inspector nos será muy útil para movernos por el aeropuerto.

Anthony asintió con los ojos entrecerrados. El razonamiento de Amancio tenía muchas calvas que podían desmontarlo, aunque se sustentaba en una deducción basada en la probabilidad, y lo más probable es que, en efecto, Vincent y Faiga estuvieran buscando huir del país con el libro en su haber.

—¿Crees que nos ayudará así como así? —remarcó Marcos—. No le veo yo muy amigo de actuar en nuestro favor.

—Por eso no te preocupes —sentenció Amancio—. Ya verás como el inspector nos ayuda sin rechistar.

CAPÍTULO 24: EL JUSTICIERO DE DIOS

Meaux, 27 de noviembre del año 1954

La ciudad de Meaux, a sesenta kilómetros de París, era un lugar repleto de estructuras arqueológicas que recordaban su pasado romano. El magnífico palacio episcopal con sus frondosos jardines era el punto obligatorio a visitar por cualquier visitante, además de la imponente catedral dedicada a San Esteban, que se alzaba en el casco antiguo de la ciudad, dentro de las murallas defensivas que los romanos construyeron durante su ocupación. En sus numerosos edificios y calles, se adivinaba cómo el asentamiento fue cambiando de manos entre galos, romanos y el imperio napoleónico, manteniéndose la historia original de sus piedras con añadidos de la nueva época.

Jan Takras se levantó de la cama con movimientos muy pausados, asentando la mano sobre el grueso vendaje que abrazaba su vientre. Una mancha de sangre seca decoraba la gasa.

Valiana, una mujer de origen ucraniana, se acercó a él con una esponja y una palangana para asearle y sanarle la herida, aunque Jan se negó. Le pidió que le trajera algo de comer y beber mientras iba al baño. El hecho de levantarse e ir a orinar era una odisea para su cuerpo, aquejado por la bala que Vincent le ensartó, una herida que le quemaba tanto en la carne como en el orgullo. Aún recordaba aquella noche en la hacienda de Olivier, frente a frente ante Vincent. Las sirenas de los coches policiales sonaban por todas partes. Aún sentía sobre su pecho la respiración entrecortada de Faiga, la temblorosa muchacha que tuvo entre sus manos y que se le escapó al ser cañoneado por el detective español.

Lamentaba mucho haber fallado a su orden, aunque Vincent le sorprendió al atreverse a disparar teniendo él a Faiga como escudo.

Los siguientes recuerdos se mezclaban con pesadillas y dolor, no estando seguro si fue real o pura imaginación. Recordaba ver a Faiga llorando sobre Vincent, que estaba tirado en el suelo con un charco de sangre brotándole cerca del hombro. Luego de nuevo las sirenas de la policía se apoderaron de su mente, para dar paso a una imagen de hierbas y árboles entre la oscuridad. Huyó del lugar, de eso estaba seguro, aunque no estaba seguro de cómo salió de la finca y por dónde. Con mucha sangre perdida y casi al borde del desmayo, logró llegar al coche y lo arrancó, conduciendo unos kilómetros hasta la casa franca que la orden le adjudicó. Recuerda que llegó a descolgar el teléfono y marcó un número, aunque no pudo decir ni hacer nada más. Se precipitó al suelo totalmente exhausto y entregado a la muerte. Sintió cómo su alma se desprendía de su carne, vislumbrando imágenes de su infancia, de cuando conoció a su mentor para luego ser adoctrinado en la orden de los rosacruces.

Sin embargo, a la mañana siguiente despertó. Estaba en otra habitación y en otra ciudad. Una mujer de acento extranjero, Valiana, le estaba limpiando el cuerpo con rostro serio, indicándole que el teléfono estaba en una esquina y si tenía hambre. A Jan le costó reaccionar y entender la situación, aunque tras hablar con su mentor fue calmándose. Se ocuparon de él, lo curaron y lo sacaron de París para que se recuperara, algo que Jan no sabía bien si agradecer o lamentar, pues había fallado a su hermandad. Pensaba que no era digno de ser cuidado, no creía en las segundas oportunidades cuando tuvo tan próxima la victoria y la dejó escapar.

Solo habían pasado dos días desde aquella fatídica noche, muy poco para que su herida estuviera sanada. Cada movimiento que hacía le provocaba agudos dolores por todo el cuerpo, por lo que volvió a la cama para intentar pensar en otra cosa. Se entregó al rezo y poco a poco fue cerrando los ojos para depositar su cuerpo al sueño reponedor.

Al atardecer de ese día, Jan se despertó alborotado. Estaba teniendo una pesadilla en la que los fantasmas de Vincent y Faiga le visitaban para torturarle, abriéndole heridas en su cuerpo y extrayéndole los órganos. Era esperpéntico incluso para alguien como él, aficionado a los asesinatos. Suspiró con fuerza y se giró para coger un vaso de agua de la mesilla de noche, cuando allí, sentado en penumbra a unos pocos metros de él, estaba su mentor. Nadie conocía su nombre y a qué se dedicaba realmente, pero el anillo que reinaba en su dedo era suficiente garantía como para reconocerle. Jan se levantó de la cama, olvidándose del dolor de su cuerpo, y se arrodilló frente a él para besar su anillo.

—Mi maestro… perdonad mi presencia y que no os haya recibido como merecéis.

—Álzate, Jan, y siéntate en la cama. Debes reposar de las heridas que te han hecho.

Jan se retiró hacia atrás, siempre arrodillado, hasta llegar al borde de la cama, donde se sentó con ambas piernas juntas y las manos apoyadas sobre las mismas. El máximo exponente de su orden estaba ahí, frente a él, un hecho que suponía para él tocar un pedacito del edén.

—¿Cómo te encuentras, Jan? Veo que te recuperas rápido, ya te mueves y todo. ¿Puedes andar con normalidad?

—Ha pasado muy poco tiempo y aún me duele, mi maestro, pero tengo mi mente preparada para soportar el dolor. Nuestro Señor también sufrió dolor con gruesos clavos que perforaron sus manos. Yo solo he sido perforado una vez, así que puedo sentirme afortunado.

—Te he traído unas gafas nuevas. Creo que las tuyas las perdiste —replicó el mentor de la orden, sacándose unas lentes de su abrigo y posándolas sobre la mesilla.

—Gracias, mi mentor. En efecto… a Heller lo mataron y yo hice todo lo posible por atrapar a esa mujer. La llegué a tener entre mis brazos, mi maestro, pero ese detective fue más preciso que yo. Actuó contra todo pronóstico y abrió fuego contra mí, incluso teniendo a la mujer como escudo. Siento mucho haber fallado a nuestra orden.

—Todos morimos alguna vez, Jan, y nuestros pecados son arrastrados para juzgar nuestra vida. Sin embargo, nuestro Señor narró que las segundas oportunidades coexisten con nuestra fe. Si tú crees en Él, Él te perdona, y si Él te perdona, yo te perdono.

—Soy su fiel devoto. Mi alma le pertenece a Él y mi vida a vos, su guía en esta vida.

—Deberás soportar el dolor, Jan, pues las ventanas de la discordia se han abierto en este mundo llamado hogar. Nos azotan guerras, muerte, crueldades ante las que nosotros siempre hemos permanecido apartados. La envidia y la soberbia, además de sus sucedáneos, imperan en los gobiernos que nos dirigen, un hecho que aceptamos con resignación entre las sombras. Permanecemos ocultos, rezando a quien nos dio la vida y a quien nos verá morir, entregándole nuestra fe imperecedera hasta el fin de los días. Sin embargo, cuando es esa fe la que se está intentando modificar, es nuestro deber salir de las sombras para actuar. Nosotros seremos guerra y muerte, conocerán la ira divina que sufrieron los faraones con sus siete plagas y la totalidad del envilecido mundo con el diluvio. Una muerte capaz de salvar la fe, es muerte obligatoria.

—Solo pedidme que he de hacer, mi maestro, y así lo haré.

—Ese escrito no debe ser encontrado, Jan. En sus letras se leerá el apocalipsis de una era de odio y destrucción hacia nuestra fe. Dios dejará de ser religión en la mente de todos y nuestra orden será motivo de mofa. Seremos los espantapájaros de un huerto de cuervos voraces por comerse cada grano de fe, cuando nuestra orden juró germinar el orden de dicha fe con raíces sólidas.

—Nunca lo encontrarán, mi maestro. Encontraré ese libro y lo quemaré, os lo aseguro.

—A lo largo de la historia, nuestra orden ha tenido muchas diversificaciones, constituyéndose gremios y hermandades basadas en la nuestra, modificando nuestro código según su antojo. Sin embargo, nunca han podido extinguir nuestro nombre, como bien sabes. Seguimos creciendo con espléndidas flores en ese huerto del que somos granjeros y debemos seguir vigilando que así sea. Pero no solo eso, mi discípulo, sino que también debemos protegernos de esos malditos cuervos. Que sigan creciendo fuera de nuestras tierras de arado, nuestra fe, no es un problema, pero sí que quieran arrasarlo todo. Ese manuscrito es el fuego, Jan. Quemará toda nuestra cosecha, un arduo trabajo que empezó con nuestro fundador hace cientos de años.

—Lo entiendo, mi maestro. No dejaré que eso suceda, no volveré a fallaros.

—Cuento con ello, Jan. Un error más podría ser fatídico. Espero que entiendas eso. Tu vida o la mía no son nada si lo comparamos a lo que está en juego.

—Agradezco vuestra confianza en mí, mi maestro. Dadme el tiempo justo para asearme y vestirme, y me pondré a vuestro servicio de nuevo.

—Ahora tendrás tiempo para ocuparte de tu cuerpo, Jan. Yo he venido para transmitirte este refresco de fe que avivará tu alma, también herida por los últimos acontecimientos. Y recuerda que prefiero tener ese manuscrito intacto sobre mis manos, aunque si existiera alguna posibilidad de verlo en manos enemigas, es preferible que arda en el fuego.

Jan se extrañó por esta última aseveración, y aunque dudó en si debía preguntar o no, concluyó que era mejor intentar entenderlo. Si el libro era algo tan malo y caótico para su fe, ¿por qué mantenerlo entero? ¿Por qué iba a querer su orden asirlo?

Para su sorpresa, su maestro se adelantó a sus ideas.

—¿Qué dudas te azotan, Jan? ¿Temes que ese manuscrito pueda corrompernos si nos hacemos con él?

—Temo que no tengamos la sabiduría para leerlo sin que nos mancille, mi maestro. Si es tan contrario a nuestra fe, sus palabras pueden hacer dudar a más de uno. Obviamente no os incluyo a vos, eminencia. Supongo que solo son palabras que intentan convencernos de algo basándose en una fe errónea y que sabremos estar entrenados para combatirlas.

—Te equivocas, Jan. Ese libro tiene escritas verdades que además, están demostradas. Ese es el problema.

—No os entiendo, maestro. ¿Queréis decir que lo que narra en sus hojas, palabras contrarias a nuestra fe, son ciertas? ¿No supone eso que… de alguna forma… nuestra fe es falsa?

—Verás Jan, piensa en una isla paradisíaca despoblada. Imagina que metes ahí hormigas negras, una población de hormigas que durante miles de años van muriendo y repoblándose. De vez en cuando, dejas caer hojas verdes y grano para alimentarlas, o las dotas de mejores granos de arena y piedras para construir sus hormigueros. Si algún día las hormigas se revelan, puedes coger cubos de agua y anegarlas a todas, o lanzar bidones ardientes hacia sus hormigueros para quemarlas. ¿Me sigues?

—Os sigo, mi maestro. Es una analogía de lo que representa Dios, siendo nosotros las hormigas. El diluvio serían esos cubos de agua, por ejemplo.

—Eso es, siempre dije que eras una persona inteligente. Tú eres el Dios de esas hormigas, eres el Creador de ese mundo que ellas habitan, capaz de matarlas o dejarlas vivir, eres su máximo exponente en la existencia y a ti te adorarán. Sin embargo, ahora te voy a exponer un hecho que romperá tus ideas casi con total seguridad. Piénsalo bien antes de responderme.

Jan cerró sus ojos para centrarse con todos sus sentidos en la respuesta.

—Piensa, Jan, que ahora aparezco yo en esa isla perdida, en esa colonia de hormigas que tú has mantenido durante tantos miles de años, y meto un par de hormigas rojas. Esas hormigas rojas son pocas, pero se reproducirán igual que las negras, sembrando una duda existencial evidente acerca de quién es el auténtico Dios, si tú o yo. Las negras seguirán creyendo que tú, mientras que para las rojas lo seré yo, aunque… ¿tiene sentido pensar en dos dioses? ¿Volvemos a la época de los romanos, donde creían en cientos de divinidades?

—El politeísmo es un pensamiento de civilizaciones arraigadas a costumbres, sociedades que se rigen por hábitos y no por la fe. Si las hormigas pensaran eso, no merecerían mi compasión, ni tampoco la vuestra.

—No, Jan, no juzgues tan pronto sin pensar. No te dejes llevar por el fanatismo. Sé una mente limpia y ten presente tu fe, pues en ella es donde encontramos la solución a todas las dudas de nuestra vida.

—Os ruego me mostréis la verdad, maestro —pronunció Jan, lamentando no haber dado con la respuesta correcta, pero tremendamente entusiasmado por la lección que estaba recibiendo en manos del número uno de su orden.

—La única verdad es que los dos somos dioses para esas hormigas. Al principio, tú para las negras y yo para las rojas, pero luego de varios años, ambos seremos dioses. Y realmente es así, lo somos, yo creé a las rojas en esa isla y tú a las negras. El problema surge cuando plantamos que Dios solo hay uno, como bien has expuesto. No existen varios dioses. Sí hay ángeles, arcángeles, espíritus beatificados, querubines… pero no dioses. ¿Entonces? ¿Qué se deduce de esa verdad inquebrantable?

Jan permaneció mudo. Un par de lágrimas brotaron de sus ojos por el gran momento que estaba viviendo. Se sentía eufórico al tener delante a alguien tan importante en su vida, el pilar de sus rezos y de su fe.

—La verdad de esa isla paradisíaca, Jan, es que ni tú ni yo somos dioses, aunque parezcamos serlos. La única verdad es que hay un Dios que nos creó a ti y a mí, aunque nosotros hayamos introducido a esas hormigas en la isla. De hecho, nosotros no hemos creado a las hormigas, solo las hemos llevado a la isla, aunque luego de miles de años, ellas nos consideran su Dios. Error por su parte, aunque menos pronunciado que el nuestro si nos abrazamos a esa conciencia.

—¿Y eso mismo pasa con ese manuscrito? —preguntó Jan, de forma abierta.

—Así es. Las letras que se leerán de sus hojas dejará claro que no estamos solos en ese Universo creado por Dios. Es algo que nosotros, los rosacruces aceptamos, pues Dios crea vida donde Él considera hacerlo. El problema radica en que mucha gente leerá eso aceptando que los dioses son otros, concretamente aquel que escribió ese libro o los que habitan ahí fuera, en el espacio. Serán lo mismo que tú y yo para nuestras hormigas, sus dioses, aunque realmente no sean más que simples creaciones del auténtico Dios.

—Pero con fe, y sabiendo la explicación que me habéis compartido, ese libro no dejará de ser una simple fuente de información científica, más que una guía espiritual.

—Tú tienes fe, Jan… yo tengo fe… mucha gente tiene fe y se comportará así, como dices. Pero ¿sabes cuánta gente aconfesional, atea, agnóstica o de otras religiones habitan ahí fuera? Están deseosos de ver aparecer un libro como ese para hacer arder nuestro símbolo en la historia futura. Y la sociedad se mueve empujada por la fuerza de la mayoría, no lo olvides. Convence a siete personas de que el cielo es rojo y los tres restantes acabarán creyéndoselo. Es parte de la condición humana. Los pocos que se atreven a contradecir esa norma, sosteniendo que el cielo no es rojo, aunque lo digan miles de personas, son tachados de forma irónica como *iluminados* o fanáticos de la fe.

—Pondré todo mi empeño para que eso no suceda, mi maestro —pronunció Jan, a modo de rezo con los ojos aún mojados por la emoción del momento—. No dudaré en entregar mi vida para tal fin, os lo aseguro. Seré el ejecutor de vuestra orden y de la palabra de Dios.

Acto seguido, el maestro se levantó y plantó la palma de su mano sobre la cabeza entregada de Jan. Le recitó una bendición en latín y le volvió a mostrar el anillo de la orden, que Jan besó con sumisión.

—Viajarás a Santiago de Compostela, Jan. Allí te verás con Vicenzo y Humberto, dos buenos acólitos como tú que ahora mismo estarán viajando para allá. La información que nos diste del espía español nos fue muy útil, pues el código morse de la vidriera marcaba la catedral de Santiago. Hiciste un buen trabajo.

Jan abrió los ojos con sorpresa, feliz por sentir que fue de utilidad a su orden y que volvían a contar con él para seguir en la búsqueda del libro.

—¿Ellos habrán deducido también eso, verdad? ¿Qué he de hacer si me los vuelvo a encontrar?

—Aquellos que buscan ese libro fuera de la fe son enemigos de Dios, demonios que desean prender la mecha del apocalipsis. Ese libro no puede caer en otras manos que no sean las nuestras, Jan, y la única forma de frenar al infiel rebosante de poder, es con la muerte.

—Así se hará, maestro. Me encontraré con mis allegados de la orden y sabré finiquitar esta búsqueda con presteza, aplicando muerte si fuera preciso.

—Sé que lo harás —sentenció el maestro de la orden, girándose hacia la puerta de salida—. Sobre la mesa te dejo un billete para ir en tren hasta Barcelona esta misma noche. Una vez llegues allí, deberás viajar hasta Santiago de Compostela. Te dejo pesetas para tal hecho.

Nada más se cerró la puerta, Jan se levantó de la cama y alzó los brazos para ponerse la camiseta, olvidándose de la herida fresca que aún estrangulaba sus entrañas. La emoción de haber estado frente a su mentor le hizo olvidar el dolor, que no tardó en reaparecer, recordándole que era una persona débil y poco amenazante para nadie en ese estado.

Se colocó las gafas nuevas, de su graduación exacta, y armó la pistola que tenía en su cómoda con varias balas. Luego abrió el sobre y miró hacia la pared, sonriendo de forma maquiavélica. Dios le había concedido una segunda oportunidad para seguir viviendo, le había salvado de una muerte segura en manos de ese diablo llamado Vincent Arcadio. Ahora le tocaba a él impartir justicia. Se veía como el arcángel justiciero San Miguel, armado con su espada ardiente y siendo el protector de los inocentes y el juez de la maldad. Había dejado de ser un simple mortal para convertirse en un emisario de Dios en la Tierra, su súbdito leal preparado para impartir justicia sobre los infieles.

CAPÍTULO 25: ENCUENTROS SANGRIENTOS

París, 27 de noviembre del año 1954

La lluvia arreciaba con más fuerza la amplia zona que delimitaba el aeropuerto, un área despejada de edificios y árboles para que la visibilidad de los aviones fuera idónea. Lucio se detuvo en una de las farolas fundidas del aparcamiento, apagando las luces del vehículo y parando el motor. Ernesto, con la pistola en mano, miraba hacia todos los puntos cardinales por si veía a alguien cerca, mientras que Nicole se mordía los labios con preocupación al ver el diluvio que amenazaba con empaparla al abrir la puerta.

Nicole tenía medios y capacidad para actuar con tan solo un teléfono en frente suya, cosa que hizo en el mismo instante que Vincent huyó con Faiga. Llamó a la aduana aeroportuaria de París, a la empresa de autobuses provinciales y a varios puertos ubicados en ciudades al Sur de Francia. Se presentó como quien era, Nicole Buyon, la hija del millonario Olivier Buyon, y ofrecía varias decenas de miles de francos si la policía del lugar le refería haber visto a un hombre español con gabardina larga acompañado de una mujer delgada y pálida con facciones alemanas. Les dio el nombre de Vincent y Faiga, por si entablaban conversación con ellos, y les aseguró que no los buscaba por ningún delito contra el país, sino por un asunto personal muy importante que implicaba a su familia. Pocos eran los jefes de policía al cargo de las aduanas que, aunque sospecharan de tal llamada, no aceptaran sin rechistar ayudar a alguien de la posición de Nicole, más aún si iban a ser recompensados con una suma de dinero abultada.

La llamada del jefe de policía François Lassan no se hizo esperar. Pasaron pocas horas desde que la pareja de fugitivos se largó de la casa del centro de París, aunque cometieron el error que Nicole esperaba. Según Lassan, Vincent le pidió el favor de permitirle pasar a él y a su novia, sin pasaporte, más allá de la aduana, tintando todo con una historia de romanticismo y amor perpetuo entre ambos. Sobre el soborno que le aceptó a Vincent no dijo nada, obviamente. Para Lassan, dicho pago suponía un extra añadido a lo que la millonaria iba a pagarle. Nicole le dejó bien claro que los quería vivos, que intentara retenerlos mientras ella iba para allá. Le pidió discreción y profesionalidad en este asunto, recordándole que sabría recompensar su buena labor hacia su reconocido apellido.

Ernesto fue el primero en abrir la puerta y salir fuera del coche, con las solapas del abrigo totalmente cerradas alrededor del cuello para evitar que la lluvia le mojara la piel. Ríos de agua se formaron casi al instante en su sombrero.

Dio la vuelta al coche por la parte trasera y llegó a la altura de la puerta de Nicole, a la que Lucio le cedió su abrigo para protegerse de la infausta lluvia. Sin embargo, nada más posar la mano para abrir la puerta, se quedó quieto y en silencio mirando hacia la entrada principal del aeropuerto. Un coche se presentó a alta velocidad, derrapando con un frenazo rudo en el primer bordillo que se encontró. De su interior, salieron tres hombres tapados con ropa de abrigo y sombreros, además de un cuarto que sacaron del maletero. Acto seguido, salieron corriendo hacia las salas interiores del aeropuerto. Ninguno de los cuatro individuos se percató del coche de Nicole y de sus hombres, estacionados a escasos metros de allí. La oscuridad del lugar supo cumplir perfectamente su función, al igual que el silencio que Ernesto pudo mantener fuera, que ya sentía como el agua encontraba su vía de entrada para mojarle la columna vertebral y parte del pecho.

—¿Policía secreta? —preguntó Lucio, mirando a Nicole.

—No, algo peor. Iban muy tapados y apenas se ve desde aquí, pero creo que he reconocido a uno de esos tipos, al más bajo.

La puerta se abrió de par en par. Ernesto cedió su mano a Nicole para que la agarrara mientras salían corriendo hacia una techumbre protectora. Lucio, salió corriendo justo detrás de ambos.

—¡Maldita lluvia de mierda! —exclamó Ernesto, sintiendo cómo sus pies flotaban en agua dentro de los zapatos—. Me sorprende que exista algún avión sea capaz de volar con este tiempo, la verdad. Por cierto, habéis visto a esos ¿no? Sacaron a uno del maletero y yo juraría que lo estaban encañonando.

—Vamos chicos, rápido. Me temo que mis dudas eran ciertas —dijo Nicole, fijando la vista en el trío que entró antes que ellos—. Ese que veis allí, el más delgadito, es Anthony Selles, un espía de España. Buscan lo mismo que nosotros, a Faiga, y si la encuentran estamos perdidos.

—Los otros dos sí tienen pinta peligrosa, pero ese mequetrefe delgaducho y el viejo... —dijo Ernesto, dando un par de tosidos antes de encenderse un cigarrillo.

—Mejor andarse con cuidado, esa gente son de gatillo flojo —señaló Lucio, quitándose el sombrero y peinándose con la propia mano—. Además, el gordo va muy pegado a la espalda del anciano, con el abrigo colgando de su antebrazo. Ese tiene una pistola clavada en su espalda, es tan evidente que hasta asusta ¿Tenemos permiso para abrir fuego, si se pone la cosa mala? Me refiero a si luego no tendremos problemas con la policía.

—No te preocupes por la policía. Si hay que disparar, que no te tiemble la mano.

—Ellos están cubiertos por la embajada, pero nosotros... no quiero parecer desconfiado, Nicole, pero...

—No se te ocurra terminar esa frase, Lucio —interrumpió Nicole, transitando con zancadas rápidas por la terminal—. Esa gente estará protegida por su gobierno, pero no pueden venir aquí y liarse a tiros en un aeropuerto. Nosotros tenemos la seguridad del dinero. Unos cuantos miles de francos y los policías no dudarán en aceptar nuestra inocencia, créeme. Aún no he conocido a ningún hombre o mujer que no ceda ante el dinero.

—¿Seguimos a esos cuatro por algo? Quiero decir, si estamos buscando a la mujer, ¿no sería mejor dividirnos a ver si la vemos por aquí rondando? —preguntó Ernesto, mirando hacia todas las direcciones a medida que aceleraban el paso.

—No, Faiga sé perfectamente donde está, con el jefe de aduanas, François Lassan. A ese voy a verlo yo ahora, pero quiero que vosotros dos sigáis a estos cuatro por si coinciden conmigo o con nuestro objetivo.

—Los tendremos en el punto de mira —señaló Lucio—. Dinos dónde te podemos ver luego y no te preocupes de esos cuatro majaderos de feria.

—Si encontráis a Faiga y la capturáis antes que yo, id al coche y me esperáis ahí. Si la tengo yo, os llamaré por la megafonía del aeropuerto.

—Entendido —dijeron Ernesto y Lucio, acortando la distancia con el grupo de Anthony a apenas diez metros. Nicole se desvió hacia la parte Norte de la terminal, donde la aduana se encontraba ubicada.

Amancio avanzaba con cautela por el aeropuerto, mirando con detenimiento a cada individuo con el que se cruzaba el grupo. Marcos iba pegado a la espalda del inspector Gerald, que avanzaba con la respiración forzada y el corazón acelerado. A sus sesenta años, tanto movimiento, nerviosismo y rapidez le resultaba agotador.

Anthony, por su parte, cerraba el grupo por la derecha. Tenía muchas dudas de que el plan que estaban siguiendo fuera el idóneo, pues traer a un inspector de policía encañonado a un aeropuerto no parecía una solución muy efectiva. Era evidente que Amancio no se regía por las reglas comunes que tenían en la Agencia, y quizás eso fue lo que a Anthony le convenció: si lo convencional no funcionaba, había que hacer lo no convencional.

—Está bien, Gerald —pronunció Amancio—. Ahora vamos a ir hacia esos dos policías de allí, te vas a presentar como quien eres y les dirás que nosotros somos policías amigos procedentes de España. Les preguntarás si han visto a Vincent o a Faiga. Un comentario fuera de lugar y te agujereamos el vientre a balazos, a ti y a los dos policías. ¿Tengo que recordarte lo que me contaste acerca de qué pena sería dejar a más hijos y esposas de policías solos en este mundo?

—¿Este es el método que el gobierno español sigue en sus misiones? Esto es un atropello, una barbaridad. Dudo que ningún país apruebe estas acciones.

—Cierra la boca y alegra un poco la cara. No necesito escucharte hablar de lo correcto y lo incorrecto, para eso iría a la iglesia los domingos. Te quiero ver actuando con tu mejor sonrisa ¿has entendido?

Anthony quiso añadir algo, pero prefirió seguir el guion trazado. La última vez que se osó enfrentarse a Amancio obtuvo como recompensa una amenaza bien clara, algo que no dudaba que el asesino pudiera cumplir. A fin de cuentas, las órdenes de la Agencia fueron claras: obedecer a Amancio.

—*Bonne nuit les amis. Je suis l'inspecteur Gerald. Je suis … je suis avec mes amis de l'Espagne, ici présents, pour des affaires officielles. Avez-vous vu un couple, un homme espagnol aux yeux bleus et corps fort, et une femme allemande maigre?* — dijo Gerald, sacando su placa y mostrándosela a los dos policías, que no dudaron en ponerse firmes y saludarle.

—*Inspecteur, messieurs... Il est un plaisir de vous aider. Nous voyons beaucoup d'hommes et de femmes tout au long de la journée. Il est difficile de dire oui à votre question.*

—¿Qué es lo que pasa? —interrumpió Amancio, asintiendo con su habitual carisma hacia sus interlocutores.

—Dicen que pasan por aquí mucha gente a lo largo del día. Un hombre fuerte con ojos azules y una mujer flaca no les dice mucho —respondió Gerald, haciendo todo lo posible para mantener el temple.

—Diles que pregunten en la zona de aduanas o en información acerca de una pareja que haya perdido el pasaporte — replicó Amancio.

—Eso es una tontería. Puede haber mucha gente que haya perdido el pasaporte, además de que dudo que ellos hayan usado esa excusa. Es demasiado infantil y previsible, además que vamos a dar demasiado la alerta ya —interrumpió Anthony—. Lo suyo es que vayamos mejor a una ventanilla y preguntemos allí quienes han comprado el siguiente billete hacia España. En las últimas dos horas no creo que hayan sido muchos.

—Ya podías haberlo dicho antes —dijo Amancio, asintiendo ante la simpleza de una buena idea—. Con el inspector de nuestro lado no tendremos problema para que nos den esa información.

—*Est-ce que tout va bien, monsieur l'inspecteur?* — preguntó uno de los policías, mirando a Marcos con sospecha, al verlo tan pegado. La escena parecía lo que era: una coacción a punta de pistola.

—*Très bien, oui. Je suis un peu étourdi, voilà tout. Lorsque vous tournez soixante, vous obtenez des vertiges partout.*

—¿Qué...? —llegó a decir Amancio, antes de que Gerald tomara de nuevo la palabra.

—Están empezando a sospechar de tener a este bruto pegado a mí espalda. O nos vamos de aquí o vais a tener que liaros a tiros. No olvidéis que son policías, gente experimentada y acostumbrada a interpretar gestos y reacciones, por mucho que yo disimule. Tarde o temprano se van a dar cuenta de todo.

—Muy bien —replicó el sicario—. Despídete y vámonos. Si nos ayudas en la ventanilla, te dejaré libre. Te ataré en uno de los baños, donde por la mañana te encontrará la limpiadora.

—Ya, ya imagino —dijo con poco convencimiento Gerald, actuando más para dar seguridad a los policías que a él mismo. Sabía que al final le matarían, lo tenía bastante asumido, aunque no perdía la fe de encontrar algún momento de huida—. *Eh bien, messieurs, je vous remercie de l'aide.*

—*À votre service, inspecteur.*

Marcos guardó la pistola por indicación de Amancio, que ya tenía claro que Gerald les iba a ayudar con tal de evitar un derramamiento de sangre de viajeros y policías. Al despedirse de los dos oficiales, que ya tenían las manos apoyadas sobre sus pistoleras, los cuatro se fueron alejando de forma más normal, sin pegarse nadie a Gerald. Amancio, interpretando su papel con mayor credibilidad, se acercó un poco al inspector y le sonrió mientras le posaba la mano en el cuello, preguntándole si se encontraba bien de sus mareos. Gerald no pudo evitar poner cara de repulsa, aunque la treta cumplió su cometido, apaciguando a los dos oficiales y borrando la efímera sospecha que estaban sembrando.

«Maldita sea, Faiga, dónde rayos te has metido —pensó Vincent, mientras se tocaba la herida del hombro para apaciguar el dolor que le acababa de brotar—. Mira que te dije que me esperaras, que te largaras solo si tardaba más de la cuenta».

Por un momento, pensó que la habían detenido en una inspección rutinaria de las fuerzas de seguridad, aunque pronto salió de dudas cuando el camarero se le acercó y le informó que su mujer había ido al baño. Vincent más aliviado, exhaló un fuerte suspiro y se secó el sudor que recorría su frente.

Según el camarero, los baños públicos estaban al final de un largo pasillo repleto de tiendas que vendían ropa, tabaco, licores y productos de primera necesidad. A Vincent le bastó una mirada rauda para ver a Faiga salir de una de las puertas, la del fondo del todo. Pagó al camarero y se dirigió hacia su encuentro con paso firme. Tenían poco tiempo antes de que el avión despegara y debían darse prisa. Aún tenía que presentarle al teniente Lassan, sortear la aduana por la puerta trasera, montarse en el avión…

Faiga levantó la vista y dibujó una sonrisa de alegría al ver a Vincent caminando hacia ella. Eso significaba que lo había conseguido, que el plan había funcionado. El detective tenía el rostro decorado con una amplia sonrisa de satisfacción que no daba lugar a dudas.

A medio camino, cuando solo los separaban unos veinte metros, apareció por un recodo un grupo en el que Vincent reconoció al instante a Anthony y a Marcos. Las miradas del detective y del espía de origen inglés se cruzaron con sorpresa, quedándose ambos quietos durante unos segundos sin saber bien cómo reaccionar.

—¡Allí, es él! —gritó Anthony, señalando hacia Vincent.

—Ocupaos de éste —indicó Marcos, refiriéndose al inspector Gerald, mientras echaba a correr hacia el detective.

Vincent retrocedió con pasos largos y fijó su mirada hacia Faiga, dándole indicaciones con la cabeza para que se largara de ahí. Fueron dos cabeceos precisos a los que Faiga asintió, dándose la vuelta y echando a andar entre la multitud. Sin embargo, Amancio no pasó por alto ese gesto. Vio a una mujer joven y delgada girándose al otro lado del pasillo, alejándose de la escena con bastante mal disimulo. Para su desgracia, Anthony salió también corriendo hacia Vincent, dejándole a él como único vigilante de Gerald. Estaba seguro de que esa era la mujer que tenía que capturar, la tenía a pocos metros, aunque el inspector francés era un impedimento demasiado pesado para actuar.

—Está bien, vamos, andando —le dijo a Gerald, llevándolo al baño.

—¿Te han entrado ganas de mear? —preguntó Gerald, que sentía como las pulsaciones le subían de forma desmesurada.

—Cierra la boca y anda.

En el baño había un hombre lavándose las manos, que miró a la pareja con algo de recelo al verlos tan pegados el uno al otro, aunque la presencia amenazante de Amancio bastó para que apartara la mirada y se fuera del lugar.

Estando solos, entró con Gerald dentro de una de las letrinas y cerró la puerta por dentro. Lo dispuso sentado en el váter y, sin mediar palabra alguna, lo encañonó en la sien.

—Por favor, ¿podría decirle a mi hermano que...? —intentó decir Gerald, antes de que una bala lo clavara contra la pared entre salpicaduras de sangre. Amancio no era un asesino entrenado para escuchar ni para sentir remordimientos. Le habían pagado para realizar una misión y pasaría por encima de quien fuera para alcanzar dicho objetivo, sin dudas ni contemplaciones.

Acto seguido, le cogió la cartera al inspector y saltó por encima de la puerta para dejarla cerrada por dentro, de forma que nadie pudiera entrar. Se lavó un par de salpicaduras que se asentaron en su abrigo y se mojó el rostro para entrenar su mejor sonrisa de satisfacción. Seguidamente, salió del baño para seguir los pasos de Faiga. Apenas había pasado tiempo y aún la tenía a la vista.

Vincent echó a correr como pudo, sorteando a un grupo de viajeros que se agolpaba cerca de un restaurante. El dolor punzante del hombro le impedía moverse en plenitud de facultades, aunque intentó no pensar en ello mientras forzaba la marcha. Afortunadamente para él, a Marcos le costaba mantener una velocidad alta dada su abultada barriga. Anthony, por su parte, sí se mostraba más veloz, aunque prefería mantenerse a la vera de su compañero. Era parte del entrenamiento que les enseñaban en la academia, intentar ir siempre junto al compañero, si era posible.

Frente a él, Vincent vio al teniente François andando junto a un agente de policía por el corredor. Cuando vio a Vincent correr alocadamente hacia su posición, no pudo evitar ponerse en alerta e indicar a su subordinado que echara mano a su arma. Vincent obvió que le estaban apuntado y siguió corriendo hasta pararse justo frente a François. Entre fuertes resoplidos le dijo que había dos hombres que lo estaban persiguiendo con armas, que querían matarlo. El teniente, lejos de asustarse, sacó su arma reglamentaria y apuntó hacia Marcos, que se detuvo a unos metros del lugar y levantó la palma derecha intentando transmitir tranquilidad. Anthony, por su parte, avanzó un metro más con ambas manos en alto.

—Oiga, somos agentes del gobierno español en misión oficial. Baje el arma, no estamos aquí para hacer daño a nadie. Ese hombre es un fugitivo buscado por nuestro gobierno.

—¡Silencio! —exclamó Lassan, que no desvió el arma en lo más mínimo—. Si van armados, dejen sus armas en el suelo y retírense para atrás.

—Oiga, ese hombre es… —llegó a decir Marcos, cuando el inspector de nuevo les instó con gritos a que obedecieran sus órdenes.

—Está bien, está bien —propuso Anthony, sacando lentamente la pistola de la pistolera que llevaba en la cintura—. Pero que sepa que tenemos permiso para portar armas. Cuando la embajada se entere de este percance no espere que hablemos bien de su actuación.

Vincent retrocedió lentamente, al verse fuera de vigilancia, para intentar darse la vuelta y echar a correr de nuevo con todo su ímpetu. Sin embargo, el policía que acompañaba al teniente le dio el alto de inmediato. La poca gente que había alrededor de la escena comenzó a apartarse, aunque no a dispersarse. Ver una situación como esta, en vivo, despertaba mucho la curiosidad de los ciudadanos, que aunque sentían miedo, algo les impulsaba a seguir ahí, mirando y cuchicheando.

—Mire, aquí tiene mis credenciales para portar armas y un permiso especial de mi gobierno para estar en su país —expuso Anthony, acercando unos papeles al teniente hasta depositarlos en su mano libre.

—¿Y su placa? ¿Es usted policía o algo parecido?

—No, no llevamos placa. Somos del servicio de inteligencia. Le aseguro que con una llamada a nuestra embajada le informarán de todo lo que necesite saber acerca de nosotros. Llevamos tras ese hombre mucho tiempo y no dudaremos en remarcar su ayuda por la detención.

François miró a Vincent, profundizando más allá de sus ojos hasta oler su miedo. Su respiración era muy agitada y sus pupilas no dejaban de moverse nerviosas, buscando alguna huida posible.

—No pienso entregarme —dijo Vincent, dando de nuevo dos pasos hacia atrás—. Esa gente son espías, teniente, espías que están en tu país para robar información. Quiero atraparme porque les he delatado, pero no pienso dejar que lo hagan.

—¿*Espions*? —preguntó François Lassan, fijando de nuevo su arrugado rostro hacia la pareja española. Lo cierto es que encajaban perfectamente con esa premisa: no iban identificados como agentes de ningún tipo, llevaban armas y la embajada los respaldaba con un volante para estar en Francia. Demasiadas dudas asaltaron al jefe de aduanas como para decantarse sin antes pensárselo bien.

—No haga caso a lo que le está diciendo, es una treta para intentar… —dijo Anthony, acercándose un par de pasos más.

—¡Silencio *tout le monde*! —exclamó François—. De aquí no se mueve nadie. Vamos todos a la comisaría y allí aclaramos todo esto. No quiero ningún movimiento fuera de lugar. Y tú, el grande, ¿dónde está tu arma? Ponla en el suelo.

Marcos negó con la cabeza mientras miraba el suelo resignado. Anthony lo conocía muy bien como para reconocer ese síntoma inequívoco de que estaba empezando a hartarse de la situación. Marcos no era un hombre que pensara mucho las cosas. Cortaba por lo sano ante las situaciones adversas, haciendo cosas de las que luego podría arrepentirse.

—No hay problema, no hay problema —intervino Anthony—. Adelante Marcos, saca tu arma y déjala en el suelo. En comisaría se aclarará todo a nuestro favor. Llamaremos a la Agencia y en una hora estaremos fuera, con Vincent esposado.

—Sí, me parece una buena idea —dijo Vincent, exudando cierta ironía en su tono de voz—. Me encantará charlar con el comisario acerca del código Voynich, de dónde se encuentra y de las implicaciones que tiene para el que lo encuentre.

—No sabes lo que estás diciendo, Vincent. ¿Vas a ir contra tu propio país? Eso es traición…

—¿Y qué hace mi país por mí? ¿Me envía a su servicio de inteligencia para matarme? ¿A ese país tengo que darle pleitesía? Prefiero venderme a Francia y que os corten la cabeza a vosotros, por incompetentes.

—¡Silencio! —volvió a exclamar el teniente, apuntando ahora a Vincent al ver que daba dos pasos más hacia atrás—. ¡Vuelve a moverte y disparo!

—¡No, por favor! —dijo Anthony—. Lo necesitamos vivo, no haga tonterías. Necesitamos a la mujer que lo acompañaba, y solo él sabe dónde estará ahora.

—¡Tú quieto! ¡Quieto o disparo! —volvió a repetir François, al ver que Vincent no cesaba en su empeño de alejarse. El público aglutinado alrededor ya era multitud, oyéndose suspiros y exclamaciones por doquier.

—Ya estoy harto de tanta palabrería —dijo Marcos, sacando su pistola y fijándola hacia el teniente—. Ahora se hará lo que yo diga.

—*Stop! Laissez tomber le fusil!* —gritó el agente de policía, apuntando a Marcos.

—Tranquilos todos, por favor, no nos pongamos nerviosos —expuso Nicole, que irrumpió entre la multitud con total tranquilidad, como si no hubieran armas bailando en la escena. La situación comenzaba a desbordar al jefe de aduanas, que empezaba a rezar para que llegaran refuerzos pronto—. Me presento, señor Lassan, soy Nicole Buyon. Perdone por llegar tan tarde, pero el tráfico me ha tenido entretenida más de lo que hubiera querido.

—Mira a quien tenemos por aquí —dijo Vincent, escupiendo al suelo para liberar un poco de tensión—. ¿Ahora también te dedicas a buscar clientes por el aeropuerto? No sabía que también te acostabas con espías y policías. Se ve que te gusta el entorno ese ¿eh?

—Hola, Vincent —suspiró Nicole, haciendo una mueca de resignación—. Veo que no pierdes la mala costumbre de meterte en problemas, además de ser inapropiado cuando hablas. Me sorprende que aún estés vivo.

—Tire el arma —repitió el teniente, obviando la presencia de Nicole y centrándose nuevamente en Marcos, que seguía apuntándole.

—Tírala tú o te juro que hoy duermes bajo tierra —le respondió Marcos.

Los siguientes segundos trascendieron entre tensión y gritos. Los dedos resbalaban amenazantes sobre los gatillos y las palabras dieron paso a insultos.

—Vuelvo a repetir que todo el mundo se calme —expuso Nicole, subiendo un tono más su voz—. Estoy segura de que podemos llegar a un acuerdo todos los aquí presentes.

—El único acuerdo viable aquí es que te apartes, Nicole —respondió Anthony—. Ya has metido las narices demasiado en este asunto. Ahora quítate de en medio o te llevamos por delante.

—Inténtalo, desgraciado —le rectificó Ernesto, un hombre fornido y de semblante rudo que estaba quieto a un lado, hasta que sacó una pistola y la enfocó hacia el espía de origen inglés. Anthony ya se percató de la presencia de este hombre, pero no supuso en ningún momento que podía tratarse de un camorrista al servicio de Nicole. Lamentó no haberlo supuesto.

—¡Eh! ¿De qué va esto? ¿Qué crees que estás haciendo? Apuntarme con un arma te va a traer problemas.

—Pues ya tienes dos problemas —añadió Lucio, sacando su arma a relucir de entre la gente, haciendo que se abrieran espantados.

La tensión ya era demasiada para poder pensar en qué hacer. Había demasiadas armas y demasiadas personas como para evaluar una posible paz entre todos. Tarde o temprano la policía aeroportuaria sería alertada por la muchedumbre y se presentaría en ese pasillo, un hecho que solo podía convenir a Nicole, aunque incluso ella, con todo el revuelo montado, podía tener problemas. Solo un acto desesperado, llevado a cabo por quien tuviera el temple más controlado, sería capaz de resolver esta situación. Ese hombre era Vincent Arcadio.

Agarró la mano del policía que sujetaba la pistola cuando éste apartó la mirada de él para fijarse en Lucio y Ernesto, los dos nuevos que se unieron al grupo. Forcejeó con él, haciendo que la pistola disparara hacia el suelo y desencadenando una reacción en cadena en el resto de los presentes.

Marcos, sobresaltado por el disparo, apretó el gatillo antes que el jefe de aduanas François Lassan, que se desplomó en el suelo con un gemido desgarrador. Ernesto, por su parte, se puso detrás de Anthony y lo apresó, fijándole un brazo sobre el cuello y colocándole la tobera de la pistola sobre la sien. Lucio se puso delante de Nicole para protegerla y abrió fuego hacia Vincent, errando su tiro al impactar en la pierna del policía.

—¡No! ¡No lo matéis! —gritó Nicole alterada.

—¡Va a las piernas, para que deje de moverse! —respondió Lucio, decidido a disparar de nuevo.

Sin embargo, Vincent actuó rápido y con decisión. Terminó de coger la pistola del agente herido que gritaba a su lado y la levantó hacia el grupo que tenía delante. Justo entonces se dio cuenta de que eran muchos, demasiados como para abrir fuego sin esperar varias balas de réplica perforándole el cuerpo. Afortunadamente para sus intereses, parecía haber problemas entre los dos grupos.

—¡Suéltalo! —gritó Marcos a Ernesto—. Te juro por mi madre que como no lo sueltes hasta tus hijos van a estar cagando plomo el resto de sus vidas.

—Tira el arma o me lo cargo —le replicó Ernesto—. No soy hombre de repetir las cosas, así que tú verás.

Lucio, que estaba apuntando a Vincent, desvió la mirada una fracción de segundo para ver si podía apoyar a su amigo, lo suficiente como para ser sorprendido por el detective, que no dudó en abrir fuego hasta dos veces. La sangre brotó de sus labios mientras se echaba ambas manos al estómago, intentando detener lo que era ya inevitable, su muerte.

—¡Maldito bastardo! —gritó Ernesto, enfocando su pistola hacia el detective. Anthony, que era el escudo improvisado del gigante guardaespaldas y que ahora estaba libre de la amenaza de la pistola, ejecutó un codazo con todas sus fuerzas hacia el esternón de Ernesto, su captor, haciendo que se arqueara justo cuando abría fuego. La bala salió expelida hacia el suelo, rebotando en una chispa silbante.

Marcos no dudó en aprovechar ese momento para abrir fuego contra el mastodonte, que gimió de dolor al sentir las tres balas perforándole varias zonas del cuerpo. Anthony se tiró al suelo encogido, resoplando de la suerte que habían tenido, aunque cuando alzó la vista, allí estaba la pistola de Vincent esperándole.

—Parece que estamos destinados a ir juntos cuando las cosas se ponen malas —dijo el detective, haciéndole gestos para que se levantara—. Será mejor que nos larguemos de aquí, la policía no tardará en aparecer.

—¿Dónde está, Vincent? ¿Dónde está ella? —preguntó Nicole, mirando hacia atrás mientras retrocedía para huir del lugar—. Estás cavando su tumba.

—Da gracias a seguir con vida, ramera. Si no tienes una bala clavada en tu cocorota es porque vas desarmada, pero no te creas que me lo pensaré dos veces si te vuelvo a ver molestándome. Vuelve a enviarme gorilas como estos y será tu tumba la que te muestre.

Anthony aceptó con desagrado estar de nuevo bajo el yugo de una pistola, aunque a medida que se alejaban de la escena, se percató de que podía sacar beneficio de esa circunstancia. Vincent no era fácil de tratar y la situación no era muy propicia para el diálogo, pero al menos estaba junto a él, y seguramente le llevaría ante Faiga. Sería cuestión de encontrar el momento propicio para desarmarle o hacerle entrar en razón. Se notaba en los ojos del detective que la situación le sobrepasaba, además de dejar evidencia de una herida en su clavícula. Estaba dando más de lo que podía dar.

El pasillo se quedó solitario en cuestión de segundos, con salpicaduras de sangre decorando las paredes y un área de varios metros en el suelo. Los cuerpos sin vida de François, Ernesto y Lucio, no cesaban de manar el líquido vital en amorfos charcos. Marcos, el último en largarse de la zona, tenía la mirada fija en Vincent. Verlo huir con Anthony prisionero lo atormentaba, sobre todo al saber que lo tuvo a escasos metros hacía un par de minutos y que pudo haberle reventado a tiros. Ya era la tercera vez que lo burlaba, sin olvidar que en la anterior le destrozó la oreja de un disparo.

«La próxima vez que te vea, detective de feria, te voy a dejar una cara que ni un médico va a ser capaz de saber si eres un hombre o un perro», se dijo a sí mismo, mientras levantaba la pistola en un ángulo de treinta grados y apuntaba al policía herido que yacía en el suelo.

—*Non! Je vous prie!* —dijo el agente policial, con voz lastimera y ojos llorosos.

—Lo siento, no es nada personal, pero no puedo dejar cabos sueltos. Estabas en el sitio equivocado en el momento equivocado.

Un último disparo recorrió el lugar, haciendo eco en los largos pasillos de la terminal. Dos grupos de policías llegaron al lugar, presenciando la carnicería que allí había sucedido. Tardaron en llegar menos de cinco minutos desde que se escuchó el primer disparo, aunque allí ya no había nadie con vida. Lo siguiente era bloquear las salidas e investigar a todos los presentes en el aeropuerto, aunque un protocolo de esa índole debía salir en boca de un cargo alto, alguien como el jefe de aduanas que ahora yacía en el suelo sin vida. Tardarían bastante en ejecutar ese protocolo mientras llamaban a la comisaría central para pedir la presencia de un comisario.

CAPÍTULO 26: AMISTADES PELIGROSAS

París, 27 de noviembre del año 1954

Los disparos que se dejaron oír en el aeropuerto despertó el miedo de todos los transeúntes que circulaban por su interior. Las parejas se refugiaban en los locales abiertos, dejando las maletas tiradas en mitad del pasillo, mientras veían pasar corriendo a las unidades policiales con sus armas desenfundadas. Los gritos de pánico dominaban todo el ambiente, sobre todo al producirse más disparos. Había mucho desconcierto y todos temían por su vida, por si era un atentado terrorista en manos de algún desquiciado descontento con el fin de la guerra.

Lo último que vio Faiga fue a Vincent herido huyendo de sus captores. Escuchar ahora esos disparos no le traía ningún presagio bueno. Vincent podía ser valiente y un buen tirador, pero también era humano, y las balas le herían como a cualquier otra persona. Faiga no pudo evitar temblar de tristeza mientras enrojecía sus ojos en lágrimas. Seguía caminando sin mirar hacia atrás y sin saber bien hacia dónde iba, pasando entre la asustada multitud como una sombra invisible para todos excepto para un hombre: Amancio Ruiz.

El sicario recorrió rápidamente los metros que lo separaban de la mujer y se armó con la pistola sin sacarla fuera del abrigo, aunque cuando llegó a la altura de la fina espalda de la mujer, detuvo sus intenciones de apresarla a la fuerza. El aeropuerto estaba muy alborotado, con muchos policías corriendo de un lado a otro, y si Faiga empezaba a gritar al verse asaltada, se convertiría en el foco de muchas miradas. Él era un asesino al que le gustaba actuar en las sombras, sin ser visto, sin dejar pruebas de su paso.

Siempre intentaba ser cauto en sus acciones, pues exponerse no solo ponía en peligro su objetivo, sino también a él mismo. Desconocía lo que podía estar pasando entre Vincent, Anthony y Marcos, aunque por los disparos que se oían deducía que nada bueno. Solo esperaba que esos dos fueran lo suficientemente profesionales como para derribar a un solo hombre, aunque albergaba sus dudas. Sin embargo, su preocupación ahora era Faiga, una mujer de constitución frágil y escasa fortaleza que caminaba a tan solo un metro de distancia de él.

Amancio urdió una idea que le daría esa discreción que tanto abrazaba, además de brindarle éxito en la misión, que era entregar viva a Faiga a la Agencia. Y es que, no solo se haría con ella, sino que se la llevaría a la Agencia, a su propia sede.

Se aproximó a Faiga hasta chocar contra ella, disimulando que había sido fortuito. Cambió su rostro para parecer asustado, dando a entender que huía del lugar, como tantos otros hacían. No la llegó a tirar al suelo con el choque, aunque sí la desestabilizó, dando comienzo a su plan.

—Lo siento, señorita, lo siento mucho —dijo con su característica voz masculina, varonil y sensual—. No la había visto, andaba mirando hacia atrás.

—No... no pasa nada... yo bien —respondió Faiga, no pudiendo evitar prendarse del porte de Amancio. Vestía con mucha elegancia, conformando una figura perfecta con su gran talla y moldeado físico. Su rostro parecía estar esculpido por un artista de la carne, confiriéndole unas facciones refinadas y proporcionales en perfecta simetría. Sus ojos azabaches despertaron levemente la libido de Faiga, aunque solo fue por unos segundos, pues la situación no daba pie a otra cosa que no fuera sentir miedo.

—Están pegando tiros ahí atrás, menuda historia. Seguro que son grupos radicales de esos que no aceptan ningún sistema gubernamental —siguió diciendo Amancio, buscando entre su mejor repertorio de frases para agradarla—. Por su acento... es usted extranjera ¿verdad? ¿Francesa? ¿Italiana?

—Yo... de fuera, sí —respondió Faiga, carraspeando y desviando la mirada hacia los lados. Quería estar segura de que nadie la seguía ni miraba, aunque ya era tarde para eso; tenía a su cazador justo delante, lo que resultaba incluso cómico para Amancio.

—Permita que la ayude a salir de aquí. Esto no es un lugar seguro, han sido varios disparos y nunca se sabe si…

Justo entonces se escuchó otro disparo, dando mayor fuerza a las palabras del sicario.

—Yo… puedo sola, gracias, señor, gracias —dijo Faiga, que ya no sabía si sentir miedo, tristeza o dolor. Tenía una amalgama de sentimientos tan intensa que ni siquiera sabía decir una frase pequeña sin tartamudear.

—Insisto, este lugar no es seguro. No puedo permitir que le pase algo a una señorita como usted. No se preocupe, que no estoy intentando nada raro hacia su persona. Como podrá usted ver, ni es el lugar ni el momento adecuado para sentir interés de esa índole.

—¿Cómo? Yo hablo poco español. Entiendo, pero no mucho.

—Fallo mío. A veces hablo tanto que no sé ni lo que digo. Le pido disculpas y, por favor, andemos hacia la salida antes de que pueda pasar algo. Seguro que la policía se pone pesada aquí dentro, registrándonos a todos. Que si identificación, que si a ver qué tienen en los bolsillos…

Faiga se puso más pálida de lo que estaba ya. La idea de que la policía la cazara sin pasaporte la horrorizaba, sobre todo si estaba en la escena de un tiroteo. No sabía qué hacer. Por un lado tenía que coger el avión hacia Madrid, pero ni sabía con quién tenía que hablar para que la dejaran pasar ni creía que realmente Vincent hubiera logrado convencer a alguien. Por otro lado, quedarse en París era algo que cada día se hacía más inviable.

—¿Está usted bien? —insistió Amancio, echando a andar junto a Faiga por el corredor que llevaba a las puertas exteriores del edificio aeroportuario. Se veían las luces azules de varios coches policiales rompiendo el grueso manto de lluvia que seguía cayendo.

Faiga se detuvo en seco y se agarró ambas manos, que no dejaban de titiritarle. No pudo evitar dejar caer dos lágrimas de impotencia. Estaba totalmente bloqueada, aunque de repente sintió un calor muy placentero cuando Amancio le puso las manos sobre las suyas. De nuevo sintió como esa mirada penetrante del sicario ahondaba en su mente para hipnotizarla.

—¿Qué le pasa? ¿Puedo ayudarla en algo? Mire, sé que no nos conocemos de nada y entiendo que esté usted molesta con mi presencia. Yo… bueno… yo quería pedirle perdón por haber tropezado con usted y… bueno… desearle suerte en todo. Por lo que oigo, la policía viene por ahí fuera, o sea, no creo que le pase nada ya. Que tenga usted un buen día, señorita.

Aquí Amancio se lo jugó todo a una carta. Luego de decirle esa última frase, se dio la vuelta y comenzó a alejarse lentamente, sacándose de un bolsillo interior su cartera y mirando varios papeles, para desacelerar su andadura. Sabía que Faiga estaba sin documentación alguna, además de estar aterrorizada por verse sola en un ambiente tan violento, unos hechos que debían convertirle a él en su bastón de apoyo. La carnaza estaba puesta en el anzuelo, ahora solo faltaba que ella lo mordiera, algo que sucedió casi al instante. Faiga se giró y dio varios pasos rápidos hasta acercarse de nuevo a Amancio.

—Perdón, tú… yo, yo necesito favor. Yo, tengo problema. Yo… yo perdido pasaporte.

Amancio no pudo evitar dibujar una sonrisa de satisfacción, aunque intentó retocarla lo más rápido posible para que transmitiera confianza. Debía ganársela poco a poco, y no dejarse llevar por la premeditación, algo en lo que él era un especialista. Solo esperaba que no apareciera Anthony o Marcos, porque desmontarían su plan al instante.

—No debe preocuparse. En la embajada le darán otro nuevo. Simplemente debe ir y denunciar que lo ha perdido o que se lo han robado, y en una semana le tramitarán uno nuevo.

—No, yo no puedo salir fuera. Yo… —respondió Faiga, quedándose pensativa y en silencio unos segundos antes de seguir—. Yo cojo avión a Madrid hoy, ahora.

Cuando Amancio vio el billete de avión que Faiga le mostraba, no pudo evitar mirar hacia el techo para darse las gracias a sí mismo por la suerte que estaba teniendo. La sede de la SIAEM estaba en Madrid y ella no solo tenía un billete hacia allí, sino que quería ir. Tanta suerte, en su oficio de asesino, no era habitual.

—A ver si te he entendido —replicó Amancio, manteniendo su disfraz—. ¿Vas a Madrid ahora? ¿Sale ahora el avión?

—Sí, una hora. Una hora sale avión.

—En una hora sale… ¿y estás segura de haber perdido el pasaporte? ¿Has mirado bien en tu bolso y entre tus cosas? A veces se mezcla con otras cosas, ya sabes.

—No, yo tengo pasaporte en cafetería y hombre venir rápido y llevar.

—¡Malditos delincuentes! Menuda desfachatez.

Los coches policiales frenaron en seco frente a las puertas del edificio, dando paso a más de una decena de agentes con las pistolas en mano andando hacia el interior. Faiga tragó saliva, momento que Amancio aprovechó para cederle su codo a modo de invitación a alejarse de allí. Faiga no dudó en pasar su antebrazo en el espacio libre entre el torso y el codo de Amancio, haciéndose pasar por una pareja normal y corriente del lugar.

—Está bien… eh… te voy a poder ayudar, aunque no va a ser fácil. A ver… será casualidad, pero yo también voy a Madrid. Soy profesor y hoy acababan mis vacaciones aquí, en Francia. Vamos a intentar que pases la aduana haciéndote pasar por mi esposa ¿vale?

—Yo tu mujer, sí, yo entiendo. Mi nombre es Faiga. Yo quiero dar gracias a ti. Tú buen hombre.

Oír su nombre fue tocar un pedacito de edén. A Amancio solo le faltaba un escollo que pasar y acabaría esta jugosa misión en un tiempo récord.

—Es deber de todo caballero ayudar a una dama necesitada, así que no me dé las gracias, se lo ruego. Por cierto, yo soy Amancio Ruiz, mucho gusto en conocerla.

Faiga despertó una pequeña sonrisa y recuperó algo de tonalidad en su piel nívea.

—¿Tú puedes pasar aduana conmigo?

—Sí, tengo una forma de hacerlo, aunque no es digamos legal del todo. ¿Vas a Madrid por algo en concreto o de visita turística? Te lo pregunto porque…

—Mi madre mala, muy enferma. Ella muere pronto y yo voy a verla —respondió Faiga, sin dar tiempo a que finalizara Amancio. Recordó la excusa que le dijo Vincent y la vomitó casi sin pensárselo.

—¿Tu madre vive en Madrid?

Faiga asintió, aunque ni ella misma se creía la terrible interpretación que estaba haciendo. Era una historia tan evidentemente falsa, que Amancio dudó si poner impedimentos. Al final, prefirió aceptar la fantasía ideada por Faiga.

—Vaya mala suerte. Mis más sinceros ánimos para que se recupere.

—Gracias. Yo pido perdón, porque esto no problema tuyo, pero yo puedo dar un poco de dinero si tú ayuda.

—No, por favor, no. Como te dije antes, es deber de todo caballero socorrer a una dama en apuros. De todas formas, no creo que nos metamos en muchos problemas si lo hacemos bien.

—Yo hago lo que tú digas.

—Vale, intenta disimular que somos pareja y listo. Yo me ocuparé del resto. No hace falta ningún beso ni nada por tu parte, tranquila.

Faiga sonrió de forma comedida y volvió a agradecer el gesto altruista de Amancio, que continuó interpretando su papel de profesor turista a la perfección. No levantó ni la más mínima sospecha en la mujer.

Se encaminaron hacia la aduana que daba paso a la pista. Amancio se desvió un instante a una ventanilla para comprar un billete de avión para él, pues solo tenían el de Faiga. Lo cierto es que él le dijo a ella con anterioridad que tenía ese viaje ya presente, que de hecho por eso estaba aquí, en el aeropuerto, pero le bastó con decirle que tenía que retirar el billete reservado por teléfono para que Faiga se lo creyera. Ella podía ser muy inteligente en lo suyo, en las matemáticas, pero no sabía nada de cómo funcionaban las reservas de aviones o barcos. De hecho, su billete se lo sacó Vincent.

Hecho esto, se dirigieron hacia la aduana. Había bastante revuelo a causa de los disparos escuchados por los pasillos. La gente ya estaba rumoreando la existencia de varios muertos a causa de un ataque mafioso a alguien importante. Los cinco policías, encargados de dar acceso, miraban el pasaporte de cada individuo y luego verificaban por encima sus maletas. Estaban bastante alterados y no se detenían mucho en cada persona, aunque sí se fijaban con detenimiento en las facciones de cada uno, por si los veían asustados o con cara de culpabilidad, como la que arrastraba Faiga. Amancio sabía que eso podía ser un problema, aunque tenía un as bajo la manga que tendría que valerle.

Nada más llegar el turno de ellos, Amancio se acercó a uno de los policías y le habló en un francés algo torpe, aunque lo suficientemente claro para hacerse entender. Le mostró directamente la placa de policía de Gerald Tunon, identificándolo como inspector local. Por un instante, el policía tuvo sus dudas al detectar un francés tan poco fino, aunque no iba a arriesgarse ante todo un inspector, uno de los rangos más altos de su escala. Supuso que sería de alguna región del Sur, con un acento muy particular. Amancio no habló más de lo necesario. Decía las palabras justas y en un tono exigente, dando mayor veracidad a su papel. Le dijo que había capturado a Faiga durante una intervención conjunta con la policía de España y que debía asegurarse de llevarla en persona hasta Madrid.

El policía no dudó en dejarles pasar, poniéndose firme ante él y haciéndole el saludo reglamentario. Amancio le devolvió el gesto con una sonrisa, culminando una interpretación brillante. Faiga aún no se creía que iba andando por la pista, hacia el avión. Vio que Amancio enseñó algo a los policías y que les dirigió un par de palabras, suficiente como para dejarles seguir adelante. Había sido demasiado sencillo, ni siquiera los habían registrado. Además, el saludo formal que le hizo el policía antes de pasar le resultó algo intrigante. Ese saludo se hacía entre las distintas escalas policiales, y no con la población civil.

—Tenemos suerte, ya en avión —dijo Faiga, llegando ya a la escalera que daba acceso al interior del avión—. ¿Tú importante en España?

—¿Importante? —dijo Amancio, consciente en todo momento de lo que Faiga había visto y de que estas preguntas llegarían, especialmente luego de haberse visto perseguida por espías y asesinos al lado de Vincent—. No, la verdad es que no. Mi padre sí, fue un militar condecorado en la guerra, un coronel. Tuvo un papel muy relevante en algunas de las principales incursiones, aunque no sé bien dónde y cuándo. Nunca me permitieron leer los expedientes, ya sabes, secreto militar.

—Ah, sí, sí. Nunca dicen cosas, aunque si él coronel, él héroe. ¿Qué significa condecorado?

—¿Condecorado? Medallas, que le dieron medallas, ya sabes, galardones por sus victorias y todo eso —replicó Amancio, dibujando sobre su pecho redondeles mientras mostraba los dos billetes de avión a la azafata de vuelo.

—¿Policía no decirte nada de mí? ¿Dejarte pasar sin problemas? Yo pensar que ser más difícil.

—Le dije que eras mi esposa, como convinimos, pero que perdiste el pasaporte y que el vuelo salía ya. Le enseñé mi pasaporte y un salvoconducto militar que siempre llevo, un legado que me dejó mi padre en el que se dice que soy el hijo de un héroe de guerra. Cuando las fuerzas del orden ven eso te suelen respetar más, porque saben lo que sufrió la gente en aquella guerra. Hubieron muchos huérfanos y viudas, demasiados como para pasarlo por alto.

—¿Y tú hacerte profesor? —dijo Faiga, esgrimiendo una sonrisa apacible. Estaba claro que Amancio se había ganado su confianza.

—Pues sí, profesor. Y mira que mi padre insistió en que siguiera sus pasos. Quería que entrara en la milicia para ir escalando posiciones a base de guerras, convirtiéndome en el orgullo de la nación, como él hizo. Sin embargo, no valgo para eso, la verdad. Soy una persona práctica, de mundo, con costumbres sencillas. No me imagino empuñando un arma y quitándole la vida a alguien, me parece algo… estremecedor. Es… es algo que es antinatural. Los hombres debemos ayudarnos, no matarnos.

—Tú buena persona y yo agradecer otra vez por ayudarme. Tú muy bueno conmigo y no conoces.

—No me ha costado nada, Faiga. Ya ves, solo un par de palabras en la aduana y punto —respondió Amancio, parándose al llegar a la mitad del pasillo del avión—. Bueno, parece que… estos son nuestros asientos.

Ambos se sentaron y pidieron un tentempié, regado con una copita de vermut, una cortesía por parte de la aerolínea. Estuvieron hablando y riéndose con una complicidad sin igual. Parecía como si Faiga, por un instante, se hubiera olvidado de su situación actual. Sin embargo, era muy consciente de que sus problemas no habían hecho más que empezar. Aún tenía que pasar la aduana en España, y una vez logrado, buscarse la vida en un país extraño. Su vida era un tiovivo con luces de muchos colores que nunca terminaba de parar, una sensación agobiante y triste. Tampoco podía olvidar a Vincent Arcadio, un hombre que se puso en peligro para ayudarla.

Deseaba con todas sus fuerzas que estuviera a salvo de todo peligro y que ninguno de esos disparos que alborotaron el aeropuerto le hubiera impactado.

Quince minutos luego de montarse, las turbinas del avión comenzaron a despertar de su letargo. Faiga se agarró asustada a los apoyabrazos y cerró los ojos para intentar no pensar en que iba a volar dentro de un fuselaje de toneladas de metal. Amancio prefirió no molestarla y se centró en sus siguientes pasos una vez llegara a Madrid. Lo cierto es que la misión había sido mucho más fácil de lo que él imaginó en un principio. Le resultaba sorprendente que una mujer con tanta inocencia rebosando por sus poros hubiera puesto en jaque a la agencia de espionaje.

Las ruedas del avión comenzaron a girar y el avión fue ganando velocidad de forma paulatina, encarando ya la pista de despegue. Una locución en francés informaba a todos los pasajeros que se ataran correctamente el cinturón de seguridad y que no se levantaran de su asiento hasta próximo aviso. Las azafatas dieron un último paseo por todo el pasillo, verificando que todos cumplían las órdenes dictadas, para luego sentarse en un habitáculo reservado. Justo entonces, el avión dio un repentino acelerón y comenzó su fase de despegue.

—*Regardez! Là! Il est fou!* —gritó un pasajero, señalando hacia la ventanilla.

—*Il va se tuer!* —dijo otro.

—¿Qué pasa? —dijo Faiga, abriendo los ojos aterrorizada.

—Nada grave, o eso espero… es una avioneta, allí abajo, que va a cruzarse con nuestro avión. Supongo que ahora girará…

En efecto, una avioneta de un solo motor frontal y de color blanco con líneas azules estaba despegando en una trayectoria perpendicular al avión. O el avión era más rápido o la avioneta se desviaba, porque las leyes del movimiento no daban lugar a dudas de que, de seguir así, esto acabaría en un choque.

Detrás de la avioneta, a mucha distancia de separación, tres coches policiales con la sirena puesta aceleraban con toda su potencia para darle caza, aunque preveía ser una persecución inútil. La avioneta alcanzó con rapidez la velocidad suficiente como para despegarse del suelo, no sin antes rectificar su trayectoria en una parábola abierta, evitando así encontrarse con el enorme avión de pasajeros donde iban Amancio y Faiga. Pocos segundos después, también ellos estaban ya volando, camino hacia España.

—¿Tú profesor de qué? ¿Ciencia? —preguntó Faiga, sin librarse aún del todo del vértigo que la atormentaba.

—No, yo soy de letras, de literatura clásica —respondió Amancio, entrelazando los dedos de sus manos mientras entrenaba su mejor sonrisa.

—Escritores y letras… ¡Don Quijote! ¿No? Jajaja.

—Sí, no suelo despertar mucho interés cuando digo que soy profesor de literatura, la verdad. Tenemos fama de ser gente aburrida y que estamos siempre leyendo el Quijote, pero… ¿sabes qué? Leo también cómics. Guárdame el secreto ¿vale? Que como se enteren mis alumnos, no me libro de sus juicios inquisidores durante todo el curso.

Faiga entendió lo suficiente como para acompañar con su risa el tono irónico del sicario. Era inimaginable pensar que ese hombre tan encantador y de costumbres tan mundanas pudiera ser el asesino que la llevaba hacia su perdición.

—Si te apetece, cuando lleguemos a Madrid podemos ir a un bar que conozco donde hacen los mejores callos de toda España —siguió diciendo Amancio, midiendo cada palabra con sumo cuidado y entonación—. Aunque… pero qué estoy diciendo… imagino que tendrás que ir corriendo a ver tu madre. Perdona por mi falta de tacto, pero por un momento olvidé que no estás de viaje por turismo.

—Sí… yo tengo que ver mamá —replicó Faiga, apenada de tener que aceptar ese hecho y de no haberse inventado otra excusa. Lo cierto es que le caía muy bien Amancio y estaba segura de que su ayuda le podría ser muy útil en ese país—. Pero si tú quieres, luego podemos comer eso… ¿*camos*? ¿*Calgos*?

—Callos, callos —le rectificó Amancio, despejando una mueca apacible acompañada de una carcajada—. No me digas que nunca has probado los callos.

—¿Callos? Yo no sabe qué es eso… ¿Es cómo sopa?

—Casi mejor no te digo qué son, jajaja. Digamos… digamos que es carne, carne cocida y muy rica. Lleva también chorizo y morcilla, y está muy bueno.

—¡Ah! Carne… me gusta carne jaja.

—Pues cuando pruebes los callos verás que ricos. ¿Qué comidas recomiendas tú de tu país? Y a todo esto, ¿tú de dónde eras?, que sé que no eres ni francesa ni italiana, pero aún no te ubico —siguió diciendo Amancio, manteniendo siempre álgido su característico carisma.

—Tú, adivina —dijo Faiga, entrando al juego.

—Uhmmm, te advierto que no soy muy bueno en estas cosas… vamos a ver… ¿inglesa? ¿Puede que seas de…? No, no tienes pinta de ser de ahí…

—Jajaja, no, no inglesa, jajaja.

—A ver, espera, espera que lo adivino. Tú eres… eres… joder… ¿de verdad no eres italiana?

—No, jajaja, no italiana. Tú malo con acentos ¿eh?

—Sí, lo confieso, soy un profesor de lengua que no sabe distinguir las lenguas foráneas, soy un caso —respondió Amancio, poniendo cara triste con tintes cómicos—. Sin embargo, tengo que decir para mi defensa, que apenas viajo fuera de España y no me relaciono mucho con gente nueva, la verdad… vaya… ahora además, soy un antisocial. Soy un caso…

—Jajaja, no… tú buena persona, muy simpático, jaja. Yo alemana, de Berlín.

—¡Alemana! Pues claro… alemana… para no darse cuenta, si es que… se nota que eres alemana a leguas, pero o estoy ciego o es que estoy algo atontado por el tiroteo del aeropuerto.

—Jajaja. ¿Y cómo ser las alemanas?

—¿Cómo?

—Tú dices que yo alemana muy claro… ¿las alemanas ser como yo?

—Ah, bueno… ya sabes… piel muy blanca, ojos claros…

—Yo ojos marrones —interrumpió Faiga, abriendo los ojos con exageración, despertando más risas entre ambos.

—Sí, pero son de un tono de marrón muy claro, y además…

Poco más pudo decir Amancio, antes de que las voces del resto de viajeros lo silenciaran. Muchos se agolparon al lado derecho de la cabina de los pasajeros, mirando a través de los ventanales redondos del fuselaje. Amancio no se podía creer lo que había ahí fuera, volando a pocos metros de ellos, poniendo en peligro la vida de todos los presentes si sucedía una colisión.

Faiga, por su parte, no sabía si asombrarse o asustarse. Sin embargo, y para lamento de Amancio, al final esgrimió una sonrisa de alegría mientras juntaba ambas manos sobre su corazón.

«Parece que la misión no va a ser tan fácil, al final —se dijo a sí mismo, Amancio—. Demasiado bien iba todo como para ser verdad. Tú ríete, estúpida, ríete, que estás a nada de que te vuele la tapa de los sesos aquí mismo. A fin de cuentas me pagan por borrarte del mapa, no por entregarte viva».

CAPÍTULO 27: PERSECUCIÓN DE ALTOS VUELOS

París, 27 de noviembre del año 1954

Vincent estaba más alterado de lo que hubiera querido. La adrenalina recorría sus venas de forma descontrolada, moviendo sus ojos con nerviosismo de un sitio a otro. Necesitaba salir de la precaria situación en la que se encontraba de forma rápida y efectiva, algo que se le antojaba bastante complejo. Anthony, esclavizado bajo la pistola del detective, conservaba una calma inusitada que ponía aún más nervioso a Vincent.

—Entrégate y deja que yo me ocupe de todo, Vincent. Esto no tiene por qué acabar en una tragedia mayor —expuso el espía, mientras corría empujado por Vincent a lo largo de un largo pasillo. Por el ventanal se veía una pista con varios aviones estacionados.

—¡Cierra la boca y corre! No te creas que estás a salvo, maldita sanguijuela. Te aseguro que si yo caigo, tú dormirás esta noche con una bala clavada en el corazón.

—Esto no ayudará a Faiga, es más, la estás condenando…

—¡Que cierres la maldita boca! —interrumpió Vincent, clavándole la pistola con más fuerza mientras intentaba disimular su paso entre los transeúntes. Sus ojos evaluaban con avidez cada puerta y ventana que había alrededor, aunque ninguna le resultó una huida lo suficientemente segura como para estar a salvo.

Súbitamente, se oyó un disparo lejano, con varios gritos de espanto acompañándolo. Vincent reaccionó casi por instinto, abriendo una de las puertas y entrando junto a Anthony, al que empujó bruscamente hacia el fondo de la sala. Era un baño en el que solo había un hombre de chaqueta ceñida y pajarita, que estaba acicalándose su bigote señorial. Cuando vio la pistola del detective, no pudo evitar echarse hacia atrás y levantar ambas manos. Vincent le indicó con un gesto directo y escueto para que se largara hacia la puerta, cosa que hizo de forma rauda.

—Está bien, Vincent, vamos a calmarnos y a analizar todo ¿vale? —dijo Anthony, apoyándose sobre uno de los lavabos y cruzando ambos brazos sobre el torso—. Ha habido un tiroteo, la policía de la zona ya habrá avisado a más unidades y seguro que nos están buscando por todo el aeropuerto. De aquí no vamos a salir así como así, sin ser vistos. Los accesos ya deben estar prácticamente vigilados, así como las aduanas y casi todas las zonas. Lo mejor es que nos entreguemos. Yo me ocuparé de que no te pase nada.

—¿Fiarme de ti, Anthony? —respondió Vincent, abriendo un grifo para mojarse la nuca y los ojos con agua fresca—. ¿Por qué ibas a ayudarme, si hace unos minutos me querías muerto?

—Yo no te quiero muerto, Vincent. Mi misión es hacerme con Faiga, y lo sabes. Tú eres un escollo que está continuamente interviniendo en nuestra contra, simplemente eso. Los escollos a veces se esquivan y otras veces se eliminan. No es nada personal contra ti, ni eres un objetivo nuestro.

—¿Por qué queréis a esa mujer? ¿Acaso no tenéis otros medios para buscar ese puñetero libro?

—Faiga es el método, Vincent —respondió Anthony, con sarcasmo—. Si te refieres a un método alternativo, sí, puede haberlo, pero ¿por qué recorrer un camino largo si se puede hacer el corto?

—Porque ella no vivirá para contarlo. Sé cómo os manejáis y lo que a ella le espera si es capturada por tu grupito.

—No quiero matarla, solo quiero el libro.

—Ya... y con todo lo que sabe la vais a dejar libre ¿verdad? Os da igual que cuente por ahí la existencia de ese libro y su contenido —replicó Vincent, asomándose a través de la puerta para ver si se acercaba alguien al baño.

—Ella no ha leído el libro aún, o mejor dicho, no creo que lo haya descodificado. Nos da igual que vaya diciendo por ahí que tuvo ese libro entre sus manos, pues lo realmente importante es que no saque a la luz su contenido. Y dudo mucho que lo haya descodificado, para qué engañarnos.

—¿Descodificado? Espera, espera… ¿Crees que Faiga tiene el libro ese? —respondió Vincent, echándose a reír mientras negaba con la cabeza, desmontando el hilo de deducciones que Anthony ya tenía montado—. ¿Así trabaja vuestro equipo de simios? ¿Dando por hecho cosas? ¿De verdad sois tan incompetentes como para dar por cierto lo que os venga en gana?

—¿Quieres decir que no conseguisteis el libro?

—No hay libro, Anthony, a ver cuándo os dais cuenta. Solo hay pistas dejadas por un loco que te llevan de un lado a otro, unas pistas que dudo mucho que sean reales. Esto es como convencerse de que Dios existe y buscamos mil formas de justificar su existencia, incluso viendo pistas donde no las hay. Están todas adulteradas. Nos convencemos de que son reales, pero no son más que invenciones, adaptaciones que hacemos para que parezcan ciertas.

—Buen intento, Vincent, pero no vas a colarme esa patraña. Esas pistas no son puras invenciones, son reales. Y ese libro existe, hay muchas copias del mismo —replicó Anthony, desvelando de las facciones y los movimientos de Vincent que mentía. La forma de hablar y gesticular era tan pronunciada, que denotaba un intento de enmascarar la verdad.

—¿Aún sigues creyendo en Papa Noel? —respondió Vincent, exhalando un suspiro comedido mientras fijaba sus ojos en la zona de hangares que se veía a través de los enormes ventanales—. Venga, nos vamos, ve moviéndote y nada de intentar ser un héroe ¿entendido?

A Anthony le costaba adivinar los movimientos que el detective iba haciendo. No se dejaba guiar mucho por la lógica, sino que actuaba según la improvisación.

—¿Irnos? ¿Y se puede saber hacia dónde? Lo mejor es que te entregues de una puñetera vez y…

—¡Cierra esa bocaza que tienes si quieres seguir vivo! —le interrumpió Vincent, abriendo la puerta del baño e indicándole que saliera por delante de él—. Tú vas a hacer lo que yo te diga y reza para que no tengamos problemas, porque te aseguro que te vuelo la tapa de los sesos si me veo en problemas.

—¡Estás loco! ¡Se te está yendo de las manos todo esto! ¿No te das cuenta que…?

—¡Que te calles! —insistió Vincent, levantando la voz con más fuerza. Dejó de sostener la puerta y tensó la pistola hacia Anthony con decisión, decidido a cumplir su amenaza—. ¿Acaso crees que me gusta ir a tu lado mientras me persiguen policías armados? ¿Crees que me gusta ser el centro de atención de asesinos fanáticos que me buscan por varios países? De verdad, Anthony, estoy al límite ya, no busques joderme más de lo que estoy, porque estoy empezando a creer que me conviene más seguir solo que contigo.

El sudor no cesaba de manar de la frente de Vincent, acentuando las pupilas dilatadas que dominaban sus ojos celestes. Se respiraba la tensión que estaba pasando en cada parte de su cuerpo, en cada movimiento que llevaba a cabo. Su brazo no temblaba en lo más mínimo, lo mantenía paralelo al suelo como si fuera una robusta estatua. Anthony no llegaba a desentrañar esos síntomas con la exactitud que él hubiera querido, dudando si realmente Vincent sería capaz de llevar a cabo sus amenazas.

—Está bien, tranquilo, no te pongas nervioso —decidió responderle, andando hacia la puerta en sumisión—. No sé qué te propones, pero estás cavando nuestra tumba. Este camino no tiene salida.

—Tú anda y calla —le respondió Vincent, pegándose a su espalda y asentando el cañón de la pistola a la altura de sus riñones.

En el pasillo apenas había gente transitando, para fortuna de Vincent. Un par de turistas miraban un mapa con extrañeza, intentando ubicar algún hotel, mientras que una familia con dos niños pequeños miraba con resignación la copiosa lluvia que golpeaba el suelo del exterior. Cuando pasaron cerca, el niño más pequeño tiró de la mano del padre y le señaló que mirara hacia Vincent, que no pudo evitar que le vieran la pistola. La mujer dio un grito entrecortado mientras se ponía detrás del marido, que con nerviosismo abrió los brazos y las manos intentando abarcar a sus dos hijos.

—Joder, Vincent, nos van a pillar. Suelta el arma y te conseguiré amnistía, créeme —insistió Anthony, mientras intentaba controlar la respiración. Vincent no le daba tregua y aumentó la velocidad.

—Conozco vuestra amnistía, así que ahórrate esa artimaña.

—¿No crees que…? —replicó Anthony, antes de ser callado bruscamente por la pistola de Vincent clavándose con fuerza en la zona lumbar.

Anduvieron a paso ligero por un segundo pasillo, al fondo del cual, un grupo de cuatro policías gritaba con voracidad a otro grupo más lejano para que se dirigiera a otra ubicación. Vincent se detuvo y miró hacia atrás, donde vio a lo lejos a la familia de antes hablando con un pareja de policías. Se quedaba sin puertas que abrir, era como un ratón al que paulatinamente le iban cerrando todas las salidas.

—¿Y bien? —se atrevió a decir Anthony, rompiendo los minutos de silencio. Oía la respiración acelerada de Vincent resoplando por su espalda—. ¿Echamos a volar por encima de los policías?

Al instante, Vincent giró a Anthony hasta posicionarlo frente a sus ojos.

—¿Cómo has dicho? —preguntó el detective, pronunciando cada palabra con una pausa. Anthony dudó si responderle o mejor guardar silencio, pues era evidente que cuanto más encerrado se veía, más decidido podría estar en pegarle un tiro. No obstante, Vincent le volvió a insistir—. ¿Qué dijiste? ¿Echar a volar?

—Sí… bueno, era una metáfora, una fantasía, ya sabes… me refería a que solo nos falta mover los brazos y salir volando de aquí para que no nos cacen.

Vincent sonrió con picardía sin desviar la mirada de los ojos claros de Anthony. Agitó su cabeza asintiéndole, como si aprobara la idea del espía español, como si aceptara el plan. Le costó a Anthony unos segundos comprender qué pasaba, cuando vio fuera, entre los hangares, varias avionetas estacionadas.

—Estás loco. No has pensado las consecuencias de algo así, Vincent, no creo que…

—Cuando nos conocimos, allí en Tánger, me dijiste que sabías pilotar una avioneta ¿verdad? Espero que no te estuvieras marcando un farol, porque te voy a poner a prueba —dijo Vincent, cortando en seco las palabras del espía de la SIAEM mientras abría uno de los ventanales y lo empujaba hacia fuera.

—Vincent, escúchame, por favor —exclamó Anthony, intentando que su voz se oyera a través de la rugiente lluvia—. Sí he tenido algo de instrucción en pilotaje, en mis inicios en la Agencia, pero apenas tengo horas de vuelo. Sé la teoría y tengo muy poca práctica, ¿entiendes?

—Eres un tío listo y muy inteligente, seguro que aprendiste bien la lección —le replicó Vincent, mirando de forma furtiva hacia atrás por si alguien les estuviera siguiendo.

—¿Me estás oyendo? ¡Nos vamos a matar! Aunque lograra despegar una avioneta de esas, con esta lluvia de mil demonios es una locura intentarlo. ¡Y no solo para mí, un inexperto, sino incluso para un piloto consagrado!

—Pues espero que te llegue la inspiración, amigo mío, porque una de esas avionetas que ves allí es nuestro vehículo —sentenció Vincent con firmeza.

Anthony barajó la idea de intentar desarmarle y salir corriendo, aunque la probabilidad de que acabara con un tiro en el cuerpo era bastante alta. Todas las vías de escape que dibujaba en su mente se iban desvaneciendo a medida que iban llegando a las puertas del hangar, donde varias avionetas de un solo motor estaban siendo tapadas con gruesas lonas.

Nada más llegar, Vincent fijó su pistola hacia los operarios y les instó a que les diera la llave de la avioneta que tenían al lado. Éstos se agacharon temblando y señalaron que la llave estaba en la cabina, en la guantera interior. Antes de dejarlos ir, les preguntó también si tenía combustible el depósito, a lo que respondieron afirmativamente.

La avioneta era una Cessna 140, un modelo biplaza con un solo motor en su morro central. La cabina era amplia, con un espacio extra tras los asientos para afincar maletas y otros enseres. El panel de controles era mucho más básico de lo que Vincent se hubiera imaginado. Identificó el altímetro, un reloj y la aguja de combustible, así como una palanca enorme y un volante central.

Anthony cerró los ojos e intentó calmar un poco su nerviosismo, algo poco presente en él. Tenía el corazón palpitándole cual manada de caballos al galope. Sentía cómo las venas de su cuello se inflaban y vaciaban incesantemente, haciéndole respirar con dificultad. La fuerte lluvia se oía a través de la chapa del fuselaje como si una metralleta estuviera disparándoles.

—Aquí está la llave —expuso Vincent, introduciéndola en la boquilla respectiva—. Se da todo a la derecha para encender esto ¿no?

—Espera, espera… si vamos a volar en este cacharro, al menos intentemos agarrarnos a la poca probabilidad que tenemos que salir con vida, y eso depende de mí —respondió Anthony, intentando ubicarse en la pista en la que estaban, que permanecía totalmente oscura, sin ningún foco encendido—. Una lluvia brutal, sin luces en la pista, sin ningún mapa con el que orientarnos… desde luego, si buscabas una forma de morir con ruido lo vas a conseguir, porque no veo más que variables negativas.

—Y no te olvides de la pistola que aquí tengo apuntándote, amigo mío —añadió Vincent, mostrándose totalmente ajeno al riesgo de la situación.

—Vincent… mírame y créeme si te digo que no vamos a poder salir de aquí volando. No vamos ni a despegar. No tengo práctica en esto, y mucho menos en estas condiciones, a oscuras y con esta inundación, que más que una lluvia parece una venganza divina. Sal corriendo, coge un coche y desaparece, hazme caso. Si aun así tú quieres que encienda motores y lo intentemos, así lo haré, no puedo elegir entre esto o que me pegues un tiro, pero te aseguro que por muchas ganas que yo tenga de seguir vivo, esto acabará en catástrofe. Mañana seremos unos titulares en el periódico local —dijo Anthony, agotando su último cartucho. Vincent torció la mirada y, por primera vez desde que era su carcelero, lo vio dubitativo.

—Es posible que Faiga no llegara a montarse en el avión a Madrid y que aún esté aquí… —pensó el detective en voz alta—. Y si lo ha conseguido, casi que es mejor que siga sola, sí…

—Exacto, te conviene salir de este cuadro que se está pintando, que no te retraten. Tu nombre se irá disipando de toda esta historia, y en unos meses nadie te buscará —dijo Anthony al instante, viendo que se abría una vía de escape.

—No será tan fácil, digas lo que digas, pero sabré desaparecer de los chacales que se mueven por vuestras oficinas. Lo que de verdad me preocupa es que realmente exista ese puñetero libro y que vosotros os hagáis con él. Casi prefiero que lo quemen antes de que caiga en vuestras manos.

—¿Ahora crees en su existencia? ¿No decías que era todo una patraña absurda? Seamos serios, Vincent. Estás herido en el hombro, sangrando y dolorido, se nota que necesitas descansar varias semanas hasta recuperarte. Este caso que estás llevando, por llamarlo de alguna forma, no te lo va a pagar nadie, porque dudo mucho que esa chica tenga mucha pasta para ti.

—Si le tuve que dar yo a ella... —suspiró Vincent, dibujando una pequeña sonrisa en su rostro, aunque apenas duró unos segundos. Al instante, volvió a tensar su piel y alzó de nuevo la pistola de forma amenazante—. Pero ya es tarde para tomar cualquier decisión de esas, Anthony. Ve despegando, no nos queda otra opción.

Varias sirenas de policía se abrían paso a través de las gotas de lluvia, reflejando su intensa luz azul por el suelo encharcado. Se contaban hasta cuatro coches.

Anthony giró la llave en la posición que permitía que las bujías recibieran corriente, para luego moverla hasta el encendido, provocando que el avión soltara un estruendo rugiente. Toda la cabina comenzó a temblar en un traqueteo intranquilizador, mientras que el motor comenzó a hacer girar las aspas. Lo siguiente fue tirar de la palanca y agarrar el volante, mientras iba moviendo una palanca más pequeña hacia arriba. Lentamente, la avioneta comenzó a moverse.

—Apenas veo la pista de despegue, Vincent. No sé si vamos directos hacia un maizal, un río, o cualquier otra cosa —dijo Anthony, sin apartar la vista del frente. Las escobillas limpiadoras apenas lograban mantener libre de agua el cristal frontal de la cabina. Era una odisea poder ver algo con claridad.

—¿Y qué quieres que haga? ¿Qué pare la lluvia con una varita mágica? Deja ya de llorar y levanta este trasto como sea. Sigue recto o guíate por lo que puedas, pero hazlo —respondió Vincent, con la mirada fija en la cola del avión, por donde los coches policiales se acercaban a velocidad rauda. Era cuestión de segundos que los alcanzaran—. ¿No puedes acelerar más?

—¿Acaso crees que esto es un coche de carreras? Este cacharro mide diez metros, no sé si te has dado cuenta.

—Joder, Anthony, ¿cuánto tiempo necesitas para levantarlo?

—¡No lo sé exactamente! ¿Acaso crees que soy un piloto experimentado? ¿Crees que hago esto todos los días?

—¡Responde de una vez! ¡Tiempo! ¿Cuánto tiempo?

—¡Cinco minutos! ¿Vale? Cinco puñeteros minutos y si todo sale bien y Dios se apiada de nosotros, estaremos volando.

—Demasiado tiempo… —concluyó Vincent, mordiéndose los labios inferiores al sentir una punzada de dolor procedente de su herida.

La avioneta comenzó a coger algo de velocidad, acentuando más aún el replicar de la lluvia sobre la chapa de aluminio. El avión hizo una tentativa de despegar del suelo, alzando la pequeña rueda de la cola, aunque aún le faltaba más velocidad para escapar de la gravedad.

De repente, y para sorpresa de Anthony, Vincent abrió la puerta del copiloto y se asomó tímidamente para ver con más claridad a los coches policiales. Un vendaval de agua y aire se arremolinó en la cabina, haciendo que se perdiera estabilidad y maniobra. De poco sirvieron los gritos de Anthony para que la cerrara, especialmente cuando varios disparos, procedentes de los coches policiales, se asentaron en el cuerpo de la avioneta. Vincent tenía claro que quería despegar, y no dejaría que un par de coches se lo impidiera.

Abrió fuego un par de veces, apuntando sobre todo al capó de los coches, aunque no acertó ni una vez. Estando herido, a tanta distancia y en el interior de una avioneta tan inestable, se hacía muy complicado dar en el blanco. Los policías, lejos de amilanarse, se envalentonaron más, asomando sus pistolas por las ventanillas para responder al fuego con más fuego.

Una bala silbó a escasos centímetros de donde Vincent tenía apoyado su codo bueno. Tomó una bocanada de adrenalina para soportar la falta de fuerzas y el peso del agua que le recorría todo el cuerpo, y volvió a fijar su arma hacia sus perseguidores.

—¡Despega de una vez, Anthony! ¡Levanta este trasto ya! —rugió con fiereza, abriendo fuego hasta dos veces más para luego refugiarse en la cabina.

—No veo la pista, no veo la pista, ¡no se ve nada! Eso es un puñetero suicidio… —dijo Anthony, incrementando la velocidad de la avioneta.

Uno de los coches policiales estaba ya a la par del aeroplano, con la ventanilla trasera bajada para mostrar dos pistolas preparadas para disparar. Vincent, nada más verlo, apoyó su brazo bueno sobre su propio asiento y abrió fuego hasta cuatro veces. Desde el coche respondieron con apenas dos disparos, los únicos que pudieron antes de que el motor del coche estallara en llamas y humo. Al instante, otros dos coches aparecieron justo detrás de ese, con varias balas rasgando el suelo y el fuselaje del avión. Vincent verificó cuántas balas le quedaban en el cargador y miró a Anthony de soslayo, para asegurarse que no intentaría nada contra él. Estuvo un par de veces de espaldas a él, mientras disparaba a los policías, y perfectamente pudo haberle intentado embestir o desarmar. Afortunadamente para él, el espía español estaba demasiado ocupado intentando controlar la avioneta. Requería de todos sus sentidos.

—¡Nos van a perforar como no levantes esta bañera! ¡Despega de una vez! —ordenó Vincent.

Anthony hizo una tentativa, a lo que el avión respondió alzándose un metro escaso para luego volver al suelo con un impacto duro. No tenía suficiente velocidad.

Una nueva ráfaga de disparos se cebó en la carcasa de la avioneta, creando varios boquetes por los que el aire y la lluvia se filtraban con un ruido infernal, al fallar la aerodinámica. Vincent se agazapó en su asiento, para evitar ser alcanzado por alguna bala, mientras miraba con pavor los relojes del cuadro de mandos. Se le antojó que eran más de lo que él recordaba.

Anthony, ligeramente agachado también, hizo una nueva tentativa de levantar el morro del avión. Tiró con fuerza de los mandos mientras se repetía entre susurros un "¡Venga!", aunque la avioneta volvió a rebotar contra el suelo.

Súbitamente, las sirenas policiales se fueron alejando y los disparos se convirtieron en ecos distantes. El reflejo de las luces azules de sus perseguidores, que antes inundaba todo el habitáculo de la avioneta, ya había desaparecido. Vincent, extrañado se asomó por la ventanilla agujereada por los balazos, levantando el puño en alto al ver cómo los policías se rendían. Los coches habían frenado en seco.

Anthony, alertado también de no oír a sus perseguidores, giró el cuello hacia atrás, no ocultando su satisfacción al verse libre de más disparos con una carcajada.

—Ya me veía agujereado como un queso de gruyer. No viene ninguno, ¿verdad? —exclamó Anthony.

—Ninguno, se han parado todos —respondió Vincent, que tras pasar esos segundos de euforia, empezó a evaluar el extraño comportamiento de sus perseguidores al frenar—. ¿Tan rápido vamos para que no nos puedan alcanzar? Los teníamos pegados aquí al lado, es raro…

—Pues ahí están, jajaja. Se han quedado como estatuas. Menos mal que no eran muy buenos tiradores.

Casi por instinto, Vincent sintió un impulso irrefrenable de volverse. Era como un sexto sentido que a veces le azotaba. Sintió algo extraño en el temblor habido en la avioneta, así como un ruido que se solapaba con el de la hélice, el viento y la lluvia que se filtraba a través de los agujeros de las balas.

Nada más mirar hacia el frente, dilató las pupilas y tiñó de blanco el rostro, abriendo la boca en un intento inocuo de poder pronunciar algo inteligible, emitiendo parcos balbuceos. Anthony, que apenas tardó unos segundos en reaccionar, siguió con su mirada hacia donde el detective señalaba. Allí, a menos de cien metros y a velocidad de despegue, un avión de pasajeros transitaba perpendicular a ellos, vaticinando un choque casi con total seguridad.

—¡Gira! ¡Gira, Anthony! —llegó a gritar Vincent, totalmente superado por la situación de peligro.

—¡No da tiempo! ¡No hay distancia! —gritó Anthony, intentando procesar toda la información de distancias y acciones posibles en cuestión de segundos.

—¡Pues frena! ¡Frena! —siguió gritando Vincent, agarrando los mandos en frenesí para empujar y tirar de ellos de forma descontrolada.

Inmediatamente, Anthony lo empujó y volvió a hacerse con el control de la avioneta.

—¡Cálmate, joder! Solo tenemos una opción y es despegar como sea, así que agárrate.

—¡Nos lo vamos a comer! ¡Nos lo comemos seguro! —volvió a decir Vincent, evaluando incluso si abrir la puerta y saltar hacia fuera en plena carrera.

Anthony intentó levantar el Cessna por tercera vez, y esta vez la velocidad que llevaban fue propicia para mantenerla estable en el aire, aunque a baja altitud. La distancia que los separaban del tremendo avión ya eran sesenta metros escasos.

—¡Arriba! ¡Arriba! ¡Más arriba! —gimió Vincent, respirando cada segundo que pasaba como si fuera el último de su vida.

Anthony ya ni le escuchaba. Estaba tan volcado en la situación que solo tenía ojos y mente para lo que tenía delante. Tiraba de los mandos con todas sus fuerzas, mas el altímetro apenas subía un par de metros por segundo, algo insuficiente para librarse del choque.

—¡Anthony! ¡Anthonyyyy! —gritó Vincent, agotando sus últimas fuerzas ante la colisión inminente.

Cuarenta metros de distancia. Las turbinas del enorme avión de pasajeros rugían con bravura mientras alzaban todas las toneladas de peso que soportaban. El Cessna también iba en ascenso, como si quisiera encontrarse con su final.

—¡Baja! ¡Joder, Anthony, baja! ¡Pasa por debajo! —pronunció Vincent, antes de taparse la cara con ambos brazos en un intento inane de sentirse más protegido.

Por un pequeño instante, Anthony estuvo a punto de efectuar un descenso en picado para intentar pasar por debajo del gigante que tenían en frente. El riesgo de acabar aplastado contra el suelo era grande, pues el tren de aterrizaje del Cessna no sería capaz de soportar la fuerza del impacto al chocar contra el suelo, rompiéndose y ladeando toda la avioneta en el pavimento.

Ya no quedaba tiempo para decir ni pensar nada. Solo restaba tomar una decisión rápida y afrontar las consecuencias. Anthony, rebosando adrenalina por cada poro de su piel, torció los mandos y trazó una maniobra en forma de parábola hacia la cola del avión de pasajeros. Evaluó que la velocidad de escape del avión sería mayor que la de ellos y que, con suerte, pasarían por su cola sin llegar a tocarla. La suerte ya estaba echada, todo dependía de que los cálculos les fueran propicios.

Tanto Vincent como Anthony estuvieron conteniendo la respiración hasta que la avioneta recorrió su nuevo rumbo. Cuando vieron al enorme avión alzar el vuelo por su derecha, soltaron todo el aire con un resoplido de satisfacción contenida. El detective miró con complicidad al espía de origen inglés, asintiéndole con aprobación.

—No sé cómo lo has hecho, pero bravo, Anthony. Al final resulta que eras un buen piloto ¿eh? —dijo Vincent, exhalando pequeños retazos de sarcasmo para calmar un poco la tensión vivida.

—Si te soy sincero he hecho lo que un piloto experimentado no hubiera hecho —le replicó Anthony, enderezando el rumbo de la avioneta mientras seguía ganando altura—. Esa maniobra es muy arriesgada y tiene un mayor índice de muerte en caso de siniestro, al estar en vuelo. Hubiera sido preferible efectuar un descenso.

—Pero no lo hiciste —puntualizó Vincent.

—No, no lo hice. Me dejé llevar por el instinto. Es lo que te queda cuando no tienes conocimientos oportunos sobre el tema, ni experiencia suficiente en vuelo, ni tiempo para poder pensar en qué hacer.

—Pues permite que te señale que has tenido un buen instinto.

—Esto podría haber acabado en catástrofe —siguió diciendo Anthony, que ahora comenzaba a asimilar todo el peligro sufrido—. Hemos tenido suerte, mucha suerte. Pero bueno, mejor no pensar en ello. Y ahora dime, ¿qué rumbo se supone que he de tomar?

Vincent guardó silencio por un instante, mientras fijaba la vista en aquel monstruoso avión contra el que casi chocaron y que ahora se alejaba de su posición.

—¿Puede ser ese el avión que va hacia Madrid?

—¿El de Madrid? —preguntó Anthony, intentando fijarse en algún logotipo visible del fuselaje del avión, aunque con la densa lluvia apenas se veía su silueta y alguna luz de las alas—. Puede que lo sea, sí, ¿por qué?

—¿No me has preguntado hacia dónde vamos? Pues ve hacia ese avión, quiero ver si…

—¡Déjate de tonterías! —le interrumpió Anthony—. ¿Quieres que vuele al lado de un avión diez veces más grande que el nuestro? ¿Hacemos una carrerita a ver quién va más rápido? ¿Es eso?

—Cálmate un poco, ¿vale? Creo que has olvidado que eres mi rehén —dijo Vincent, mostrando la pistola en su regazo.

—¿Rehén? ¿Yo, tu rehén? ¡Aquí arriba, tú eres mi rehén! Pégame un tiro si quieres, a ver si eres capaz tú de manejar este avión. Me gustaría ver cómo lo aterrizas.

—Mira, Anthony, vamos a dejarnos ya de tonterías ¿vale? Tanto tú como yo buscamos lo mismo, de diferentes formas pero bajo el mismo techo. Tú vas a que tu Agencia de mierda encuentre ese puñetero libro, y necesitas a Faiga para lograrlo. Yo me he comprometido a ponerla a salvo de las garras vuestras y de la de esos desgraciados que conociste en el aeropuerto. Los dos la queremos viva, y si está en ese avión...

—¿De verdad piensas que soy capaz de volar a la vera de ese avión, Vincent? —interrumpió Anthony, echándose a reír—. ¿No has oído lo que te he dicho antes? Hemos tenido mucha suerte de seguir vivos.

—Necesito saber si Faiga va en ese avión, y te guste o no me vas a acercar a él.

Vincent ahora mantenía la pistola apuntando de nuevo a Anthony, aunque éste ya no se sentía tan amenazado como anteriormente.

—¿Y esperas verla asomada por una ventanilla, saludándote? ¿No ves la lluvia que hay? Incluso aunque esté cerca de una ventanilla haciéndote señales, sería un milagro que pudieras verla. ¡Si apenas se ve unos metros lo que tenemos delante!

Anthony necesitaba sacar toda esa rabia y miedo contenido. Necesitaba desahogarse como lo estaba haciendo ahora.

—O me llevas hacia ese avión o te dejo las rodillas como dos coladores —insistió Vincent, fijando el cañón de la pistola en la rodilla del espía inglés—. Me importa una mierda si te mueres por eso, aunque confío en que no. Sobrevivirás y no volverás a andar en el resto de tu vida. Solo tienes que acercarme a ese avión.

—Esta avioneta puede alcanzar, como mucho, los 400 km/h, mientras que ese avión, modelo Caravelle según creo, puede llegar a los 700 km/h. Ya me dirás cómo...

—¡Déjate de cálculos y ve hacia ellos! —gritó Vincent, de nuevo, apretando con más fuerza la pistola sobre Anthony.

—Está bien, a ver, déjame pensar… Por lo que veo, están describiendo un giro, pues el rumbo hacia Madrid es por allí —remarcó Anthony, señalando su izquierda—. Puedo ir hacia su encuentro trazando una línea recta, mientras ellos describen ese semicírculo, aunque apenas será un encuentro de veinte o treinta segundos.

—¿Ves como sí se podía? Pues venga, ve tirando —dijo Vincent, mientras intentaba limpiar las gotas de agua que se colaron por los agujeros de las balas recibidas y que se empezaban a arremolinar en la superficie de los cristales.

Tal y como dijo Anthony, el enorme Caravelle describió media elíptica en el cielo mientras seguía ganando altura. A su vez, el Cessna impuso un rumbo en línea recta hacia un punto de encuentro intermedio. Anthony tragó saliva al verse de nuevo próximo a ese monstruo de metal, acercándose a esas velocidades tan grandes y a tanta altura. Ya había agotado el cupo de suerte por hoy y convenía no abusar más de lo necesario, aunque tenía pocas alternativas.

El Cessna llegó mucho antes al punto de encuentro, como era de esperar, cuando Anthony cambió el rumbo para colocarse en la misma dirección en la que venía el Caravelle. La idea era ser alcanzado por el avión de pasajeros, volando ambos en paralelo hacia el mismo rumbo.

En efecto, al minuto escaso, el enorme avión empujado por los dos turborreactores *Rolls-Royce*, transitó a varios metros de ellos en paralelo. Se veían muchas sombras moverse más allá de sus ventanillas, lo justo que permitía la gruesa cortina de lluvia que no parecía querer remitir.

—Está bien, acércate, rápido —dispuso Vincent, intentando adivinar algún rostro entre ese caos.

Anthony obedeció, acercándose con prudencia y lentitud. Ya daba por imposible intentar convencer a su carcelero de lo absurdo de su idea, pues esta acrobacia que estaban realizando tenía un límite. No podrían acercase lo suficiente como para identificar a nadie, era un hecho tan evidente que cualquiera en esa situación lo vería. Y Vincent no iba a ser menos, él también se dio cuenta de esa verdad, aunque su cometido era bien distinto. Ya que no podía ver a Faiga entre tanto tumulto de lluvia, viento, velocidad y distancia, comulgó con la idea de que fuera ella la que le viera a él. Tenía que hacer algo que ella reconociera nada más verlo para que supiera que él estaba ahí. Tenía pocas opciones a tanta altura y en pleno vuelo, aunque tuvo una idea que esperaba que funcionase. Abrió la ventanilla de la parte trasera y sacó su abrigo mientras lo agarraba con todas sus fuerzas para que el fuerte viento no se lo llevara. Era una bandera improvisada que esperaba que Faiga viera y reconociera al instante.

Un par de minutos después, el enorme avión dejó atrás al Cessna. Vincent cerró la ventanilla y tomó asiento al lado de un Anthony aparentemente bastante sumiso, aunque en su mente estaba elucubrando un posible plan. Podía intentar desarmar al detective, aunque corría un riesgo evidente si forcejeaba ante su fortaleza, bastante superior a la de él. Por ello, prefirió seguir pilotando la avioneta, ya que ello le garantizaba que le llevaría hasta Faiga, que era su objetivo real. Vincent podía ser brusco en sus acciones, e incluso dispararía si fuera necesario, pero no era un asesino que matara por matar. Tenía un sentimiento de bondad que le empujaba a intentar solventar los problemas sin bajas, algo que Anthony supo leer a la perfección.

—Tú dirás qué hacemos ahora —dijo Anthony, verificando los relojes del panel de mando. Probó a encender la radio, que empezó a emitir voces entrecortadas, y la apagó al instante.

—Sí, mejor apágala. No tengo ganas de escuchar a la torre de control insultándonos —dijo Vincent.

—Ya, solo me quería asegurar de que funcionaba, por si nos hiciera falta más adelante.

—¿Acaso piensas pedir que vengan a recogerte cuando aterricemos? —respondió Vincent, sacando un cigarrillo de su paquete de Búfalos y encendiéndoselo—. Tú mantén el rumbo y olvida la radio.

—¿Y se puede saber qué rumbo es el que debo mantener?

—Madrid —dijo Vincent, de forma escueta y directa.

—Madrid... vamos a Madrid... ese es tu plan —le increpó Anthony, levantando la voz y gesticulando la cabeza en negación—. ¿Y luego qué? ¿Robamos allí un autobús y nos pegamos un viaje hasta llegar a Roma?

—¿Se puede saber qué te hace tanta gracia?

—Que no eres realista, Vincent.

—¿Tienes una idea mejor? ¿Aterrizar aquí abajo, en el campo, y salir corriendo de la mano como buenos amigos? ¿Esa es tu idea? —replicó Vincent, dando una calada prolongada al cigarrillo mientras suspiraba una carcajada contenida.

—Esta avioneta tiene un depósito capaz de recorrer unos setecientos kilómetros, aproximadamente. Y Madrid está a más de mil kilómetros de París, de eso estoy seguro. Tendría que mirarlo en el mapa ese que tienes ahí cerca, pero dudo mucho que me esté equivocando.

—¿Qué quieres decir con eso? —dijo Vincent, exhalando el humo lentamente mientras rezaba por no oír la respuesta que suponía.

—Que no llegamos a Madrid montados en este cacharro, Vincent. Es imposible. Pasaremos los Pirineos, si tenemos suerte, pero no creo que lleguemos más lejos de eso.

CAPÍTULO 28: LA AGENCIA SIEMPRE GANA

Madrid, 27 de noviembre del año 1954

Madrid se alzaba como una ciudad viva y en continuo movimiento, con peatones y coches poblando su basto conglomerado de calles. Destacaba la Gran Vía, una enorme avenida cuyas aceras estaban decoradas con innumerables carteles de películas y obra de teatro, así como de brillantes escaparates que mostraban todo tipo de artículos, desde sombreros hasta elaboradas pipas de fumar. Incluso viniendo desde París, Madrid tenía un halo especial que la distinguía del resto, especialmente por la noche, que brillaba con luz propia.

Amancio y Faiga, que habían aterrizado hacía una hora, cogieron un taxi para que los dejaran en la Gran Vía. El sicario la invitó a tomar algo allí antes de despedirse, algo a lo que ella accedió con gusto. Se sentía cómoda al lado de él, era un hombre de gustos sencillos y vida ordenada, justo lo que ella necesitaba para asentarse. Era absurdo hablar de amor con alguien que acaba de conocer, aunque sí exudaba algo de atracción. Era un hombre de facciones tremendamente atractivas, con un rostro muy varonil y atrayente. No obstante, el haber visto a Vincent en aquella avioneta le dio un respiro de alivio. Estaba vivo, logró salir indemne de aquel tiroteo en el aeropuerto, y posiblemente lo volvería a ver aquí, en Madrid. Iba a ser complicado que coincidieran, aunque ella ya tenía trazado un plan. Iría a esperarle en el mismo aeropuerto, día y noche, hasta reconocer la avioneta en la que iban. Era un plan duro de llevar a cabo, aunque era su única opción. Amancio parecía un buen hombre, pero no llegaba a fiarse de él hasta el punto de contarle todas las desavenencias que llevaba sufridas. Había habido tiroteos, asesinatos, una investigación extraña, espías tras ella… unos hechos muy duros incluso para ella como para compartírselos a un extraño.

Amancio la llevó a la cafetería Zahara, un lugar emblemático en la Gran Vía donde siempre encontraba uno mesa para comer o tomar un café. Estaba enclavada en la esquina con la calle Mesonero Romanos, con una fachada modesta en tamaño, pero con un interior enorme. Más de treinta camareros eran los que se ocupaban de gestionar a toda la clientela, además de los cocineros y bármanes.

Nada más entrar, tomaron asiento cerca de una ventana y pidieron unas tapitas de calamares con mayonesa, acompañados de unos pimientos verdes picantes. Amancio se ausentó unos minutos para ir al baño, aunque se paró antes en una de las barras para efectuar una llamada de apenas veinte segundos. Dijo algo escueto y colgó, para luego volver a la mesa con Faiga, que ya había empezado a dar cuenta del pan y la mantequilla que ponen de cortesía en la mesa.

—Es muy bonito, Madrid, muchas tiendas bonitas y mucha gente —dijo Faiga, tragando antes el bolo de pan que estaba masticando.

—Sí, se vive bien aquí. Es la primera vez que vienes por aquí, me dijiste ¿verdad?

—Sí, sí, primera vez.

—Pues hay mucho que ver, muchos monumentos y lugares emblemáticos que seguro te gustarán. Si quieres, cuando estés más libre de tus asuntos, podemos vernos y te lo enseño.

—Tú muy amable, muy, muy amable. Yo contenta de conocer tú, muy contenta.

«Alégrate todo lo que quieras, pobre imbécil, y come bien todo lo que puedas, porque no vas a ver la luz del Sol en mucho tiempo, eso te lo aseguro», pensó Amancio, manteniendo su atractiva sonrisa siempre en alto.

—Si necesitas que te lleve a algún sitio, dímelo y te acompaño. Que, aunque sí es verdad que Madrid es una ciudad muy hermosa, también aquí te puedes encontrar con gente poco amistosa y con malas intenciones. Ya sabes, malhechores hay en todas partes.

—Yo doy gracias. Cojo taxi y, si quieres, luego poder vernos. Yo ver a madre y luego buscar donde dormir.

—Claro, claro, lo entiendo —respondió Amancio, encendiéndose un cigarrillo y ofreciéndole otro a ella, que se lo rechazó con la palma—. Tú ocúpate de tus cosas tranquila y ya quedamos.

—Además, también tengo que buscar Vincent, mi amigo del que hablo en avión —prosiguió Faiga—. Yo sé que él está aquí, él llega a Madrid hoy. Yo tengo que verlo.

«Ese Vincent tiene los días contados, créeme. Lo vas a ver con la cabeza colgada de una pica», se dijo Amancio a sí mismo, asintiendo con la cabeza a Faiga mientras le regalaba otra de sus encandiladoras muecas.

—Bueno, pues dentro de unos días, cuando tú te veas más libre. Yo luego te dejo el teléfono de la universidad donde doy clases y me dejas un recado si no estuviera.

—Vale, yo agradezco.

Empezaron a llegar las rodajas de calamares fritos, los pimientos picantes, un refresco y un café para él. Brindaron de forma amigable y empezaron a probar las ricas raciones que tanta fama daban a este local.

Quince minutos más tarde, un coche de carrocería oscura se detuvo justo en la entrada de la cafetería y apagó las luces, saliendo de su interior tres hombres fornidos ataviados con gabardinas largas y sombreros con el ala echada hacia delante. Amancio captó su presencia al instante, aunque siguió con su mascarada frente a Faiga. Los hombres accedieron al local y dieron una batida visual al interior hasta fijarse en Amancio, al que no dudaron en señalar antes de andar hacia la mesa donde estaba sentado. Amancio apagó su cigarrillo y se levantó de la silla justo cuando llegaron los tres desconocidos.

—Habéis tardado mucho. Ya creía que os habíais quedado dormidos —dijo Amancio, para desconcierto de Faiga, que sonrió con una mueca algo torcida. Por un momento, pensó que serían unos amigos de él.

—Llegamos cuando podemos —respondió con voz ronca uno de los individuos, que desvió su mirada hacia Faiga—. ¿Es ella?

—Toda vuestra —respondió Amancio, haciéndole un gesto de despedida a Faiga.

Dos de los individuos la cogieron de los brazos con fuerza, mientras que el tercero se ubicaba a su espalda.

—¡Tú engañas! ¡Tú espía! —gritó Faiga—. ¡Tú bastardo! ¡Tú malo!

—Yo muy malo, sí —respondió Amancio, comediando su tono de voz.

Faiga le devolvió la ironía con un escupitajo que impactó en su rostro, a lo que el sicario reaccionó levantando el brazo derecho y clavando su mirada en la nariz de la mujer. A punto estuvo de darle una torta, aunque supo retenerse a tiempo.

—Llevaos de una vez a esta desgraciada —vociferó Amancio, quitándose la saliva de Faiga con la manga.

—Nos han dicho que vinieras también tú —le respondió uno de los matones que tenía a Faiga cogida.

—Iré mañana. Es casi de noche ya. Lo que quiero ahora es terminar este café e ir a descansar de tanto viaje. Mañana por la mañana estaré en la Agencia, no os preocupéis. Tengo que ir para cobrar, así que no pienso largarme a ningún lado.

El trío dio por válida la respuesta de Amancio y tiraron de Faiga para llevársela del lugar.

—¡Vincent te matará! ¡Él te encuentra y él te mata! —siguió diciendo Faiga, mientras era arrastrada por los hombros fuera del local, para sorpresa de los clientes que allí había a esas horas de la noche—. ¡Tú morir!

Amancio, lejos de sentirse intimidado, se sentó de nuevo en la silla y miró alrededor con una mueca de complicidad, dando a entender que era recomendable que nadie se entrometiera. Casi todos los presentes aceptaron que debía ser algo oficial, de la policía secreta, y que esa mujer debía ser alguien buscada por ellos. La ciudadanía, en general, estaba acostumbrada a no meterse en este tipo de asuntos. La guardia civil era conocida por su poca clemencia y métodos rígidos ante los ciudadanos que se inmiscuían en cualquier asunto oficial, por lo que era mejor permanecer callado y mirar hacia otro lado.

Faiga, por otro lado, se encontró recluida en el asiento trasero de un coche extraño, con dos hombres de mirada torcida sentados a ambos lados. Sintió cómo despertaban de nuevo los temblores en su piel, a causa del miedo. No cesó de pedir que le dejaran ir, que ella no sabía nada de todo esto, que solo era una visitante ocasional de su país, pero no recibió respuesta alguna, excepto que se callara y que permaneciera quieta.

Pensó en pegarle un puñetazo en la entrepierna a uno de los carceleros, para luego pasar por encima de él, abrir la puerta del coche y dejarse caer fuera, aunque le faltaba bastante más valor del que podía reunir para llevarlo a cabo. Los últimos kilómetros de viaje los pasó intentando controlar la respiración mientras intentaba fijarse en cualquier detalle que le pudiera ser útil. Ojeó al hombre que tenía a su derecha, un hombre de talla media y con algo de sobrepeso en la zona abdominal. Vestía con un traje azul marino a juego con la gabardina, del mismo color. La camisa blanca tenía el cuello algo grisáceo, posiblemente por llevarla puesta un par de días, mientras que la corbata azul con rayas blancas presentaba un pasador plateado con el emblema de un escudo heráldico dividido en cuatro zonas y un águila dominando el área. Luego miró al de la izquierda, ataviado con todos los ropajes de color negro, incluso la camisa, exceptuando la corbata, que era de color rojo sangre con puntos oscuros. Tenía el mismo pasador decorativo y un bulto en forma de pistola en la chaqueta. De su muñeca izquierda se asomaba un reloj de esfera plateada muy grande, con un acabado que lo identificaba como un objeto bastante caro. Por último, se fijó en el que tenía delante, conduciendo. Tenía un corte de pelo bastante descuidado, con una línea desigual en el cuello. Cruzó su mirada con la de él por el retrovisor del coche, unos ojos fríos y calculadores que no mostraban sarcasmo, angustia ni alegría.

Cuando el coche se detuvo, Faiga contó diez o veinte minutos desde que salieron de la cafetería. Le pusieron una capucha opaca que apenas la dejaba respirar con claridad mientras salía del coche. Antes de que pudiera hacer algo para evitarlo, uno de los hombres la cogió en brazos y se la subió a su hombro derecho, como si llevara un saco. La tenía bien sujeta por la cintura con su enorme brazo, imposibilitando que ella pudiera hacer algo que no fuera patalear o pegarle un par de frágiles puñetazos en la espalda.

Oyó cómo recorrían varios metros por la calzada, abrieron una puerta y luego siguieron andando por un suelo distinto. Luego unas escaleras, por lo menos hasta un segundo piso, y a continuación varias puertas más que se fueron abriendo. Oyó también nuevas voces, aunque bastante alteradas a causa de la capucha que la tenía ciega y algo sorda. Al final, la sentaron en una silla con los brazos atados a la espalda. Segundos después, las voces fueron disgregándose del lugar, asentándose un silencio sepulcral en toda la zona. Faiga no pudo evitar ser presa del pánico, acelerando su corazón de forma descontrolada mientras pedía que por favor la soltaran. Una multitud de mocos líquidos se le agolparon en la máscara de lana que tenía en el rostro, entorpeciendo aun más su respiración entrecortada. Intentó soltarse de las ataduras pegando pequeños saltos y forcejeando con los cordajes, aunque lo único que consiguió fue hacerse daño en las muñecas. Insistió de nuevo en pedir ayuda con una voz lastimera y derrotada, suficiente como para que alguien, esta vez sí, le respondiera. Hablaba en un alemán perfecto.

—Cálmese, señorita Arzer. No le va a pasar nada malo. Nadie la va a tocar para hacerle nada malo.

—Por favor, suélteme, yo no sé nada, no he hecho nada malo a nadie.

—Lo sé, lo sé, ahora cálmese mientras charlamos tranquilamente —le respondió la voz, que poco a poco fue mostrando su rostro al quitarle a Faiga la máscara. Era un hombre bien entrado en los cincuenta años, con pelo cano y ojos ocultos entre unas cejas muy pobladas. Vestía con un traje muy bien entallado de tonos marinos y una corbata de seda carmesí.

—Oiga, yo les ayudaré en lo que me pidan, de verdad, pero no me hagan daño. Yo no quería nada de esto, me obligaron a todo. Yo estaba en la Universidad cuando mataron a mis padres. Hui de allí y en París…

—Sí, sí, lo sé, lo sé todo —le dijo el hombre, intentando asentar tranquilidad en el ambiente con una voz sosegada y amigable—. Sabemos todo de usted, señorita Arzer, desde su salida de Berlín, hasta su paso por París, donde conoció al señor Vincent Arcadio. También tenemos constancia de que contactó con el señor Anthony Selles y su grupo. Todo eso lo sabemos. Todo eso ya no importa. Si usted está aquí, es porque necesitamos saber algo que solo usted sabe. Imagino que sabrá a qué me refiero ¿verdad?

Faiga dudó unos segundos antes de responder, aunque estaba claro que ese hombre sabía mucho de ella. Engañarle no era una opción muy sensata, más aun estando ella presa. Prefirió intentar ganar tiempo, aunque ni ella sabía bien porqué.

—¿Eres alemán? ¿Cómo yo?

—No, no soy alemán, señorita Arzer. Soy español, nacido más al Norte, en Asturias. Hablo el alemán porque lo estudié a fondo hace bastante tiempo. No obstante, eso ahora no es relevante, señorita Arzer. Limítese a responder a lo que yo le pregunte, y así podremos acabar antes y soltarla.

—Buscáis el libro Voynich ¿no? El libro ese que todo el mundo quiere.

—¿Todo el mundo? —preguntó el hombre, interesándose en ese matiz. Faiga se mordió los labios, insegura si había dicho algo indebido, aunque no terminaba de saber bien el qué.

—Sí, todo el mundo. Vosotros, la mujer que contrató a Vincent, los policías de París… no sé, todo el mundo.

El hombre sonrió con una mueca nada tranquilizadora y se recostó hacia atrás en la silla, pensando unos segundos antes de seguir hablando.

—Ya veo, ya. ¿Y sabe usted dónde está ese libro?

—No, no lo tengo. Le juro que no lo tengo.

—No le he preguntado eso, señorita Arzer. Por favor, atienda bien a lo que le pregunto. Sé que está nerviosa y en una situación muy estresante, pero intente concentrarse en lo que le estoy preguntando. ¿Sabe usted dónde está el libro? Le ruego que sea sincera y no intente engañarnos, porque entonces sí que debe usted temer por su vida.

—No, no sé dónde está el libro, de verdad.

—¿Seguro? ¿Y qué hizo en aquella catedral de París, junto a Vincent? ¿No descifraron allí un mensaje oculto acerca del manuscrito?

—Vincent es el que va encontrando esas pistas. Yo solo estaba ayudándole a descifrar los mensajes que él me daba. Por favor, sepa que lo hacía porque no tenía a nadie que me ayudara. No hablaba el idioma y me encontraba sola. Él me encontró y me ayudó, y no sabía que esto iba a ocasionar tanto revuelo. No sabía que era algo tan importante como para involucrar a países. Pensaba que era algo que buscaba un cliente de él.

—Vamos paso a paso, señorita Arzer, y no siga intentando lo que está haciendo, se lo ruego.

—¿Cómo? Yo...

—No intente engañarme o hacerme creer lo que no es. Sé perfectamente que quien le rescató de su desorientación fue Anthony, que la encontró en la estación. Conoció también a Marcos y a un inspector de policía francés, aunque luego, por circunstancias ajenas a mi entendimiento, decidió ir con Vincent. Usted sabía perfectamente la importancia de este manuscrito, así que no intente venderme que no sabía nada. Ahora dígame dónde está ese manuscrito.

—Le juro que no lo sé. Descubríamos mensajes ocultos en las pistas que nos llevaban de un lado a otro. Eso es todo. No sé dónde puede estar.

—¿Y la última pista dónde os llevó?

Faiga estaba abatida. Dudaba mucho que la fueran a dejar en libertad luego de decirles lo que ellos querían, pero no le quedaba muchas opciones. Su tristeza alcanzó ya unas cotas tan altas que ni las lágrimas acontecían en sus ojos.

—Nos llevó a Santiago de Compostela, a la catedral que hay allí. No sé dónde exactamente, una vez dentro, pero es allí.

—Entiendo. ¿Y recuerda esas coordenadas?

—No todas. Eran 48... 88 y las otras dos, una de ellas negativa, pero no, no me acuerdo. Le juro que le digo la verdad.

—Lo sé, lo sé, tranquila —dijo el hombre, asintiendo con picardía. Era imposible saber lo que estaba realmente pensando—. ¿Y sabe usted algo acerca de un grupo alemán que también está metido en esta búsqueda?

—No... ni idea.

—¿Seguro, señorita Arzer?

—¡Se lo juro! ¡No tengo ni idea de eso! Alguien mató a mis padres, no sé si serán esos a los que se refiere, pero no sé quiénes son, se lo juro.

—No hace falta gritar, cálmese, por favor —dijo el carcelero, juntando sus palmas en los labios a modo pensativo—. ¿Y qué puede decirme de la señorita Nicole Buyon?

—¿Quién?

—Nicole Buyon. Esa mujer que, supuestamente, contrató a Vincent para buscar y hacerse con el código Voynich original.

—¡Ah, sí! La mujer esa, sí. Nunca me pareció una buena mujer. Traté con ella solo una vez y apenas fueron unos minutos. Solo sé lo que Vincent me contó. A él le gustaba ella, pero luego de traicionarle, convirtió todo ese amor en odio.

—No estoy muy interesado en los amoríos que hayan podido tener, sino en su papel en todo esto. ¿Por qué buscaba el manuscrito? ¿Quién la dirige? ¿Trabaja para algún gobierno?

—No lo sé… le juro que no lo sé —imploró Faiga, intentando recordar algo que fuera válido para su interrogador, sin éxito.

—Vale… vale… bueno, la voy a dejar aquí un ratito y ahora vuelvo ¿vale? ¿Seguro que no recuerda nada más sobre lo que le he preguntado? ¿Quizás algo que pueda sernos útil?

Faiga miró el suelo con los ojos enrojecidos, negando con la cabeza, para luego alzar la vista totalmente compungida. Sin embargo, el hombre no mostró compasión ni debilidad alguna. La miró de forma inexpresiva y se fue andando hasta abandonar la sala, cerrando la puerta tras de sí.

De nuevo la soledad se asentó sobre Faiga, que gimió desconsoladamente mientras recordaba su vida anterior. Se sentía miserable por su mala fortuna. No entendía qué había hecho ella para estar en estas situaciones tan dolorosas, sola y con una soga planeando sobre su cuello. Miró a su alrededor de forma apática, con la ilusión perdida. Apenas se veía una mesa larga con doce sillas y una alfombra rectangular enorme bajo sus pies. No tenía ni idea de dónde podía estar, además que dudaba mucho que la fueran a soltar. Se había rendido. No obstante, no podía imaginar que su interrogatorio tan solo había comenzado.

La puerta se abrió de un portazo tras ella, con tres hombres de aspecto rudo posicionándose a su alrededor. No le preguntaron nada. Le soltaron las manos y la empujaron bruscamente sobre la mesa. El único intento que hizo por soltarse, acabó con una torta brusca que le partió el labio en un hilo de sangre. Sintió un mareo repentino, cuando constató que estaba tirada sobre la mesa con ambos brazos cogidos por dos de los matones. El tercero le rasgó la camisa por detrás y fijó su mano derecha sobre la delgada espalda de la mujer, que temiéndose lo peor, comenzó a chillar desesperada. Intentó zafarse de alguna de las manos o incluso cocear, por temor a ser violada, pero todos sus intentos acabaron en fracaso. Sus fuerzas eran ínfimas ante los tres hombres robustos. Súbitamente, sintió en sus carnes como un látigo de puntas metálicas desgarraba su frágil piel, produciéndole un dolor atroz. Todo su cuerpo reaccionó en temblores al sentir el latigazo, saliendo en forma de chillido.

El segundo latigazo fue mucho más hiriente. Las costillas se resintieron con un calambrazo agudo que se propagó por todo su cuerpo. Varias gotas de sangre salpicaron la mesa frente a ella, haciendo apología de su sufrimiento. No pudo evitar orinarse encima.

Lejos de cesar en su empeño, un tercer latigazo aterrizó sobre la maltrecha espalda, que cambió su tonalidad blanca y pura por un rojo sangriento. Cada poro de su piel titiritaba como si tuviera vida propia. Estaba al borde del desmayo, era un dolor tan intenso que apenas podía articular alguna palabra.

—Como puede ver, señorita Arzer, mis compañeros no son tan amables como yo —dijo el hombre de antes, el que hablaba alemán—. Ellos creen que usted sabe algo más y, la verdad, todo parece indicar que es así. Les gusta la sangre ¿sabe usted? Les encanta destrozar cuerpos a base de látigos y cuchillos, mucho dolor innecesario que puede evitarse fácilmente.

—No… no sé nada… no sé nada más… te he contado todo… —llegó a suspirar Faiga, con los ojos casi en blanco y la boca abierta sin control alguno, goteándole baba de forma continua.

—Pues es una pena la verdad —dijo el hombre de pelo canoso, asintiendo a los otros tres para que continuaran con su tortura.

Ahora la cambiaron de postura, sentándola en una de las sillas del comedor. Extendieron su brazo derecho sobre la mesa, con la palma abierta y con uno de los matones asegurándose de mantenerlo quieto. Pocas fuerzas le hicieron falta, pues Faiga había agotado todas sus reservas de resistencia, apenas se mantenía despierta a base de la adrenalina que regaba su cuerpo. Otro de los tres torturadores se acercó con unas tenazas de mango de plástico, como las que se usaban para pelar los cables eléctricos. Cuando la abrió para fijarla en su dedo meñique, Faiga se derritió en más lágrimas calientes. Por un momento, incluso deseaba que la mataran ya.

Los huesos crujieron en un festival de gritos y dolor esperpéntico. Faiga gimió con los ojos totalmente abiertos y con unas fuerzas renovadas, aunque tan pronto hizo ademán de levantarse, el tercer hombre le propinó una torta en la boca, agarrándola por la misma y sujetándola en la silla. Era un querer y no poder lo que consumía a la mujer, un querer tirarse al suelo y chillar de dolor pero solo poder estar ahí, sentada, viendo como le partían los dedos de su mano. La falta de aire y la intensidad del dolor finalmente la derrotaron, haciéndole perder el conocimiento.

La tortura se prolongó durante una hora más, en la que la despertaban a base de cubos de agua fría para volverla a torturar. Su estado era lamentable en todos los aspectos. Tenía la espalda descuartizada, el rostro con varios hematomas rojos, los ojos inflados hasta el triple de su tamaño, un par de dientes partidos, tres dedos de su mano derecha con los huesos hecho añicos y varias quemaduras de cigarrillos en las piernas. La abandonaron ahí sola, tirada en el suelo, y aunque pudo intentar levantarse, prefirió quedarse ahí quieta, bebiendo su propia sangre y rezando porque la muerte le llegara ya. Pensó en Vincent, en aquel día que la rescató de las manos de Nicole y de sus secuaces, sacándola sana y salva de aquella habitación cual héroe. Vincent tenía algo que le resultaba grato a Faiga, un diálogo fácil y sencillo, incluso algo de timidez oculta bajo esa máscara de tipo duro que siempre mostraba.

«Gracias, Vincent. Tú me ayudaste sin esperar nada a cambio, aunque al principio lo hicieras por otras razones. Me rescataste de una muerte segura y luego te quedaste conmigo, a mi lado, y me protegiste. Espero que tengas suerte en todo, Vincent, porque yo ya no puedo seguir… mamá, papá… voy hacia vosotros. Me hubiera gustado tener hijos, formar una familia… pero al final el tío Hans tenía razón cuando me decía que tanto estudiar me iba a matar. Me duele mucho, papá… me duele mucho», rezó Faiga, a modo de despedida. A continuación, cerró los ojos y se dejó llevar por el sueño eterno.

Poco después, de nuevo abrió los ojos. Estaba en el mismo sitio que antes y en el mismo estado, aunque con un chorro de agua fría que goteaba de sus pelos ensangrentados. Frente a ella, el hombre de antes estaba mirándola de cerca, como si estuviera asegurándose si seguía viva o no. Los otros tres matones estaban también allí presentes. Faiga bajó la cabeza, totalmente sometida, para que acabaran ya con ella.

—Estimada señorita Arzer —dijo el hombre que hablaba alemán—. Sé que no está en su mejor momento y que posiblemente no tenga ningunas ganas de hablar conmigo, pero tengo que hacerle una última pregunta. Depende de cómo la responda, estará usted pudriéndose aquí sola o estará duchada y vestida en la calle, totalmente libre.

Faiga lo miró con desdén, como si no le importara nada de lo que dijera. Al poco cerró los ojos.

Un nuevo cubo de agua azotó el tembloroso cuerpo de la mujer, que tenía ya síntomas evidentes de hipotermia, con el torso desnudo y la piel tiñéndose de tonos azulados por los sitios donde no tenía sangre.

—Haga un esfuerzo, por su bien. Mueva la cabeza si me oye. ¿Me oye, señorita Arzer? —volvió a decir su torturador.

Faiga asintió con la cabeza. Intentó juntar las pocas fuerzas que aún podía tener para acabar con este juego macabro. Se quedó inmóvil escuchándole.

—Está bien, pues respóndame a una pregunta más y será usted libre, de una forma u otra. Quizás le parezca que la pregunta es algo irrelevante con todo esto, pero piense que va su vida en ello. ¿Me ha entendido?

Faiga volvió a asentir.

—Pues atienda bien. Tenemos la sucesión de números 3, 3, 7, 10, 6. ¿Qué número supone usted que iría a continuación? Piénselo bien, tiene diez minutos para responder…

—¿Vas a matarme? —interrumpió Faiga, hablando luego de estar tanto tiempo callada.

—Depende de lo que respondas. Ahora te dejaremos sola y en diez minutos volveremos para ver que…

—No hace falta que os vayáis, la respuesta es cuatro. Ahora, ¿vais a matarme?

El hombre mostró, por primera vez en todo el cautiverio, síntomas de sorpresa. Se quedó con la boca abierta ante Faiga, dudando si había oído realmente lo que había oído.

—¿Cómo ha dicho? ¿Qué número ha dicho?

—El cuatro, es el número cuatro —insistió Faiga, escupiendo un bolo de sangre mezclado con saliva.

—¿Y puedo saber en qué se basa para darme ese resultado?

—¿Eso importa? Dejadme ya o matadme, por favor.

—Es interés personal, esta última pregunta. Poca gente sería capaz de dar con la solución en tan poco tiempo. Ha tardado usted segundos… ¿acaso ya conocía este acertijo?

—No lo conocía, pero estoy acostumbrada a resolver sucesiones básicas como esta. ¿Ya está saciado? ¿Suficiente?

—Suficiente. Levantadla y llevadla al baño. Lavadla bien y disimuladle todo lo que podáis los daños. Vestidla y todo eso, ya sabéis —dijo el hombre, ahora en español y dirigiéndose a sus tres colegas.

—¿Se viene entonces? —dijo uno de ellos, que tiró de ella con fuerza y se la cargó al hombro.

—Sí, se viene. La señorita Arzer tiene un don especial para ver y resolver acertijos, algo que nos será muy útil si hay una nueva pista allí, en Santiago de Compostela.

—Pues muy bien. ¿Qué hacemos con la mano? Se la vendamos y poco más ¿no?

—No seáis brutos, por favor. Llamad a Montañés para que se la cure. Le pondrá una escayola o algo así, pero que lo haga lo mejor que sepa hacerlo. Y que le de analgésicos, si hiciera falta.

—Esto no tiene arreglo, Ramón, pero como usted diga —dijo otro de los matones, justo cuando salía por la puerta tras el compañero que la llevaba al hombro.

Ramón no dijo nada más. Se quedó mirando el charco de sangre pegajosa que había en el suelo, con la mirada abstraída y una sonrisa macabra decorando su rostro.

—¿De verdad cree que nos será de utilidad esa mujer? —preguntó el hombre que se quedó allí, a su lado.

—Ya oíste lo que dijo la Agencia —respondió Ramón, frotándose los ojos, mientras caminaba fuera de la habitación de tortura —. Si esa mujer fue capaz de descifrar todas las pistas que llevan hasta ese manuscrito, como sabemos que hizo, debemos mantenerla viva para que nos asesore en caso de que encontremos más pistas. Están camufladas en lugares públicos, a la vista de todos, de forma que incluso viéndolas nunca serías capaz de encontrar un significado oculto entre sus símbolos, formas o lo que sea que estés viendo.

—¿Me estás diciendo que esa niña sabe más que nuestros analistas?

—No solo sabe más que nuestros analistas, sino también que los de cualquier parte del mundo. Su capacidad para razonar y desentrañar es soberbia, y eso que acabo de conocerla hace unas horas.

—Ah, por cierto, ¿por qué era cuatro el resultado de ese acertijo? Porque supongo que todo lo que me has dicho de ella se debe a haber respondido tan rápido a eso ¿no?

—¿Rápido? Eso no es rápido. Eso es ciencia ficción, como estar tratando con un extraterrestre. Dar con la solución a ese tipo de problemas lleva, en los casos más loables, unos cuatro o cinco minutos. Ella lo ha hecho en apenas unos segundos, estando con el cuerpo torturado hasta casi la extenuación. Si no lo hubiera visto, no me lo hubiera creído. No acabo de creérmelo, la verdad. Pero venga, vamos, que hay mucho trabajo. Mañana salimos para Santiago de Compostela. Ve haciéndote con un mapa del lugar y con un coche.

—Así lo haré, Ramón —respondió su súbdito en la Agencia, yéndose hacia fuera del edificio para acatar las órdenes recibidas.

Ramón, por su parte, salió directo hacia una habitación contigua, donde estaba el teléfono. Se paró un instante para encenderse un cigarrillo en mitad del pasillo, aún asombrado de tener que hacer esa llamada, pues era increíble encontrar a alguien con una mente tan despierta.

—¡Una cosa más, Ramón! —dijo a lo lejos del corredor su compañero, que ya salía de la vivienda—. Aún no me has dicho por qué la solución era cuatro. No lo veo, la verdad, ni sumando los números, ni restando, ni nada de nada.

—Los números impares de la sucesión marcan la resta en valor absoluto entre el número anterior y el número siguiente. Así, el primer tres estaba ahí porque antes no tenía nada, o sea, un cero, y luego tiene un tres. Cero menos tres es igual a tres, en valor absoluto. Luego nos encontramos con el siete, que es el resultado de restar el número que tiene justo antes, el tres, y el que tiene después, el diez. Con este razonamiento, nos encontramos con un seis al final, con lo que al diez se le debe restar cuatro o dieciséis, cualquiera de los dos hubiera valido.

El hombre se quedó pensativo unos segundos, intentando digerir todo lo que había oído. Arrugó la cara, algo desorientado, y abandonó la vivienda.

CAPÍTULO 29: LIBERTAD PARA MORIR

Zaragoza, 27 de noviembre del año 1954

Anthony no se equivocó en su predicción, y mucho antes de llegar a la capital madrileña, el Cessna iluminó el testigo del depósito de gasolina. Desde que entraron en territorio español estuvieron volando bajo, para intentar evitar al máximo que algún radar los detectara, y no encendieron la radio en ningún momento, por temor a ser contactados por las autoridades nacionales dedicadas al tráfico aéreo. Afortunadamente para ellos, no tuvieron ninguna amenaza volando tras ellos.

Minutos antes de agotarse todo el depósito, iniciaron una maniobra de descenso en un extenso campo de espigas altas, ubicado cerca de la ciudad de Zaragoza. No fue fácil tocar el suelo y mantener la avioneta equilibrada, aunque la estabilidad del terreno y la buena fortuna se aliaron para ponerlos a salvo sin nada que lamentar.

Eran altas horas de la noche cuando abandonaron el lugar del aterrizaje, camino hacia las primeras casas que se veían en el horizonte. Vincent caminaba siempre tras Anthony, manteniendo la pistola empuñada dentro del abrigo. El hombro le quemaba con insistencia. Tenía la articulación totalmente anestesiada del dolor, aunque intentaba disimularlo para que su rehén no captara posibles debilidades. Sin embargo, a veces era tan evidente que Anthony no tardó en darse cuenta.

—Deberíamos ir a que te vieran esa herida —le dijo Anthony a Vincent, mientras caminaba campo a través hacia la ciudad—. La sangre te ha calado hasta el abrigo.

—Ya habrá tiempo para eso, no te preocupes —respondió Vincent, queriendo quitarle importancia al asunto—. Ahora sigue andando e intenta no hacerme perder el tiempo.

—No eres muy consciente de la suerte que hemos tenido ¿verdad? Hemos aterrizado en un terreno irregular, por la noche y en manos de un piloto, yo, que apenas tengo práctica en pilotaje. Alguien se ha apiadado de nosotros en el cielo, porque teníamos todas las papeletas para no salir vivos.

—Pero estamos vivos, que es lo que importa. ¿Saben en tu querida Agencia que eres tan pesimista? ¿Acaso no os entrenan para saber encontrar lo positivo en cualquier situación?

—¿Se puede saber qué problema tienes con la Agencia que represento? ¿Acaso te han hecho algo malo para que seas todo resentimiento? —respondió Anthony, deteniéndose en seco y mirándolo fijamente a la cara.

—¿Quieres saber cuál es el problema? Pues te lo diré: que sois unos puñeteros asesinos sin escrúpulos. Os da igual las consecuencias de vuestras acciones, si matáis a alguien con familia o que sea inocente, os da todo igual. Pensáis que ese puede ser culpable de tal cosa y ¡zas!, a cortarle el cuello.

—Nosotros no pensamos, obedecemos lo que nos dicen. En eso se basa un sistema ordenado y jerárquico, aunque no espero que alguien tan caótico como tú lo entienda.

—Ya, claro, ahora soy yo el conflictivo… ¿Y si te dicen que mates a un colega tuyo, por espionaje? ¿También te lo cargarías?

—Si es un traidor y esa es la orden, sí. Lo primero es salvaguardar a nuestra bandera, a nuestro país.

—¡A otro perro con ese hueso! —gritó Vincent, riéndose con socarronería como si hubiera escuchado un chiste—. ¿Nuestra bandera? ¿Pero qué te crees que eres tú para este país? Piensas que eres alguien importante al que todos aman ¿verdad? Que eres un tipo obediente y pulcro que los de arriba adoran tener como súbdito ¿no? Pues abre los ojos, capullo, porque la única verdad es que eres un simple títere, una marioneta que ellos controlan a su antojo. Gente como tú son los que ellos agradecen tener, desde luego que sí… te dicen que mates a este o a otro y lo haces sin rechistar. ¿Qué será lo siguiente? ¿Qué te metas en una embajada con un fusil de asalto a matar a todos, hasta que te maten a ti? ¿Es que acaso no tienes principios para preguntarte si está bien o está mal lo que haces?

—Mira, Vincent, mi juicio lo valoro en mis asuntos personales —replicó Anthony, bajando la voz para intentar calmar el aire de enfado que se respiraba—. Sobre la Agencia, tengo que creer y confiar en que sus dictámenes son correctos. Si un obrero duda y tiene que plantearse las órdenes que le da su capataz, ¿de qué sirve ese capataz? O ¿de qué sirven las órdenes militares, si luego un cabo puede replicar el mandato de su sargento? Es cuestión de confianza, Vincent, un valor que has perdido en algún lado del camino.

—En un lado no... en varios lugares —respondió Vincent, señalando a Anthony para que continuara andando—. No he tenido una vida fácil, criándome en la calle y viendo las injusticias que se cometen en ella, casi a diario. Es muy fácil hablar de confianza para alguien criado entre almohadas de pluma de ganso, como tú, así que ahórrate tu perorata inocua. Y como te dije antes, anda y a callar. Vamos juntos por necesidad, no por placer.

—¿Y tu plan es caminar hasta la ciudad? ¿Y luego qué? ¿Te pasearás con una pistola por las calles de Zaragoza?

—¡Cierra la boca de una vez! —sentenció Vincent—. Yo te diré lo que vamos a hacer, no te preocupes. A fin de cuentas, estás acostumbrado a eso ¿no?, a que te digan lo que tienes que hacer en todo momento.

—Muy gracioso —replicó Anthony, negando con la cabeza el humor ácido de su enemigo.

Anduvieron durante más de una hora, hasta que llegaron a una gasolinera ubicada a las afueras de Zaragoza. Un cartel redondo, con las palabras Campsa iluminadas en su superficie, daba la bienvenida a los coches que paraban para repostar. Había una garita de apenas tres metros cuadrados que daba alojamiento al dependiente, además de albergar algunos productos de primera necesidad que pudiera vender. Vincent indicó a Anthony que no dudaría en dispararle a él y al dependiente, por lo que, sería mejor que se lo pensase dos veces si intentaba algo.

Nada más llegar, Vincent pidió un paquete de cigarrillos Búfalos y poder usar el teléfono. Para sorpresa de Anthony, le dio el auricular a él.

—Adelante, llama a los tuyos. Pregúntales dónde está Faiga y cómo va la investigación. Estaré escuchando todo, así que cuidadito con lo que dices.

—Si te crees que voy a hacer eso, estás loco. No podemos hacer ese tipo de llamadas frente a civiles, como tú, y mucho menos si vas contra nuestros intereses. Es algo prioritario en nuestras normas de acción.

—Sea pues, no tengo más ganas de seguir discutiendo contigo —respondió Vincent, sacando la pistola y poniéndosela en la sien al espía. El dependiente, que estaba ahí cerca, comenzó a alejarse lentamente de la escena dando pasos cortitos.

—¿Así lo solucionas todo? ¿Pegando tiros? —llegó a decir Anthony, antes de ser interrumpido de nuevo por el detective.

—Última oportunidad, amigo. O haces esa llamada o nos despedimos, aquí y ahora, para siempre.

Era complicado evaluar si Vincent se estaba marcando un farol o si sus intenciones eran reales. Tenía el rostro cansado, la herida del hombro le molestaba y estaba transitando por una situación estresante. Eran claros ingredientes que lo empujaban a romper con todo, sin lugar a dudas.

—Está bien, vamos a ver… ¿qué se supone que tengo que preguntar? —dijo Anthony, tragando saliva—. Como tú entenderás, no puedo revelarte secretos de la investigación, que dudo que me los vayan a decir por teléfono. Esto funciona así, no es un canal bidireccional, sino que ellos son los que me contactan cuando quieren decirme algo.

Vincent entrecerró los ojos, intentando ver algún tic nervioso o cambio de facciones en su interlocutor, síntoma de que podía estar ocultando algo. Estaba acostumbrado a tratar con todo tipo de gente en la calle, traficantes de drogas, de alcohol, sicarios, bandas mafiosas… Nunca había tenido instrucción en la lectura de las expresiones faciales, pero sí aprendió algo de su dilatada experiencia en las calles. Anthony sudaba tanto y tenía tantos tics que descartó al momento que pudiera estar mintiéndole. Era demasiado natural, demasiado creíble como para estar timándole.

—Está bien. Lo que yo quiero saber es dónde está Faiga y qué le habéis hecho. Solo eso. ¿Podrás?

Anthony asintió y marcó un número largo en el dial. Vincent se aseguró de que el auricular estuviera palpando también su oreja. Posicionó la pistola sobre la espalda del espía, para recordarle la advertencia.

—¿Y si la han matado? —preguntó Anthony, mientras esperaba a que alguien le respondiera al otro lado del teléfono—. ¿Me matarás también a mí?

—Esperemos que no lo hayan hecho —llegó a responderle Vincent, cuando justo alguien se puso al otro lado de la línea.

—¿Sí, dígame? Esta usted llamando a un particular a unas horas bastante intempestivas, ¿lo sabe?

Anthony titubeó unos segundos antes de responder.

—Lo lamento mucho, pero es urgente. ¿Es el domicilio del señor Tárgalo? Soy Anthony Selles, un amigo.

Vincent no sabía bien si propinarle un puñetazo al espía o si creerse que ese que le hablaba era, de verdad, su contacto en la Agencia. Sabía que entre ellos hablaban en código, pero este le resultaba muy poco creíble como para ser cierto.

—No, el señor Trágalo no es aquí, lo lamento. Se ha debido usted de confundir de número —respondió la voz.

—Vale… entonces verificaré el número, claro que sí. He debido bailar algún cinco con algún seis. Desde que trabajo con máquinas de escribir, me sucede mucho —replicó Anthony, entrando en el juego de mensajes cifrados.

—Pues sí. Yo le recomiendo que use la marca *Smith*. Son las mejores.

—Prefiero la marca *Underwood*.

Tras decir esto último, se oyó un pequeño corte en la línea, para dar paso a otra voz distinta, más ronca y con más mandato en sus frases.

—Hola Anthony, me alegra saber de ti. Tu colega Marcos nos contactó ayer mismo y nos puso al día de todo lo que pasó en el aeropuerto parisino. ¿Se puede saber dónde estás?

—Es algo largo de contar… estoy en… —respondió Anthony, mientras preguntaba con la mirada a Vincent si podía indicarle su ubicación actual. Vincent asintió— Estoy en Zaragoza. Ese detective me cogió como rehén para huir en una avioneta, con la que conseguimos llegar hasta aquí. En el aterrizaje me pude deshacer de él.

—¿Está muerto?

Vincent asintió con la cabeza. Lo más conveniente para él, sin lugar a dudas, era ser un muerto para la Agencia. Nadie le buscaría más, sería libre. Sin embargo, Anthony también era consciente de esa verdad y sabía perfectamente que si él era el único en saber ese secreto, su cabeza peligraba.

—No estoy seguro, la verdad —optó por responder, haciendo que Vincent fijara la tobera de la pistola en su cabeza, con claros síntomas de ira—. Le pegué un disparo mientras intentaba huir y estoy seguro de que acerté, pues cayó al suelo. Luego, cuando fui hacia donde estaba, no le vi, pero había un charco de sangre enorme, así como un rastro continuo. Ya debe de estar muerto casi con total seguridad. No obstante, lo verificaré mañana cuando amanezca.

—Muy bien, Anthony. ¿Tú estás bien? ¿Estás herido?

—Solo en mi orgullo. Lamento todo el estropicio formado en el aeropuerto de París. Hubiera querido ser más sibilino, pero no tuvimos muchas opciones.

—A veces las cosas se tuercen, no te preocupes. Por cierto, intenta olvidar los problemas que tuvisteis con Nicole Buyon, pues hemos alcanzado un trato con ella. Ya te pondremos al día en Santiago de Compostela.

Vincent aflojó la muñeca al oír que se pronunciaba ese nombre, Nicole.

—No habrá problemas por eso —replicó Anthony—. ¿Salgo entonces hacia Santiago de Compostela mañana? ¿Tendré algún contacto?

—Sal esta misma noche. Hay un tren que sale de Zaragoza en una hora escasa. Si no te diera tiempo, hazte con un coche, ya nos ocuparemos de hacerlo desaparecer luego. Cuando llegues a la ciudad, debes dirigirte a la catedral de allí. Es una construcción emblemática, así que te costará poco encontrarla. Allí te espera tu colega, Marcos Alcántara, y Amancio, que lo he contratado de nuevo hasta que todo esto acabe. Además, dos agentes más han sido asignados como refuerzo al grupo.

Anthony se alegró de que Marcos no solo estuviera vivo, sino que además siguiera en la misión.

—Perfecto, así lo haré. Por cierto, ¿Faiga está a buen recaudo? ¿Fue útil su captura?

No hubo una respuesta inmediata desde el otro lado. La pregunta fue claramente muy directa. No era muy típico que un agente preguntara cosas como esas. Debían limitarse a cumplir las órdenes, preguntando solo lo necesario para llevarla a cabo. Todo lo demás estaba fuera de lugar.

—También estará en Santiago de Compostela, va con el grupo. Su habilidad para descifrar los acertijos esos nos puede venir bien allí, por si hay algún otro.

Anthony respiró con alivio al oír que seguía viva. Vincent, por su parte, aflojó la pistola de la espalda de su rehén.

—Pues nada, me despido y sigo informando de los avances —dijo Anthony, a modo de despedida—. Voy a por el tren, a ver si me da tiempo.

—Un placer volver a escucharte —dijo la otra voz, cortando la conversación de forma brusca.

Los segundos siguientes fueron estresantes para Anthony. Se apartó de Vincent, que no cesaba de apuntarle, mientras intentaba evaluar en su rostro si iba a dispararle o no. Realmente, mantenerlo vivo era innecesario, pues ya había sido útil para que Vincent supiera dónde estaba Faiga. Por otro lado, tenerlo como rehén le convertía en una moneda de cambio muy valiosa.

El detective agitó la pistola en su mano, fijando la mirada hacia un punto imaginario entre él y Anthony. Tardó en decidirse, aunque finalmente bajó la pistola y le hizo un gesto para que comenzara a andar hacia la estación de tren de Zaragoza.

Llegaron pasadas las doce de la noche y se sentaron en un banco alejado de toda vista indeseada. Había pocos pasajeros esperando al tren, cada uno inmerso en sus propios pensamientos y sin fijarse apenas en ellos dos. Lo preocupante era la presencia policial de los guardias de estación, que transitaban aleatoriamente entre los andenes mientras escudriñaban a la gente con la mirada.

Tanto Vincent como Anthony supieron conservar la calma y el temple, charlando de forma ocasional y fumándose unos cigarrillos como si fueran amigos de toda la vida. Nadie les dirigió la palabra, excepto uno de los policías de estación que pasaba por allí, que por romper un poco su monótona guardia, les preguntó hacia dónde iban. Ellos respondieron que a Santiago de Compostela, para visitar a unos familiares que hacía tiempo que no veían. No hizo falta mucho más para volver a quedarse solos.

Anthony pensó varias veces en intentar hacer algo para escaparse, pero la soledad del lugar y la oscuridad no eran buenas aliadas para plantear un buen plan de escape. Tirarse a las manos de un guardia tampoco iba a ser solución, pues seguramente Vincent le dispararía tanto a él como al guardia. No... debía esperar su momento preciso, debía ser paciente antes de mostrar sus intenciones.

No pasó mucho tiempo, menos de una hora, cuando el tren hizo acto de aparición. Su foco frontal se dejó ver desde mucha distancia, a la par del plomizo ruido que la pesada maquinaria a vapor hacía a cada traqueteo de las ruedas por las vías. La pareja se levantó para acceder a un vagón intermedio, en el que se sentaron cerca de las puertas de salida. A Vincent se le veía bastante confiado con Anthony, más de lo que debería, aunque el sueño y la falta de energías empezaban a hacer mella en él. No obstante, no iba a ser engañado fácilmente. Sacó unas esposas de su abrigo, parte de su equipo básico de detective, y esposó a Anthony a la base del asiento. Luego se sentó en las butacas del otro lado del pasillo pero a la par de él. El espía de origen inglés no dijo nada al respecto. Prefirió cerrar los ojos y descansar un poco, pues también necesitaba recuperar un poco las fuerzas.

El tren no tardó mucho en ponerse de nuevo en marcha. El revisor, un hombre de edad avanzada y gafas redondas extremadamente grandes para su rostro, se acercó para picar los billetes de viaje o para vendérselos si no pudieron comprarlo en ventanilla, como en el caso de Vincent y Anthony. Vincent pidió también un par de cafés y dos bocadillos fríos, un manjar que ambos devoraron con avidez. Ahora que se estaban relajando, eran conscientes de todas las horas de acción que habían pasado sin alimentarse ni beber nada.

El viaje trascendió durante varias horas más hacia el Noroeste de la península, camino a Santiago de Compostela. Paró unas cuantas veces en estaciones intermedias, subiéndose y bajándose gente de forma aleatoria. Un hombre, de bigote refinado y con un sombrero de corte clásico, accedió al mismo vagón que ellos. Portaba un maletín de cuero negro del que no quiso desprenderse ni al sentarse en uno de los sillones de allí. Miró de soslayo a la pareja y los saludó con cortesía, haciendo una leve reverencia con la cabeza.

—¿Saben cuánto queda para Santiago?

—Uhmm… ¿por dónde vamos? —preguntó Anthony, intentando ubicarse—. Fuera está todo oscuro y… digamos que no me he levantado mucho en todo el viaje que llevamos hecho.

Vincent lo miró con una sonrisa escueta, dándole a entender que había cazado la ironía de su comentario.

—Haces bien en no levantarte, estimado amigo —le dijo el detective—. A fin de cuentas, está muy oscuro ahí fuera y nunca se sabe qué puede pasarle a uno.

Anthony suspiró con una mueca.

—Pues… esta es la parada de Arévalo —dijo el hombre, no percatándose de nada extraño—. Un asunto familiar me ha llevado a tener que salir justo esta noche, pero no tengo ni idea de lo lejos que puede estar Santiago, la verdad. ¿Puede que una hora?

—¿La ciudad de Arévalo? Eso es pasado Segovia ¿no? —quiso saber Anthony.

—Sí, eso es. Segovia está varios kilómetros más atrás.

—Pues sabiendo eso, le puedo aproximar que estaremos a unas tres horas de llegar a destino.

—¿Tres horas? ¿Tan lejos está? Bueno, paciencia… por cierto, me llamo Carlos Belmonte, un placer el poder compartir este viaje con más personas.

—Encantado Carlos, yo soy Anthony Selles.

—Yo Vincent —añadió el detective, cumpliendo con el protocolo.

—Imagino que viajan juntos ¿no? ¿Negocios o son familia?

—Pues… un poco de cada —siguió respondiendo Anthony, encontrando graciosa la situación, que claramente incomodaba a Vincent—. Él es un buen amigo mío, casi familia diría yo ¿verdad Vincent? Y vamos a Santiago de Compostela para un negocio muy importante, a ver si conseguimos cerrarlo.

—Les deseo mucha suerte, señores. Yo me dedico a la venta de carnes, ¿saben? Empecé siendo un carnicero y acabé siendo un mayorista de carnes, aunque mi ámbito es solo local, la verdad. No obstante, espero que mi hijo tenga un legado en herencia, que tal y como están las cosas hoy en día, no es poco.

—Pues sí, su hijo tiene mucha suerte —respondió Anthony—. Tener un negocio familiar próspero es la mejor carta que le puedes dejar a tus vástagos, tal y como está la cosa hoy en día.

—Eso mismo pienso también yo, sí, aunque él insiste en que no le gusta el negocio de la carnicería. Espero que cambie de parecer cuando cumpla los veinte años. ¿Vosotros tenéis hijos? — quiso saber Carlos, metiéndose más en conversación a medida que el tren seguía su avance. Vincent empezaba a hartarse de esta compañía inesperada, sobre todo cuando vio que Anthony le daba pie a seguir charlando.

—Pues sí, yo tengo una hija. Es una adolescente prematura, sin lugar a dudas, además de ser muy inteligente. Destaca sobre todos en su clase, e incluso ante adultos. Desde luego, es una privilegiada a la que la vida la ha dotado de un don único — respondió Anthony, desviando los ojos maquiavélicamente hacia Vincent—. Se llama Faiga. Su querida madre, de nombre Nicole, oyó ese nombre en uno de sus viajes por los países del Este y, desde entonces, se enamoró del mismo.

Vincent se sobresaltó al oír esos nombres. Anthony estaba ya jugando en exceso al doble sentido, aunque una nueva preocupación se apoderó del detective, al dudar si ese Carlos podía ser un colega de Anthony, de la agencia de espionaje. Podía ser que la conversación fuera una cortina de humo, todo un teatro en el que estaban hablando de forma críptica. Ser carnicero podía significar que era un agente de los de campo, un asesino, mientras que decirle que tenía un hijo podía significar que había otro agente más en otro de los vagones.

—¿Faiga? Un nombre curioso, sin lugar a dudas —siguió diciendo Carlos, sacando unas monedas de su bolsillo al ver acercarse al revisor—. ¿Y a qué se dedicaban ustedes? No serán vendedores de coches, ¿verdad? Estaba pensando en comprarme un coche, aunque no estoy seguro de cual, si uno nacional o uno extranjero.

Lo cierto es que Carlos parecía lo que era, un simple carnicero en un viaje por asuntos familiares. Sin embargo, un espía no tenía escrita la palabra "culpable" en su frente, en eso consistía precisamente su trabajo, en no ser descubierto y aparentar ser otra persona totalmente diferente. Las dudas se acrecentaban cada vez más a medida que la conversación iba prologándose.

—Pues somos vendedores, sí, aunque no de coches, me temo. Nos dedicamos a la venta de armas de fuego, tanto para particulares como para instituciones gubernamentales —respondió Anthony, con cara de satisfacción al ver que su plan de incomodar a Vincent estaba funcionando—. De hecho, mi colega Vincent podrá mostrarle una Luger P08, una pistola de ocho milímetros que tenemos fuera de la maleta y que es nuestro mejor nicho de mercado.

Vincent puso rostro serio y molesto. Carlos, lejos de percatarse, despertó su curiosidad.

—¿Vendedor de armas? ¡Qué gente conoce uno en un viaje nocturno en tren! Jajaja. Parecemos un chiste, ¿no creen? Un carnicero y dos armeros se encuentran en un tren, camino a Santiago de Compostela… es el inicio perfecto para alguna broma jajaja.

—Lleva usted razón, jajaja —respondió Anthony, también entre risas—. Solo falta que pase algo estrambótico para que esta historia sea ya de libro. Imaginemos… imaginemos que mi colega, Vincent, fuera un detective al que la sociedad lo ha maltratado. Se metió a armero para intentar olvidar su mala fortuna en la vida y todas sus desgracias personales… algo así como… ¿impotencia sexual? ¿Un divorcio malo? ¿La muerte de alguno de sus hijos? Y… yo podría ser… no sé… ¿un espía? Sí, un espía del gobierno realizando una misión secreta. Y es aquí, en este tren, cuando detective y espía coinciden en un cara a cara para intentar alcanzar un acuerdo beneficioso para ambas partes, manteniendo la tapadera de que son unos simples armeros.

—Desde luego, tiene usted imaginación, jajaja. Podría ganarse la vida escribiendo novelas, sin lugar a dudas —replicó Carlos, entre carcajadas.

Vincent, por su parte, ya sobrepasó su límite de paciencia. Se levantó del asiento y se sentó a la vera de Anthony. Le pasó la llave de las esposas, para que se soltara, y le golpeó por debajo de la chaqueta con la pistola, dejando bien claro que no intentara hacerse el héroe con algún intento de fuga.

—¿Qué te parece, amigo espía, si vamos fuera, a fumarnos un cigarrillo? Me gustaría debatir contigo la propuesta que tenemos que presentar mañana en Santiago de Compostela —dijo Vincent, entrando en el juego de la hipocresía.

—Oh, disculpen si os he enturbiado con mi presencia —expuso Carlos, enrojeciendo su rostro en vergüenza—. Imagino que son personas ocupadas y que tienen mucho de lo que hablar, por supuesto. Yo, al dedicarme a esto de la carne, tengo unos negocios muy simples que presentar, jajaja. Esta es la carne con la que comercio y este es el precio, eso es todo, jajaja. Pero claro, en el mundo de las armas habrá mucha competencia. De verdad, siento mucho mi falta de tacto.

—No se preocupe, señor Belmonte —respondió Vincent, levantándose a la par que Anthony—. No molesta usted. Pero ya queda poco para llegar a nuestro destino y necesitamos ultimar unos detalles. Nos sentará bien tomar un poco de aire, fuera del vagón, así nos despejamos.

—No obstante, discúlpenme si os he molestado.

—No se preocupe, en un rato volvemos —dijo Vincent, a modo de despedida.

Salieron por la puerta del vagón que llevaba hacia la cola del tren, repitiendo el proceso hasta en tres vagones más. Finalmente, Vincent dio el alto en uno de los pequeños balcones que tenían los vagones en su unión con el siguiente. Allí, miró con los ojos incendiados a Anthony. Tenía ganas de destrozarle la cara a puñetazos, aunque ni estaba de humor ni en su mejor estado físico para ponerse a ello.

—Solo te lo voy a decir una vez y espero que te quede claro —dijo el detective, sacando la pistola y apuntando de forma amenazante a Anthony—. Como vuelvas a montarme un numerito como este, te vuelo la cabeza a ti y al cretino del carnicero ese. No sé si es que estás aburrido de vivir o es que te crees muy gracioso, pero deja que te diga que no tengo muchas ganas de reír.

—¿Tanto te molesta? Es solo un entretenimiento, Vincent, no hace falta que entres en cólera de esta forma. Míranos… somos dos hombres muy parecidos, con una inteligencia muy por encima de la media, tú quizás más forjado en la acción y yo más metódico, más analítico. Y aquí estamos, enemigos en una búsqueda, con intereses contrarios, pero con el mismo objetivo. Nos ayudamos, aunque no queramos hacerlo, y aun así, nos tenemos respeto. ¿No te hace gracia hablar con gente, como ese carnicero, para reírte de su falta de capacidad cognitiva? Les puedes declarar abiertamente que eres un espía y que andas buscando un libro que puede revolucionar los pilares de la ciencia, pero ellos seguirán en su inopia, creyendo que eres otra cosa.

—No te confundas, Anthony. Tú y yo no nos parecemos en nada. Y aquí no hay ayuda por parte de nadie. Aquí estás tú, a punta de pistola, obedeciendo lo que yo te diga. Si tú disfrutas riéndote de la gente, es asunto tuyo, pero a mí no me metas en ese juego. Que no vuelva a repetirse ese teatro, ¿te ha quedado claro?

Anthony arqueó las cejas con cierto pesar y asintió con la cabeza.

—Me ha quedado claro, no volveré a hacerlo. Y ya que estamos aquí, ¿tendrías un cigarrillo?

Vincent lo miró con detenimiento. Esperaba más resistencia por parte del espía de origen inglés. No obstante, a él también le apetecía un cigarrillo, así que sacó el paquete y le ofreció uno a Anthony, para luego cogerse él otro. El tren comenzó a traquetear al pasar sobre un puente que salvaba el río Duero.

—Si te molesta la pregunta, dímelo, pero me gustaría saber por qué sigues en esto. No sé si te paga alguien para encontrar ese manuscrito, pero si no es así, ¿qué sentido tiene jugarte la vida, como lo haces, y buscarte tantas complicaciones? ¿No sería mejor desaparecer de todo esto?

—Para algo bueno que hago en mi vida y vienes tú a echármelo en cara… menuda ironía —le replicó Vincent, echando una calada larga—. Mis razones no son de tu incumbencia, pero si quieres una razón potente te la diré: Faiga. Esa niña ha visto demasiada mierda ya como para que le sigáis haciendo la vida imposible. Mataron a sus padres, tuvo que huir de su país escondiéndose de las autoridades, todos la buscan para capturarla y someterla a interrogatorios y torturas… ¿Y qué ha hecho ella para merecer eso? Nada, absolutamente nada. Ser una privilegiada descodificando mensajes.

—Ser especial te convierte en objetivo de muchos intereses, Vincent. No puedes obviar esa verdad.

—No la obvio, la combato —respondió el detective, de forma tajante, mientras desviaba la mirada hacia el horizonte, donde se veían luces de una ciudad.

Anthony no era un hombre de acción, pero llevaba ya mucho tiempo entrenando su mente para encontrar una oportunidad como esta. Vincent estaba relajado, con un cigarrillo en la mano y con los ojos fijos hacia otro lado. Era el momento idóneo para intentar liberarse de su cautiverio. Había probabilidad de que saliera mal, lo que podía acarrear su muerte, pero tenía que arriesgarse.

Recorrió el medio metro que lo separaba de Vincent, embistiéndolo con todas las fuerzas que pudo reunir en sus piernas. Vincent sufrió el impacto con fuerza, desequilibrándolo y haciéndole saltar por la barandilla del vagón. Tenía los músculos relajados y no se esperaba una acción de esa índole por parte de Anthony. Ahora, ya era muy tarde para pensarlo. Estaba agarrado con ambas manos mientras veía pasar las vías del tren bajo sus pies. El puente, a varios metros de altura, dibujaba un río bravo corriendo bajo sus cimientos.

No hicieron falta palabras entre ambos. Anthony miró a Vincent con convicción. Sabía lo que tenía que hacer y no dudaría en llevarlo a cabo. Vincent, por su parte, era consciente de ese hecho. Intentar suplicar perdón era algo que no le serviría de nada, estaba seguro, por lo que barajó la única opción que le quedaba: dejarse caer y minimizar los daños. Anthony no le dejó mucho tiempo para pensar, pues golpeó con su pie a los dedos de una de sus manos, soltándole uno de los agarres. Vincent tragó saliva e intentó armarse de valor, soltándose de la mano que aún le mantenía agarrado al tren y cayendo con fuerza contra el suelo, a escasos centímetros de la vía. Rebotó dando varias vueltas a lo largo del empedrado del puente, abriéndose brechas en sus extremidades y en el torso. Intentó frenar el ímpetu de la velocidad que llevaba, pero todo fue en vano. Giró repetidas veces en un ángulo abierto hasta llegar al límite del puente, y aunque extendió la palma de la mano como último socorro, la inercia que llevaba fue mayor.

Anthony vio cómo Vincent caía por el puente, ubicado a más de veinte metros de altura sobre el enorme río. No pudo evitar sentir un pequeño estigma de dolor.

«Joder, Vincent, me estabas empezando a caer bien. Me tenías que haber hecho caso, debiste abandonar todo esto y haber desaparecido de la escena. Pero no... quisiste seguir con tu cruzada, vestido con tu sudario de salvador en favor de esa mujer. Esa mujer tiene los días contados, sabe demasiado como para que la Agencia la deje libre, y eso seguro que lo sabías. A veces pagan justos por pecadores, sí, y otras veces mueren inocentes para salvar un bien mayor. Así funciona el mundo, Vincent. Supongo que estoy padeciendo lo que llaman el síndrome de Estocolmo, porque realmente me apena tu muerte. No merecías esto, aunque sí es verdad que te lo ganaste a pulso. Siento mucho haber tenido que ser yo», pensó el espía, metiéndose dentro del vagón para disfrutar del resto del viaje. Santiago de Compostela estaba ya cerca.

CAPÍTULO 30: REVELACIONES

Santiago de Compostela, 28 de noviembre del año 1954

La catedral de Santiago gozaba de mucho renombre entre la comunidad cristiana al acoger el sepulcro del apóstol Santiago. Durante la Edad Media, esta catedral se convirtió en el templo de peregrinación obligatorio para toda suerte de caballeros, nobles y clase baja, creándose una ruta que comunicaba la península ibérica con el resto del continente europeo. Los años siguientes, la catedral fue sufriendo reformas al ir incrementando su popularidad y número de peregrinaciones, añadiéndose nuevas salas y capillas. Los estilos románico, barroco y gótico se conjuntaban de forma magistral en sus monumentos, cúpulas y frescos, destacando el Pórtico de la Gloria, la puerta que daba acceso a la tumba santa del apóstol. En la actualidad, el año 1954, el camino de Santiago era recorrido por cientos de peregrinos al día, que obtenían como premio la purificación de su alma y la confirmación de su fe.

Amancio, poco creyente en ninguna religión y poco dado a frecuentar iglesias, comenzó a sentir picores por todo el cuerpo nada más llegar a las cercanías de la enorme catedral. El conductor del coche giró repetidas veces por la calle Acibechería hasta detenerse frente a una cafetería con vistas hacia la catedral. Detrás del coche pararon otros dos, de los que salieron Faiga y los tres hombres que la torturaron, entre ellos Ramón, el que tenía más edad y que fue el único que hablaba con ella.

Amancio tuvo opción de no venir, pero la Agencia le quiso contratar también para este servicio. Nada más reunirse con el contacto de la SIAEM en una casa franca, cobró el pago, para luego ver sobre la mesa una propuesta nueva. Debía viajar a

Santiago de Compostela junto al rehén y unos cuantos agentes de la propia Agencia. Su labor consistía en proteger al espía lingüista, Ramón del Valle, y asegurarse de que nadie los molestara durante la investigación. Era una misión que duraría un día, con un pago más que generoso tras su finalización. Lo cierto es que parecía demasiado bonito para ser verdad. Amancio estaba seguro de que habría algún riesgo que no le habían mencionado, aunque el pago que le iban a hacer era demasiado suculento como para dejarlo pasar. A fin de cuentas, luego de la otra misión realizada, esta parecía una cosa de niños.

El clima en Santiago de Compostela era especialmente frío. La lluvia tenía vida propia, agitándose de un lado a otro según los caprichos del viento cambiante. La plaza donde la catedral estaba asentada tenía un alfombrado de agua chisporroteante que formaba riachuelos diminutos por las comisuras de las losetas y pequeñas cataratas en cada peldaño de escalera. Los relámpagos iluminaban el cielo de forma fortuita, creando sombras cambiantes en cada pórtico y relieve de la fastuosa catedral.

Todos los miembros del SIAEM, así como Faiga, salieron corriendo hacia la entrada de la catedral, protegiéndose como pudieron con los sombreros y las solapas de los abrigos. No obstante, acabaron con los rostros empapados y con el agua abriéndose paso por los resquicios del cuello. Más que una tormenta parecía un castigo divino.

Dentro de la enorme catedral, la nave principal se abrió deslumbrante ante los ojos sorprendidos de cada miembro del grupo. Los estilos arquitectónicos se conjugaban con extraordinaria maestría en las columnas, arcos, y cúpulas que decoraban la zona de los feligreses. Era una visión que no pasaba inadvertida, incluso aunque ya estuviera uno familiarizado con iglesias y catedrales.

—Esto está repleto de gente, maldita sea —dijo Ramón, el hábil intérprete que interrogó a Faiga durante su cautiverio—. Sabía de la existencia de peregrinos, pero no que fueran tantos, y menos con esta lluvia de mil demonios.

—No creo que nos molesten ¿no? ¿Dónde se supone que debemos buscar? ¿Es en esta planta? ¿Aquí? —preguntó uno de los guardaespaldas que iba en el grupo, quien agarraba a Faiga por el brazo de forma firme e intimidatoria. Era un hombre tan corpulento que podría partirle el brazo a la mujer con tan solo hacer fuerza con una mano. Su presencia imponía respeto y temor, a partes iguales.

—Pues no tengo ni idea, Hipólito. Aquí es donde entra en juego nuestra querida compañera —respondió Ramón, mirando a continuación a Faiga. A ella no le hizo falta que se lo preguntara en alemán, había entendido perfectamente lo que necesitaban.

—Se debe buscar algo sobre la madre Salomé, es todo lo que sé. Es lo que ponía en el mensaje que vimos —dijo Faiga, hablando en alemán, mientras dirigía una mirada furtiva a Amancio. Desde que se volvieron a encontrar no se dirigieron la palabra ni una sola vez.

—¿Qué ha dicho? —preguntó Manuel, el otro espía guardaespaldas que acompañaba a Ramón del Valle.

—Que vayamos hacia donde está la madre de Salomé. Allí encontraremos lo que necesitamos —tradujo Ramón, dando dos pasos hacia el frente para admirar la grandeza del lugar. Era un hombre que admiraba la belleza de este tipo de construcciones, le encantaba respirar la historia que envolvía cada rincón de ese tipo de lugares.

—¿Y dónde rayos está eso? —volvió a preguntar Manuel.

—Yo sé dónde está eso, por eso no os preocupéis. Primero debemos ver a Fernando Quiroga Palacios, el arzobispo al cargo de este lugar santo. Luego ya podremos actuar con más libertad.

—¿Necesitamos acaso su permiso? —dijo Hipólito, con una marcada prepotencia en su tono.

—El volante que nos ha firmado la Agencia nos da permiso para inspeccionar la catedral, sí, pero eso no quita que seamos educados en nuestra labor. No cuesta nada presentar nuestros respetos a su eminencia, el arzobispo, antes de meternos en faena. Tened presente que esta catedral ha visto pasar muchísimos años y reformas en su arquitectura, es un lugar santo muy venerado por todos los cristianos de Europa. Se dice que aquí está el sepulcro del santo Santiago, que da nombre tanto a la catedral como a la ciudad.

—¿Desde cuándo nos ha tenido que preocupar lo que piensen estos borregos? Nos han dado una misión y tenemos permiso para actuar, priorizando el objetivo sobre cualquier otra cosa. ¿Es necesaria tanta tontería? —volvió a decir Hipólito.

—¿Sabes por qué no te han asignado nunca a un grupo bajo tu mando, Hipólito? —le replicó Ramón, evocando la figura de un padre más que la de un compañero—. Porque te guías por impulsos. Solo lees las normas y te obcecas en ellas. El camino más corto entre dos puntos es la línea recta, sí, pero tienes que estudiar bien cómo trazar esa línea recta. Hacerte con una regla, con un bolígrafo que sea difícil de borrar, buscar una superficie rígida sobre la que poder poner el papel… preparar el terreno, en definitiva, y eso no se aprende en ninguna academia, me temo. Eso lo adquieres con años de experiencia y constancia. Así que, ten paciencia y aprende de cómo se hacen las cosas.

Hipólito bajó la mirada en aprobación, aunque por dentro le quemaba de orgullo tener que estar bajo las órdenes de alguien tan anciano como Ramón. Él se veía joven, fuerte y capaz de batirse ante cualquier enemigo que tuviera de frente. Era un hombre de acción tajante y decisiones rápidas.

El grupo comenzó a andar hacia el centro, donde confluían las dos arterias principales que definían la figura en cruz de la planta de la catedral. Allí se ubicaba la zona del coro, dando acceso al altar. Los peregrinos y creyentes allí presentes miraban al grupo con algo de desprecio, al ver cómo pasaban por las zonas sin respetar las normas. No se santiguaban ante la presencia de la cruz, ni se arrodillaban, ni bordeaban las áreas marcadas como prohibidas para el paso.

Cuando llegaron al altar, una zona con cinco capillas ubicadas en su perímetro circular, se encontraron con un obispo y varios monjes. El choque entre ambos no fue muy apacible, aunque Ramón supo suavizar un poco la situación. Cuando le mostraron el papel, firmado por el gobierno en funciones, el obispo fue directo a buscar al arzobispo. Tardó más de diez minutos en volver, para acompañar al grupo hacia el claustro, donde don Fernando Quiroga les aguardaba.

Solo habló Ramón del Valle ante el arzobispo, que se mostró reacio a darles permiso para deambular por la catedral a su antojo, como especificaba el volante que traían firmado. Ramón, no obstante, sabía perfectamente en qué parte de todo el edificio tenía que buscar. Le pidió que le dejaran acceder a una de las tantas capillas existentes, concretamente a la llamada Capilla del Cristo de Burgos.

El arzobispo aceptó a regañadientes, aunque dejó bien claro que informaría de dicha intromisión a Roma. Fernando de Quiroga era una persona muy respetada en el Vaticano, nombrada en su cargo el 4 de junio del 1949, además de ser cardenal en el consistorio desde el 12 de enero de 1952, bajo el pontificado de Pío XII. Afortunadamente para el grupo del SIAEM, el arzobispo era persona de carácter sosegado y contrario a peleas, e intentó cumplir lo que se le solicitaba sin descuidar la responsabilidad de su cargo, protegiendo los intereses de la catedral.

La capilla del Cristo de Burgos fue bautizada con dicho nombre en honor a un Cristo de madera que se talló en la ciudad de Burgos, en el año 1754. El arzobispo Pedro Carrillo y Acuña estableció que dicha capilla albergara funciones funerarias, pudiéndose admirar una escultura suya en actitud de oración en la parte izquierda de la capilla, realizada por el maestro Velasco y Agüero en el 1665, con la planta en forma de cruz y una cúpula de artesones. En sus laterales, contaba con dos altares de estilo barroco, obras ejecutadas por Melchor de Padro.

Una vez dentro, todos se miraron las caras con inopia, preguntándose qué había ahí tan especial. Amancio, el más rezagado de todos, miró con algo de lástima la mano escayolada que llevaba Faiga. Él estaba entrenado para no sentir pena ni dolor por nadie, sobre todo cuando era trabajo, aunque no podía evitar tener pequeñas punzadas de humanidad.

—No tendremos que abrir el sepulcro ese ¿verdad? — exclamó Manuel, apoyándose sobre la estatua de Pedro Carrillo y Acuña. Una mirada furtiva de Ramón bastó para hacerle entender que se quitara de ahí de inmediato.

—Mirad a vuestra derecha, hacia ese altar. Allí está lo que buscábamos —sentenció Ramón.

Todos miraron con detenimiento el mural en relieve. Era una representación evangélica de una mujer intercediendo en favor de sus dos hijos frente a una figura iluminada, presumiblemente Cristo. Era una escultura muy bien conservada y evocadora, aunque no transmitía ningún mensaje ante los ojos de los presentes. Era solo eso, una imagen, un cuadro con relieves esculpido sobre un muro.

—Aun con riesgo de que me tachéis de estúpido, aquí no veo nada. ¿Se supone que tenemos que picar ahí o qué? —preguntó Hipólito, rompiendo el silencio.

—Yo tampoco veo nada, si os soy sincero, aunque es aquí con total seguridad —respondió Ramón—. Esa mujer es María Salomé y esos dos son sus hijos, Santiago y Juan, presentados ante Cristo para su absolución, perdón o algo de eso. No soy muy docto en estas materias, pero sí estoy seguro de que esa mujer es Salomé, me informé al respecto.

—Bueno… para eso hemos traído a esta niñata ¿no? —dijo Manuel, con una marcada sonrisa de hiena.

—Pues sí… —añadió Ramón, desviando la mirada hacia una Faiga algo nerviosa al no ver nada raro—. ¿Y bien, Faiga? ¿Ves algo? ¿Has descubierto ya lo que andamos buscando?

Faiga negó con la cabeza sin apartar la vista de la ominosa escultura.

—Esto va a llevar tiempo, ya verás… —proclamó Hipólito.

Amancio, que hasta ahora permaneció ajeno a toda la conversación, dio un par de pasos hacia la obra escultórica hasta llegar a tocarla. Su tacto era liso y suave, piedra pulida con tanto esmero que parecía seda.

—¿Has visto algo? —preguntó Manuel.

Amancio ni se dignó en responderle. Siguió mirando con cautela las estatuas que componían toda la escena.

—¡Qué si has visto algo! —exclamó ahora Manuel, dando un paso hacia el frente. Ramón extendió su brazo a modo de barrera, intentando evitar que los ánimos se caldearan más.

—Tú eres el agente especial entrenado para este tipo de misiones ¿no? —respondió Amancio—. ¿O es que solo sabes insultar y partir brazos a mujeres que no pueden defenderse?

Manuel llegó a dar dos pasos más, casi a punto de rozar a Amancio, aunque Hipólito estuvo rápido y lo detuvo a tiempo, cogiéndole por la espalda y llevándoselo hacia atrás. Ramón se puso en medio, intentando también ser una barrera entre ambos.

—Vamos a calmarnos ¿vale? Estamos en el mismo equipo, vamos de la mano en esto, así que calma todo el mundo. Tú, Manuel, cierra la boca un rato y habla cuando te pregunte o cuando veas algo importante qué decir. Y tú, Amancio, no creas que por ostentar tu fama de asesino puedes permitirte pisotear a ningún agente. Somos nosotros los que te pagamos para que estés a nuestro servicio, así que responde bien cuando se te pregunte algo o desaparece de mi vista.

Ahora sí, Amancio se giró. Tenía la mirada irradiada en cinismo y las facciones de su rostro propagando jactancia.

—El que me paga a mí es el mismo que te paga a ti, y no tú. Mi deber es acatar lo que he firmado cumplir, que es salvarte el culo a ti, Ramón. Sobre estos dos gallos que van contigo no me dijeron nada, ni para bien ni para mal, así que te recomiendo que los dejes encerrados en su gallinero y que no vuelvan a cacarearme. No soy amigo de pegar tiros en una catedral, pero no me lo pensaré dos veces si vuelven a pedírmelo.

—¿Quién mierda te crees que eres, pazguato? —le contestó Manuel, cerrando los puños con rabia—. Si tan poco aprecio tienes a la vida, dímelo y te ahorro el sufrimiento, bastardo.

—¡Calma por favor! —volvió a gritar Ramón. Tenía el rostro teñido de color rojo a causa de la angustia del momento—. ¿Pero es que no puedo hablar con gente civilizada? ¡Sed personas civilizadas, por Dios! ¡Por una vez en vuestras vidas, dejad de comparar a ver quién es más hombre!

Manuel se mordió los labios inferiores con odio contenido, aunque guardó silencio. Ver la sonrisa de hiena que Amancio selló sobre su rostro le ponía más nervioso aún, aunque supo mantener la compostura. Eso sí, no olvidaría esta afrenta.

Hipólito, que también era persona rencorosa, prefería mantenerlo todo interiorizado, sin dar muchas pistas de su estado de ánimo. Lo cierto es que no le gustaba estar trabajando con alguien de fuera de la Agencia, pues rebajaba sus capacidades profesionales. Si a eso le sumabas el sarcasmo y narcisismo que Amancio rezumaba, la cosa se ponía mucho peor.

—Os lo voy a dejar claro —dijo Amancio, manteniendo un tono de voz firme y seguro de sí mismo—, y también a ti, Ramón. Yo actúo según mi criterio, y si quiero acercarme a mirar esto, lo haré, sin pedirle permiso ni a su señoría ni a nadie. No se me ha contratado para estar al servicio de ninguno de vosotros, os lo vuelvo a recordar. Se me ha contratado para darte seguridad a ti, Ramón, pero no para obedecerte. No me dirijáis la palabra y yo tampoco lo haré, y así os puedo asegurar que podremos descansar todos más tranquilos.

—Muy bien, Amancio, si así lo quieres, así se hará. Nadie te molestará, y te pediría que tú hicieras lo mismo —replicó Ramón, intentando alcanzar la paz en un altercado innecesario—.

Ahora, por favor, centrémonos en lo que hemos venido a hacer, encontrar el puñetero libro.

De nuevo todas las miradas se centraron en Faiga, que miraba alrededor totalmente perdida.

—Estamos perdiendo el tiempo. Aquí no hay nada. Si lo hubiera ya lo habrían descubierto ¿no creéis? —expuso Hipólito.

—Si me permitís… —interrumpió Amancio, abriéndose un poco para que tuvieran visión total de la escultura—. Quizás no tenga un entrenamiento como el vuestro en la Agencia, pero sí he aprendido a estar siempre alerta. Tras las puertas y en las pequeñas uniones de las baldosas se pueden colocar detonantes que, o los ves, o pasas a mejor vida. Muchos han intentado emboscarme y darme muerte, es lo que tiene este trabajo, pero cual cazador que va perfeccionando sus métodos, yo he afilado mi intuición, mi sexto sentido. Quizás nadie lo haya visto antes, es cierto, aunque la razón es fácil de entender: nadie sabía que aquí se guarda un secreto tan importante como ese manuscrito.

—Joder, Amancio, si has visto algo dilo ya —respondió Ramón. El suspense le resultaba imposible de aguantar.

—He observado que hay grietas en las muñecas de los dos hijos de la tal Salomé. Parecen grietas causadas por el paso del tiempo, por la erosión natural. No obstante, si nos fijamos en la propia Salomé, vemos que también tiene grietas, concretamente en sus tobillos. Es posible que todo sea pura casualidad, aunque son incisiones producidas en lugares demasiados precisos como para que pueda pensarse que fueron hechas a propósito —explicó Amancio—. Justo ahora, antes de que el señor Manuel aquí presente me interrumpiera con sus cacareos, estaba examinando una de esas grietas, que según he visto, son móviles.

—¿Móviles? ¿Quieres decir que pueden moverse?— preguntó Ramón, con cara de sorpresa.

—Así es, al menos la de esta estatua. Doy por sentado que las otras dos muñecas y los tobillos de Salomé podrán moverse también. Están un poco duros, pero pueden girarse. Eso sí, tened presente que donde hay un cierre tan oculto, también suele haber una trampa detrás. El método de prueba y error no debería ser una opción a poner en práctica.

—¿Y qué supones que debemos hacer? ¿Rezarle a Dios a ver si nos dice cual girar? —dijo Hipólito, de forma sarcástica.

—Seguro que el arzobispo ese sabe algo —añadió Manuel—. Deberíamos ir y preguntarle a él, aunque ahora entrando todos.

—Señores, señores, no nos dejemos llevar por la locura. Esto no es más que un acertijo más en manos de un maestro escultor. Una artimaña que lleva aquí mucho tiempo oculta y que hoy hemos descubierto. ¿A qué te refieres con trampa, Amancio? —preguntó Ramón.

—Me refiero a que es lo que yo haría, simplemente eso. Pondría varios resortes y que solo una combinación fuera capaz de accionar su apertura. Las otras combinaciones provocarían un desenlace fatal —respondió el sicario.

—¿Te refieres a desencadenar la destrucción de la catedral? ¿Algo así como una bomba? —preguntó Hipólito, tomando la palabra. Amancio dejó escapar una risa escueta mientras se ponía la mano sobre la boca, intentando evitar una humillación mayor al comentario oído.

—No, no se refiere a eso. Una bomba así no es algo factible ni creíble. Más bien es una trampa contra el propio manuscrito —explicó Ramón, un hilo deductivo que Amancio asintió con insistencia—. Aquí se aplica el dicho de "si no puede ser mío, no será de nadie". Si no consigo dejar el libro a salvo de ser descubierto, prefiero que acabe destruido.

—¿Y por qué no destruirlo directamente? ¿Por qué guardarlo si no quieres que sea descubierto? —dijo Manuel.

—Por el mero hecho de que igual alguien, algún día, sí pudiera merecer ostentarlo. Igual nosotros no, pero alguien sí. ¿Y quién es esa persona? Pues la única persona que ha sido capaz de desentrañar todas las pistas dejadas —propuso Ramón, señalando con ambas índices a Faiga.

La mujer avanzó algo temblorosa hacia la representación escultórica, fijándose en lo que Amancio descubrió. Al posar la mano sobre una de las muñecas e intentar girarla, la piedra daba un pequeño chasquido, permitiendo poder realizar el movimiento. Sin embargo, la combinación se le antojaba imposible de saber.

—¿Y bien? —dijo Hipólito, metiendo más presión a la muchacha—. ¿Hacemos ya algo o te tenemos que partir también la otra mano?

—Yo le metía ya una bala entre ceja y ceja, y me cargaba esta estatua a ver si hay algo dentro. Estamos haciendo los idiotas. Esto es una misión absurda —escupió Manuel, desahogándose un poco de todo su nerviosismo anterior.

—Pensar que todo esto es absurdo es el típico error que te lleva a fracasar. Debes pensar que si alguien se tomó tantas molestias en armar todas estas pistas, es porque realmente existe algo de una importancia alta —replicó una figura delgada en el arco de entrada de la capilla. Amancio lo reconoció nada más ver su silueta.

—Saludos Anthony, un placer volver a verte —dijo el sicario, gesticulando un saludo con el dedo sobre su frente.

—Hola, Amancio. Veo que te han llamado de nuevo para estar aquí como refuerzo de campaña.

—¿Y tú eres? —preguntó Ramón, entrecerrando los ojos con dudas.

—Anthony Selles, de la Agencia. Estaba al cargo de la investigación actual, así como de la captura de esta mujer aquí presente. He hablado con la Agencia y me dijeron que os lo comunicaría nada más pudiera.

—¡Ah, sí! ¡Sí! Perdona, pero entre tantos nombres leídos ayer me olvidé de tu nombre. Sí, sí, me dijeron de ti antes de partir, de que estabas vivo luego de ser capturado por un detective solitario o algo así ¿no? —expuso Ramón, estrechando su mano afectuosamente con la del espía de origen inglés.

—Pues sí, pero ya está solucionado ese tema. Detective muerto y yo de nuevo en servicio. Perdonad por llegar tan tarde, pero tuve que cambiarme de ropas, asearme y comer algo. No fue un viaje muy tranquilo.

—¿Vincent muerto? —preguntó Faiga, para sorpresa de todos. Hasta ahora había permanecido sumisa y en silencio ante la presencia de sus torturadores—. ¿Tú matas a Vincent?

—Está muerto, Faiga. Estaba herido de un hombro cuando lo tiré en marcha del tren, justo cuando pasábamos por un puente sobre el Duero, llegando a Zamora. Estará durmiendo con los peces a estas horas.

—El hombre bueno, ¿por qué tú matarle? ¿Por qué? —empezó a chillar Faiga, hasta que Hipólito le cerró la boca con la palma de la mano.

—No quise hacerlo, créeme, pero no me dejó opción. Estaba entrometiéndose demasiado en nuestros asuntos y, o le mataba yo a él, o me mataba él a mí. ¿Qué...? ¿Qué te ha pasado en la mano? ¿Quién le ha hecho eso? —preguntó Anthony, algo molesto.

—¿Qué pasa? ¿Te da penita que se le pegue a una mujer o qué? —respondió Manuel—. Ya sabes nuestro protocolo de acción.

—Estáis enfermos. Hubiera bastado con drogarla, apenas tiene aguante. Tratáis a los contactos informativos con la misma horna que a los asesinos.

—Anthony, no olvides que fuimos nosotros quienes llegamos hasta aquí, cuando tú no sabías nada de esta catedral. No sabíamos si estabas vivo o muerto, y necesitábamos saber con total seguridad que lo que nos decía la chica era cierto —dijo Ramón, intentando dar una explicación convincente—. Si bien ahora tú estás al mando, no olvides que los métodos que aplicamos son los que tenemos que usar, nos guste o no. Conoces de sobra cuales son los métodos ante las distintas situaciones.

—Ya... bueno, al menos está viva. Que deje ya de llorar y contadme un poco qué habéis descubierto aquí.

Le pusieron al tanto de todo lo sucedido, haciendo hincapié en los resortes ocultos en las muñecas y tobillos de las estatuas. Anthony no se podía creer que estuviera llegando al final de esta búsqueda.

Acto seguido, se acercó e inspeccionó minuciosamente los resortes, para luego volver a sentarse y cerrar los ojos. Debía pensar en todo lo visto, todo lo oído y toda la historia que comprendía la construcción de este lugar. Debía haber algún significado que relatara cómo encajar esos resortes, en qué orden girarlos para mostrar su secreto. Todos guardaron silencio durante un buen rato. Manuel salió un par de veces para fumarse un cigarrillo, mientras que Amancio optó por sentarse en un banco de fuera de la capilla para relajarse un poco del lugar. Era complicado encontrar una solución tan esquiva, cuando de nuevo, Faiga dijo algo. Habló en el español mal hablado que ella sabía, para que Anthony también la entendiera.

—Yo creo tengo solución. Pero yo quiero que dejar libre.

—¿Sabes la solución? —preguntó Ramón, algo reacio—. ¿La sabes o estás simplemente inventándotelo para conseguir algo? Que sepas que no hacemos tratos más allá de lo que nos permiten en la Agencia, así que…

—Perdona que te interrumpa, Ramón, pero creo que acordamos que era yo el que estaba al mando, o así te lo debieron de decir en la Agencia ¿no? Así que no tomes decisiones sin tener el mando, te lo ruego —dijo Anthony, seguro de sí mismo, dirigiéndose a continuación a Faiga—. ¿Sabes la solución? ¿Estás segura?

—Estoy segura —dijo Faiga, con voz firme.

Hipólito llamó a Manuel y a Amancio con un par de chasquidos, para que acudieran de nuevo hacia la capilla.

—Está bien, Faiga. Yo te puedo ofrecer la libertad y la seguridad de que ninguno de los nuestros te seguirá, pero primero debes decirme lo que has descubierto.

—No, tú asesino también, tú matas a Vincent y él buena persona. Él nunca matar a ti.

—Mira Faiga, él me hubiera matado si no le hubiera sido necesario, así que vamos a ahorrarnos esto de echarnos la culpa inútilmente. Te estoy ofreciendo la oportunidad de que salgas viva de todo esto, pero solo si me ayudas antes.

—Yo garantía de que tú dices verdad.

—Esto empieza a ser exasperante —dijo Manuel, cerrando el pelo de Faiga en una mano y amenazándola con la otra en puño—. O me dices ahora mismo lo que sabes o…

—¡Suéltala de inmediato! —le recriminó Anthony, en comunión a Ramón, que incluso se atrevió a empujar a su colega espía—. No te quiero ver más por aquí, quítate de mi vista, vete fuera de la catedral y espéranos en el coche. ¡Fuera!

—¿Pero qué…? —llegó a decir Manuel en su defensa, antes de ser violentamente expulsado de nuevo.

—¡Fuera! Y da gracias si no se te abre un expediente disciplinario, porque estoy a punto de presentar un informe detallado de tu comportamiento. ¡Lárgate ahora mismo de aquí o te juro que vas a pasar el resto de tus días limpiando botas!

Manuel bajó la vista y, sin estar muy seguro de a quién mirar, salió de la capilla y de la catedral. La amenaza de Anthony fue lo suficientemente alentadora como para amedrentarle. El resto de los presentes no se atrevió a decir nada.

—¿Y bien? ¿Me vas a ayudar? —preguntó de nuevo Anthony a Faiga.

—Garantía de yo vivir. Tú me dejas salir y yo escribo solución en papel.

—No me vale, Faiga. Ten presente que no sabemos si esta es la última pista en esta búsqueda, por lo que, si hay más te seguiremos necesitando. Siento mucho que tengas que pasar por esto, pero es lo que hay. Cada uno debe enfrentarse al destino que tiene delante, y este es el tuyo. Yo te garantizo tu seguridad, pero tú debes darme lo que sabes. No tienes otra opción.

Faiga bajó la cabeza, titubeando si debía hablar o no. Insistió un par de veces más para alcanzar algún acuerdo favorable a ella, pero solo obtenía negativas. Al final optó por hablar, dirigiéndose a Ramón, que entendía el alemán.

—La solución de qué mover y cuánto hacerlo es fácil de saber si miráis cómo hemos llegado hasta aquí. Estáis rebuscando entre la historia, cuando la solución es más lógica. Recordad el mensaje que nos trajo hasta aquí, en el que se hablaba de palmos y pasos, análogo a muñecas y tobillos. ¿Os acordáis?

—Andando 42 pasos y 88 palmos, para luego retroceder 8 pasos y 545 palmos —pronunció Anthony de memoria, tras oír la traducción que Ramón le iba haciendo.

—La relación es fácil de ver, con los pasos haciendo referencia a los tobillos y los palmos a las muñecas —prosiguió explicando Faiga—. La parte que nos falta ahora, es saber cuánto girar cada una de ellas. Si el Cristo tuviera también resortes en sus tobillos la cosa sería mucho más fácil, pero no es así. Solo hay dos tobillos y cuatro muñecas, para dos números de pasos y dos de palmos.

—Creo que ya lo tengo —dijo Anthony, siguiendo el hilo de pensamiento que Faiga le mostró—. Aunque solo me queda una duda antes de intentarlo.

—Tenemos la misma duda —le dijo Faiga, antes de que él pudiera explicarle cual era.

CAPÍTULO 31: ALIANZAS SOSPECHOSAS

Santiago de Compostela, 28 de noviembre del año 1954

La escena se repetía una y otra vez en la mente de Vincent. Se veía agarrado en la barandilla del tren, circulando a toda velocidad por las vías, mientras un Anthony de mirada macabra se jactaba de él, mostrando una especie de alquitrán derramándose de sus ojos. El cielo vomitaba sangre en vez de lluvia, tiñendo toda la vegetación del alrededor con un aspecto dantesco y lúgubre. La locomotora soltaba un humo amarillento que crepitaba al entrar en contacto con el aire, como si fueran petardos gaseosos.

Anthony, convertido en una figura más amorfa aún, con unas extremidades y una boca mucho más grandes de lo normal, empezó a golpear las manos de Vincent, descolgándolo de su agarre y precipitándolo al suelo. El detective sentía cómo se clavaba cada piedra del camino en su cuerpo, abriéndole la carne en heridas profundas. El horizonte bañado en sangre daba vueltas a su alrededor como una montaña rusa a plena velocidad, una atracción terrorífica que iba desollándole a cada vuelta. Al poco tiempo, ya no sentía más impactos. Su cuerpo flotaba en el aire como si fuera un pájaro libre. Los ojos aún le daban vueltas, intentando ubicarse entre tantos giros, mientras su cuerpo se precipitaba al vacío. No fue consciente de ello hasta que sintió el azote helado que lo envolvió al sumergirse en el río Duero. Tuvo una amalgama de sentimientos enfrentados, desde dolor por el frío intenso que se clavaba en su piel, hasta alivio por la anestesia que le provocaba en sus múltiples heridas. La ropa amortiguó gran parte del impacto sobre el agua, aunque no pudo evitar desmayarse.

A continuación, cientos de imágenes se agolparon en la mente del detective. Se vio corriendo en las calles de Montefrío, alrededor de la Iglesia de la Villa, el pueblo donde nació y se crió. El párroco, don Eusebio Vals, gritaba en la distancia mil maldiciones y castigos si le pillaba de nuevo tirando piedras a sus gallinas. Luego vio a María Castañeda, una mujer de piel blanca como la nieve y pelo lacio y oscuro, su primera novia formal a los dieciocho años. Se besaron bajo un árbol en el Arroyo de Fuente Molina, un beso que le dio pie a intentar palpar su deseado cuerpo. Sin embargo, ella lo detuvo en seco con una torta y rostro de indignación, empujándolo hacia atrás para separarlo de su vera. Vincent masculló un insulto y la dejó allí sola, harto ya de no conseguir más que un beso luego de un año de noviazgo.

Revivió más escenas distorsionadas, esta vez de su padre pegándole fuertes azotes con el cinturón por haber hecho alguna gamberrada a alguien del pueblo. Luego estaba de caza con sus dos tíos, Manolo y Antonio, que lo usaban a él y a sus hijos como perros de cetrería para que se lanzaran a por las piezas caídas. Iban corriendo hacia los matorrales donde se precipitaban las perdices y los conejos, metiéndose entre la maleza y recuperando las preciadas piezas. Uno de los conejos, con la cabeza totalmente destrozada por los plomos del cartucho, abrió los ojos y le gritó "¡Culpable!" repetidas veces, despertándolo de su trance.

Estaba sumergido, con agua ocupando su garganta y con el corazón a punto del infarto por la falta de oxígeno. Múltiples calambres se apoderaron de sus músculos locomotores, convirtiéndolo en un espantapájaros al control de las mareas. Se hubiera rendido a un destino más que evidente, cuando sintió que sus pies golpearon el suelo del fondo. Consumió toda la adrenalina que le restaba y se impulsó con todas sus fuerzas hacia arriba, agitando los brazos de forma errática para volver de nuevo a la vida. Estaba al borde del colapso, con la visión casi apagada y los pulmones temblando de dolor al dar paso al agua en su interior. Justo entonces, emergió a la superficie, respirando entre tos y vómitos algo de oxígeno.

La lluvia se mantenía implacable en el exterior, entorpeciendo cualquier acción que uno quisiera realizar. Mantenerse a flote le supuso una proeza descomunal, pues su cuerpo se contraía para expulsar el agua ingerida con fuertes calambres musculares que endurecían sus extremidades como si fueran enormes piedras pesadas. Sus ropajes, que absorbieron una inmensa cantidad de agua, pesaban más kilos de lo que él podía soportar. Intentó quitarse el abrigo, pero era más fácil pensarlo que hacerlo. Tan pronto intentaba una acción, volvía a sumergirse irremediablemente, haciendo un sobreesfuerzo para volver a emerger y tomar aire. Fue una lucha incesante en la que iba gastando las pocas energías que aún tenía, un proceso que acabaría en breve si no encontraba solución.

Se centró en mirar una orilla, la primera que divisó, y se puso a nadar entre dolores y calambres hasta la meta. Fueron diez minutos interminables en los que puso en equilibrio su constancia y su capacidad de resistencia, una prueba de valor inhumana que podía acabar en cualquier momento. Se movía más por determinación y empuje mental que por capacidad corporal, aunque finalmente tuvo que rendirse ante los límites que sus piernas impusieron. Ya no podía agitar ni un solo dedo y, aunque la orilla estaba cerca, no pudo luchar más por su vida. Cerró los ojos y dejó caer su cuerpo inerte a merced del agua, aunque para su fortuna, notó el suelo a apenas unos centímetros de descenso. Había nadado lo suficiente como para llegar a hacer pie, había obrado un milagro que ni él mismo llegaba a creerse del todo. De nuevo se armó con fuerzas, esta vez empujado con la venganza de volver a encontrarse a Anthony para ajusticiarle, y recorrió los últimos metros que lo separaban de la orilla.

Las luces de la ciudad se dibujaban cerca, aunque tenía bien claro que no llegaría allí a estas horas de la noche y con la fuerte lluvia que le castigaba a cada paso que daba. Intentó moverse, arrastrando la pierna derecha que tenía acalambrada y sin mover el brazo izquierdo, profundamente dolido. Parecía un soldado al que habían tiroteado en varias zonas de su cuerpo y que estaba intentando llegar a la zona de refugio, aunque en su caso, ese punto no existía. Lo único que pudo hacer es llegar a la carretera, esperanzado de que pasara algún coche y le viera.

Se sentó en una piedra cerca del asfalto y poco a poco sintió como su cuerpo entraba en letargo. Todos los dolores apaciguados por la intensidad del momento anterior fueron apareciendo escalonadamente. Los músculos se volvieron flácidos e inútiles y la visión comenzó a apagarse. No podía luchar contra la falta de energía que tenía, un cansancio que arqueó su cuerpo en una postura retorcida, para luego derribarlo al suelo. Con el único sentido que aún le funcionaba, probó el granulado sabor del barro empapándole los labios mientras todo él era pasto de la lluvia.

«Ojalá te pase un tren por encima, maldita sanguijuela», se dijo a sí mismo, pensando en Anthony.

Los siguientes recuerdos eran muy confusos. Una luz blanca y lejana fue dibujándose con mayor amplitud ante él, hasta mantenerse estática al alcanzarle. Varias sombras se agitaron a su alrededor, cuales fantasmas errantes en busca de su presa.

—¿Vincent? ¿Me oyes Vincent? Eoooo… ¿Vincent? —repetía sin cesar una voz. Le resultaba tremendamente molesta.

Sintió el tacto suave de una mano rozándole la cara, dando paso al gélido impacto de un paño de agua asentándose en su frente. Los pelos del cuello se le erizaron al instante.

—¿Vincent? Venga, abre esos preciosos ojos celestes para que los vuelva a ver. Sé que me oyes, Vincent, despierta —volvió a repetir la voz, claramente femenina por el timbre del tono.

Las pestañas comenzaron a reaccionar, abriéndose y cerrándose de forma descontrolada. Acto seguido, abrió los ojos de un sobresalto, como si fuera la primera vez que lo hacía en toda su vida. Se vio en una cama, cubierto con una manta que le llegaba hasta el cuello. Una estufa mantenía el lugar a temperatura cálida. En una mesilla cercana a la cama, había una lámpara encendida con una luz tenue y un reloj que marcaba cada segundo que pasaba con un sonido consistente. Una mesa de patas bajas y un sofá conformaban parte del mobiliario de la acogedora habitación.

Sin embargo, la atención de Vincent se disparó hacia quien tenía justo delante suya, sentada a su vera en la cama.

— ¿Nicole? ¿Qué…? ¿Qué rayos haces tú aquí? ¿Cómo…?

—¡Al fin te despiertas! —suspiró Nicole, con una sonrisa de oreja a oreja—. Ya pensaba que estabas disimulando para no despertarte.

—¿Qué haces tú aquí? ¿Dónde…?

—Estás en el hotel Compostela —interrumpió Nicole, intentando dar un poco de luz a la confusión que Vincent tendría luego de despertar—. Tuviste suerte… cuando te vi allí, tirado al lado de la carretera y casi sin vida pensé que era una mala broma de alguien, la verdad. No quiero pensar que te caíste del puente, aunque todo parecía indicar eso.

—¿Que tú…? ¿Que tú me salvaste? —dijo Vincent, exhalando una sonrisa de incredulidad—. Ahora cuéntame de cuando conociste a Tarzán, a ver si así me lo termino de creer del todo. Tú no ayudarías a nadie, ni a tu propio padre, que en paz descanse.

—Me tienes en muy mala estima, y aún no sé bien porqué, la verdad —le replicó Nicole, dirigiéndose hacia la ventana—. Hemos tenido nuestros roces en esta investigación, pero en ningún momento deseé que te hicieran daño.

—Estás dando de comer al perro equivocado, Nicole. Vete a contarle ese cuento a otro imbécil, que este de aquí ya ha recibido suficientes palos como para que se lo crea —dijo Vincent, intentando superar los dolores musculares que tenía para ponerse en pie y vestirse. Sus ropajes, incluido su inseparable abrigo, estaban limpios y planchados en el sofá.

—¿Quieres que te cuente entonces la verdad de cómo llegaste hasta aquí? ¿Te la cuento? —empezó a recitar Nicole, con un timbre de voz que proclamaba enfado—. Pues te lo contaré, así que abre bien tus orgullosas orejotas y no pierdas detalle. Estabas medio muerto a varios kilómetros de la ciudad, con heridas y magulladuras por todo el cuerpo. No podías ni mantenerte en pie, pero por obra divina, empezaste a mover tus manos y tus pies, reptando por el asfalto centímetro a centímetro. Recorriste toda la distancia que te separaba de la ciudad durante horas así, hasta que llegaste aquí, al hotel, y entraste a la recepción hecho un adefesio, con los ropajes inundados en agua y sangre. Como estabas desmayado no podías hablar pero ¡ey!... ¡eso no es problema para el gran Vincent Arcadio! Le hiciste cuatro señas al recepcionista y le dijiste que te diera una habitación. Por supuesto, tuviste fuerzas para subir arriba, lavar tu ropa, ducharte y tumbarte en la camita para reponer fuerzas. ¡Oh gran Vincent! ¡Qué fuerte es tu espíritu! Por un momento, olvidé que hablaba con el ejemplo de superación número uno de este mundo.

Vincent, ya con los pantalones puestos, se giró y la miró con algo de odio mantenido, aunque su boca mantuvo una mueca de aprobación.

—¿Por qué, Nicole? ¿Por qué salvarme, cuando hace unos días tus matones me hubieran perforado bajo tu orden? ¿Acaso verme morir no hubiera sido mejor para tus intereses?

—Yo nunca deseé tu muerte, Vincent, eso es una deducción que has sacado de tu agitada mente. Si tengo que ordenar matar a alguien es porque ese alguien está metiendo su nariz demasiado en mis asuntos, y sí... tú has metido tu hocico en mis cosas, pero parte de esa culpa es mía, por haberte contratado al principio del todo. No puedo culparte por estar metido en esto, cuando fui yo quien te empujó a hacerlo. Siempre he mantenido la ley de que no debían dispararte, que siguieras con vida, aunque tú parecías buscar lo contrario.

—Me partes el corazón —respondió Vincent, sentándose en el sofá mientras se reconocía visualmente las heridas que poblaban su cuerpo—. Tú no eres capaz de hacer algo bueno ni aunque te paguen por ello. Si me has ayudado es porque en algún lugar recóndito de tu mente piensas que te puedo ser útil en algo. Lo que no sé, es en qué, aunque seguro que pronto me lo dirás.

—Esperaba un "gracias, Nicole, por ayudarme" o un "qué suerte que me hayas encontrado al borde de la muerte, Nicole", aunque veo que contigo no van esas cosas —replicó Nicole, acercándose al detective hasta ponerse de cuclillas frente a él, en el sofá—. ¿Tan difícil es aceptar que me puedes caer bien? Me pareces un hombre con valores firmes, un hombre duro que se atreve con todo, que no le teme ni siquiera a las agencias gubernamentales de espionaje. Además eres un hombre muy guapo, lo que hace más llevadero este trabajo tan ajetreado.

La belleza de Nicole era un arma tan potente que, con esa simple frase a tan poca distancia, despertaba una atracción fortísima. Resultaba una proeza retenerse, incluso siendo alguien de poca confianza. Vincent no pudo aguantarle la mirada mucho tiempo, le nublaba la capacidad de pensar con claridad.

—Dime claramente qué quieres de mí, Nicole. Me has salvado para obtener algo de mí, eso ambos lo sabemos, así que suéltalo. Sé que has hecho tratos con la Agencia, con Anthony y los suyos, así que puedes ahorrarte los rodeos en tus explicaciones.

Nicole arqueó ligeramente los labios, consciente de que su seducción había golpeado a su objetivo.

—Quiero que formemos alianza, Vincent. Tú no vas a poder hacerte con ese manuscrito solo, y yo necesito de tu perspicacia y experiencia. Formemos de nuevo grupo. A la Agencia les dije lo que querían oír, firmé un acuerdo ventajoso para ambos, pero no pienses que es definitivo.

—¿Me estás hablando en serio? —respondió Vincent, reclinándose hacia atrás para dar rienda suelta a una risa descontrolada—. ¿Formar grupo? Jajaja, eso sí que no me lo esperaba. Que yo vuelva a confiar en ti, ¿es eso? ¿Eso quieres? ¿Qué te parece si además lo firmamos con sangre, para hacerlo más sagrado aún? Eres peor que esa araña asesina, la viuda negra.

Nicole no se ofendió por las carcajadas en lo más mínimo. Esperaba esa reacción de Vincent. En vez de replicarle, apoyó sus manos en las rodillas del detective de forma seductora hasta plantar su rostro frente al de él, mostrando parte de sus pechos en un primer plano. Vincent dejó de reír alocadamente para ponerse más serio, sintiendo como estaba totalmente inmovilizado. Sabía que tenía que salir de esa telaraña, aunque le era totalmente imposible. Nicole lo tenía atrapado.

—Tienes a decenas de hombres a tu servicio. Les pagas para que den su vida por ti. Seguro que detrás de la puerta hay un par de ellos esperando. ¿Por qué yo? ¿A qué viene esto? ¿Lo haces por simple juego?

—Hay dos hombres en la puerta del hotel, sí, y ahí seguirán hasta que yo quiera. Aquí dentro no va a entrar nadie, eso te lo aseguro. Y sí, Vincent, esos hombres arriesgarán sus vidas por mí a cambio de dinero, pero tú no. Tú lo harás porque eres un hombre de principios, un paladín de los que quedan pocos ya. Vas engalanado con tu gabardina ruda, mostrando seriedad y rectitud, y con un corazón puro palpitando en su interior. No luchas por tu reconocimiento, sino por lo que consideras justo. Todo eso me resulta tremendamente sexy.

Vincent se reclinó hasta situar sus labios frente a los de ella, sin llegar todavía a tocarla. Quería que fuera ella quien diera el primer paso, aunque era una batalla que sabía que iba a perder en breve.

—No vas a conseguir hacerme cambiar de opinión mediante el uso de estas armas, Nicole.

—Te ofrezco estas armas, Vincent, porque te deseo.

No hizo falta decir nada más para que el detective sellara su libido con un beso largo. Ambos cuerpos se juntaron en el sofá de forma alocada, desvistiéndose mutuamente entre sonrisas pícaras por parte de ella y deseos ardientes por parte de él. La atracción física inundó la habitación con el aroma de la pasión. Se tocaron y se amaron con un deseo sin igual, como si fueran dos novios recién casados y deseosos de querer consumar su matrimonio.

Las caricias y los besos se abrieron paso varios minutos más tarde, una vez consumaron el acto sexual. Vincent recorría con su índice las hipnotizantes curvas que delineaban la cintura de Nicole, mientras que ella le acariciaba el cabello con una sonrisa plácida y afectuosa. Era un cuadro idílico, pletórico de paz y amor, un mundo utópico entre tanto tumulto de odio. No tardaron en cerrar los ojos para dejarse llevar por un sueño reparador, que se extendió toda la noche.

Cuando Vincent volvió a abrir los ojos, oyó que Nicole estaba en el baño, duchándose. Se levantó algo aturdido, sin saber bien qué hacer a partir de ahora. Sabía que tenía que haberse contenido antes de dejarse llevar por esa mujer, aunque ya era muy tarde. No obstante, debía mantenerse firme en sus principios. Una cosa había sido este desenfreno sexual y otra bien distinta su posible alianza.

Al coger la camisa, doblada sobre la mesa con el resto de su ropa, su pistola cayó al suelo en un sonido metálico cimbreante.

—¿Ya estás despierto, guapo? —dijo Nicole—. Yo salgo ahora mismo, ya estoy terminado de secarme. No te vayas sin despedirte de mí ¿vale?

Vincent maldijo su mala suerte, pues ese era el plan que tenía en mente. Aún lo podía llevar a cabo, aunque sintió vergüenza luego de haber compartido lecho con ella hacía un par de horas. Decidió terminar de vestirse y encenderse un cigarrillo, mientras ojeaba por la ventana. La lluvia seguía cayendo con ímpetu, dejando las calles vacías de gente. Abajo había un coche negro grande parado justo a la entrada del hotel. La ventanilla trasera estaba ligeramente abierta, aunque no veía humo de tabaco saliendo de la misma. Le resultó extraño, pues la lluvia seguro que se estaba colando en su interior, aunque no le dio mayor relevancia.

—Ya estoy aquí —dijo Nicole, más hermosa aún que cuando la vio ayer. El pelo húmedo y los ojos limpios de maquillaje le conferían una belleza natural que cualquier hombre desearía palpar—. ¿Todo bien?

—Sí… sí, todo bien —respondió Vincent, no sabiendo bien hacia dónde mirar o qué decir—. Me… me ha resultado muy grato. Eres una mujer muy guapa.

—No me lo puedo creer… ¿te he pillado en vergüenza? ¿Eso es vergüenza, señor Arcadio? Jajaja, es lo último que hubiera imaginado que alguien como tú podría ostentar.

La risa de Nicole, lejos de ofender a Vincent, le contagió. Fue una forma bastante agradecida de romper la tensión del momento, cosa que le vino muy bien para decirle que no seguiría con ella en la investigación. Nicole no se lo tomó con muy buen rostro, aunque aún no había dicho su última palabra. Tenía suficientes recursos como para convencerle, estaba segura de ello.

—Verás, Vincent, aunque tú no lo creas, tenemos el mismo objetivo, buscamos lo mismo.

—No es así, Nicole, y lo sabes. Yo no quiero para nada ese manuscrito de fantasía. ¿Extraterrestres y fantasías de un mundo imaginario? Eso se lo dejo a los escritores de novelas, yo tengo otras cosas de las que preocuparme.

—No lo ves, ¿verdad? ¿No te preguntas por qué, existiendo tantísimas copias de ese manuscrito, agencias gubernamentales y de espionaje están buscando el original con tanta efusividad? Quizás tú no creas en esos cuentos de duendes verdes, pero la sociedad sí. Están todos deseosos de creer en aquello que sea capaz de explicar lo que no entendemos. Los creyentes se basan en su fe, pero el resto no tiene ningún arma para entender lo que nos rodea.

—Olvídate de eso, Nicole, de verdad te lo digo. A mí me da igual ese manuscrito. Prefiero pensar en la vida que tengo, en mis problemas. Tengo que ver donde viviré, el dinero que tengo para comer y dónde encontrar trabajo a partir de ahora. Está claro que Tánger será un lugar donde todos me estarán buscando, cortesía de la cucaracha esa de Anthony y su grupito de cobayas, que habrán puesto precio a mi cabeza. Yo ya no tengo ninguna razón por la que seguir en esa investigación, Nicole, y te convido a que hagas lo mismo.

—¿Y Faiga? ¿La dejas a su suerte? ¿Primero la salvas y luego la abandonas en manos de esas hienas? Sabes, al igual que yo, que al final la matarán.

—No sé dónde podrá estar ahora, aunque es una chica lista. Confío en que haya podido seguir adelante y esquivar a esos chacales.

—Sí, sigue viva, aunque no logró esquivarlos. Si la vieras ahora, no la reconocerías. Se nota que la han torturado a base de bien. Seguramente la habrán violado repetidas veces antes de aporrearle en su inocente cara de adolescente.

Vincent miró serio a Nicole, sintiendo cómo se despertaba un enfado incontrolable solo de imaginarse esa escena descrita. Sin embargo, supo apaciguar ese fuego y emitió una sonrisa comedida.

—No quiero resultar ofensivo, pero me huelo que eso que me cuentas tiene más partes de imaginación que de realidad.

—No te estoy mintiendo, Vincent. Están aquí, en Santiago de Compostela, y creo que han encontrado ya el códice ese. Ayer entraron en la catedral de Santiago de Compostela y estuvieron apartados en una capilla, buscando algo. Al cabo de un buen rato, salieron de allí vociferando y montados en júbilo. Se largaron de allí a toda velocidad, como si fuera un asunto de vida o muerte.

Vincent ahora clavó su mirada en los ojos de Nicole, y aunque ella era muy dada a saber esquivar posibles lecturas, esta vez parecía sincera en su relato.

—¡Maldita sea! —gritó Vincent, cerrando el puño con un golpe sobre la mesa—. ¡La están usando para coger ese puñetero libro! Cuando no les sea de más utilidad, le pegarán un tiro y la harán desaparecer. ¿Por qué rayos no hiciste nada?

—¿Estás de broma? Yo estaba allí camuflada de peregrina entre la multitud. Cualquiera que se acercara a menos de diez metros era inspeccionado con detenimiento por un par de pistoleros que se sentaron fuera de la capilla. Emboscarles fuera tampoco era una estrategia muy sensata. Ellos eran cinco o seis, y nosotros solo tres. Además, había mucha gente que podría resultar herida.

—Ya, como si eso te fuera a detener a ti… —escupió Vincent, recordando las razones por las que odiaba a Nicole—. De todas formas… ¿no tenías tú un trato con ellos? Oí que la Agencia se lo dijo a Anthony, ¡lo oí!

—¿Crees que nuestro trato es de apoyo mutuo? —replicó Nicole, negando con una sonrisa—. El trato consiste en que nos dejaremos de intentar matar y nos avisaremos cuando tengamos algo de información relevante sobre el caso. Evidentemente, ninguno de los dos vamos a cumplir los términos, es más aparentar que nada.

—Algo muy típico en ti… que por cierto… aún no me has contado qué haces tú aquí, en Santiago de Compostela ¿Cómo sabías que íbamos hacia aquí?

—Cuando ocurrió el tiroteo en el aeropuerto de París y nos dividimos en varios grupos, imaginé que tenías en mente salir del país en avión. El siguiente avión era el que salía a Madrid, en un par de horas, por lo que me informé de quienes salían. Me bastó con preguntar en ventanilla si mi joven hermana, una tal Faiga, viajaba en ese vuelo. No tenían a nadie registrado con ese nombre, cuando justo pasaron a escasos metros de mí, ella y un hombre, ambos agarrados de la mano. El hombre habló en la aduana con uno de los policías y le mostró una placa, pasando sin problemas. Luego me bastó con comprar un billete y subirme también a ese avión.

—Demasiado extravagante tu historia… —impuso Vincent, vistiéndose con su abrigo para largarse de la habitación.

—¿Extravagante? Tu numerito en esa avioneta, sacando tu abrigo por la ventanilla, sí que fue extravagante.

Vincent se quedó totalmente rígido cual estatua.

—No me lo puedo creer… ¿estabas tú también en ese avión? —exclamó el detective.

—Te lo he dicho. Sucedió tal y como te lo estoy contando. Cuando llegamos a Madrid, hice un par de llamadas para que me recogieran y me subí a un taxi, para que siguieran al coche donde iban Faiga y ese hombre. Para mi sorpresa, se montaron en un taxi y fueron a tomarse un café, como si fueran amigos del alma.

—¿Me estás tomando el pelo o qué? ¿Viste si era un alemán o un francés?

—Era un español, y aunque aún no sé su nombre, estoy en ello. De todas formas trabaja para la agencia de espionaje de aquí, porque unos minutos más tarde llegó un grupo de gorilas que irrumpieron en el local y se la llevaron a la fuerza. Parece que ese individuo supo ganarse la confianza de ella para traérsela a Madrid y dejársela en bandeja a los suyos, a la Agencia. No obstante, entiendo a la chica. Era un hombre muy guapo, con un porte muy atlético y con una mirada realmente atractiva.

—¿Qué me estás vendiendo, Nicole? ¿Tengo cara de sentir celos o algo así?

—Esperaba que sí, la verdad, aunque no de ella— respondió Nicole, juntando sus labios en una inocencia forzada.

—¿Qué más pasó? —dijo Vincent, de forma cortante.

—Pues poco más, Vincent… llegaron los míos y seguimos al coche, que se paró en un barrio escondido, en una casa franca. Allí mantuvieron a Faiga hasta que la tortura logró que les contara lo que ellos querían oír. Salieron de allí y se dirigieron a la Catedral de Santiago, y el resto ya lo sabes, te lo conté antes.

—¿Y sabes dónde están ahora? —preguntó Vincent, deseando oír un "sí" para salir corriendo hacia la puerta.

—Aquí es donde tú y yo tenemos que tratar qué somos, Vincent. Si te digo dónde está, yo querré ir contigo. Si quieres salvar a esa mujer hazlo, yo quiero el manuscrito ese. ¿Hay trato?

—No, no hay trato. Ese manuscrito luego se lo vas a vender a algún gobierno a cambio de un cheque con muchos números, ¿me equivoco?

—No voy a convencerte de que lo quiero por interés personal ¿verdad? —replicó Nicole, encendiéndose un cigarrillo para paliar su nerviosismo.

—Si tu interés personal es el dinero, sí me lo creo.

—Muy gracioso. Piensa lo que quieras, pero si quieres salvar a esa mujer, dependes de mí. Esa es la única verdad. Y por cierto, no sé qué te dará esa chica que tanto te motiva, aunque tu caballerosidad te impedirá contármelo ¿verdad? —preguntó Nicole, arañando en un asunto que a Vincent no le apetecía tratar.

—Por favor, Nicole… es una niña. Si hago esto es porque se merece una vida mejor, aún es muy joven. Además, le debo una a ese desgraciado de Anthony y a su colega, el tal Marcos. Y voy a necesitar dinero para mi nueva vida, ¿sabes? Igual ese manuscrito me viene bien a mí también.

—Bueno, no entremos en detalles con el tema Faiga, que veo que te irrita —dijo Nicole, con una picardía planeando en cada palabra que decía—. Pongamos sobre la mesa nuestras prioridades y vamos alcanzando un trato, ¿te hace?

—¿Es tu forma de engañarme? ¿Primero te acuestas conmigo y ahora quieres jugar a las balanzas?

Nicole enfadó su rostro al instante, mirando hacia la derecha durante unos segundos antes de apagar el cigarrillo y levantarse hacia la puerta. Se la veía dolida, aunque Vincent dudaba si era parte de su juego de disimulos.

—Está claro que todo gira alrededor de ti, en esa cabeza de chorlito que tienes —expuso Nicole, abriendo la puerta con decisión—. Por mí, te puedes ir al infierno tú, tu ego y tu puñetero orgullo. No tengo por qué soportar los insultos de un estúpido necio que lo único que busca es…

—No te he dado las gracias por haberme salvado la vida —le susurró Vincent, posando su mano sobre la de ella en el pomo de la puerta—. Gracias.

Nicole giró los ojos hacia él con dulzura. Incluso a ella le gustaba recibir un susurro tan cercano y sincero.

—Además, has estado toda la noche, aquí, cuidándome y velando por mí. Y eso no lo hace cualquiera. Gracias —volvió a susurrarle Vincent, esta vez rozando con sus labios la oreja de Nicole, haciendo que se pusiera cara a cara a él con un rostro confuso entre enfado y sarcasmo.

—¿Se acabaron las tonterías, Vincent?

—Se acabaron las tonterías, pero no quieras que olvide lo que pasó. No confío en ti y no me pidas que lo haga.

Nicole asintió con resignación.

—Nunca he deseado tu muerte, Vincent. Te lo repito mucho, pero quiero que te quede claro. Sí he pensado en quitarte de en medio más de una vez, pero has despertado algo que nunca sentí por nadie más. No quiero que pienses que tienes a esta mujer perdidamente enamorada de tus huesos, pero sí que me gustaría conocerte más.

—Dicen que el tiempo perdona, aunque ahora no estamos para eso. Vueltas más raras he dado en mi vida como para sorprenderme ahora por esta proposición —expuso Vincent, exponiendo una mueca cercana y agradable—. Hagamos un trato. Vamos a por ese manuscrito, nos hacemos con él y les enseñamos el trasero a todos esos espías de pacotilla ¿qué te parece?

—¿Estás proponiéndome vivir juntos, Vincent Arcadio?

—Sé que eres peligrosa y que no me conviene, pero no estaría mal dormir a tu lado más noches —respondió Vincent, con una risa pronunciada que daba lugar a pensar en el sarcasmo—. Eso sí, si tienes en mente joderme de alguna forma, ten por seguro que esta vez no te salvará ni mi caballerosidad.

Nicole asintió con decisión, lo cogió de la mano y abrió la puerta.

—Pues vámonos ya hacia ellos. Dudo mucho que se vayan a quedar aquí muchos días más. Estarán esperando a que acabe esta lluvia o a recibir órdenes, pero mejor que nos movamos ya.

La pareja descendió las escaleras del hotel hasta la recepción. Mientras Nicole entregaba la llave y pagaba, Vincent se quedó mirando al coche que estaba fuera aparcado, el coche de Nicole. Se le antojó que ahí dentro podían estar esperándole sus secuaces, prestos para derribarlo y cogerlo como rehén, aunque iba desinflando esa idea luego de la última noche vivida junto a Nicole. Si hubiera querido cogerle ya lo podría haber hecho. Sin embargo, le salvó la vida, le sanó y luego le declaró un sentimiento parejo al amor. Tenía muchas dudas sobre todo este tema, demasiadas, por lo que, prefirió guiarse por su instinto.

—¿Vamos? —preguntó Nicole, abriendo un paraguas de puntos rojos justo antes de salir a la lluvia.

—¿Me encontraré alguna sorpresa en ese coche? —respondió Vincent.

—Te encontrarás lo que quieras ver, Vincent —dijo Nicole—. Yo ya te he enseñado mi camino, cosa tuya si quieres seguirlo conmigo o irte por otro.

El detective tardó apenas unos segundos en responderle, cogiéndole de la mano para salir corriendo hacia allí. Nada más llegar, abrieron la puerta trasera y entró Nicole, cerrando el paraguas lo más rápido que pudo. El siguiente fue Vincent, cerrando la puerta tras de sí.

El coche era un Peugeot 203, con una línea muy vanguardista a semejanza de los vehículos que se conducían en Estados Unidos. Era una berlina de cuatro puertas con un motor de gasolina de gran cilindrada. Contaba, como añadido especial, una pantalla de separación entre la parte del conductor y los asientos traseros, lo que daba intimidad en las conversaciones que allí se llevaban.

—Podéis arrancar —dijo Nicole, pegando dos golpes con los nudillos sobre la pantalla separadora—. Dirigíos al punto donde está el grupo de espías.

Los segundos siguientes pasaron lentos en la mente de Vincent. Desde que entró al coche se sentía incómodo, le picaba todo. Había un aroma en el aire que se superponía al del tabaco, un olor que él conocía pero que no lograba distinguir con total certeza. Sintió algo caliente que le traspasó el pantalón, un líquido oleoso que tocó con los dedos pero que no distinguía. Se lo acercó a la nariz y era totalmente inodoro, aunque tenía un color negruzco muy característico.

Detrás de la pantalla se oyó un traqueteo metálico. Una mirilla rectangular se deslizó de derecha a izquierda, mostrando dos ojos negros asomándose.

Nicole, algo extrañada al ver esos ojos, frunció el entrecejo, mas antes de que pudiera decir nada, Vincent hizo detonar su Luger P08 en seis disparos. Agujereó la estructura de separación por varios sitios, oyéndose un quejido de dolor al otro lado. A continuación, fijó la espalda sobre el asiento y derribó la pantalla de dos patadas. Allí, en el asiento del copiloto, estaban los cuerpos sin vida de los dos acompañantes de Nicole, mientras que en la zona del volante, un hombre se debatía entre la vida y la muerte. La sangre brotaba de varias partes de su cuerpo, garantizándole una muerte en pocos segundos. Una pistola reposaba en su mano derecha.

—¿Quién es este? ¿Qué le ha pasado a mis guardaespaldas? —preguntó Nicole, aún sorprendida por lo cerca que estuvieron de ser ellos los cadáveres moribundos del coche.

—No tengo ni idea, aunque según parece os han seguido —respondió Vincent, abriéndose hueco en la zona delantera para registrar el individuo, que aún temblaba—. Y si os han seguido hasta aquí, posiblemente os hayan seguido también hasta la zona donde se oculta el grupo de Anthony.

—¿Quieres decir que no son de ellos? ¿No son de la SIAEM? —replicó Nicole, superando su sorpresa inicial y ayudando a Vincent a trasladar los cuerpos sin vida del asiento del copiloto al de atrás—. Y ¿cómo te diste cuenta de que no era uno de mis hombres?

—Aquí dentro olía a pólvora. Me costó un poco identificar el olor, pero cuando me manché el pantalón con sangre me di cuenta de todo. Sangre mal limpiada en el asiento de atrás, olor a pólvora…

—¿Y si fuera casualidad? ¿Y si no era más que salsa de tomate y ese hombre era mi guardaespaldas? ¿Tan seguro estabas?

—Hubiera acabado igual, fuera quien fuera, así que ni te lo preguntes. Si sigo vivo a día de hoy, es gracias a mi instinto —le replicó Vincent, terminando de registrar al extraño asesino—. Ve arrancando el coche y conduce hasta la zona donde están esos. O nos damos prisa, o nos vamos a encontrar con una carnicería.

—¡Voy! —gritó Nicole—. ¿Y qué vamos a hacer con estos muertos?

—Descansarán en el mar con los peces. Un bañito a la luz de la Luna puede ser muy grato si… —respondió Vincent, quedándose mudo al ver un tatuaje en el pecho del hombre. Parte del mismo estaba tapado por la sangre, aunque usando su propia camisa lo pudo visualizar casi al completo—. ¡Puñeta! ¡Malditos bastardos hijos de una hiena!

—¿Qué pasa? ¿Qué has visto? —preguntó Nicole, mientras intentaba conducir entre tanto nerviosismo, lluvia y oscuridad del entorno.

—Ya sé quién era el elemento este, un rosacruz de esos. Conocí a uno de sus hermanos allí, en París. Un tal Jan, que proclamaba la salvación del alma de todos los habitantes del planeta. Un individuo interesante —dijo Vincent, sentándose a la vera de Nicole y limpiándose la sangre del abrigo. La ropa limpia le había durado menos de un día, para desgracia suya.

—¿Y se puede saber qué busca ese grupo? ¿Matarme a mí? ¿Por qué? ¿Por buscar el códice Voynich? ¿Es que acaso saben que ese manuscrito original tiene algo que las copias no? —preguntó Nicole.

—Si no recuerdo mal, dijo que su decálogo se veía comprometido con lo que ahí estaba escrito. Se ve que el original puede tener alguna clave o algo único que lo pueda hacer legible, descifrando un secreto que pone en peligro sus leyes divinas. Decía que lo que ahí ponía no debía ser leído nunca y que su misión, como guardián de los rosacruces, era dar muerte a todos los que busquen ese conocimiento prohibido. O sea, tú, yo y al ganado de borregos de la SIAEM. Vamos… que si no fuera por Faiga, casi que les enseñaría el camino donde se ocultan esos espías bastardos.

—¿Crees que también van a por ella? Igual la buscan, al igual que la Agencia, para ayudarles a encontrar el libro.

—No, créeme… esta gente está consumida por el fanatismo. Abrazan su religión imponiéndola sobre el resto de gente, dando comienzo a una tiranía ciega. Cualquiera que guíe su vida con exigencias y asesinatos tras leer un libro santo, o es un pobre idiota o es un fanático de mierda.

—Pues te estás enfrentando a muchos creyentes en el mundo entero, Vincent. Solo espero que no quieras vengarte de todos, porque vas a tener trabajo para muchos años —respondió Nicole, intentando despertar algo de sarcasmo entre tanta tensión.

—El problema no es la religión, Nicole, sino la gente. Hablan de una religión de paz, con sangre, y de un mandamiento de tolerancia, con exigencias. No hay religión dañina hasta que la gente la vuelve dañina.

Como respuesta a su queja, Nicole levantó el pie del acelerador y apagó las luces del Peugeot. Detuvo el coche cerca de una acera y se agachó lo suficiente como para mostrar solo su frente sobre el volante.

—¿Hemos llegado? —preguntó Vincent.

—Sí, aunque según veo no somos los primeros —respondió Nicole, señalando hacia un coche parado bajo un bloque de pisos.

—Igual es solo un coche de un particular, no tiene por qué ser de esta gente. Sería muy soberbio por su parte parar justo debajo de la casa donde…

Sin darle tiempo a decir mucho más, el quinto piso del edificio se iluminó repetidas veces, oyéndose el inconfundible ruido de varios disparos.

CAPÍTULO 32: DESVELANDO LA VERDAD

Santiago de Compostela, 28 de noviembre del año 1954

La noche había sido un festival de euforia. Salir de la catedral con el manuscrito en su poder supuso para Anthony el culmen de su investigación. Lo había conseguido, había encontrado el legendario manuscrito perdido tras días de viaje, enfrentamientos, cautiverios y muertes de compañeros. En la capilla, justo frente a las estatuas que lo guardaban, tuvo que poner todo su ingenio a relucir, trabajando codo con codo a Faiga. Tenían la pista de los 42 pasos y los 88 palmos, además de un retroceso de 8 pasos y 545 palmos, todo ello para aplicar en dos tobillos y cuatro muñecas giratorias. Estuvieron cavilando varios minutos antes de decidirse, optando por empezar en los tobillos de la figura de Salomé. Observó que la piedra podía girar hasta sesenta posiciones antes de dar la vuelta completa, un indicativo que marcaba los sesenta minutos de una hora. Tomó el primer número de pasos, el 42, y lo aplicó girando un tobillo veinte veces y el otro dos veces. Supuestamente, así dejó marcado las 4 horas y 2 minutos que marcaba el número 42. Esto lo tenía bastante claro desde el principio, tanto él como Faiga, aunque ahora le asaltaba la duda de en qué muñeca aplicar los 8 pasos. Las de los dos hijos de Salomé eran móviles, reduciendo a la mitad la probabilidad de acertar.

La edad de cada uno de ellos no era algo que considerara determinante. Podría pensarse que el más joven era el primero sobre el que debía moverse las muñecas, aunque ni la Iglesia estaba seguro de quién nació primero. Salomé era considerada la hermana de María, la madre de Jesús de Nazaret, y sus dos hijos fueron santos importantes en la historia narrada en la Biblia. Santiago el Mayor fue uno de los doce apóstoles de Jesucristo, y era quien, supuestamente, estaba enterrado en la catedral de Santiago. El otro hijo, llamado Juan el Evangelista, era quizás el apóstol más apegado a Jesús. Es el que se representaba siempre a su lado, recostado en su pecho en la Última cena y siendo el autor de los trascendentes Evangelios de San Juan.

Anthony decidió pues poner en una balanza los méritos de cada uno de ellos. Estaba claro que, incluso para la cristiandad, había un grado mayor de importancia entre Juan y Santiago. Ser el autor del famoso Evangelio le dotaba de mayor relevancia en la palabra de Dios, más que a cualquier apóstol. En cualquier cristalera de una crucifixión que se contemplara, siempre se podía apreciar a Jesús en el centro, a la Virgen María a su derecha y a Juan el Evangelista a su izquierda. Era su apóstol más dedicado y volcado en su palabra. Por tales hechos, decidió empezar por él.

Giró la primera muñeca cuarenta posiciones, para marcar las ocho, y luego ocho posiciones la segunda, para marcar el minutero. Dejó así plasmados los 88 palmos que rezaba la pista que seguían. Ahora tocaba la segunda parte, la de retroceder 8 pasos y 545 palmos. Convencido de que tendría éxito, giró de nuevo los tobillos de la estatua de Salomé, pero solamente el segundo de ellos, haciéndolo retroceder hasta ocho posiciones. Al no haber dos dígitos, dio por sentado que solo debía mover el minutero de ese reloj imaginario. A continuación, se puso ante la estatua de Santiago el Mayor, y giró su muñeca derecha hasta que marcara las cinco. Luego hizo lo propio con la muñeca izquierda, poniéndola en la posición de las nueve.

Faiga tenía sus dudas en si eran horas exactas lo que se indicaba, de forma que al decir las 5:45, realmente la aguja del uso horario no estaría en la posición del cinco exactamente, sino más bien cerca del seis. No obstante, el crujido final que se dejó oír disipó todas las dudas. Un cajón, hábilmente camuflado en su parte baja, se mostró para ser abierto. Dentro, envuelto entre legajos y telas, reposaba un libro de cubierta raída y un título casi imperceptible. Era el códice Voynich, el manuscrito original.

Salieron raudos de la catedral y se dirigieron a un piso que tenían como centro de reuniones. Estaba enclavado en un barrio tranquilo donde la mayoría de los habitantes eran oficinistas de empresas importantes del sector automovilístico, gente de clase media con un nivel de vida más que aceptable.

Desde que salieron de la catedral hasta el instante en el que dejaron el libro sobre la mesa del salón, ninguno de los presentes se atrevió a decir nada. Estaban todos enmudecidos por el descubrimiento. Muchos de ellos no creían que pudiera existir, mientras que otros simplemente no le daban tanta relevancia al contenido de sus hojas. Sin embargo, al verlo ahí, envejecido por el tiempo y con un aura de misterio envolviendo sus hojas, no pudieron evitar sentirse intimidados.

Fue Anthony el que se atrevió a abrir el libro. Aplicó todo el cuidado y minuciosidad que sus manos le permitieron. Para su sorpresa, todas las hojas estaban en un estado admirable. Los colores de los dibujos aún brillaban con intensidad y las letras manuscritas podían leerse con bastante nitidez.

—El famoso libro… —dijo Ramón del Valle, sentándose frente a Anthony para seguir sus pausados movimientos.

—Así es, y aquí lo tenemos. ¿Te das cuenta del descubrimiento que supone eso? —le respondió Anthony, totalmente poseído por el hallazgo.

—Pues si te soy sincero, no del todo. ¿No había copias de este libro en varias bibliotecas? Supongo que tendrá un valor monetario por ser el original y todo eso, pero no veo qué puede aportar que no se pueda leer en sus copias, la verdad.

—Mucho, Ramón, mucho más. Fíjate en estas letras a pie de página. Parecen garabatos, pero seguro que no lo son, seguro que tienen un significado. Y mira los dibujos, admira la precisión de algunas de sus líneas y la imprecisión de otras. Estoy seguro de que no es algo arbitrario, seguro que están hechas así por un cometido.

—Para mí que estás dejando volar mucho tu imaginación, Anthony —le replicó Hipólito, mientras ponía una cafetera de agua a calentar en la hornilla.

—Para vuestros ojos esto son dibujos y letras sin sentido, pero para la ciencia, esto es un manual atemporal. Mirad estas plantas aquí pintadas… ¡y estos diagramas circulares! Son como mapas estelares, un mapamundi de las galaxias, de todo lo que ahí fuera hay —respondió Anthony, desplegando hasta tres veces una página doblada—. Esto no es algo que se pueda ver todos los días.

—Que sí, que lo sabemos, pero lo que ha dicho Ramón es cierto. ¿Qué tiene de especial este original que no tengan las copias? —insistió Hipólito.

—Esto... la enigmática página 166 —concluyó Anthony, mostrando a todos una hoja repleta de letras sin significado aparente.

Todos se quedaron mirando lo allí escrito, intentando encontrar algún sentido a esas letras tan extrañas, aunque no eran capaces ni de distinguir el idioma en el que estaba escrito. Era como un galimatías sin sentido.

—¿Es esperanto? —preguntó Ramón, encendiéndose un cigarrillo mientras miraba a ver qué hacía Faiga. La mujer estaba sentada en el sofá, con rostro serio y sin mirar a nadie. Frente a ella estaba Amancio, que no le quitaba el ojo de encima. La tenía totalmente vigilada.

—No, no es esperanto, es... es una mezcla de varios idiomas o incluso algo peor, un idioma no conocido. A lo que iba es a estas señales en los bordes, estos palitos que parecen números romanos, ¿los veis? —dijo Anthony, atrayendo la atención de Ramón, Hipólito y Manuel—. Esas marcas... incluso las muescas que pueden verse en los bordes de las hojas... todo puede haber sido hecho aposta para descifrar el mensaje, ¿lo entendéis?

Manuel suspiró sin saber bien qué decir, análogo a Hipólito, que decidió levantarse de la silla para vigilar la cafetera e ir sacando vasos y azúcar de la alacena.

—No obstante, Anthony, creo que deberíamos cerrarlo y llevarlo a la Agencia —dijo Ramón, dando una calada larga al cigarrillo, para dibujar luego una humareda densa sobre su rostro—. La misión era recuperar el manuscrito, no descifrarlo ¿no?

—No hacemos nada malo por leerlo. Hasta mañana no saldremos hacia Madrid, así que podemos aprovechar el tiempo intentando comprender esto. El mensaje que aquí está escrito puede ser tan importante como el misterio de la creación, ¿no lo entendéis? —respondió Anthony, totalmente entusiasmado.

—No nos pagan para curiosear en las cosas de la Agencia, Anthony. Debemos acatar las órdenes y ya está. Debemos cumplir lo que se nos dijo que hiciéramos, que era encontrar este libro. No dijeron nada de abrirlo ni leerlo. Eso es... meterse en cosas de la

Agencia —replicó Ramón, al que se le unió Manuel a su derecha, con las cejas y los labios mostrando indicios de enfado.

Anthony sintió que se le estaba evaluando, dando pie a un posible motín. Si no fuera él el encargado del grupo, seguramente ya le habrían ordenado callarse o largarse.

La Agencia era muy dada a provocar miedo entre los suyos. Habían sido muchos los agentes que desaparecieron en extrañas circunstancias, luego de haber causado un mal a la Agencia. Se decía que se habían retirado o que decidieron venderse a gobiernos extranjeros, excusas que no siempre resultaban tan evidentes. Por tal razón, todos los agentes intentaban siempre acatar las órdenes a rajatabla, sin desviarse ni un ápice del camino marcado.

—¿Qué pasa, que vais a denunciarme a la Agencia? ¿Es eso? ¿Vais a culparme de ser un traidor? —preguntó Anthony.

—Traidor es aquel que, tras advertirle de que no está bien lo que está haciendo, persiste —le dijo Ramón, hablando ya de forma más directa—. Hemos cumplido la misión, así que celebremos el asunto y punto. Indagar qué pone ahí no es un asunto en el que debamos implicarnos.

—Que yo sepa, no nos han dicho que no podamos leerlo, Ramón. Mucho de lo que hacemos es una consecuencia de nuestras decisiones. ¿Acaso nos dijeron que podíamos probar a descodificar la combinación de las estatuas, en la catedral? ¿Alguien nos ha dado permiso para preparar esa cafetera que estás preparando, Hipólito? Somos agentes en servicio, pero también personas pensantes, y tomamos decisiones a lo largo de nuestras investigaciones. Sí, tenemos que cumplir las órdenes que nos dieron, que era hacernos con este libro. Pero nadie nos dijo que no pudiéramos leerlo —vociferó Anthony, bastante alterado al verse tan acorralado.

—A ver, que yo no he dicho nada ¿eh? —dijo Hipólito, quitando ya la cafetera del fuego—. De todas formas, eso no hay forma de leerlo, parece que lo haya escrito un niño de dos años, no se entiende nada. Ni los mejores criptógrafos consiguieron descodificarlo a lo largo de los años.

—Pero no tenían a la mejor —sentenció Anthony, dirigiendo todas las miradas hacia Faiga, que no sabía si echarse a llorar o echar a correr hacia la ventana para liberarse de su cautiverio. Se sentía la persona más miserable del mundo.

—A ver, Anthony, vayamos por partes —pronunció Ramón, apagando el cigarrillo y aceptando el vaso de café que Hipólito estaba sirviendo a todos—. No me compares preparar un café con esto, porque no tiene nada que ver. ¿Intentar descifrar la combinación de las estatuas? ¡Claro que era nuestro deber! ¿Cómo se supone que vamos a coger el libro si no es desentrañando la combinación de esa caja fuerte donde se encontraba oculto? Lo que yo digo es que...

Tres golpes cortos en la puerta interrumpieron el argumento de Ramón. Todos guardaron silencio durante unos segundos, mirándose con cara de complicidad. Desenfundaron sus pistolas y se acercaron con movimientos sigilosos hacia la puerta, colocándose Hipólito a la derecha y Anthony a la izquierda. Amancio se quedó cerca de Faiga, mirándola a ratos sin apartar la vista de la entrada.

De nuevo alguien dio tres golpes en la puerta, esta vez con más fuerza.

Ramón tomó la iniciativa, mirando por la mirilla.

—¿Sí? ¿Quién es? —dijo con su característica voz ronca.

—Agente Marcos Alcántara presentándose para el servicio. ¿Podéis abrirme de una vez? Estoy empapado y hecho una mierda a causa de este maldito viaje en camión.

—¿Alguien sabe quién...? —preguntó Ramón, justo cuando Anthony se abalanzó hacia la puerta para abrirla, sin darle tiempo casi ni a reaccionar. La alegría de reencontrarse con su compañero de viaje le supuso un alivio muy ansiado.

—¡Anthony! —exclamó Marcos, al ver al espía de origen inglés bajo el marco de la puerta —. ¡Joder, ya te echaba de menos! ¿Saliste vivo de ese detective?

—¡Marcos! Qué alegría volver a verte —le respondió Anthony, fundiéndose en un abrazo—. Ven, entra que te presento a todos. No te lo vas a creer, pero lo hemos conseguido.

—¿Un café, Marcos? —propuso Hipólito.

—Sí, por favor, con doble de azúcar. Me va a venir de muerte. Por cierto, soy Marcos, encantado.

—Yo Hipólito, y él Manuel. Él es Ramón y...

—¡Amancio! —exclamó Marcos al ver al sicario sentado en el sofá con su característico semblante sobrio— Joder... al final te vamos a nombrar agente y todo, estás más tiempo trabajando con nosotros que por tu cuenta.

—No caerá esa breva —respondió Amancio, sonriendo con sarcasmo mientras le estrechaba la mano.

La presencia de Marcos, de rudos modales y muy cercano a la palabra de Anthony, apaciguó la disputa que Ramón estaba alimentando. Se cruzaron varias palabras más hasta que al final, aceptó que Faiga se ocupara de descodificarlo. Si ningún agente actuaba en ese cometido, no era nada contrario a lo que la Agencia indicaba. Además, Ramón tenía bastante claro que ese mensaje no podía ser descifrado, incluso aunque Faiga era impresionante cuando mostraba sus aptitudes mentales.

Estuvieron charlando durante toda la noche, hasta que decidieron dormir antes de salir al día siguiente para Madrid. El tren hacia Madrid era nocturno, por lo que tendrían todo el día siguiente para disfrutar de la ciudad, siempre y cuando la lluvia se calmara. Desgraciadamente, no fue así. El día siguiente amaneció con una lluvia iracunda precipitándose desde un cielo plomizo. A Faiga la pusieron frente al libro para que intentara descifrar la página 166, con uno de los agentes vigilándola por turnos. No pudieron salir ni para tomarse el desayuno en una cafetería, era una auténtica barbaridad la cantidad de agua que caía.

Anthony estaba nervioso de ver a Faiga sin decir nada. Recorría las letras del libro con apatía, como si estuviera disimulando más que intentando cumplir la orden que se le dio. Ramón, por su parte, estaba deseando que transcurriera el día para estar camino hacia la capital, dando por terminado este asunto. Lo cierto es que él también despertó esa curiosidad que Anthony estaba contagiando a todos, aunque no sabía bien en qué medida le convenía saber dicho secreto. Prefirió mantenerse al margen de todo.

Las horas fueron pasando, hasta que, al atardecer, Anthony perdió los nervios. Marcos no recordaba haberlo visto en ese estado nunca. Era una persona muy entregada a la lógica y a la paciencia, un hombre que nunca perdía la compostura.

Cuando el reloj marcó las seis de la tarde, a tan solo un par de horas antes de salir hacia la estación, Anthony llamó a Ramón y se sentó frente a Faiga. El resto del grupo se mantuvo cerca, exceptuando a Amancio, que permanecía más ajeno a todos.

—Traduce al alemán todo lo que te vaya diciendo, Ramón. Sé que ella entiende el español, pero prefiero que se lo digas en su idioma, para que no haya ninguna duda —dijo Anthony, mirando fijamente los ojos de Faiga—. ¿Has encontrado algún patrón que defina lo escrito? ¿Encuentras algo, aunque sea remoto, que tenga sentido?

Ramón repitió todo en alemán, a lo que Faiga respondió negando con la cabeza.

—¿No tienes nada? ¿Nada de nada? No me lo creo, Faiga. Cuéntame algo, si quieres que te ayude.

—Tú nunca vas a ayudarme —se atrevió a decir Faiga, dirigiéndose a Ramón—. Ninguno de vosotros va a ayudarme. Estoy viva porque pensáis que os sirvo para algo, pero no porque queráis dejarme vivir. Me habéis pegado e insultado, me habéis torturado… mira mi mano… ¡mira mi mano, cubierta de escayola! ¡Me habéis torturado!

—A ver, cálmate un poco y escúchame a mí ¿vale? —respondió Anthony, olvidándose de Ramón para que le tradujera nada más—. Sé que estos idiotas te han maltratado, eso es imperdonable y ojalá pudiera hacerles a ellos lo mismo que te hicieron a ti, pero no puedo. Sin embargo, sabes que yo nunca te he mentido, nunca te he hecho daño. Confía en mí, Faiga, yo te ayudaré. En un par de horas nos iremos a Madrid, y tú podrás ser libre aquí y ahora si me dices algo que hayas deducido de esta hoja. Algo… lo que sea.

Faiga miró de nuevo la página 166 con tristeza.

—¿No has oído lo que te han preguntado? —dijo Ramón en alemán, con tono imperante, aunque Anthony le puso la mano encima nada más oírle, para que se callara.

—Mírame, Faiga —dijo de nuevo Anthony—. Mírame a mí, olvídate de estos de aquí. Yo no voy a fallarte ¿vale?

—Tú mientes… como Amancio, él dice ser hombre bueno y luego hacerme daño, mucho daño. ¡Todos sois malos, todos! ¡Si vais a matar a mí, matar ya! —gritó Faiga, con lágrimas recorriendo sus acaloradas mejillas. Poco quedaba ya de aquella mujer inocente y cándida que abandonó Berlín. Ahora era una prisionera torturada física y mentalmente que ansiaba que acabaran con su vida.

—No te miento, hazme caso. Tú eras necesaria para encontrar este libro, que ya tenemos. A partir de ahora, lo que hagamos contigo es asunto nuestro. Ya no eres útil para nuestros propósitos y no te miento, lo normal es pegarte un tiro y echarte al río, aunque también podemos olvidarnos de ti. Podemos decir que huiste o que te matamos, dejándote libre.

Todos en la sala se miraron con complicidad ante la barbarie que Anthony estaba diciendo, aunque eran conscientes que era una treta para convencerla, por lo que, decidieron seguirle la mentira, asintiendo y gesticulando con convicción. Manuel, incluso, mencionó que eso mismo le hicieron a un contrabandista de alcohol muy perseguido, que al final les llevó hasta sus jefes. Según él, dijeron a la Agencia que habían acabado con él, cuando en realidad seguía vivo en algún lugar de Brasil, con otra identidad y una familia formada.

No obstante, Faiga ya no era tan ingenua. Demasiados desengaños había tenido en tan poco tiempo como para darle credibilidad a lo que le decían.

—Dejadme en paz… no voy a ayudaros nunca más —dijo la mujer, llorando con una pena descontrolada.

—Entonces no nos dejas otra opción —tomó la palabra Ramón—. Aún te quedan muchos dedos en buen estado que no vas a necesitar, ya que no quieres escribirnos nada. Y tu lengua es demasiado larga para no tener nada que decir, así que mejor te la cortaremos también. ¿Y para qué quieres ver, si insistes en no mirar lo que te ponemos en frente? O nos ayudas, Faiga Arzer, o te aseguro que no morirás en mucho, mucho, mucho tiempo. Haré todo lo posible para que no mueras por nada del mundo, porque serás pasto del sufrimiento más doloroso que te puedas imaginar.

Faiga se tiró al suelo, totalmente destrozada. Los mocos le colgaban de las fosas nasales como ríos de agua transparente, mezclándose con las lágrimas más puras que sus ojos enrojecidos de dolor podían exhalar. No sabía ya ni qué decir ni qué hacer.

—No me vas a dar lástima, así que te puedes ahorrar este teatro —insistió Ramón—. Anthony te ayudará solo si nos das algo válido. De lo contrario, serás toda mía.

—¡No hay nada ahí! —gritó Faiga, pasto de la desesperación, cogiendo el libro y mostrándolo a modo de ofrenda ante ellos—. Este idioma no lo conozco, es una combinación de varios idiomas encriptados bajo un código desconocido. No se puede conocer, ¿no lo entendéis? Hay cientos de idiomas, ¡miles! Y no sé cuántos han mezclado aquí, en qué orden, bajo qué semilla…

—¿Semilla? ¿Sabes qué es eso? —tradujo Ramón a Anthony—. Dice algo de una semilla y de que es una combinación de muchos idiomas.

—Sí, todo código tiene una semilla o patrón que descodifica su significado —respondió Anthony, suspirando ante la evidencia de que no encontrarían nada—. Los códigos más avanzados incluso encriptan esa semilla con otra, o que la propia semilla se encripte a sí misma, dificultando aún más su lectura.

—Pero vamos a ver… si alguien escribió esto es porque quería dejar constancia de algo ¿no? Quiero decir, si no quisiera que se supiera, simplemente no lo habría escrito y punto. Por lo tanto, es lógico pensar que existe esa semilla —dijo Hipólito, para sorpresa de Anthony y Ramón, que hasta ahora habían copado la conversación ellos solos.

—¡Correcto! Eso mismo pienso yo —respondió Anthony, dando un puñetazo de impotencia sobre la mesa—. Seguramente lo encriptaron con una semilla que solo sus seguidores se iban pasando de boca en boca, no lo sé, aunque tenía esperanzas de que el libro original aclarara muchas de esas dudas.

—El libro parece haber sido los desvaríos de un loco —propuso Manuel, mientras miraba a través de la ventana por si la lluvia había amainado, cosa que no fue así.

—¿A qué te refieres? ¿Un loco? —le preguntó Anthony.

—Calma Anthony, calma —irrumpió Marcos en la conversación—. No hace falta ponerse así, hombre. Ya sabes que…

—¡No! ¡Responde! —insistió Anthony, totalmente entregado a la ira—. ¿Para ti es un loco alguien capaz de crear un código tan perfecto? ¿No sabes que para muchos eso es la definición de un genio?

—¡Tranquilo! ¿Vale? —decidió decirle Manuel, poco amigo de que se le levantara la voz—. Digo loco porque nada de lo que pone ahí está contrastado en la actualidad. Habla de plantas que no existen en ningún lado, de planos de las estrellas que no se pueden comprobar con nuestra tecnología… ¿es que acaso nadie se da cuenta de que esas cosas son tan raras de explicar porque no existen? ¡Hasta yo soy capaz de escribir un libro así! Dame un par de hojas y te pinto ahora mismo cuatro plantas que no habrás visto en tu puñetera vida.

—No digas sandeces —le replicó Anthony, tomando asiento de nuevo—. Los mapas estelares son demasiado precisos para ser una invención, y los tratados biológicos y botánicos guardan relación con muchas de las especies que conocemos. Una cosa es que tú seas un idiota consumado que ante lo que no ve prefiere decir que no existe, y otra cosa bien distinta es que exista gente que se pregunte la razón y la busque.

—¿A quién estás llamando idiota, maldito bastardo? —gritó Manuel, sacando su pistola sin llegar a apuntar a nadie.

—¡Eh! ¡Tranquilos todos! —proclamó Marcos, abriendo ambos brazos en mitad de los dos enfrentados—. ¿Estamos locos o qué? ¿Ahora nos pegamos tiros entre nosotros?

—Guarda eso, anda —suspiró Ramón, encendiéndose un cigarrillo para aplacar la tensión del momento.

—Que sea la primera y última vez, Anthony, que te dirijas a mí en esos términos —expuso Manuel, enfundando de nuevo el arma en la funda de su pecho—. No te creas que por…

—Shhhh… —interrumpió Amancio, levantándose con pasos lentos mientras se ponía el dedo índice sobre los labios—. Deberíais aprender que, a veces, es mejor ver y escuchar antes que hablar y gritar.

—¿Tú de qué vas, payaso? —dijo Manuel, con cara de asco—. Tú aquí no tienes ni voz ni voto, así que siéntate ahí tranquilito y no abras la boca.

—¡Manuel! ¡Cálmate ya! ¡Por Dios! —tuvo que gritar Ramón, tiñéndose de rojo los pómulos por el mal rato.

—Desde luego que me sentaré y me callaré —expuso Amancio, sentándose de nuevo con movimientos paulatinos—, aunque insisto en que deberíais guardar silencio, aunque solo sea por unos segundos, para poder ver con claridad la verdad.

Todos se miraron algo extrañados, intentando entender lo que el sicario les estaba diciendo. Se oyó algún suspiro o mueca, cuando entonces sucedió.

La voz dulce de Faiga se dejó oír en un susurro continuo. Estaba con la página 166 abierta frente a ella, marcando con su única mano hábil varios de los símbolos que decoraban la página, mientras iba leyendo algo. Lo raro de la escena es que tenía los ojos casi desencajados de sus órbitas, como si estuviera descubriendo un secreto inimaginable.

El grupo permaneció en silencio absoluto. No podían creerse lo que estaba sucediendo, incluso sin saber qué estaba diciendo.

—¿Eso es alemán? —susurró Anthony a Ramón, que negó con la cabeza.

Súbitamente, Faiga se echó a llorar, poniéndose ambas manos sobre los mofletes y mirando a su alrededor. Todos dieron un pequeño paso para ayudarla, aunque sin darles tiempo a nada, volvió a ponerse frente al libro. Lo leía con una facilidad desbordante, como si estuviera escrito en un idioma conocido por ella. Era, sencillamente, un milagro.

Cuando su voz alcanzaba los tonos más altos, un ruido quebró el momento. La puerta cedió ante un golpe seco en su cerradura, partiéndola en varios trozos. Dos hombres, ataviados con abrigos largos de cuello alto, irrumpieron en la vivienda. Cada uno portaba una pistola cargada en cada mano, que no dudaron en usar nada más ver objetivos a su alrededor.

El primero en sufrir el impacto de varias balas atravesando su cuerpo fue Hipólito, al estar cerca de la puerta cuando irrumpieron. A Ramón le alcanzó una bala en la zona de la cadera, tirándolo al suelo entre chillidos de dolor. Faiga, por su parte, se tiró al suelo, bajo la mesa, donde se encogió con los brazos sobre la cabeza. Manuel, Marcos y Anthony saltaron hacia un lado donde tenían cobertura, evitando ser el punto de mira de los asaltantes, mientras que Amancio se cubría tras el sofá, desde donde asomó su pistola y dio varios disparos de cobertura.

Los asaltantes, lejos de amilanarse, accedieron dentro de la casa sin dejar de disparar hacia las zonas donde estaban ocultas sus presas. La primera a la que vieron fue a Faiga, que gritó compasión repetidas veces. Sin embargo, ese grupo no venía para impartir perdón, sino para ejecutarlos a todos. Uno de ellos empujó la mesa de una patada y dejó al descubierto a la mujer, que vio como las dos pistolas del individuo le señalaron.

CAPÍTULO 33: LA LENGUA DE LOS MUERTOS

Santiago de Compostela, 29 de noviembre del año 1954

Vincent corrió raudo hacia la entrada del edificio, parándose unos segundos al lado del coche estacionado para verificar si había alguien dentro. Nicole, bastante más recatada y sin arma alguna, se mantenía a varios metros de distancia de él. Al no ver a nadie dentro del vehículo, prosiguieron con velocidad hacia el portal.

Pocos segundos después, ya estaban en el interior del edificio, donde oyeron nuevos disparos procedentes de varios pisos más arriba. Vincent señaló a Nicole que se quedara ahí y que guardara silencio. Mientras, él comenzó a ascender las escaleras de dos en dos en una ascensión vertiginosa. Hacía pequeñas paradas en cada recodo de la escalera, apuntando con la pistola por si había alguien apostado esperándole, aunque no encontró a nadie.

Al llegar al rellano del tercer piso, se encontró que la puerta de unos de los apartamentos había sido derribada. Se oyeron varios disparos procedentes del interior, seguidos del ruido de una mesa arrastrándose. Con toda cautela, recorrió los metros que le separaban de la entrada y se asomó apenas unos centímetros para ver la escena. Había un hombre muerto en el suelo, tiroteado en varias zonas de su cuerpo. Otro, de mayor edad, se debatía entre la vida y la muerte con ambos brazos sobre su vientre, con sangre manchándole todo su torso. Frente a él, un hombre de complexión fuerte fijó dos pistolas a pocos metros de su cabeza y le descargó dos disparos certeros, clavándolo en el suelo con un hilo de humo flotando sobre los orificios de entrada de la bala. Le pareció ver a más gente oculta tras un sofá y un aparador, aunque lo que atrajo toda su atención fue lo que pasaba en el centro de la sala. Otro de los asaltantes estaba frente a Faiga con ambas pistolas sentenciándola a morir. Faiga imploraba desde el suelo entre lágrimas y sollozos, aunque no parecía que se fueran a apiadar de ella en lo más mínimo.

«Malditos espías de mierda —se dijo Vincent a sí mismo, dando una bocanada fuerte de aire antes de actuar—. No servís ni para proteger a un confidente».

Aprovechó la ventaja de estar a la espalda de los asaltantes, y se mostró en su totalidad, apuntando con precisión hacia el asaltante que tenía a Faiga sometida. Se oyeron tres disparos, dos que salieron de la Luger P08 de Vincent y uno que llegó a hacer su víctima, aunque para suerte de Faiga, no le alcanzó. Vincent fue una centésima de segundo más rápido que él, hiriéndole a muerte y desestabilizándole a tiempo. El otro asaltante, al verse sorprendido, giró uno de sus brazos y comenzó a rociar de disparos la posición de Vincent, mientras que con el otro brazo cubrió la zona del salón donde se ocultaban los espías españoles. Marcos se atrevió a asomarse para dar un disparo errático y se volvió a ocultar al silbarle una bala cerca de su oreja sana.

—¡Ha caída uno! ¡Solo es uno! ¡Solo es uno! —gritó Marcos, armándose de valor antes de intentar dejar su cobertura de nuevo.

Vincent volvió a refugiarse a un lado de la puerta, en el pasillo de fuera. Varias balas cruzaron el dintel de la puerta hasta impactar en la pared del fondo del rellano. El detective volvió a tomar una bocanada de aire antes de asomarse de nuevo, cuando vio que el individuo seguía ahí, en el centro del salón, sin cobertura. Sin embargo, supo buscarse un escudo de protección que le confería algo de ventaja: Faiga. La cogió con su brazo izquierdo y se la pegó al torso, moviéndose lentamente hacia una de las paredes traseras mientras iba apuntando hacia distintos sitios. Manuel y Marcos se asomaron sin dejar de apuntarle.

—¡Tira el arma! ¡Tira el arma ya o te cosemos a balazos! —gritó Manuel, con convicción.

Anthony también salió de su cobertura, aunque sin mostrarse del todo. No estaba aún muy seguro de si la situación era segura o no. Amancio, por otro lado, siguió oculto, asomando solo su pistola. No iba a exponerse inútilmente frente a un loco armado que no tenía nada que perder. Había vivido muchos casos como este y el criminal no actuaba siempre como uno esperaba.

—¡Tirad las armas o la mato! —gritó el hombre, con un pronunciado acento alemán que Vincent reconoció al instante. La voz de Jan Takras revivía de nuevo en sus oídos, cuando él creía que lo había abatido en París.

—¡No te lo vamos a repetir! ¡Tira la pistola o eres hombre muerto! —volvió a gritar Manuel, dando dos pasos hacia él—. Suéltala y tira el arma, no seas idiota.

Entonces Jan lo vio claro. Realmente querían a esa mujer viva, sino ya hubieran disparado hacia él y hacia ella. Habían muertos varios de sus compañeros y estaban en una situación muy ventajosa al ser mayoría, pero insistían en no disparar por miedo de darle a ella. Igual se equivocaba, pero no tenía nada que perder, dada la situación. Tenía claro que no se iba a entregar, por lo que, apuntó a Manuel y apretó el gatillo dos veces, perforándole la zona de las costillas de forma letal. Marcos maldijo en voz alta y abrió fuego hacia él, desentendiéndose totalmente de Faiga. Sin embargo, el nerviosismo de ver caer a uno de sus compañeros y la tensión del momento hizo que errara el disparo. Para su desgracia, vio como Jan tomaba la iniciativa y posicionaba su arma hacia él, su nuevo objetivo, y apretaba el gatillo repetidas veces. Sin embargo, el único ruido que se oyó fue el del percutor golpeando al metal. Se había quedado sin balas.

—¡Vuelve, rápido! ¡Vuelve! —le gritó Anthony. Marcos se quedó unos segundos estático, dudando si intentar dispararle, aunque al final optó por retroceder y ocultarse donde estaba el espía de origen inglés.

Jan no tardó en sacar otra pistola de una funda del pecho, aunque esos segundos le costó encontrarse con dos nuevos problemas. Amancio, el experimentado sicario, sacó medio cuerpo de su cobertura, sosteniendo su pistola con ambas manos y fijando su puntería en él. En la zona lateral, Vincent también dejó su escondite. Estaba arrodillado justo en el dintel de la puerta, apuntándole con determinación.

—Mueve esa pistola, Jan, y te juro que no dudaré en disparar —dijo Vincent, intentando mostrar calma en su voz.

—Vincent Arcadio… —suspiró Jan Takras, sorprendiéndose de volverle a ver—. Eres como una cucaracha, sobrevives a todo ¿eh?

—¿Vincent? —exclamó Anthony, frotándose los ojos en incredulidad—. ¿Cómo es posible? No… no puede ser…

—¡Eh, tú! —dijo Amancio, tomando la palabra—. No sé quién eres ni me importa, pero te conviene bajar esa arma. Yo no soy de este grupo y no pienses que me importa lo que le pase a esa chica. A mí me pagan por proteger a esta pandilla de ineptos, no por salvarla a ella.

—Todos decís lo mismo, pero ninguno abre fuego —respondió Jan, que optó por fijar la pistola en la sien de Faiga—. Esto no es negociable, chicos, o me dais el libro y me dejáis ir, o me la cargo.

—Aquí tú no decides nada, basura —dijo Amancio, poniendo rígidos sus brazos para prepararse a disparar—. Tírate al suelo, es la última advertencia que te hago.

Jan sonrió con picardía. El sudor inundaba su rostro pálido regido por unos ojos inyectados en locura. No le importaba morir, si lo hacía por una causa que él consideraba santa. Miró de soslayo a Vincent, que permanecía como una estatua bajo la puerta y negó con la cabeza. Abrió la boca para responder algo, aunque no pudo articular palabra alguna. Amancio dio un disparo preciso que dejó una mancha de sangre en la pared, justo donde estaba la cabeza del fanático rosacruz. Sus brazos se columpiaron inertes, dejando libre a Faiga, y su cuerpo se precipitó al suelo con un golpe seco.

Amancio había sido implacable y preciso, aunque cometió un error importante. Se olvidó de Vincent. Su sonrisa de éxito por el derribo se torció al ver a Vincent apuntándole con determinación. Faiga, totalmente renacida al ver de nuevo al detective, fue corriendo hacia él para abrazarle.

—Deja la pistola ahí, en el suelo —dijo Vincent a Amancio—. No tengo nada contra ti, pero no voy a dejar a esta mujer más tiempo entre vosotros. Sabes quién soy ¿verdad? Sabrás que no he tenido problemas en disparar a bastardos como los que te acompañan, por lo que, te recomiendo que te lo tomes en serio.

—He cambiado a un enfermo mental alemán por un español atolondrado —respondió Amancio, tirando su pistola al suelo y alzando ambos brazos—. Bien jugado, Vincent. Eres de los pocos que puede presumir de haberme sorprendido en una situación como esta.

—Déjate de orgullos personales, no es esa mi... —dijo Vincent, cuando Faiga le interrumpió con una voz acelerada, como si necesitara vomitar todo lo que había leído.

—¡Vincent! ¡No te lo vas a creer! Es... es mentira, todo es mentira. Vida y muerte, todo es mentira. Ahí viene puesto, viene explicado y...

—Cálmate Faiga, ya nos vamos de aquí —propuso Vincent, dando un par de pasos hacia atrás.

—Pero Vincent, tú no entiendes. No hay muerte ni vida, es todo mentira.

—Vale, lo que tú digas, pero...

—Espera Vincent, te lo ruego —interrumpió Anthony, mostrándose con ambos brazos en alto. Solo Marcos permanecía aún armado, apuntando a Vincent sin atesorar ninguna duda—. Faiga ha logrado desentrañar el secreto que el códice encerraba, un código que intuyo que era más importante de lo que nos vendieron a todos. Por favor, deja que hable.

—¿Crees que eso me importa, Anthony? Ella se viene conmigo y no os volváis a cruzar en mi camino o no tendré contemplaciones en reventaros a balazos —replicó Vincent.

—Sigue soñando, pazguato —contestó Marcos, apretando los dientes para retenerse las ganas de abrir fuego.

—A ver, tranquilos todos, por favor —repitió Anthony, extendiendo aún más los brazos para intentar tranquilizar a ambos frentes—. Faiga ha logrado lo que nadie ha logrado jamás, Vincent. Ha desvelado un secreto que es casi un milagro.

—¿Ahora crees en milagros? —suspiró Vincent, con ironía.

—¿Acaso no te has dado cuenta? Escúchala, Vincent, mírala y escúchala.

Vincent desvió ligeramente la mirada hacia Faiga. Tenía la cara repleta de hematomas y varias zonas con el pelo arrancado. Su mano escayolada era lo más impactante de la tortura que había recibido, algo que a Vincent le corroía las entrañas.

—Todo empieza y acaba en mismo punto, Vincent. Yo he visto. Muerte no es final, Vincent, se puede hablar con ellos. ¡Ellos viven, Vincent, están vivos! Hay forma de hablar con ellos, hay fórmula.

Vincent miró a continuación a Anthony y escupió al suelo.

—La habéis torturado y la habéis vuelto loca del todo, eso es lo que veo. Me estoy empezando a plantear que no merecéis ni que os perdone la vida, sois escoria que merece ser purgada de este mundo.

—Joder, Vincent, escúchala, por el amor de Dios. ¿No te has dado cuenta? Habla de un método para hablar con los muertos, ¿sabes lo que significa eso? ¿Entiendes el percance de tal descubrimiento?

Vincent tuvo un cortocircuito mental ante ese hecho tan evidente que había pasado por alto. Se fijó más en su masacrado aspecto que en lo que le decía.

—¿De qué estás hablando, Faiga? ¿En el libro pone que existe una fórmula para... hablar con los muertos? —le preguntó a Faiga, dudando si realmente quería preguntarlo.

—No hay muerte, Vincent, no existe. Morir es ir a otro estado. Es como si tú y yo hielo, y cuando morir, somos gas. No poder ver, no poder oír, pero sí poder crear experimento para hacer el gas en agua. No ser hielo, pero sí poder verlo y oírlo —contestó Faiga, apenada consigo misma por no poder explicarse mejor en español. Hubiera deseado que Ramón del Valle estuviera aún vivo para traducirle todo.

—Vamos a dejarnos de tonterías, Faiga, y respóndeme a lo que te pregunte, si no te importa —replicó Vincent, algo aturdido por lo que estaba pasando—. ¿Me quieres decir que has aprendido a hablar con los muertos con tan solo leer ese puñetero libro?

—Tú no entiendes, Vincent. Tú vives ilusión, tú crees que muerte es final, pero no es. Sí, yo puedo hablar con muertos, y tú también. Hace falta leer libro Voynich, ahí explica todo. ¡Puedo hablar con papá y con mamá! ¡Podemos hablar con familia muerta!

—Muy crédula te veo, para ser tan inteligente. ¡Solo has leído un puñetero libro! ¿Qué te hace pensar que eso es cierto? ¿Y si son paparruchas inventadas por una mente desquiciada, como las que tenemos aquí delante?

—Eso no escrito por hombres, Vincent. Eso escrito por gente de fuera —dijo Faiga, señalando hacia el techo.

Vincent se quedó mudo. Sus brazos se relajaron totalmente, quedándose a meced de la pistola de Marcos y la de Amancio, que no dudó en cogerla de nuevo.

—¿Puedes probar lo que estás diciendo, Faiga? —preguntó Anthony, mientras caminaba hacia ella.

Faiga sonrió y se encogió de hombros.

—Podemos intentar. Todo lo que libro habla es otro sitio, no este planeta. Plantas, medicina, todo lo que habla es lugar lejos —respondió Faiga, mirando a continuación a Vincent—. Tú no crees en ciencia y en vida de fuera, pero pruebas están ahí, en muchos sitios. Ahí habla de pirámides, habla de conservar cuerpos, habla de mayas... ¡todo es verdad! Dice dónde dormir Nefertiti, reina de Egipto, y más reyes. Dice que todos ser sus personas para hablar, sus amigos. Y ahora están buscando a nuevos amigos. ¡Están buscando para hablar otra vez con nosotros!

Anthony palideció y sintió que sus rodillas le temblaban. Vincent, de igual forma, intentaba buscar una justificación a lo que estaba oyendo. Era imposible que Faiga supiera donde estaba la tumba de Nefertiti, uno de los secretos mejor guardado por la historia.

—La vida y la muerte no son distintas, no puede separarse. Nosotros creer que muerte es fin, pero no es —siguió diciendo Faiga.

—Pero tú bien que llorabas y pedías socorro cuando te tenían encañonada —interrumpió Marcos, encontrando un punto débil en su razonamiento.

—Yo no pedía socorro, ni lloraba por muerte. Yo pedía poder decir esto. El mundo está engañado, esto es descubrimiento muy grande, muy muy grande. No hay muerte, ¿lo entendéis? —le respondió Faiga, mientras le agarraba la mano a Vincent para buscar su aprobación.

—No sé si te he entendido bien, pero... ¿tú puedes hablar con gente muerta? —quiso saber Amancio—. ¿Ahí habla de la existencia de extraterrestres a lo largo de la historia y de cómo podemos hablar con ellos?

—¡Sí! Tú entender. Es difícil creer, pero ahí está. Pone dónde ir para hablar con ellos y qué hacer —replicó Faiga—. ¡Es descubrimiento fantástico! Dioses de Egipto son reales, son gente de otro lugar, de ahí arriba, y nosotros poder conocerlos.

—Esto se pone interesante —proclamó Marcos, despertando de su letargo a Anthony—. Ahora empiezo a entender la importancia de esta misión. Menuda bomba.

—Cogedla, se viene con nosotros —dijo el espía de origen inglés—. Vamos a ver cómo tratamos esto. La magnitud de esta información es demasiado importante como para no estudiarla a fondo.

—La nación que domine el poder del que está hablando esa mujer, dominará el mundo —suscribió Amancio, mirando de soslayo a Anthony—. ¿Estás seguro de esto, Anthony? ¿Nos la llevamos?

—Estoy totalmente seguro —sentenció Anthony.

Marcos agarró a Faiga por el brazo y le tapó la boca con un paño, sin que ella pudiera resistirse, aunque Vincent actuó de inmediato, volviéndola a encerrar entre sus brazos.

—¿Quieres hacerte el héroe o qué? —le dijo Marcos, respirando con fuerza para retenerse—. Ya te tengo bastantes ganas como para que encima me animes. Esta mujer no va a salir de esta habitación agarrada de tu mano.

La pistola de Marcos y la de Amancio se fijaron simultáneamente en Vincent, dejando claro que sus intenciones no iban a prosperar. El detective movió la pistola lentamente hacia arriba, poniendo en alerta a los dos agentes, aunque finalmente la posó sobre el pecho de Faiga, donde latía su corazón.

—¿Qué estás haciendo? —preguntó Anthony, algo sorprendido por la acción del detective.

—Muchacho… tira esa pistola y no hagas ninguna tontería —expuso Amancio—. No creas que por haberme perdonado la vida antes, yo tendré la misma cortesía. Yo no admito el perdón ni doy segundas oportunidades.

—Sé que estoy firmando mi sentencia de muerte, pero no… no veo otra salida a esto —dijo Vincent, mordiéndose los labios y entristeciendo la mirada ante Faiga—. Lo que has descubierto, Faiga, es el apocalipsis. No sé qué texto es ese que has conseguido descodificar, ni cómo lo has hecho, pero sí te puedo decir una cosa: poseer ese tipo de información es el fin de los días.

Faiga murmuró algo a través de la mordaza, mientras negaba con la cabeza.

—¿De qué estás hablando, Vincent? —preguntó Anthony—. Si la matas, tú irás después.

—Lo sé, Anthony, lo sé… pero alguien tiene que hacer algo ¿no? Ese secreto no puede trascender más allá de ella. Leer la mente de los muertos, incluso hablar con ellos, es un arma que vuestra Agencia no dudará en usar. No estamos preparados para más guerras, no al menos de este tipo —respondió Vincent, exhalando un par de lágrimas mientras abrazaba a Faiga con su zurda. Sentía pena por ella, por lo que iba a hacerle, pero no veía otra opción—. Si esto sale a la luz, no será una muerte la que tengamos que lamentar, sino millones. Imagínate poder hablar con los grandes dictadores que nos llevaron a las guerras mundiales, o lo que es peor, que nos puedan convencer de seguir sus pasos. Guerras lideradas por fantasmas que dan órdenes… ¿Y luego extraterrestres? ¿Decir a la población que hay seres verdes que vienen del espacio y que vienen a ayudarnos? No sé qué pensar sobre ello, pero si miramos a las civilizaciones que nos ha referido, la egipcia y la maya, desaparecieron de la faz de la Tierra de un plumazo. Si tan poderosos eran esos marcianos ¿por qué no les ayudaron? ¿Por qué se desentendieron? Sinceramente… si alguien ostenta un poder tecnológico tan grande sobre otro grupo, dudo mucho que busquen ayudarnos, sino más bien liderarnos y controlarnos. Eran tratados y venerados como dioses. Se les realizaban colosales estatuas y tumbas en sus nombres, y esclavizaban a multitud de gente para tal labor. No… esos bichos no buscan ayudarnos. Si están buscando algo, es contactarnos para intentar de nuevo su dominio.

—¿De verdad te has creído ese teatro, Vincent? —le replicó Anthony, haciendo gala de su mente guiada por la lógica y el método—. Así, sin pensarlo mucho, te puedo decir que esta mujer huyó de Berlín, seguramente ayudada por los servicios de inteligencia de allí. La idea de que llegara a nosotros fue una estrategia hábilmente trazada, haciéndonos creer que era una pobre huérfana sin conocimientos de nuestro idioma, cuando en verdad, era una espía en toda regla. Su joven edad es quizás su mejor arma, pues no despierta ninguna sospecha. Luego ha ido representando el papel de teatro para el que fue contratada, ella, sus padres o quien sea. Ha ido de víctima y ha calado fuerte en ti, pero no te engañes con sus predicciones o lecturas ficticias, pues son todo falsedades. Yo estoy igual de sorprendido que tú por lo oído, pero creernos todo lo que ha dicho sin pruebas es ser poco inteligente. Yo no me creo lo que ha dicho, igual es una treta para salvarse, aunque estoy dispuesto a probarla para ver si es posible.

—¿Y si resulta que es cierto? —quiso saber Vincent.

—¿Si es cierto? Pues… entonces tendríamos que plantearnos qué hacer con ese descubrimiento. Yo también coincido contigo en que esa información no debería estar al alcance de la población, pero estoy seguro de que sabremos manejarla con cuidado. De hecho, la Agencia nos envió para encontrar este manuscrito y ocultarlo en nuestros almacenes secretos. El objetivo es que desaparezca.

Vincent volvió a mirar a Faiga, que mantenía sus ojos sonrientes hacia él. Veía pureza en su mirada, una inocencia imposible de enmascarar con la hipocresía que Anthony le relataba. Era una niña que había sufrido mil desgracias, una joven que no merecía la vida que había tenido, y que desde luego, no merecía acabar sus días así, con un tiro y sin poder haber formado una familia. Sin embargo, Vincent no veía más opciones disponibles. Faiga era el arma más poderosa que el mundo había visto y su único medio para callarla era con la muerte.

—No lo hagas, Vincent, escúchame a mí —dijo Nicole, que se asomó por la puerta con ambas palmas alzadas, para denotar que no iba armada—. Ese libro no va a ser descifrado nunca, ella ha sido la única que lo ha conseguido y, aunque existiera alguien con una mente tan privilegiada como la de ella, dudo mucho que llegue a estar frente a ese libro. Si la matas, no solo matarás a los cimientos de la filosofía… también me matarás a mí. Te quiero, Vincent, y me gustaría poder intentar envejecer contigo. Por favor, Vincent, no lo hagas.

—Lo que Faiga sabe no es un descubrimiento, Nicole, es una revolución —respondió Vincent, cerrando los ojos y tomando una bocanada de aire, como preparatorio a lo que pensaba hacer—. Ya te dije que me guio por instintos, siempre he sido así. Ese secreto no puede ser desvelado, no creo que este mundo de mierda que vivimos esté preparado para soportarlo. Las arañas que nos gobiernan se echarán sobre ella como depredadores sedientos de su sangre, buscando ordeñarla bajo su régimen. Las naciones quieren ser las dueñas del mundo, siempre ha sido así, desde Carlomagno hasta los romanos, sin olvidar las guerras que nos azotaron recientemente… siempre es lo mismo: el deseo de poder, el querer dominar al débil. No, Nicole, esta mujer no es una bendición, es una maldición.

—Por Dios, Vincent, no lo hagas —exclamó Anthony, poniéndose nervioso al ver que la amenaza prosperaba—. Buscaremos qué hacer con ella y cómo mostrársela a la Agencia. O igual no se la presentamos y decimos que todo se fue al garete, no lo sé, pero baja esa pistola, te lo ruego.

Vincent sonrió al espía de origen inglés y luego posó sus labios sobre la mejilla de Faiga en un beso paternalista. Ella, lejos de asustarse, cerró los ojos y relajó su cuerpo.

—Por favor, Vincent, no... —rogó Nicole, como último recurso, arrodillándose frente a él.

Vincent ya no escuchó nada más. Volvió a revivir aquellas fantásticas tardes que pasaba junto a sus colegas del barrio, tirando piedras a los gatos callejeros y jugando a las canicas en los descampados que frecuentaba. Recordó el rostro de su madre y de su padre, sonriéndoles al estar jugando con ellos, para luego ponerse iracundos al estar un policía dando parte de algunas de las gamberradas que hizo. Las calles de la ciudad de Tánger, donde tanto tiempo vivió, se agolparon en su mente en tropel. Podía respirar el aroma del zoco chico, sentir las fragancias del té verde con hierbabuena que le gustaba tomar en el café Hafa y abrazar esos amaneceres tan especiales que bañaban sus litorales.

Un ruido inundó todo su ser. Era el sonido de la muerte, que se apropió de una de sus balas para alojarse en el pecho de Faiga, deteniendo su pálpito para siempre. Sintió como todo el peso de su cuerpo inerte se despedía de la vida, precipitándose sobre sus brazos.

Varios gritos inundaron la habitación, sobre todo los de Anthony y Nicole. Ya no había vuelta atrás, la muerte había hecho acto de presencia, aunque no solo para cobrarse la vida de Faiga, sino también la de su verdugo. Cuatro balas surcaron el aire y se asentaron en distintos puntos del cuerpo de Vincent, empujándolo hacia la pared de atrás para luego arrojarlo al suelo.

«Maldito loco... —dijo Anthony, poniéndose ambas manos en la frente—. Tuviste que hacerlo, maldito necio, tuviste que matar a la única persona que sabía el secreto de la existencia, algo por lo que durante años hemos estado peleando por conocer y que seguiremos buscando inútilmente. ¿No podías al menos haberla dejado hablar? ¿Y si te equivocaste, Vincent? ¿Y si realmente era cierto, lo que descubrió Faiga?».

Lo cierto es que hasta Anthony tenía dudas en sus argumentos. Le costaba aceptar que esa historia que Faiga relató pudiera ser real.

CAPÍTULO 34: EL CAMINO A LA VERDAD

Madrid, 27 de noviembre del año 1955

Aquella noche de hacía casi un año, volvía una y otra vez a dominar los pensamientos de Anthony. Le dolía tener esa duda que nunca llegó a solucionar, si lo que decía Faiga era cierto o un diálogo hábilmente preparado. Veía a la gente andando por las calles, mientras él iba en un taxi camino al cementerio, jactándose de cuánta ignorancia había en el mundo. Cuántos secretos, descubrimientos e información se ocultaban para disposición de pequeños grupos mandatarios, engañando a los ciudadanos con una mentira vendida como cierta. Revivió las palabras que Faiga repetía una y otra vez antes de sucumbir aquella fatídica noche.

Bajó la mirada y volvió a mirar la carta que recibió de Nicole, una invitación que le incitaba a reunirse con ella en el cementerio donde enterraron a Vincent. Anthony no era muy amigo de conmemoraciones, pero en este caso quiso hacer una excepción. Fue una investigación con bastantes sucesos y con un gran descubrimiento final, algo que merecía ser comentado con alguien que hubiera estado ahí.

Marcos Alcántara, quien fuera su compañero durante la misión, fue destinado a otra misión en territorio estadounidense. Debía investigar la existencia de unos planos que describían una máquina capaz de almacenar la energía solar para luego poder usarla en distintas aplicaciones, algo que el Bell Telephone Laboratory presumía de haber logrado. Dos meses después de partir, se anunció su muerte en una circular interna. No se decía mucho acerca de la misma, solo que perdió la vida en favor de su país, ejecutando una misión de alto riesgo. Todas las esquelas eran siempre las mismas, subrayaban tu heroísmo y aplaudían la entrega por tu país, aunque nunca citaban las penurias que tenías que pasar para cumplir con las órdenes dadas.

Él y Nicole eran los únicos testigos con vida de lo que allí sucedió, unos hechos que costaba asimilar como para poder ser narrados con credibilidad. Era el típico acontecimiento que tenías que vivirlo para poder comprenderlo.

El taxista tuvo que hablarle dos veces a Anthony antes de que éste se diera cuenta de que ya habían llegado al camposanto. Estaba ensimismado en sus recuerdos.

—¿Sabe usted cómo van enumeradas las lápidas aquí? —preguntó Anthony, mientras le pagaba la carrera al taxista—. No suelo frecuentar muchos sitios como este y ando algo perdido.

—Lo más fácil es que pregunte en la casita que hay al fondo, sobre aquella loma. Allí se guardan los registros de las tumbas, señor.

—Vale, gracias. Por cierto, ¿puede usted volver a recogerme en una hora? Igual tardo más, pero le pagaré el tiempo que esté aquí parado.

—Por supuesto, señor. Aquí estaré en una hora esperándole, señor.

—Vale, perfecto. Ahora nos vemos.

Anthony anduvo camino hacia la casita de madera que dominaba todo el cementerio, aunque mucho antes de llegar, en uno de los largos pasillos de tumbas y criptas con esculturas variopintas, vio a una mujer vestida con traje negro de corte moderno, con la falda orientada en diagonal. Unos labios pintados en un rojo vivo destacaban sobre la redecilla que cubría su rostro. Reconoció que era Nicole al instante.

Nicole giró la cabeza apenas unos centímetros, lo suficiente como darle a entender que lo había visto. Él se acercó algo cohibido sin saber bien qué decir ni qué hacer, pues no había hablado con ella desde hacía un año. De hecho, le costó decidirse si venir a esta cita o no, pues no encontraba una forma sencilla de entablar diálogo con alguien como ella, una desconocida. Él era bastante asocial, una persona educada e instruida para dar órdenes y que le obedecieran, pero poco amigo de compartir su simpatía de forma altruista, de tener amigos fuera del trabajo. Su único intento, con Elisa, acabó en tragedia al morir ella.

—Hola Anthony, celebro que pudieras venir —le dijo Nicole, sin dejar de mirar la lápida, sobre la que reposaba una rosa roja. En su parte vertical había dos ángeles sosteniendo un aro de flores con la frase "*Descanse en paz, siempre te recordaremos*". Su nombre podía leerse en la superficie de la lápida, donde ponía:

Vincent Arcadio Montero
19 de marzo 1915 - 29 de noviembre 1954
Solo tú supiste entender la verdad

—Curiosa despedida —respondió Anthony, saludando a Nicole con un estrechamiento de manos formal.

—¿Al final no pudo venir Marcos?

—No, no ha podido. Está ocupado con cosas del trabajo, ya sabes —respondió Anthony, respetando la privacidad que la Agencia ordenaba mantener. Estaba prohibido proclamar que alguno de sus agentes estaba muerto.

—Ya entiendo —respondió Nicole, levantándose la redecilla y asentando un cigarrillo sobre sus labios, que rápidamente Anthony se ocupó de encender—. Al menos cuento contigo para poder recordar el nombre de Vincent.

—No soy muy amigo de estas cosas, si te soy sincero. He venido porque, de alguna forma, solo tú y yo sabemos lo que pasó allí, en esa habitación. A cualquiera que le cuente lo que descubrió Faiga me tomaría por loco.

—¿Y qué le has contado a la Agencia?

—No puedo decírtelo, Nicole, ya sabes… pero sí te diré que no les conté lo que allí pasó tal cual lo vivimos.

—Ya imagino. Te tacharían de loco de atar seguro —suspiró Nicole, con una risa contenida. Anthony respondió de igual forma.

El día era agradable, con un Sol radiante dominando un cielo límpido de nubes. Había un viento que, cada pocos minutos, despertaba en una racha violenta, algo agradable para refrescarse del extraño calor reinante que hacía en estas fechas.

La pareja dio un paseo por el cementerio, recordando aquella noche y todos los sucesos que los llevaron hasta allí. El nombre de Vincent se repitió varias veces.

—Tengo una duda contigo, Nicole —preguntó Anthony, mientras sostenía la mano de ella alrededor de su codo—. ¿Para quién trabajabas? ¿Quién te contrató? Porque me cuesta encajar tu pieza en este puzle.

Nicole arqueó sus cejas y emitió una risa forzada.

—No puedo decírtelo, ya sabes…

—Muy agudo —respondió Anthony, cazando la similitud entre su respuesta y la que él le dio—. ¿No vas a satisfacer la curiosidad de este colega de aventuras?

—No te confundas, Anthony, no te considero un amigo ni nada semejante. Sé quién eres y a qué te dedicas, y eso es suficiente como para dar por sentado que no eres de fiar. De hecho, si te he llamado es porque tenía una pregunta que hacerte que seguro no ibas a responderme por carta.

Anthony se paró en seco, y apartó el brazo del de la mujer, Carraspeó pensativo para luego dedicarle una mirada aviesa.

—No soy muy amigo de que me pongan trampas como esta, aunque venga… dispara esa pregunta.

—No me mires así, que si me respondes, luego yo te contaré otra cosa que seguro que te gustará saber.

—¿De verdad hay algo que tú sabes y que yo necesito saber?

Nicole sonrió con seguridad y satisfacción, afirmando con un pestañeo lento.

—A ver esa pregunta —dijo Anthony, entrando en el juego.

—¿Qué fue del libro? —le preguntó Nicole, conservando su picardía—. Cogisteis el manuscrito original y se lo disteis a la Agencia, imagino, pero ¿sabes quién lo está estudiando ahora? ¿Habéis encontrado alguna solución a sus jeroglíficos?

—Ya sabes la respuesta a todo eso, Nicole. ¿Es acaso una pregunta trampa?

—Nada más lejos de mis intenciones —replicó Nicole, poniéndose la palma derecha sobre el corazón—. Solo quería saber si alguien más conoce el secreto de lo que allí se describía.

—¿Si alguien ha conseguido descodificar eso? ¿Tú crees que alguien lo ha conseguido? ¿Ves que el mundo esté en mitad de un apocalipsis, tal y como Vincent predijo que sucedería?

—La información solo es dañina cuando se le da un uso erróneo, no lo olvides.

—No me quieras vender insensateces como esa, Nicole, que ya soy mayorcito —respondió Anthony, bastante más suelto en la conversación—. Si lo que Faiga decía era cierto, esa información o ese... ¿estado de conocimiento supremo?... solo podría traerle problemas a todos, tal y como decía Vincent. Pero seamos realistas, eso era una Utopía.

—No todas las Utopías son irreales, Anthony —dijo una voz ronca tras el espía de origen inglés, dándole un susto inesperado—. Algunos creen en papá Noel y en los reyes magos, y juran y perjuran que los han visto volando por los cielos con su trineo tirado por renos voladores. ¿Quién tiene razón? ¿Cuatro locos que dicen que eso es cierto, porque lo han visto, o el resto de la población, que nunca lo han visto y lo dan por falso?

—Amancio... ¿qué? —preguntó Anthony, mirando a continuación a Nicole.

—Le invité también a él para que viniera a esta reunión. Marcos no ha podido venir ya que murió hace... quiero decir, ya que está ocupado con cosas del trabajo, y el resto de los que estuvimos allí, murieron —dijo Nicole, dejando claro que sabía la verdad sobre Marcos—. Somos los tres supervivientes de ese hecho.

—No me gustan este tipo de encerronas —replicó Anthony, mirando a Amancio detenidamente por si iba armado. Le preocupó ver que llevaba los guantes de cuero puestos.

—No vengo a por ti, si es esa tu preocupación, Anthony —le replicó el sicario—. ¿Aún no se lo has contado, Nicole?

—¿Contarme el qué? —preguntó Anthony, intentando controlar su nerviosismo.

Nicole dibujó una sonrisa amplia e hizo brillar sus ojos con picardía. Su repuesta dejó en *shock* al espía.

—¿Y si te dijera que he encontrado otra hoja parecida a la que había en ese libro?

Amancio se apoyó en una columna, cruzándose de brazos y riéndose de la cara de sorpresa que ponía Anthony.

—¿Qué has encontrado...? —dijo Anthony, sin saber bien qué decir—. Ese libro se escribió hace más de quinientos años... pueden haber decenas de copias del mismo que aún no hayan sido descubiertas ni catalogadas. De todas formas, si es una hoja igual al del manuscrito de Voynich, es ilegible.

—Cuando descifré la primera hoja cifrada que pasó por mis manos, una encontrada en el interior de un busto de Leonardo Da Vinci, supe que todo esto no era un cuento de hadas, supe que era real. Quedaba bastante claro que debían encontrarse dos hojas más antes de optar a alcanzar esa verdad absoluta, pero la historia se ocupó de borrarlas de la faz de la tierra. Y es aquí, con el manuscrito de Voynich, cuando aparece una de ellas, la segunda. Con la primera hoja descifrada, Anthony, he conseguido encontrar respuesta a muchos de los interrogantes de la historia. He conseguido entender y practicar lo de hablar con los difuntos, aunque aún no domino el método. Me hacen falta determinadas cosas muy complicadas de obtener.

—¿Que…? ¿Qué has hablado con los muertos? ¿Eso me estás diciendo? —pudo preguntar Anthony, antes de tener que sentarse sobre una lápida.

—¿Nunca te has preguntado qué pasó con Amelia Earhart? ¿Si cayó su avión en alta mar o se salvó? Pues sé la respuesta, Anthony, he hablado con ella y te sorprendería cómo acabó su vuelo alrededor del mundo. He tardado más de un año en decidirme a usar este conocimiento, y ahora te toca a ti dar el paso. El códice Voynich debe ser recuperado y traído aquí, a mis manos. Con la página que yo tengo descifrada y con esa de Voynich, se nos abrirá un mundo como nunca habríamos imaginado. Será el siguiente paso, el poder contactar con aquellos que nos dejaron ese conocimiento.

—No te creo… no sé qué pretendes con todo esto, pero no vas a convencerme de que eres una especie de vidente o algo parecido. El códice Voynich ya no es asunto mío ni tuyo, y dudo mucho que nadie sea capaz de descifrar esas letras, la verdad.

—No te está dando una opción, Anthony —dijo Amancio, asomando una pistola negra del bolsillo derecho de su abrigo—. O nos ayudas, o aquí acaba todo para ti.

Anthony dudó antes de responder, cuando Nicole extrajo un papel forrado en plástico y se lo mostró. Parecía estar escrito con jeroglíficos. Sobre su parte superior se podía leer el título de *Necronomicae.*

IVAN INCERTI

ACERCA DEL AUTOR

Iván Incerti Morales nació el 8 de enero de 1977, y desde siempre sintió curiosidad por aquello llamado tecnología, donde encontró su oficio actual, con el análisis y la codificación de programas: la programación. La lectura siempre le enamoró, haciéndole ver mundos imaginarios descritos con letras, y no con imágenes, y permitiéndole ser parte de la fantasía que se describía en sus hojas.

Desde muy temprana edad, se inició en los juegos de rol, dando rienda suelta a su imaginación en mundos de fantasía. Nunca abandonó ese hobbie, y en él se versó para iniciarse en la escritura.
Actualmente trabaja como administrador de sistemas y programador, y dedica su tiempo de ocio en crear un mundo jugable llamado Tierras de Esperanzas, así como en escribir y vivir con su familia.

http://www.ivanincerti.com

"Cada día que te levantas y ves que ella está ahí, a tu lado, abrazas lo afortunado que eres. La inmortalidad del alma la alcanzas con ella, y la del cuerpo, con tus hijos."